THE BOO

Jonathan Rab

Художник Георгий Бирюков

Москва

K of Q

ДЖОНАТАН РАББ

КНИГА Q

Роман

Книжный Клуб 36.6

УДК 882-311.2
ББК 84-7 Сое
Р12

Jonathan Rabb
The Book Of Q

Художник Г. Л. Бирюков

Перевод с английского И.Я. Дорониной

Печатается с разрешения автора, издательства Crown Publishers, a division of Random House, Inc. и литературного агентства Synopsis Literary Agency

Католический священник Иэн Пирс путешествует по разным странам в поисках древнего свитка. Только человек, разгадавший сложный код, может найти этот документ. В свитке — ключ к мировому религиозному господству. За Пирсом охотятся таинственные убийцы, в Риме умирает папа, сто кардиналов гибнут во время страшного террористического акта... Что происходит в мире? И правда ли, что загадочная книга Q, поразительный «Источник», содержит в себе главную тайну христианства?

ISBN 5-98697-029-2

БЛАГОДАРНОСТИ

Всегда хочется поблагодарить очень многих людей, но особую признательность я должен выразить:

доктору Массимо Чересе из Ватиканской библиотеки, который открыл для меня ее архивы и щедро делился своим временем и своими выдающимися знаниями;

профессору Питеру Брауну из Принстонского университета, который передал мне свое глубокое понимание проблем, касающихся отнюдь не только манихейства и гностицизма;

Мэтту Бялеру, который был, есть и будет идеальным литературным агентом;

Кристин Кайзер, которая по-прежнему остается моим наставником в искусстве редактирования;

Питеру Бучи, Джоанн Месснер и Эмили Стоун, которые тщательно перепроверяли мой итальянский и мою латынь;

Робу Тейту, Робу Розновски, Майе Перес и особенно Йену Смиту, которые читали предварительные варианты книги и сделали массу в высшей степени полезных замечаний;

моей семье, энергично меня поддерживавшей,

и Андре Рив, которая просто наполняет мою работу смыслом.

Александре, Джульете и Исабель

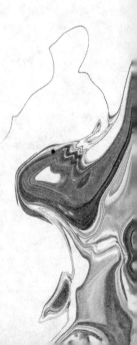

Язык — лишь инструмент науки, и слова — лишь знаки идей; тем не менее я хотел бы, чтобы этот инструмент был менее подвержен разрушению и знаки оставались бы неизменными, как вещи, которые они обозначают.

Сэмюэл Джонсон
«Словарь английского языка»

Прияц, Босния, 1992

Земля и осколки стекла взметнулись к безлунному небу. Плотная стена огня точно указала то место в полутораста метрах впереди, где снаряд нашел свою цель. Спустя несколько секунд пульсирующая волна жара прожгла себе путь через и без того выгоревшую землю.

На несколько мгновений воцарилась странная тишина. Ни пулеметной очереди, ни завораживающего пения приближающихся снарядов — только резкий привкус бензина, которым начал насыщаться воздух. В пустом пространстве раздалось несколько прокатившихся эхом выкриков, их быстро поглотил нарастающий гул, исходивший от пылающего бензохранилища — бывшей школы. Детей здесь не было уже целую вечность — по меньшей мере, месяцев шесть-семь, — да и от всех улиц осталось лишь несколько разрозненных груд камней. Вообще-то Прияц никогда не был собственно городом; теперь же его постигла и вовсе убийственная участь. Стратегический пункт, зажатый между сербской Баня-Лукой и хорватским Босанским Бродом. Жизненно важный клочок земли.

В настоящий момент.

Йен Пирс вглядывался в ночь. За последние два месяца он, при росте метр восемьдесят семь, потерял три с половиной килограмма, остались лишь мускулы, туго обтянутые кожей. Некогда

12

аккуратно подстриженные волосы отросли до плеч, он заправлял их за уши, но две недели без горячей воды... засалившиеся космы было трудно пригладить. Лицо тем не менее было чисто выбрито. Некими неисповедимыми путями на полевой склад в Слитне попали десять тысяч безопасных бритв вместо пенициллина, который там умоляли прислать. Так что люди по-прежнему могли умирать, но зато — ухоженными.

— Они клюнули, — послышался шепот откуда-то спереди. — Подожди, пока Иосип отвлечет огонь на себя, а потом — вперед.

Прияцская церковь — точнее, то, что от нее осталось, — была метрах в двадцати пяти от него, ее силуэт трепетал в отсветах пламени: две стены да свисающие ошметки крыши. Пирс впился ногтями в дерн, прислушиваясь, ожидая автоматной очереди. Бензохранилище оказалось неожиданностью, нечаянным подарком судьбы, здесь мог получиться отвлекающий маневр получше, чем тот, что они придумали, — взорвать старое здание, дабы отвести внимание от церкви и трех коробок предназначенного для черного рынка пенициллина, которые, как им сообщили, находились внутри. Бензохранилище, однако, должно охраняться, стало быть, часовых здесь больше, чем они уже встретили. Значит, еще один-два где-то затаились.

Треск автоматной очереди пропорол тишину. Пирс вскочил и метнулся к церкви, согнувшись в три погибели и петляя на ходу. Ноги уже привыкли к губчатому дерну боснийской земли, совсем раскисшей от летнего дождя. Он старался бежать на цыпочках, но ступни то и дело скользили, и, чтобы сохранить равновесие, приходилось хвататься руками за землю.

Метрах в десяти от церкви он в очередной раз поскользнулся и внезапно увидел прямо перед собой пару зеленых глаз: в безжизненных зрачках отражалось колеблющееся пламя. У человека было перерезано горло — умело, одним движением. Пирс прикрыл ладонью застывший взгляд и опустил покойному веки. Новый шквал огня. Две темные фигуры впереди юркнули в церковь. Пирс, не мешкая, бросился следом.

Оказавшись внутри, он прислонился к одной из двух не рух-
нувших пока стен; слева, в отсветах пламени, виднелись осколки
единственного в Прияце витражного окна, их остроугольные
края отбрасывали синие и красные блики на разбросанные повсюду груды камней. Новая волна удушающего жара — это поодаль воспламенился еще один бак с горючим. Пирс инстинктивно отпрянул и стал озираться по сторонам; у дальней стены заметил несколько матрасов, одеял, подстилок из сена и подумал:
сколько же беженцев прошло через этот заброшенный храм,
сколько их здесь ютилось, раненых или умирающих, молящихся
о том, чтобы появились грузовики и вывезли их в какой-нибудь
воображаемый госпиталь, лагерь для беженцев или — что вероятней — в придорожную могилу. Мусульмане и католики, лежащие
рядом. В ожидании.

Лишь в такие моменты, как этот, он позволял себе отвлечься
от мыслей, обычно четко сфокусированных на выживании,
и представить истинные масштабы катастрофы. Тысячи и тысячи
людей, изгнанных из собственных домов своими же соседями,
друзьями, людей, которым было велено взять, что смогут, и уходить. Куда? Неважно. Просто — уходить. Кому-то посчастливилось добраться до границы, выжив после пяти недель пешего пути — пути, который еще месяц назад можно было преодолеть на
машине менее чем за шесть часов, — через леса, горы, избегая
главных дорог, чтобы не наткнуться на ополченцев, всегда готовых стрелять. И все это ради призрачной надежды найти пристанище в каком-нибудь забитом до отказа спортзале или сарае, получить одно одеяло на всю семью. Кому-то повезло меньше — их
выслеживали и загоняли в ловушку.

Иногда вот в такую церковь.

Пирс постарался выкинуть эти мысли из головы. Пригнувшись, он перебежал к куче битого кирпича и спрятался за ней.
Пирс знал: стоит хоть немного дать волю подобным размышле-
ниям, и выжить не удастся; однако и полностью отрешиться от
них означало оцепенеть, онеметь. Притом, что он все еще надеялся

14

возродить в себе наивные, хоть и благородные убеждения, приведшие его сюда, Пирс понимал: для этого требуется нечто большее. Вера его оставалась крепка. Немота — не выход.

Не выход для человека, решившего связать свое будущее с церковью.

Его родители с самого начала выступали против. Отец с матерью были учеными, оба — добрые католики, но лишь потому, что католиками были их родители; для них самих вера не была существенной частью жизни.

К обрядовой части религии это, разумеется, не относилось. Обряды они как раз любили. На них были воспитаны и он, и двое его братьев, сути веры это касалось мало, зато церковный календарь соблюдался свято. Конечно, не настолько, чтобы помешать занятиям бейсболом, но мальчику, прислуживающему в алтаре, дело находилось всегда, особенно младшему из троих. Когда он начал замечать, что смысл не только в обрядах, спорить с ним не стали. «Это часть нашей культуры, — сказал отец, — укрепляющая семью», — что опять же означало необходимость посвящать больше времени обрядам.

Когда Пирс признался, что испытывает непреодолимое религиозное влечение, родители тоже не слишком всполошились. В конце концов, все однокашники Пирса безоговорочно признавали его спортивное превосходство. Он был лучшим не только в самой игре, но и в том, как к ней относился — с восторгом, с благоговением. На поле Пирс всегда выкладывался полностью, и все это знали. А поскольку в церковь по воскресеньям он продолжал ходить исправно, никто не волновался.

Но вот когда оказалось, что вовсе не бейсбол, а религия является для него жизненным призванием, родители опешили.

— Священником? — удивился отец. — Тебе не кажется, что это немного... чересчур по-католически?

Первым компромиссом стало учебное заведение. Нотр-Дам. Пирс получил стипендию как отличный спортсмен. Но почему бы, собственно, и нет? И что ни говори сейчас, а статус спортив-

15

ного джентльмена некоторое время делал его жизнь в кампусе вполне приятной. Даже охотники за головами из высшей лиги приходили посмотреть на его игру. Приходили и уходили. Однако уходили под впечатлением. Особенно юные дамы. Он чувствовал свою силу. Что тут скажешь?

Вторым компромиссом была специализация. Изначально Пирс записался на теологию, но мама с папой убедили его расширить свой кругозор. Классическая филология — это совсем другой уровень! Что с них взять? Пирс рассмеялся и уступил. Однако и сам удивился, когда у него обнаружились незаурядные способности к латыни и греческому. Редкий дар, как ему сказали. Окружающие выказывали бурный восторг. Особенно когда выяснилось, что ему чрезвычайно нравится возиться с текстами, фрагментарно сохранившимися на древних пергаментах. Это напоминало игру в паззл: вставляя недостающие слова, Пирс придавал разрозненным фразам связность мысли. Недаром он всегда любил ребусы.

Отца его увлеченность забавляла. Пока Пирс не объяснил ему, что не Гораций или Эсхил, а святой Павел доставляет ему интеллектуальное наслаждение.

— Мы послали его в католический университет только поучиться, а он хочет посвятить этому всю жизнь! Где же мы ошиблись?

Отец, разумеется, шутил. Родители никогда не подвергали сомнению искренность Пирса, даже когда он был еще школьником, но Пирс знал: их подтрунивание означает, что по-настоящему они его не понимают. Они чувствовали себя куда комфортней в атмосфере научной отрешенности, восхитительной неоднозначности суждений, дискуссий о частностях. Ничего удивительного. Именно так они всегда относились и к вере — как к чему-то не главному в жизни. Не более того.

Пирс был уверен, что филология — не для него. Он переключился на теологию, провел два лета на практике в чикагской епар-

16

хии и таким образом сделал свой первый шаг за грань чистой обрядности. Первый шаг в сторону от игр в ученость — на церковную стезю.

Вместе с Джоном Джеем.

Даже здесь, за четыре тысячи миль, скорчившись за кучей битого кирпича, Пирс не мог сдержать улыбку при воспоминании об отце Джоне Джозефе Блейни, настоятеле церкви Святого Сердца, — о его копне седых волос, о бровях, которые так и тянет подстричь. Во время их первой встречи Пирсу стоило немалых усилий не глазеть на торчащие из них, словно паучьи ножки, волоски, которые, закручиваясь, тянулись вниз, к векам, хотя и не решались зайти так далеко. Казалось, что даже они, как и массивные плечи — отголосок некогда импозантной фигуры, истощавшей с годами, — по-своему отдают должное авторитету Блейни.

То же и с паствой — даже среди самых несдержанных его прихожан не было ни одного, который посмел бы перечить шестидесятипятилетнему пастырю. Как-то Блейни отправился в облаву на наркоманов, подозревая, что кое-кто из самых юных его прихожан пал жертвой опасной привычки. Естественно, он взял с собой Пирса, и они несколько часов просидели в засаде вместе с полицейскими, изнывая от духоты в каком-то подвале. В присущей ему манере Джон Джей заставил Пирса все это время шепотом решать словесные головоломки, которые были его манией и становились страстью всех, кто оказывался под его опекой. Казалось, что они с Пирсом созданы друг для друга.

Пирс и сейчас не отказался бы от какого-нибудь ребуса.

— Вера — это загадка, — любил повторять Блейни. — Поэтому нужно постоянно тренировать мозги.

Когда после трех часов ожидания ребята наконец появились и у них обнаружили всего-навсего девяносто граммов марихуаны, Пирсу пришлось чуть ли не силой удерживать полицейских, чтобы они не набросились на Джона Джея.

— Черт побери! Три часа ради каких-то граммов!..

Блейни с самого начала прекрасно знал, каков будет улов (хотя, разумеется, ни слова не сказал Пирсу). Но он понимал, что вид трех разъяренных, готовых сорваться полицейских надолго запомнится его двенадцатилетним дилерам. Три часа мучений — в обмен на шесть подростков. С точки зрения Джона Джея, весьма выгодная сделка. Правда, пришлось потратить некоторое время, чтобы убедить в этом и полицейских, но в конце концов те согласились и успокоились. А также оставили правонарушителей на попечение Джона Джея. Выражения лиц мальчишек, когда они услышали, что их перевоспитанием будет заниматься святой отец, говорили сами за себя.

Пирсу было хорошо в те два лета, проведенные с Джоном Джеем. Он испытал новый для себя род восторга и благоговения. После этого у него сомнений уже не оставалось.

Иное дело — у его отца.

— Ты уверен? — спросил тот. — Я хочу сказать, абсолютно ли ты уверен?

— Да, па, я уверен.

Сидя наедине с отцом за кухонным столом во время тех последних каникул по случаю Дня благодарения, он увидел нечто, казавшееся совершенно невероятным: его отец не мог найти нужных слов. Впервые в жизни Пирс чувствовал себя с ним на равных.

— Значит, ты просто надеялся сбить меня с толку?

— Нет... Да. Я не знаю.

— Высший класс. — Улыбка. — Хитрый шельмец.

— Теперь, скорее, благочестивый. — Пирс был рад тому, что отец рассмеялся. — Папа, это именно то, что мне нужно.

— Я понимаю. Просто... твоя жизнь может оказаться очень одинокой, Йен. Уверен, что отец Блейни первым подтвердит тебе это. Священники — особое племя.

— Может, поэтому они носят смешные ошейники[1]?

---

[1] Имеется в виду глухой белый воротничок, который священники носят даже при гражданском платье. (Здесь и далее — *прим. ред.*)

— Я не шучу.

— Я знаю. И пытаюсь объяснить тебе, что представляю все это себе несколько иначе. Вот смотри... Помнишь те летние игры в Ньютоновской лиге?

Утвердительный кивок.

— Помнишь, я говорил тебе, что обожаю ощущение, когда солнца достаточно, чтобы видеть мяч, но недостаточно, чтобы довериться ему? Вот мяч летит, я бегу за ним и в тот момент, когда считаю, что уже поймал его, закрываю глаза и жду, упадет ли он мне прямо в перчатку.

Улыбка.

— Ты самоуверенный сукин сын.

Теперь настала очередь Пирса рассмеяться.

— Да. И помнишь, что я тебе сказал о том, каково это — открыть глаза и убедиться, что мяч и впрямь у меня в руках?

Снова кивок.

— Так вот, это почти то же самое ощущение, только в тысячу раз лучше. Ты этого не видишь, но знаешь, что оно здесь. Всегда. Как же можно при этом испытывать одиночество?

На миг Пирсу показалось, что он заметил тень печали в отцовском взгляде: не о сбившемся с пути сыне, а о себе самом, об ощущении, которое было ему неведомо.

Тем не менее именно отец предложил ему участвовать в гуманитарной миссии. Бейсбольный экстаз и летние каникулы в обществе священника — одно; боснийские рейды — совсем другое. Прежде чем сделать решающий шаг, проверь крепость своих убеждений там, где для веры остается мало места. Поэтому-то Пирс и приехал в Боснию.

Нет, немота — не выход.

— Сюда! — послышался голос из-за другой груды камней. — Мы их нашли.

Пирс узнал голос. Он принадлежал Салко Мендравичу, человеку-медведю, который в первую же неделю по приезде Пирса взял его

19

под свое крыло. В течение двух дней после появления в деревне американских священников с их молодежным окружением Салко не упускал случая от души осенить себя крестным знамением: «Да, Ваше Преосвященство, уж я позабочусь об этих молодых людях, не беспокойтесь, они такие отважные, такие великодушные...» Бывший до войны актером, Мендравич, как только они немного освоились, с таким же энтузиазмом учил их разбирать и чистить «калашникова» — не самое привычное занятие для выпускников семинарии. Их было шестеро. Пять пробыли здесь только две недели. Пирс остался.

Себе он объяснил это своими более прочными убеждениями.

— У нас проблема. — Мендравич вышел на открытое место, на фоне пылающего бензохранилища вырисовывалась глыба его фигуры. — Иосип. — Теперь он стоял рядом с Пирсом, голос у него был сиплым. — Там завязалась схватка... — Салко не закончил фразу. — Ему не выжить. Он хочет священника.

— Я не священник, — ответил Пирс.

— Я знаю... но ты приехал сюда с ними. А ему прямо сейчас необходим священник. Ты — единственное, на что он может рассчитывать. Ему нужно отпущение грехов.

— Я не могу отпускать грехи.

Некоторое время мужчины молча смотрели друг на друга.

— С ним Петра. — Мендравич попытался улыбнуться. — Она, как может, старается утешить его.

— Мы заберем Иосипа с собой. — Пирс шагнул вперед. — Найдем ему священника в Слитне.

Мендравич схватил его за руку.

— Нам придется нести его вдвоем, а у него все равно мало шансов. Сколько коробок ты готов оставить здесь, чтобы спасти его, Йен? — Улыбка сошла с лица Мендравича, он крепко сжал плечо Пирса. — Иосип желает уйти с миром. Ты не думаешь, что Бог поймет?

Пирс хотел было ответить, но внезапно раздавшийся за церковной стеной взрыв прервал его. Мендравич толкнул Пирса на

землю, а сам выставил автомат в некогда бывший окном пустой проем и выпустил очередь. Две секунды спустя они снова были на ногах, у дальней стены замелькали фигуры, привлеченные выстрелами. Мендравич и Пирс нырнули за груду кирпича и древесных обломков — при ближайшем рассмотрении они оказались рухнувшей балкой крыши. Пули рикошетом отскакивали от стены позади них, мужчины с трудом переводили дыхание.

— Петра, — громким шепотом позвал Мендравич.

Женский голос из темноты:

— Я здесь.

— Сколько коробок ты сможешь нести?

— Что?

— Коробок с пенициллином — сколько?

После недолгой паузы она ответила:

— Почему ты спрашиваешь? Каждый возьмет по одной...

— Если мы с Йеном понесем Иосипа, сколько ты сможешь унести одна?

Снова пауза.

— Иосип умер.

Мендравич молчал несколько секунд, потом повернулся к Пирсу:

— Значит, каждый возьмет по одной.

Не дожидаясь согласия Пирса, Мендравич уже тащил его за руку. Снова поднялась бешеная стрельба, засвистели пули, в церковные стены их попадало немного, однако вполне достаточно, чтобы заставить обоих припадать на бегу как можно ниже к земле. В следующий момент они были уже рядом с Петрой; еще полминуты — и все трое метнулись через полосу усыпанной кирпичными осколками травы шириной метров в тридцать, которая отделяла тыльную часть церкви от спасительного леса; в руках у каждого — по коробке.

Погони можно было не опасаться. Контролировавшие Прияц ополченцы принадлежали к отряду «Биели орлови» — «Белые орлы». Современные четники-головорезы[1], всегда готовые на любое зверство, но не склонные расходовать силы на такую тривиальную вещь, как пенициллин. Они будут лишь палить в ночное небо, охотно уступив лесу свою предполагаемую добычу.

Иное дело, найди они Иосипа живым, — вот это была бы забава на весь вечер.

Пирс увидел Иосипа еще раз, это случилось пять недель спустя — во время другой ночной вылазки (на сей раз добычей были две дюжины коробок с яйцами), когда они случайно обнаружили ряд неглубоких могил на окраине еще одного безликого городка. Восемь тел, все с фирменной меткой «Белых орлов» — изуродованными лицами и отрезанными гениталиями, засунутыми в то, что оставалось от ртов убитых. Пирс уже слышал о подобных зверствах, ему объясняли, что это — вернейший знак особой ненависти, стремление обезобразить врага, слишком уж похожего на тебя самого, но видеть такое ему еще не доводилось. Сербы, хорваты, мусульмане. Еще два года назад совершенно не отличимые друг от друга на улицах Сараева. Неотличимые и теперь — даже глядя в изувеченное лицо жертвы, палач видел себя самого.

Несмотря на испытанный ужас и психологический шок, Пирс узнал Иосипа по бандане «Нотр-Дам, 1992», которой тому связали руки. Его подарок Иосипу в день, когда тот научил его обращаться с «калашниковым».

— Я все равно не уверен, что смогу им пользоваться, — сказал тогда Пирс, закидывая автомат за спину; лямка туго перетянула ему грудь.

---

[1] Четники — первоначально: сербские повстанцы против турецкого ига; сербские националисты-монархисты во время Второй мировой войны; в переносном смысле — участники военизированных сербских отрядов.

— Пользоваться? — усмехнулся Иосип. — Считай, тебе повезет, если эта чертова штуковина не расквасит тебе физиономию. Но все равно, лучше его иметь, чем не иметь. Как там говорится? Мужчина, который не умеет пользоваться оружием...

— ...не мужчина, — подхватила Петра, появившись на пороге неподалеку стоявшего домишки. В нем было всего две комнаты, но допотопный радиопередатчик худо-бедно соединял их с другими близлежащими хорватскими городами, это был центр связи для бесконечного потока беженцев из Слитны. Петра стянула волосы на затылке в конский хвост, стараясь приструнить густую черную гриву, пряди которой обычно падали ей на лицо. Как всегда, победа осталась за непокорными волосами. Два-три локона выбились, прикрыв щеки. Оливковая кожа, пристальный взгляд угольно-черных глаз...

Пирс часто ловил себя на том, что даже посреди окружающего хаоса не может оторваться от этой странной красоты: гибкое тело, одетое в брюки и рубашку, пистолет у бедра, сливающийся с изящно длинной линией ноги. Но прежде всего — глаза. И, наверное, еще улыбка.

Он ведь не был пока священником.

— Тогда, боюсь, я — не настоящий мужчина, если судить по тому, как управляюсь с этой штуковиной, — сказал Пирс.

Легкая тень улыбки.

— Научишься, — сказала она. — Дело практики. — Она окинула взглядом автомат, его самого, потом подошла, протянула руку и тонкими пальцами стала ослаблять брезентовую лямку, чтобы автомат висел свободнее. — Священники все так трудно приспосабливаются? — Она явно забавлялась: резко дернула лямку вниз, потом отпустила и расправила у него на груди.

— Когда стану священником, непременно тебе сообщу.

— Ах, да! Я забыла. — Она отступила назад. — Впрочем, ты никогда и не был особо на них похож.

— В самом деле?

— В самом деле.

Несколько секунд он смотрел на нее улыбаясь, потом рассмеялся, взялся за лямку, стащил ее через голову и бросил автомат Иосипу.

— А так лучше?

Она посмотрела оценивающе.

— Значит, ты думаешь, что сумеешь выжить без него?

— Возможно.

На ее лице появилось выражение насмешливого удивления.

— Будешь молитвой склонять людей к покорности?

— Что-то в этом роде.

— Угу. — Она отстегнула кобуру и уронила ее на землю. — Ну, попробуй, заставь меня повиноваться.

Пирс стрельнул глазами в Иосипа. Хорват, улыбаясь, качал головой. Было видно, что все это его страшно веселит.

— Ну ладно. — Пирс двинулся к ней, постепенно ускоряя шаг и бормоча на ходу: — Предпримем лобовое наступление.

Он почти уже было схватил ее, чтобы перекинуть через плечо, как вдруг она, извернувшись, выскользнула у него из-под мышки и, прежде чем он успел что-либо сделать, подсекла его под колени. В следующий миг Петра ботинком придавливала к земле одну его руку, коленом прижимала грудь, ее ладони сомкнулись у него на горле, а большой палец лег на адамово яблоко.

— Не ты ли хвасталcя, что однажды вырубил кетчера[1], весившего девяносто килограммов? — Пирс хотел было ответить, но она сильнее вдавила палец ему в кадык. — Нет-нет. Побереги силы. — На ее лице снова заиграла улыбка. — К тому же я ведь защищаю не какой-то там мячик, понимаешь? — Она убрала палец и уселась ему на грудь. — Я бы на твоем месте все же выучилась обращаться с оружием. Это гораздо надежней, чем все остальное.

Не дав ему опомниться, Петра вскочила на ноги и шагнула к дому.

— Это несравнимо, — заметил Иосип, помогая Пирсу встать и вручая ему автомат.

---

[1] Кетчер — принимающий игрок в бейсболе.

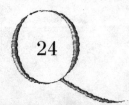

Пирс, не сводя глаз с Петры, перекинул лямку через плечо.

— Похоже на то.

— Я не автомат имею в виду, — подмигнул Иосип и тоже пошел в дом.

— Она не может понять, зачем я остался, правда?

Иосип остановился, обернулся.

— Не знаю. Но вообще-то — вопрос хороший.

— Я пока не слышал, чтобы кто-то был этим недоволен.

— Ты пока никого из нас не убил.

— Так ее *это* беспокоит?

— Нет. — Иосип посмотрел на автомат и покачал головой, потом подошел и стал перебирать пальцами лямку у него на груди. — Американский парень приезжает сюда, чтобы доставить еду, одеяла и, может быть, чуточку веры народу, о котором он прежде слыхом не слыхивал. — Он надавил на плечо Пирса. — Боснийцы нуждаются в помощи, в духовном наставлении, какому бы богу они ни молились. Чего проще: облегчить свою совесть, послужить своему Богу и вернуться домой вместе с остальными. Но американский парень не возвращается.

— Это было бы слишком просто.

— Здесь все совсем не просто. Разница в том, что ты можешь уехать, когда захочешь.

— Но я же не уезжаю.

— Не уезжаешь. — Иосип отпустил лямку. — И именно поэтому ты для нас такая же загадка, как мы для тебя. Я — добрый католик, Йен, но, если бы они не сделали с моим домом того, что сделали, меня бы здесь не было.

— Даже если бы ты увидел снимки, сделанные в Омарске?

— Тысячи людей видели фотографии, сделанные в лагерях. И тысячи людей пожимали плечами и говорили: как ужасно, что такое может происходить в цивилизованном мире. Эти люди вовсе не лишены совести. Но это не их дом. И не твой. Тем не менее ты остался.

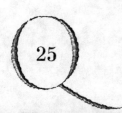

— Петра тоже так думает?

Иосип рассмеялся и тряхнул головой:

— Я понятия не имею, что она думает. Но ты научился обращаться с автоматом. И это уже хорошо.

Пирс улыбнулся в ответ.

— Надеюсь, мне никогда не доведется воспользоваться этой наукой.

Иосип посерьезнел.

— Тогда зачем было учиться?

...Искромсанное тело Иосипа уже хорошо послужило здешней дикой природе. На торсе и ногах кожи почти не осталось, не было ни глаз, ни ушей. От неуместного тут вида университетской банданы, слегка испачканной кровью, с большими буквами «N» и «D», оказавшимися как раз наверху, Пирсу было так же плохо, как от вида истерзанной плоти. Впервые представшее перед ним оскорбительное зрелище связывалось для него со знакомым голосом, улыбкой, обаятельной снисходительностью. Впервые он задавал себе вопрос: насколько далеко простирается его вера?

— Он говорил, что ты сумасшедший, раз остался. — Петра подошла и встала рядом, сегодня ее конский хвост вел себя послушней. — Но я думаю, ему это нравилось. — За последний месяц они сблизились, по крайней мере, настолько, насколько посмели. Он знал теперь, как заставить ее улыбнуться, наслаждался теми краткими моментами, когда она, откинув со лба прядь волос, говорила о прошлом, не заботясь больше о достоверности воспоминаний.

Сейчас они стояли рядом и смотрели.

— Он так радовался, когда я ему подарил эту тряпку, — сказал Пирс, глядя на лоскут, — будто дал ему что-то особенное. — Он покачал головой.

— Может, так оно для него и было, — ответила она. И после паузы добавила: — Пора идти.

Пирс кивнул. Когда Петра отошла и присоединилась к Мендравичу и остальным, он встал на колени, перекрестился.

И помолился об отпущении Иосипу его грехов.

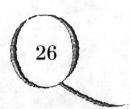

В тот вечер они сидели в одном из немногих уцелевших в Слитне домов — несколько стульев, деревянный квадратный стол, соломенные тюфяки в каждом углу — и наблюдали, как куча ребятишек за обе щеки уписывала горы яиц. Их матери, в длинных набивных юбках и гладкокрашеных платках, по местному обычаю повязанных вокруг головы, стояли в сторонке, сияя от удовольствия при виде битком набитых голодных детских ртов. Мендравич тоже улыбался, глядя на ребятишек, и, передразнивая их, делал вид, что с восторгом жует вместе с ними, чем вызывал у них приступы веселого хохота.

Необычная атмосфера была заразительна. Стараясь гнать от себя мысли об Иосипе, Пирс оказался в плену всеобщего веселья. Как и Петра. Она подхватила какого-то мальчишку, едва достававшего ей до пояса, и закружила его в танце; они носились по комнате, высоко поднимая ноги, а остальные детишки смотрели на них широко открытыми глазами и в промежутках между порциями жадно заглатываемой еды хлопали в ладоши. На несколько минут все, что происходило за этими стенами, казалось, перестало существовать. То, что меньше половины из них доберется до границы и еще меньше выживет там, не имело никакого значения в этот короткий миг возвращения к нормальной жизни, от которой они брали все, что могли и когда могли.

Наверное, из-за собственного громкого смеха и пронзительных криков возбужденных детей они не расслышали вовремя свист приближающихся ракет. Как бы то ни было, зловещий звук уловили в маленькой комнате только за несколько секунд до взрыва. Уже не оставалось времени ни мчаться в убежище, ни прятать детей в кольцо спасительных рук. Первой обрушилась дальняя стена, разорвавшись пополам, как бумажный лист, в воздух взметнулись огромные клубы пыли и дыма. Пирса

швырнуло на пол, приземляясь, он сильно ударился левым плечом, острая боль пронзила его, когда он попробовал пошевелиться. Потрогал шею — ничего, вроде не сломана, но боль не ослабевала. Тем не менее, ни на мгновение не задумываясь, он вскочил и стал собирать детей — сколько смог. Малыши кричали, у некоторых текла кровь, многих била нервная дрожь. Он подхватил четверых или пятерых. Свист артиллерийского снаряда снова наполнил воздух, на сей раз сопровождаясь громовым раскатом, донесшимся с крыши. Пирс понял, что в его распоряжении всего несколько секунд. Тесно прижимая к груди маленькие тельца, прикрывая их собой, он, почти ослепнув от пыли, бросился через комнату туда, где, по его соображениям, должна была находиться дверь.

Вид внезапно вспыхнувших над головой звезд и свежий воздух, ворвавшийся в легкие, подтвердили, что он ее нашел. Только тогда ощутил он тяжесть своей ноши и, опустив взгляд, увидел четыре худенькие фигурки, прижавшиеся к нему. Дети плакали, но, главное, — они были живы. Один мальчик попытался высвободиться, чтобы бежать обратно, к матери, оставшейся в горящем теперь доме, но Пирс крепко держал его. Мальчонка громко закричал: «Молим, молим!»[1] — и стал царапаться, но ничего не мог сделать. Еще один снаряд упал справа, взрывной волной сорвало крышу, поток камней и щепок понесло в темноту. Пирс рухнул на колени, стараясь закрыть детей своим телом. Тот мальчик все еще извивался и дергался, остальные дети дрожали от пронизывавшего их страха. Комья земли, смешанной с какими-то твердыми осколками, посыпались Пирсу на голову и спину. Атака начала ослабевать, четыре трепещущих, свернувшихся клубочками тельца оставались лежать под ним. Еще один, последний взрыв где-то на окраине города — потом тишина.

Обстрел, как всегда, велся откуда-то с гор, наугад и не имел никакого военно-стратегического смысла. Обычная тактика запуги-

---

[1] «Пожалуйста, пожалуйста!» (*србхрв.*)

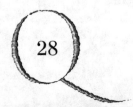

вания. Хмельная забава, столь популярная в Боснии конца двадцатого века. Огонь прекратился так же внезапно, как и начался.

На улице стали появляться люди, повсюду слышались крики; из окрестных домов высыпали те, кому посчастливилось не оказаться мишенями этих ночных тренировочных стрельб, и шума стало намного больше. Пирс попытался встать. Когда двое спасенных им детишек резко вырвались и вслепую бросились назад, к дому, плечо прострелила невыносимая боль. Из мрака выступила фигура, пара массивных рук поймала беглецов. Пирс был уже на ногах, он смотрел на дом, прикрывая глаза ладонью от жара и яркого блеска пламени. Мендравич своими мощными лапами прижимал к широкой груди двух маленьких мальчиков. Он прихрамывал — из правого бедра сочилась кровь — и что-то нашептывал ребятишкам, гладя уткнувшиеся в его шею детские головки. Две подошедшие женщины забрали у него малышей; еще одна увела тех, которые по-прежнему жались к Пирсу.

— Нужно остановить кровь, — Пирс кивком указал Мендравичу на рану.

— Тебе тоже. — Только теперь Пирс заметил красное пятно, расползшееся у него на плече. Он пошевелил рукой, убедился, что рана поверхностная, и сделал несколько шагов по направлению к дому. Мендравич оттащил его назад.

— Там ты уже ничего не сможешь сделать. — Хватка у него была железная. — Ничего.

Вторая стена, рухнув, загасила крупный очаг пламени. Из-под обломков донеслись приглушенные крики. Потом — тишина. Пирс инстинктивно попытался высвободиться, но Мендравич был слишком силен.

— Петре удалось вынести одного мальчишку; я прихватил еще троих. Сомневаюсь, что хоть одна женщина уцелела. — Простые факты, никакого предмета для дискуссии. — Покалеченному сироте все равно не выжить. — Мендравич старался убедить не столько Пирса, сколько себя. — Лучше уж им погибнуть сейчас, чем умереть в одиночестве от голода через неделю или месяц. —

Пирс и прежде слышал подобные рационалистические суждения и почти научился соглашаться с ними. Но не сегодня.

— Ты действительно в это веришь?

Хорват ничего не сказал, лишь молча смотрел на пламя. Потом медленно отпустил руку Пирса и пошел прочь.

— Само выгорит. Незачем тратить воду.

Ноги Пирса словно примерзли к земле; он стоял, не ощущая собственного тела, которое вдруг оказалось в западне чудовищной реальности последних трех месяцев.

«Лучше уж им погибнуть сейчас».

Внезапно все виденные им за это время омерзительные картины с удивительной ясностью, в мельчайших подробностях начали прокручиваться у него в голове. И при каждой новой вспышке памяти внутренний голос мучительно вопрошал: «Чего же стоит вера?» Потрясенный тем, что подобный вопрос вообще мог родиться в его сознании, он стоял в стороне и наблюдал, как единственная постоянная величина, единственное непоколебимое убеждение корчилось сейчас перед ним в языках пламени.

— Пойдем со мной.

Он обернулся. Петра была рядом, он заметил это только теперь и понятия не имел, как давно она здесь, как давно он сам застыл в неподвижности. Девушка ждала. Щеки измазаны сажей, на шее — тонкие кровяные потеки, но Пирс видел только глаза. Чистые, живые, лишь на миг в них невольно мелькнуло таившееся внутри отчаяние. Пирс медленно кивнул. Они тронулись.

С каждым шагом пустоту внутри все больше заполняло ощущение бессилия, непривычное для него и потому раздражающее. Отвращение, гнев, даже ненависть помимо воли проникали в его сознание и прежде, но он всегда находил способ развеять их. Теперь же Пирс чувствовал, что этот механизм больше не работает, на его месте возникло нечто пугающее, разрушительное.

Они миновали второй горящий дом, вышли на открытое пространство, две пары ботинок твердо и размеренно ступали по траве, издавая идеально синхронные звуки. Зарево за спинами путни-

ков отдалялось, их постепенно поглощала темнота, разбавленная лишь тусклым сиянием луны. Ни один не произнес ни слова, каждый находил поддержку в упорном, неотвратимом движении другого. Несколько раз им встречались тропинки, они то шли по ним, то обходили стороной. Выбор всегда оставался за Петрой, решала она. Пирс просто двигался следом, с облегчением отдаваясь бездумному ритму шагов.

Когда часа два спустя она наконец заговорила — почти шепотом, — Пирсу показалось, что голос Петры эхом прокатился по всему его телу.

— Уже недалеко. — Ее слова застали Пирса врасплох, он сбился с механической поступи. Потом кивнул и восстановил ритм.

Еще минут через десять Петра ненадолго остановилась, потом двинулась дальше. Они находились на краю открытой поляны, простиравшейся во все стороны метров на двести и, насколько видел глаз, девственно нетронутой. Темная линия очерчивала дальний окоем — деревья, догадался он, густой лес. Петра на ходу пристально всматривалась вперед, Пирс шел рядом, в середине поляны проступила тень, которая росла с каждым их шагом. Ему понадобилось не меньше минуты, чтобы понять: там — какое-то сооружение, очертания которого становились четче по мере приближения. В пятнадцати метрах от здания они с Петрой остановились.

На них смотрел безупречный фасад церкви. Никаких свисающих ошметков крыши, никаких обрушенных стен. Все идеально. Церковь была высотой не более трехэтажного дома, в лунном свете мерцала сводчатая крыша с устремленной в небо каменной колокольней. К какому времени относилась постройка, понять было невозможно. Пятьдесят, сто лет? Может быть, больше. Слишком мало что изменилось за века в том, как боснийцы строили свои храмы, чтобы догадаться точней. Единственное можно было сказать наверняка — за долгие годы церковь изрядно потрепало непогодой. В центре виднелись две большие прямоугольные двери с ржавыми кольцами-ручками. Петра направилась к правой. Пирс последовал за ней, держась в нескольких шагах позади.

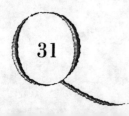

Внутри церковь выглядела не так хорошо. Лунный свет, полосами струившийся сквозь ряды зияющих пустотой окон, был скуден, однако и его оказалось достаточно, чтобы увидеть, что скамьи давно разломаны и растащены на дрова, а вывороченные каменные плиты пола разбиты настолько, что никто на них теперь и не позарился бы. Как в любом помещении в окру́ге, сохранившем над собой крышу, вдоль стен валялись кучи соломы и прочие следы пребывания временных насельников, хотя самые исхоженные беженские пути все больше и больше удалялись от церкви, освобождая ее таким образом от постоя. С потолка свисала массивная железная люстра с пустыми патронами, о том, что некогда в ней горели лампы, напоминали лишь осколки давно разбитого стекла на полу. Другой светильник, поменьше, висел в глубине над алтарем, его длинная цепь раскачивалась на неощутимом сквозняке. Над входом в алтарь просматривались остатки вырезанной в камне большими печатными буквами фразы — «Benedictus qui venit»[1].

В целом же церковное здание осталось неповрежденным; если не считать нескольких кое-где отколовшихся кирпичей, иного урона оно не понесло.

— Сюда больше никто не приходит, — сказала Петра, — даже беженцы. — Она нашла какой-то предмет на полу и пыталась рассмотреть его в тусклом желтоватом свете.

— Невероятно, что она устояла. — Пирс ощупал пальцами гладкую, слегка влажную каменную стену.

— Не так уж невероятно. Разрушить ее было бы святотатством.

— Святотатством? — Слово казалось странно неуместным. — Но в Прияце это никого не остановило.

Петра бросила предмет на пол.

— Там была католическая церковь. Сербам доставляет особое удовольствие разрушать их.

— А эта — православная? — недоверчиво спросил он, указывая на надпись над алтарем. — С латинским изречением, высеченным в камне? Сомневаюсь.

---

[1] «Благословен входящий» (*лат.*).

— Нет, эта часть — католическая. — На его лице отразилось недоумение. — Здесь так принято, тебе это трудно понять. Под нами находится старая православная церковь, большей частью разрушенная во времена последнего турецкого нашествия. Тем не менее от нее сохранилось достаточно, чтобы место почиталось священным. А под ней — руины молельни, оставшиеся со времен богомилов[1], тоже священные. Один слой над другим. Идеальная модель нашей истории. И теперь покуситься на один уровень означает покуситься на все. А это богохульство для любого, кто бы ни выпускал снаряды.

Прежде чем Пирс успел ответить, она уже направилась к низкой сводчатой арке слева от алтаря и вскоре скрылась на узкой белокаменной винтовой лестнице, углублявшейся под землю. Он последовал за ней.

Вскоре стало совсем темно. Упираясь руками в стены, Пирс осторожно спускался по ступенькам, ориентируясь на звук Петриных шагов. Раза два лестница сужалась, он сбивался с ритма. Прежде чем продолжить движение, приходилось останавливаться и ногой нащупывать следующие ступеньки.

— Осторожно, не ударься головой. — Петра оказалась дальше, чем он ожидал, голос донесся спереди, с расстояния метров пятнадцати, однако не намного ниже уровнем. Он догадался, что осталось всего несколько ступеней, и вытянул руку прямо перед собой. Плечо тут же дало о себе знать: резкая боль пронзила напряженные мускулы. Но обращать на это внимание было некогда — пальцы уперлись в камень и заскользили по изгибу арки, одновременно ноги ощутили ровный пол. Он пригнулся и медленно пошел дальше. К счастью, глаза начали привыкать к темноте, участки стены и пола стали обретать форму.

Впрочем, счастье длилось недолго: яркий свет внезапно осветил пространство впереди, снова ослепив его. Это был фонарик в руке Петры.

---

[1] Богомилы — религиозное движение на Балканах в X—XIV вв. (сохранялось частично до XVII в.), основанное на учении борьбы Добра со Злом.

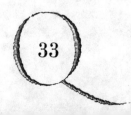

Прикрыв глаза ладонью как козырьком, он заметил, что здесь стены белее и менее гладкие. Если наверху кладка состояла из одинаковых прямоугольных камней, то здесь крупные разнокалиберные блоки образовывали ряды, не выровненные ни по горизонтали, ни по вертикали. Высота потолка составляла не более шести метров, а его поверхность, сложенная из аккуратно пригнанных кирпичей, явно выдавала принадлежность к католическому сооружению наверху — позднейшему вторжению в пространство маленькой православной часовни, в которой они сейчас находились. В помещении, однако, не было и намека на его некогда культовое предназначение, разве что несколько фрагментов надписи, тянувшейся вдоль верхней кромки стен: было видно, что сделана она кириллицей, но слова стерлись настолько, что разобрать их не представлялось возможным. И опять солома, рваное одеяло...

— Я всегда оставляю это здесь, — сообщила Петра, приспосабливая фонарик на куче камней. Пирс ничего не ответил. С минуту молчали оба. Наконец она кивнула: — Повезло, что никто ничего не унес. — Только теперь он осознал, что они остались по-настоящему наедине. Их не ждал очередной ночной марш-бросок, не было слышно взрывов, не требовалось никаких лихорадочных перемещений. Ничто не отвлекало. Одни. Пирс видел, что она чувствует то же.

Поскольку Пирс молча стоял у стены, Петра повернулась и, откинув волосы со лба, спросила:

— Ты решил уехать?

— Что? — вопрос застал его врасплох.

— Уехать. Обратно в Штаты.

Прежде чем ответить, он несколько секунд смотрел на нее.

— Я еще не решил.

— Пора становиться священником?

Он опять промолчал.

— Тебе ничего не нужно объяснять, — добавила она мягче. — Я бы тоже уехала, если б могла.

— Неужели? — ироническим тоном он дал понять, что сомневается. — Нет, ты бы не уехала. Никто из вас не уехал бы.

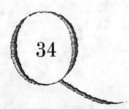

— И поэтому ты считаешь, что тоже должен остаться? Потому что у нас нет выбора? — Она тряхнула головой. — Неправильный ответ.

— Я остался потому, что приехал сюда по определенной причине.

— Причина, по которой ты остался, не имеет никакого отношения к той, по которой ты приехал. — В голосе ни гнева, ни упрека. Он отвел взгляд. — Мы оба это знаем. Иначе ты бы уехал давным-давно вместе с остальными ребятами, которые тоже руководствовались самыми благородными побуждениями, но им хватило двух недель. Нет, ты остался потому, что считал себя более сильным, чем они, был уверен, что твоя... вера может выдержать больше. Последнее испытание перед «решающим шагом». Кажется, так назвал это твой отец? — Теперь он снова смотрел на нее. — Видишь ли, моя вера давно проиграла свое сражение со здешней реальностью. — Петра не давала ему отвести взгляд. — А теперь, полагаю, ты задаешься вопросом, не потерпела ли крах и твоя. Лучше уехать, пока не поздно.

Снова наступила тишина. Он хотел ответить, но не мог. Что возразишь против правды?

Прошло не меньше минуты, прежде чем Пирс произнес:

— Ну, и что я, по-твоему, должен делать? Принять это как должное?

— Нет. — Пауза. — Я не знаю.

Пирс прислонился затылком к стене.

— Не очень-то ты мне помогла.

Она не сводила с него взгляда.

— Ты можешь найти опору в чем-нибудь другом. — Она подождала, потом, склонившись над кучей камней спиной к нему, стала поправлять лежавший на ней фонарь. — Может быть, уже нашел. — Ее голова, наполовину остававшаяся в тени, наполовину освещенная, склонилась набок, волосы рассыпались по плечам, обнажив шею.

— Ты ведь знаешь, что нашел, — сказал он.

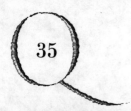

35

Стараясь не смотреть на него, она рассеянно подобрала с пола несколько камешков и подложила их под фонарь.

— И в этом проблема, да?

Он по-прежнему стоял у стены.

— Что ты хочешь, чтобы я сказал?

Петра помолчала, потом повернулась к нему.

— А это имеет значение?

— Да. Конечно, имеет.

— Какое? Мы оба понимаем, что ты сделаешь все по-своему. — Пауза. — Я тоже. Я не могу отсюда уехать, Йен. Ты ведь это знаешь.

— Я и не прошу тебя.

— Нет, просишь. Ведь выбор ясен. Либо: «Поезжай со мной в Штаты и спаси меня, не дай стать священником» — либо: «Я улетаю ближайшим рейсом без тебя».

— Это нечестно. Речь не идет о каком-то моем спасении.

— Тогда о чем? Если ты так отчаянно хочешь стать священником, тогда о чем мы вообще говорим? — Она снова помолчала. — Что-то между нами произошло, нам обоим это ясно, и мне жаль, что все остальное идет с этим вразрез. Прости, что я спутала на время твои планы. Прости, что мы не можем позволить себе роскошь вырваться отсюда и все осмыслить. Прости за все. Но я ничего не могу поделать. Я там, где должна быть, а ты можешь либо остаться здесь со мной — либо уехать. Выбор за тобой. У меня его нет.

Она отвернулась, Пирс смотрел на нее и чувствовал, как что-то все больше и больше теснит ему грудь. Он медленно оторвался от стены и пошел к девушке, не сводя глаз с ее плеч, слегка поднимавшихся и опускавшихся в такт дыханию. Оказавшись рядом, он ощутил, как напряглась спина Петры. Поколебавшись, опустился на колени и обнял ее за талию. Никогда прежде он не прикасался к ней так, как сейчас, никогда не подходил настолько близко, чтобы уловить едва заметный запах летнего дождя, исходивший от ее щеки. Несколько секунд они оставались неподвижны, почти не дышали, пока его губы — очень медленно — не скользнули по ее затылку. Он ощутил привкус сажи, прижался грудью к ее согнутой спи-

не, стал ласкать ее плечи. Петра повернулась, ее руки так же нежно заскользили по его телу, и их губы слились в поцелуе.

Откинув голову, ощущая ее дыхание на своих губах, видя ее робкий взгляд, Пирс мешкал.

— Я... я не могу остаться в Боснии, — прошептал он. — Не могу стоять в стороне и наблюдать за тем, что здесь происходит.

— Я знаю. — Она неотрывно глядела на него.

— Нет, не знаешь. Со мной сейчас происходит то, чего я пообещал себе любой ценой избежать. Я цепенею, становлюсь немым. И не могу этого допустить. Священник, не священник, я не могу позволить себе этого... И не могу потерять тебя вместе с даром речи. — Он помолчал. — Ты это понимаешь?

Она помолчала, потом произнесла:

— Нет. — Снова пауза. — Может быть. — Еще немного подождав, она приблизила к нему лицо, словно хотела поцеловать.

— Тогда зачем ты привела меня сюда?

— Потому что поняла: ты уезжаешь. — Их губы почти соприкасались. — И потому, что я этого хочу. — Она медленно притянула его к себе и нежно прильнула губами к его губам, скользя руками по его плечам, груди. Она чувствовала, что он жаждет этого не меньше, чем она, но внутренне сопротивляется, боится подпустить ее ближе. Ее пальцы мягко нырнули ему под рубашку, и этого касания кожи о кожу оказалось достаточно, чтобы мозг затуманился и руки сомкнулись крепче. Она еще теснее прижалась к Пирсу, его губы теперь лихорадочно искали ее щеку, шею, а руки стискивали бедра; он начал постепенно подниматься с колен, увлекая ее за собой. Задев кучу камней, они сбили лежавший на ней фонарь, но даже не заметили, что он погас. Прижав Петру к стене, он положил ее ноги себе на бедра, освободившимися руками сорвал с нее блузку, язык стал жадно облизывать ее плечи и грудь. Потом опустил ее на пол, продолжая срывать остатки одежды, обнаженной спиной она ощутила колючее прикосновение соломы.

Не отрывая взгляда от ее глаз, сверкавших даже в темноте, Пирс подтянул вверх ее бедра. Жар, вмиг вспыхнувший в груди у обоих, слился воедино, она помогла ему войти. Они замерли на мгновенье, ощутив почти невыносимый восторг, потом начали медленно двигаться навстречу друг другу, тиская пальцами плоть, тычась губами в щеки, в шею, в грудь, испытывая почти болезненное наслаждение. Время перестало для них существовать, звуки собственных стонов волнами пробегали по телам, пока в момент наивысшего напряжения гримаса боли не исказила ее лицо с неотрывно устремленными на него глазами, а ноги и руки сомкнулись еще сильней. Каждая мышца его тела сжалась, ворота неведомого алтаря внутри нее распахнулись, и оба исторгли невольный крик, знаменовавший кульминацию, их тела задрожали, потом расслабились, дыхание после нескольких судорожных всхлипов выровнялось.

Тонкая струйка пота, стекая по его спине и бедрам, капала на землю. Петра начала снова ласкать его, бегая кончиками пальцев по влажной коже. Пирс приподнялся на локтях, грудь овеял прохладный воздух. Петра выглядела еще краше прежнего. Поцеловались.

Зарывшись лицом в ее пышные волосы, он провалился в забытье.

Спустя два часа он проснулся в полной темноте. Его разбудил неприятный звук, раздавшийся где-то за спиной: словно скребли камнем о камень. Он поморгал, пытаясь сориентироваться, постепенно до него дошло, что рядом, прижавшись, лежит Петра. Наклонился, чтобы поцеловать ее, но тут звук повторился. Только теперь, повернув голову назад, он заметил тоненький луч света, тянувшийся от дальней стены. Каким бы слабым ни был этот луч, он заставил его зажмуриться.

Петра перевернулась во сне на другой бок и уткнулась ему в грудь.

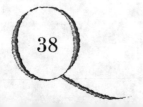

Свет исходил снизу — оттуда, где еще одна лестница вела в бывшую молельню.

«Сюда никто больше не приходит, даже беженцы».

Снова скрип, потом щелчок — словно камень встал наконец на место. Пирс тихонько отстранился от Петры, нашарил в темноте брюки и рубашку, быстро оделся. Луч метался и становился ярче: кто-то освещал себе путь наверх. Звук крадущихся шагов приближался, задняя стена становилась все более светлой. Пирс, в накинутой на плечи рубашке, все еще оставался в темноте, когда свет внезапно ворвался в помещение и за его источником вырисовалась крупная мужская фигура. Вжимаясь в стену, Пирс наблюдал, как человек направляется к лестнице, ведущей наверх. Он почти уже достиг ее, когда Петра снова перевернулась и солома под ней зашуршала.

Луч моментально метнулся поперек комнаты. Пирс быстро вскочил и протянул руки вперед, чтобы человек, если у того было еще что-нибудь, кроме фонаря, видел, что он не вооружен. Ему уже доводилось попадать в подобные ситуации, и он знал: в таких случаях лучше всего изображать из себя наивного сотрудника гуманитарной миссии в надежде, что твои габариты произведут сдерживающее впечатление. Если незнакомец еще окажется католиком, он примет тебя лишь за досадную, но безобидную помеху, вполне безопасную.

Утводя его за собой все дальше и дальше от Петры и держа руки на виду, Пирс произнес:

— Здраво, здраво. — И продолжил по-хорватски: — Я сотрудник католической гуманитарной миссии... Отстал от своей группы в Слитне... Просто забрел сюда переночевать. У меня есть документы.

— Стоять! — Луч фонаря ударил ему прямо в глаза. Пирс часто заморгал, стараясь не делать резких движений. — Документы! Медленно.

Пирс засунул руку в карман и достал свой пропуск, дающий право передвижения по стране. Тот был слегка помят, но все необ-

ходимые печати хорошо сохранились. Мужчина отвел фонарь от его лица, Пирсу понадобилось несколько секунд, чтобы снова сфокусировать зрение.

— Он больше чем на месяц просрочен.

Этот человек говорил слишком культурно для контрабандиста. И со странным акцентом.

Пирс продолжал играть простака.

— Да... Мне уже выписали новый, но он дожидается меня в Загребе. — Он знал, что упоминание бюрократической процедуры — лучший способ прекратить дальнейшую проверку.

— Ясно.

Оба смотрели друг на друга. Не только акцент и наблюдательность незнакомца показались Пирсу странными, еще более не соответствовала обстановке его одежда. На нем было отлично сшитое, отутюженное сафари цвета хаки, брюки со складкой. Тонкие белокурые волосы коротко подстрижены на военный манер. На поясе кобура из тонкой кожи, ничуть не потертая. В левой руке он держал маленький рюкзачок, тоже кожаный, тоже в прекрасном состоянии. Удивительней всего были ботинки. Пирс видел похожие в Штатах, они стоили пятьсот долларов — едва ли кто-нибудь в радиусе шестисот миль вокруг Слитны мог позволить себе такие.

— Постарайтесь заменить его поскорее, — посоветовал мужчина, на сей раз по-английски, однако с тем же странным акцентом. Пирсу показалось, что незнакомец упивается собственной снисходительностью. — В этой части света полно людей, которые без разговоров пристрелят вас за подобное упущение.

— Да. Конечно. — Пирс знал, что надо со всем соглашаться. — Это моя оплошность. — Они снова некоторое время смотрели друг на друга, не двигаясь, потом человек медленно кивнул. Тем не менее Пирс не отводил взгляд от пары серо-стальных глаз, уставившихся на него. Очень медленно, маленькими шажками он попытался обойти собеседника, двинувшись к выходу.

Человек преградил ему путь. На миг добродушное выражение исчезло с его лица, но тут же он произнес еще более приветливо:

— А вы не собираетесь здесь остаться? — Притворное удивление, пауза, снова улыбка на губах. — Или я вам помешал?

Пирс не успел ответить, как выражение лица человека снова изменилось: заботливая снисходительность и шутливость испарились. Появился непроницаемо-ледяной взгляд, какого Пирс, пожалуй, в жизни не видел.

Внезапно прогремел выстрел, голова человека дернулась, и он рухнул на землю. По полу, отбрасывая дикие тени на стены, заметался и замер луч фонаря. Пирс застыл как вкопанный.

— У него был нож. — Голос Петры ворвался в уши, свет залил помещение. Она стояла, обнаженная, с пистолетом в одной руке и с фонарем в другой. Пирс уставился на девушку, ее лицо расплывалось перед глазами. — Он собирался тебя убить.

Пирс наблюдал, как Петра кладет пистолет на пол. До нее, видимо, только теперь дошло, что она не одета.

Наклонилась, стала собирать вещи. Голос звучал отрешенно, она все время повторяла:

— У него был нож. — Надела блузку и снова: — Он бы убил тебя. — Все еще не полностью очнувшись, она натянула брюки.

Пирс был способен только кивать. Он уже видел убитых, но ему не доводилось оказаться так близко к моменту смерти. Лишь когда Петра подошла к трупу и хотела опуститься на колени, Пирс привлек ее к себе и крепко обнял. Петра прильнула к нему. Оба дрожали.

— Я ни в кого еще никогда не стреляла в упор, — прошептала она. Довольно долго они стояли обнявшись, пока она не отстранилась. Хотела что-то сказать. Пирс попытался помочь, спросить, но она решительно тряхнула головой. Потом все же встала на колени и перевернула тело. Убитый смотрел на нее незрячими глазами.

— Он не беженец, — отметила Петра. Похлопав его по карманам и ничего не обнаружив, она взяла рюкзак и стала расстегивать кожаные ремешки. Пирс присел рядом:

— Спасибо тебе.

Петра замерла на миг, не сводя взгляд с рюкзака. Откинула передний клапан, засунула руку внутрь.

41

— У него исказилось лицо, — сказал Пирс. — Я такого никогда не видел.

— Он показывал, что собирается убить тебя. — Голос ее звучал куда бодрей, чем несколько минут назад. — Некоторые находят в этом особое удовольствие. — Петра достала из рюкзака тяжелую пластмассовую коробку и поставила ее на пол. Она возилась с застежкой, а Пирс продолжал смотреть на мертвеца.

Человек был атлетически сложен — мощные плечи и руки, одна из них все еще крепко сжимала рукоять ножа. Глядя на короткое, но острое лезвие, Пирс осознал, как недалек был сам от такой же участи. За последние три месяца его моральные принципы не раз подвергались испытаниям, но те случаи были обезличенными, там пули летели градом, наугад. У человека, лежавшего перед ним, было лицо. И нож, предназначавшийся персонально Пирсу.

Он внезапно спросил:

— Отчего он решил меня убить?

Петра продолжала сражаться с коробкой, орудуя ножом как рычагом. Крышка наконец открылась, и изнутри потянуло странным запахом.

— Это Босния. Здесь не рассуждают, а сразу убивают.

Ему это ничего не объяснило.

— Нет, ты же сама видела. Он точно знал, почему меня надо убить.

Петра была слишком поглощена содержимым коробки, чтобы отвечать. Внутри лежали три прямоугольные стопки пергамента, каждая сшита по левому краю кожаными шнурками. Скрепленные таким простым способом, пергаментные страницы потрескались и пожелтели, но выглядели целыми. Их заполняли странные значки, расположенные ровными рядами, — видимо, буквы языка, ни ему, ни ей не известного. Петра отогнула первый лист средней стопки, пергамент оказался шершавым на ощупь и не желал отходить от остальных страниц больше чем на сантиметр. Этого оказалось достаточно, чтобы увидеть, что и следующий лист исписан такими же ровными рядами букв. То был какой-то текст, не доступный их пониманию.

— Он за что-то опасался, — сказала Петра, безуспешно пробуя перевернуть странички правой и левой стопок. — Ты что-нибудь подобное когда-либо видел?

Отложив свои вопросы на потом, Пирс стал разглядывать три небольшие книжицы. Перебирая страницы, он заметил в правом верхнем углу каждой небольшой значок: треугольник — наполовину заштрихованный, наполовину пустой. Им были отмечены все без исключения листы. Он собирался показать это Петре, как вдруг грянул умноженный гулким эхом голос: «Come va?»[1]

К поясу убитого была приторочена рация. Наступила тишина: на другом конце ждали ответа. Поскольку такового не последовало, кто-то снова заговорил по-итальянски.

Петра закрыла коробку, подхватила ее и бросилась к лестнице. Пирс едва поспевал за ней. Лимит гостеприимства старой церкви исчерпан. Выбежав наверх, Петра выключила фонарь и заспешила через свободный от скамей неф. В дверях они остановились, прислушались и, не услышав ничего подозрительного, выскользнули наружу. Низко пригибаясь, перебежали через поляну, шарахаясь от любого звука и движения. На дороге стоял джип. Пустой. Ни звука. Жутковатое затишье, пусть и в четыре часа утра.

Проведенные вместе несколько часов быстро выветрились из головы у обоих. Мысли снова были заняты одним: как выжить.

— Пергамент, ну, бумага такая древняя... да. — Мендравич, с наушниками на голове, сидел, положив на стул перебинтованную ногу. Петра и Пирс устроились у стола, на котором стояла пластмас-

---

[1] Как дела? (*ит.*)

совая коробка. Здесь располагался теперь новый центр связи. Говоря в микрофон, Мендравич кивал: — Да, в церкви святого Иеронима... Часа в три-четыре утра... Не важно почему, просто скажи мне... Ладно, ладно. До виденья[1]. — Повернувшись к сидевшим за столом, он пожал плечами. — Он тоже понятия не имеет, кто они. Но у него есть связь с Загребом. Он перезвонит через час.

Большую часть подробностей они от Мендравича утаили, в частности, ничего не сказали о том человеке — якобы просто были в церкви и нашли там коробку. Вот и все. А Мендравич и не стремился вникать. В то утро у него имелись куда более неотложные дела. Количество погибших оказалось сравнительно небольшим: шестеро детей и пять женщин. Тем не менее их требовалось должным образом похоронить. А для этого — найти священника. Странным пергаментным книгам он мог уделить всего несколько минут.

Пирс вышел наружу. Жара уже давала о себе знать, на небе ни облачка. Никакого намека на осень, наступление которой обещали вот уже две недели. К полудню будет нечем дышать. Петра стояла в дверях, не сводя с него взгляда.

Не оборачиваясь, он сказал:

— Поедем со мной. — Подождал, надеясь на ответ, но знал, что его не будет. — Нет. Наверное, это было бы неправильное решение.

Он повернулся.

— Во всяком случае, для священника. — Непонятно почему, но она улыбалась.

Пирс тоже невольно улыбнулся. Петра шагнула к нему, и они пошли рядом.

— Решение может и измениться, — сказал он.

— Нет, я так не думаю. Я должна оставаться здесь, а ты... — Она остановилась и внимательно посмотрела на него. — А ты — нет. Все ведь к тому уже и так шло. — Он медленно кивнул. — Тебе нужно

---

[1] До свидания (*србхрв.*).

44

уехать. И уехать сегодня же. — Во внезапном порыве чувств она обняла Пирса, положив голову ему на грудь. Он обвил ее плечи руками и крепко прижал к себе. Так они простояли несколько минут, не произнося ни слова.

Наконец он прошептал:

— Мне так нужно знать, что ты меня понимаешь, — слова застревали в горле.

Не поднимая головы, она протянула руку и погладила его по лицу, потом отступила назад. Несмотря на полуулыбку, глаза ее увлажнились.

Петра покачала головой.

— Не дождешься. — Глубокий вздох, еще шаг назад. — Ты должен уехать сегодня же. Я так хочу. Понимаешь? — Теперь уже Пирс изо всех сил старался сдержать слезы. Кивнул. — Уверена, ты сможешь вечером найти машину до Загреба. Салко поможет. — Не дожидаясь ответа, она повернулась и пошла к дому.

Он уже шагнул за ней, но в этот момент вдали послышался рокот вертолета. Пирс вытер глаза, поднял голову и заметил над горизонтом крохотную птичку.

За три месяца пребывания в Боснии он не видел ни одного вертолета, говорили, что они — слишком легкая мишень для снайперов, особенно в дневное время. Тем не менее этот спокойненько держал курс на широкое поле по ту сторону немногих уцелевших домов Слитны. Петра тоже наблюдала за ним. И Мендравич, прикрывая глаза от солнца, уже стоял на пороге. Когда вертолет начал снижаться, хорват, прихрамывая, двинулся ему навстречу. Проходя мимо Петры, он сделал ей знак ждать на месте, то же и Пирсу. Вертолет приземлился. Через несколько минут Мендравич подошел на расстояние слышимости. Его волосы развевались в вихре замедлявшего вращение пропеллера. Петра встала поближе к Пирсу. Двое мужчин — оба в темных очках и серых костюмах — спрыгнули на землю и, ныряя под лопасти, подошли к Мендравичу. Тот, что был повыше ростом, достал из кармана какое-то удостоверение. Мендравич изучил его, кивнул и повел мужчин к дому. Когда они приблизились, он махнул рукой Петре и Пирсу — мол, присоединяйтесь.

— Эти люди прилетели за коробкой, которую вы нашли, — крикнул он, стараясь перекрыть рев моторов. — Они из Ватикана.

Прибывшие утвердительно кивнули на ходу.

— Нам нужно поскорей забрать ее, — сказал опять тот, что повыше, снимая очки. — Разумеется, если это то, что мы ищем.

Пирса вдруг осенило: Мендравич говорил по рации менее пятнадцати минут тому назад. Как же эти люди успели так быстро сюда добраться?

— И что же это должно быть? — спросил он так же на ходу.

Мужчина всем корпусом повернулся к нему.

— Простите? — Он несколько секунд испытующе смотрел на Пирса. — Насколько я понимаю, это вы их нашли?

— Да, я и эта женщина, — ответил Пирс.

Мужчина мельком взглянул на Петру.

— Понимаю. — И тут же снова переключился на Пирса. — Значит, вы их не просматривали?

Тем временем они подошли к дому.

— Мы попытались, — признался Пирс. — Но нам не знакомы эти...

— Странные значки? — подхватил мужчина.

Пирс кивнул:

— Да.

— Она здесь, — сказал Мендравич, первым входя в дом. Пока все не оказались внутри, мужчина не сводил взгляд с Пирса.

Коробка стояла на столе, человек пониже ростом тут же принялся просматривать ее содержимое. Пирс остался у двери.

— Ватикан, — сказал он. — Не ближний путь. Вы прибыли так быстро.

Рослый пришелец неотступно наблюдал за действиями своего спутника.

— Да. Быстро, — подтвердил он.

— Учитывая то, что мы радировали меньше четверти часа тому назад, я бы сказал: невероятно быстро.

— Да. — Мужчина сделал паузу, потом, повернувшись к Пирсу, бесстрастно добавил: — Мы перехватили вашу радиограмму в воздухе. Считайте, что нам повезло.

— Весьма, — насмешливо согласился Пирс.

В первый раз мужчина улыбнулся. Впрочем, опять безо всяких эмоций, просто растянул губы.

— Как я уже сказал, нам нужно ее поскорее забрать. — Все та же ничего не выражающая улыбка. — Так как, вы говорите, вы ее нашли?

— В церкви, — ответил Пирс, глядя мужчине прямо в глаза. — Святого Иеронима.

— Там были только вы и эта женщина? — По тону, каким был задан вопрос, нетрудно было догадаться, что он знает о событиях прошлой ночи гораздо больше, чем говорит. Пирс почуял опасность.

— Да, — сказал он, метнув взгляд на Петру. Она согласно кивнула.

— Церковные документы, — объяснил мужчина. И, поскольку Пирс ничего не сказал, добавил: — Вы спрашивали, что это такое. Это буквы, а не значки.

Инстинкт подсказывал Пирсу, что лучше держаться от всего этого подальше, но он не удержался:

— Странно, что они оказались в заброшенной церкви посреди зоны военных действий.

— Да, — согласился мужчина, наблюдая, как его напарник осторожно листает страницы. — Они были несколько месяцев тому назад похищены из библиотеки Ватикана. Нас уведомили, что они всплыли на черном рынке где-то в этих краях.

— Ах, вот как. — Пирс ощущал на себе пристальный взгляд Петры, но намеренно не смотрел на нее.

— Дрянное это дело, черный рынок, — продолжал мужчина. — Люди убивают друг друга за кусок мяса. — Он снова повернулся

47

к Пирсу. — Вам повезло, что вы никого не встретили в этой церкви. — Несколько секунд он испытующе смотрел ему в глаза, потом снова перевел взгляд на своего компаньона, который утвердительно кивнул и закрыл крышку. — Не думайте об этом больше. — Взяв коробку под мышку, он направился к двери в сопровождении напарника. Пирс отступил, давая им дорогу. — Думаю, так будет лучше для всех. — Снова плохо завуалированная угроза в голосе. У выхода человек остановился, окинул взглядом комнату, потом посмотрел на Пирса. — Здесь столько других дел, требующих вашей заботы. — Еще одна холодная улыбка — и человек вышел на улицу вдогон за низкорослым.

Пирс смотрел им вслед. Мендравич подошел и встал рядом.

— Ну и дурак же ты, Йен. — Пирс посмотрел на друга, взгляд которого был прикован к удалявшимся фигурам. — Я понятия не имею, что там в этой коробке, но таких людей, как эти, нельзя дразнить.

— Не могу представить себе, чтобы Ватикан...

— Я тоже не могу, но буду кивать, улыбаться им и отдам все, что они захотят. Ты столько времени в этой части света — и ничего не понимаешь! — Мужчины тем временем дошли до вертолета; Мендравич повернулся к Пирсу. — Я даже не стану спрашивать, что на самом деле произошло прошлой ночью в той церкви. — Войдя в дом, он посмотрел на Петру. — И слава богу, что там никого больше не было.

Вертолет взлетел, Пирс проследил, как он исчез из виду, растворившись на фоне солнца.

Через пять часов он стоял возле микроавтобуса. Водитель, уроженец Тираны, несколько месяцев назад пересек албанскую границу и теперь помогал другим пробираться по опасным объезд-

ным дорогам северных Балкан. За определенную мзду, разумеется. Сегодня он собирался довезти до самого Загреба молодого американца. Журналиста, как тот ему сообщил. Подробности шофера не интересовали. Естественно, он делился своим заработком с несколькими стоящими в нужных местах пограничниками — если, конечно, можно было назвать пограничниками тех горилл, которые охраняли границу. Все равно ему оставалось прилично. Американцы всегда платили с лихвой.

— Если прибудем на границу после захода солнца, цена будет двойной, — проорал шофер поверх рева работающего вхолостую мотора.

Пирс, не обращая на него никакого внимания, продолжал разговаривать с Мендравичем.

— У меня есть адрес.

— Он — мне родственник дальний, — объяснил хорват, — но пусть знает, что я все еще жив.

Пирс изобразил подобие улыбки.

— Она не выйдет, да?

Мендравич хотел было что-то сказать, но передумал и, схватив Пирса в охапку, крепко прижал к себе.

— Что бы тебя ни привело сюда, оно все еще с тобой. Никогда не сомневайся. — Они постояли немного обнявшись, потом Мендравич отпустил его.

— Постараюсь.

Мендравич улыбнулся.

— Нет, она не выйдет. — Протянул руку, похлопал Пирса по щеке. — Прощай, Йен.

С этими словами он повернулся и ушел в дом.

Пирс подождал еще, открыл дверцу микроавтобуса, последний раз окинул взором истерзанный войной пейзаж и залез внутрь. У албанца, похоже, кончалось терпение.

— Говорю же вам, после захода солнца мы не проедем, ни за какие деньги. — Пирс молчал. — У вас ведь есть деньги, правда? —

Пирс кивнул. Водитель, ни на миг не закрывая рта, тут же дал газ, и машина рванула с места. Болтовня шофера была Пирсу неинтересна, но, по крайней мере, обещала помочь ему скоротать дорогу.

Он хотел посмотреть назад, но вместо этого закрыл глаза.

Так лучше.

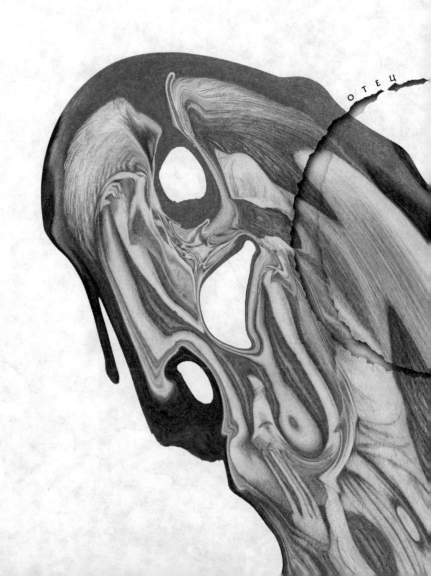

ОТЕЦ

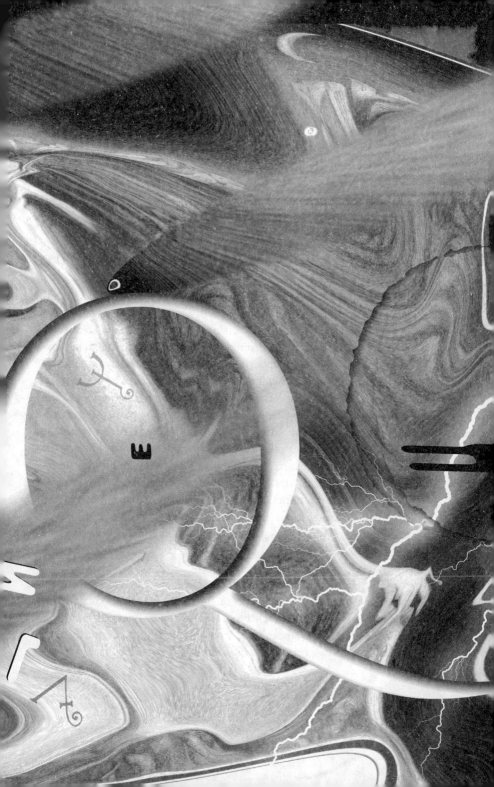

Глава первая

Рим, август 2000

Запах ладана висел в воздухе, густой и сладкий в замкнутом пространстве церкви Святого Климента. Летний дождь застал большинство собравшихся врасплох, влажная духота уплотнилась меж мраморных стен, шляпы превратились в веера, однако не могли разогнать спертой сырости. Казалось, даже пожелтевшие красно-зеленые мозаичные картины на потолке блестели от пота. Обычно свободный неф был заполнен сейчас рядами стульев, выстроившихся непосредственно за певческими хорами, где на скамьях сидели мальчики-хористы в белых стихарях. Лишь время от времени маленькая ручка медленно поднималась ко лбу, чтобы смахнуть капельки пота; в остальном мальчики оставались неподвижны, внимая заупокойной мессе по монсеньору Себастиано Руини. Скорбная латынь лилась с алтаря, мерные каденции одинокого голоса убаюкивали присутствовавших.

Отец Йен Пирс сидел в предпоследнем ряду слева, обмахиваясь программкой. Его мысли растекались, как струйки пота, сбегавшие по спине.

По правде сказать, он не знал монсеньора Руини, встречался с ним всего раза два в Ватиканской библиотеке — тот обожал архитектуру четвертого века и всего две недели назад вернулся из Турции, где провел три месяца в археологической экспедиции. Однако и такого знакомства оказалось достаточно, чтобы быть удостоен-

54

ным приглашения на отпевание. В подобном положении находилось большинство собравшихся священнослужителей, которые свое пребывание в Риме использовали преимущественно не для религиозных исканий, а для совершенствования в гуманитарных науках. Все они, конечно же, прекрасно понимали разницу между двумя этими призваниями, но предпочитали служение Богу, не связанное с пасторскими заботами. Пребывание в таком месте было прекрасным выходом для молодого священника, заскучавшего от будничных обязанностей в маленьком бостонском приходе.

Впрочем, «заскучавшего», наверное, не совсем точное слово. Мятущегося. Сомневающегося. Вопросы, одолевавшие его в Боснии, так и не нашли своего разрешения. Да и как они могли его найти? Петра перестала писать месяца через два после его отъезда: он принял свое решение, она — свое. Все связи оборвались. И это делало немоту еще более мучительной. Родители советовали вернуться к Петре и все выяснить. На сей раз они не преследовали никаких подспудных целей. Просто хотели, чтобы он был счастлив.

Вместо этого он отправился в свой университетский город Саут Бенд, снова стал вести как бы студенческую жизнь, тренировался в команде с новой порослью однокашников, набрал потерянные три килограмма и обрел как никогда великолепную форму.

Тем не менее чувство пустоты его не отпускало.

Тогда он позвонил Джеку и Энди: младшему братцу нужна помощь. Джек готовился к устным экзаменам на ученую степень; Энди за три недели до того защитил диссертацию по философии в Гарварде. Однако оба, бросив все, примчались к нему на мыс Код. Неделю они провели вместе в их старом летнем доме. Сколько пива было выпито ими во время ночных бдений на пляже, не сосчитать. И, разумеется, — обязательное ночное купание в последний вечер.

— Чертовски холодно, падре. — Это была любимая шутка Джека. «Падрес» была единственной командой, которая проявила хоть какой-то интерес к Пирсу во время его учебы в университете.

Джек любил иронизировать. А плавание в холодной воде он не любил. — Так вот слушай: садишься в самолет, летишь и находишь ее. Можешь мне поверить — все разрешится. — Джек предпочитал выражаться коротко и ясно. Хотя оба младших брата обогнали его в росте — при его-то вполне достойных ста восьмидесяти! — во всем прочем он настаивал на своем превосходстве. «Можешь мне поверить» было его излюбленным выражением.

Пирс лежал на спине, качаясь на волнах и глядя на звезды.

— Дамы и господа, позвольте вам представить скукоженные яйца теории решительности!

Энди хохотнул и тут же, набрав полный рот воды, закашлялся. Счастливо наделенный от природы фигурой Адониса — шестьдесят шесть килограммов при росте метр восемьдесят шесть, — он не обладал ни малейшими спортивными способностями. И теперь, нахлебавшись, едва удерживался на плаву.

— Ты что, тонешь, Дылда? — спросил Пирс.

— Буду тонуть — дам тебе знать.

— Ну, у меня-то уж точно скукожились, — пискнул Джек.

Пирс рассмеялся:

— И это говорит без пяти минут доктор философии.

— Ладно, я действительно замерз. — Джек поплыл на спине к берегу. — Вы с этим Водолеем можете бултыхаться дальше, а я выхожу.

Ритмичные всплески начали удаляться к берегу, а Пирс опустил ноги, над водой осталась лишь его голова. Футах в десяти маячил Энди.

— Ты тоже считаешь, что мне надо ехать? — спросил Пирс.

— Может быть.

— Философский ответ. — Пирс помолчал. — А что ты думаешь на самом деле?

Он услышал, как Энди сделал несколько гребков.

— Я думаю, будь только в ней дело, твоя жизнь была бы куда проще.

— То есть?

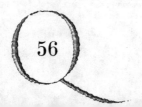

— То есть, если бы речь шла только о женщине, ты бы остался. — Пирс ничего не ответил. — Значит, вопрос не только в ней, — продолжал Энди. Несколько минут они плыли молча, потом он снова заговорил. — Почитай Декарта.

— Что?

— Декарта. *Cogito ergo sum* — мыслю, значит существую. Тебе было бы полезно его почитать.

— Да?

— Правда, это не совсем точно. Не мышление, как таковое, дает ощущение существования, а сомнение. Потому что думать начинаешь тогда, когда сомневаешься. Так что сначала *dubito ergo sum*[1], потом уж *cogito ergo sum*.

— И сколько тебе для этого пришлось хлебнуть?

— Ты не слушаешь, двоечник. Быть может, в нашей семье я ближе всего к атеизму, но даже я понимаю, что вера начинается с сомнения. Если не подвергать ее испытанию, какой в ней смысл? Там, в Боснии, поколебался привычный порядок вещей. Именно поэтому ты туда поехал, правильно? Было бы странно, если бы ты вернулся оттуда, не лишившись кое-каких иллюзий. В этом-то и проблема. Мне, может, она и не совсем понятна, но я точно знаю, что у тебя она есть. В сущности, всегда была. Но сейчас ты впервые вынужден по-настоящему защищать свою веру. А только это и способно ее укрепить. Пока ты этого не поймешь, ничего не изменится, пусть даже твоя подруга окажется здесь, с нами, сей же час. — Пирс услышал, как Энди нырнул с головой, потом снова вынырнул. — Во всяком случае, наверняка можно сказать лишь одно: здесь чертовски холодно.

И Энди решительно поплыл к берегу.

Пирс задержался еще на несколько минут, как всегда, наслаждаясь одиночеством и сознанием собственной ничтожности по сравнению с морем, внешне кажущимся пустынным.

— Спасибо, Энди.

---

[1] Сомневаюсь, следовательно, существую (*лат.*).

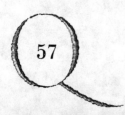

57

Ощущение того, что мяч снова падает ему в руки, кажется, начало возвращаться.

В течение всего периода учебы в семинарии ему удавалось сохранять это ощущение. Эту невидимую связь. Это чувство трансцендентального изумления. Благостной отрешенности. Верный способ держаться от Петры на расстоянии.

Тогда, на время, вопросы утратили свою остроту, утихли даже сомнения, которые Энди считал столь сущностно необходимыми. И Пирсу так нравилось больше. Отвлеченные размышления. Близость к Богу в тенистом убежище послеобеденной молитвы.

Но все это было временно. Выйдя из своего уединения, он испытал еще большее смятение, особенно в роли священника: слишком велик груз ответственности за доверившихся ему прихожан, слишком слаба надежда на отстраненную церковную власть. Церковные догматы в некотором роде все замутняли. То, что в семинарии казалось таким ясным, таким личным, приобрело оттенок, какой был в его отношениях с родителями: тебя держат на коротком поводке. Истинная связь с Богом лишалась сокровенного смысла. Слишком многое стояло между верующим и Христом, что мешало этой связи.

Неудивительно, что боснийская пустота прокралась обратно, угрожая конструкции, которую он возвел внутри себя. Пирс понимал: нужно найти другое место для служения, более изолированное, безопасное, такое, где церковные уложения не смогут подрывать его и без того хрупкую веру. И такое, в котором возвращение Петры в качестве возможного ответа было бы исключено.

Однажды днем, когда он шел один неподалеку от Копли-сквер, его вдруг осенило — он понял, где можно найти такое место. Или, по крайней мере, как. Все сделалось чересчур мрачным вокруг, требовался источник света. Поэтому он вернулся к играм, снова начал забавляться словесными головоломками. Однако на сей раз объектом его интереса стал не святой Павел, чей образ мыслей всегда был чуточку окрашен фарисейским прошлым, не авторы Еванге-

лий, слишком плотно присутствующие в его повседневных трудах, а Августин, чьи прозрения оставались сугубо личными и, следовательно, не столь ограничивающими. Развлечение и благоговейное изумление одновременно.

Итак, в порядке самоспасения он обратился к Блаженному Августину. Это занятие поглотило его целиком. Начав с простого перевода, он углубился в более сложный мир литургического анализа и в процессе работы даже составил себе имя. Участвуя в светских научных конференциях, являясь автором работ, выходящих за рамки тематики личных религиозных убеждений, он снискал известность как ученый-лингвист — неожиданно для окружающих, а более всего для себя самого. Но, разумеется, не для Джона Джея. Тот предвидел подобный поворот. Итак, бывший борец за свободу Боснии погрузился в атмосферу запутанных смыслов и частностей, теперь его энергия сосредоточивалась не столько на вере, как таковой, сколько на ее тонкостях.

Насколько легче «взять и прочесть», чем «взять и понять».

В конце концов, он ведь был сыном своих родителей.

Не желая признавать, что двигается прямиком в ту же западню, он копнул еще дальше в глубь веков, перейдя к Амвросию, наставнику Августина, вдохновителю самого блестящего ума в истории церкви. И самой рациональной системы взглядов в ее истории. Найди ясность в мудрости.

Поэтому, когда представилась возможность поработать в Ватикане с палимпсестом[1] писем святого Амвросия, он тут же ухватился за нее. Не только ради научного интереса, но и из-за самого места. Быть может, в Риме ему удастся заново обрести ту чистоту, которую он в какой-то момент утратил. И убежденность.

С тех пор прошло два года. Два года, в течение которых он постоянно находил другие проекты, позволявшие ему оставаться

---

[1] Палимпсест — древняя рукопись на пергаменте, написанная на месте счищенного текста.

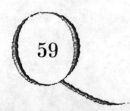

в Риме и пребывать в изолированном мире абстрактного благочестия. Возможно, ответы здесь и не были более простыми, зато вопросы оставались более отвлеченными.

Участники церемонии встали, Пирс тоже. Причастие. Он занял свое место в очереди к алтарю и вдруг заметил метрах в десяти впереди себя знакомое лицо: человек оглянулся, стараясь привлечь его внимание. Данте Чезаре, брат из монастыря Святого Климента и неутомимый исследователь легендарных церковных подземелий, стоял у одной из полудюжины сводчатых арок, обрамлявших церковный корабль. Один из немногих братьев-неирландцев этого монастыря, Чезаре был ростом почти метр девяносто. При весе килограммов в шестьдесят его фигура практически терялась под рясой, словно ее не было вовсе, — только загрубелые от раскопок руки да ноги выглядывали из-под облачения. Сейчас его голова, такая же вытянутая, как и вся фигура, маячила поверх других голов — орлиный нос словно бы натягивал кожу на скулах. Чистый Эль Греко.

Они познакомились чуть больше года назад в парке виллы Дориа Памфили, с юга примыкающем к Ватикану, — лучшем месте для поиска партнера, если хочется в выходной день перекинуться мячом. У Пирса вошло в привычку по субботам собирать группу детишек из американской школы и понемногу играть с ними в бейсбол, чтобы поддерживать форму. Однажды из-за дерева появился Чезаре. Он держался поодаль, однако было видно, что зрелище доставляет ему удовольствие. Когда мяч случайно пролетел мимо него, он помчался за ним с энтузиазмом пятилетнего мальчика. Воспоминание о том, как метались тогда его костлявые руки и ноги, всегда вызывало у Пирса улыбку. Оказалось, что недостаточность физического развития с лихвой окупалась у монаха пониманием игры. Много лет он был заядлым болельщиком «Янки», знал все связанные с командой истории и статистику матчей. Дети его обожали. Пирс давал им навыки игры, все остальное давал им Чезаре.

Раз в неделю сверх того священник и монах обсуждали две неизменные темы: размышления Фомы Аквинского о Вечном Законе и благодати и привязанность Баки Дента к Зеленому чудовищу[1].

Их дружба крепла.

Тот Чезаре, который сейчас ожидал его под аркой, мало походил на человека, с которым Пирс дружил в позапрошлом году. Точеное лицо выглядело более суровым, чем обычно. Это, впрочем, было не удивительно, учитывая близость Чезаре к покойному монсеньору. Тем не менее в глазах монаха Пирс заметил скорее настороженность, чем печаль, когда тот взглядом указал ему налево, в пустой наружный проход между рядом арок и высокой стеной, покрытой фресками и мозаиками. По нему Чезаре направился к выходу. Пирс последовал за ним.

Никто, кажется, не заметил их исчезновения.

— Мы пропустим самое главное, — прошептал Пирс.

Чезаре пропустил мимо ушей его реплику и продолжал идти. Они приблизились к кованым чугунным воротам, ключ монах уже держал наготове. За воротами находилась лестница, которая вела в подземелье. Безо всяких объяснений Чезаре вставил ключ в замок и открыл ворота, скрип петель потонул в звуках мессы, продолжавшейся у них за спиной. Бросив быстрый взгляд через плечо, Чезаре жестом велел Пирсу проходить побыстрее: времени на расспросы нет. Потом закрыл ворота, снова запер их и пошел к лестнице.

Пирсу лишь раз довелось побывать с другом там, внизу. Тогда они спускались, чтобы посмотреть на маленькую статуэтку, которую раскопал Чезаре: древнее изображение божества плодородия, найденное в храме Митры, относящемся ко второму веку и расположенном то ли двумя, то ли тремя уровнями ниже, — очередное сокровище неизменно пополняющейся коллекции церкви Свято-

---

[1] Баки Дент (род. 1951) — знаменитый американский бейсболист команды «Нью-Йорк янки». Зеленое чудовище — выкрашенная зеленой краской стена левого поля на бейсбольном стадионе «Фенуэй Парк» в Бостоне.

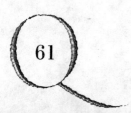

61

го Климента. Так же, как очень многие ее соперницы, разбросанные по городу, эта церковь могла похвастать своим музеем археологических древнеримских находок. Однако в отличие от других ее родословная, уходящая вниз, под землю, могла быть четко прослежена уровень за уровнем, от одного храма к другому, от одной эпохи к другой: двенадцатый век, четвертый, второй... Причем все культурные слои сохранились почти в идеальном состоянии. Именно поэтому она так популярна среди туристов. И именно поэтому Пирс испытывал в этом месте какую-то нервозность. Слишком уж напоминала она ему другую церковь. И другое время.

Так и не отошедшее окончательно в прошлое.

Чезаре направился ко входу, предназначенному только для участников раскопок. Взял небольшой фонарь, включил его и передал Пирсу; потом взял еще один, для себя, и начал спускаться, по-прежнему не произнося ни слова. На первой площадке он снова бросил быстрый взгляд через плечо. Сам не понимая почему, Пирс сделал то же самое; лестничная шахта была пуста. Продолжили спуск. Дважды Пирс попытался спросить, что они здесь делают, и дважды Чезаре молча отмахивался.

Пройдя через ряд извилистых боковых тоннелей — где-то поблизости был слышен шум струящейся воды, — они оказались наконец в катакомбах шестого века, в лабиринте узких проходов с низко нависающими потолками из необтесанных камней. Здесь Чезаре остановился и, пригнувшись, свернул в небольшую нишу, где потолок и вовсе был не выше полутора метров. Пирс послушно следовал за ним.

— Здесь, — отрывисто произнес итальянец.

Ссутулившись, он стоял посреди помещения площадью футов семь на десять. Поверхность стен напомнила Пирсу песчаные замки, которые они строили, бывало, на пляже мыса Код: влажный песок малыми щепотками осыпается сверху, и каждая новая щепотка грозит обрушить все строение. Вот и теперь у него было ощущение, что хрупкие стены скоро начнут осыпаться, и сколько времени осталось в их с Чезаре распоряжении, неизвестно.

— Еще один божок плодородия? — с улыбкой спросил Пирс, твердо вознамерившись оставаться у выхода.

Чезаре повернулся к нему, его мысли явно витали где-то далеко.

— Что? — Мгновенное воспоминание, потом: — Нет-нет, ничего подобного. Почему ты стоишь там? Иди сюда. Быстро.

Пирс повиновался и подошел к дальней стене.

— Все равно никогда не мог этого понять, — сказал он, еще шире улыбаясь. — Монах — и божество плодородия.

— Что? — опять рассеянно переспросил Чезаре. Он стоял, склонившись над грудой камней, приваленных к стене, и трудолюбиво разбирал ее. Не дожидаясь ответа, продолжил: — Ты знаешь, что Себастиано копал в нижней церкви за фресками де Рапицы[1]. — Он на несколько секунд задумался, потом заговорил снова, продолжая разбирать камни: — Так о чем я? Ах, да, так вот, ты знаешь, что он часто работал в старой церкви. Именно там, за фресками, и нашли тело. — Монах был очевидно взволнован. — Но я не думаю, что он был там позавчера ночью.

Пирс мгновенно представил себе черно-белую фотографию, виденную им в одной из местных газет: сорокапятилетний Руини остался на ней навек пленником храма четвертого века.

— Ты считаешь, что его не было там, где его нашли? — сарказмом Пирс хотел вернуть Чезаре в реальность.

— Именно. И я не думаю, что у нашего друга просто остановилось сердце, как нас пытаются уверить.

Пирс внимательно следил за итальянцем: непривычно было видеть такую нервозность и резкость движений у человека, известного своим непоколебимым хладнокровием.

---

[1] Бено де Рапица — итальянский художник конца XI — начала XII века. В 847 году старая церковь Святого Климента серьезно пострадала от землетрясения. Чтобы укрепить ее, были возведены дополнительные стены. Фрески, о которых идет речь, были даром семейства де Рапица для украшения этих стен. Они частично сохранились поныне в основании теперешней церкви Святого Климента, возведенной над старой церковью.

— Вот как? — Ирония Пирса явно не произвела на его приятеля впечатления. — И почему же?

Чезаре прекратил работу и обернулся.

— Помоги мне, пожалуйста.

Он чуть посторонился, чтобы Пирс мог встать рядом с ним на колени. Пирс опять беспрекословно повиновался. Вместе они отвалили несколько последних тяжелых камней. За ними в стене открылось небольшое отверстие. Распластавшись на животе, Чезаре засунул руку и, пошарив, вытащил металлический футляр цилиндрической формы. Потом перевернулся на спину и сел, привалившись спиной к стене. Пирс сделал то же самое.

— Потому что, — продолжил прерванный разговор монах, — три ночи тому назад он дал мне это. — Он указал на зажатый между колен футляр.

— А что это?

— Он был в прекрасной форме. — Чезаре словно и не расслышал вопрос. — Я его таким еще никогда не видел. Он велел мне спрятать это всего на несколько дней и никому не говорить. — Монах как будто снова потерял нить мысли. — Он был встревожен. Очень встревожен.

— Похоже, это оказалось заразным, — заметил Пирс, не оставляя попыток разрядить обстановку.

Его реплика моментально заставила Чезаре очнуться.

— Что?

— Ничего. Он сказал, почему просит тебя об этом? — Поскольку Чезаре продолжал смотреть перед собой отрешенным взором, Пирс добавил: — Ты заглядывал внутрь?

Во взгляде монаха вдруг вспыхнуло бешенство:

— Почему? Почему ты об этом спрашиваешь?!

Пирс шутливо поднял руки, изображая капитуляцию, — еще одна попытка успокоить друга.

— Я просто спросил. Вовсе не хотел...

— Да-да, конечно, ты просто спросил. — Чезаре положил руку Пирсу на колено, выражение его лица мгновенно сделалось крот-

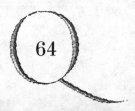

ким. — Прости. Просто я... — Он опять потерял мысль. Глубоко вдохнул, сделал длинный выдох. Пирс терпеливо ждал, пока к другу вернется способность говорить. — Я взял этот футляр, отнес к себе в келью и думать о нем забыл. А потом Себастиано внезапно умер. Естественно, я заглянул внутрь.

— И?

Чезаре начал медленно вращать цилиндр, пока не нащупал маленький замочек, расположенный примерно на середине его длины. Дернул язычок — верхняя часть футляра открылась с шипящим звуком, сопровождающим обычно вскрытие вакуумной упаковки, — и осторожно достал нечто, напоминающее свернутый пергаментный свиток.

— Он сказал, что нашел это там, за фресками.

— И ты совсем не знаешь, что это такое? — спросил Пирс. Чезаре быстро замотал головой. — А почему он отдал это тебе, знаешь?

— Почему мне? — Смысл вопроса не сразу дошел до него. — Нет. Он был напуган. Мы копали рядом, он увидел меня... Я не знаю. Он сказал, что это всего на несколько дней.

Пирс кивнул, просто чтобы успокоить Чезаре.

— А зачем ты принес это сюда?

Итальянец прислонился затылком к стене.

— Почему?.. Почему я принес это сюда? — Ему снова понадобилось время, чтобы сосредоточиться. — Потому что на следующий день после того, как его... на следующий день после смерти Себастиано я обнаружил, что кто-то побывал у меня в келье.

— Что-что? — вся ирония мигом улетучилась из голоса Пирса.

— Несколько предметов были слегка сдвинуты с мест. У меня все всегда стоит строго на своих местах. — Для убедительности он несколько раз энергично тряхнул головой. — В любом случае я точно знаю, что кто-то там побывал. К счастью, у меня есть потайное место, где я храню кое-какие другие вещи. Они не нашли футляр. Но они искали. Это я знаю наверняка. Поэтому для безопасности и перепрятал его здесь.

— А почему ты не отнес его настоятелю или в полицию?

— Думаешь, мне самому это не пришло в голову? Но поначалу я запаниковал. А когда сообразил, что нужно делать, отпевание уже было решено проводить здесь, наверху. Начались приготовления, проникнуть сюда так, чтобы никто тебя не заметил, стало невозможно. Не мог же я пойти к настоятелю или в полицию без этого. — Он приподнял скрученные в рулон листы пергамента, потом засунул их снова в футляр, нажал на язычок. Механизм щелкнул и запер футляр.

— Ну, а меня ты зачем сюда привел? — Этот вопрос впервые пришел Пирсу в голову.

Чезаре повернулся к нему, в его взгляде снова была пустота. Он попытался улыбнуться.

— Не знаю. Просто увидел тебя и подумал, что лучше прихватить кого-нибудь с собой. — Он внезапно оборвал себя и уставился в пол. — Вообще-то это неправда. — Пирс ждал продолжения. — Я знал, что ты будешь сегодня здесь. — Чезаре упорно смотрел в пол. — И знал, что во время службы никто не обратит на нас внимания. — Он явно боролся с собой.

Пирс все так же молча ждал.

— Себастиано сказал, что пергамент... текст... — Чезаре поднял голову. — Ну, что он может иметь какое-то отношение к манихеям. — Поскольку собеседник по-прежнему молчал, он продолжил после паузы: Ты же знаток в области ересей четвертого века — ну, ответ Августина Мани и его последователям и все такое. Вот я и подумал, может, ты поймешь, что нужно делать с этим свитком. — Высказавшись наконец, Чезаре закрыл глаза и снова прислонился затылком к стене.

— Манихеи? — Упоминание о манихеях несказанно удивило Пирса, его абсурдность полностью развеяла страх, который начал было охватывать и его. — Данте, — улыбнулся он, пытаясь найти подходящие слова, — меня едва ли можно назвать специалистом, но я точно знаю, что никто никого не стал бы убивать из-за того, что когда-то написали манихеи. Это же... нелепо. — Он не смог удер-

жаться от смешка. — Секта прекратила своё существование полторы тысячи лет назад — Пирс видел, что его попытки успокоить друга не имеют никакого успеха. — Послушай, если на пергаменте именно это, могу заверить, что тебе не о чем беспокоиться. Совершенно не о чем. Может, ты неправильно понял то, что Себастиано...

— Нет! — в голосе монаха послышался гнев. — Я видел то, что видел. И знаю, что сказал мне Себастиано. — Он повернулся к Пирсу, нисколько не поколебленный. — И я знаю, кто такие манихеи. Разумеется, никто не станет убивать из-за древней ереси. Я не дурак, Йен.

— Я и не сказал...

— Себастиано считал, что за этим что-то кроется. И мне кажется в высшей степени странным, что он умер через два дня после того, как передал мне некий текст, в котором, по твоим словам, нет ничего, из-за чего мне стоило бы беспокоиться. Мою келью обыскали. Если ты думаешь, что это просто забавно...

— Хорошо. — Пирс начал уставать от сидения на каменном полу. — Мы отнесем его настоятелю, или в полицию, или туда, куда ты сочтешь нужным, и посмотрим. Ну как?

Чезаре подумал, прежде чем ответить.

— Отлично.

— Отлично, — эхом отозвался Пирс. Он с облегчением откинул голову, прислонившись к стене, но, почувствовав, что все еще не успокоил друга окончательно, добавил: — Хотя для волнений повод, конечно, имеется. — Глядя прямо перед собой, он подождал, пока Чезаре повернет к нему голову. — В результате вчерашней игры «Красные носки» подобрались к «Янки»[1] на четыре очка.

Через несколько секунд монах переспросил:

— Что?

— «Носки». Они в четырех шагах от «Янки». Боюсь, самое время начинать нервничать.

Взгляд Чезаре прояснился.

---

[1] «Красные носки», «Янки» — американские бейсбольные команды.

— Какой был счет?

Пирс упорно смотрел в дальнюю стену.

— Игру остановили согласно правилу десяти очков[1].

На лице Чезаре впервые промелькнуло слабое подобие улыбки.

— Я думал, это правило действует только в лиге младших школьников. — Пирс пожал плечами. — Впрочем, они к ней уже, похоже, приближаются.

Теперь Пирс улыбнулся, встал с пола, положил руку Чезаре на плечо, похлопал по вылинявшей рясе и сказал:

— Ты, как всегда, пессимист.

— Просто вас, людей, ничто ничему не учит, в этом все дело. — Впервые за последние двадцать минут он, казалось, расслабился.

Чезаре уже поднимался, когда в коридоре внезапно замаячил свет. Он подавил панику напряжением воли.

— Свет зажигают только для туристов, — сказал он, осторожно подходя к выходу. — И идти он может только с уровня двумя этажами выше. — Выглянул в коридор, потом повернулся к Пирсу и протянул ему футляр. — Они появятся здесь только через несколько минут. Возьми и спрячь это обратно в дыру.

— Данте, я уверен, что...

— Пожалуйста, Йен, прошу тебя. Если все это окажется ерундой, потом посмеешься надо мной. А сейчас просто сделай то, что я прошу. — Пирс взял футляр. — Завали дыру камнями, выключи фонарь и жди десять минут, потом уходи. Я... пойду вперед и постараюсь их отвлечь. Встречаемся через час возле Колизея.

Не успел Пирс ответить, как монах вышел и в коридоре послышался звук его быстро удаляющихся шагов. Пирс нехотя сделал то, о чем его попросил Чезаре: выключил фонарь. Комната погрузилась в кромешную тьму, если не считать слабого света, проникавшего через дверной проем. Однако то место, где в стене находилось от-

---

[1] В младшей школьной лиге существует правило, согласно которому при разрыве в счете, превышающем десять очков, игру останавливают, чтобы не травмировать проигрывающих.

верстие, было полностью скрыто в темноте. Он поставил фонарь на пол, опустился на колени и стал ощупывать стену. Нашарив дыру, засунул в нее футляр, затем завалил ее камнями. Посмотрел на часы: без двадцати пять. Прислонившись спиной к стене, он откинул голову и закрыл глаза.

«Манихеи. — Пирс невольно улыбнулся. — Бич истинно верующих». Полторы тысячи лет забвения — и вот теперь по их милости он сидит в сырой пещере, в церковном подземелье, ожидая, пока наверху погаснет свет. Чего же еще ждать, подумал он, от «Братьев Света»?

Надо признать, что даже святого Августина некогда увлекла манихейская мистика, какое-то время он был их преданным приверженцем, соблазненным тем пониманием насущнейшего вопроса «Откуда берется зло?», который давала секта. Пирс вспоминал, что этот вопрос превратился в манию для ранних христиан, которые единодушно утверждали: только не от совершенного Бога. Но если не от Бога — источника всех вещей, — то откуда? Манихеи, судя по тем крохам знаний о них, коими он обладал, нашли весьма остроумный подход, основанный на иранском дуализме: мир разделен на два противоборствующих царства — Царство света и Царство тьмы, дух и материальную природу. Это вынуждает человека полагаться на разум, чтобы отличать одно от другого. Именно в самопознании они обнаружили ключ к спасению. Быть может, самопознание ставилось ими даже выше веры. Вот этого-то молодой Августин уже принять никак не мог. С каким ожесточением обрушился он на своих бывших единоверцев, обозвав их еретиками и загнав в подполье, чем обрек только еще нарождавшуюся секту на исчезновение. Как жизненно важно было для него искоренить опасную, и притом коварную, простоту их учения.

И как драматически все переменилось за последние полторы тысячи лет, подумал Пирс. Литургия, продолжавшаяся наверху... Церковная служба стала обыденным ритуалом, не требующим поисков более глубинного смысла. Все споры давно забыты. Больше не нужно выигрывать сражения, развенчивать ереси — нет ничего, что могло бы сообщить импульс истинной полемике.

Вера как высшее проявление покорности.

Отогнав мысли о нынешних религиозных сомнениях, Пирс постарался сосредоточиться на Чезаре. Как бы ни хотел он отмахнуться от подозрения, что смерть Руини была отнюдь не естественной, настоятельные доводы монаха, пусть лишь на какой-то момент, заставили его допустить и иную, куда более тревожную версию. Но даже в этом случае он не мог уловить смысл. Газеты сообщили, что имел место разрыв сердца. То же сказала церковь. Зачем? Чтобы скрыть этот текст? Манихейский? Но это же… абсурд.

В коридоре послышались шаги, Пирс мгновенно открыл глаза и интуитивно прижался поближе к стене. Предосторожность была излишней, поскольку он и так сидел в кромешной темноте, но инстинктивное желание чувствовать твердую опору за спиной оказалось выше соображений разума. Он ждал в полной уверенности, что через несколько мгновений какое-нибудь знакомое лицо из верхней церкви заглянет в дверной проем и задаст ему обескураживающий вопрос: что, собственно, он здесь делает? Он лихорадочно принялся придумывать уместный ответ. Шаги тем временем приближались, но было в них нечто, что заставило его насторожиться: они были слишком осторожными, слишком выверенными. Кто бы ни шел сейчас там, по коридору, он шел очень медленно, будто высматривал что-то.

Или кого-то.

В первый раз с начала этой «прогулки» Пирс почувствовал себя не в своей тарелке. Подтянув колени к груди, он уставился на свет, сочившийся снаружи.

— Он двигается к старой церкви, — эхом разнеслось в коридоре. Говорили по-итальянски. Голос шел из рации. И еще через секунду: — Мы поймали его! — Тут же мимо входа в нишу пробежала фигура, пробежала слишком быстро, чтобы Пирс смог ее разглядеть. Разве лишь то, что это был мужчина среднего роста. Темноволосый. В плаще. Еще несколько секунд — и звук шагов смолк.

Пирс не двигался. Само по себе вторжение голоса в окружающую тишину ошеломило его, но от слов, которые этот голос произнес, он и вовсе окаменел.

«Мы поймали его!»

Тревога переросла в настоящий страх, казавшееся ему преувеличенным чувство близкой опасности, владевшее Чезаре, теперь охватило его самого. Он пытался найти логическое объяснение тому, что случилось в последние полминуты, но не мог. Бесстрастный голос по рации и ужас в глазах монаха связались воедино, оставив ему единственный выбор.

«Старая церковь».

Отбросив все мысли, он вскочил, едва не стукнувшись головой о потолок, и, подхватив фонарь, бросился к выходу. Чуть-чуть высунув голову наружу, осмотрел коридор. Никого. Низко пригнувшись, побежал и только секунд пятнадцать спустя сообразил, что понятия не имеет, где находится эта старая церковь. Стены из неотесанных камней сменились более гладкими, потолок стал повыше, но никаких признаков церкви не было. Он миновал лестничный проем, прошел несколько ярдов и оказался на пересечении трех тоннелей, каждый из которых тонул вдали в темноте. Остановился, прислушался к передвижениям наверху, но звук льющейся воды заглушал все иные звуки.

Пирс выбрал центральный проход, стараясь ступать как можно тише и напрягая слух, чтобы заранее уловить малейший шорох впереди. По-прежнему ничего. Дойдя до конца, он снова оказался на развилке, теперь двух путей. Пытаясь сориентироваться, закрыл глаза и представил себе все повороты, которые миновал, мысленно наложив их на воображаемый план верхней церкви. Это только еще больше запутало его. Он повернул налево, по-прежнему стараясь двигаться бесшумно, но вскоре понял, что прошел слишком далеко, по-прежнему не встретив признаков подземной церкви. Однако никаких ответвлений у тоннеля, по которому он теперь пробирался, не было, так что оставалось лишь продолжать идти вперед. Он подумал было вернуться обратно, но понял, что это бессмысленно.

После нескольких минут сводящего с ума движения в никуда он наконец очутился перед лестницей. Прыгая через две ступеньки, преодолел сначала один уровень, потом второй. Когда в поле зрения появились большие железные ворота, шея Пирса была мокрой от испарины. На миг его охватила паника: он вспомнил, что Чезаре понадобился ключ, чтобы отпереть те, другие ворота. К счастью, эти оказались закрыты лишь на металлический штырь, утыкавшийся в углубление в каменном полу, достаточно было чуть-чуть приподнять его и толкнуть створку. Снаружи на воротах висела табличка: «Частное владение». Он прикрыл их за собой и вышел в маленький атриум. В дальнем конце была видна дверь, через стеклянные панели которой просматривался мощеный церковный двор.

Теперь он хоть знал, где находится: главный храм — слева. Более того, он вспомнил, что лестница, ведущая в церковь четвертого века, расположена по другую сторону двора. Напустив на себя как можно более кроткий вид и прижимая фонарь поближе к ноге, Пирс небрежной походкой направился к стеклянной двери. Доносившийся слева монотонный гул продолжавшейся службы поглотил звук его торопливых шагов. Он поспешно пересек двор и добрался до лестницы. Ее перегораживала символическая цепь с табличкой «Закрыто», написанной густыми красными чернилами. Раскопки были прекращены на время заупокойной службы. Требовалось только чуть выше поднять ногу, чтобы переступить через цепь, и можно было спускаться.

Зачем-то он посмотрел на часы: без пяти пять. Прошло чуть более десяти минут с того момента, когда голос по рации дал понять, где искать Чезаре. Десять минут бессмысленных блужданий. Перед его мысленным взором то и дело вспыхивал панический взгляд монаха. Настроение Пирса осложнялось чувством собственной беспомощности. Спустившись до конца лестницы, стараясь дышать спокойно и ступать бесшумно, он дошел до входа в подземную церковь. Внутри нашел фрески де Рапица и, прислонившись спиной к стене, стал боком осторожно продвигаться вдоль коридора.

У арочного перехода остановился, смущенный тишиной, прислушался, надеясь услышать хоть какой-нибудь звук, заметить хоть какое-нибудь движение. Ничего. И тут он от души рассмеялся на всю старую церковь.

Она была абсолютно пуста. Ряд колонн тянулся по центру открытого пространства, в льющемся сверху свете массивные камни отбрасывали широкие угловатые тени. Пирс прошел внутрь, оглядываясь по сторонам, зная, что ничего не увидит, но все еще надеясь. Дойдя до конца, развернулся и повторил бессмысленный осмотр. Полицейской лентой был огорожен небольшой участок, где было найдено тело Руини, но ничто не свидетельствовало о том, что за два дня с момента страшной находки здесь кто-нибудь побывал. Он хотел убедить себя, что у него просто разыгралось воображение, что голос из рации был неким причудливым совпадением, что страхи Чезаре явились следствием его буйных домыслов. Но молчащая комната лишь усиливала собственные опасения Пирса.

Странная тишина, осенявшая это место, казалась еще более призрачной из-за мерцания света люминесцентных ламп на древних камнях. Пронзительно-высокое жужжание этих светильников словно дразнило его, усугубляло чувство изолированности от мира. Он слышал каждый свой вдох, взмокшая от пота шея вдруг ощутила холодное прикосновение казавшегося безвоздушным пространства. Здесь невозможно было думать. Скорее назад, в коридор.

Пирс был на полпути к лестнице, когда свет внезапно погас. Он инстинктивно прижался к стене, сердце бешено заколотилось. Он почти ожидал, что сейчас из темноты вылетит кто-нибудь, что-нибудь, что подтвердит рассказ Чезаре, но все вокруг оставалось неподвижным. Постепенно Пирс вспомнил, что выключатели находятся этажом выше. Кем бы ни был преследователь, он сейчас просто проверяет, не оставил ли следов. Больше Пирс ничего сделать не мог. Он включил фонарь и быстро двинулся по коридору.

Не прошло и минуты, как он снова был наверху, поблизости слышались голоса: люди выходили из храма. Панихида закончилась. Он поставил фонарь на вторую ступеньку и как ни в чем не бывало направился в церковь через боковой вход. Большинство верующих выходили через дальнюю дверь, несколько человек уже шли по двору. Приветственный кивок там-сям, пока он двигался, вглядываясь в людей и надеясь заметить среди них приметную фигуру Чезаре, его голову, плывущую над остальными головами. Ему вдруг пришло на ум, что то же самое может делать сейчас и кто-то еще. Быть может, Чезаре удалось от них улизнуть? Вероятно, именно поэтому подземная церковь оказалась пустой. Надежда — мощный эликсир. Он расширил зону обзора, хотя сам толком не понимал, что ищет, но поиск сам по себе успокаивал.

Через несколько минут, пройдя через церковь, он стоял у главного выхода, так и не увидев никого и ничего, что привлекло бы внимание. Оказавшись на улице Сан-Джиованни ин Латерано, Пирс увидел, что дождь прекратился, повис густой туман. Недолгий покой, посетивший его в храме, сменился отчетливым сознанием того, что Чезаре исчез.

«...Колизей... через час». Ничего не оставалось, кроме как верить, что монах будет там.

Эхо собственных шагов сопровождало Стефана Кляйста по затянутому ковровой дорожкой коридору. В его фигуре не было ничего примечательного, кроме непропорционально широких плеч, гораздо более широких, чем положено мужчине его невысокого роста. Они придавали ему вид человека незаурядной силы и твердости, что вполне соответствовало его характеру. Даже сквозь тонкую ткань пиджака угадывалась крепкая мускулатура изящных рук, свободно опущенных сейчас вдоль туловища. Когда из номера, мимо которого он проходил, вышла горничная, он небрежно сунул руку в карман брюк. Горничная тащила за собой знакомую тележку со стопками гостиничных полотенец, помеченных эмблемой

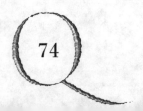

«Бернини Бристоль». Кляйст улыбнулся, слегка приподняв уголки губ, однако в его бледно-зеленых глазах не отразилось ничего, кроме холодной вежливости. Девушка коротко кивнула в ответ и быстро пошла в противоположном направлении. Как только они разминулись, лицо Кляйста снова приобрело обычное стальное выражение: холодная непроницаемость взгляда, твердая линия сомкнутых губ. В конце коридора он свернул налево и через обитую кожей тяжелую дверь прошел ко входу в последний на этаже апартамент. Нажал кнопку звонка, подождал.

Через несколько секунд из-за массивной двойной двери донесся голос:

— Si?[1]

— Стефан.

Еще мгновение — щелкнула задвижка, и дверь распахнулась, открыв взору прихожую, за которой просматривалась гостиная. Кляйст вошел и, на ходу кивнув открывшему ему мужчине, прямиком направился туда. Четыре человека расположились в креслах и на кушетках, все повернули головы в сторону вновь пришедшего. Кляйст молча сел в кресло у дальней стены, за человеком, державшим речь.

— Вероятно, сегодня или завтра, — продолжал тот, не прерываясь на приветствия. — Самое позднее — в конце недели.

Так же, как Кляйст, одет он был безупречно: из нагрудного кармана пиджака выглядывал уголок платка. Мужчина сидел, элегантно закинув длинную ногу на ногу. В свои шестьдесят с лишним лет кардинал Эрих фон Нойрат значительно облысел, высокий лоб, обрамленный узким нимбом оставшихся волос, придавал ему сурово-аскетичный вид. Высокие скулы и землистая бледность лица усиливали впечатление абсолютной бесстрастности. Когда он бывал в церковном облачении, эту маску можно было принять за благочестивую задумчивость. В сочетании со светским одеянием она выражала чуть глумливую аристократическую надменность.

---

[1] Да? (*итал.*) Здесь: «Кто?»

75

— А нет шанса, что он каким-то чудом выживет? — поинтересовалась единственная здесь женщина. — Непредвиденный поворот событий исключен? — Донья Марселья де Ортас Сомало, кастильская графиня, была единственной среди них подлинной аристократкой. Эта дама лет пятидесяти пяти похоронила уже четырех мужей, последний из которых был на тридцать лет моложе нее. Не признавая никакого траура, она надела для этой встречи темно-зеленый костюм от Армани, с юбкой чуть ниже колен, подчеркивающий наиболее выдающиеся достоинства ее фигуры. По правде сказать, все они были выдающимися. Как и лицо: тонкий нос, изящные скулы, оттеняющие большие темно-карие глаза, выражение которых как бы всегда говорило: она точно знает, у кого что на уме. Чаще всего так оно и было. Даже собранные на затылке в пучок крашеные белокурые волосы, которые любой другой женщине придавали бы претенциозный, чтобы не сказать больше, вид, идеально соответствовали тону и структуре ее кожи. Не то чтобы дама выглядела на двадцать лет моложе своего возраста. Нет. Но едва ли нашлась бы двадцатипятилетняя женщина, которая не отдала бы все на свете, чтобы обладать шармом графини. И графиня отлично это понимала.

— Нет, — ответил фон Нойрат. — Даже папа не всесилен. Доктора не в состоянии объяснить причину его внезапной болезни, но все они единодушно сходятся во мнении, что она зашла слишком далеко, чтобы его можно было спасти. Как я уже сказал, — не позднее конца недели.

Самый молодой участник квартета сдвинулся на край сиденья.

— Следует ли мне в таком случае... то есть должен ли я...

— Ну, рожайте же уже, Артуро, — подстегнул его фон Нойрат.

Артуро Лудовизи, старший аналитик Банка Ватикана, не столько кивнул, сколько нервно дернул головой, отчего вид у него стал еще более смущенным. Это был маленький человечек с набриолиненными волосами, разделенными строгим пробором. Накрахмаленный до хруста воротник его рубашки взмок от пота. Тем не менее лицо мужчины было замечательно красивым, несмотря на выражение неловкости, казалось, никогда его не покидавшее. Он сделал глубокий вдох и предпринял новую попытку:

— Должен ли я... нужно ли мне в таком случае ускорить оборот депозитных средств?

— Нет. Просто продолжайте управлять счетами, Артуро. Не нужно ничего ускорять, — ответил фон Нойрат.

Снова короткий нервный кивок.

— Насколько понимаю, я тоже не должен отменять обычный порядок служб. — Последний из четверки пересел к краю кушетки. Отец Джон Джозеф Блейни, некогда приходский священник, а ныне специальный посланник Ватикана, ждал ответа.

— Конечно, нет, — подтвердил фон Нойрат. — Сейчас его соблюдение даже важнее, чем прежде. — Дождавшись, когда Блейни согласно кивнет, он продолжил: — Итак, если это случится в ближайшие несколько дней, нам нужно будет удостовериться в количестве голосов, причем быстро. Ходят слухи, будто мы с Перетти собираемся расколоть конклав, что откроет дорогу к папскому престолу неведомо кому.

— Не думаю, что будет так уж трудно оказать давление на кое-какие круги, — заметила графиня.

— Оказать давление — не проблема, донья, — с готовностью подтвердил Кляйст. Эти двое испытывали некую симпатию друг к другу вроде родственной, но без обычных для родственников осложнений. Графиня была для Кляйста как бы покровительницей. Он для нее — доверенным лицом.

— Дело не в том, проблема это или нет, — вмешался Блейни, глядя мимо фон Нойрата прямо на Кляйста. — Я отдаю должное вашему энтузиазму, герр Кляйст, но физическое устрашение — а то и еще чего хуже — должно применяться лишь в самом крайнем случае. Если оно вообще допустимо.

— Тем не менее и такую возможность нельзя исключить, — вставил фон Нойрат.

— Сейчас не пятнадцатый век, Эрих. И вы — не Лоренцо Медичи, — после небольшой заминки возразил Блейни.

— Выборы не представят собой трудности, — повторила графиня, желая вернуть собеседников к главной теме. — О чем нам следует сейчас подумать, так это о времени, которое наступит непосредственно после них. Разве не для этого мы здесь собрались?

— Без выборов, — возразил фон Нойрат, — не будет никакого «после».

Наступила пауза, которую в конце концов прервал Блейни:

— Нам просто нужно твердо условиться о некоторых вещах.

Они проговорили еще с полчаса, после чего Лудовизи начал собираться.

— У меня самолет. Если я должен сделать кое-какие трансферты... то мне пора. — Финансист ждал позволения.

— Хорошо, — сказал фон Нойрат. — Полагаю, мы обо всем договорились.

Лудовизи с явным облегчением встал.

— Вы ведь будете связываться с разными ячейками? — спросил фон Нойрат. — Напомните им о необходимости соблюдать строжайшую секретность.

Лудовизи еще раз кивнул.

Фон Нойрат тоже поднялся и повернулся к Блейни.

— Да, кстати. Есть какие-нибудь новости из церкви Святого Климента? Удалось выяснить, что именно там происходит?

Блейни покачал головой.

— Я точно не знаю. Кажется, этим занимается герр Кляйст. — Он опять посмотрел мимо фон Нойрата непосредственно на Кляйста. — Я прав?

Кляйст, тоже собравшийся уходить, ответил:

— Совершенно верно, святой отец. Я этим занимаюсь.

Лудовизи уже направлялся к выходу.

— Артуро, вы ничего не забыли? — окликнул его Блейни. — Не забыли ли мы все чего-нибудь?

Графиня первой поняла, о чем речь, и преклонила колени. Фон Нойрат, не скрывая раздражения, последовал ее примеру. За ним — остальные. Блейни опустился на колени последним и начал читать молитву: «Вы, кто ищете меня, только в Абсолютном свете, в Истинном восхождении обрящете. Познав меня, приидете к себе в ореоле беспорочного света, чтобы взойти к эонам...»

Пять минут спустя апартамент опустел.

Последняя волна туристов, подгоняя друг друга, чтобы успеть войти до закрытия, протекла через турникеты. Пирс сидел на скамейке в пятнадцати метрах от них, упершись локтями в колени и положив подбородок на сомкнутые кисти. И чего они суетятся: все равно свет безнадежно гаснет, не в силах на исходе дня пробить слишком толстый слой облаков, а фонари пока не зажглись, так что от них тоже никакого толку. Тем не менее все держали фотоаппараты наизготовку.

Поначалу он хотел пойти в полицию, но Чезаре, конечно же, был прав: что он мог сказать там такого, что не показалось бы странным, чтобы не сказать отдающим паранойей? Ведь сама пергаментная книга по-прежнему покоилась в подбрюшье церкви Святого Климента. Более того, Пирс еще верил, что всему этому есть разумное объяснение; вот появится сейчас Чезаре, смущенно улыбнется, пожмет плечами — и они, посмеявшись над собой, отправятся в ближайшее кафе. «Манихеи, — скажет он. — И что это я себе напридумывал?»

Но слова, услышанные в катакомбах, продолжали эхом отдаваться в голове: «Мы поймали его».

Он посмотрел на часы: четверть седьмого. Огляделся вокруг. Чезаре должен был прийти еще полчаса назад. Эхо в голове усиливалось.

Наверное, в четвертый раз за последние пятнадцать минут он встал и вышел на широкую пешеходную площадку метров двадцати в диаметре. Слева от него небольшая группа туристов ожидала

свой экскурсионный автобус-империал, несколько человек стояли возле фургона-кофейни, припаркованного у забора, обращенного к Форуму. Но Чезаре не было ни среди тех, ни среди других. Очередной взгляд на часы.

Пирсу — священнику с озабоченным выражением лица, взволнованно вышагивавшему взад-вперед, — трудно было оставаться незамеченным. Какая-то женщина у фургона нервно улыбнулась, когда их глаза встретились; Пирс сконфуженно кивнул и отвернулся, надеясь увидеть вдали очертания долговязой фигуры Чезаре. Ничего. Он прошелся обратно до скамейки, но не смог заставить себя сесть. Приблизившись к недавно восстановленной секции амфитеатра, все еще окруженной трехъярусными лесами, он услышал шепот.

— Йен! — Это был Чезаре, прятавшийся где-то за нагромождением стропил и щитов. — Продолжай ходить, будто ждешь кого-то.

Пирсу стоило огромных усилий не обернуться. Он снова быстро взглянул на часы, понимая, что все его движения выглядят неловкими и неубедительными.

— Отойди подальше, — продолжал Чезаре, его голос был едва слышен, однако звучал столь повелительно, что Пирс без раздумий отошел поближе к фургону. Подъехал автобус, пассажиры начали спешно рассаживаться. Водитель с высоты своего кресла смотрел на Пирса.

— Падре? — сказал он.

Пирс не сразу понял, что обращаются к нему, а когда понял, не смог выдавить из себя ни слова. Когда водитель окликнул его вторично, он лишь медленно покачал головой. Шофер кивнул, закрыл дверь и выехал на дорогу.

Развернувшись, Пирс, как мог непринужденно, направился обратно и подошел к низкой — меньше метра — каменной ограде, окружавшей газон между автобусной остановкой и Колизеем. Подошел настолько, что можно было разговаривать. Сел, опять опершись подбородком на руки, и замер в ожидании.

— Это единственное, что я смог придумать, чтобы поговорить с тобой, — начал Чезаре. Голос у него был усталым и не менее тревожным, чем несколькими часами раньше. Пирс кивнул, оглянулся и постарался выглядеть как можно менее подозрительно. — У тебя есть носовой платок? — спросил Чезаре. Пирс молча достал платок из кармана. — Захочешь что-то сказать — сделай вид, что сморкаешься. Кажется, за мной никто не шел, но предосторожность не помешает.

Пирс моментально приложил платок к носу и прошептал:

— Что происходит?

— Мне нужно было убедиться, что за тобой не следят.

— Я искал тебя в старой церкви. Думал, тебя кто-то... Я ничего не понимаю.

Монах повременил, прежде чем ответить, а когда заговорил, в его голосе слышалось раздражение.

— Как ты узнал, что я пошел в старую церковь?

— Я слышал их разговор по рации, Данте, — резко сказал Пирс, не желая больше выступать в роли миротворца. Он хотел получить наконец ответы на свои вопросы. — Кто были эти люди?

— По рации? — повторил монах. Объяснение его, кажется, удовлетворило. — Ты должен сходить обратно за футляром.

— Что?! — Нескрываемое недоумение отразилось на лице Пирса. — Что ты... Почему?

— Потому что за мной будут следить.

— Я не о том. — Поскольку Чезаре ничего не ответил, Пирс предпринял новую попытку его разговорить: — Кто будет за тобой следить, Данте? И кто были те люди в катакомбах?

— Я уже говорил тебе. Они как-то связаны с манихеями.

Пирса все это начинало раздражать.

— Это не ответ, и ты сам это прекрасно знаешь.

— Прошу тебя, Йен. Единственное, что тебе нужно сделать, это забрать футляр и...

— Нет. — Решительность, прозвучавшая в его голосе, заставила Чезаре осечься. — Послушай, — уже мягче продолжил Пирс, — про-

сто объясни мне, что происходит. Почему ты так боишься, что кто-то увидит, как мы с тобой разговариваем?

Итальянец молчал не менее полуминуты, а когда снова заговорил, в его интонации почти ничего не осталось от прежней самоуверенности.

— Поверь мне, я не хотел втягивать тебя во все это.

— Втягивать — во что? — Пирс повернулся и, не таясь, посмотрел туда, откуда доносился голос. — Данте, здесь никого нет. Никто тебя не преследует. — Тишина. — Говорю тебе, ты можешь спокойно выйти из своего убежища.

Опять молчание. Через минуту Чезаре медленно появился из-за строительных лесов, оставаясь в тени и исподлобья пристально осматривая открытое пространство. Его руки были скрещены на груди, голова низко опущена.

— Так тебе удобней?

— Гораздо. А теперь выкладывай: что происходит?

И опять монах повременил, прежде чем заговорить.

— Два дня тому назад мою келью обыскали...

— Это ты мне уже рассказывал, — перебил его Пирс.

— Да, но я не рассказывал тебе, что застукал их. Вошел и увидел, как трое мужчин роются в моих вещах.

— Что?! — Пирс не смог скрыть недоверие. — Почему же ты не пошел в полицию?

Не обращая внимания на его вопрос, Чезаре продолжал:

— Это случилось во время вечерни. У меня немного закружилась голова — наверное, потому, что накануне я не выспался, работая с Себастиано, — и я решил пойти прилечь. Они же, очевидно, считали, что выбрали наилучшее время. Естественно, был момент замешательства. Когда я сказал им, что иду к настоятелю, они сообщили, что именно настоятель и дал им разрешение осмотреть мою келью.

— Настоятель?..

— Да. И после этого один из них предъявил мне удостоверение сотрудника службы безопасности Ватикана. А ты же знаешь: когда дело касается Ватикана, полиция предпочитает держаться подальше.

Пирс помолчал, раздумывая.

— Значит, вот почему ты спрятал свиток в катакомбах.

— Именно. — Монах утвердительно кивнул. — Обращаться в полицию бесполезно. А настоятель... теперь ты знаешь, что именно он санкционировал обыск.

— И что ты им сказал?

— Что, насколько мне известно, территория моей кельи не подпадает под юрисдикцию Ватикана. Им это не показалось смешным.

— Да уж, догадываюсь.

— Они спросили, не отдавал ли мне Себастиано что-либо предыдущей ночью. Я, в свою очередь, поинтересовался, откуда им известно, что мы с Себастиано встречались. Они лишь повторили свой вопрос. Тогда я спросил, не случилось ли чего с Себастиано. Они опять попросили сказать, не отдавал ли он мне что-нибудь. И так несколько раз. Не знаю почему, но в конце концов я сказал им: нет. Было в них нечто такое, что подсказало мне: надо защитить друга. Вероятно, я был не прав. Возможно, следовало отдать им то, что они искали.

— Я бы поступил так же, — сказал Пирс. — Они еще что-нибудь сказали?

— Они хотели, чтобы я признался, не говорил ли мне Себастиано о какой-то находке, сделанной им в старой церкви.

— Они упомянули манускрипт? Объяснили, что в нем?

— Нет. Я спросил, что же это за предмет, который заставил службу безопасности Ватикана проделать путь до самого монастыря Святого Климента. Они ответили, что это не мое дело. Так продолжалось довольно долго. Каждый из них по очереди задавал одни и те же вопросы, и каждый раз я отвечал, что мне очень жаль, но я понятия не имею, что они ищут.

— И они тебе поверили?

— Кто их знает. В конце концов они ушли.

— И все? Больше до событий в катакомбах ничего существенного не произошло?

— Ничего существенного? — удивленно переспросил Чезаре. — Ну, если смерть Себастиано представляется тебе малосущественным событием, тогда — ничего.

— Ты же понимаешь, что я не это имел в виду, — укоризненно сказал Пирс, повернувшись к другу всем корпусом, и, не дождавшись ответа, добавил: — Это все, что они сказали?

— Да. — Чезаре хотел было в подтверждение кивнуть, но вдруг замер. — Нет, — казалось, он что-то медленно вспоминает. — Было еще кое-что. — Пауза. — Когда они уходили, один из них... — монах, похоже, с трудом подбирал слова, — один из них сказал: «Нам все известно об абсолютном свете». — Чезаре утвердительно кивнул словно бы в ответ на собственные сомнения. — Да, именно так — об абсолютном свете. И еще он добавил: «Не валяйте дурака и не думайте, будто вы можете что-то от нас скрыть». — Он поднял голову и взглянул на Пирса. — Это показалось мне странным. Разумеется, я понятия не имел, о чем он толкует. Подумал, что, возможно, имеется в виду Дух святой или...

— Абсолютный свет? — с неожиданной настороженностью переспросил Пирс. — Ты уверен, что он сказал именно так?

— Думаю, да, — ответил Чезаре, заметив перемену в интонации собеседника. — Да, теперь припоминаю: он сказал именно так, потому что словосочетание показалось мне необычным. — Пирс молчал. Через какое-то время Чезаре заговорил снова: — Насколько я понял, в его словах содержалась угроза. И он хотел, чтобы я это понял. Но его усилия оказались тщетными.

— Это не Дух святой, — задумчиво произнес Пирс, уставившись в какую-то невидимую точку впереди и разговаривая как бы сам с собой. — Он имел в виду «Абсолютный Свет».

— Да... — нерешительно подтвердил итальянец, явно озадаченный репликой друга. — Я знаю. Он так и сказал.

— «Абсолютный свет, Истинное восхождение», — продолжал Пирс, медленно поднимая взгляд к верхушке Арки конституции. — Быть может, это не так уж и абсурдно.

84

— Что — не так уж и абсурдно? — переспросил итальянец и, в очередной раз не дождавшись ответа, окликнул друга: — Йен?

Пирсу потребовалось время, чтобы вернуться мыслями к прерванному разговору.

— «Абсолютный свет, Истинное восхождение» — это молитва, Данте. Манихейская молитва. — Его взгляд снова сделался отсутствующим. — Предполагается, что в ней воспроизводятся подлинные высказывания Иисуса.

— Молитва?

Пирс кивнул.

— Да, передаваемая из уст в уста. Ее текст никогда не был записан. По крайней мере, так утверждает Августин. — Он повернул голову к монаху. — Ты уверен, что тот человек произнес именно эти слова?

— Да. — Чезаре подумал, потом сказал: — Значит, на пергаменте запечатлено именно это... «Абсолютный Свет»?

Пирс покачал головой.

— Понятия не имею.

— Ты хочешь сказать, что те люди обыскивали мою келью из-за молитвы? — Чезаре вдруг сильно заволновался. — Из-за нее они шли за мной по пятам в церковь Святого Климента, потом в старую церковь? Из-за молитвы убили Себастиано?! — Последняя мысль, похоже, окончательно его доконала. — Йен, я в это не верю. Это абсурд. Никакая молитва не может оправдать то, что происходит.

— Я понимаю, но у меня нет другого ответа на твои вопросы. Ты искал во всем этом связь с манихейством — вот она. Какой бы нелепой она ни казалась. — Обеспокоенный, Пирс встал. — Ты уверен, что в катакомбах были те же самые люди?

— Да. Кто же еще мог там быть?

Тревожное сомнение вдруг кольнуло Пирса:

— Откуда ты можешь это знать, если они тебя так и не поймали?

Вопрос застал Чезаре врасплох.

— Откуда я знаю? — Пирс почуял замешательство в его голосе. — Знаешь ли, Йен, в этих катакомбах существует масса способов увидеть, оставаясь незамеченным. Им нетрудно напасть на мой след, но мне так же легко ускользнуть от них. Уверен, что, когда они добрались до старой церкви, я уже направлялся сюда. А почему это так уж важно?

— Но если ты был уверен, что оторвался от них, почему боишься, что они тебя выследят?

Злоба исказила лицо Чезаре.

— Не понимаю, к чему ты клонишь?

Оба несколько секунд пристально смотрели друг на друга. Наконец Пирс, покачав головой, сел на скамейку.

— Да я и сам толком не понимаю...

Монах немного помолчал, потом сказал примирительно:

— Послушай, я отдаю себе отчет в том, что поставил тебя в трудное положение. Естественно, у тебя возникают подозрения. Но, может, так оно даже лучше.

Пирс откликнулся не сразу.

— И что ты теперь собираешься делать?

— У меня есть друзья. Они могут приютить меня на ночь.

— А потом?

Чезаре сунул руку за пазуху и вытащил из-под рясы мешочек, который висел у него на шее.

— Есть ли кто-нибудь, кто разбирается в подобных молитвах более... Как бы это сказать? Более...

— Лучше, чем я? — с улыбкой подсказал ему Пирс. — Разумеется.

— Тогда, мне кажется, нужно показать текст этому человеку.

— И ты хочешь, чтобы для этого я забрал его из тайника?

Чезаре развязал мешочек и извлек из него сложенный лист бумаги.

— Я нарисовал тебе карту — как пробраться в катакомбы из главного нефа. Ты можешь сделать это завтра. — Он протянул бумажку Пирсу.

— А когда пергамент окажется у меня, все начнется сначала? Послезавтра мне снова придется разговаривать с кем-нибудь через строительные леса?

Чезаре не ответил, лишь положил бумажку на колено Пирса.

— А если я откажусь? — спросил тот.

— Себастиано мертв. Если в церковь Святого Климента пойду я, те люди, возможно, будут ждать меня уже там. И, вероятно, на этот раз вопросами дело не ограничится. Ты сам сказал, что здесь существует реальная связь с чем-то, чьи корни уходят далеко в глубь веков.

— Если даже так, — не сдавался Пирс, — какую опасность может это представлять сейчас? Мы говорим об идеологии, Данте. Полторы тысячи лет церковь укрепляла свое могущество. Не думаю, чтобы у древней ереси был шанс подорвать его теперь.

— Прекрасно. Тогда почему эти люди заходят так далеко из-за какой-то молитвы? Ты можешь найти этому разумное объяснение? — Чезаре испытующе посмотрел на Пирса. — Не кажется ли тебе весьма странным, что интерес к этому проявляет сама служба безопасности Ватикана? В любом случае это кому-то чрезвычайно важно. Важнее человеческой жизни.

Пирс смотрел Чезаре прямо в глаза. Несколько секунд оба молчали. Пирс протянул руку и взял бумажку.

— Спасибо, — сказал монах. — Завтра мы отнесем пергамент этому твоему эксперту.

Разглядывая нацарапанный на бумажке план, Пирс спросил:

— Ты уверен, что ночью будешь в безопасности?

— Это мои старые друзья, — ответил Чезаре, вставая и кладя руку младшему другу на плечо. Потом повернулся и зашагал прочь. Отойдя метров на десять, оглянулся и сказал: — Иди с миром.

Они обменялись улыбками, и Чезаре ушел, не оборачиваясь.

Сидя на скамейке, Пирс проводил взглядом монаха, пока тот не скрылся за Аркой. Иди с миром. Легко сказать.

87

Стефан Кляйст сидел в маленькой студии звукозаписи. Перед ним светилось несколько мониторов. На одном девочка лет семи играла на лужайке вместе с другими детьми. На парковой скамейке поодаль отдыхала пожилая женщина. Обычный весенний день. Камера сделала наплыв на женщину. Та мирно дремала, ее голова откинулась назад, рука, соскользнув с колена, покоилась на скамейке. Камера снова переключилась на девочку. Кляйст заговорил в микрофон, снабженный устройством, искажающим голос:

— Я мог забрать ее тогда, пока старуха спала. Вашей сестре следовало бы лучше присматривать за своей внучкой.

Смена эпизода: та же девочка, на сей раз в сопровождении молодой женщины, идет по оживленной улице. Женщина засматривается на витрину, не замечая, что девочка неторопливо отходит от нее все дальше и дальше. Крупный план: женщина оглядывается и видит, что девочка исчезла. На лице паника, глаза лихорадочно оглядывают толпу. Заметив маленькую фигурку двумя магазинами дальше, женщина бежит за ней, хватает за руку и бранит за то, что та ушла от нее. Кляйст снова произносит в микрофон:

— Или тогда, когда ваша племянница отвлеклась на разглядывание витрины. Ничего не стоило увести девочку в этот момент.

Экран гаснет, затем на нем возникает следующий эпизод. На сей раз съемка ведется через железную решетку забора. Девочка сидит на ступеньках католической женской школы, опершись подбородком на сложенные руки, ждет. Камера быстро разворачивается и останавливается на фигуре молодого священника, входящего в ворота.

— Это мог быть я, — произносит Кляйст. — Или мой человек, — добавляет он, когда камера задерживается на монахине,

входящей через боковую калитку. — Какой ребенок откажется пойти с монахиней?

Экран заполняется множеством изображений девочки: в школе, на прогулке с друзьями, в парке — везде, где может оказаться семилетний ребенок.

— Столько возможностей. Предотвратить все их очень трудно. И если вы думаете, что полиция сможет вам помочь, то глубоко заблуждаетесь. Не надейтесь. Я узна́ю все прежде, чем вы успеете повесить трубку. А девочки с вами уже не будет.

Экран гаснет, потом на нем появляется старый выпуск новостей. Поначалу трудно понять, где происходит дело. Ватикан. Черный дым, поднимающийся из трубы, тысячи людей, наблюдающих за тем, как он растворяется в вышине. Судя по картинке, это 1920-е годы. Белый дым. Ликование. Неискаженный голос прорывается сквозь шум: «Папа Пий Одиннадцатый избран в Риме. Мир празднует...» Голос микшируется, на него накладывается голос Кляйста:

— Когда для вас, Ваше Высокопреосвященство, настанет час сделать выбор, помните о девочке. Не забудьте о том, что может случиться даже с внучатой племянницей кардинала.

Снова в кадре девочка, играющая на лужайке, экран гаснет.

Кляйст перематывает пленку назад, просматривает ее еще раз, чтобы убедиться, что запись прошла успешно, затем вынимает кассету из аппарата. Допотопно, но эффективно. Выборы не представят собой трудности. О чем нам следует сейчас подумать, это о времени, которое наступит непосредственно после них. Графиня права. Тем не менее и эта работа важна. Кляйст проверил наклейку — «Мадрид», — сунул кассету в футляр и поставил на полку слева, где уже покоилось штук двадцать других: «Буэнос-Айрес», «Сидней», «Сснт-Луис»... Протянув руку вправо, он снял с полки новую — «Нью-Йорк», — еще не озвученную, и сунул ее в видеорекордер. Около шестидесяти еще ждали своей очереди.

Кляйст знал, что ему предстоит долгая ночь.

Пирс брел от Колизея обратно к площади Венеции, по улице Корсо, мимо церквей-близнецов на Пьяцца дель Пополо и, наконец, через мост, ведущий к Ватикану. Вообще-то мост королевы Маргериты пролегал немного в стороне от его маршрута, но он всегда предпочитал пересекать Тибр именно здесь. Ему нравился район, расстилавшийся по другую сторону: широкие проспекты и тенистые деревья так напоминали ему Париж! Как ни любил он Рим, было в этом городе нечто тяжеловесное. Вероятно, этому ощущению способствовало его собственное душевное состояние. Париж все равно казался куда беззаботнее.

Но в тот вечер мысли его были заняты отнюдь не Парижем. «Абсолютный Свет» — чем дальше, тем больше терзала его мысль об этом тексте. Августин считал его собранием высказываний Иисуса. Насколько знал Пирс, молитва, как таковая, не существовала в письменном виде, о ней лишь упоминалось в некоторых трактатах четвертого века. Он слышал о разных рукописях, имевших тогда хождение, большей частью недостоверных. Каждая из них стремилась утвердить превосходство одного нарождающегося религиозного течения над другим, каждая претендовала на связь с мессией. То, что в конце концов победу одержали всем известные теперь четыре Евангелия, ничуть не уменьшило тяги к поиску подлинных высказываний Христа. Большинство верующих не осознавали и не осознают до сих пор, зато Пирс часто сталкивался в своих исканиях с тем, что Евангелия передают изречения Спасителя лишь приблизительно. Они плотно опутаны сетью толкований и несут на себе печать исторических обстоятельств, от которых зависели их авторы. Матфей, Марк, Лука, Иоанн, обремененные необходимостью сформировать и утвердить Церковь и ее догмы, уходили от Слова Божия слишком далеко. Этого требовала от них злоба дня. Еще с чикагских времен, проведенных под крылом

Джона Джея, Пирс верил, что возможность прочесть подлинные высказывания Христа, постичь их гениальную простоту сможет все прояснить, устранить все сомнения, избавить от неуверенности. Sola Scriptura — Его собственное Истинное Писание. Вера в своей незамутненной сути.

Петра никогда не могла понять это до конца.

Дойдя до Пьяцца дель Риссорджименто, где в этот час пик трамваи выплескивали и заглатывали пассажиров десятками, он позволил себе пофантазировать. Что, если эта молитва и впрямь содержит достоверные изречения Христа? Что, если они таятся в ней, свободные от искажений, коими обросли за много веков? Истинные Его мысли могли бы вдохнуть новую жизнь в веру, становящуюся все более статичной и абстрактной. Зажечь подлинную страсть, основанную на чистоте Слова.

Однако тут же Пирсом овладела другая, не менее властная мысль, в событиях нескольких последних часов нашедшая подтверждение больше, чем в чем-либо другом... Что бы ни было в свитке, кому-то он чрезвычайно необходим и важен. Важен настолько, что стоит дороже человеческой жизни. Двадцать минут назад он постарался отогнать эту мысль от себя, сейчас сделать это было гораздо труднее. Может ли подобный текст — неповторимый голос Христа, его учение, очищенное наконец от всех напластований, — действительно для кого-то представлять опасность? Интересно, как бы его восприняли? — подумал Пирс. Вполне вероятно, не как лекарство от самодовольства и самоуспокоенности, а как потрясение основ. Оно ведь может сорвать покровы толкований, затуманивающих суть исконных евангельских притч, Христовых заповедей блаженства, поколеблет догмы, выросшие на основе неисчислимых позднейших переосмыслений. Восстановление чистоты учения и впрямь может обернуться угрозой. Даже намек на него способен спровоцировать кое-кого из церковников на суровые меры: куда безопасней поддерживать существующую структуру, чем перевернуть все с ног на голову. Пусть даже вновь обнаруженный источник действительно доносит до нас подлинные прозрения Христа.

Вот он, парадокс нашей веры: Истина против Структуры. Пирсу хотелось верить, что Церковь выше подобных страхов.

Тем не менее человек погиб.

Пирс сошел с тротуара и, подгоняемый сердитыми звуками клаксонов, стал петлять в потоке автомобилей. Снова очутившись на безопасном тротуаре, пошел вдоль внушительно нависающей над ним стены Ватикана — двадцать метров побитых непогодой серо-коричневых камней с башенками по верхнему гребню. Метров через пять завернул в ворота Святой Анны, перекрывавшие такую же внушительную арку, охраняемую *vigilanza* — гвардейцами, одетыми в традиционные голубые мундиры и береты. Из ворот выезжало несколько машин. На тех, кто покидает территорию Ватикана, охрана обычно бросает лишь беглый взгляд; тем, кто пытается проникнуть внутрь, уделяет куда больше внимания. Но Пирсу стражник сразу же кивнул, разрешая пройти. В ватиканский *passaporto* знакомого священника он лишь глянул.

Вид, открывающийся сразу за воротами, настолько лишен грандиозности, что можно разочароваться, но Пирс никогда не чувствовал себя обманутым в ожиданиях. Величие было привилегией публичных мест — музеев, площади и собора Святого Петра. Здесь же располагались административные здания, почта, крытые галереи. Единственным царственным сооружением выглядела арка высотой в сто пятьдесят метров, открывающая проход к библиотеке и дальше. Но даже ее давно пора было почистить. Тем не менее нигде больше в Риме, а может, и во всем мире, Пирс не чувствовал себя так безопасно, как за этими стенами. Такое тихое убежище, коему открытость могла лишь навредить. А вместе с безопасностью он ощущал и легкость, не свойственную ни одной другой части Рима.

Именно поэтому сразу же по приезде он принял предложение поселиться в Ватикане, а год спустя подал прошение о предоставлении ему ватиканского гражданства. Духовный приют. Подлинная связь с самым сердцем Церкви. Вкус уверенности, который он так отчаянно искал.

К сожалению, подобный выбор плохо сказался на его отношениях с семьей; реже разговаривал он теперь с Джеком и Энди: для них брат-священник стал фигурой еще более закрытой. Родители тоже не знали, как вести себя с ним, и в конце концов решили, что сын действительно принадлежит теперь не им, а Церкви. Он пытался разубедить их, но без особого успеха. Едва ли кто-то из них догадывался, чем на самом деле вызван его выбор: вероятно — только лишь вероятно! — он надеялся, что Петра не найдет его за стенами Ватикана.

Но, опять же, может, это было и не так.

Шагая по брусчатке, все еще скользкой после дождя, Пирс подумал, что забыл купить фруктов и чего-нибудь сладкого. Однако есть не хотелось. Он вспомнил, что дома остался кусочек сыра, — ну и хватит с него. Миновав другую, менее помпезную арку, он заспешил через мощеный двор ко входу в свой дом.

Поднявшись на третий этаж и пройдя по коридору, Пирс отпер дверь и оказался в двухкомнатной квартире, где жил последние годы. Сбросил с ног и отшвырнул в другой конец комнаты туфли. За его действиями с интересом наблюдали диван, стулья, стол, служивший для работы и для еды, и два маленьких окошка в дальней стене. Как он убедился, эти окна никогда в жизни не видели солнца. Однако надежда, как известно, умирает последней, и Пирс держал на низкой полке между ними цветок в горшке — кто знает, вдруг луч-другой проникнет и сюда.

Это был уже восьмой за два года цветок.

Только вечером свет прокрадывался в окна откуда-то сверху, но его хватало лишь на то, чтобы отбросить на пол длинные тени от ржавой пожарной лестницы. Сегодняшний вечер не составил исключения. Косые черные линии исчезли, как только он включил торшер. Сорвав пасторский воротник — и, как всегда, почувствовав при этом вожделенное облегчение, — он зашлепал по линолеуму к книжным полкам, на ходу разминая шею. Присел, достал несколько томов и, не разгибаясь, сложил их стопкой на столе, стоявшем прямо за спиной. «Абсолютный Свет». Ну-ка посмотрим, что он о нем помнит.

Прежде чем сесть за стол, Пирс вынул из бейсбольной перчатки, валявшейся на полу, мяч и стал перекидывать его из руки в руку — это всегда помогало ему сосредоточиться.

Первой книгой был один из томов «Corpus Scriptorum Ecclesiasticorum Latinorum»[1] в красном переплете, включавший в себя работы Августина против манихейства, написанные в пору его борьбы с собственными былыми убеждениями. Пирс помнил, что там несколько раз упоминается та самая молитва. Автор «Исповеди» интересовался, насколько высоко может на самом деле поднять его «Истинное восхождение». Именно эти пассажи, свидетельствующие о том, что молодой Августин сам ощущал возможность такого восхождения, и искал сейчас в книге Пирс.

Текст, однако, большей частью касался манихейского «Царства тьмы», которым Августин был особенно заворожен: зло, выпущенное на свободу, сколь своевольное, столь и неодолимое. В голове Пирса промелькнула мысль: не его ли и он сам видел воочию в Боснии, больно уж похоже оно было на описания Августина. Быть может, манихеи заслуживают большего доверия, чем оказывал им Августин?

Сорок минут спустя он закрыл последнюю книгу, чувствуя, что не продвинулся вперед ни на йоту. Все упоминания были слишком расплывчатыми, слишком неопределенно толковали смысл молитвы. Для Августина «Абсолютный Свет» так и остался тайной. И то, что самый, быть может, проницательный ум в долгой истории Церкви вынужден был признать свое бессилие осмыслить «Свет», лишь подтверждало аргумент в пользу могущества этого учения. Его непостижимости, граничащей с божественным таинством.

Пирс положил фолиант на пол, взял несколько ломтиков сыра с тарелки, стоявшей между книг, подошел к дивану и, растянув-

---

[1] «Corpus Scriptorum Ecclesiasticorum Latinorum» («Венский корпус») — многотомное издание трудов латинских христианских авторов, начавшееся в Вене в 1866 году; вышло в свет около 70 томов, охвативших значительную часть латинской церковной письменности.

шись на нем, начал подбрасывать мяч в воздух, надеясь, что в голове хоть что-нибудь щелкнет. Но сил бороться с усталостью уже не
осталось. Через несколько минут глаза закрылись: против сонного
соблазна, которым неизменно искушал его коварный диван, не ус-
тоять.

Час спустя Пирса разбудил звонок. Показалось, что уже утро
и звонит будильник. Но, осознав, что лежит на диване, и постепенно приходя в себя, Пирс сообразил, что это телефон. Прищурившись, посмотрел в дальний конец комнаты, свет лампы резал за-
спанные глаза. Он заставил себя встать и подошел к столу, по дороге выключив свет, чтобы пощадить зрение.

— Алло? — хрипло произнес он в трубку.

— Йен? — Голос Чезаре, едва различимый на фоне уличного
шума. — Ты должен его найти и забрать. — У монаха вдруг пере-
хватило дыхание, он закашлялся.

— Данте? Ты где? Что происходит?

— Каким-то образом... они пришли. Они знали. — Снова приступ кашля и задыхающийся голос: — Они все изменят. Все.

— Кто изменит?.. — Кровь отлила от лица Пирса. — Данте, где
ты?

— Пока все в порядке... Я им не сказал... Пока все в порядке...

И тут же связь прервалась.

Глава вторая

Хватаясь рукой за перила и перепрыгивая через две ступеньки, Пирс летел вниз по лестнице, а в ушах звенели слова Чезаре: пока все в порядке. Добежав до первого этажа, он резко толкнул дверь, чуть не сбив с ног старого монаха — судя по одеянию, иезуита, — который как раз собирался войти в дом. Времени на извинения не было. Пирс помчался через арку.

Добрых пять минут, уставившись на телефон и убеждая себя, что это просто сбой на линии, он ждал, что Данте перезвонит. Понадобилось собрать волю, чтобы сохранять спокойствие. Умом он все еще не желал признать очевидного. Они все изменят. Они.

Очутившись за стеной Ватикана, Пирс с тоской посмотрел на стоянку такси сразу за площадью Святого Петра. Ни одной машины. И как только появился автобус, подъезжавший к остановке на площади, он со всех ног бросился вперед, спотыкаясь и вклиниваясь в группы туристов, все еще тянувшиеся к собору. Автобус шел в Лабикано.

Последний пассажир уже вошел внутрь, когда Пирс запрыгнул через заднюю дверь и плюхнулся на сиденье возле поручня. Половина присутствующих осуждающе повернула головы в его сторону. Двери закрылись, автобус тронулся, но люди продолжали смотреть неодобрительно, и Пирс только тут сообразил, что выскочил из дома без пасторского воротника. Он инстинктивно поднес руку к шее, пытаясь за улыбкой скрыть смущение.

Спустя двадцать пять минут автобус подкатил к Парку Траяна и остановился на противоположной от входа стороне. Пирс сошел. Стараясь привлекать как можно меньше внимания, он заспешил через перекресток, на середине отклонился в сторону улицы Сан-Джованни ин Латерно и пошел вдоль разделительного металлического барьера. Машины неслись мимо него в обе стороны. Перепрыгнув через барьер, он прошмыгнул в просвет между потоками автомобилей и, выбравшись на тротуар, уже спокойно и решительно зашагал по улице. Вскоре впереди замаячила церковь Святого Климента.

Пустой главный неф, простирающийся до алтаря, без стульев был похож на пещеру и выглядел странно холодным в тусклом свете одной-двух ламп, горевших под потолком. Стационарные скамьи — тяжелое черное дерево на каменном полу — находились впереди, за клиросом. Там виднелась одинокая фигура, склонившаяся в молитве. Еще один человек, закрыв глаза и подняв лицо к небу, стоял возле подсвечников. Полная тишина, если не считать эха шагов самого Пирса. Пересекая открытое пространство, он направился к лестнице, по которой поднимался часов за пять до того. Молящиеся, кажется, не обратили на него внимания.

Уже очутившись на ступеньках, Пирс сообразил, что у него нет фонаря. Неудивительно: впопыхах он забыл о нем, но как найти дорогу в катакомбах без света? Он решил было уже вернуться в церковь за свечой, когда вдруг заметил фонарь — свой фонарь, все еще лежавший на второй ступеньке. Это показалось добрым знаком. Подхватив фонарь, он начал торопливо спускаться.

Карта Данте была далека от точности. Несколько раз Пирс оказывался в тупиках, ему приходилось возвращаться назад, чтобы обнаружить, что едва заметный изгиб линии на чертеже на самом деле означал поворот на девяносто градусов. Ладно. По крайней мере, он здесь один, на фоне журчания подземной реки, которое действовало даже успокаивающе. Было слышно лишь собственное дыхание. К тому времени, когда добрался до катакомб, он уже освоился с чертежом, и ему понадобилось меньше пяти минут, что-

97

бы найти нужную нишу, раскидать камни и достать из углубления металлический цилиндр. Десятью минутами позже он снова появился в церкви с футляром в руке и зашагал через пустой неф, постаравшись напустить на себя самый беззаботный вид. И снова ему удалось остаться незамеченным.

Только на улице Пирс почувствовал, как безбожно взмокла спина. Дело даже не во влажности воздуха, а во внезапности, с которой он завладел манускриптом. Так или иначе, снова начинался дождь, хотя пока он еще напоминал сочащийся туман: безжизненный воздух был до предела насыщен влагой. Даже под неусыпным надзором прожекторов Колизея, высившегося в трех-четырех кварталах, дорога казалась безмятежно пустынной. По мере приближения к фруктовому киоску Пирсу становилось все душней. Он остановился, разглядывая яблоки и понимая, что для поддержания сил необходимо что-нибудь, кроме нескольких ломтиков сыра, съеденных дома. Странное это было ощущение: сознавать, как легко голод может изменить ход мыслей.

Выбрав два самых больших яблока и вручив их продавщице, он начал размышлять о том, что произошло за последние сорок минут. Впервые после звонка Данте у него наконец появилась возможность подумать, что же он, собственно, делает. Нерассуждающий инстинкт, погнавший его в церковь Святого Климента, утрачивал остроту. Футляр теперь у него, но вопрос оставался открытым: что дальше? Все домыслы относительно Руини, Данте, внезапно оборванного телефонного разговора, загадочного предупреждения монаха оставались только домыслами. Возвращение свитка ничего не меняло. И полиция, независимо от вмешательства ватиканской службы безопасности, первая укажет ему на это.

А следовательно, оставалось одно: сам текст молитвы. Данте правильно догадался: где-то в самом этом тексте таится ключ к разгадке. Только он один способен помочь сложить воедино разрозненные фрагменты.

Пирс положил в карман сдачу, взял пакет с яблоками и взглянул на часы. Пять минут десятого. Он уже не чувствовал одержи-

мости, тем не менее действовать следовало быстро. Надо позвонить. Для истинной римлянки время еще не слишком позднее. В конце концов, разве не она наставляла его: «Никогда не садитесь ужинать раньше половины десятого, иначе вас примут за туриста»? Пирс почти въяве услышал ее смешок.

Когда, подойдя к автоматам, стоявшим напротив Колизея, он снял трубку, от первого яблока остался лишь маленький огрызок.

— Attendere, prego[1]. — Не прошло и минуты, как оператор выяснил номер. Еще секунд тридцать — и где-то далеко на линии затрещал зуммер.

— Pronto[2]. — Голос звучал совершенно бодро.

— Buona sera[3], — сказал Пирс и продолжил по-итальянски: — Профессор Анджели?

— Да.

— Это Йен Пирс, из Ватикана. Мы с вами несколько месяцев назад беседовали об Амвросии.

— Об Амвросии? — Мимолетное замешательство и сразу же: — Ах, это вы, отец Пирс. — В голосе послышалось оживление. — Ну конечно. У вас возникли новые вопросы о миланце? Или наткнулись на очередной ребус, разгадывать которые вы такой мастер?

— Вообще-то на этот раз нет. Надеюсь, я не слишком поздно звоню?

На другом конце провода раздался смех.

— Вот теперь я окончательно убедилась: отец Пирс, американец. Мы, кажется, собирались вместе поужинать... и вы сказали, что время для вас слишком позднее. — Она опять рассмеялась.

— Я исправился. По крайней мере, теперь я ужинаю не раньше половины девятого.

— Слава богу. Хотя я говорила, что...

---

[1] Подождите, пожалуйста (*ит.*).
[2] Здесь: «Слушаю» (*ит.*).
[3] Добрый вечер (*ит.*).

99

— Да, я помню: нужно не раньше половины десятого. И именно поэтому я надеюсь, что звоню не слишком поздно.

— Ничуть не поздно, — ответила она. — Чем могу служить?

Пирс постарался, чтобы его рассказ получился осмысленным, но в то же время неопределенным: всего лишь несколько деталей с упором на исключительность находки. Он надеялся, что возможность увидеть текст молитвы заставит ее любопытство возобладать над скептицизмом.

— И никто пока не провел атрибуцию? Я буду первой? — Пирс понял, что не ошибся.

— Насколько мне известно, да.

— Понятно. — Повисла пауза. — Итак, еще раз: вы говорите, что ее нашел ваш друг? — Не ожидая ответа, профессор Анджели продолжила: — Церковь Святого Климента, разумеется, самое подходящее для этого место, и все же...

— Слепой случай, — вставил Пирс, стараясь пресечь лишние вопросы. — Полагаю, он знал, что я интересуюсь подобными вещами. А я, как только пергамент попал ко мне в руки, захотел немедленно разведать о нем как можно больше.

— Да-да, это вполне понятно. — Он угадывал в ее голосе почти детское нетерпение, хотя в разговоре опять возникла небольшая пауза. — «Абсолютный Свет», — задумчиво-мечтательно произнесла она. — А вы знаете, что в Берлинском каталоге евангельских текстов под номером то ли 46, то ли 47 эта рукопись значится как найденная в Наг-Хаммади и позднее утраченная? Кажется, Клауснер был первым, кто совершил прорыв в начале пятидесятых.

— У меня пока не было возможности заглянуть в нее. И я вовсе не уверен, что...

— А вы могли бы занести ее мне сегодня?

Именно на такую реакцию Пирс и рассчитывал. Все же он остался немного удивлен.

— Я... конечно, если вы считаете, что еще не поздно.

— Ах, да будет вам, падре, оправдываться: поздно — не поздно... — Короткий смешок. — Вам что, часто выпадает случай поло-

100

мать голову над пергаментом тысячасемисотлетней давности? Бьюсь об заклад, вы заинтригованы не меньше моего.

— Разумеется.

— Вот и чудесно. Тогда записывайте адрес.

Через три четверти часа Пирс уже нажимал кнопку номер два на домофоне дома 145 на пьяцца Санта Чечилия. Четырехэтажное строение выходило фасадом на двор церкви и монастыря пятнадцатого века. Узкая квадратная площадка перед домом вмещала лишь несколько автомобилей. Единственные признаки жизни — стук вилок по тарелкам на фоне гула голосов — исходили из захудалого ресторанчика неподалеку. Пирс никогда прежде не бывал у профессора дома, раньше они всегда встречались либо в ватиканской библиотеке, либо в близлежащем кафе. Но сложившийся у него образ Чечилии Анджели идеально вписывался в здешнюю обстановку.

Едва различимый на фоне треска голос произнес:

— Второй этаж.

— Здравствуйте, это...

Он не успел закончить фразу — в домофоне послышалось жужжание, и Пирс быстро толкнул высоченную деревянную дверь. В коридоре, давно нуждавшемся в покраске, зажглась единственная лампочка. В дальнем конце слева он заметил закругляющуюся лестницу и одновременно услышал наверху щелчок замка и скрип открываемой двери. Вспыхнул свет на площадке второго этажа, и уже на середине лестничного марша Пирс увидел глядящее на него сверху знакомое лицо: широкая улыбка, утопающая в пухлых щеках. При виде Пирса взгляд хозяйки озарился радостью.

— Отец Пирс, — сказала она, отступая вглубь и жестом приглашая войти. В прижатой к бедру руке дымилась сигарета.

— Профессор Анджели, — поклонился Пирс и вошел в прихожую.

Хозяйка мгновенно заперла за ним дверь и, повторяя: «Добро пожаловать, добро пожаловать», повела в гостиную.

101

В центре комнаты стоял стол, на котором от края до края громоздились стопки книг. Лишь в середине оставалось небольшое пустое пространство, занятое пепельницей. Понятно, почему стол был завален: книжные стеллажи до самого потолка закрывали стены, и каждая полка набита битком. Здесь имелось все: от старинных фолиантов до современной макулатуры в бумажных переплетах. Желтоватый свет струился от дальнего конца стола; там стояли два торшера, за которыми неотчетливо просматривалось несколько пересекающихся проходов между высокими стопами книг на покрытом выцветшим восточным ковром полу. Эти проходы, как нити паутины, разбегались от стола и упирались в длинную секцию стеллажа, занимавшего противоположную стену. Судя по всему, то был маршрут, обусловленный проектом, над которым профессор Анджели в настоящее время работала.

— Именно так я и представлял себе ваше жилище, — сказал Пирс, топчась у двери.

— Позволю себе считать это комплиментом, — ответила она и указала на стул, стоявший возле одного из свободных проходов. Пирс сел. — У меня беспорядок. Прошу извинить: пишу статью для одного английского научного журнала, а вы ведь знаете, как англичане строги насчет соблюдения сроков.

Полтора метра роста, взлохмаченные черные с проседью волосы, на вид лет шестьдесят — хотя возраст итальянки никогда точно не определишь... Анджели была, конечно, уже не так хороша, как лет двадцать тому назад, тем не менее даже лишний вес не лишал ее облик соблазнительности. Направляясь к единственному свободному от книг и расположенному поближе к очередной пепельнице стулу, она слегка качнула бедрами.

— И, пожалуйста, называйте меня Чечилией, — с улыбкой попросила она и глубоко затянулась сигаретой. — Помните: «Чечилия с Санта Чечилии»?

— Как я могу забыть, — тоже с улыбкой ответил Пирс. — А я Йен из Ватик-йена. Для рифмы он произнес «Ватикан» с утрированным американским акцентом.

Чечилия громко рассмеялась:

— Да. Да, он самый. Хотя рифма не слишком точна, правда? — Она снова глубоко затянулась и положила сигарету на край пепельницы. — А теперь давайте свой свиток. — Это была даже не просьба, она просто решительно протянула руку с растопыренными пальцами и застыла в ожидании.

Без долгих колебаний Пирс подался вперед и вложил футляр ей в руку. Откинувшись на спинку стула, Чечилия открыла его. — Хорошо, что вы держали замок закрытым.

Пирс ожидал, что Чечилия тут же достанет рукопись, но вместо этого она сделала нечто совершенно неожиданное — понюхала свиток, причем несколько раз, и, удовлетворенно кивнув, сказала: — Правильно: основа маслянистая. Пергамент нашли в сосуде? — Поскольку ответа не последовало, уточнила: — В амфоре. Ну, знаете, в такой, как те, в которых лежали находки, сделанные в Кумране или Наг-Хаммади?

Пирс покачал головой.

— Единственное, что мне известно: когда я впервые увидел его, он находился в этом цилиндре.

Она молча кивнула, потом сунула руку в отверстие и вытащила свернутый свитком манускрипт; футляр отлетел на пол. Чечилия начала чрезвычайно сосредоточенно изучать оболочку, в которую был упакован пергамент. Казалось, сам он ее ничуть не интересует. Проворно ощупав шнурки, которыми оболочка была обвязана повыше середины, она принялась водить большим пальцем по кожаной поверхности. Не вызывало сомнений, что она точно знает, что ищет. Пирсу же было невдомек, что означает этот странный ритуал.

— Текстура, — пояснила она, заметив озадаченное выражение его лица, — влажность кожи... они могут многое сказать человеку, привыкшему иметь дело с подобными находками. Если свиток переложили в футляр непосредственно из сосуда, вы непременно ощутите упругость кожи. — Ее взгляд не отрывался от оболочки, в которую был обернут пергамент. — Клауснер был непревзойден-

ным знатоком подобных вещей. Он сумел на ощупь датировать Кумранские свитки Мертвого моря с точностью до ста лет. — Она подняла наконец глаза, горевшие от возбуждения, на Пирса. — У него были потрясающе чуткие пальцы. — Чечилия встала и пошла к столу, Пирс немедленно последовал за ней, завороженно наблюдая, как она осторожно положила рулон на пустой участок, наверняка специально расчищенный после его звонка. Несомненно, она была выдающимся знатоком в своей области: пергамент точно улегся по длине в свободный квадрат.

Ловко развязав кожаные шнурки, Анджели развернула оболочку и стала медленно распрямлять пергаментные листы. Минут двадцать ушло на то, чтобы расправить кусочек в три квадратных сантиметра. Ее дотошная осторожность восхищала Пирса. Лишь время от времени со сосредоточенно сжатых губ слетали отрывистые слова; в эти моменты глаза ее вспыхивали. Однако движение пальцев оставалось спокойным и плавным, не дав ни единого сбоя. Убедившись, что расположила пергамент должным образом, она достала что-то вроде бархатных мешочков с песком и прижала пергамент по углам. Потом вытащила из ящика стола большой стеклянный купол со странной металлической шарообразной ручкой и поместила его над разглаженным пергаментом. Когда она неприметным движением повернула ручку, купол в мгновение ока с легким шипеньем присосался к столешнице.

— Удобное устройство, — похвалила она. — Не вакуум, конечно, но почти. Позволяет работать с древними пергаментами без риска причинить им вред. — Чечилия вынула из лежавшей на столе пачки последнюю сигарету, из кармана — зажигалку и прикурила.

— Хорошо всегда все иметь под рукой, — иронически заметил Пирс, вытягивая шею, чтобы разглядеть самые верхние строчки текста. — Рад видеть, что вы стали меньше курить.

— Это единственная слабость, которую я себе позволяю, падре, — смиренно улыбнулась она.

— Если вы думаете, что я в это поверю... — сказал он, не отрываясь от текста.

Чечилия поперхнулась дымом.

— Ах, падре, вы заставляете меня краснеть.

— Почему-то и в этом я сомневаюсь, — сказал Пирс, еще шире улыбаясь.

Новый приступ смеха.

— Как жаль, что вы священник... — Не закончив фразу, она затянулась и спросила: — Вы читаете по-сирийски, падре? — Он отрицательно качнул головой. — Так вот, то, что вы перед собой видите, — это сирийский. Что весьма удивительно. Я ожидала...

— Латынь или греческий? — предположил он.

— Латынь или греческий? — повторила она с удивлением.

— Ну, те немногие манихейские тексты, которые мне доводилось видеть, были написаны на одном из этих двух языков, — объяснил он, уже не так уверенно.

— В самом деле? Это странно. Я хотела сказать, что ожидала китайский. Единственный известный нам текст, написанный на латыни, — это «Правила для слушателей», его нашли неподалеку от Тебессы в Алжире. Что же касается греческого — он использован лишь в некоторых позднейших трактатах. Вы имели в виду какое-то определенное собрание? — Пирс не успел ответить, поскольку она, достав из кармана очки, уже вновь обратилась к пергаменту и, водя глазами по строчкам, бесцеремонно заметила: — Да будет вам известно, что наиболее полные тексты, которыми мы располагаем, относятся к седьмому-восьмому векам и принадлежат сектам, сумевшим уцелеть на окраинах Китайской империи. — Она взглянула на него. — Можете себе это представить? Китай! — И тут же снова вернулась к тексту. — Известно упоминание о манихейской общине, существовавшей на таком далеком Востоке, как...

— Фуцзян? — Пирс не удержался от притворно скромной улыбки. — Тринадцатый век?

Она посмотрела не него, не скрывая удивления:

— Отлично.

— Нужно же мне было реабилитировать себя за ляп с латынью. Доказать вам, что я не такой уж профан.

— Конечно. — Чечилия помолчала и добавила: — Я и забыла, что должна стоять перед вами на цыпочках.

— Ну, это едва ли. Это был мой лучший выстрел. Хорошо если дальше удастся хотя бы удержаться на уровне.

Улыбка показала, что шутка ей понравилась.

— О, конечно же, это неправда. Насколько я помню, вы величайший мастер разгадывать древние головоломки. — Она пыхнула сигаретой. Видно было, что Чечилия не хуже Пирса умеет прикидываться скромницей. Пирсу казалось, что между ними с самого начала вольно или невольно завязался легкий флирт. Правда, он не был в этом уверен. Но это было еще одной причиной, по которой ему так нравилось работать с Чечилией Анджели.

Однако она уже снова была полностью поглощена текстом.

— Итак, как я уже сказала, можно было бы ожидать если не китайский, то пехлеви, согдийский или среднеперсидский. Но сирийский... — Она еще ниже склонилась над столом, дым струился из ноздрей. — Это делает документ весьма необычным. Да, очень странный документ. — Сняв очки, она выпрямилась. — И гораздо более древний, чем любой его китайский сородич. Хотите кофе? — спросила Чечилия, повернувшись к нему. — Мне — так определенно необходимо выпить чашечку. — И, не дожидаясь его согласия, спрятала очки в карман и начала пробираться между книжными завалами, оставляя позади себя дымный след.

Пирс мысленно улыбнулся. Вряд ли ее сдерживает то, что он на тридцать лет моложе ее, скорее, дело в его пасторском воротнике, которого, кстати, на нем сейчас как раз и не было. Очень любезно с ее стороны, что она сделала вид, будто не заметила этого. А может, именно из-за отсутствия воротника она и осмелела? Пирс тихо рассмеялся и подошел поближе к столу.

Склонившись над толстой стеклянной полусферой, он вглядывался в диковинные письмена. Жирные изгибы линий плавно переходили один в другой, и буквы, хотя границы между ними оставались различимыми, сливались в недоступные его разумению строки, объединенные лишь почерком писца. Внутри и между буквами по

всему пергаменту были разбросаны крохотные рисунки: фигурки мужчин с кинжалами, львы в атакующем прыжке... Почти гипнотически завораживающий поток слов и иллюстраций кое-где прерывался: там, где пергамент был смят или прорван, образовались лакуны, оставлявшие пытливому читателю простор для воображения. Пирс знал, что Анджели будет без труда восполнять пропуски, опираясь на свои обширные знания и сопровождая процесс изощренными объяснениями. Словно заглядывала через плечо древнему писцу, когда он создавал оригинал. Именно это она проделывала с Амвросием. И что-то подсказывало Пирсу, что с отступниками и еретиками она будет чувствовать себя еще более уверенно.

— Я подумала, — сказала Чечилия, появляясь в дверях, — что, судя по этим маленьким изображениям, здесь может быть связь с мандеями. Отец Мани был мандеем. Связь напрашивается сама собой. Ваши изыскания по Амвросию никогда не наводили вас на мысль о них? — Приближаясь к столу, она снова извлекла из кармана очки.

— О мандеях? — удивился Пирс. — Вообще-то... нет. Не могу сказать, чтобы это приходило мне в голову.

— Вы осведомлены о Фуцзяне, но ничего не знаете о мандеях? — Анджели неприкрыто забавлялась. — Не может быть.

— Как ни удивительно, но я о них знаю.

Улыбка стала еще шире.

— В сущности, они представляли собой скорее строго гностическое сообщество. Персональная ответственность, тайное знание — «гнозис» — и тому подобное. Между ними и Мани с его манихейством определенно существует связь, хотя они гораздо старше.

Посерьезнев, Пирс спросил:

— Но если они гораздо старше, значит, к моменту написания «Абсолютного Света» должны были вымереть?

— Да что вы! — воскликнула Анджели. — Они и по сей день контролируют большую часть серебряных и золотых базаров в Басре и Багдаде. Мне даже довелось однажды провести восхитительный

день в обществе одного из их «насурайи» — хранителей тайного знания и обрядов. — Взгляд Чечилии застыл, глаза вперились в какой-то узор на ковре. — Очаровательный человек. Пытался объяснить мне смысл пяти лучей света. Понять это невозможно. — Она с улыбкой взглянула на Пирса. — Все равно что для вас смотреть на эти сирийские письмена с иллюстрациями. Да, очень странный выбор. И несомненно наводит на мысль о мандеях. — Она встала рядом и снова заскользила глазами по пергаменту.

— Несомненно, — повторил он вслед за ней, вспомнив, что подобные отступления, недоступные порой его разумению, были обычны для ее рассуждений и, очевидно, важны для хода ее мыслей. Стоило предоставить ей развивать свою мысль так, как она считала нужным. — Значит, вы не думаете, что текст принадлежит мандеям?

— Разумеется, нет. — Короткий взгляд. — Почему вы спрашиваете?

Теперь настала очередь Пирса улыбнуться.

— А просто так, без причины.

Она снова склонилась над пергаментом — пора было заняться делом — и уже через несколько секунд начала переводить ему вслух:

— «Вы, кто ищете меня, только в Абсолютном Свете, в Истинном восхождении обрящете...». — Пауза. Видимо, она перечитывала фразу про себя, потом продолжила: — Это что-то вроде преамбулы. Далее идет пропуск, затем: «Я есмь богатства света; я есмь память о полноте. И скитался я в...» — безмолвно шевеля губами, она склонилась ниже, чтобы получше рассмотреть следующие несколько строчек. Пирс заметил, что там, где ее палец уткнулся в стекло, пергамент был прорван. — Как странно. Это же слова из «Тайной книги Иоанна», точнее, из «Поэмы освобождения», по крайней мере, эти несколько первых строк. — Снова углубилась в чтение. — Еще одного фрагмента не хватает, потом: «И скитался я во тьме...», что-то насчет узилища, а затем: «И продолжилось утверждение хаоса».

108

Чечилия выпрямилась, не сводя, однако, взгляда с пергамента.

— Да, это, безусловно, «Книга Иоанна». Сирийская версия греческого гностического текста, но определенно Иоанн. — Она повернулась к Пирсу. — Конечно, перевести можно и лучше, но, полагаю, это мало что добавит. По моим соображениям, автор использовал Иоанна, чтобы задать тон и обозначить связь, хотя... почему он находит связь между «Абсолютным Светом» и Иоанном... — Она опять замолчала, склонившись над текстом, и после паузы закончила: — ...совершенно непонятно.

— Да, — неуверенно сказал Пирс. — Но манихеи могли быть не единственными, кто скитался во тьме.

— Что? — переспросила она, явно слушая лишь вполуха.

Он улыбнулся.

— Простите, боюсь, в тот день я прогулял урок.

— О... наверняка с Амвросием. Иначе вы бы знали... — Она вдруг оборвала себя. — А может, и нет. — И, улыбаясь, словно учитель, старающийся подобрать нужные слова, закончила: — Мне кажется, что все это для вас... немного смутно, я не ошибаюсь?

— Просто это чуть более ранний период, чем тот, которым я занимаюсь.

— Отличная отговорка.

— Тогда на нее я и буду опираться.

— Что ж, это честно. — Новая сигарета. — Да и почему, собственно, вы должны все это знать? — Она хитро подмигнула ему. — Итак, хотите ли вы, чтобы я прочла вам вступительную лекцию или осветила лишь основные моменты, падре? — И, по обыкновению, не оставляя времени для ответа, сама приняла решение: — Думаю, лучше ограничиться основными моментами.

Она отвернулась от накрытой стеклянным куполом рукописи, уселась на край стола, глубоко затянулась и, для убедительности жестикулируя рукой с сигаретой, начала:

— Давайте разбираться. Сначала датировка... «Книга Иоанна» написана где-то в первом-втором веке, то есть в то же время, что и канонические Евангелия. Это гностический трактат и, следова-

тельно, он представлял собой угрозу для того, чему предстояло стать ортодоксальным католицизмом. Он переосмысляет миф о происхождении Бытия, отдавая приоритет Богу как сущности, воплощающей единство материнского и отцовского начал, перед Богом иудейской Библии... — Новая глубокая затяжка. Чечилия поискала глазами, куда бы выпустить дым. Речь ее между тем звучала размеренным и четким стаккато. — Главное внимание уделяется в нем самопознанию, какая бы то ни было институализация веры осуждается. Предполагается, что «Книга» написана одним из первых учеников Иисуса, Иоанном, сыном Зеведеевым, и содержит подлинные слова самого Христа. Она составлена в повествовательной форме, которую принято называть «апокрифическими деяниями апостолов» — что-то вроде христианского романа. — Последняя затяжка, профессор гасит окурок, с силой вдавливая его в пепельницу, и продолжает говорить. — «Поэма» — это просто один из разделов книги, объясняющий, как достичь освобождения, или, если хотите, спасения, восстановив неоскверненный, то есть Абсолютный Свет. — Взгляд на Пирса. — Вот вам и связь с манихейской молитвой. Шаткая, но все же связь.

По-прежнему стараясь собрать воедино разрозненные фрагменты, Пирс спросил:

— И это все, что позволяет считать «Книгу Иоанна» с ее «Поэмой» типично гностическим трактатом?

— На фундаментальном уровне — да, — ответила она. — Это один из тех текстов, которые якобы передают тайное знание, идущее непосредственно от самого Христа. Этим знанием элита посвященных должна овладеть, чтобы достичь просветленного существования. Гностицизм в чистом виде.

Немного осмелев, Пирс продолжил ее мысль:

— И после того как четыре Евангелия были канонизированы, этот текст канул в забвение, как и остальные гностические писания.

— Правильнее сказать — был насильственно предан забвению. Вспомните: в конце второго столетия последователи Иисуса —

а они составляли мириады различных сект — вынуждены были бороться за жизнь в буквальном смысле слова. Чтобы одержать победу, им требовалось создать единый фронт, но это было весьма непросто. Вспомните огромное количество Евангелий и апостольских посланий, имевших широкое хождение и порождавших внутренние противоречия и споры. В конце концов эти дебаты превращались не столько в теологические споры, сколько в борьбу за выживание.

— Целесообразность в ущерб духовности, — кивнул Пирс. — Это в некотором роде лишает глянца весь «проект», не так ли?

— Да, реальность порой не оставляет иного выбора, — согласилась она.

— Рад отметить, что вы не стараетесь подсластить мне пилюлю.

— И в мыслях не было.

— Я ведь могу спрятать все пепельницы, — шутливо пригрозил он.

— Они у меня зарыты в таких местах, что вы никогда не догадаетесь, — хихикнула Чечилия.

Пирс хотел было продолжить шутливую перепалку, но передумал.

— Значит, им нужно было единое толкование, чтобы одолеть общего врага в лице римлян, правильно?

— Да... но не просто толкование. На ранних этапах своего существования католическая церковь нуждалась в структуре, которая могла бы объединить верующих. В чем-то, что превратило бы «последователей Иисуса» в «христиан». «Движение за Иисуса» — в «христианство». Гностицизм отрицал какие бы то ни было структуры, и поэтому его последователей было трудно держать под контролем. А без контроля какой уж тут единый фронт. Понимаете, к чему я клоню?

— К концу гностицизма.

— Совершенно верно. Каноны новой правоверности были заданы текстами, направленными против гностицизма, самые зна-

менитые из них написал лионский епископ по имени Ириней. Он сочинил несколько книг... — Анджели заскользила взглядом по книжным полкам, бормоча: — Как же называется та, большая? «Ниспровержение»? «Крушение»? Что-то касательно «ложного знания». — Так и не найдя нужной книги, снова повернулась к Пирсу. — Неважно, как она называется. Главное, что все гностические Евангелия осуждались в ней как ересь, и таким образом создавалась основа для пресечения каких бы то ни было внутренних распрей. Так возник единый фронт.

Поняв, что она ожидает от него бурной реакции, Пирс кивнул с преувеличенным энтузиазмом.

— Благодарю. Однако в то же время, — продолжила Анджели, — установленные каноны узаконили образ Христа, который, вполне вероятно, отличался от образа того Иисуса, которого знали его первые сподвижники. Мог произойти сдвиг, искажение. Мы, разумеется, никогда не узнаем, как было на самом деле.

— Искаженный образ Христа? Боюсь, я не вполне понимаю. — Пирс впервые забыл о своей роли слушателя.

— Я не хотела смущать вас, святой отец, — улыбнулась Анджели.

— Нет, хотели, — улыбнулся он в ответ. — Что за сдвиг?

— О, я не сказала, что сдвиг произошел. Я сказала, он МОГ произойти. Никто не знает точно, как люди воспринимали Иисуса в те несколько первых веков. Слишком много версий Писания было тогда в обращении: Павел, евангелисты, гностики, бесчисленное множество сект последователей Иисуса...

— Да-да, все так, — перебил он, — но должен же быть способ отличить католический канон от гностицизма? Одного Христа от другого?

— Естественно. Только мы не можем с уверенностью сказать, который из них — истинный Христос.

— Понимаю. Но различия...

— Имеются. Да. — Новая фаза дискуссии потребовала новой сигареты. Анджели пошарила в кармане и достала искомое — ее

запасы были, похоже, неисчерпаемы. — Должна сказать, святой отец, что все эти рассуждения носят академический характер, независимо от того, подслащаем мы пилюлю или нет. Как католичка...

— Не беспокойтесь, отпускаю вам грех заранее.

Анджели улыбнулась и, закурив, снова углубилась в предмет.

— Ну, тогда слушайте: две основополагающие особенности отличают канонический образ Христа от гностического. Во-первых, правоверные католики воспринимают Бога как совершенно отдельную сущность. Он Изначально Другой. Мы можем поклоняться Ему, пытаться представить себе Его жизнь и добрые деяния, но мы никогда не можем достичь слияния с Ним. Гностики же, напротив, утверждают, что самопознание — высшая форма знания — по сути и есть познание Бога. Таким образом, собственная сущность и божественная на определенном этапе самосознания становятся идентичны.

— Это очень напоминает представления Восточной церкви о духовном совершенствовании, — заметил Пирс.

— В определенном смысле — да.

— А второе отличие?

— Тоже нечто в восточном духе. И с политической точки зрения куда более взрывоопасное. Правоверным христианам живой Иисус говорит о грехе и раскаянии. По сокровенной сути Своей Христос — Спаситель, отсюда потребность в Его смерти за наши грехи и Его Воскресении. Причем Воскресении реальном, засвидетельствованном Петром. Без этой доктрины, без Петра, говорящего «Я был первым, я свидетельствую о Его возвращении, Он дал мне ключи и велел пасти овец Своих» и так далее и тому подобное, нет необходимости иметь некую группу лиц — пастырей Церкви, — чтобы поддерживать это свидетельство. Иными словами, без учения о телесном воскресении невозможно обосновать преемственность епископской власти от апостолов. И невозможно заявлять претензии на папскую власть.

— Это создает некоторые неудобства, не так ли?

— Можно сказать и так. Что же касается гностиков, то их Иисус говорит о заблуждении и просветлении. Они напрочь отвергают идею телесного воскрешения. Христос для них — поводырь. А решающий сдвиг в отношениях с Ним происходит, когда ученик достигает просветления. Иисус перестает быть духовным владыкой. Они с учеником становятся равными через познание. Самопознание и божественность здесь совмещаются. Отсюда: отпадает необходимость в воскресении из мертвых, а следовательно, и в папской власти со всеми подчиненными ей структурами. Даже в тех немногих гностических текстах, где все же содержится намек на воскресение, Иисус является сначала Марии Магдалине, а не Петру. Представляете себе, что это означало бы для папской иерархии? Весьма опасная доктрина.

— Значит, гностицизм очеловечивает Христа?

— Нет. — Анджели решительно качнула головой. — Он возвышает человеческое самосознание до божественного статуса и ответственность за достижение этого статуса возлагает на плечи индивидуума. Иисус же всегда пребывает в своем неземном величии. Просто там Он может быть не один.

— То есть все мы становимся богами? — с изрядным скептицизмом произнес Пирс.

— Нет, не думаю, что это правильное толкование. — На сей раз она немного поразмыслила, прежде чем ответить. — Мы все обретаем знание, но Христос остается Христом. Просто наши с Ним отношения делаются не столь... отстраненными. Не знаю, как это лучше объяснить.

— Из ваших слов можно сделать вывод, что Церковь нам не нужна.

Чечилия впервые смешалась.

— На реальном уровне, полагаю... да. — Казалось, она сама не уверена в ответе, ей нужно убедить себя самое. — Да, думаю, так будет правильно. Хотя на духовном уровне все куда сложнее.

— Самосознание было единственным принципом, которым руководствовались гностики. — До Пирса стало доходить. — Ника-

114

ких организационных структур. Никаких помех. Только личная глубинная связь с Христом. Миленькая система.

— Как я уже сказала, до той или иной степени. Но не забывайте: они никогда не подвергали сомнению приверженность вере. И Христу как мессии.

— Так-то оно так, но это была чистая, свободная от оков вера. — Его взгляд устремился к какой-то неведомой дальней точке.

— Да, — согласилась она и, заметив этот его взгляд, окликнула: — Падре? — Подождала, пока его внимание снова сконцентрировалось, и добавила: — Наверняка кое-что из сказанного показалось вам оскорбительным. Я не хотела...

— Не беспокойтесь.

— Вы уверены?

— Когда я начну топать ногами и закрывать уши, тогда знайте, что с меня довольно.

— Во всяком случае, теперь вам ясно, почему каноническому христианству понадобилось подавить это движение. Чтобы удержать бразды правления в своих руках... — Она замолчала; в присутствии священника лучше было оставить мысль незаконченной, независимо от того, что он мог возразить. Несколько минут спустя Чечилия встала и вернулась к рукописи. — Все это, однако, не помогает ответить на вопрос: зачем в начало манихейской молитвы вписывать слова гностика Иоанна? Мани, может, и начинал как своего рода гностик, но в конце он им уж точно не был. — Она обернулась к Пирсу. — Есть существенные различия.

— Может быть, это как-то связано с устной традицией? С чемто, что единоверцы писца обычно произносили, прежде чем приступить к молитве?

Анджели, коротко фыркнув, отрицательно мотнула головой.

— Это следует понимать как «нет»? — уточнил он.

— Если он не собирался противопоставить себя всему тому, что нам известно о традициях переписывания литургических текстов, конечно, нет.

— Мне больше понравилось фырканье.

115

— Я так и подумала. — Снова склонившись над пергаментом, она беззвучно зашевелила губами. — Гляньте-ка, дальше идет нечто совершенно новое.

Без всякого предупреждения она вдруг отошла от стола и направилась к одной из книжных полок. Пирс наблюдал, как она просматривала ряд за рядом, водя по корешкам маленьким пухлым пальчиком, потом вдруг резко обернулась и, ткнув в него перстом, сказала:

— Вы высокий, достаньте-ка вон тот зеленый том на четвертой полке, второй от конца. — Через полминуты книга лежала на столе. Анджели начала листать ее, что-то бормоча себе под нос. Сверяясь с пергаментом, она каждый раз отрывисто произносила «Не то» и продолжала листать. После шестой или седьмой неудачи она закрыла книгу и рассеянно положила ее поверх стопки, громоздившейся за спиной. — Странно, — сказала она, снова направляясь к полке.

И снова Пирс был призван на помощь, и снова после нескольких минут безрезультатных изысканий книга пополнила собой стопку отвергнутых текстов. В очередной раз подойдя к полке, она решила снять с нее сразу шесть книг, и Пирс терпеливо ждал, пока она просматривала их, сохраняя на лице выражение легкого недоумения. Пирс невольно подумал, что из нее вышел бы отличный игрок в покер. Но вот, наконец, минут через десять взгляд ее вспыхнул и на лице отразилось истинное потрясение. Пирс подошел поближе.

— Кофе! — выпалила она и, промчавшись по центральному проходу, выбежала из комнаты, прежде чем он успел что-либо произнести.

Лишь теперь Пирс окончательно вспомнил, каково это — работать с Чечилией Анджели: только успевай увертываться. Вообще-то он начинал подумывать, что, быть может, было бы разумней оставить ее на время наедине с пергаментом. Он мало чем мог помочь ей, только отвлекал.

Да и ему не помешает день-другой покопаться в гностической и манихейской литературе, чтобы чувствовать себя уверенней

с этим манускриптом, прежде чем двинуться туда — будь что будет, — куда он его поведет. Другой образ Христа. Было в этом нечто искусительное.

Кроме того, он мог бы воспользоваться передышкой, чтобы попытаться разузнать, что приключилось с Данте.

Еще до возвращения Чечилии Пирс решил оставить свиток у нее, ничего не говоря ни о Руини, ни о Данте, ни о предупреждении монаха. Только надо попросить пока хранить находку в тайне. Он понимал, что она не из тех, кто сможет легко выдержать визит ватиканской службы безопасности. Поэтому лучше держать ее вне сферы их внимания.

Впрочем, подобная просьба была бы излишней. Анджели славилась тем, что все хранила в строгой тайне до той поры, пока фрагменты не складывались для нее в единую картину. Ее отношение к профессиональным секретам было трогательно, пусть даже несколько преувеличено. Так она учила его работать с Амвросием, не было оснований полагать, что в этот раз она отойдет от своих принципов.

Когда Анджели снова возникла в дверях, в руках у нее был поднос с кофе и печеньем, который она водрузила на пустой стул, и тут же стала разливать кофе.

— Давайте быстренько выпьем по чашке, — предложил Пирс, — а потом я позволю вам немного вздремнуть.

— Вздремнуть? — рассмеялась она. — Вы полагаете, что я собираюсь спать сегодня ночью? А зачем, как вы думаете, я сварила кофе? Нет, падре, мы оба прекрасно знаем, что я так не работаю. Вы же принесли мне новую игрушку; я хочу вдоволь с ней наиграться.

— И мы оба прекрасно знаем, что я буду вам только мешать.

Она передала ему чашку, взяла печенье и с хитрой улыбкой сказала.

— Да, возможно, вы правы. — И, откусив, добавила: — Ваш друг не будет возражать, если я на некоторое время оставлю текст у себя?

— Ничуть. — Пирс сделал глоток сладкого эспрессо. — Разумеется, если вы обнаружите нечто не просто странное...

— Я сразу же с вами свяжусь. Безусловно. — Взяв чашку и еще одно печенье, она отправилась к столу: между его краем и стеклянным куполом едва хватило места для того и другого. — В конце концов, ведь это вы мне его принесли. — Она похрустела печеньем. — В предстоящие несколько дней мне будет чем заняться. Как вам известно, я люблю работать... одна, так что прошу немного больше времени.

— Я постараюсь вспомнить код доступа с прошлого раза, — с улыбкой пообещал он.

— А ведь это было совсем неплохо, правда?

— Результат всегда того стоит.

— Вы такой милый священник. Тем не менее жаль...

Выпив по полчашки кофе, они направились к выходу. Анджели явно не терпелось вернуться к своей игрушке, поэтому прощание было кратким.

В четверть двенадцатого Пирс уже был на мосту Гарибальди. Дождь прекратился, туман рассеялся, на небе зажглись звезды. Дуновение прохладного воздуха с реки казалось запоздалым извинением за душный день. Ветерок на ходу продувал его волосы и одежду, Тибр размеренно плескался внизу в такт его шагам. На середине моста Пирс на несколько секунд остановился. Фонари, тянувшиеся вдоль берегов, с обеих сторон освещали несколько метров кромки воды, посередине оставалась бархатисто-черная полоса. Пирс всматривался в водяную пучину, завороженный ее пустотой.

Свет и тьма, думал он, находя нечто успокаивающее в простоте контраста.

Стражу у ворот, кажется, удивило его позднее возвращение. Обычно священники — даже без воротника — в этот час уже спят. Ни один из гвардейцев, внимательнейшим образом изучивших

его документ, не был Пирсу знаком. Равно как и он не был знаком им, о чем свидетельствовали долгие взгляды, которыми они провожали его, пока он не исчез под аркой.

Перемена погоды загадочным образом обошла Ватикан стороной: всю дорогу от ворот до дома Пирса обволакивала насыщенная пылью влага. Не повстречав на сей раз иезуитов на своем пути, он без помех вошел в освещенный вестибюль и стал подниматься по лестнице. Чем выше, тем меньше света доходило снизу. Коридор третьего этажа был пуст. Пирс с опаской, на цыпочках двинулся к своей двери, осторожно доставая на ходу ключ из кармана. Стараясь не шуметь, сунул его в замочную скважину. Войдя в прихожую, тихо прикрыл за собой дверь и положил ключ на тумбочку.

— Четверть первого, — раздался голос откуда-то сзади, из глубины квартиры. Пирс резко обернулся. Его глаза еще не привыкли к темноте. Пытаясь разглядеть невидимого гостя, он видел лишь полосатые тени, тянувшиеся от окон. — Поздновато, вы не находите?

Первым побуждением было тут же выскочить обратно, но не успел он протянуть руку к двери, как справа от него возникла крупная фигура и массивная лапа перекрыла ему путь к отступлению. Пирс снова повернулся лицом к комнате, теперь он видел лучше: в кресле у окна сидел человек, другой стоял рядом. Сидевший протянул руку и зажег настольную лампу.

— Присаживайтесь, падре.

Пирс обвел взглядом присутствовавших. Все трое были в черных костюмах.

— Как вы сюда попали? — спросил он.

Стефан Кляйст, не вставая, достал из нагрудного кармана удостоверение в кожаной корочке и, раскрыв его, продемонстрировал Пирсу:

— Служба безопасности Ватикана.

С сидевший человек был ниже двух других и гораздо менее могуч, однако от него исходила куда большая угроза. Может, дело

в акценте, подумал Пирс, в австрийской четкости, с какой он произносит английские слова?

— Не уверен, что этот документ дает вам право вторгаться в частное жилище священника посреди ночи.

— Только при определенных обстоятельствах, отец. — К удивлению Пирса, теперь Кляйст говорил вежливее, без ехидной насмешливости первых реплик.

— И в этих случаях вы обычно ждете возвращения хозяина в его доме?

— Почему бы вам не присесть?

Пирс продолжал стоять у двери, соображая, что же так неуловимо переменилось в комнате с момента, как он ее покинул? Ну конечно: книги снова стояли на полках, а не валялись на полу возле дивана, исчезла тарелка с сыром. Мяч вернулся в ловушку. Кто-то, кажется, перестарался, наводя здесь порядок после тщательного обыска, коему, без сомнения, подверглось жилище. Он взглянул на человека, стоявшего рядом с ним: рост под сто девяносто, взгляд пустой. Ему незачем угрожать, сама фигура производила достаточно сильное впечатление. Пирс медленно проследовал к дивану и сел. Его не покидало ощущение того, что он все это уже видел.

— Где свиток, падре? — спросил Кляйст.

Его прямота застала Пирса врасплох. Не то чтобы он был очень удивлен поведением непрошеных гостей, однако по рассказам Данте ожидал от них большей тонкости.

— Свиток? — переспросил он.

— Сейчас не время играть в игры. — Выражение лица Кляйста не изменилось, но в интонации явно послышалось нетерпение. — На похоронах Руини вы встречались с монахом.

— Откуда вы знаете...

— Вы часто выходите из дома без воротничка? — продолжал Кляйст, извлекая из-под стола тонкую полоску белой ткани. — Или только тогда, когда очень спешите? — Пирс не ответил. — Куда же это вы так торопились? — Австриец подождал, потом повторил главный вопрос: — Свиток, падре, где он?

Пирс не сводил взгляд с коротышки, стараясь не выдать паники, поднимавшейся в груди. В течение нескольких секунд в комнате стояла мертвая тишина, которую он ощущал почти физически. Потом ее прервал его собственный голос, донесшийся словно издалека:

— Вы имеете в виду статуэтку? — Его взгляд был по-прежнему прикован к сидевшему в кресле мужчине, и то, что слова слетели с его собственных губ, показалось почти неправдоподобным. Тень сомнения промелькнула по лицу австрийца.

— Что? — переспросил Кляйст.

— Данте сказал, что идут споры относительно ее датировки и происхождения. — Пирса не переставала удивлять легкость, с какой слова слетали с языка. — И будто у монастыря больше прав на нее, чем у Ватикана.

— О чем вы толкуете?

— Божество плодородия, которое он нашел в катакомбах. Статуэтка. — Пирс пользовался моментом замешательства. — Он сказал, что вам не терпится прибрать ее к рукам, хотя не думаю, что он осознавал, как далеко вы зайдете. Так вы ее ищете?

Кляйст молчал несколько секунд, вперив взгляд в Пирса. Потом заговорил, по обыкновению чеканя слова:

— Все гораздо проще, чем вы пытаетесь тут представить, падре. — Пауза. — Мы оба знаем, что монах не упоминал ни о какой статуэтке. И ни о каких правах обладания. Он рассказал вам о свитке.

И снова Пирс промолчал. Австриец, похоже, готов был ждать. Но минуту спустя его терпение иссякло. Он встал, кивая головой и застегивая пиджак.

— Ладно, тогда пойдемте посмотрим на эту вашу статуэтку.

— Что? — вздрогнул Пирс, стараясь сохранить видимость спокойствия. — Прямо сейчас?

— Да, отец, сейчас, — ответил Кляйст, не двигаясь с места. — Если она там, где вы укажете, значит, мы совершили ужасную ошибку и принесем вам свои извинения. — Его речь была начисто лишена эмоций. — Если нет, начнем все сначала.

Мягкость слов контрастировала с тем, что Пирс видел в устремленном на него взгляде. Этот взгляд позволял безошибочно понять, почему самый низкорослый из трех человек был среди них главным. И дело не в акценте. Пирс вспомнил монаха и ужас в его голосе. Одним взглядом этот человек мог сказать все.

Когда Пирс заговорил, в его голосе уже не было прежнего самообладания.

— Послушайте, я священник...

— Ватиканский священник, — не повышая голоса, но твердо напомнил ему Кляйст. — Что автоматически передает вас под нашу юрисдикцию.

— Но я еще и американец...

— В независимом государстве, на территории которого нет посольства. — Кляйст сделал паузу, чтобы хорошо отработанная формулировка дошла до Пирса. — Ватикан не признает никаких посягательств со стороны иностранных государств на верховную власть Его Святейшества папы. И мы как представители этой власти имеем неограниченные права на любые действия в отношении тех, кто претендует на гражданство в пределах этих стен. — Немного подождав, он повторил: — Статуэтка, падре.

В Пирсе пробудился нервный кураж.

— А что, если я откажусь показать вам, где она находится?

— А зачем вам это нужно? — спросил Кляйст по-прежнему абсолютно бесстрастно. — Как я уже сказал, нас интересует свиток. Вы показываете нам эту вашу статуэтку — и нам больше не о чем говорить.

Пирс осознал наконец, как ловко этот человек из службы безопасности обвел его вокруг пальца, но продолжил гнуть свою линию:

— Если не считать ваших извинений.

По какой-то неведомой причине Кляйст позволил себе усмехнуться.

— Да, падре, если не считать их.

— А нельзя ли повременить со статуэткой?

— Нет. — Усмешка исчезла без следа. — Нельзя.

Кляйст кивнул человеку, стоявшему у двери, и тот вышел в коридор ожидать появления остальных. Одновременно другой человек встал за диваном. Этому тоже не было никакой нужды принимать угрожающий вид, его внушительных габаритов оказалось достаточно, чтобы Пирс мгновенно встал. Кляйст сделал шаг по направлению к своей добыче и жестом велел Пирсу следовать к мужчине, ожидавшему в коридоре.

Никакого выбора. Никаких иных возможностей. Тем не менее, вопреки доводам разума, в голове Пирса бешено вертелись мысли.

«Ватиканский священник».

Никогда прежде это определение не звучало столь пугающе. Двинувшись к выходу, он почувствовал, как его захлестнула волна паники.

Однако, чем ближе он подходил к коридору, тем больше паника уступала место чувству полнейшей изоляции, ощущению, будто он каким-то образом переместился вверх, парит над происходящим и видит всю эту сцену с отдаленной точки. Это повергло его в оцепенение. Но, все больше погружаясь в него, Пирс начал в то же время обретать своего рода отстраненную ясность мышления, разум освободился от лихорадочного поиска путей к спасению, еще несколько мгновений назад приводившего его в смятение. Ноги двигались сами собой.

Словно бы со стороны он увидел, как подходит к двери, оборачивается к своему похитителю, и услышал собственный голос:

— Мне нужно взять чертеж. Данте нарисовал мне карту — как найти место.

Кляйст, начинавший терять терпение от этой игры в шарады, судя по всему, не обратил внимания на почти гипнотическое состояние Пирса.

— Значит, вы действительно можете найти статуэтку? — спросил он, и в его голосе впервые обозначился гнев.

— Нет, — ответил Пирс. — Свиток.

На миг Кляйст опешил, не зная, что сказать. Он ожидал, что священник будет продолжать игру и не откажется от своей уловки, пока ее тщетность не станет очевидной, после чего наверняка впадет в истерику. Ему нередко приходилось наблюдать подобные сцены и раньше. Чаще всего это происходило, как только человек оказывался в машине. Но этот священник повел себя совсем иначе. Он принял неизбежное без обычного в таких случаях пустословия.

— Карту церкви Святого Климента? — уточнил Кляйст.

Пирс кивнул, глядя на дальнюю стену.

— Да.

— Где она?

Пирс указал на книжную полку.

Губы Кляйста искривились в разочарованной улыбке.

— Мы не нашли там никакой карты. — Пирс сделал шаг по направлению к полке, но властная рука Кляйста уперлась ему в грудь. — Я же сказал: мы ничего там не нашли.

Тяжесть ладони словно бы вывела Пирса из ступора. Мысли его между тем были по-прежнему сосредоточенны, не позволяя снова впасть в панику. Он стоял неподвижно, продолжая шарить взглядом по дальней стене и лихорадочно стараясь сообразить: что-то он заметил там в последние полминуты, что могло оказаться важным. Что-то бродило в подсознании.

«Чего же такого я не вижу?»

— Она в тайнике за задней стенкой полки, — сказал он. — Вы его просто не нашли.

Кляйст не убирал ладонь с груди Пирса. Оба молчали. Через несколько секунд австриец все же медленно отвел руку и жестом велел Пирсу принести карту. Повинуясь, тот двинулся к книжной полке, не сводя глаз со стены. И лишь когда оказался возле нее, сознание и подсознание стали совмещаться, картинки совпали — наступила ясность.

«Не стена — окно... пожарная лестница... я смотрел на пожарную лестницу!»

Он опустился на колени между полкой и окном, следя за тем, чтобы его движения были медленными и плавными, будто он действительно что-то ищет. Спиной он ощутил слабый ток воздуха: значит, окно, находившееся прямо позади, приоткрыто. Секунд через десять после начала воображаемых поисков он заметил, что Кляйст двинулся к нему.

Абсолютно инстинктивно Пирс швырнул полку на середину комнаты; деревянный ящик заскрежетал по полу и уткнулся прямо в ноги Кляйста. Тут же Пирс схватил лампу и с силой метнул ее вперед, выдернув шнур из розетки. Свет мгновенно погас, все погрузилось во тьму. Он услышал, как заметались по комнате люди, и, почувствовав, что под напором его спины распахнулись створки оконной рамы, вывалился наружу, уцепившись в последний момент за пожарную лестницу. Сверху что-то ослепительно сверкнуло, раздался резкий звук, огромная рука протянулась к нему, но он уже нащупал ногами перекладину и, хватаясь за перила, сдирая с них ладонями ржавчину, стремительно съезжал вниз. Он не думал об оставшихся наверху людях, об их предстоящей яростной погоне за ним — все его внимание было сосредоточено только на лестнице. Последний пролет — и ноги коснулись земли. Чтобы смягчить удар, он выставил вперед ладони и ударился о гравий. Сразу же послышавшийся сзади топот становился все громче. Пирс не без труда поднялся на ноги. Дорожка оказалась гораздо уже, чем представлялась с третьего этажа.

Пирс побежал. Уже футах в двадцати от лестницы тропа под ногами погрузилась в непроглядную тьму, но он продолжал бежать, скользя рукой по гладкой каменной стене и озираясь по сторонам в попытке хоть что-нибудь разглядеть. Он понятия не имел, где находится, что за здания его окружают, он лишь знал, что нельзя останавливаться. Австрисц гонится за ним, и пара мощных рук готова в любой момент схватить его за плечи и бросить на землю.

Внезапно он очутился в маленьком дворике, освещенном единственным фонарем, висевшим в дальнем углу. Возле чего-то похожего на разгрузочную платформу стоял ряд мини-фургонов служ-

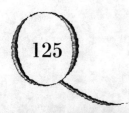

125

бы доставки, за ними виднелась входная арка. Справа темнела густая тень, отбрасываемая стеной. Пирс нырнул в нее, не сводя глаз с дорожки в десяти метрах от себя, и стал пробираться вперед. Место казалось пустынным, свет мерцал лишь в одном-двух окнах прилегающих домов, фургоны напоминали отряд забытых стражников с опущенными забралами, уснувших на посту. Когда Пирс уже приближался к арке, эхо чьих-то шагов гулко разнеслось по двору. Он замер и вжался в стену, тщетно стараясь дышать потише.

В поле его зрения появился тот самый невысокий мужчина, бег его был энергичен и собран, руки двигались равномерно, мощная грудь распирала ткань пиджака. Остановившись в центре двора, он, ничуть не запыхавшись, начал дюйм за дюймом ощупывать взглядом открытое пространство. На какое-то мгновение Пирсу показалось, что человек засек его: пристальный взгляд задержался на тени, в которой он прятался. Но тут же, завидев арку, человек бросился к ней. Когда он пробегал мимо, Пирс задержал дыхание. Очевидно, австриец не почуял, что метрах в пяти от него затаился человек. Через несколько секунд Пирс снова остался во дворе один.

Он не решался сдвинуться с места: в любой миг здесь мог появиться еще кто-нибудь из службы безопасности. Но двор оставался пустым.

Никто не последовал за австрийцем.

Не вернуться ли к себе? По той же дорожке, потом вверх по пожарной лестнице, — ведь это последнее место, где его стали бы сейчас искать. Но вспомнились слова австрийца: «Ватиканский священник... под нашей юрисдикцией». По-прежнему не оставалось выбора. Надо уходить из Города, внутри которого он для них слишком легкая добыча.

«Добыча?»

Еще один абсурд, однако на сей раз — это реальность.

Пирс заставил себя оторваться от стены и, держась в тени, двинулся к приземистой арке. Под ней эхо его шагов умножилось. За аркой открылся другой двор — более обширный, чем первый,

но, к счастью, тоже пустой. Отсюда была видна вдали часть крыш музейных зданий. Пирс снова попытался сориентироваться. Беда в том, что обе дороги, расходящиеся от двора, уводят его от ворот Святой Анны. Впрочем, подумал он, если служба безопасности решила не выпускать его из-под «своей юрисдикции», то стражу предупредили: задержать священника без воротника. Не дать ему покинуть пределы Ватикана. Пост, призванный отваживать слишком настырных туристов снаружи, теперь получил приказ не выпускать священника изнутри.

Опять не то. Нужно найти другой выход.

Прошмыгнув по ближней дорожке, Пирс очутился в той части Ватикана, где аллеи змеятся от одного внутреннего двора к другому в непосредственной близости от собора Святого Петра и Сикстинской капеллы. Где-то по ту сторону от них простираются сады с Папским дворцом, церковью Святой Марфы и фонтаном Девы Марии. До сегодняшнего вечера все это было для Пирса святыней, теперь превратилось в ловушку. Странное ощущение: он терял связь с единственным в Риме местом, где чувствовал себя защищенным. Слишком высокая цена за нечто почти совершенно неизвестное.

Держась по возможности глубокой тени, Пирс пробирался по узким аллеям, выбирая дальние обходные пути. Но он знал, что в распоряжении австрийца достаточно людей. Много времени не понадобится, чтобы запутанность передвижений Пирса потерпела полное фиаско. Путь спасения следовало найти немедленно.

Меж тем за каждым поворотом он натыкался все на ту же внешнюю преграду — бесконечную каменную стену, теряющуюся где-то наверху в аспидно-черном небе.

«Ни пройти, ни перелезть».

Эта мысль беспрерывно билась в мозгу, пока он перебегал из одного двора в другой. Запутанные аллеи уводили его все глубже и глубже в святая святых Ватикана. Наконец Пирс очутился в тесном кругу деревьев; несколько фонарей лили скудный свет на каменный узор мощеной мостовой. Остановился перевести дыхание

и сообразил, что находится в саду Папского дворца: слева вздымалась громада купола Святого Петра.

Широкая площадь была пустынна, фасад дворца взирал на нее черными ледышками окон четырех-пяти этажей. Стараясь ступать по мягкому газону, Пирс заскользил под широко раскинувшимися нижними ветвями, настороженно прислушиваясь к малейшим звукам вокруг. Тишина.

«Ни пройти, ни перелезть».

Малоутешительная мантра оглушительно стучала в висках.

Там, где деревья кончались, он снова остановился и, прислонившись к стволу, осмотрелся. Потом, отведя в сторону густую шелестящую листву, затруднявшую обзор, взглянул вверх, на купол собора. Венчающий его крест взирал с вышины на невидимый Тибр и расстилающийся внизу Рим. Сомнительный приют для того, кто мечется в этих стенах, как в западне, подумал Пирс. Интересно, многим ли доводилось увидеть такими глазами собор Святого Петра, обнимающий площадь двумя огромными руками колоннад, как бы прижимая паству к груди? Заключая в объятия. Изолируя, отсекая.

Последнее никогда прежде не приходило Пирсу в голову.

Как раз в этот момент он заметил уединенное, тускло освещенное место и осторожно выдвинулся на край тени. По мере того как он вглядывался, начал вырисовываться силуэт здания.

Вокзал.

«Ну, конечно!»

Он совершенно позабыл о единственной железнодорожной ветке, пересекающей Ватикан. Рельсы пролегали метрах в пяти за зданием вокзала. Проследив за ними взглядом, он увидел, что они уходят в тоннель.

«Ни пройти, ни перелезть».

А как насчет того, чтобы пробраться под землей?

Пирс понятия не имел, куда ведут рельсы и охраняется ли дорога где-нибудь дальше. Тем не менее это был единственный шанс, учитывая безрадостную альтернативу.

Из всех возможных маршрутов побега этот, однако, был самым незащищенным: секунд пятнадцать-двадцать придется находиться на виду. Он еще раз внимательно осмотрелся. Никого. Набрав полные легкие воздуха, метнулся вперед.

Ощущение собственной уязвимости, открытости сотням глаз сводило с ума. Пирс почти физически, кожей чувствовал болезненное прикосновение света. Но вокруг была мертвая неподвижность, пространство между деревьями и вокзалом казалось безвоздушной воронкой. Домчавшись до платформы, Пирс спрыгнул на деревянный помост, проложенный через рельсы. Здесь все оказалось ярче освещено. Все неподвижно. Оставалось пригнуться и прижаться спиной к низкому основанию платформы. В любой момент мог раздаться сверху топот стражи.

Тишина.

Снова глубокий вдох — и вот он уже несется к тоннелю. Последние метры бешеного спринта по открытому месту — и наконец спасительная темнота.

Рельсам с узкими платформами с обеих сторон, казалось, не было конца, они уходили все глубже и глубже под землю. И все же здесь было лучше, чем там, откуда он только что убежал. Пирс запрыгнул на левую платформу и продолжил путь. Дважды он оборачивался, свет в конце тоннеля мерцал все дальше. Когда обернулся в третий раз, свет вовсе исчез. Только теперь Пирс заметил голубые лампы дневного света, расположенные вдоль стены на равном расстоянии друг от друга. Тусклые настолько, что казались поначалу бесполезными, они становились ярче, по мере того как глаза привыкали к темноте. Пирс попытался представить, что за местность у него над головой, вышел ли он за пределы ватиканских стен.

Ответ пришел гораздо раньше, чем он ожидал. Прямо перед ним из темноты начало проступать что-то вроде огромных ворот, перекрывавших тоннель от земли до свода. Неудивительно, что на вокзале нет никакой охраны: кто проникнет через эту преграду? Подойдя чуть не вплотную, Пирс убедился, что первое впечатле-

ние не обмануло: створ тоннеля запирали массивные стальные ворота.

В надежде найти хоть какую-нибудь дверцу, он начал ощупывать металлическую плоскость. Ничего. Не теряя надежды, спрыгнул на рельсы и методично обследовал всю нижнюю часть ворот. Опять ничего. Запрыгнул на правую платформу, чтобы обследовать их с другой стороны, и неожиданно задел плечом что-то выступавшее из стены. Через несколько секунд на ощупь определил, что это прямоугольный железный брус толщиной сантиметров в пять и длиной — около тридцати. Чуть выше нащупал другой такой же, потом еще и еще. Они крепились к стене с равными интервалами.

Лестничные перекладины. Маленькое чудо.

На уровне десятой или одиннадцатой ступеньки Пирс головой уперся в кованую железную площадку, напоминавшую балкон пожарной лестницы. Уцепившись за ее край, перекинул ноги наверх.

Площадка оказалась пустой, если не считать стеклянной будки, рассчитанной максимум на двоих. Несомненно, это был пост управления гигантскими воротами. Подойдя ближе, Пирс прижал лицо к толстенному стеклу и заметил в дальнем углу будки пульт, на котором в янтарном свете мерцали кнопки. Света оказалось достаточно, чтобы рассмотреть отражавшуюся в них внутреннюю поверхность двери с ручкой посередине. Снаружи ручки, однако, не было. Вместо нее из стекла выступал большой металлический ящик с замочной скважиной посередине. Сбоку торчала прямоугольная пластина. К воротам тянулся длинный рычаг.

Пирс встал на колени и начал возиться с ящиком — безуспешно. Пластина, однако, казалась странно знакомой. Он пробежался по ней пальцами, на ощупь она напоминала автомобильный номерной знак: тонкий металл с выдавленными в нем символами. Поводив по ним пальцами, он вскоре расшифровал первое слово — *SICUREZZA*[1]. А еще через несколько минут «прочел» всю над-

---

[1] Безопасность (*ит.*).

пись: «ЗАДЕЙСТВОВАТЬ ТОЛЬКО В СЛУЧАЕ ПОЖАРА». Значит, если нажать на рычаг, раздастся сирена тревоги, но ворота откроются.

Пирс невольно улыбнулся: современные технологии добрались и до Ватикана.

Показалось невероятным, что между ним и его свободой стоит лишь этот маленький рычаг. Поразмыслив, однако, понял, что вряд ли кому придет в голову забираться так далеко, чтобы покинуть Ватикан. Внутри Города охрана минимальная, главное ее предназначение — сдерживать тех, кто хочет войти в него. Поэтому и вокзал не охраняется.

Так же, наверно, и здесь.

Мысль, однако, была ободряющей лишь отчасти. Он понимал, что, как только завоет сирена, все завертится гораздо быстрее. Служба безопасности уже через несколько секунд будет в тоннеле, а в месте предполагаемого выхода беглеца снаружи окажется еще раньше. К тому же неизвестно, находится это место за ватиканскими стенами или внутри них. Держась рукой за рычаг, он быстро прокручивал все это в голове. Последний взгляд вдоль тоннеля — и Пирс нажал на рычаг.

Звук оглушил, но еще более ошеломил свет, внезапно поливший со всех сторон. Пирс стоял в центре будки, ослепленными глазами пытаясь обнаружить вторую дверь. Вон она! Справа от пульта. И опять — никакой ручки, только ящик с рычагом. Ни секунды не думая, Пирс дернул рычаг и помчался по открывшемуся ярко освещенному узкому коридору с выкрашенными белой краской стенами. Вдоль потолка, над самой головой тянулись трубы. Обработанный стерильный воздух наполнял помещение, оставляя металлический привкус во рту.

Сосредоточиться ни на чем, кроме движения, было невозможно: безжалостная сирена завывала за спиной все громче и громче. Вдруг звук резко оборвался, словно поперхнувшись кашлем напоследок. Внезапно наступившая тишина словно ударила под дых. Но он продолжал бежать, напряженно прислушиваясь — нет ли

131

голосов и топота погони за спиной. Однако уши улавливали лишь эхо собственных шагов по цементному полу.

Пирс был уже уверен, что вот-вот появится фигура, мчащаяся навстречу, и он окажется в ловушке между ней и теми, кто подбегает сзади, как вдруг заметил, что трубы метрах в десяти впереди резко сворачивают влево. Чуть сбавил скорость, завернул за угол, просквозил через еще одну дверь. И тут земля внезапно ушла у него из-под ног. Сорвавшись с бетонного выступа, Пирс рухнул на узкую полоску травы.

Все вмиг остановилось. Пирс лежал на спине, ничего не понимая.

Звезды.

Он видит звезды. Значит, находится под открытым небом. Повернув голову, он увидел, как медленно захлопнулась снаружи дверь — замаскированная ржавая металлическая дверь без ручки и замка, утопленная в ватиканской стене и различимая теперь лишь благодаря нескольким штрихам граффити. Если бы не эти мазки, ее невозможно было бы заметить. Пирс перевернулся и привстал, опираясь на локоть. Широкая дорога — Ватиканский проспект, как он догадался, — простиралась всего в трех метрах от него. Несмотря на нестерпимую боль в спине, Пирс почувствовал бурную радость, в горле заклокотал нервный смех. Он встал и еще раз посмотрел на стену. Купол собора Святого Петра возвышался прямо за ней.

«Под нашей юрисдикцией».

Несколько мгновений он просто смотрел.

«Больше — нет».

Звук сирены, раздавшийся где-то слева, напомнил ему, что еще не время торжествовать победу. За ним гонятся, и это лишь мгновение передышки. Углубившись в сплетение пешеходных аллей по другую сторону проспекта, Пирс впервые оказался лицом к лицу с куда менее радостной правдой: Ватикан больше ему не принадлежит, этот приют для него утрачен.

И в чем же тогда его победа?

Уже минут двадцать как Пирс перешел на шаг, и минут десять как перестал исподтишка оглядываться назад. С тех пор он лишь раз или два замедлил ход, все остальное время шел решительно и размеренно, всецело отдаваясь ритму движения, чтобы не думать о событиях последних часов. Но так продолжалось недолго, сдерживаемая тревога снова подняла голову и заставила насторожиться. Сначала — несмотря на поздний час — он подумал о гостинице, но тут же сообразил, что его легко будет выследить по кредитной карточке. Сам факт, что такая мысль пришла в голову, ошарашил его. О Чечилии и помышлять не следовало, по крайней мере, пока. К ней не должна вести ни одна ниточка.

Он пересек реку через мост Аоста и вышел на виа Джулиа. Улицу освещали фонари, свисавшие на кронштейнах с высоких стен. Пирс шагал мимо магазинных витрин. По тротуару, держась за руки, прогуливались редкие пары — слишком мало народу, чтобы он мог почувствовать себя свободней. Где-то на окраине сознания бродила мысль: нужно найти более людное место.

Он пересек Кампо дей Фьори, миновал один из своих любимых ресторанов на северо-восточном углу площади. Сейчас там было темно, но во рту невольно возник вкус горгонзолы[1]. Он ужинал там дня два-три тому назад с несколькими знакомыми по библиотеке. За какие-то восемь последних часов все это стало странно чужим и далеким, прежние связи оборвались.

Минут сорок он брел, тщательно стараясь держаться людных мест: пьяцца Навона, фонтан Треви и дальше — к Испанской лестнице. Публика по ходу его беспорядочного марша все молодела. Лестницу и фонтан облепили группки студентов, кто толпился во-

---

[1] Горгонзола — мягкий пикантный итальянский сыр.

круг одинокого гитариста, бренчавшего какую-то молодежную серенаду, кто просто наслаждался действом под названием «римская летняя ночь». Здесь разгуливало множество влюбленных пар. Несколько подвыпивших туристов щелкали фотоаппаратами со вспышками, желая запечатлеть неясно вырисовывающиеся над лестницей колокольни, хотя ничего, кроме неясных теней, на снимках, понятно, выйти не могло.

Место, однако, совсем не напоминало островок безопасности, о котором он мечтал. Напротив, он чувствовал свою чужеродность здешнему окружению, как будто находился в перекрестье подзорной трубы, следящей за каждым его движением, сфокусированной на нем так четко, что все остальное расплывалось в неясное пятно. Какое бы убежище за пределами Ватикана еще недавно ни сулило ему воображение, надежда обрести его стремительно таяла. Наступало чувство полнейшего одиночества, усиленного контрастом со всеобщим ночным весельем. Казалось, сам город гонит его, с каждым новым поворотом усугублялось ощущение потерянности. Каким-то образом он вдруг лишился всего, что было знакомо и близко.

Даже пьяцца Барберини с втекающими в нее оживленными улицами, кишащими транспортом, представилась местом, коего он никогда прежде не видел. Все вокруг выглядело холоднее и строже, чем обычно.

Он хотел уже идти дальше, как вдруг сообразил, что́ его сюда привело. Конечно же, есть для него в этом городе один приют, место, где он сможет обдумать все, что произошло за последние двенадцать часов. Дом Джона Джея! К северу от садов Квиринале. Квартира священника. Как же он сразу о ней не вспомнил? Невероятно. Конечно, за последние два года он был там всего раза три-четыре — Блейни постоянно мотался в Штаты, — но, какими бы редкими ни были их встречи, это не отражалось на близости отношений. После того что пережил Пирс за этот день, его появление у священника в два часа ночи вызовет лишь легкое поднятие лохматой брови.

Имея теперь цель, Пирс вернулся на несколько кварталов назад, к дому 31 по виа Авигонези, неотличимому от других домов, стоящих вдоль этой узкой улочки: их фасады сливались в сплошную стену из облезлых красновато-коричневых камней, освещенную тусклыми фонарями. Пирс окинул взглядом выходящие на улицу окна, втайне надеясь увидеть огонек где-нибудь на пятом этаже. Но такая удача не была ему суждена. Тем не менее он подошел к двери и позвонил.

После шестого звонка, отступив назад, на пустую мостовую, он увидел, что в одном окне зажегся свет, и в следующий момент старенький домофон ожил и затрещал.

— Si? — злобно рявкнул женский голос. — *Sa che ore sono?*[1]

— Да, я знаю, уже очень поздно... Простите, — по-итальянски ответил Пирс, — но мне очень нужно повидать отца Блейни.

— В такой-то час? Кто вы?

— Отец Пирс. Отец Йен Пирс из Ватикана. Я уверен, что он поймет.

— Отец... — Пирс терпеливо ждал. — Американец? — Голос женщины стал гораздо менее неприязненным.

— Да.

— Понятно. — Пауза. — Видите ли, падре, уверена, что он бы понял, но его нет дома. Он уехал на несколько дней. Не могу ли я чем-нибудь вам помочь... в два часа ночи?

Пирсу почему-то такая возможность и в голову не приходила.

— Нет дома?

— Мне очень жаль, но это так. Он вас должен был ждать?

Обескураженный, Пирс даже не сразу ответил:

— Нет, не должен.

— Время от времени он звонит. Передать ему что-нибудь?

— Нет... Нет, спасибо, ничего не надо.

---

[1] Да? Вы знаете, который теперь час? (*ит.*)

135

— Вы уверены, падре? — Женщина подождала. — Может быть... хотите подняться? Вы совершенно уверены, что все в порядке?

Снова долгое молчание.

— Да, спокойной ночи.

— Падре?..

Окончания фразы он не услышал, поскольку уже отошел от двери. Теперь чувство изолированности еще больше усилилось. В ожидании встречи с Блейни Пирс позволил себе расслабиться. Несколько дней... Столько времени у него не было.

Не зная куда, он все равно снова пошел — обратно к площади, к стоянке такси, к огням, вверх по улице Барберини. Город опять стал холодным и неумолимым, непрощающим. Хотя, почему Пирс испытывал потребность в прощении, он и сам не понимал.

Понял только тогда, когда достиг вершины холма Барберини. Там, на другой стороне широкой улицы, притаившись в глубине крохотного мощеного дворика, стояла церковь Святого Бернарда. Это была его любимая церковь. Похожая на Пантеон в миниатюре, со скромным куполом над приземистыми стенами — эдакий тролль на холме. Куда менее впечатляющая, чем ее более знаменитые соседки, она не могла похвастать ни царственным фасадом святой Сюзанны, ни берниниевской[1] роскошью Санта Мария делла Витториа, но всегда хранила свое скромное достоинство, и в ней ощущалось почти средневековое благочестие.

Более того, ее простота напомнила ему, что посреди любого смятения одно оставалось незыблемым и принадлежало только ему. Это было почти столь же неуловимо, как сама вера, — хотя он не сомневался, что вера придает опору. Но оно имело гораздо более реальное выражение: молитва. Что всегда говорил Блейни?

---

[1] Бернини (Bernini) Джованни Лоренцо (Джанлоренцо) (1598—1680), итальянский художник, виртуоз скульптуры и архитектуры, один из законодателей вкуса эпохи барокко.

Храм души — в постоянном повторении молитвы. Еще один вид
убежища.

Почему прощение? Да потому, что сегодня у него не нашлось
времени помолиться, постоять на мессе, пусть ненадолго обрести
душевный покой. Он пересек улицу, проследовал через двор, выло-
женный неровными булыжниками, и вошел под церковный свод.

Освещения внутри было достаточно лишь для того, чтобы ста-
туи святых, заполнявшие высокие ниши вдоль стен, отбрасывали
на пол угловатые тени. Суровые гипсовые лица взирали на него
с вышины; щеки и руки изваяний кое-где облупились, ниспадаю-
щие складками одеяния навечно застыли в своей жесткости.
В этих аскетичных фигурах не было и намека на берниниевскую
нежность. Тем не менее Пирс сразу же почувствовал безмятеж-
ный покой. Обмакнув пальцы в святую воду, он осенил себя крестным знамением и двинулся к деревянным скамьям перед алтарем.
Как только он сел на одну из них, напряжение последних часов
ушло из мышц и его моментально захлестнуло ощущение полнейшей обессиленности. Откинув голову назад, он с трудом сопротив-
лялся одолевавшей его дреме.

На грани реальности и забытья его начали обступать воспоминания: Слитна, Прияц. Бесчисленные маленькие городки, названия которых он давным-давно забыл, грозно надвигались на него
со всех сторон. Ничего определенного — только диссонирующие
звуки, какие-то запахи, привкус на языке; все это расплывалось за
смутной пеленой, однако было настолько ощутимо и властно, что
заставило его вскинуться и сесть прямо.

Сердце бешено колотилось, в голове проносилась бесконечная
череда образов. Один из них постепенно обретал ясные очертания.
Спокойно-решительный, странно знакомый — отзвук дней, проведенных с Петрой. Даже тогда он осознавал, что не вполне понимает ее наивную храбрость, зачастую граничившую с безрассуд-
ством. Однако именно она не раз спасала ему жизнь. Уставившись
в шершавую древесину передней скамьи, Пирс отдался во власть

137

этого образа, позволил ему зазвучать в полный голос, подарить ему еще один миг наедине с ней. Вероятно, было в этом и нечто большее, но он не стал вдумываться.

Нетрудно было догадаться, почему образ всплыл на поверхность именно сейчас. Пирс лишь надеялся, что удастся его задержать.

Беззвучно шевеля губами, он начал молиться.

Отведя тяжелую бархатную штору, кардинал фон Нойрат вглядывался в огни Рима, расстилавшиеся перед ним. Половина пятого, а жизнь бьет ключом. Сколько же раз он стоял вот так, в халате и тапочках, не чувствуя утреннего холода, позабыв о сне, и глядел в окно? Не сосчитать. Бесконечное множество извивающихся улиц терялось в городском лабиринте, и каждая веха этого пейзажа придавала мыслям кардинала свое направление. Кремовая пена Колизея, ослепительная, помпезная белизна грандиозного монумента Виктору Эммануилу Второму и вечно молчаливый купол, чеканный на фоне темнеющего неба, манящий, зовущий. Его. Только его. Быть может, уже сегодня.

Звук проехавшего мимо такси нарушил тишину, и сразу стали ощутимы холод и усталость. Тем не менее он продолжал смотреть. Рим. Оторваться от созерцания Вечного города было выше его сил.

— Почему бы тебе не поспать немного? — Блейни сидел в кресле у торшера в дальнем углу огромной спальни, положив ноги на скамеечку с подушкой. — Если будут новости, я тут же тебя разбужу.

Не отрываясь от окна, фон Нойрат ответил:

— Спасибо, я не хочу спать. — Спустя несколько секунд он обернулся. — А вот ты, если хочешь... — Решительное покачива-

ние головы собеседника сказало ему, что нет нужды заканчивать фразу.

Они были знакомы почти сорок лет, их связывал общий путь, некогда представлявшийся таким ясным. По сути дела, именно Блейни все эти годы вел фон Нойрата по этому пути, пути к Просветлению. Вроде бы все так просто.

Однако теперь многое изменилось. Священнику, безраздельно преданному своей манихейской вере, не было нужно ничего, кроме духовного света. Кроме того, чтобы хранить в чистоте учение Мани. Поддерживать жизнь Слова. Блейни всегда считал, что Слова самого по себе достаточно, чтобы возродить истинную и святую Церковь.

Фон Нойрат давно осознал слабость такой позиции. Одних веры и учения недостаточно. Предвидения Мани должны иметь практический результат. И чем больше им овладевал прагматизм, тем более ограниченной казалась ему точка зрения Блейни, тем более ничтожным представал в его глазах сам священник.

Это были отношения, основанные на взаимном недоверии. Вот почему оба хотели дождаться звонка лично.

Фон Нойрат подошел к кровати и сел.

— Артуро прислал подтверждение о трансфертах? — спросил он, просто чтобы занять время.

— Около часа тому назад, — ответил Блейни. — Наши друзья-пятидесятники, баптисты и методисты весьма признательны.

— Мне не нужна их признательность, — ответил фон Нойрат, соскребая пятнышко с постельного покрывала. — Я хочу быть уверен, что они поняли, для чего это делается. — Стряхнув невидимые катышки грязи, он посмотрел на Блейни. — Я не могу начать объединение Церкви без стихийного массового движения в нашу поддержку.

— Уверен, что они правильно поняли послание, Эрих.

Насмешка промелькнула по лицу фон Нойрата, прежде чем он вернулся к своему пятну.

— Послание? Не дороговато ли так передавать послания, тебе не кажется?

— Вероятно. Полагаю, это можно назвать «ненавязчивым продвижением товара».

Фон Нойрат рассмеялся.

— Вот уж не думал, что ты в этом так хорошо разбираешься.

— Едва ли.

— О, не надо себя недооценивать, Джон.

— Зачем? Я предоставляю это тебе.

Фон Нойрат поднял голову.

— Я наступил на больную мозоль? — И, не дождавшись ответа Блейни, продолжил: — Я тебе все больше не нравлюсь, ведь правда?

— Вовсе нет.

— Только не говори, что ты не разочарован.

— Разочарование предполагает ожидания.

Улыбка.

— В десятку.

— Мы по-разному смотрим на вещи, — сказал Блейни.

— Да, это так. Я, например, знаю, что послания, как такового, недостаточно. Нужно быть уверенным, что его правильно поняли.

— Не сомневаюсь, что у тебя на местах для этого есть свои люди.

— У нас, Джон. У нас на местах есть люди. — Он опять принялся скрести покрывало. — Очень трудно рисовать мир только черным и белым, когда в нем столько красок. Единая чистая Церковь не возникнет вдруг только потому, что ты уповаешь на ее возрождение. Людей надо к ней привести. И единственный способ сделать это...

— ...манипулировать ими, — подсказал Блейни.

Фон Нойрат не потрудился поднять голову.

— Грубовато, но — да, почти правильно.

Блейни кивнул словно бы в подтверждение каких-то своих мыслей.

140

— Но когда снизойдет свет и рассеется тьма, кто окажется достойным тайны, которая оставалась сокрытой с незапамятных времен?

— «Тот, кто может сделать мир единым целым», — ответил фон Нойрат. — «Послание Сета».

— Не припомню, чтобы в этом «Послании» так уж много говорилось о манипулировании.

Теперь фон Нойрат поднял таки голову.

— А что ты можешь предложить взамен? Пока среди друзей-протестантов у нас не будет достаточного количества сторонников, никакие папские энциклики, несмотря на всю их непогрешимость, ничего не смогут сделать. С одной оливковой ветвью далеко не уйдешь.

— Особенно если она — в твоих руках, — заметил Блейни.

— Не думаю, что проблема в этом. — Кардинал снова принялся за покрывало, это его явно успокаивало. — Иногда Слова, как такового, мало, чтобы побудить людей к действию.

— Не думаю, что Мани согласился бы с тобой.

— Мани не приходилось иметь дело со столь сложным миром.

— Ах, да, я совсем забыл. Бедный наивный Мани.

Фон Нойрат опять рассмеялся.

— Сарказм тебе не к лицу, Джон. Оставь его мне. Тебе больше подходит смирение. — Он встал, подошел к тазу, стоявшему на умывальном столике, и несколько раз макнул в воду махровую салфетку. Потом отжал ее, вернулся к кровати и принялся оттирать пятно мокрой тряпицей. — Никто не может точно сказать, кто или что представляет собой силы тьмы в наше время. Слишком много демонов развелось, чтобы можно было сделать правильный выбор. И если я в состоянии упростить дело...

— Мы, Эрих. Мы.

Фон Нойрат демонстративно помолчал и продолжил:

— И если мы в состоянии упростить дело, тем лучше. Одной реальной угрозы, одного основного демона достаточно, чтобы вернуть людей в объятия истинной Церкви.

141

— Даже если такого демона не существует?

Холодная улыбка искривила губы фон Нойрата.

— Последний, о котором я наводил справки, — исламский фундаментализм — здравствует и процветает.

— Игра на бессознательных страхах людей — не то, что имел в виду Мани.

— Мы уже обо всем договорились. И сейчас поздно подвергать сомнению методы.

— Я не подвергаю их сомнению. Я просто обсуждаю расстановку акцентов.

— Ничто так не объединяет людей, как невежество, Джон. — Фон Нойрата, похоже, наконец удовлетворил результат его усилий, он швырнул салфетку обратно на столик.

Теперь Блейни помолчал, прежде чем ответить.

— «И ничто, кроме невежества, не способно...

— ...заставить свет поблекнуть и умереть». Да. Я знаю этот стих. «Шапуракан», глава третья, стих пятый. Можешь вспомнить еще «Книгу о гигантах», глава шестая: «И сквозь тьму узрит Он свет, столь яркий, что скажет тот ему — рожден я из тьмы, но есмь сам свет!» Невежество, несущее в себе мудрость. Здесь нечего обсуждать. Действительно ли эти фундаменталисты представляют собой реальную угрозу, действительно ли господин Бен Ладен со своими приспешниками имеет в виду нечто большее, чем просто несколько бессмысленных взрывов, — неважно, мы-то с тобой оба прекрасно понимаем, что в любом случае их существование можно использовать для создания подлинного единства. Страх перед общим врагом — мощный стимул. Нам всего лишь нужно сделать так, чтобы этот стимул стал достаточно сильным. А оттуда до истинной Церкви — один шаг. Тогда-то ты и увидишь мировую мощь. — Он сделал паузу. — И если не это есть свет, рожденный из тьмы, то что еще — я не знаю.

— Все зависит от того, как ты этого врага используешь.

— Да. Да, зависит. А я и не думал, что ты так интересуешься мирской стороной дела. — Ответа он не дождался. — Да, не ду-

мал. — Он встал и вернулся к окну. — Храни веру в чистоте, Джон. Это то, что у тебя всегда лучше всего получалось. Ты ведь считаешь, что этого достаточно, чтобы снова сделать Церковь единой. — Он помолчал. — Иногда мне бывает интересно: что, с твоей точки зрения, это на самом деле означает?

— Свет, выпущенный на волю. Победа над тьмой. Это не так уж сложно, Эрих. «Суетные одежды этой плоти скинь, благополучный и чистый; чистые ступни освободившейся души моей уверенно да попрут их».

Фон Нойрат снова усмехнулся.

— Мы делаем Церковь единой, Джон, и теперь настает наша очередь строить на пепелище. Наша очередь определять доктрину и пасти стадо, а не только цитировать Псалтырь. И теперь мы уже не совсем компания добряков, верно? — Блейни упорно молчал. — Среди нас двести — триста избранных. Остальным предписано вести сурово-аскетическую жизнь. Чтобы заставить их соблюдать ограничения, нужно обладать значительной властью. Как ты думаешь, сколько из них достаточно ревностны, чтобы позволить своим «душам попрать мир плотский»? Чтобы они смогли увидеть, как Свет выходит на волю, нам придется очень многое у них отнять. Победа над тьмой требует строжайшей дисциплины и здоровой дозы... перевоспитания. Не все поймут, что́ мы для них делаем. — Фон Нойрат опять помолчал. — Так что не надо мне говорить, что тебя смущает то, как мы собираемся поступить с нашими врагами, настоящими или мнимыми. Ты не хуже меня знаешь, что все это бледнеет в сравнении с тем, что приготовили мы для своих последователей. Такого рода аскетический идеал требует жертв. И мы не можем позволить себе роскошь разбираться, какие из них допустимы, а какие нет.

Нойрат вещал почти минуту. Блейни сидел, уставившись на телефон и мысленно посылая ему флюиды, чтобы он наконец зазвонил. Фон Нойрат вдруг резко повернулся.

— Это защита, правильно?

— Что? — переспросил Блейни.

— Защита, — повторил фон Нойрат. — «Довольный раб приходит в доспехах».

Блейни понадобилось несколько секунд, чтобы понять, о чем толкует собеседник.

— Ах, это... Да. — Теперь он вспомнил загадку, которую загадал фон Нойрату сегодня днем. Словесная игра, в которую они, как все добрые манихеи, играли уже много лет. Тайны, зашифрованные в языке. Они могли как угодно не доверять друг другу и даже испытывать взаимное неуважение, но уж эти лингвистические загадки их тесно объединяли. — Тебе не понадобилось много времени.

— Довольный — *fed*, раб — *esne*. Читаем задом наперед — получаем *defense* — защита, то есть доспехи. Остроумно, — небрежно похвалил фон Нойрат.

— Стараюсь, — ответил Блейни. И тут зазвонил телефон. Он снял трубку. — Да... Понимаю. Когда?.. Нет, в этом нет необходимости... Хорошо. Держите меня в курсе дела. — Отбой.

— Ну? — спросил кардинал.

Блейни медленно поднял голову, но не сразу вспомнил о присутствии фон Нойрата.

— Что? Ах, нет. Нет, это не насчет Его Святейшества. У нас небольшие проблемы. Тот священник из церкви Святого Климента исчез.

— Я думал, что Кляйст контролирует ситуацию.

— Ты правильно заметил: я не очень силен в мирских делах, но, похоже, он не сумел удержать ситуацию в руках.

— А монах?

— Об этом можем позаботиться мы. Пусть герр Кляйст сосредоточится теперь исключительно на священнике.

— Согласен. — Фон Нойрат подумал, потом продолжил: — Мы уверены, что свиток у него? — Блейни хранил молчание. — Мы уверены, что он не догадывается, что в нем? — Опять никакого ответа. Фон Нойрат смотрел в окно на огни города. — Тогда у нас действительно проблема.

Кто-то тронул Пирса за плечо, заставив очнуться. Первое, что он почувствовал, мучительно сведенную шею. В течение нескольких секунд он не мог сообразить, где находится, глаза решительно не открывались. Он лежал на боку, подтянув ноги к груди, сложенные ладошка к ладошке руки покоились между щекой и твердым деревом. Попытавшись сесть, он едва не скатился со своего ложа и ухватился за спинку передней скамьи, чтобы удержаться. Напрягши сонные глаза, заметил, что в церкви стало больше света: сквозь отверстие в центре купола проникал первый отблеск солнца. Верхняя часть стен покрылась белыми прожилками. Святые между тем оставались в серых сумерках.

— *Scusi, ma non si puo dormire qui, giovane*[1], — послышался голос слева от него.

Пирс обернулся и увидел священника, стоявшего у него за спиной, — тому было под восемьдесят, большую часть лица закрывали очки в черной оправе. Линзы неестественно увеличивали глаза, делая их похожими на огромные коричневые шары, заполняющие все пространство стекла. Тем не менее было в этом лице что-то приятное; тонкие губы с сокрушенно опущенными уголками придавали ему умудренный вид. Когда священник понял, что на Пирсе духовное облачение, его глаза за толстыми линзами очков стали еще больше.

— О, я не заметил, что вы священнослужитель, — продолжил он по-итальянски. Впрочем, это открытие успокоило его ненадолго, уже в следующий миг, осознав, что его коллега спит в церкви на скамье, он еще больше смутился и, судя по всему, не знал, как реагировать. — Вы... вы молились, святой отец? — Вопрос был, конечно, странным, но ничего лучше он придумать не смог.

---

[1] Простите, но здесь так спать не полагается, молодой человек (*ит.*).

— Я... Да. Я пришел сюда помолиться, — ответил Пирс. — Я не собирался... — Он потер шею.

Старый священник, похоже, опять оказался в затруднении, по его доброму лицу пробежала тень замешательства. Духовное лицо, без пасторского воротника, спит в храме. Как это объяснить?

— У меня найдется лишний. — Он кивком указал на шею Пирса и, желая избавиться от сомнений или, по крайней мере, отогнать их подальше, уставился на звезды в глубине алтаря.

Пирс оглянулся вокруг. Церковь была пуста.

— Вы знаете, который сейчас час, святой отец? — спросил он.

— Начало шестого, — не оборачиваясь, ответил старик. — Я всегда прихожу сюда в это время. — Потом рукой указал на лесенку в глубине и добавил: — Он там. Воротник. — Пирс встал и последовал за священником, ноги у него затекли от неудобной позы, в которой он довольно долго спал.

Кабинет являл собой образец аскетизма: два деревянных стула с прямыми спинками, без мягких сидений, словно часовые, стояли перед столь же суровым столом, еще один такой же стул нес вахту по другую сторону стола — и все это под бдительным присмотром распятия, демонстрирующего несгибаемую твердость на фоне немощи крошащихся стен. Сводчатый потолок этого маленького загончика вздымался в центре не меньше чем на два с половиной метра. Комната, несомненно, была позднейшим добавлением — словно бы храм нехотя уступил ей малую толику пространства от щедрот своих. Старый священник, шаркая, подошел к столу, выдвинул один из ящиков и достал из него новый воротничок.

— Я всегда забываю, есть ли у меня запас, и каждый раз, проходя мимо «Гаммарели», останавливаюсь и покупаю еще один. — Пирс кивнул, вспомнив *sartoria ecclesiastica*[1] неподалеку от пьяцца Минерва. — Старость, — улыбнулся священник. — У меня их здесь

---

[1] Церковная лавка (*лат.*).

скопилось штук двадцать. — Пирс подошел, взял воротничок и прикрепил его к рубашке.

— Спасибо.

— Вы не итальянец, — догадался священник.

— Нет. Американец.

— Вам негде жить? — спросил старик и, прежде чем Пирс успел ответить, сказал: — Однажды у нас останавливался святой отец из Альбукерка. — Название он произнес чудовищно исковерканно. — Он сказал, что потерял весь свой багаж, включая документы. У него тоже не было воротничка. Мы накормили его горячей едой.

— Из Альбукерка? Неужели? — Пирс разгладил ладонью воротник, нащупав на шее крошку. — Вообще-то у меня есть квартира в... — Он осекся. — Неподалеку отсюда. — Улыбка. — Я приехал из Бостона... из маленького прихода. — Он и сам не знал, что подтолкнуло его к этому импровизированному признанию, однако, похоже, оно произвело желаемый эффект. Старик внимательно слушал. — Я зашел сюда помолиться рано утром, но, видимо, оказался более уставшим, чем предполагал.

— Конечно. — Взор старика вдруг просветлел.

— Хотите причаститься? — спросил он, и глаза его еще больше расширились от энтузиазма.

Пирс собрался было покачать головой, но остановился. А для чего же еще он сюда пришел? Принимая во внимание события последних двенадцати часов, он абсолютно не представлял себе, что ждет его за порогом церкви. Если прошлая ночь, будучи мгновенной вспышкой каких-то отдаленных событий, нечто и предсказывала, то уж точно нечто совершенно неизвестное. Ему необходимо было восстановить что-то в себе самом. Что-то, что он сможет унести с собой.

— Да, — кивнул он и подошел поближе к старику. — Да, очень хочу.

— Я так и думал. — Священник выдвинул еще один ящик стола и достал из него необходимые аксессуары — покрывало, потир, вино, облатки. Он двигался медленно и с большим достоинством,

147

потускневшее серебро и обветшавшая льняная ткань обретали в его руках былое великолепие. Разместив все это на столе, он направился к маленькому шкафчику у двери и вынул из него такой же древний стихарь и кружевную столу, пояс висел на крючке, прибитом к стенке шкафа. Пирс подошел и помог ему облачиться, разгладил складки на помятых одеяниях. Потом они взяли то, что было на столе, и, осторожно шагая по ступенькам, спустились в храм. Присутствие старого священника все больше успокаивало Пирса. Тот молча в строгом порядке раскладывал принадлежности на алтаре, Пирс ждал, чтобы добавить к ним то, что нес он. Когда старик влил в потир добрый глоток вина, добавив несколько капель воды, лицо его озарилось подлинным восторгом.

— Я предпочитаю латынь, — сказал он. — Когда молюсь один. Старая привычка. Надеюсь, вы не будете возражать?

Пирс согласно кивнул и ощутил еще больший покой. «Старая привычка». Чувство принадлежности к месту.

— Вот и хорошо, — улыбнулся священник. Затем, сделав глубокий вдох и немного помолчав, начал читать молитву. Взгляд его глаз, теперь не казавшихся неестественно большими за стеклами очков, был сосредоточен, тело чуть раскачивалось взад-вперед, руками он слегка опирался на стол — идеальный образ чистоты и безмятежности.

Пирс последовал его примеру. И на несколько минут, казалось, напрочь забыл все, что заставило его искать убежища в церкви Святого Бернарда. Все, что происходило за ее стенами.

По свету в окне второго этажа и тени, мелькавшей за стеклом, он понял, что Анджели не спит, а все еще трудится над свитком. Пирс нажал кнопку домофона и стал ждать.

Как ни неприятно признавать, но другого выбора действительно не оставалось: свиток — это все, на что можно рассчитывать. Более того, свиток оставался единственным шансом; он прекрасно понимал, что рано или поздно его выследят. И прежде чем оказаться лицом к лицу с этой печальной неизбежностью, следовало узнать, чего они хотят.

Требовался еще один короткий урок от Анджели.

— Да? — послышался неуверенный голос.

— Это Йен Пирс, — отозвался он. — Я увидел свет и...

Домофон зажужжал прежде, чем он успел закончить фразу. Пирс толкнул дверь и вошел в вестибюль.

Квартира наверху тонула в облаке дыма; от самой Чечилии исходил густой табачный дух. Без приветствия, даже без обычной улыбки она повела его в комнату. Стеклянный купол едва виднелся из-за книжных баррикад, сквозь которые они пробирались. Подойдя к столу, Пирс обнаружил, что Чечилия добралась до конца: стопка пергаментных страниц перекочевала на другую сторону. Заметил он также и то, как устала Чечилия: румянец сменился сероватой бледностью, волосы были всклокочены — явный признак того, что она работала много часов подряд, забыв обо всем на свете. На блюде, еще недавно полном печенья, осталось лишь несколько крошек.

Она заговорила, голос звучал сипло.

— Это большой сюрприз, — рассеянно сказала она. — А может быть, и нет.

Пирс не знал, что ответить.

Каким бы утомленным ни было ее лицо, гораздо отчетливей на нем читались беспокойство и озабоченность. Быть может, даже испуг. На его немой вопрос она ответила взглядом, исполненным тревоги.

— Почему бы вам не присесть, падре? — В интонации отозвалось слабое эхо предыдущей ночи. Он сел на ближнее из двух кресел, продолжая наблюдать, как она собирает многочисленные листки, разбросанные вокруг купола. Бегло просматривая каждый

из них, Чечилия, судя по всему, старалась выстроить их в какую-то последовательность. — Вижу, вы снова при воротничке, — бросила она, не глядя на него, ее глаза перебегали от одного фрагмента к другому. Пирс снова ничего не ответил. Незачем было отвлекать ее от самого важного сейчас дела воспоминаниями о прошлой ночи.

Взяв чашку, она обогнула стол и присела на край свободного кресла. Сделала глоток. По ее гримасе Пирс понял, что кофе давным-давно остыл и выдохся.

— Почему вы не сказали мне, что это за свиток? — спросила она.

Ее тон удивил его.

— Я?.. Потому что я этого не знал. И теперь не знаю.

— Его нашли в церкви Святого Климента, да? — Тон был по-прежнему почти обвинительный.

— Так мне сказали.

— Значит, вас обманули. — Она, не отрываясь, пристально смотрела на него, но, поскольку он молчал, уточнила: — Что касается самой молитвы, это я еще могу допустить. Даже что касается странной преамбулы из Иоанна — тоже. Но это... — Она потрясла зажатыми в руке листками.

Пирс уставился на трепещущие страницы, по-прежнему не понимая, что она хочет от него услышать. После всего пережитого за ночь суровость Анджели была последним, что ему требовалось. Более того, такая манера вообще была ей не свойственна. Он поверить не мог, что ей придет в голову, будто он сознательно ввел ее в заблуждение. Для чего ему это нужно? Если бы он знал, что в свитке, зачем бы принес его ей и стал загадывать шарады?

Когда она снова заговорила, тон был уже не столь суровым.

— Вы в самом деле не имеете представления о том, что это такое?

— В самом деле не имею. — Пирс изо всех сил старался, чтобы последние события не прорвались раздражением в голосе.

— Ну, хорошо. — Послышалось облегчение.

Убедившись, что рассеял подозрения, Пирс попытался разговорить ее:

— Могу ли я рассчитывать, что вы выведете меня из неведения? — Она молчала. Тогда он взял ближайшую из многочисленных пепельниц и поставил на подлокотник ее кресла. — Может быть, это поможет?

Улыбка. Наконец.

— А, искусство обольщения в действии!

— Если бы я знал, что это так просто, никогда не принял бы сана. — Снова усталая улыбка на ее лице. — Так что же в свитке?

— В свитке? — повторила она и, посмотрев прямо ему в глаза, выпалила: — Кое-что, чего я никогда прежде не видела.

— Звучит многообещающе.

— Возможно. — Глубокий вздох, пауза, потом, откинувшись на спинку кресла, она начала наконец говорить. — Итак, первое... Это не цельное сочинение, как можно было предположить. Это набор разрозненных текстов, собранных вместе, что странно уже само по себе, однако такое случается. — Он не успел задать вопрос, она сама пояснила: — В результате пожаров, естественного разложения и тому подобного в одном месте порой оказываются фрагменты разных рукописей, которые заносят в кодекс как одну единицу просто для удобства учета и хранения.

— И это одна из таких находок? — предположил он. — Набор случайных фрагментов?

— Нет. Что еще более удивительно. В нашем случае все эти, казалось бы, не связанные друг с другом страницы подшиты весьма осмысленно. Как уже говорила, я с таким явлением еще никогда не сталкивалась. «Книга» начинается с полного текста «Абсолютного Света» — что само по себе делает находку уникальной, — но за ним следует ряд Посланий. Писем.

В голове Пирса немедленно возник образ святого Павла, странствующего по Малой Азии.

— Апостольских?

— Отнюдь.

— Значит, Августин ошибался? Это не собрание подлинных высказываний Иисуса?

— Совершенно очевидно — нет.

На миг Пирс почувствовал разочарование, но уже в следующий момент с интересом спросил:

— А кому они адресованы?

— Очень хороший вопрос.

— Благодарю.

Улыбка.

— Братьям Света, — почти выкрикнула она.

— Манихеям?

— Да, манихеям.

Молчание. Она снова углубилась в свои мысли.

— Сколько пепельниц я должен принести, чтобы вы продолжили? — спросил он.

Анджели внимательно посмотрела на него.

— Я не уверена, что вы захотите услышать то, что я могу рассказать.

— Ну, и кто после этого дразнится? — Он помолчал. — Так что насчет этих Посланий? Можно ли предположить, что все они принадлежат перу одного человека?

— Логично было бы так подумать, правда? Но это не так. Здесь пятнадцать различных писем — не на сирийском, а на греческом, — написанных за четыреста лет. — Чечилия замолчала, глядя ему в глаза.

— Четыреста лет?! — воскликнул Пирс. — Звучит невероятно.

— Да, и впрямь невероятно. Но, судя по упоминаниям разных императоров, пап и патриархов, можно с большой точностью датировать их, начиная где-то с середины шестого и кончая последними годами десятого века. Принимая во внимание, что западное манихейство было истреблено к концу пятого столетия, такая датировка весьма удивительна. — Она по-прежнему гипнотизировала Пирса своим пристальным взглядом. — К этому следует добавить, что все письма связаны с молитвой — каж-

152

дое начинается с воспроизведения ее текста. Еще одна странная особенность.

— И откуда они были посланы?

— Отовсюду. Крайняя западная точка — Лион, потом северная Германия, Рим, Милан, Константинополь, Аккра[1]. То есть со всего известного по тем временам мира.

— Это... невероятно. В кодексах ничего подобного нет.

— Именно это я вам только что и сказала.

— И о чем говорится в этих письмах?

В предвкушении впечатления, которое собиралась произвести, Анджели подняла бровь.

— А вот здесь начинается самое интересное.

— Отлично. А то я уж подумал, что все будет так же скучно, как прошлой ночью.

— В самом деле? — Было видно, что напряжение постепенно отступает. — Так знайте: по сравнению с ЭТИМ прошлая ночь... Как вы там это называете? — Пирс понятия не имел, что она имеет в виду. — Младший уровень? Младшая...

— Младшая лига, — подсказал он, улыбнувшись.

Анджели кивнула.

— Да. Младшая лига. Считайте, что прошлой ночью мы играли в дворной команде.

— В дворовой, — поправил он.

— Ну, в дворовой — не имеет значения.

— Так что же делает эти письма такими интересными?

Она опять сдвинулась на самый край сиденья.

— Каждое из них содержит описание личного опыта «божественного восхождения» его автора.

— Опыта чего?

— Его путешествия по божественному лучу, его восхождения к той точке, где он обрел эзотерическое знание. Все очень по-ма-

---

[1] Аккра — имеется в виду Акко в Палестине.

153

нихейски. Если не считать того, что каждое письмо написано рукой одного из пяти пророков. И это очень странно.

Радуясь тому, что Анджели снова полна сил и энтузиазма, Пирс захотел немедленно получить разъяснения.

— Пророков? Я не совсем... Каких пророков?

— Адама, Сета, Еноша, Сима и Еноха, — ответила она так, словно произносила имена, столь же обычные, как ее собственное. — Манихейские пророки. — Она сочла, что пора снова закурить. — В этом списке вы найдете также Ноя, Будду, Заратустру и, разумеется, Иисуса, но первые пять — главные. Каждый появляется в свой черед, и каждый приближает нас еще на шаг к искуплению. — Она зажгла сигарету. — Сам Мани — последний из них, Параклет[1], Печать, заповеданная Христом.

— Понятно, — перебил ее Пирс, чтобы придержать полет ее мыслей. — Почему бы вам немного не подымить? — Чечилия явно устремлялась куда-то ввысь, требовалось привязать ее к более осязаемому. — Давайте на минуту оставим пророков в покое. Что конкретно сказано в письмах?

По выражению ее лица можно было догадаться: она и сама поняла, что забежала далеко вперед. Согласно кивнув, Анджели продолжила:

— Начинаются они с основ. Предсказание конца света, когда зло сгорит в очищающем огне, свет будет выпущен на волю, восторжествует истинное знание — ну, и все такое прочее.

— Хорошо, — медленно произнес Пирс, — это... типичные апокалиптические пророчества. Свет Христа, произрастающий из зла. Так?

— О, здесь речь не о Христовом Свете. Вовсе нет. Иначе это не имело бы отношения к манихейству.

— Конечно, не имело бы. — Пожалуй, «осязаемого» пока довольно.

---

[1] Параклет (*греч.*) — Святой Дух; пророк, сообщающий волю Духа Святого.

— Эта компания отлично умела пудрить мозги.

— Не забывайте, что мне запудрить мозги очень легко.

— Постараюсь вас от этого уберечь.

— Очень любезно с вашей стороны.

Она затушила сигарету, снова откинулась на спинку кресла и, поразмыслив, как бы доходчивей все объяснить, начала:

— Итак. Вы должны помнить, что битва между светом и тьмой для них — отнюдь не метафора. Она реальна, и это отражено в самом характере их молебнов, в том, как они исполняют свои ритуалы, даже в том, как питаются. В отличие от правоверных христиан и даже гностиков, манихеи считают, что свет и тьма — это субстанции, рассеянные в материальном мире. Например, они даже верят, что дыни и огурцы содержат много частиц света, а мясо и вино — темных элементов. Поедая дыни, споспешествуешь добру. Употребляя в пищу курятину — умножаешь зло.

— И это все, что Мани вывел из гностицизма? Зловредные продукты?

— Это не так глупо, как кажется. Разве это глупее, чем идея разделения духа и материи: дух — благо, материя — зло? Греки очень многое извлекли из этого постулата. И непохоже, чтобы Мани находил материальный мир более мерзким, чем находили его правоверные христиане. Просто он сделал это основополагающей частью доктрины спасения.

— Понятно, понятно. — Пирс постепенно вспоминал то, что вынес из своей короткой вылазки в мир Света и Тьмы. — И именно поэтому Августин и церковь так встревожились?

— Совершенно верно. Более того, поскольку Мани верил, что человеческие существа — создания демонических сил, склонные вечно держать свет в плену, он считал, что люди обязаны сыграть активную роль в собственном спасении: они должны пользоваться теми вещами, которые помогают освободить свет, и избегать тех, которые этому не способствуют. Дыни против мяса. Августин говорил, что человеческая воля становится свободной только тогда, когда выбирает Бога. Благодаря Мани индивидуум получал нечто,

что даровало ему своего рода космическое чувство ответственности, ибо он становился проводником света. Католицизм никогда не предоставлял своим последователям такой свободы.

— Спасибо за напоминание.

— Я же предупреждала: вам может не понравиться то, что я скажу.

— Вероятно, я вас удивлю.

— В любом случае «божественное восхождение» пророка было не чем иным, как высшей формой такой ответственности. Достигнув ее, пророк предназначен вернуть эзотерическое знание своей пастве, чтобы освободить достаточное количество света. И это даст возможность последнему из пророков — самому Мани — вернуться и окончательно очистить мир.

— И именно об этом говорится в Посланиях?

— Нет.

— Нет, — повторил Пирс. — Прекрасно. — Он крепился изо всех сил, чтобы не сорваться. — Значит, «божественное восхождение»...

— ...это то, с чего начинаются Послания. Да. И это можно назвать наиболее привлекательной частью манихейства.

— Понимаю. — На самом деле он совершенно не понимал, о чем она толкует, но решил двигаться дальше. — Однако этим они не кончаются?

— Нет.

Он снова с трудом сдержал раздражение.

— А чем они кончаются?

— Кое-чем не столь привлекательным. — Она поерзала в кресле.

— То есть?

— Ну... — Она колебалась. — Вы, должно быть, помните, что последователи Мани считали свою Церковь единственно истинной и святой.

— Как и любая другая еретическая секта того времени, — вставил Пирс. — И что в этом такого особо скверного?

156

— Да, но манихеи исповедовали своего рода сверхаскетизм. Они утверждали, что их Церковь чище, чем любая другая, что их Писание самое полное и достоверное. Их способ описания мира — благодаря их знанию — весьма близок к научному, что в те времена очень ценилось. Их метод приготовления ко второму пришествию мессии — самый совершенный. — Не прекращая своей лекции, Анджели порылась и извлекла из стопки книгу. — Однако этот метод требовал, чтобы к моменту второго пришествия на земле существовала ТОЛЬКО ОДНА Церковь. — Она начала листать книгу, рассеянно продолжая: — Все остальные следовало искоренить или, по крайней мере, включить в систему манихейства. Фундаментализм в его крайнем проявлении. Даже римляне считали их «самыми несгибаемыми христианами» — более благочестивыми и преданными своей вере, чем остальные.

— Приверженцы персидского дуализма тоже ставили своей целью объединение. Манихеи здесь не исключение.

Чечилия кивнула.

— Это называется «манихейским парадоксом». Свет и Тьма ведут между собой войну, но только до определенного момента. Конечная цель — единая чистая Церковь в мире, осажденном тьмой. — Она нашла наконец нужную страницу. — Вот. Это ключевая фраза, в концентрированном виде выражающая суть их теологии: «...из двух принципов и трех моментов». Два принципа — это, разумеется, Свет и Тьма. А три момента — это Начало, Середина и Конец.

— Ах, как ново!

Анджели оставила его иронию без внимания.

— В начале свет и тьма разделены; в середине они смешаны — именно в этом периоде мы сейчас пребываем, в срединном моменте; а в конце они разъединяются в окончательном триумфе жизни и света над смертью. Все, в сущности, очень просто.

Пирс с трудом кивнул.

— Просто. Но я по-прежнему не понимаю, что здесь такого уж «неприятного». Это мало чем отличается от того, что пыталась

делать тогда и католическая церковь. Можно сказать, борьба за «единый фронт».

— Да, — согласилась Анджели, доставая очередную сигарету, — но манихеев считали зелотами, фанатиками, слишком уж рьяно объявлявшими всех, не способных достичь гнозиса (то есть абсолютное большинство людей!), угрозой для спасения. Ибо лишь гнозис, эзотерическое знание, по их понятиям, даровал свободу; тех же, кто этим знанием не обладал, следовало контролировать, быть может, даже манипулировать ими. Этакая, понимаете ли, суровая любовь. И именно их методы достижения тотального контроля были отталкивающи и вызывали... подозрение.

— Дыни могли представлять реальную опасность? — съязвил Пирс.

— Очень смешно. Нет. Некоторые раннехристианские авторы предполагали — впрочем, совершенно бездоказательно, — что намерения манихеев в отношении материального мира не ограничивались лишь его очищением. Или, по крайней мере, что их методы достижения своих целей были отнюдь не столь благородны, как они пытались это представить. Большинство современных ученых отвергают подобные наветы. Они считают их просто одним хитроумным способом, при помощи которого католическая церковь пыталась представить приверженцев соперничающих групп отверженными.

— Понимаю, понимаю. То есть это была попытка представить не только их учение еретическим, но и их самих — лжецами и интриганами. Это мне ясно. Долгое время церковь очень хорошо умела это делать.

— Совершенно верно. — Сигарета дымилась у нее в руке. — И время от времени в третьем-четвертом веках распространялись слухи, будто они... повсюду внедряли своих «агентов» — если воспользоваться современным термином.

— Агентов? — Брови Пирса иронически поползли вверх. — Звучит весьма... пикантно. Большевики, агенты... И куда же они внедрялись?

158

— Не уверена, что «пикантно» — подходящее слово, но, — она глубоко затянулась, — агентов они внедряли в общины других церквей, где те достигали весьма высокого положения, после чего меняли их направленность соответственно своим убеждениям. Создавали, так сказать, раковую опухоль внутри католической иерархии. Да, они и были, если хотите, большевиками четвертого века. Разумеется, всему этому нет никаких доказательств.

— Разумеется, — еще шире улыбнулся Пирс. — И все же это весьма пикантно... Большевики, агенты... В чисто академическом смысле, конечно.

— Да. Очень... пикантно. — Шутливость Анджели имела свои пределы, но Пирсу хотелось выяснить, сколь они широки. — Так или иначе, — продолжала она, — большинство из нас верит, что католическая церковь в конце концов обрела такое могущество и так укрепилась, что никакие интриги ей не страшны.

— В вашем изложении манихеи предстают неким тайным обществом.

— Так они им и были! — убежденно воскликнула она. — Послушайте, я могу вам привести множество доказательств. — Она улыбнулась. — Очень «пикантных» доказательств. Существует бесчисленное количество документов, в которых показано, как они — на манер французского Сопротивления — плели сеть своих ячеек на пространствах Римской империи. Для того, чтобы распространять свое мировоззрение, но при этом избегать разоблачения. Большинство ученых полагали, что они боялись разоблачения со стороны римлян. Однако, как я уже сказала, были и такие, которые считали, что манихеи стремились избежать разоблачения также и со стороны христиан. — Анджели сжала губы вокруг фильтра и сделала глубокую затяжку. — И теперь, увидев ваш свиток, я склонна с ними согласиться.

Пирс понял, что в ее высказывании содержится кое-что большее, чем просто пересмотр научных взглядов. И его собственная встреча с австрийцем была весомым доказательством того, что она права. Тем не менее оставался вопрос: «большее» — это что?

— Итак, пятнадцать Посланий, в которых описан некий трансцендентный опыт, способны изменить наши представления о манихеях? Не понимаю, почему для какой-то горстки людей это должно стать таким уж потрясением.

— А следовало бы понимать. — В ее тоне не было никакой назидательности, всего лишь констатация факта. Не ожидая ответа, Чечилия наклонилась и начала раскладывать свои листки на ковре один за другим. Каждый раз, когда ей не хватало места, она отодвигала мешающую стопку книг настолько далеко, насколько позволяли короткие руки. В конце концов ей пришлось встать на колени, чтобы расширить зону их действия. Нередко несколько верхних книг падало, но она продолжала, не обращая на это внимания, до тех пор, пока все пространство от стола до кресла, в котором сидел Пирс, сплошь не покрылось желтоватой бумагой. — Вспомните: это была молитва, которая передавалась изустно, — сказала она наконец, продолжая перекладывать листки. — Каким-то образом этот факт почти на час выпал у меня из памяти. Дура, дура, дура.

Пирс смотрел на это желтое море, покрытое рябью букв, слишком мелких, чтобы сверху можно было что-то разобрать. Почерк у Анджели сам по себе был примерно такой же неукротимый, как бешеные стрелки, указывавшие переход от одной страницы к другой. Восклицательные знаки, решительно обведенные красными чернилами, и целые абзацы, стремительно написанные в столбик на полях. Она несколько раз повела головой, следуя одному ей понятному порядку выстраивания страниц, и, чтобы зафиксировать этот порядок, достала из кармана красную ручку. Когда результат работы ее наконец удовлетворил, она поднялась с колен и села в кресло.

— Итак, как вы думаете, что это такое? — спросила она почти легкомысленным тоном.

Не меньше минуты Пирс смотрел на разложенные листки, потом пожал плечами и в недоумении повернулся к Анджели.

— Ну же! Вы ведь такой мастер этого дела. Помните те отрывки из Порфирия Оптициана, придворного поэта Константина?

160

Его словесную игру. Это ведь вы, не я, разгадали ее. — Она кивнула на лежавшие на полу страницы. — Так вперед! Как вы думаете, что это? Оно перед вами.

Перчатка была брошена. Пирс сдвинулся на краешек сиденья и начал взглядом прочесывать желтые листки. Еще одна долгая минута прошла в молчании.

— Перестановка строк? — предположил он. То ли от усталости, то ли от долгого отсутствия практики — попытка оказалась заведомо негодной, но промолчать было нельзя.

— Слишком очевидно.

— Благодарю вас. — Пирс продолжал вглядываться. — Обратная последовательность?

— До двенадцатого века? Ну давайте, давайте же. Вы не стараетесь.

Он лишь улыбнулся — что тут было сказать.

— Сейчас постараюсь. Обещаю.

— Вспомните древнееврейское Писание.

— Хорошо. Это... это что-то слишком уж мудреное.

— Ха-ха. Берегитесь, вам будет стыдно. — И лишь когда он бессильно покачал головой, она сдалась: — Ну, ладно. Это серия акростихов. — Анджели с гордостью посмотрела на свое рукоделие. — Они очень часто использовались в молитвах, литература на древнееврейском изобилует ими. Мне понадобилась вечность, чтобы догадаться, но я думала, что вы-то... впрочем, ладно. Итак, это акростихи.

В тот же миг он их увидел. И, пробежав взглядом по строчкам, убедился, что так оно и есть.

— Если последовательно соединять начальные буквы соседних строк, получаются слова.

— Да, здесь все бесхитростно. На этих страницах, — она указала на ближние к Пирсу листки, — пятнадцать вариантов молитвы. Не замечаете в них ничего странного?

Он подвинулся чуть ближе, чтобы лучше рассмотреть, и на сей раз тут же сообразил:

— Длина строк везде разная.

161

— Именно. Исходя из того, что везде — одна и та же молитва, можно было ожидать, что строки будут одинаковыми или, в крайнем случае, почти одинаковыми — несколько слов кое-где могут варьироваться. Но здесь строки начинаются и заканчиваются в абсолютно разных местах, в то время как слова сами по себе остаются идентичными. Почему? — Она явно упивалась игрой.

— Из-за устной традиции, — ответил Пирс.

— Точно. Я знала, что вы догадаетесь. Тогда не было необходимости устанавливать строгий порядок разделения на строки и строфы, потому что текст произносился устно как непрерывный поток слов с произвольными паузами. Ничто обязательно не фиксировалось. Таково очевидное объяснение несоответствий. Однако так ли уж оно верно?

— Догадываюсь, что нет, раз вы об этом спрашиваете, — ответил он, не отрывая взгляда от бумаг.

— Я задалась вопросом: зачем, вопреки традиции, им понадобилось в этих случаях — каждый из которых отделен от другого тридцатью, а то и больше, годами — записывать молитву вместе с Посланиями? К тому же логично предположить, что за долгие годы должен был выработаться естественный ритм произнесения молитвы, который придавал бы ей на письме определенную форму. Между этими копиями должно было быть хотя бы относительное сходство. Тем не менее оно отсутствует. Почему? И зачем каждое Послание предварять молитвой?

— И тогда вы подумали об акростихе, — с готовностью кивнул он, заражаясь ее энтузиазмом.

— Конечно. Это идеально согласуется с тем, что составляет сердцевину любого — манихейского, не манихейского — гностического учения, — с тайным знанием. Гнозисом. Вот почему все они начинаются с отрывка из Иоанна. Предупреждение, сигнал тревоги, если хотите, — дескать: «Помните о тайном знании». И в данном случае знание в буквальном смысле запрятано внутри текста. — Чечилия все больше распалялась. — Почему строки имеют разную длину? Да потому, что каждый список содержит свое особое сообщение, что требует наличия разных букв в начале строк.

— И что это за сообщения?

Она положила сигарету на край пепельницы.

— К сожалению, ни одна из моих первых попыток не выявила никакого смысла. Более того, я увидела, насколько странно составлена сама молитва. Любой счел бы, что молитва, которая называется «Абсолютный Свет, Истинное восхождение», будет идти по нарастающей, от мирского к божественному. На самом деле здесь все точно наоборот. Возвышенное в начале, обыденное в конце. И вот тогда я обратилась к Посланиям. — Она жестом указала на страницы, лежавшие возле стола. — Они тоже о «божественном восхождении». Зачем они сюда включены? И зачем собирать их вместе? — Пирс, повинуясь указаниям стрелок, следил взглядом за узором, выложенным на полу, и пытался вычленить из него какой-то смысл. Анджели не терпелось.

— Я весь внимание, — сказал Пирс.

— О, ну же, на этот раз вы должны сами увидеть, — сказала она с той же детской нетерпеливостью, но, поскольку он безнадежно покачал головой, опять сдалась и, с усмешкой наклонившись, начала водить рукой над страницами — от стола к нему, от стола к нему, и так три или четыре раза, после чего поощрительно кивнула.

— «Соляной столб»? — улыбнулся он.

В порыве энтузиазма она воздела руки.

— Вверх. Они все идут вверх. Истинное восхождение. Эти тексты следует читать снизу вверх. И тогда здесь тоже получаются акростихи.

Он снова посмотрел на листки. Ну конечно, как же он мог не заметить этого сразу.

— Надо исходить из сути?

— Именно. А суть в восхождении. Это просто восхитительно.

— Согласен, но я все-таки не понимаю, почему это...

— ...должно стать таким уж потрясением? — подхватила она, теперь сосредоточивая внимание на страницах, расположенных у стола. — Я тоже почти час не понимала. Каждый акростих являл собой отдельное предложение, но все вместе они лишены смыс-

ла — какой-то набор бессвязных высказываний. Вы не можете себе представить, как я злилась.

— Вы забываете, что я уже имел удовольствие работать с вами. Надеюсь, на сей раз до битья тарелок не дошло?

— О, то получилось случайно. — Она помолчала. — Нет, не дошло. Разве что несколько карандашей сломала.

— Значит, быстро догадались.

— Знаете, вы нравитесь мне все меньше и меньше.

Он расхохотался.

— Не сомневаюсь. Вы нашли ответ в Посланиях, так ведь?

Ее брови поползли вверх.

— Вы умный мальчик.

— Каждое из них приписано одному из пяти ветхозаветных пророков, — почти уверенно сказал он. — Что, разумеется, невозможно.

— Совершенно верно. Ах, если бы вы были здесь несколько часов назад. Вы бы сэкономили мне кучу времени.

— Не говоря уж о карандашах, — улыбнулся он. — А почему в таком случае авторы выбрали такие имена?

— И в самом деле — почему? — Очередная сигарета для поддержания внутреннего огня. — Чтобы придать Посланиям дополнительную силу, статус святыни? Возможно, но самого факта включения письменного текста молитвы более чем достаточно, чтобы отказаться от этого предположения. Здесь должно быть что-то еще, не так ли? И вот тогда я подумала, что, быть может, весь текст организован на основе идеи восхождения. Во всяком случае, решила просмотреть его с конца к началу. Если это сработало с акростихами, почему бы не сработать и с пророками, которые пребывают в святая святых манихейского мировоззрения? — Глубокая затяжка. — Что, если их имена были призваны привлечь наше внимание не к священному, а к мирскому?

— Еще один способ поставить все с ног на голову? Очень похоже.

— Да. Я тоже так подумала. — Она выпустила дым из ноздрей. — Словом, я так и сделала. И тогда акростихи наконец сложи-

лись в осмысленный текст. В одном из Посланий я заметила, что на каждое упоминание метафорической стези, которая представляет собой часть пути к «божественному восхождению», имеется строка из акростиха, которая прямо ему соответствует и в самом буквальном смысле ведет вниз, к земле. Например, вот здесь. — Она указала на страницу, лежавшую в нескольких рядах от стола. — В Послании описывается момент, когда автор, называющий себя Еношем, «ведомый дланью Параклета, следует в сад душистых каштанов и там находит пропитание». В акростихе, предваряющем Послание, есть такое предложение: «В Трипити каштаны растут буйно». Трипити, как вы знаете, — город на крайнем северо-востоке греческого побережья. — Пирс этого не знал, но, естественно, не стал уточнять. — Я также заметила, что слово «каштан» нигде больше ни в акростихах, ни в Послании не встречается. И пошло. Каждому новому намеку в Послании соответствует указание на некое реально существующее на земле место. Причем по мере чтения путь уточняется: район, направление, даже расстояния. От восьми до десяти таких отсылок в каждой паре на протяжении всего свитка. — Она передохнула, перед тем как продолжить. — Молитва и Послания — не о неземных поисках эзотерического знания; они — об очень специфических поисках в сугубо материальном мире. Вот так-то. — Казалось, у нее начинает кружиться голова. — Почему этот свиток способен вызвать катаклизм, подобный землетрясению? Да потому, что он представляет собой гениально закодированную карту.

Донья Марселья положила кольцо от салфетки на белую льняную скатерть и расстелила салфетку на коленях. Три серебряных блюда под серебряными крышками взирали на нее со стола. Подняв первую крышку, она увидела яичные белки, нарезанные

фрукты и идеальный квадратик прозрачного желе; под второй лежали пшеничные тосты; под третьей — отвратительное варево, предписанное врачами: серый зернистый ком, присыпанный какими-то белыми, как мел, кристалликами. Ее борьба с холестерином. Чем раньше, тем лучше, утверждали доктора. В борьбе с вредными продуктами они — на стороне обвинения. Если бы они только знали!

Она опустила третью крышку на место и принялась за яйца. Сухие и безвкусные. Поискала глазами соль. Ни намека. Как же они осложняют ей жизнь!

До Барселоны оставалось еще больше часа, четыре персональных вагона мчались по испанской глубинке. Она предпочитала путешествовать по земле, а не летать самолетом. На борту подвешенного в воздухе аэроплана ее охватывало оцепенение. В поезде, по крайней мере, ощущаешь движение. То, что ей в отличие от отца и деда приходилось пользоваться услугами временно нанятого персонала, графиню ничуть не смущало. Дорожные служащие были вежливы, услужливы и дело свое знали. А что еще нужно? В ее семье никто этого не понимал. Даже младшая племянница, которая уже нацелилась на первый брак, уговаривала ее «не отставать от современности». Но конец двадцатого века и так слишком бесцеремонно вторгался в жизнь доньи Марсельи, так что она не собиралась отказываться от последней ниточки, связывавшей ее с более простыми временами. Половина одиннадцатого, Рим. Пожелание доброй ночи. И утром — уже Барселона. Старомодно, зато идеально для самочувствия.

Особое умение постоянно заставлять всех ломать голову. Урок, усвоенный ею от отца. Не имея сыновей, он рано привел в манихейское стадо ее — это было неслыханно в братстве. До той поры лишь считаных женщин допускали в клан посвященных, но граф знал, что его дочь — более чем способная и сумеет выделиться. Количество денег, которое она выкачала из Испании только в связи со смертью Франко, свидетельствовало о ее незаурядном таланте. Столь неожиданном в женщине. Пусть гадают. И стоят на цыпочках.

166

Это была роль, на которую натаскал ее отец, роль, которую раньше исполнял он сам. Контролер казначейства, можно сказать, сторожевой пес, который держит в тонусе участников гонки, заставляет бежать к цели, не сводя глаз с приза. Очень подходящая роль для единственной женщины в мужской среде.

В салон-вагоне она почти все оставила так, как задумал отец: резная мебель середины шестидесятых — прямые плавные линии искусной датской работы: диван, кресла, карточный столик, привинченный к полу. Собственных детей у графини не было, зато множество племянников, племянниц и даже несколько внучатых потомков. Небольшие простенки между окнами завешаны картинами и фотографиями представителей обширного семейства — на приемах, на охоте, кто-то на доске для виндсерфинга. Все это придавало салону вид хорошо продуманной захламленности. Она предпочитала завтракать здесь, а не в более элегантном вагоне-ресторане. Здесь было веселей, не столь формально. И все неуловимо напоминало об отце.

А тех, кого она приглашала в спутники, не так пугало.

— Не рискнете угостить меня крохотным кусочком своего желтка? — спросила она с хулиганской смешинкой в глазу. — Я никому не скажу. — Сидевший напротив человек открыл рот, чтобы ответить, но она сразу перебила: — Нет, не хочу ставить вас в неловкое положение. В конце концов, с вашей стороны и так большая любезность встретить поезд в столь ранний час, хотя вас предупредили в последнюю минуту. — Рука с вилкой, подцепившей несколько фруктовых ломтиков, зависла над тарелкой. — Понимаю, что это доставило вам массу неудобств.

— Вовсе нет, — ответил человек, сидевший напротив.

Полковник Найджел Харрис, мужчина под пятьдесят, в костюме, подобранном под вкус графини, являл собой идеальный продукт Итона и Сандхерста[1]: широкое лицо, высокий лоб под тщательно причесанными пепельно-белокурыми волосами. Он несо-

---

[1] Сандхерст — элитное британское военное училище.

мненно проводил много времени на свежем воздухе, кожа у него загорела и обветрилась. У других в здешних краях кожа становится угреватой и красной, у англичан же остается гладкой, хотя и грубеет. Шрам под левым глазом был памятью о его последней вылазке во время натовской зачистки в Боснии: тогда взрыв фугаса отправил его в отставку после двадцати пяти лет службы. Ему сообщили, что лет через пять глаз перестанет действовать. А через десять настанет полная слепота. Стало быть, у него оставалось не так много времени, чтобы наслаждаться производимым собой неизгладимым впечатлением.

— Конечно же, доставило, полковник, но с вашей стороны было очень любезно не согласиться. — Графиня поднесла вилку ко рту и, нарочито медленно жуя, убедилась, что полковник не проявляет никакого нетерпения. Это обнадеживало. — Я отдаю себе отчет в том, насколько вы сейчас заняты, и в Англии, и в Соединенных Штатах.

— Нагрузка несколько возросла, вы правы.

Черты его лица трудно было назвать красивыми. Однако манера держаться в сочетании с выправкой и непринужденной осанкой делали его весьма привлекательным мужчиной, вне зависимости от того, командовал он чем-либо или нет. Как ни парадоксально, выдавали его именно глаза: за солдатской непроницаемостью там таилось необузданное властолюбие. Донье Марселье слишком часто приходилось наблюдать его признаки, чтобы не распознать их и теперь. Но это делало полковника еще более желанным.

Губы графини изогнулись в дежурной улыбке.

— Вы ведь сейчас не в эфире программы «Найт-лайн», полковник. Ложная скромность здесь ни к чему. — И опять его реакция оказалась именно такой, какой она ждала: мимолетная улыбка, легкий наклон головы. — Должна сказать, что ваш внезапный выход из Коллегии Завета показался мне весьма странным.

— Почему же?

— Эта некогда незаметная организация становится сейчас новым лицом христианской политики, и вы — у ее кормила. Несо-

мненно, кое у кого из святых отцов это вызвало раздражение, но им придется понять, что именно вы ответственны за новообретенный легион их паствы. Это делает вас весьма влиятельным человеком.

— Или олицетворением «еще одного гнусного злоупотребления культом личности». «Миррор» никогда не стеснялась в выражениях.

— Тем не менее, — она подцепила вилкой фруктовый ломтик, — голос христианства зазвучал.

— Видимо, недостаточно громко, судя по результатам последних парламентских выборов.

— Ваша организация растет с каждым днем. Принимая во внимание время...

— Мы можем оказаться на обочине. — Сохраняя умеренную почтительность в интонации, он прямо бросал ей вызов. — Я не испытываю ни малейшего желания в течение предстоящих сорока лет исполнять роль надоедливого слепня. Армия научила меня понимать, что это бессмысленное занятие. Сейчас Коллегия пользуется влиянием, но не имеет представления о том, как его употребить.

— Вы хотите сказать, что христианское руководство не носит такого официального характера, как руководство политическое? — Пора было прощупать, насколько правильно она понимает своего гостя.

— Это не взаимоисключающие вещи.

— Думаю, Тони Блэр мог бы с этим поспорить.

— Да, и в этом как раз проблема. — Продолжая говорить, он посыпал свою клубнику сахаром. — У него весьма ограниченная мишень, вы не согласны? Британские протестанты не так ревностны, как другие.

— Я уже говорила, что заметила вашу способность раздвигать границы возможностей, полковник. В Штатах вы стали очень популярны.

— В настоящий момент — да. Кажется, они... заинтригованы. А быть может, дело просто в британском акценте.

169

Улыбка.

— Или в обаянии, — подыграла она.

Он пропустил реплику мимо ушей.

— Насколько я понимаю, там назрела искренняя потребность в чем-то большем, нежели хладнокровные манипуляции оголтелых политиков и случайные гримасы рыночной экономики. Подобная тенденция становится заметна и в Европе. К несчастью, мы, англичане, в подобных вещах всегда на несколько шагов отстаем. Люди хотят чего-то более стабильного, если можно так выразиться, непреходящего. — Он вернул ложечку в сахарницу. — Вера снова обретает свою привлекательность, и американцы здесь, похоже, впереди, так что было бы глупо не сосредоточиться именно на них.

— Тогда ваше решение покинуть Коллегию кажется еще более озадачивающим.

— Вовсе нет, — возразил он, сдабривая клубнику сливками. — Коллегия Завета всегда страдала некоторой узостью кругозора. Мы попали в ту же западню, что и Христианская коалиция в Штатах, — стали инструментом правых радикалов. Не следует ожидать, что голос какой-то крайней фракции окажется притягательным для христианского мейнстрима. Здесь нет шанса для политических перемен. Нет, мое решение покинуть Коллегию отнюдь не удивительно.

— Но вы по-прежнему верите, что имеется большое количество избирателей, заинтересованных в том типе руководства, который вы предлагаете. — Она сделала паузу, чтобы выделить эту мысль. — И поэтому вы здесь.

— Да.

— И думаете, что я могу помочь.

— Да.

В течение нескольких секунд донья Марселья пристально вглядывалась в лицо напротив. Потом наколола очередной фруктовый ломтик, поднесла вилку ко рту и замерла: *близость дыни к губам* дразнила. Она снова уставилась на своего гостя. — Но я ведь католичка, полковник Харрис.

На какое-то мгновение он задержал ее взгляд, потом снова обратился к клубнике.

— Это мне доложили.

Графиня наблюдала за тем, как он ест, набирая полный рот, однако не больше, чем может прожевать. Безупречный расчет. Покончив с клубникой, он слегка наклонил креманку от себя, чтобы подобрать остатки сливок.

— Вера не есть инструмент для получения политических дивидендов, полковник. Равно как и церковные структуры. Насколько я понимаю, они служат лишь самим себе. Не уверена, что здесь мы найдем общий язык.

Три-четыре секунды он сидел неподвижно. Потом очень медленно отодвинул креманку и положил ладони на стол. Разглаживая скатерть, он спокойным взглядом провожал исчезающие морщины на льняной ткани, формулируя про себя ответ. Без сомнения, отработанная тактика. Когда ответ был готов, полковник поднял взгляд, в котором вдруг вспыхнула ярость.

— Самодовольство, графиня, вот что разодрало Церковь пятьсот лет назад. И ничего более. Полагаю, тысячелетие самоуспокоенности способно разрушить любой монолит. А то, что началось как остро назревший период пересмотра, становится тем самым инструментом, против которого вы меня только что предостерегали. Вопросы веры не так уж далеки от политической целесообразности; дебаты по поводу обрядов и иерархии оказались началом нашего конца. С каждым шагом, на который удалялись друг от друга, мы подрывали то единственное, что позволяло четко обозначать границы изменчивого мира, — нашу сплоченность. И все же, что знаменательно, христианская вера выстояла, несмотря на этот катаклизм. А может, благодаря ему. Я — не ученый. Тем не менее позволю себе высказать мнение, что, скорее всего, ей удалось сохранить себя потому, что вызов оказался недостаточно силен. Мы были единственным хозяином в городе, как любят го-

171

ворить американцы. — Его взгляд становился все суровей. — Но теперь у нас больше нет такого преимущества. Над нами нависли куда более серьезные опасности, чем наши внутренние раздоры.

Оказывается, он больше политик, чем педагог. Что ж, еще одно очко в его пользу. Не сомневаясь, что он зондирует почву, донья Марселья подтолкнула его дальше:

— Например?

— Сгущение зла. — Прежде чем она успела удивиться, он пояснил сам: — Полторы тысячи лет тому назад мистер Мохаммед спрыгнул со своей скалы. Через полторы тысячи лет после рождения Иисуса Христа наш мистер Лютер бросил вызов существовавшим авторитетам. Сгущение зла, — повторил он. — На сей раз те, кто входят нынче в возраст совершеннолетия, целятся не в наши внутренние раздоры. На сей раз они объявили охоту на весь этот безбожный мир, и наш Лютер обернулся исламским фундаментализмом. Беда в том — все та же карусель, — что нет силы, способной их обуздать. И их игрушки куда более смертоносны, чем наши.

— Вы предлагаете десятый крестовый поход, полковник? — сардонически поинтересовалась графиня.

— Священная война — дело обоюдоострое, графиня.

На какой-то миг она усомнилась, насколько он сам верит в свои слова.

— Вы действительно уверены, что они представляют такую опасность?

— Неважно, в чем уверен я. Опасность является просто инструментом. Мы ведь пошли в Ирак не потому, что Саддам убивал невинных курдов. Мы пошли туда, потому что нам требовалось защитить кувейтскую нефть. Но едва ли НАТО снискало бы большую общественную поддержку, объяви мы свою цель откровенно. Саддам был опасен. И Саддама оказалось достаточно. Хотите заставить зазвучать в унисон христианскую разноголосицу — предложите верующим что-то, вокруг чего они могли бы сплотиться.

— Понимаю. — Вот политик и поднял голову.

— И лучшим проводником здесь, как я всегда считал, является кино. — Он ожидал, что она удивится. — Да-да. Двадцать лет назад типологический киногерой-негодяй предстал в образе бывшего нациста; десять лет назад — в образе ренегата-коммуниста. Сейчас это обезумевший араб. Если публика это покупает, почему бы не продавать ей это по оптовым ценам? Разве такое уж значение имеет, насколько истинна угроза?

— Значит, то, что нас разделяет, становится куда менее важным, чем то, что нас объединяет? — Он не ответил, и она повторила вопрос: — Вы именно это хотите сказать, полковник?

Его взгляд смягчился.

— Я уверен, что, учитывая сложившуюся ситуацию, было бы глупостью с нашей стороны не использовать все, что мы имеем в своем распоряжении. Когда речь идет об укреплении наших позиций, так ли уж важно, какими способами мы этого добьемся?

Наблюдая за ним, она по-прежнему не могла решить: шло ли то, что он говорит, из глубины души истинного ревнителя веры или было плодом холодных рассуждений опытного политика. Но в любом случае, поняла она, Стефан был прав: полковник Найджел Харрис в предстоящие месяцы будет очень полезен.

Вопрос лишь в том, кто кому будет помогать.

— И, разумеется, вы уже начали этого добиваться?

— Разумеется.

Помолчав, графиня промокнула губы салфеткой и положила ее на стол:

— Ну, что ж, вы дали мне пищу для размышлений. — Она встала, Харрис тут же поднялся. — Пожалуйста, сидите. Заканчивайте свой завтрак. Если вам понадобится что-то еще, просто позвоните в колокольчик. Мне нужно завершить кое-какие дела, прежде чем мы приедем. В Барселоне вас будет ждать автомобиль.

— Очень любезно с вашей стороны.

Она кивнула и вышла из-за стола. Уже в дверях, обернувшись, сказала:

— Была очень рада познакомиться с вами.

— Взаимно.

Снова кивок, после чего графиня вышла в коридор и сразу же завернула в соседнюю дверь.

Стефан Кляйст стоял перед двусторонним зеркалом, наблюдая за полковником, который намазывал тост маслом.

— Ну? — спросила она, сбрасывая туфли на высоких каблуках и направляясь к нему.

— Трудно сказать, насколько легко будет его контролировать, — ответил Кляйст.

— Ты читаешь мои мысли.

— Мы всегда мыслим одинаково.

— Ревнуешь? — Она прижалась к его спине. Даже без каблуков она была повыше Кляйста. Обхватив его за талию, она расстегнула ширинку на его брюках — при этом оба продолжали смотреть на Харриса — и нащупала под рукой привычно отвердевшую плоть. По мере того, как она ласкала ее, плоть восставала все больше. Развернув Кляйста к себе, графиня продолжала наблюдать за Харрисом, который достал из кармана сотовый телефон и стал набирать номер.

— Мы можем отследить звонок? — спросила она, пока Кляйст задирал ей юбку, под которой не было ничего, кроме пояса для чулок, — трусики она никогда не надевала, чтобы облегчить ему задачу.

— Об этом я уже позаботился, — ответил он, прижавшись спиной к зеркалу и сажая ее себе на бедра. Он хотел было расстегнуть свой пояс, но графиня остановила его.

— Молния будет царапать, — предупредил он.

— Знаю, — ответила она и ввела в себя его окрепшую плоть.

Стиснув ее бедра мощными руками, он стал раскачивать ее вверх-вниз. Трение об острые края молнии вызывало боль, но это лишь еще больше возбуждало ее.

— Тише, — прошептала она, наблюдая, как двигается шрам на лице Харриса, когда он шевелит губами, и воображая, будто сама проводит кончиком языка по этой узкой бороздке. Она испытала

174

кульминацию за миг до того, как почувствовала, что Кляйст изверг семя. Еще несколько мгновений он продолжал вздрагивать, так было всегда: волна судорожных всхлипов, прежде чем к нему возвращалось ровное дыхание. «Интересно, с Харрисом было бы так же легко?» — подумала она.

— Карта? — слово ошарашило Пирса. — Карта чего?
— Вернее спросить: к чему ведущая? — возразила Анджели.
— Ладно, пусть так. Но совершенно очевидно, что они хотели скрыть ее ото всех, кроме нескольких избранных. Неужели среди манихеев было столько таких, которые способны правильно воспроизвести, а тем более прочесть молитву?
— Учитывая устную традицию, да. И даже если бы таковые нашлись, списки молитвы бессмысленны без Посланий. Чтобы понять смысл, требуется собрать вместе все тексты, которые, как видим, четко делятся на три подраздела.
— Как предусмотрительно.
— Да. — Чечилия улыбнулась. — Так или иначе, каждый подраздел содержит пять Посланий — по одному от Адама, Сета, Еноша, Сима и Еноха. Первый — хронологически самый ранний — дает общее представление о географическом положении. То, что они прячут, первые столетия перемещалось лишь незначительно. Для надежности они несколько сотен лет хранили его даже в Таврских горах и Армении — в местах диких и плохо изученных. К концу восьмого века, однако, оно находит окончательное пристанище на оконечности греческой территории Балканского полуострова, на горе Афон. До сих пор я считала, что первые афонские поселения возникли лишь в десятом веке. Но, видно, манихеи появились там гораздо раньше. Итак, Афон. Содержание следующих пяти Посланий призвано высветить кучу деталей, касаю-

175

щихся манихейского монастыря святого Фотия, в котором некогда кипела жизнь. На интернет-сайте «Афон» сообщается, что греческий мужской православный монастырь святого Фотия был основан где-то в одиннадцатом веке.

— Так вы полагаете, что существует связь между манихеями и греческой Церковью?

— Греческой? — Анджели не сразу поняла, о чем он толкует. — А, понимаю, что вы имеете в виду. Нет. Ничего подобного. Греческие монастыри стали появляться на Афоне только к концу десятого века, перед тем как Восточная Церковь порвала с Римом.

— И Фотиев среди расположенных на горе монастырей — самый ранний?

— Да. Согласно вот этому, — она указала на листки, разложенные на полу, — он на добрых пятьсот лет старше других. Ох и умны эти манихеи! Они подобрали весьма подходящего святого, а? — Пирс вопросительно взглянул на нее, и она пояснила: — Ну, Фотий — от «фос»... по-гречески — свет. У них все работает. — По выражению лица Пирса она поняла, что опять ушла в сторону. — Так вот, монастырь, скорее всего, построен году в 380-м. Согласно тому же сайту, монахи-фотианцы выбрали это место потому, что оно было «настолько близко к небесам», насколько они, по их представлениям, могли к ним подобраться. Очевидно, манихеи внедрились в этот монастырь где-то в восьмом веке. А начиная с шестого, судя по тому, что говорится в Посланиях, они проникли еще в несколько монастырей, разбросанных по Греции и Македонии.

— Мерзкая сторона манихейства? — вставил Пирс.

— Именно.

— А последний цикл Посланий?

— Его они предназначили, чтобы зашифровать не «где», а «что». — Она взглянула на Пирса. — К сожалению, относительно самой той вещи, которую со столькими предосторожностями прятали, они не столь словоохотливы — даже при такой сочности шифра. Тем не менее сказано достаточно, чтобы понять, что это нечто совершенно необычное.

— Не только в академическом смысле?

Возбуждение последних десяти минут, казалось, ушло. Чечилия снова выглядела вполне нормально.

— Если это «нечто», которое может подорвать законность католической Церкви, не просто научная гипотеза, то да. — Она снова помолчала. — Они претендуют на обладание чем-то, что способно вымостить путь для создания их собственной, истинной Церкви. Чем-то абсолютно реальным, представляющим собой «высший авторитет». Даже более высокий, чем сам Мани.

— И что же это может быть?

— Я не знаю. Язык очень двусмысленный. Насколько я могу судить, это — нечто, предшествовавшее самому Мани и даже Евангелиям. Какой-то греческий пергамент. Точнее ничего сказать не могу. Однако самое тревожное то, что они, без сомнения, располагали мощной сетью ячеек, разбросанных по всей империи и призванных подрывать ее могущество.

— Даже и в десятом веке?

— Да. «Карта», которую можно вычленить из двух последних Посланий, указывает на множество очень влиятельных в католической иерархии лиц, связанных с манихеями. Некоторые имена даже я узнала, хотя это не мой период.

— Удобная отговорка.

— Все это позволяет предположить, — продолжала она, пропустив его шпильку, — что они никогда и не покидали Фотиева монастыря, а просто, по своему обыкновению, растворились среди его братии. То же самое они, судя по всему, проделывали по всей Европе. Что бы они ни спрятали на Афоне, у них были очевидные возможности воплотить это в жизнь. В весьма значительной степени. Вопрос вот в чем: почему они не воспользовались этим, если располагали столь хорошо организованной сетью?

— Может, пытались, но обнаружили, что сеть не столь всесильна, как хотелось бы?

Чечилия покачала головой.

— Нет. Послания ясно дают понять, что их сеть должна пребывать в готовности к «Великому Пробуждению». Не знаю точно, что это может означать. Никакого призыва к бою, никакого указания на близкий приход Мессии, даже накануне смены тысячелетий. Кроме того, приведи они в действие то, что прятали на Афоне, где-нибудь в истории Церкви непременно нашлось бы упоминание о манихейской ереси. Или хоть о чем-нибудь в этом роде. Но, как я уже говорила, после пятого века манихеи на Западе исчезают — о них нет никаких упоминаний, если не считать некоторых ложных, когда их путают с катарами, богомилами или альбигойцами.

— А вы полагаете, что они выжили? — Это был не вопрос, а почти утверждение. Перед мысленным взором Пирса промелькнул образ австрийца.

— Кто знает, как долго они скрывались? Из Посланий явствует, что они отлично окопались и пребывали в своих укрытиях веками. Кто рискнет утверждать, что они не могли благодаря своей хитрости существовать бесконечно? Из того, что мы узнали, можно предположить, что они все еще ждут своего часа. И я бы сказала, что это чревато кое-чем большим, чем маленькое землетрясение. — Только теперь она заметила, как изменилось выражение лица Пирса. — По вашим глазам догадываюсь, что вы со мной согласны. — Однако, вглядевшись в его лицо внимательней, она поняла, что дело не в одном согласии. Когда она заговорила снова, ее тон утратил приветливость. — Зачем вы вернулись сюда сегодня утром?

Вопрос застал Пирса врасплох. Не зная, что ответить, он колебался.

— Хотел узнать, что в свитке.

— Да, но почему так рано? — Впервые ей пришло в голову этим поинтересоваться. — Если вы не имели представления, что в нем... Я ведь сказала вам, что мне понадобится время, чтобы... — Она вдруг оборвала себя на полуслове и замолчала на несколько долгих секунд. — Вы столкнулись с ними, ведь так? — Он не отвечал, но Чечилия настаивала: — Вы узнали, что им удалось выжить. А они зна-

178

ют, что свиток у вас. — И снова он промолчал. — Вот почему вы выдумали весь этот вздор про церковь Святого Климента.

— Это не вздор, — решительно возразил он. — Человек, который дал мне свиток, сказал, что его нашли в основании церкви четвертого века.

— Что, как мы оба знаем, невозможно; он никак не мог быть найден там.

— Теперь я это понимаю.

— Кто? — требовательно спросила она. — Кто дал вам свиток?

Пришлось подождать, пока он решился ответить:

— Один человек, которому я доверяю.

— А не стоит ли вам пересмотреть свое отношение к этому человеку?

Он хотел возразить, но тут трижды ударил колокол и раздалась бравурная мелодия. Это сбило Пирса, он не мог сообразить, откуда идет звук.

Анджели невозмутимо посмотрела на часы, потом повернулась к Пирсу спиной и, доставая что-то из-за стопки книг, лежавших у стола, произнесла:

— Утренние новости. Должно быть, сейчас половина седьмого.

Когда она снова повернулась к нему, в руках у нее был радиоприемник с будильником. Синие неоновые цифры подтверждали ее догадку.

— Я иногда засыпаю здесь. И никогда не могу найти кнопку, чтобы... — Первые же слова диктора заставили ее замолкнуть и прекратить поиск кнопки.

«Месяц, в течение которого католики, не в силах поверить в происходящее, истово молились, подошел к своему горестному завершению. Доброе утро, с вами Паоло Топини. Эцио Палаццини, Верховный Понтифик католической Церкви, интронизированный как папа Бонифаций Десятый, скончался в возрасте шестидесяти семи лет. Двадцать шесть дней тому назад весь католический мир был повергнут в смятение вестью о его внезапной

болезни. Источники в Ватикане подтвердили, что Его Святейшество отошел во сне...»

Пирс машинально перекрестился и тихо пробормотал несколько слов молитвы. Анджели, вскочив с кресла и, оставив приемник на сиденье, ринулась в угол комнаты. Там, посреди разной мебели, за музыкальным центром, заваленный бумагами и какими-то тряпками, стоял маленький телевизор. Скинув на пол все, что его закрывало, она достала из кармана носовой платок, несколькими быстрыми движениями смахнула пыль с экрана и стала разглядывать панель управления, потом нажала крайнюю левую кнопку. Черный квадрат ожил, и на экране появился фрагмент старой хроники: папа в соборе Святого Петра, голос за кадром рассказывал о достижениях его шестилетнего папства.

— Выключите, пожалуйста, — попросила она, махнув рукой назад и не отрывая взгляда от экрана. Пирс выключил радио и тоже подошел к телевизору. Манихеям придется немного подождать.

«...ученый, подобных которому, хотя и не все с этим согласны, не было в Ватикане с пятнадцатого века, со времен папы Пия Второго. Теперь встает вопрос, — многозначительно произнес закадровый голос, — о преемнике. В Ватикане уже начали распространяться слухи о двух наиболее вероятных кандидатах. Первый — это давний конфидент покойного Бонифация и сам признанный ученый, кардинал Джакомо Перетти, архиепископ Равенны. — На экране возник снимок, на котором итальянец был запечатлен во время аудиенции у папы. — В свои пятьдесят два года Перетти является одним из самых молодых членов Священной коллегии кардиналов и многими признается его самым либеральным голосом. Второй, — новая картинка сменила фотографию Перетти: три человека на фоне бодрящего альпийского пейзажа, видимо, где-то в Тироле, — это кардинал Эрих фон Нойрат, архиепископ Линца и, в свои шестьдесят восемь, главное действующее лицо в недавних ватиканских попытках примирения

с европейскими протестантами. Он сыграл решающую роль в подготовке соответствующих энциклик по вопросам веры. Оба имеют сильную поддержку в конклаве, хотя Перетти...»

Захваченный изображением на экране, Пирс перестал слышать слова. Что-то показалось ему знакомым на снимке, что-то, не имевшее непосредственного отношения ни к одному из кандидатов. Он подошел еще ближе, и взгляд его уперся в фигуру человека слева от фон Нойрата. Тот стоял за плечом кардинала, лицо тонуло в тени. Пирс наклонился, чтобы лучше разглядеть. От Анджели не укрылся его внезапный интерес.

По мере того как картинка прояснялась, Пирс чувствовал, как что-то сжимается у него в груди.

С экрана на него смотрел тот самый человек из Ватикана. Австриец, преследовавший его, когда он бежал из дома. «Помни о монахе».

Не в силах отвести взгляд, Пирс ощутил, как кровь отливает у него от лица.

Глава третья

Кардинал Джакомо Перетти неподвижно сидел возле осененной балдахином кровати, на которой под белым покрывалом лежала щуплая фигура Бонифация Десятого. Голова папы покоилась на маленькой шелковой подушке. Комната, в которой три часа тому назад никого, кроме них двоих, не было, теперь кишела врачами, людьми из службы безопасности, духовными лицами, адвокатами. Все они тихо переговаривались между собой. Не обращая внимания на всю эту суету, у постели молилась стайка коленопреклоненных монахинь. Перетти был последним, с кем папа говорил, последним, кто держал его за руку. Перед тем как отойти в мир иной, друг сорока его последних лет предостерег: «Будь бдителен, Джиджи. Фон Нойрат мечтает спать в этой постели сильнее, чем ты думаешь». После чего с тихой улыбкой испустил последний вздох.

Перетти, в сущности, и не нуждался в таком предупреждении. Уже сейчас все коридоры гудели слухами. Его личный секретарь регулярно докладывал ему новости об идущих полным ходом «предвыборных кампаниях» двух главных кандидатов. Несмотря на то, что такая преждевременная активность запрещена церковным каноном, ее подробности жадно ловили в ватиканских высших кругах. Трех часов не минуло с момента смерти Эцио, а политиканство уже разгулялось. От этой мысли стало противно.

Он смотрел на пепельно-серое лицо: высокий лоб с упавшими на него волнистыми, с проседью волосами, губы, уже тронутые си-

182

невой, голубые прожилки вен. Морщинистая при жизни кожа разгладилась, даже шея под жестким воротничком казалась гладкой. Идеальный фасад для тела с отлетевшей душой. Безучастного к царящей вокруг своекорыстной суете.

Перетти понимал, что времени для того, чтобы побыть со старым другом наедине, осталось мало. Кардинал-камерленго[1], представляющий один из самых мрачных церковных департаментов, появится в течение ближайшего часа, чтобы запереть личные папские покои, изъять папскую печать и начать приготовления к novemdieles — девятидневным траурным бдениям. Он уже объявил, что конклав соберется на девятый день — гораздо раньше обычного. Но, разумеется, назначение даты — его прерогатива. Большинство в Ватикане относило подобную торопливость за счет того, что нынешнему камерленго, кардиналу Антонио Фабрицци, уже под восемьдесят, и он хочет максимально сократить срок своих полномочий в период междуцарствия. Перетти придерживался иного мнения. Фабрицци был давним союзником фон Нойрата.

— Прошу вас всех удалиться, — сказал Перетти спокойно, но достаточно громко, чтобы в комнате тотчас установилась тишина. Один из представителей службы безопасности попытался возразить, но Перетти предупреждающе поднял руку: — Всего на несколько минут. Поверьте, вернувшись, вы найдете его на месте. — Все это он проговорил сидя, не отводя взгляд от покойного, с безучастным выражением лица.

Первыми на его просьбу откликнулись монахини: вставая с колен и крестясь, каждая, прежде чем направиться к выходу, кротко поклонилась кардиналу. Эти сестры-кармелитки всегда с пониманием относились к пожеланиям Перетти. За ними медленно потянулась цепочка юристов и врачей, последними комнату покину-

---

[1] Кардинал-камерленго — управляющий делами Римской курии; в период между смертью папы и избранием его преемника руководит работой конклава.

ли два-три человека из службы безопасности. Оставшись наконец один, Перетти встал и подошел к кровати. Он снова вгляделся в безжизненное лицо, словно бы желая увидеть на нем знак поддержки. Перетти почти надеялся, что вот сейчас глаза откроются, губы искривит лукавая улыбка и, спустив на пол тощие ноги, Эцио, подмигнув, скажет: «Ну, вот и все».

Кардинал опустился на колени и, склонив голову на грудь, стал молиться.

— Что тебя так тревожило в связи с Афоном, Итци? — Он еще раз взглянул в безмятежное лицо. — И почему ты ушел, не объяснив мне этого?

Анджели подошла к кухонному столу с двумя чашками кофе, одну протянула Пирсу, села: без еще одного кофейника в истории с австрийцем было не разобраться.

— С другой стороны, — сказала она, продолжая прерванный разговор и как бы стараясь убедить не только его, но и себя, — эти люди могли быть действительно из службы безопасности, которая ищет нечто опасное для Церкви. Пусть в манере несколько более агрессивной, чем следовало бы, но...

— Нет. — Пирс решительно мотнул головой, уставившись в угольную черноту кофе. — Даже если не принимать во внимание того, что случилось с Чезаре и Руини, — а я не думаю, что это следует игнорировать, — вспомните: кто может быть заинтересован в свитке? — Он поставил чашку на стол и поднял голову. — Существуют две вероятности. Одна: кто-то слышит о находке, выслеживает ее, а затем делает то же, что сделали вы: расшифровывает карту и узнает о связи с Афоном. На этом этапе он понял бы, что молитва — лишь первый шаг в поисках. Больше она ему не нужна — он уже получил информацию, достаточную, чтобы немедленно от-

184

правиться на Афон и завладеть тем, что там спрятано, пока туда не ринулись другие. Так что, даже если он потерял свиток, ему незачем охотиться за ним снова.

— Резонно, — согласилась Анджели.

— Вторая вероятность, — продолжил Пирс, — кто-то прослышал о находке, но никогда не держал ее в руках и поэтому не имел возможности ее расшифровать. А не расшифровав, он не имеет понятия о карте. Без этого текст представляется ему всего лишь одним из тех пергаментов, будоражащих академическое воображение. Они, по слухам, существуют, но уже много веков числятся утраченными. Самое большее, на что пошел бы такой человек, — это научные изыскания, чтобы убедиться, что все это не мистификация. Но ни одна из этих версий не в силах вызвать то рвение, какое обнаружили наши ватиканские друзья. Если только — он перегнулся через стол, — они — заранее, *до того* как услышали о находке — не знали, что это — карта. И если эта карта очень сильно не затрагивает их лично. Учитывая то, что вы мне рассказали, встает вопрос: откуда и кто, кроме манихеев, может это знать?

— Видите ли... — Она осеклась. — Нет, вы правы. Никто никогда не предполагал, что «Абсолютный Свет» — это карта. Никто и не мог этого предположить. Никто никогда прежде не знал о существовании письменной версии молитвы.

— Значит, единственный человек, который решился бы зайти так далеко, — подвел итог Пирс, — есть некто, кто знал, что это карта, задолго до того, как текст был найден.

— И это, — подхватила Чечилия, — значительно сужает сферу поиска. — Повисшая тишина лишь подчеркнула всю невероятность сказанного. Через несколько секунд Анджели нарушила ее: — А это, в свою очередь, означает, что те люди из Ватикана есть часть чего-то очень древнего. Того, что началось больше тысячи семисот лет назад.

— И еще, — добавил Пирс, — раз они все еще ведут погоню за свитком, значит, понятия не имеют, куда эта карта ведет. Вот по-

чему им так не терпится наложить на нее руку. — Снова тишина. Пирс сделал большой глоток. — Полагаю, это дает мне некоторую фору.

— Что? — со страхом переспросила она и не получила ответа.. — Вы шутите. Если то, что вы рассказали про Руини и этого вашего друга-монаха, правда, мы должны отнести это...

— Кому? — Ему снова вспомнился вчерашний — неужели это действительно было только вчера? — разговор с Данте. — Судя по всему, никто за пределами этой квартиры не видит связи между инфарктом священника и акростихами полуторатысячелетней давности. И уж тем более связи между неподтвержденным исчезновением монаха и вероятным существованием где-то в Греции чего-то, предшествующего Евангелиям. Даже Церкви было бы трудно... — Он запнулся, телевизионная картинка молнией вспыхнула у него в голове. — Если в этом замешан фон Нойрат, — произнесенная вслух, мысль показалась еще более тревожной, — кто знает, на какую глубину все это уходит? И насколько загадочна болезнь папы на самом деле.

— Ну, это уж вы хватили.

— Хватил? Мы с вами оба уверены, что эти люди связаны с манихеями? Тогда вам лучше, чем мне, известны их намерения относительно католической Церкви на протяжении всех этих столетий. — Он перевел дух. — И, зная, что случилось с Руини и Чезаре, не говоря уж о моем маленьком столкновении со службой безопасности, вы будете утверждать, что я ошибаюсь? — Молчание Чечилии было красноречивей любого ответа. — Единственный способ все выяснить — начать с Афона.

Ответ поразил его:

— Мы могли бы это уничтожить.

— Что уничтожить?

— Свиток, мои записи — все. Пусть то, что спрятано на Афоне, там и останется. Мне самой трудно поверить в свои слова, но, кажется, это единственный способ.

186

— Единственный — для чего? Для того, чтобы помочь этим людям остаться неразоблаченными? Только поездка на Афон сумеет прояснить, в ожидании чего они таились все это время.

— Но, не найдя того, что там спрятано, — упорствовала Чечилия, — они не смогут осуществить свои планы.

— Вы забываете, что у них есть еще одна возможность найти это. Существуем ведь мы с вами.

Мысль была очевидной, но Анджели до сей минуты в голову не приходила.

Она приоткрыла было рот для ответа, но передумала. Вместо этого, взглянув на Пирса, взяла со стола чашку и стала медленно пить.

Выдержав паузу, Пирс сказал:

— Я... мне не следовало выражаться так прямо.

— Нет-нет, — ровным голосом возразила Чечилия, сжимая в ладонях чашку. — Вы правы. Конечно, правы. — Было видно, что она изо всех сил старается побороть растущую тревогу. — Они нашли вашего монаха, вас, нет оснований надеяться, что они не придут и ко мне, чтобы узнать название монастыря.

— Им нужен свиток. Они знают, что он у меня. Следовательно, им нужен я. — Попытка успокоить ее успеха не возымела. — Но если я первым доберусь до Афона...

— Да? И что тогда?

Пирс вымученно улыбнулся и, покачав головой, признался:

— Не знаю. Может быть, это заставит их обнаружить себя.

— Это не ответ. — Полминуты она сидела, уставившись в стол, потом поставила чашку, смахнула на пол крошки и встала. — Похоже, выбор у меня невелик, так ведь?

И снова голос Чезаре эхом отозвался в памяти Пирса.

— Простите, что втянул вас во все это.

Прежде чем ответить, она немного подумала, кивая каким-то своим мыслям.

— Я сама втянулась в это давным-давно. — Она повернулась к нему. — Нельзя, всю свою профессиональную жизнь мечтая о на-

ходке, подобной вашему свитку, уйти в кусты, когда она наконец
у тебя в руках.

— Это не просто свиток.

— Такие находки — всегда нечто большее, чем просто свитки,
Йен. Именно это я уже тридцать лет твержу своим студентам. Было
бы глупо с моей стороны не воспользоваться случаем доказать
свою правоту. Вы так не думаете?

Пирс понимал, что она хватается за что угодно, чтобы побороть волнение. В конце концов, кто он такой, чтобы оспаривать ее
метод?

— Мне нужно сделать звонок, — сообщила она, направляясь
к двери. — И перебелить свои записи, чтобы вы могли их прочесть. — Сейчас требуется сосредоточиться на самой поездке, а не
на ее тайной цели. Просто карта. Ничего более. Задержавшись
в дверях, она оглянулась. — И достать одежду. Католический священник на Афоне... ведь не все это правильно поймут?

Час спустя она вручила ему большой конверт из оберточной
бумаги, плотно набитый желтыми листками. Еще через два часа
вернулась из магазина, держа в каждой руке по нескольку сумок.
Воспользовавшись ее отсутствием, Пирс немного вздремнул, после чего начал знакомиться с содержимым конверта. Уже по тому
немногому, что он успел прочесть, стало ясно, насколько просто
все увидеть через лупу эксперта.

Она сделала все наилучшим образом: брюки, рубашки, рюкзак — все необходимое. Пирс давно уже не снимал привычного
церковного облачения. Пока Анджели вынимала из сумок последние покупки, он натягивал зеленый пуловер. Потом на свет явилась пачка купюр. Он вопросительно посмотрел на Чечилию, но не
успел ничего сказать — она взяла его руку и вложила в нее деньги.

— Лиры, драхмы, даже немного американских долларов —
вроде бы эту валюту признают везде.

— Я не могу взять...

— Нет, можете, — улыбнулась она. — Вероятно, все они вам
и не понадобятся, но лучше перестраховаться. — Он попытался

вернуть деньги, но она уклонилась. — А как иначе, скажите на милость, вы собираетесь добраться до Греции и вернуться обратно? С кредитной карточкой? — Она покачала головой. — Ее легко отследить. Равно как и получение денег через банкомат.

Чечилия соображала в этом куда больше него. И впрямь: как иначе проехать до Греции и обратно? Пирсу оставалось только положить деньги в карман.

— В Салониках живет мой бывший студент Доминик Андракос, — говорила Чечилия, складывая магазинные пакеты. — Я сказала ему, что вы — мой коллега. Ваше имя отныне — Питер Селдон.

— Как-как? — Пирс был искренне удивлен.

— Ну, нужно же было мне что-то придумать. Я не хотела впутывать во все это Доминика. Питером зовут одного моего знакомого — винодела из Калифорнии. Он производит отличное шардоне. Его имя первым пришло мне в голову.

Пирс снова убедился: она знает что делает. Лучше ей не мешать. Если подумать, действительно имело смысл изменить имя. Не только для того, чтобы обезопасить Андракоса — хотя ее забота об ученике была очень трогательна, — но и потому, что его собственное имя может привлечь ненужное внимание на Афоне. Она в самом деле соображала лучше него.

— Вы занимаетесь Амвросием и его вероятной связью с монастырем святого Фотия, — продолжала она.

— Но такой связи не существует!

— Не существует, но Доминик этого не знает. — Она сунула сложенные пакеты в ящик стола. — Он всегда изучал более поздние времена — девятый-десятый века, разрыв Фотия с Николаем Первым Мистиком и тому подобное. Это дает ему правдоподобный предлог интересоваться Афоном. Он сказал, что с радостью все устроит и будет ждать вас завтра к концу дня.

Казалось, Чечилия совершенно выбросила из головы их предыдущий разговор и теперь снаряжает коллегу в увлекательную экспедицию. Быть может, для нее это было отчасти игрой. Пачка денег. Вымышленное имя. Бывший студент. Проникновение на

Афон. То, что ему придется предъявить на границе ватиканский паспорт, по которому его нетрудно выследить, не могло пробить выстроенную ею оборону. Он попадет в Грецию — и все. Другое не обсуждалось.

Свою священническую рубашку, сутану и воротник он сунул в рюкзак, по опыту зная, сколь полезны они могут оказаться при пересечении границ. Ватиканская печать на документах, церковное облачение — все это должно произвести нужное впечатление на невозмутимых стражей. Следом за облачением в рюкзак отправилась пачка денег.

— Знаете, — сказала Анджели, хлопоча у стола, — то, что вы там найдете, может оказаться еще большим, чем вы ожидаете.

Ее неожиданное желание вернуться к существу дела удивило его.

— Это я понимаю. Что бы манихеи ни замышляли...

— Я не это имела в виду, — твердо сказала она, стоя к нему спиной. Прекратив паковать вещи, он ждал разъяснений. — Что, если оно окажется старше Евангелий? Что, если оно изменит наши представления об истинном послании Христа, о Церкви? Она повернулась к нему лицом. — Я знаю, что у вас всегда были трения с церковными структурами, однако то, о чем я говорю, куда существенней. Считается, что оно способно расколоть Церковь. Независимо от того, как хотят использовать это манихеи, вы, Йен, будучи католиком, готовы ли к подобной находке?

Впервые за много часов Пирс вспомнил свою первую реакцию на свиток. Не дурное предчувствие. Не страх. Только любопытство. Возможность услышать Его освобожденное слово. Чистота, неопосредованная связь, коей он всегда страстно жаждал. Sola Scriptura[1]. Насколько более могущественным может оказаться Его слово на самом деле? И если теперь ясно, что в свитке оно не заключено, быть может, оно содержится в том, что ждет его на Афоне? Без манихеев оно не так опасно, как представляется Анджели. По крайней мере, для него.

---

[1] Святое Писание (*лат.*).

Вероятно, именно поэтому он так стремился на Афон и воспринимал вставшую перед ним задачу как свое личное дело. Из-за манихейской угрозы или ради себя самого? В нынешнем нервном состоянии он даже не пытался ответить на этот вопрос. Да и нужды не было. То и другое было теперь неразрывно связано. А с вопросами можно подождать.

— Я не знаю, — ответил он наконец.

— Возможно, вам захочется это выяснить. — Чечилия посмотрела на него долгим пристальным взглядом, достала из сумки бейсболку и перебросила ему. Он поймал машинально. — Это я нашла в магазине «Ринашенте». Поразительно, чем только там теперь не торгуют.

Пирс провел пальцем по шву и улыбнулся:

— Запомнили.

— Священник, который, сидя в кафе, перебрасывает мяч из руки в руку, чтобы помочь себе разгадать древнюю лингвистическую загадку... Такое трудно забыть. — Теперь Чечилия улыбалась. — Только позаботьтесь, чтобы тамошние монахи вас в ней не поймали, — а то могут конфисковать.

Ирреальность последних проведенных вместе часов не шла у Пирса из головы всю дорогу до Бриндизи. О том, чтобы поспать, не могло быть и речи. Чечилия настояла, чтобы они пошли позавтракать, и во время завтрака вкратце излагала ему историю Афона в тщетной надежде придать ситуации хоть видимость нормы. Большую часть времени, однако, они ели молча. Вокруг и так было слишком оживленно, чтобы расслабиться. Как и следовало ожидать, за всеми столиками судачили о папе. Не как скорбящая паства, а как игроки на скачках. Посетители кафе делали ставки: на Перетти — два к трем, на фон Нойрата — один к одному. В спи-

191

сок кандидатов входили и другие имена. Пирсу было забавно наблюдать непринужденность, с какой клиентура кафе ориентировалась во внутренних делах Священной коллегии. Сильвестрини — четыре к одному (слишком стар); Инигес, Дали и Татцрик — десять к одному каждый (слишком иностранцы). Впрочем, хватит расслабляться.

Прощание было кратким, с оттенком смущения. Оба старались затушевать истинный смысл событий последнего дня. В половине второго Пирс отправился на вокзал.

То, что нужно ехать на поезде до парома, было очевидно. Наземный путь занял бы несколько дней, не говоря уж о рискованном пересечении территории бывшей Югославии. К тому же, невзирая на ватиканские документы, Пирс знал, что паспортный контроль в портах Адриатики гораздо менее строг, чем в любом аэропорту. Не то чтобы он думал, будто австриец все их контролирует, — хотя теперь он уже не мог бы с уверенностью сказать, насколько широко тот раскинул свою сеть. Но следовало максимально затруднить его людям слежку. Из Бриндизи паромы ходили в двух направлениях: в Албанию и в Грецию. Если только люди из ватиканской службы безопасности не обладают шестым чувством, этот порт не будет объектом их особого внимания. Да, морской путь — для него самый лучший выбор. Там в это время года всегда полно туристов, среди которых нетрудно затеряться.

Поезд подошел к перрону в 18.46. В восемь Пирс заказал себе каюту на пароме, отплывающем в десять тридцать. Сто сорок итальянских лир за ночной переход до Игуменитсы на юго-западе греческого побережья. Заботы о следующем отрезке пути можно было отложить до завтра.

Чтобы скоротать время, он два часа просидел в маленьком греческом кафе неподалеку от пирса, выпил несколько чашек кофе, поучился обращаться с прибором, напоминающим гирокомпас, и попытался разобраться в записях Чечилии Анджели. Он хотел хорошенько запомнить план монастыря святого Фотия со всеми его опорными вехами, которые она добросовестно выудила из

текста. Но начинали сказываться бессонные ночи. То и дело он замечал, что его взгляд блуждает, скользя вдоль ведущей к верфи улицы в поисках чего-то. Чего именно, он и сам не знал. Ему было легче сосредоточиться на бессвязных обрывках доносящейся отовсюду болтовни туристов, чем на деталях впопыхах начерченной карты.

Первые пассажиры начали собираться у пристани к девяти.

Их голоса скрадывал плеск волн, разбивающихся о пирс. Кафе располагалось слишком близко к воде, чтобы, сидя в нем, можно было расслышать что-либо другое. Пирс поймал себя на том, что внимательно вслушивается в шум прибоя, постепенно настраиваясь на спокойное плавание по Адриатике. Местный прибой был менее темпераментным, чем тот, что он любил слушать в детстве на Мысу. Здешние волны накатывали на берег без той мощи, какую он привык ждать от моря.

На несколько мгновений он позволил себе мысленно вернуться в прошлое, вспомнить часы, которые проводил в одиночестве на берегу, закатное солнце, все ниже и ниже погружавшееся в изборожденное бурунами море — ярко-синее на бледно-лимонном фоне, — и себя, лежащего у самой кромки убаюкивающих волн. Их аритмичный шелест постепенно стирал все и всех вокруг. Стирал не в буквальном, разумеется, смысле, просто наплывы звука раз за разом все больше поглощали его самого.

Быть может, именно это он надеялся найти на Афоне.

От касс донесся свисток. Пирс поднял голову и увидел, что началась посадка. Настоящее снова обрело фокус. На пирсе суетились туристы, второй паром готов был отойти от причала. Пирс засунул вещи в рюкзак и направился в мужской туалет в дальнем углу кафе, чтобы сменить зеленый пуловер, который надел в Риме, на рубашку, сутану и пасторский воротничок и умыться — надо было придать взгляду жизни.

Спустя десять минут он подходил к трапу «Лаураны». Еще одно напоминание о летних месяцах, проведенных на Мысу: этот паром показался ему старшим двоюродным братом тех пароходов,

на которых он ездил в Виньярд. Его облачение и документы были встречены официальными лицами с подобающей почтительностью. Несколько ничего не значащих вопросов, подписи, печати на разнообразных бланках, сдержанный кивок, обычно предназначающийся духовным лицам. Ничего необычного.

Пирс отыскал свою каюту. Это была комнатка меньше двух метров в поперечнике, с железной кроватью, прикрученной болтами к дальней стене, и крохотным стальным умывальником, втиснутым в угол. Никакого иллюминатора.

Идеальная изоляция. Даже безопасней, чем он рассчитывал.

В шесть часов утра Пирс резко открыл глаза, разбуженный ощущением внезапно нахлынувшей паники. Оно длилось не более секунды, но этого оказалось достаточно, чтобы заставить его вскочить. Дыхание было несвежим. Сидя в кромешной тьме, он четко понимал, где находится, не было нужды напоминать ему и о событиях последних полутора дней. Но к испытанному им мгновенному шоку то, что его окружало, имело гораздо меньшее отношение, чем зыбкая ночная дрема на грани сознания. Время от времени он открывал глаза, в безвоздушном пространстве каюты сон мешался с явью. Когда он последний раз смотрел на часы, была половина четвертого. Что ж, спасибо и за эти несколько последних часов непотревоженного сна.

Ему снился Данте. Расплывающиеся картины возвращались снова и снова. Монах вел его через монастырь святого Фотия — монастырь, который ни один из них никогда не видел, — но они все время уходили в сторону от добычи, от пергамента, который, Пирс это знал, находится где-то в самой глубине.

«Ты не туда ведешь меня, Данте. Она говорила, что это там, слева».

«Тебе незачем идти налево. Пожалуйста, Йен, делай, как я прошу».

«Но оно точно там. Я знаю».

«Они старые друзья. Доверься мне».

«Но...»

«Доверься мне. Они все изменят. — Его лицо вдруг превратилось в лицо Петры. — Насколько сильно ты хочешь найти это, Йен? Насколько?»

Сон было нетрудно истолковать, и появление в нем Петры тоже. Один раз посреди ночи, открыв глаза и не увидев ничего, кроме чернильной тьмы, он испытал почти уверенность в том, что она здесь, рядом. Такое случалось с ним не впервой. Да, его тревога, совершенно очевидно, не имела ничего общего с реальным временем.

В половине седьмого, умытый и выбритый, он уже стоял на палубе среди тех, кто воспользовался самыми дешевыми — сидячими местами. Большинство пассажиров все еще пребывали в полусонном состоянии, на лицах были заметны следы ночных возлияний и бог знает чего еще. Свежий морской бриз пробивал пелену разнообразных запахов, оставляя во рту соленый привкус. Найдя местечко возле перил, Пирс стал смотреть на воду.

Ему еще не доводилось видеть Адриатику при солнечном свете, цвет моря оказался куда более ярким, чем он ожидал. И солнце светило здесь более резко, чем где бы то ни было. По синеве морских завитков струился ровно пульсирующий поток шафранно-оранжевых бликов.

Море было точно таким, каким описывала его Петра в те минуты, когда грозила умыкнуть его в Дубровник, нанять лодку и просто скользить на ней по волнам. Вдвоем. «Это могло бы быть очень недурно», — улыбался в ответ Пирс и рассказывал ей о своем Мысе. А она смеялась: «Любой вариант подходит. Любой».

Вдали показался берег. Пирс еще немного посозерцал море, потом перевел взгляд на часы. До прибытия оставалось сорок минут.

После отплытия из Бриндизи прошло восемь часов — вполне достаточно, чтобы его имя появилось в компьютерной базе. Никакого шестого чувства не нужно, чтобы узнать, что он плывет на «Лауране» в Игуменитсу. Еще меньше усилий требуется, чтобы первым же регулярным рейсом — или на частном самолете, который приземлится неподалеку от аэропорта, — прибыть в Афины и встретить паром у причала. Пирс решил, что нужно сделаться менее заметным. Оглядевшись, он увидел трех молодых мужчин, с трудом начинавших преодолевать последствия бурной ночи: позевывая, они подначивали друг друга по-итальянски. Он обратил внимание, что одеты они были почти так же, как он сам: не поддающиеся описанию брюки, вылинявшие рубашки. Оторвавшись от перил, Пирс направился к ним.

К половине восьмого троица гуляк уже считала его закадычным другом.

Объявленная лишь в последнюю минуту пресс-конференция Найджела Харриса застала средства массовой информации врасплох. Большинство из них не ожидало никаких громких заявлений из этих кругов по крайней мере еще с полгода — до начала избирательной кампании Тони Блэра. CNN среагировала первой, включив материал в утренний семичасовой эфир. Они гадали, что же собирается обнародовать полковник. «Бывший полковник», пришлось им напомнить самим себе. Его публичный выход из Коллегии и последующие вояжи по Европе и Соединенным Штатам привлекли большое внимание. Несколько политических комментариев в «Нью-Йорк таймс», «Коррьере делла сера» и «Франкфуртер альгемайне» добавили ему известности. Так что, если он желает предстать перед зрителем в столь ранний час — чашка ко-

фе, тост плюс Найджел, — ему с радостью пойдут навстречу. Тем более что для него это очень подходящее время: не даром же выражение «новая заря» было опорным в его риторике.

Сам Харрис сначала подумывал о Би-Би-Си как о несколько более респектабельном и более отечественном канале. Но Би-Би-Си не располагает такой международной трансляционной сетью, как CNN. Последняя будет крутить его пресс-конференцию целый день, и лучезарная улыбка полковника дойдет до каждого зрителя канала во всех уголках Земли. Все же, как ни крути, «международный» — главное слово дня.

С девяти часов предыдущего вечера разные ученые мужи излагали с экрана свои версии. Программа «Найт-лайн» отвела под анонс предстоящего события целую рекламную паузу. Имея в виду разницу часовых поясов, они пообещали оставаться в эфире до двух часов ночи по вашингтонскому времени, чтобы после того, как окончится пресс-конференция, дать обзор комментариев к ней. Один из гостей в студии обмолвился о вероятном назначении Харриса на министерский пост в правительстве Блэра. Учитывая нынешние трения между премьер-министром и архиепископом Кентерберийским, первому требовалась мощная поддержка. Кто-то другой предположил, что пост в новом кабинете министров США больше придется по вкусу полковнику. Термин «духовный советник» с игривым цинизмом витал в воздухе. Еще один выступающий высказал предположение насчет примирения с Коллегией Завета и реорганизации последней, с тем чтобы «новый голос христианства зазвучал тверже накануне миллениума». Как бы то ни было, большинство крупнейших теле- и радиоканалов Европы и Соединенных Штатов прислали своих корреспондентов и отвели время на пресс-конференцию. Харрис был новостью номер один. А такие новости — это рейтинг. Сотрудники его собственной службы по связям с общественностью предупредили его, что в ближайшие дни будет много работы. Но разве не этого он и добивался?

По знаку режиссера Харрис подошел к микрофону лондонской студии CNN в 7.04. Достав из кармана два листка с записями, он начал говорить.

— Доброе утро. Я Найджел Харрис. Позвольте мне прежде всего поблагодарить телеканал CNN за столь оперативную организацию этой передачи, а вас всех за то, что сочли возможным уделить мне время в столь ранний час, когда я знаю, дел у вас по горло. Обещаю быть кратким.

Как многим из вас известно, я ушел с поста исполнительного директора Коллегии Завета более года тому назад. В то время я был убежден, что организация такого рода не может добиться большого успеха в секуляризованном обществе и что вера и политика, как бы трудно ни было мне это признавать, никогда не найдут общего языка в строительстве будущего. Видя, сколь ничтожные результаты приносят наши усилия, как в Европе, так и в Соединенных Штатах, я даже допускал мысль, что наше время прошло. Сейчас отдаю себе полный отчет в том, что ошибался. — Он сделал паузу. — Никогда прежде мне не было так ясно, как теперь, что наши цели могут быть достигнуты только общими стараниями обеих сил. Вера должна пропитать собой политику. Политика — гарантировать своим верующим сторонникам их права.

Он снова сделал паузу, не сомневаясь, что где-то в лондонской штаб-квартире Коллегии телефоны разрываются от звонков. «Нет, мы тоже понятия не имели о том, что он возвращается», — наверняка отвечают там. Как ему хотелось бы быть на месте, чтобы увидеть изумление, которое появится на их лицах еще через несколько минут.

— Я также пришел к пониманию того, что подобное сотрудничество не должно быть ограничено никакими рамками. У себя в Коллегии мы слишком сузили их. Наша программа способствовала не столько расширению охвата, сколько отчуждению. Когда желание укреплять институт семьи, возрождать отвечающие здравому смыслу ценности и поощрять религиозную свободу становится орудием, направленным на то, чтобы добиваться политического преимущества, тогда важнейшие для сообщества верующих проблемы тонут в суетной борьбе. Сразу оговорюсь: это не входило в сознательные намерения Коллегии, но, к сожалению, таким оказался на сегодняшний день печальный итог.

Исходя из сказанного, я несколько месяцев тому назад сделал вывод, что назрела необходимость в создании нового типа руководства — международной организации, которая отвечала бы растущим потребностям нового тысячелетия и была бы способна подобающим образом встретить восходящую новую зарю. В надежде поставить заслон кризису культуры, который продолжает усугубляться и грозит добраться до самого сердца нашей социальной субстанции, я собрал группу политиков, гражданских и религиозных лидеров — в конце передачи вы увидите список их имен на экране, — которые разделяют мою озабоченность. Рассчитывая на то, что это вдохновит и других присоединиться к нам, мы назвали себя Альянсом веры. В эти самые минуты члены Альянса окончательно отшлифовывают предложения, которые мы представим на суд глав правительств по всему миру. Предложения, касающиеся того, как лучше построить нравственно укрепленный мост в следующее тысячелетие. Мы полностью отдаем себе отчет в том, что это лишь начало диалога и что без вашей поддержки ничего не выйдет. Тем не менее я пришел сегодня сюда, чтобы сказать, что текст наших предложений вместе с заявлением Альянса о намерениях будет опубликован через неделю в газетах всего мира. Будут сообщены также наши телефоны, факсы и адреса электронной почты: мы сделаем все, чтобы ваш голос — голос порядочности, благопристойности и согласия — был услышан.

Мы предпринимаем этот шаг, ибо считаем, что в мире, где с любым самым отдаленным уголком можно связаться путем нажатия одной лишь клавиши на компьютере, непозволительно сидеть и спокойно наблюдать, как самые дорогие для нас и наших детей ценности продолжают подвергаться опасности. Наше общество называют безбожным, оно превратилось в огромный пустырь, дошло до такой степени вседозволенности, что мы рискуем

стать легкой добычей тех, кто извлекает выгоду из нашей материалистической спеси и духовного равнодушия. Грядет новый вид терроризма, жертвой которого станет весь безбожный мир. Таким образом, перед нами встает императив: везде, где только можно, вдохновлять веру и проявлять бдительность. Везде, где мы способны найти общую почву, мы обязаны ее возделывать, чтобы защитить себя. На религиозные и нравственные убеждения нельзя больше смотреть как на эксцентричные пережитки прошлого в мире просвещенного разума, где технологии стали суррогатами божественного. Будущее наших детей слишком важно, чтобы мы могли позволить себе бездействие.

Должен сказать, что Альянс веры не будет заниматься такими спорными проблемами, как система здравоохранения, сбалансированный бюджет, снижение его дефицита, налоговая реформа, финансовое объединение Европы и тому подобное. Все это, сколь важным оно ни было бы для специфических сфер жизни и определенного рода политиков, только смещало бы фокус нашего зрения, уводя от истинно существенного. Наше послание выходит за пределы политических интересов, и поэтому наша программа свободна от предвзятости.

В течение нескольких следующих недель мы доведем до вашего сведения, чего конкретно хочет добиться Альянс. И мы надеемся, что вы присоединитесь к нам. Повторю: без вашей поддержки все наши усилия окажутся тщетными. Помните это. Я верю, что вы согласитесь со мной: только вместе мы должны найти способ заново вдохнуть духовную и этическую цели в каждую сферу нашей жизни. Если не ради себя, то ради будущего, ради той самой прекрасной новой зари. Мне нечего больше добавить.

Я благодарю вас за терпение и потраченное время. Есть ли у вас вопросы?

В воздух одновременно взметнулось около двадцати рук. Харрис выбрал знакомое лицо во втором ряду — Маргарет Браун, новости Би-Би-Си.

200

— Мистер Харрис, — начала журналистка, — я оценила ваше умение выражаться туманно, но не могли бы вы объяснить подробней, что вы имеете в виду под религиозной бдительностью? О какой конфессии мы говорим?

— Бдительность питает веру, Маргарет. Уверен, что это краеугольный камень любой религии. Главное — искать не то, что нас разделяет, а то, что объединяет. Когда наши предложения будут напечатаны, уверен, станет совершенно ясно, что цели, которые мы перед собой ставим, преодолевают те разделительные барьеры, которые вы подразумеваете.

— Да, — продолжила она, стараясь перекричать снова поднявшийся в аудитории шум: ее коллеги тянули руки, желая задать свои вопросы, — но разве не те же цели вы ставили перед собой и тогда, когда состояли в Коллегии? Разве то не была тоже христианская, тоже консервативная программа? Тем не менее, когда вы занялись лоббированием в парламенте, оказалось, что дело вовсе не в этом. Не явится ли Альянс веры всего лишь еще одним фронтом для отстаивания особых интересов?

— Я не совсем понимаю, что вы имеете в виду под словом «фронт», Маргарет, но скажу, что мое решение выйти за пределы деятельности Коллегии было связано не столько с самим посланием, сколько с желанием привлечь к нему внимание. Духовные убеждения — это не то, что следует оставлять на обочине. Джим, — он указал на Джеймса Томпкинса из «Таймс».

— Спасибо. Мистер Харрис, вы сказали, что ваши предложения будут опубликованы в газетах всего мира. Это явно влетит в копеечку. Можем ли мы узнать, кто финансирует проект?

— Такая информация будет обнародована в нашем заявлении о намерениях. — К этому моменту всем в аудитории стало ясно, что пресс-конференция и дальше пойдет в таком же режиме: вопросы — и никаких ответов. Тем не менее журналисты продолжали тянуть руки вверх.

С места вскочил репортер из «Индепендент».

201

— Вы сказали, что Альянс веры будет «международной организацией». Можете разъяснить это подробней?

— Ну, скажем, так. Если, например, Английский банк или Федеральный резервный банк Соединенных Штатов, определяя свою политику, вынуждены принимать во внимание экономику Японии, России, Европы, то, уверен, кризис ценностей тоже выходит за пределы государственных границ. Сейчас стало модно выражение «тесные связи», — смешки в зале, — но разве оно касается только финансовых интересов? Глобальное сообщество должно стать действительно глобальным. И насколько деликатными должны мы быть по отношению к нашим культурным различиям, настолько же горячо мы должны желать найти общую почву для установления контактов, когда стучимся в те части мира, которые отличаются от нашей. Мой сын, как, рискну предположить, и большинство наших детей, фанатик Интернета. Честно признаться, я чаще, чем можно было бы предположить, прибегаю к его услугам. — Снова смешки. — Так вот, когда он начинает болтать по Интернету с каким-нибудь сверстником, скажем, из Франции или Австралии, откуда угодно, я хочу быть уверен, что они разговаривают на одном языке. Что между ними существует общность взглядов. И что они находят в этом удовлетворение. Именно этого мы надеемся добиться в конечном итоге.

Еще несколько острых вопросов, за которыми последовали более чем расплывчатые фиоритуры Харриса, и пресс-конференция подошла к концу. Он прекрасно отдавал себе отчет в том, что думали журналисты о нем и его уклончивых ответах. Ну и пусть. В его намерения не входило произвести впечатление на них. Списка имен, который вскоре будет обнародован, окажется более чем достаточно, чтобы они угомонились. Его заботили не сотрудники средств массовой информации, а те, кто их слушает. А для этих, чем больше тревожных сирен и колокольного звона, тем лучше. В конце концов, сколько найдется среди них таких, кто способен проникнуть сквозь мишуру словоблудия? Сирены и колокола. Это именно то, что нужно.

Бухта Игуменитсы невелика и уже вблизи города переходит в открытое море. Широкая изогнутая береговая линия испещрена точками особняков, многоквартирных домов, отелей, которые жмутся к берегу, прикрытые с тыла самыми северными отрогами гор Пинда. На подступах к городу склоны становятся более пологими, по ним неторопливо сбегают вниз волны травы и деревьев, которые останавливаются всего в полумиле от воды. Некогда оживленный порт, где Алкивиад или Никий, быть может, собирали свои флоты, чтобы выступить против Спарты, превратился нынче в небольшой туристский городок, отправную точку для тех, кто едет на Корфу. Лишь несколько пляжей да пансионатов — больше ничего интересного здесь и не было.

Но все равно красота местности ошеломила Пирса. Равно как и его новообретенных спутников. Пока паром причаливал, все четверо в немом восхищении взирали на берег, припорошенный таким белым песком, что казался снегом. То, что с моря представлялось ослепляющей игрой бликов, вблизи обрело определенность форм и текстуры: дерево и гранит пирсов, дома из тесаного серого камня, увенчанные волнистым пурпуром черепичных крыш, каждая из которых сверкала под пристальным взглядом утреннего солнца. Если Пирс и представлял себе идеальный образ Греции, то теперь он знал, что это образ Игуменитсы. Выражение лиц трех спутников, стоявших слева от него, свидетельствовало, что он не одинок в своем восторге.

Во время короткого завтрака он узнал, что они путешествуют, чтобы повидаться с другом, который участвует в летнем футбольном турнире в Берое, городке к западу от Салоник. Пирсу это подходило. Они что-то говорили об автобусе, и он попросил разрешения к ним присоединиться.

Спускаясь по трапу, Пирс старался держаться в гуще толпы. По-прежнему не очень понимая, что именно высматривает, он шарил взглядом — как можно непринужденней — по лицам людей, ожидавших на причале.

Как можно было догадаться, они представляли разнообразные сферы туристского бизнеса: торговцы всевозможными безделицами, водители, предлагающие свои услуги по доставке в ближние пансионаты. Все они говорили на некоем подобии итальянского с сильным греческим акцентом. Паспортный контроль оказался сугубо формальным; никому не было дела до того, почему священник надел светское платье. На берегу Пирс держался поближе к своим новым приятелям, стараясь выглядеть среди них своим. Смеясь, похлопывал их по плечам и с пониманием кивал, слушая байки про их друга — сезонного вратаря. Судя по всему, наемный труд в команде, соответствующей низшей лиге европейского футбола, обеспечивал ему надежное финансовое положение. Его друзьям это представлялось роскошной жизнью. Пирс старался поддерживать беседу, делая вид, что понимает, о чем речь. Несколько добродушно-насмешливых взглядов со стороны итальянцев, взрывы жизнерадостного смеха и похлопывания по спине быстро превратили изначальное трио в идеальный квартет.

Вроде бы никто не проявлял к ним никакого интереса. Один или два раза под предлогом того, что нужно достать что-то из рюкзака или завязать шнурок, Пирс останавливался и внимательно осматривался вокруг. Ничего. На автобусной остановке он еще раз быстрым взглядом обвел лица — не меньше половины пассажиров парома стремилось втиснуться в автобус, чтобы выехать из города. По-прежнему ничего. Может, ватиканская служба безопасности не так эффективна и умна, как он думал? Пирс купил билет, вошел в автобус и устроился на сиденье — Игуменитса (странно для греческих дорожных служб) демонстрировала похвальную согласованность расписаний прибытия паромов и отправления автобусов. Не прошло и двадцати минут, как три его приятеля уже наверстывали вчерашний недосып.

Из восьми часов, на которые был рассчитан двухсотмильный маршрут, большая часть приходилась на стоянки у заправок вдоль дороги. Первый и Третий миры сочетались здесь относительно легко. На каждом автовокзале — определение, впрочем, весьма вольное — водитель брал перерыв на несколько минут, чтобы размять ноги и поболтать с местными жителями, что давало возможность и пассажирам передохнуть от царившей внутри банной духоты. В такие моменты шофер иногда даже принимал на себя обязанности гида, рассказывая им об исторических достопримечательностях — о кентаврах, Ясоне и его аргонавтах. Но позволял лишь несколько вопросов, прежде чем снова затолкать всех в машину.

На каждой такой остановке Пирс любовался широкими просторами невозделанных земель, издали казавшихся цветущими. При более близком рассмотрении выяснялось, что островки свежей зелени с трудом пробиваются сквозь грубую почву. Дикий бурьян старался захватить каждый свободный клочок. Невольно приходила мысль, что эта земля слишком стара, чтобы предложить что-либо, кроме чисто символической помощи, тому, кто вздумает ее пахать. Порыжевшие от солнца трава и деревья никли под бескрайним небом. Там и сям на обочинах встречались обломки древностей, к которым здесь относились со снисходительным безразличием. Страна руин могла позволить себе решать, какие из них прославлять, а какие нет.

Футбольное трио умудрилось благополучно все проспать. Это, впрочем, не избавило Пирса от необходимости поддерживать необязательные путевые беседы. Итальянец, жестоко страдавший от жары — он постоянно вытирал шею и лоб белым носовым платком, — любую задержку в пути воспринимал как возможность пожаловаться на свои неприятности любому, кто был готов его слушать. Опоздание на паром, упущенный деловой шанс. После третьей остановки Пирс остался единственным, кто не пытался улизнуть. Чуткость — бремя священника. Только когда мужчина начинал расспрашивать Пирса о нем самом, священник становился менее приветливым.

— Я просто на отдыхе, — отвечал он.

— И куда направляетесь? — не отставал итальянец.

— Куда дух поведет.

После этого он находил предлог остаться в автобусе или шел в мужскую комнату, чтобы уклониться от исполнения профессиональной мини-обязанности. Он неуютно чувствовал себя, относясь с подозрением к невинным вопросам, но выбора не было. Отныне и впредь придется на время отказаться от инстинкта отзывчивости. Даже от таких простых вещей, как дружелюбная болтовня. Он видел, что итальянец переключился на соседа. Там тоже стремительно приближался момент перенасыщения. «Интересно, если человек с носовым платком не сойдет на ближайшей остановке, на сколько хватит его несчастного соседа?» — подумал Пирс.

Трясясь вместе с автобусом по ухабам и рытвинам, Пирс напомнил себе, зачем он здесь. Он вернулся к записям, стараясь сложить воедино причудливые обычаи, подробно описанные Чечилией. Каждый из них являл собой лишнее подтверждение манихейской эксцентричности. При всей их смутности, описания были в высшей степени интригующими: своего рода инсценировки «божественного восхождения»; ритуальные церемонии «просветления», призванные испытать преданность новообращенного; тайные обряды омовения и трапезы, изобилующие мистическим реквизитом. Лишь одно представлялось более или менее ясным: тщательно разработанный ритуал приветствия, с которого начинались все Послания. В отличие от транскрипций самой молитвы, они повторялись слово в слово, без вариаций. Пять идентичных шагов, которые, даже при невозможности воспроизвести их физически, были описаны с достаточным количеством подробностей, чтобы представить себе четкую картину. К тому моменту, как настало время остановки на обед, Пирс обнаружил, что может пересказать наизусть «знаки причастия».

Еще один шажок внутрь Братства Света.

Выбор Каламбаки в качестве места обеда, как выяснилось, был связан не столько с изобилием ресторанных заведений в городе, сколько с наличием в нем железнодорожного вокзала. На дороге, которую от шоссе на Салоники отделяло километров восемь, это была последняя возможность, сев на поезд, направиться на восток или на юг. В Лариссу, Афины или любой пункт, расположенный между ними, — перед как автобус возьмет курс на север. Кроме того, остановка давала часовой отдых от одуряющего жара полуденного солнца.

Каламбака оказалась очаровательным городом, гораздо более крупным, чем все те, что пока встречались им на пути. Ее центральная площадь могла похвастать несколькими кафе и ресторанами. Все они, без сомнения, предназначались для туристов.

Прежде чем выбрать, куда зайти, Пирс решил посмотреть, нет ли следующего в Салоники через Лариссу поезда, который мог бы доставить его туда быстрее, чем автобус. Найдя вокзал, он выяснил, что такой поезд есть и что он сократит ему путь более чем на треть. Однако, с точки зрения реального времени, это ничего не давало — тот, что направлялся в Лариссу, отходил лишь через шесть часов. Вот если бы Пирсу нужно было в Афины, тогда он мог бы сесть на поезд меньше чем через час. Увы и ах.

Чтобы поход на вокзал не был уж вовсе бессмысленным, он остановился у газетного киоска и купил местную газету: нелишне освежить в памяти свой греческий.

Дожидаясь сдачи, Пирс заметил соседа по автобусу — итальянца с носовым платком. Тот стоял у справочной. Видимо, не только Пирс искал более быстрого, чем автобус, способа добраться до места. Правда, на какую-то долю секунды ему показалось, что человек наблюдает за ним, но он тут же одернул себя: вздор, в конце концов, мы же ехали в одном автобусе. И разве сам Пирс тоже не смотрел на этого человека? Однако то, как его спутник быстро отвел взгляд, его смутило. В порыве чистой паранойи Пирс представил себе поспешный обмен репликами между двумя мужчинами в автобусе: операция оказалась под угрозой. С трудом подавляя желание бежать без оглядки, он сунул сдачу в карман и как можно непринужденней направился к выходу. Однако, открывая дверь, едва удержался, чтобы не оглянуться.

Переходя улицу, Пирс боковым зрением наблюдал за вокзалом. Мужчина тоже возвращался в район кафе и ресторанов, неизменно держась на расстоянии. Чем больше Пирс думал, тем больше отдавал себе отчет в том, что предосторожности, предпринятые им в Бриндизи и потом в Игуменитсе, оказали на него самого заметное влияние. Он научился наблюдать за окружающими, смешиваться с толпой, быстро реагировать на невидимые угрозы.

Вот и сейчас он спрашивал себя: не материализация ли это одной из таких угроз?

Впрочем, это было глупо. Если бы кто-то из этих двоих представлял службу безопасности Ватикана, зачем им ждать столько времени, чтобы обнаружить себя?

Если, разумеется, прямой контакт с ним вообще входил в их намерения. Его вдруг осенило: Ватикану нужно лишь следить за ним. Они понятия не имеют, куда ведет его поиск «Абсолютного Света», и единственное, что им требовалось, это подсадить кого-нибудь в автобус, чтобы священник привел этого человека к пергаменту. Но, увидев, что Пирс собирается пересесть на поезд, тот просто вынужден был действовать.

От этих мыслей, мелькавших в голове, кровь прихлынула к лицу. Остановившись у витрины, Пирс краем глаза засек, что человек тоже задержался, якобы чтобы завязать шнурок. Других подтверждений не требовалось. На открытом до самого моря пространстве не было ни боковых дорожек, ни туннелей, и Пирс понял, что ему не уйти от преследователя. Нужно что-то придумать.

С этой мыслью он направился к площади. Большая группа пассажиров автобуса сидела в кафе, несомненно, лучшем из того, что могла предложить Каламбака. Слишком много народу, подумал Пирс и, пройдя мимо фонтана, вошел в куда менее презентабель-

ное заведение на противоположной стороне площади. Даже официанта удивил его выбор. Тем не менее Пирс отважно сел за столик и принялся изучать меню. От его внимания не ускользнуло, что человек устроился на другом конце площади строго напротив, чтобы ничто не мешало ему наблюдать. Пирс сделал знак официанту, ткнул пальцем в какую-то строчку меню, потом попросил принести кофе. Официант кивнул и исчез.

Через две минуты он вернулся и поставил перед Пирсом чашку. Пирс сделал глоток и спросил, где у них мужской туалет. Официант махнул рукой в глубину зала. Пирс встал и последовал в указанном направлении. Оказавшись внутри, он нашел такое место, чтобы снаружи его не было видно, но чтобы сам он отлично видел человека на другом конце площади. Прошло не менее пяти минут, прежде чем из кухни появился официант с тарелкой чего-то коричневого. Пирс сунул ему несколько банкнот и велел отнести тарелку на его столик. Выполнив распоряжение, официант вернулся на кухню.

А Пирс ждал.

Лишь минут через десять человек встал и направился к кафе Пирса. Лицо у него было озабоченным. Пирс отступил еще глубже в тень и наблюдал, как колебался его преследователь: тому не хотелось переходить границу выставленных на улицу столов и стульев, и он делал вид, будто просто рассеянно озирается по сторонам. Однако в конце концов пришлось решиться, и тут внезапно появился Пирс. Не дав мужчине опомниться, он подошел к нему.

— Привет, — сказал он с видимым удивлением. — Мы, кажется, ехали от Игуменитсы в одном автобусе?

Человеку ничего не оставалось, как улыбнуться в ответ.

— Да-да, кажется.

— Тот разговорчивый итальянец. Он сидел рядом с вами.

Человек кивнул.

— Да. Точно.

— Присоединяйтесь, пообедаем вместе.

209

— Спасибо, очень любезно с вашей стороны, — после явной заминки ответил человек.

С четверть часа, пока они болтали ни о чем, Пирс внимательно следил за временем. Не дожидаясь вопроса, сам объяснил, что едет в Афины. Поезд — через двадцать пять минут. Какое совпадение — мужчина едет туда же и на том же поезде. Что вы говорите? Может, будем держаться вместе? Пирс счел это прекрасной идеей. Завершив обед, они отправились обратно на вокзал и, купив два билета в один конец, вышли на платформу.

К своему огромному облегчению, Пирс увидел, что в Греции ходят старые европейские поезда: двери всех купе открывались на перрон. Он повел своего спутника в хвост состава. До отправления оставалось пять минут, они сидели рядом, разговор с каждой секундой становился все более вялым.

Выждав еще минуты две, Пирс вдруг поморщился.

— Что-то не так? — спросил сосед.

Пирс несколько раз глубоко вдохнул и, кисло улыбнувшись, ответил:

— Желудок. Он расстроился еще в ресторане. Должно быть, греческая кухня мне противопоказана.

Человек кивнул, но в его взгляде вспыхнула паника.

— Впрочем, думаю, я смогу дождаться, пока поезд тронется, — сказал Пирс.

На лице человека снова появилась улыбка.

Раздался резкий свисток, поезд начал медленно двигаться. Выждав максимально допустимое время, Пирс встал, извинился, вышел в коридор и направился в тот конец вагона, в котором, как он убедился заранее, туалета не было. Спиной он ощущал устремленный на него взгляд спутника, тем не менее шага не ускорял. Вполне правдоподобно изобразив огорчение по поводу того, что не нашел туалета, он толкнул дверь, ведущую в соседний вагон. На сцепной площадке быстро оглянулся, но тонированное стекло мешало видеть. Однако он не сомневался, что человек уже вскочил на но-

ги. Не теряя времени на то, чтобы посмотреть, что он предпримет, и едва сдерживая растущее нетерпение, Пирс опрометью бросился вдоль коридора. Влетев в последнее купе, он рванул дверь — поезд набирал скорость, конец платформы стремительно проплывал мимо, — выбросил рюкзак и прыгнул.

Удар последовал незамедлительно. Прежде чем остановиться, тело Пирса, ударяясь о бетон, перевернулось раз пять. Невыносимая боль пронзила плечо и бок. Лицо, которое он, падая, прикрыл руками, к счастью, не пострадало. Распластавшись на платформе, он видел, как хвост последнего вагона проносится мимо. Дверь, из которой он выпрыгнул, была открыта, проем пуст. Лишь через несколько секунд в нем появилась фигура — слишком далеко, чтобы ее разглядеть, но язык жестов не оставлял сомнений: человек в отчаянии размахивал руками. Однако поезд набрал уже слишком большую скорость, и повторить прыжок Пирса не представлялось возможным.

Итак, Пирс избавился от преследователя. Ему даже показалось, что боль в плече стала не такой острой.

К нему подбежал какой-то служитель, он что-то говорил по-гречески, но так быстро, что Пирс толком ничего не мог разобрать. Что-то насчет того, что компания не несет ответственности за вероятные увечья. Пирс медленно поднялся на ноги, согласно кивнул и, слегка пожав плечами, ответил:

— Там не было туалетной бумаги.

Пять минут спустя он вышел из вокзального туалета, кое-как промыв раны и царапины. А еще через пять минут снова благополучно сидел в автобусе.

И только когда автобус отъехал от стоянки, до него стала доходить степень дерзости того, что было совершено им за последние полчаса. Но ощутил он не столько воодушевление или облегчение, сколько сокрушительное головокружение.

Опустив оконное стекло, Пирс подставил лицо встречному ветру.

Короткая остановка в Берое, теплое прощание с тремя новыми знакомцами — и полчаса спустя автобус уже катил по пригороду Салоник. Улицы становились все шире.

Несмотря на успешный побег в Каламбаке, Пирс не терял бдительности. Прошло уже несколько часов — более чем достаточно, чтобы его тамошний сотрапезник связался со своим начальством. Совершенно очевидно, что в Салоники уже послали кого-то другого.

Понимая это, Пирс смешался с первой группой пассажиров, покидавшей автобус. Держась ближе к ее хвосту, он шел, пригнув голову, чтобы его не было видно за плечами окружающих. Что делать, если кто-то вдруг действительно объявится, он понятия не имел. Ожидать озарения, подобного тому, что посетило его в Каламбаке, приходилось едва ли. Вцепившись в лямки своего рюкзака, он вошел в центральный холл автовокзала.

Тот оказался гораздо более грандиозным, чем он ожидал: под сферическим куполом из стекла и стали были разбросаны табачные лавки, мастерские по починке обуви, газетные киоски. Оловянно-невнятный голос диктора, доводивший до сведения пассажиров всякую информацию, многократным эхом разносился под сводом.

По-прежнему не поднимая головы, Пирс заметил мужчину — лет двадцати пяти, — проталкивающегося навстречу прибывшим. Похоже, человек смотрел именно на него.

Второй раз за последние несколько часов Пирс почувствовал, как кровь отхлынула от лица. Он протиснулся дальше в середину толпы.

Однако молодой человек направлялся прямо к нему. Пирс понял: бежать бесполезно. У одного из выходов он краем глаза заметил охранника и был уже готов ринуться к нему, когда молодой

человек сделал нечто совершенно неожиданное: неуверенно улыбнувшись, помахал Пирсу рукой.

Пирс остановился.

— Профессор Селдон? — Молодой человек продолжал пробиваться ему навстречу. — Питер Селдон?

Пирс не сразу сообразил.

— Д-да... Ах, да, это я.

— Ну, слава богу. — Молодому человеку наконец удалось подойти вплотную к Пирсу. — А то я волновался. Доминик Андракос. Профессор Анджели...

— Да, разумеется, здравствуйте.

Они обменялись рукопожатием.

— Вы беспокоились, что не сможете меня найти? — спросил Андракос.

Пирс догадался, что облегчение, которое он испытал, слишком явно отразилось на его лице.

— Да, немного.

— Это можно понять, — улыбнулся Андракос. — Салоники — город путаный. Профессор Анджели описала мне вас по телефону и сказала, что вы приплывете на пароме. А поскольку автобус с западного побережья ходит только раз в день, я решил вас встретить. Моя машина — на улице перед вокзалом.

— Ну, ведите меня, — сказал Пирс по-гречески.

— О? Вы говорите по-гречески, — радостно откликнулся Андракос. — Профессор мне этого не сказала.

— Объясняюсь кое-как. Я более силен в древнегреческом.

— Тогда у вас прекрасная возможность попрактиковаться.

Спустя десять минут они уже мчались в потоке автомобилей по одос Эгнатиа, одной из самых широких магистралей Салоник. По ходу дела Андракос выдавал отрывки историчской информации. Марио Андретти[1] в роли гида для туристов. Пирс упирался

---

[1] Марио Андретти — легендарный итальянский автогонщик, чемпион мира «Формулы-1» 1978 года.

рукой в полку справа от приборного щитка и каждый раз, когда его молодой спутник переводил дыхание, молча кивал. Если бы не бешеная скорость и не пережитый на вокзале стресс, путешествие можно было бы счесть приятным. Но поскольку эти осложняющие факторы все же имели место, Пирс радовался тому, что с каждой минутой приближается к горам.

Охранник, сидевший у пульта с мониторами, кивнул Кляйсту, не потребовав документа и даже не взглянув на пакет в его руках. С момента смерти папы службу безопасности беспрестанно накручивали, большинство зданий в Ватикане находилось под усиленной охраной. Но Кляйст как глава службы был фигурой, в Городе известной всем. За два последних дня он уже четырежды побывал в обители Святой Марфы. Неудивительно, ведь этому шестиэтажному зданию вскоре предстояло стать пристанищем примерно для сотни членов конклава. В течение многих веков кардиналов на период выборов папы изолировали во временно выделяемых помещениях Папского дворца; теперь им предоставлялись гораздо более просторные апартаменты. Об этом позаботился Иоанн Павел Второй. Бонифаций не видел причин возвращаться к старому порядку.

Тщательно осмотрев дом несколько раз, Кляйст пожалел, что покойный папа сам этого не сделал. Здание было слишком обширным, а внутренние помещения — слишком изолированными друг от друга, что весьма затрудняло их охрану.

Впрочем, озабоченность Кляйста вовсе не была связана с безопасностью кардиналов. Скорее наоборот. Он понял, что задача похоронить под обломками пятидесяти тысяч тонн мрамора и камней сотню кардиналов потребует вдвое больше взрывчатки, чем понадобилось бы в Папском дворце. И шанс разоблачения здесь гораздо выше. Дело не меняло даже то, что пластид будет

находиться в здании меньше часа с момента, когда выборы объявят состоявшимися. Неплановые выборочные проверки будут проводить саперные команды с собаками. Каждую ночь на протяжении всего периода заседаний конклава. А как только изберут нового папу, меры безопасности ужесточат еще больше, Кляйст это знал. И это означало, что, пока весь мир будет праздновать избрание нового понтифика, ему предстоит метаться по всему хоспису, чтобы за двенадцать, от силы четырнадцать минут между уходом кинологов и возвращением кардиналов установить бомбы.

Плюс к этому фон Нойрат категорически настаивал, чтобы сохранились фрагменты взрывных устройств, достаточные для безошибочной идентификации. На приобретение нужных оболочек — сирийский поставщик заверил, что они взяты непосредственно с тайных складов Дар Хаджида, одной из самых беспощадных группировок иранских боевиков, — затрачено слишком много усилий. Они должны обязательно привести следствие к их источнику. Решение установить заряды на третьем и пятом этажах диктовалось как распределением покоев, так и конструктивными особенностями здания. Ключевые кардиналы будут размещены на пятом этаже, вероятность сохранить опознаваемые осколки взрывных устройств наиболее высока на третьем. Как выразился фон Нойрат, одним ударом можно убить двух зайцев: злодейство понесет клеймо Аллаха, а мы расширим свое влияние в Священной коллегии. Детальная разработка стратегии доставляла ему истинное и нескрываемое удовольствие.

Однако подлинный ужас задуманного беспокоил Кляйста куда меньше, чем прямой приказ кардинала не обсуждать приготовления ни с кем, кроме него. Обычно протокол требовал держать в курсе мельчайших подробностей Блейни, Лудовизи и графиню. Фон Нойрат объяснил свое требование необходимостью свести к минимуму каналы связи. Почему — Кляйста не касалось. Но настороженность вызывало.

Дойдя до пятого этажа, он извлек из пакета набор приспособлений, кальку с чертежом и двинулся вдоль коридора. Схема была

на удивление ясной. В указанные отдушины отопительной системы и потолочные вентиляционные клапаны он вводил пару металлических трубок прибора. Меньше минуты, и эпоксидная смола затвердевала. То же самое он проделал чуть раньше на третьем этаже. Еще одна-две такие прогулки, и все будет на месте.

Кляйст спустился на первый этаж и, направляясь к выходу мимо охранника, улыбнулся:

— Похоже, все в порядке.

— По-другому и быть не может, — ответил тот.

Приятно слышать, подумал Кляйст и вышел в ночь.

По сравнению с общежитием младшего курса Салоникского университета ватиканская квартирка Пирса могла показаться хоромами. Андракос настоял, чтобы, прежде чем двинуться дальше, они заехали к нему выпить; после треволнений последних полутора дней Пирс охотно согласился. Они устроились за крохотным деревянным столиком в закутке, служившем кухней. Первый стаканчик опрокинули залпом.

— Ух-х, — несколько раз выдохнул Пирс — на глаза навернулись слезы. Ему доводилось пробовать узо. Но это определенно было что-то другое.

— Ямасс, — объяснил молодой грек. — В предстоящие два дня вам такого напитка не видать.

— Слава богу, — ответил Пирс. — Иначе вся моя маскировка пошла бы насмарку.

Андракос, снова наполнивший стаканы, прежде чем Пирс успел возразить, пригубил свой.

— Там, на горе, все разбавляют водой.

— Могу понять, зачем. — Если лихая езда Андракоса и прежде вызывала у Пирса серьезные опасения, оставалось лишь гадать, ка-

кой она станет после двух стаканчиков этого сногсшибательного напитка.

К его удивлению, алкоголь существенно не изменил манеру вождения Андракоса. Казалось даже, его водительское мастерство возросло. Сев в машину, Пирс решительно уперся рукой в полочку над бардачком, однако оказалось, что в этом нет необходимости: Андракос маневрировал, ныряя из одной улицы в другую, пересекая и объезжая пробки с виртуозной ловкостью. А в перерывах между отдельными особо трудными участками дороги даже умудрялся продолжать свою лекцию. Он обратил внимание спутника на проплывавшую за окном Арку Галерия — двухметровое сооружение с утраченными контрфорсами, сложенное из побитого временем и непогодой мрамора. Оставался лишь арочный остов с несколькими группами высеченных понизу барельефов — эхо римского прошлого города.

— Это вам легкое напоминание о доме, — сказал Андракос.

— Мало похоже на Бостон, — возразил Пирс.

— О, я имел в виду ваш нынешний дом.

— Бостон вам понравится. Только не забудьте прихватить с собой машину.

Пирс не успел как следует рассмотреть Арку, а уже через несколько секунд они мчались мимо мечетей с высокими минаретами. За окном промелькнул дом, где родился Ататюрк[1]. Лишнее подтверждение того, что Салоники — место встречи Востока с Западом. Гид по совместительству, Андракос с удовольствием рассказывал о превратностях судьбы своего города, не забывая отметить: что бы ни пытались навязать ему победители, им никогда не удавалось лишить его неповторимого облика. Салоники всегда оставались греческим городом, а все реликвии — римские, турецкие, армянские — лишь органично вписывались в образ эллинского прошлого.

---

[1] Ататюрк, основатель Турецкой республики, родился в Филибе (ныне Пловдив в Болгарии), но мать его была родом из Салоник.

Только осознав, что они углубляются в город, вместо того чтобы выезжать из него по направлению к горе, Пирс прервал своего водителя.

— Дорожные визы, — пояснил Андракос. — Нет документов — нет монахов.

Менее чем через пять минут они остановились у здания Министерства по делам Македонии и Фракии. Оно, как отметил Пирс, представляло собой как бы ответ улицы Агиу Димитриу[1] римскому дворцу Боргезе[2], хотя и не столь роскошный. Пепельно-серый дом стоял в глубине, посыпанная гравием дорожка вела через палисад к ступенькам под арочным сводом с колоннами. Внутри, однако, сходство быстро меркло: лабиринт коридоров с голыми простенками между дверьми кабинетов, две причудливые современные скульптуры, словно часовые, охраняющие вход. Отнюдь не Бернини, хотя этого и можно было ожидать.

Андракос потащил его через главный вестибюль, раскланиваясь чуть ли не с каждым встречным. То же происходило и на втором этаже: он называл почти всех по именам, улыбки и приветствия сопровождали его на всем пути следования по коридору. Анджели, безусловно, правильно выбрала Пирсу провожатого.

Они направились в самый дальний кабинет и вошли в него без стука.

— Ясу,[3] Станто, — сказал Андракос, проходя прямо к столу.

В кресле сидел мужчина, являвший собой более взрослую версию самого Доминика. В его глазах читалась братская снисходительность.

— Когда ты научишься стучаться, Никки? У меня мог быть посетитель...

---

[1] Улица Агиу Димитриу (Святого Дмитрия) — одна из главных улиц Салоник.

[2] Дворец Боргезе в Риме — здание, известное великолепием архитектуры и обстановки.

[3] Привет (*греч.*).

218

— Я же предупредил тебя, что приду. Нам нужны документы.

Только теперь Андракос-старший заметил топтавшегося у двери Пирса.

— Ах, да. Здравствуйте, — сказал он по-английски. — Проходите, пожалуйста.

Пирс сделал несколько шагов вперед и тут же был ошеломлен открывшимся из окна видом на живописную церковь с куполами-маковками над черепичной крышей. Явное свидетельство высокого положения Станто в министерстве. Чтобы иметь такой вид из окна, нужно не один год потрудиться.

Доминик уже копался в многочисленных папках на столе.

— Здесь их нет. — Старательно скрывая раздражение, Станто улыбнулся гостю, выхватил бумаги у брата из рук и быстро произнес по-гречески: — Послушай, Никки, я не могу постоянно устраивать твои дела в самую последнюю минуту. Здесь серьезное учреждение, а не твое частное туристическое агентство. Ребята на горе могут быть очень недовольны.

— Они меня любят, — ответил Доминик, подмигнув Пирсу, пока брат отнимал у него очередную кипу бумаг.

— Любят они Бога, Никки. Тебя они всего лишь терпят.

— Едва терпят, — рассмеялся Доминик. — Кстати, профессор говорит по-гречески.

Старший Андракос запнулся, потом повернулся к Пирсу и, протянув руку, сказал:

— Ах, да, конечно. Простите. Я — Константин Андракос. И я не всегда так...

— Не извиняйтесь, — перебил его Пирс, пожимая руку. — Питер Селдон, тот самый, из-за которого у вас столько хлопот. Это моя вина, что все приходится делать в последнюю минуту.

— Очень любезно с вашей стороны, профессор, но вы не знаете Доминика. Это не в первый раз. — Он выдвинул ящик стола и достал оттуда два солидных конверта. Пирс заметил, что оба они адресованы Святому братству горы Афон, вверху красовалась гербовая печать: двуглавый византийский орел.

219

— Они выдали визы пятнадцать минут назад. Чернила небось не просохли.

Доминик взял паспорта и, изобразив почтительное смирение, спросил:

— А катер? Ты договорился насчет катера, Станто?

— Да, я договорился насчет катера, — ответил тот нарочито терпеливо, будто говорил с ребенком. — Он будет ждать в Уранополисе. Отец Геннадий встретит вас в Дафне. Он сказал, что будет весьма рад.

— Я же сказал, что они меня любят.

— Думаю, он имел в виду профессора. — Старший Андракос повернулся к Пирсу. — Геннадий упомянул, что некогда тоже писал об Амвросии.

— В самом деле? — улыбнулся Пирс. — Я... в таком случае мне не терпится поговорить с ним.

Доминик уже стоял в дверях.

— Уверен, что у тебя куча дел, не хочу тебе мешать.

— Ну, разумеется, — иронически ответил ему брат. — Только постарайся добраться до места целым.

Километра четыре до Уранополиса — Небесных Врат, всего лишь деревушки у подножия Святой горы, — заняли чуть более двух часов. Просто удивительно, учитывая состояние местных дорог.

— Однажды я проехал за час сорок пять, — похвастался Андракос, когда они парковались на улочке, где было не открыть обе дверцы машины. — Один мой друг утверждает, что проехал его за полтора часа, но свидетелей у него нет. Так что мой рекорд пока не побит. — Он достал листок бумаги, что-то нацарапал на нем, потом засунул под стеклоочиститель. — Это для парня, что здесь живет, — объяснил он. — Ставлю его в известность, когда мы вернемся, и разрешаю в случае надобности переставить машину. — Пирс обратил внимание, что ключ остался в замке зажигания. Видимо, в Уранополисе были свои порядки.

После этого они проследовали на соседнюю улицу, всего лишь чуть более широкую, чем первая, со множеством выбоин в булыжной мостовой. Она сбегала вниз, прорезая деревню насквозь, маленькие дома по обе ее стороны казались гигантскими ступенями из песчаника, ведущими к морю.

— Не очень оживленное место, — заметил Пирс.

— Большинство лодок еще в море. Где-нибудь через час здесь станет очень даже шумно — все вернутся домой и начнут пить.

— Ту огненную жидкость, что мы пробовали у вас дома?

Андракос рассмеялся.

— То был рисовый отвар по сравнению с тем, что пьют здесь. Вы не представляете себе, сколько раз я приезжал сюда, да так и не выбирался на Гору.

— Исследования можно проводить в разных областях, — улыбнулся Пирс.

Они приблизились к старинной башне, высившейся над водой. Пара окон показывала, докуда поднимается вода, штукатурка, сквозь которую проглядывали кирпичные шрамы, неровными слоями покрывала фасад. Башня, чье превосходство над окружением заключалось ныне лишь в ее высоте, надменно взирала на окрестности как единственный символ истинной цивилизации на фоне вечности.

— По слухам, если хочешь справиться с этими монахами, нужно кое-что покрепче узо, — сказал Пирс. — Говорят, они ребята строгие.

— Строгие? Эти парни суровы настолько, что не допускают на свою гору никаких особей женского пола. Совсем никаких. Даже свиней, коров и кур. А все потому, что лет эдак тысячу тому назад парочка из них слишком тесно подружилась с дочерьми окрестных пастухов... Наверное, поэтому они и называют свою округу Садом Непорочной Девы.

Пирс расхохотался:

— Не уверен, что Пресвятая Дева одобрила бы это.

— А кто бы ее спрашивал? Ее саму туда бы не допустили.

Выйдя на берег, они проследовали к узкой пристани. Под их тяжестью деревянный настил заскрипел. На дальнем конце стояла будка, в ее единственном окне светился огонек.

— Подождите меня, я сейчас вернусь, — сказал Андракос и направился к будке.

Дверь за ним захлопнулась, изнутри донесся возбужденный рокот двух голосов, который притих, как только Пирс дошел до конца пристани. Впервые за последние несколько дней он остался один. Теперь можно было закрыть глаза и стоять, прислушиваясь к плеску набегающих волн, здесь тоже не такому энергичному, как тот, к которому он привык на Мысу; вдыхать морской воздух, пахнувший скошенной травой и оставлявший во рту мандариновый привкус. Или просто смотреть на солнце, уже погружавшееся в Эгейское море, на облака, прочерчивавшие свекольно-бордовыми штрихами сгущавшуюся синеву летнего неба. Пирс впитывал в себя это чистое сияние, невольно освобождаясь от всех мыслей. Его взгляд поймал точку на море, в сотне ярдов от берега, — островок абсолютной неподвижности. Невесомости. Какое-то время он представлял себя там, свободным от всего окружающего, качающимся на волнах, дрейфующим. Ему показалось, что он безмятежно наблюдает, как воды поднимаются со всех сторон, покрывая его голову, руки...

— Теперь вы понимаете, почему монахи осели именно здесь? — Андракос стоял рядом, глядя на море. — И почему гора принадлежит им.

Пока Андракос не трогался с места, Пирс старался запечатлеть в памяти эту панораму, не желая расставаться с ней. Потом, повернувшись, увидел почти идиллическую картину: маленький рыбацкий катерок, привязанный к колышку на берегу, коренастый капитан с седой всклокоченной бородой.

Греция оправдывала все ожидания, которые с ней обычно связывают.

Андракос уселся на корме и всю дорогу болтал с капитаном, предоставив гостю возможность в полной мере насладиться ви-

222

дом Афона с моря. Пирс стоял на носу, держась за ржавые металлические поручни. По мере того как гора, приближаясь, увеличивалась в размерах, его все больше охватывало ощущение собственной ничтожности. Пологий внизу склон, поросший травой и деревьями, чуть выше сменялся каменным обрывом, обрушивающим к морю скопления голых скал; на фоне гаснущего неба они мерцали, как последние тлеющие угольки. И везде, где густые заросли дубов и кустарников пытались распространить свое господство, широкие участки зубчатой стены восставали и преграждали путь всему, что не обладало сверхмощной жизненной силой. Даже разрозненные клочья тумана, плававшие в вышине, в этом неумолимом и безжалостном пейзаже символизировали лишь тщету всякой надежды.

Бог Афона был Богом карающим, подвергающим свою паству суровым испытаниям, не желающим ниспослать ей легкое благочестие.

При всем том красота горы была неоспорима, не только благодаря ее суровому величию, но и благодаря целостности, завершенности картины, замыкающей пространство между морем и небом. Лишенная человеческого присутствия, она являла собой образ первозданного чуда.

Пирс затаил дыхание в благоговейном трепете перед этим волшебством или, скорее даже, перед чувственностью живой, дышащей земли. Гора была святой не столько из-за людей, избравших ее местом своего спасения, сколько благодаря божественному прикосновению, ощущавшемуся во всем ее облике. Святость, дарованная жестокостью природы.

Эта мысль обрела еще большую четкость, как только в поле зрения стали появляться первые монастыри — совершенство рукотворной формы, рождающееся из сурового хаоса горного лика. Аккуратные ряды балконов и крыш, нависающих над склонами, колокольня с приземистым византийским куполом, поглядывающим вниз под острым углом. Солнце, стоящее слишком низко, чтобы можно было разглядеть реальные детали, свет, струящийся от созвездия огней опрятного монастырского городка, расположенного наверху. В такт неравномерно раскачивавшим лодку волнам картина то ныряла, то выныривала, отбрасывая вокруг себя фантастические отблески. Вскоре, однако, она исчезла, теперь вдали предстал иной образ: контур горы на фоне потемневшего неба. Некоторые монастыри дерзко вскарабкались на большую высоту, смазав границу между землей и звездами; другие вольготно раскинулись в желобах долин, абрисом напоминавших неукротимые горные потоки. И каждый являл собой очаг идеального порядка, выпестованного тысячелетием ревностного служения.

Один из них, знал Пирс, был стражем пергамента, в котором сокрыта истина, превосходящая величие даже самой горы. Устремив взор в небо, он осознал — быть может, впервые, — что именно привело его сюда. И насколько оно теперь близко.

Пока лодка качалась в полосе прибоя, взгляд Пирса был прикован к нимбу облаков, окаймлявшему вершину горы. Несмотря на ночную тьму, он хорошо просматривался, купаясь в золотистом ореоле огней монастыря.

Монастырь святого Фотия стоял одиноко на краю утеса: самое святое место по праву досталось самому святому из монастырей.

Капитан сбросил обороты, и катер теперь медленно подплывал к пристани Дафны, деревушки, расположенной на нижнем склоне горы. Это была самая дальняя точка, куда он мог их доставить. Дальше предстояло ехать на мулах или на грузовике — в зависимости от того, насколько осложнен в данный момент подъезд к монастырю.

Дав задний ход, капитан втиснул свое суденышко в узкий просвет между другими такими же, стоявшими на якоре у причала. Звук мотора диссонансом нарушал окружающую тишину. Уже стоя на пристани, Пирс заметил, как Андракос сунул капитану несколько банкнот, после чего подхватил вещи и сошел на берег.

Место казалось безлюдным, приглушенные звуки доносились лишь сверху, из маленького городишки, но они не шли ни в какое сравнение с ревом мотора отплывающего катера. Андракос, не-

224

привычно молчаливый, зашагал вверх по лестнице, Пирс за ним. Дорога тоже оказалась пуста. Андракос бросил свой рюкзак на обочину и сел; то же самое сделал Пирс. По-прежнему не было произнесено ни слова. Судя по всему, на горе действовали иные правила. Единственным звуком был звон бокалов, долетавший из невидимой таверны, — кто-то принимал на посошок перед возвращением последней моторной лодки в Уранополис.

Ждать пришлось недолго, вскоре справа вдали показался сдвоенный свет фар, и Андракос быстро вскочил на ноги. Закинув рюкзак на плечо, он сцепил руки за спиной. Смирение, которое он изображал в кабинете брата, теперь казалось непритворным. Когда монах вышел из машины, чтобы поздороваться, Пирс последовал примеру Доминика и принял позу кроткого почтения.

— Кого ты пытаешься обмануть, Доминик? — рассмеялся брат Геннадий, похлопав молодого человека по плечу. На нем была классическая черная ряса греческого православного монаха и скуфейка, лихо сдвинутая чуть набекрень. Руки, которыми он обнял Андракоса, были толстыми, мускулистыми, заросшими густыми волосами до самых костяшек пальцев. Когда Андракос поднял голову, Пирс заметил озорную улыбку на его лице.

— Его, — ответил молодой человек, кивком указывая на Пирса, и лукаво подмигнул.

У Пирса чуть глаза на лоб не полезли, когда Геннадий, повернувшись к нему, сгреб его за плечи своими огромными лапищами и расцеловал в обе щеки. Объятие у него было чрезвычайно мощным; примерно при таком же росте монах весил на добрых тридцать килограммов больше Пирса. Пирса удивила мягкость его бороды.

— Профессор Селдон, какая радость! Я Геннадий. Простите, что вам пришлось столько времени провести с этим шалопаем, жизнь полна испытаний, но ни одно из них не сравнится с молодым Андракосом.

— Если пропустить несколько стаканчиков, оно не кажется таким уж тяжким.

Геннадий разразился гомерическим хохотом, потом потрепал Андракоса по шее и сказал:

— Ты — как открытая книга, Доминик. Как открытая книга. — И, снова повернувшись к Пирсу, добавил: — Надеюсь, вы не позволили ему вести машину?

Прежде чем Пирс успел ответить, монах уже подталкивал их в свой грузовичок, другой рукой закидывая вещи в кузов. Сиденье было обтянуто рваным виниловым покрытием, прошитым трубчатым шнуром. Зажатый в тесноте кабины, Пирс отметил, что этому белому «форду» лет наверняка больше, чем самому Геннадию. Когда машина тронулась, догадку подтвердил душераздирающий скрежет сцепления.

Ночное путешествие было куда менее захватывающим, чем вид на гору с моря; сквозь густые кроны деревьев и высокие заросли кустарников лишь изредка прорывался и тут же исчезал вид на гору. На немногочисленных открытых участках на несколько мгновений вспыхивало звездами небо. Незнакомому с этой дорогой водителю ни за что ее не одолеть, подумал Пирс: никаких знаков, предупреждающих о крутых поворотах. В одном месте монаху пришлось на полной скорости едва ли не остановить машину, чтобы сделать резкий поворот. Несмотря на скорость, не превышавшую пятнадцати километров в час, скачки по бесконечным ухабам при отсутствии рессор превращали путешествие в грозное испытание. Это была не столько езда, сколько борьба за жизнь. Геннадий между тем, не умолкая, рассказывал, видимо, все, что было ему известно об Амвросии. Пирс лишь улыбался и кивал, радуясь тому, что монах почти не давал ему возможности вставить слово.

После пятнадцатиминутной лекции Геннадий остановил машину. Не переставая говорить, открыл дверцу и бросил ключ на полку приборного щитка:

— ...что могло полностью изменить мировоззрение Августина. Так или иначе, выходить вам придется с моей стороны. Нельзя допустить, чтобы вы сорвались в пропасть в первый же день по приезде.

Пирс выглянул в окно справа, увидел крутой обрыв, сдвинулся по сиденью влево и, выйдя из машины, встал рядом со своими спутниками перед капотом. Геннадий вручил ему фонарь.

— Дальше пойдем пешком.

Карабкаясь вверх по суровой горной тропе, было трудно поддерживать беседу. Заросли кустов и деревьев стали намного гуще, ширина тропы позволяла пройти разве что мулу с поклажей, толстые корни, оплетавшие дорожку, заставляли двигаться с предельной осторожностью. Фонарь служил скорее, чтобы не потерять из виду Геннадия, чем для того, чтобы получить представление о том, как далеко еще до цели. Несмотря на дующий с моря свежий ветерок, Пирс чувствовал, как пот струится по спине, благовонный летний воздух был насыщен ночным туманом. Ощущение казалось приятным, таким, какого давно жаждало его тело. Если бы не Геннадий, трудолюбиво пыхтевший впереди, Пирс прибавил бы шагу и с удовольствием отдался физическому напряжению.

Минут двадцать они карабкались в унылой тишине, прежде чем вышли на открытый скальный уступ, за которым просматривалась поросшая шалфеем земля. В пятнадцати метрах вправо гора резко обрывалась. Над краем отвесного склона высотой метров сорок висела полная луна. Снизу доносился шум прибоя. Сверху слабо пробивался брезжущий свет.

Это на них взирал сверху Святой Фотий.

— Дальше будет легче, — заверил Геннадий, заметно запыхавшийся. — Еще минут двадцать — и мы на месте.

Он не ошибся: минут пятнадцать спустя из-за последнего скального гребня стал медленно выплывать монастырь. Не такой обширный, как остальные «города», разбросанные по горе, монастырь Святого Фотия тем не менее выглядел весьма импозантно. Вдоль внешней стены, отдельные участки которой восходили к четвертому веку, выстроилась строгая шеренга словно бы охранявших монастырь кипарисов. Бреши на месте утраченных каменных глыб были залатаны кирпичной кладкой на известковом растворе; византийская и османская архитектуры соединялись

в необузданном смешении разнообразных башенок и контрфорсов. С обеих сторон стена переходила в горные подъемы, по которым карабкались неровные ступени, исчезающие вверху на расстоянии двухсот метров в диких зарослях леса. Все в целом напоминало гигантскую безголовую черепаху, пытающуюся взлететь.

Но особое внимание привлекало то, что находилось непосредственно перед глазами. Двустворчатые железные ворота — огромные кованые щиты, навешенные на каменных столбах высотой в десять метров, — приводили на ум те времена, когда афонским монахам приходилось защищать свою обитель от вечной угрозы пиратов. Вдоль верхнего края стены тянулась цепь давно заброшенных бойниц. Даже грубо высеченный над воротами девиз монастыря намекал на его двойственное предназначение — как убежища и как крепости:

«Обрети мир в стенах сих
и облекись в броню любви и света».

Находясь на переднем крае обороны от нападений с моря и будучи обреченным вечно стоять на пути воюющих между собой далеких императоров и султанов, монастырь давно научился надежно охранять свое уединение. Даже теперь и даже среди братии, известной своей закрытостью, этот монастырь славился особой изолированностью.

Тем не менее ворота были открыты, и свет от трех или четырех фонарей изнутри двора освещал путникам последние метры пути.

Войдя в ворота, Пирс был ошеломлен тишиной. Никто не вышел им навстречу и не потребовал документы. Они спокойно проследовали к фонтану в центре двора — простому бассейну со странной фигурой посередине: склонившийся в молитве монах, из глаз которого, как слезы, струилась вода. Пирс несколько секунд молча взирал на это сооружение, ему невольно пришла в голову беспокойная мысль: уж не плач ли это по истинной и святой

228

христианской Церкви? Его спутники — Геннадий, сидя на краю
фонтана, — зачерпывали пригоршнями воду и лили ее себе на шеи.
Восхождение и у Пирса отняло последние силы. Только теперь он
осознал, как ему хочется пить. После всеобщего долгого молчания,
освежив плечи и шею холодной водой, он сказал:

— Не слабое восхождение. Наверное, вам часто приходится
его совершать?

Прежде чем ответить, монах тяжело вздохнул.

— За последние полгода не меньше двух раз. Не могу сказать,
чтобы мне этого особо хотелось.

— Значит, вы редко выходите?

— Выхожу? Куда?

— Ну, если вы только два раза покидали...

— А, понимаю, — воскликнул Геннадий, улыбка снова сияла на
его лице. — Видимо, Доминик вам не объяснил. Я не принадлежу
к братству Святого Фотия. Мой дом — Великая Лавра, — добавил
он, указав пальцем куда-то на восток, — второй по старшинству
монастырь на горе. Но по сравнению с этим он просто ребенок.
Мы отсчитываем свое происхождение от девятьсот шестьдесят
третьего года. А Фотий... от какого, Доминик? От триста восемьдесят четвертого? Восемьдесят пятого? Никто точно не знает. — Он
снова принялся обливаться водой.

— Это не мой период, — ответил Андракос.

— Очень удобная отговорка, — вставил Пирс, припомнив
улыбку Анджели.

Андракос, хотевший было что-то сказать, запнулся. У Геннадия
это вызвало взрыв смеха:

— Невероятно: вам удалось его заткнуть. Надо будет взять на
вооружение.

Подождав, пока Андракос справится со смущением, Пирс
спросил:

— Вы уверены, что наше присутствие не вызовет недовольства?

— Будь это не так, я бы никогда с вами сюда не пришел, — заверил Геннадий.

— Здешние монастыри проводят по отношению друг к другу нечто вроде политики открытых дверей, — объяснил Доминик. — Если бы мы с вами явились сюда одни, у нас уже была бы куча неприятностей. Но поскольку с нами этот бородач, они знают, что все в порядке. Я ни разу не был в этом монастыре без провожатого.

— Пятьсот — шестьсот лет тому назад, — добавил монах, — это было бы не так просто. Но поскольку теперь нас на горе в общей сложности осталось меньше двух тысяч, мы несколько ослабили режим.

— Если бы не этот человек, — Доминик с преувеличенным энтузиазмом положил руку Геннадию на плечо, — не видать бы мне половины тех архивов, которые нужны для моей работы.

— А если бы не этот человек, — монах кивнул на Андракоса и снял его руку со своего плеча, — я бы не имел неприятностей с половиной настоятелей здешних монастырей. Брат Тимофей до сих пор со мной не разговаривает.

— Это потому, что он на полгода принял обет молчания, — рассмеялся Андракос.

— Все равно это не оправдание.

Пирс тоже расхохотался, звук гулким эхом разнесся по пустому двору и, судя по всему, привлек чье-то внимание в одном из дальних строений — странном скоплении сводчатых переходов, увенчанных темно-бордовым сооружением под остроконечной крышей. Из боковой двери появилась фигура: к ним осторожно приближался монах в такой же черной рясе, как у Геннадия. Казалось, он не шел, а скользил по каменным плитам двора.

— Вижу, вы добрались без особого труда, — сказал он на ходу.

Геннадий, сразу двинувшийся навстречу, перехватил его на полпути и, обняв, прижал к своей бочкообразной груди. Миниатюрный монах чуть не задохнулся в медвежьем объятии человека, вдвое превышающего габаритами его самого, однако ответил вежливым объятием.

— Вам нужно принять ванну. — Это были его первые слова после того, как ему удалось высвободиться наконец из лап Геннадия. — Но наш фонтан для этого не подходит. — Оба засмеялись.

— Я тоже рад тебя видеть, — сказал Геннадий и приступил к процедуре представления. — Профессор Селдон. Доминик Андракос. А это брат Никофей, библиотекарь Святого Фотия, человек с отличным нюхом.

В лице Никофея было что-то мягкое, почти женское — изящный разрез оливковых глаз, мягкая белая кожа с редкими морщинами. Даже борода его казалась мягкой на ощупь. Однако руки — костлявые и коричневые — выдавали почтенный возраст. Пирс догадался, что Никофею за шестьдесят.

— Обычно мы не принимаем гостей после второй трапезы — по правде сказать, мы вообще, как правило, гостей не принимаем, — но, как объяснил Геннадий, ваша работа связана с Амвросием. Никогда не знал, что он бывал здесь.

— Именно это я и собираюсь выяснить, — улыбнулся Пирс.

— Понятно. — Было очевидно, что монах ожидал более пространных объяснений, но, поскольку их не последовало, сделал знак всей троице идти за ним, сказав: — Я провожу вас в ваши комнаты, а попутно мы совершим короткую экскурсию. Для нас время уже позднее.

Келья Пирса оказалась последней в их маршруте. Каменный пол, голые белые стены, маленький письменный стол, железная кровать у единственного окна. Створки были распахнуты, снаружи лился воздух, напоенный запахом мяты и олив.

В каждой келье монах доставал с полки возле двери два глубоких блюда — одно с сушеными фруктами и орехами, другое с розовым лукуми — греческой разновидностью турецкой сласти — и ставил их на стол.

— Это на тот случай, если вы проголодаетесь ночью. Мы встаем до рассвета. Первая молитва в четыре. — Он повернулся, чтобы уйти, но по дороге остановился. — О, я забыл спросить: вы православный или еретик?

Этого вопроса Пирс надеялся избежать. Он знал, что те немногие православные не-греки, которых допускали на Гору, обычно были представителями безобидного туристского племени. Те, кто желали ознакомиться с манускриптами, удостаивались гораздо более пристального внимания. История монастыря знала слишком много случаев пропажи документов, впоследствии чудесным образом обнаруживавшихся то в библиотеке Британского музея, то в Ватикане, так что опасения монахов имели под собой почву. А уж их недоверие к католикам и вовсе смахивало на манию.

— Я католик, — ответил Пирс.

— О, понимаю. — Ни один мускул не дрогнул на лице Никофея. — Очень печально. — Он продолжил свой путь к выходу, но снова остановился. — На вашем месте я бы не стал афишировать этот факт. Кое-кому из наших братьев, включая настоятеля, он не доставит радости. — Улыбка. — Но мы позаботимся о том, чтобы вы имели возможность ознакомиться с рукописями. — С этим он вышел и закрыл за собой дверь.

Пирс швырнул рюкзак на кровать и подошел к окну. За последние несколько минут успел опуститься легкий туман. Таковы причуды горной атмосферы. Туман окутал верхушки зданий, затянул пеленой луну. Тем не менее с высоты своего третьего этажа Пирс видел панораму гор и раскинувшийся внизу монастырь.

Он оказался больше, чем Пирс себе представлял. Открытые участки земли, простиравшиеся до пределов, где терялась видимость, были окружены строениями, представлявшими широкую экспозицию пятнадцати веков эволюции архитектуры. Неподалеку справа слышалось беспрерывное журчание фонтана, его томный ритм умножало эхо. Лишь изредка тишину нарушало мимолетное шуршание листвы или хлопанье крыльев. Продолжая обозревать окрестности, Пирс увидел, как Никофей вышел из дома и, медленно двигаясь по двору, стал гасить фонари. Двор погрузился во тьму, если не считать одной-двух керосиновых ламп, светившихся в верхних окнах, — запоздалые молельщики, последние обеты.

О большей части того, что находилось там, в темноте, Пирс не имел никакого представления. «Короткая экскурсия» Никофея была именно короткой: одна-две маленькие часовни, трапезная, библиотека — все это располагалось цепочкой. Запертой, как заметил Пирс, была только дверь в библиотеку.

— В Великой Лавре несколько лет назад произошел инцидент, — объяснил монах. — Вооруженные налетчики, прибывшие на моторных лодках, украли кое-какие манускрипты, золотые раки и даже несколько икон. Слава Богу, их поймали, но ущерба избежать не удалось: из книг вырваны и уничтожены иллюстрации. Теперь мы на ночь закрываем эту дверь. Не очень-то мне это нравится, но что поделаешь?

Пирс испытал облегчение, услышав, что другие двери остаются открытыми. Из записок Чечилии он знал, что библиотека и манускрипты ему не понадобятся.

К сожалению, это было все, что он знал. То, что он сейчас видел перед собой, мало напоминало нарисованную ею карту. За девять веков многое изменилось, большинство зданий представляло собой более поздние постройки четырнадцатого-пятнадцатого веков, были также дома, относящиеся к золотому веку царей — периоду, когда Русская Православная Церковь взяла Афон под свое надежное крыло. Единственное, что связывало древний Фотиев монастырь с его более современным потомком, была сама внешняя стена, в проекции являвшая собой треугольник с меткой в центре основания, обозначавшей ворота. Пирс надеялся, что вычисления Анджели окажутся верными и приведут его из двора с фонтаном к Пещере Параклета — помещению, расположенному где-то под одним из сохранившихся ранних строений.

Невероятной казалась мысль о том, как долго ждал пергамент, чтобы его нашли, и насколько близко теперь то, что спрятано в склепе.

Если, разумеется, оно еще там. И если Анджели правильно расшифровала свиток. Слишком много «если».

С моря веял бриз, неся с собой еще более насыщенный запах мяты и оливковых деревьев, — ароматное напоминание о том,

в какой части света он сейчас пребывает. По неведомой причине перед его мысленным взором возникло лицо священника из церкви Святого Бернарда, его дряхлые плечи, поднимающиеся и опускающиеся в такт молитве, слова которой слетали с бесцветных от старости губ. Пирс подумал, что старику здесь понравилось бы.

Он повернулся к кровати и только тут заметил рясу, висевшую на крючке возле двери, — видимо, здесь даже гостей предпочитали видеть в таком облачении. То, что нужно, решил он. Надо часок отдохнуть — пусть все уснут, — потом в путь.

Ведь следует вернуться к первой молитве.

— О, сущий в сердце истины.

О, Предержащий эоны в сердце истины.

Не видимый никому, кроме меня.

Не видимый никому.

Эима, Эима, Айо.

О, Ты, берущий начало в самом себе, Ты, кто не ведает ущерба и свободен,

Я познал Тебя и соединился с Твоей непреложностью.

Я приготовил себя к тому, чтобы пребывать в доспехах любви и света.

И стал я просветлен.

Мальчик лет шестнадцати поднялся с колен, изо всех сил стараясь скрыть облегчение, от которого радостно клокотало в груди. Это была последняя молитва, которую ему надлежало прочесть «соло». Остальное, он знал, можно будет делать словно бы во сне, он и делал это как во сне вот уже полгода. Приготовление к приготовлению.

Его волосы были аккуратно расчесаны на косой пробор. Он вытер капельки пота, выступившие на лбу и верхней губе. Одеваясь сегодня утром в своем гостиничном номере, он полагал, что в подземелье будет прохладней. Четыре этажа твердой скалы под арсеналом на Девяносто четвертой улице, казалось, не должны пропускать внутрь духоту. Однако прекрасно пропускали. А толстая мантия принимающего причастие лишь усугубляла жар.

Лишнее доказательство того, как мало мальчик из Огайо знал о нью-йоркском лете.

Шестеро других таких же, как он, юношей ждали своей очереди на биме[1] — возвышении в центре подземного помещения, — их лица были освещены трепещущим пламенем факелов, закрепленных вдоль стен. Выцветшие узоры старинных гобеленов не тревожил даже намек на движение воздуха. Если избранные намеревались, словно в саван, облечь церемонию в средневековую патину, они более чем преуспели. Юноши пребывали в состоянии транса.

— Ты возник из глазницы света, — нараспев произносило трио избранных, стоявших за спинами принимающих причастие.

— Посему рядом с Тобой я могу причаститься мирной жизни святых, — хором отвечали причащающиеся.

— И мы приветствуем тебя, ибо свет в груди твоей — безупречный свет, знак пророков, пребывающих в тебе.

— О, Ессей-Мазарей-Есседекей...

— О, Мани Параклет, пророк всех пророков...

— Пребывающий вечно в сердце истины.

— Эима, Эима, Айо.

Принцепс — высший иерарх среди избранных — тихо бормоча молитву, прошел позади причащающихся, ритуально возлагая руку на темя каждому из них. На голове у него было не позволявшее видеть лицо белое хлопчатобумажное покрывало, ниспадавшее ниже колен. Оно отдаленно напоминало иудейский талес[2] — разве что без древнееврейских надписей по краю. То,

---

[1] Бима — возвышение в синагоге, с которого читают Тору.
[2] Талес — иудейский молитвенный плащ, белый с полосами по краям.

как иерарх придерживал углы покрывала, отделанные бахромой, говорило о связи с временами первосвященника Аарона[1]. Завершив обход, он поцеловал каждого в щеку, каждому перекрестил лоб, каждому осенил грудь тройным знаком. Один за другим мальчики спустились с бимы и заняли свои места в зале среди трех десятков мужчин. Тот шестнадцатилетний парнишка сел рядом с отцом.

Никаких поздравительных слов. Никаких официальных приветствий.

Когда все расселись, принцепс снял покрывало с головы и набросил его на плечи — присутствующим открылось лицо Джона Джозефа Блейни.

— Давайте же взовем к Изначальным Эонам, — призвал он. Все встали. — Глубочайший, — произнес зачин Блейни.

— Совершенный отец, первоначальный источник и прародитель, — откликнулся хор голосов.

— Тишина.

— Обрученный. Забота, благость.

— Рассудок.

— Единственно рожденный, отец и источник цельности.

— Истина.

— Обрученный.

— Мир.

— Отец и источник полноты.

— Жизнь.

— Обрученный.

— Человеческое существо.

— Человеческое существо.

— Церковь.

— Обрученный.

— Это — изначальные эоны. Через них мы соединяем свою волю с Твоим знанием; через свое знание мы связаны с Твоей

---

[1] Аарон — первый древнееврейский первосвященник.

волей. С Отцом Величия, который пребывает извечно в луче Света. С властителем космоса, который несет нам спасение. С мудростью веков, которая возвращает нас к единству нашей Церкви.

— Во имя Отца Всемогущего и Всемудрейшего.

Блейни отступил к подиуму.

— А теперь вспомним «Абсолютный Свет, Истинное Восхождение».

В едином порыве присутствующие запели:

— Вы, кто ищете меня, только в Абсолютном Свете, в Истинном Восхождении обрящете.

Познав меня, приидете к себе в ореоле беспорочного света, чтобы взойти к эонам.

Ибо просветлюсь я в вашем просветлении;

Взойду в вашем восхождении;

Соединюсь в вашем единстве.

Я есть богатства света;

Я есть память о полноте...

Мальчик декламировал нараспев слова, свободно изливавшиеся из груди, но мысли его витали далеко. Сколько помнил себя, он знал назубок молитвы и под руководством отца исполнял ритуалы, которые должны были подготовить его к сегодняшнему дню. Это всегда происходило в полном уединении, столь отличном от суетности воскресенья в обычной церкви. Там его отец стоял на кафедре, играл роль священника и читал лживые проповеди.

По мере того как отвлекалась мысль, начал блуждать и взгляд. Он увидел лица окружавших его людей. Среди них было много знакомых из соседних городов — Дэвенпорта, Кентона, Элмсфорда. Ни одного из них он прежде не соотносил с тем уединенным миром, в котором пребывали только они с отцом.

Так было до сегодняшнего дня.

И вот — путешествие на север к избранным. День просветления. Вхождение в свою ячейку.

Теперь все должно перемениться. Так ему сказали. Как перемениться, он не знал. То, что он стоял теперь среди своих братьев и вместе с ними произносил слова «Абсолютного Света», пока ничего не меняло.

«Эима, Эима, Айо».

От фруктов почти ничего не осталось, блюдо с лукуми было чуть не вылизано. Очевидно, Пирс проголодался больше, а сласти оказались более вкусными, чем он предполагал.

Дождавшись, когда в последнем окне погаснет керосиновая лампа, он облачился в рясу и вышел на открытую внутреннюю балюстраду. Тремя этажами ниже виднелся атриум, разделенный на три прохода. Рукава были длинноваты, но это даже кстати: можно спрятать под ними записи Анджели. Не то чтобы Пирс чего-то опасался, но лучше было держать их подальше от чужих глаз на случай непредвиденной встречи. Чтобы свести шанс таковой к минимуму, он не стал зажигать фонарь, пока шел мимо других келий. Монахи то ли спали, то ли его ночные блуждания их не интересовали.

Скользя ладонью по стене, он медленно добрался до лестницы. Луна, заглядывавшая в лестничный проем, облегчила путь, кроме последних ступенек. Оказавшись снаружи, Пирс забился в укромный уголок, зажег фонарь и, стараясь держать его как можно ниже, двинулся вперед. У него не было ни монашеской скуфейки, ни бороды, однако опущенный к самой земле фонарь не отбрасывал света на верхнюю часть его туловища. Зато давал возможность видеть, куда ступает нога.

Быстро, насколько позволяли обстоятельства, Пирс пошел обратно по пути, который запомнил ранее: по разветвлявшимся аллеям, через маленькие дворики — к фонтану. Раза два в самые неподходящие моменты из-под ног неожиданно выскакивали кошки, отчего сердце подпрыгивало и начинало бешено колотиться. Ни одного монаха он нигде не заметил. Тем не менее таился как мог, а последние метров двадцать вообще крался на цыпочках. Площадка вокруг фонтана оказалась гораздо более открытой, чем ему помнилось.

Добравшись до густой тени главных ворот, он остановился, чтобы сориентироваться.

Здания, которые он видел вечером, теперь слились в сплошной серый полукруг. Лунного света хватало лишь на то, чтобы различить его. В бледно-желтом тусклом сиянии, замкнутая каменным кругом бассейна, плескалась вода. По контрасту с ее трепещущими бликами пространство сразу за пределами фонтана казалось более темным, чем остальной двор. Завороженный безмятежностью этой декорации, Пирс ощутил себя в большей гармонии с монастырским замыслом. Хотя просматривалась лишь малая его часть, расхождения между картой Анджели и реальной планировкой начали стираться. Несмотря на то, что действительный план местности был куда менее компактен, чем на чертеже, он довольно ясно прочитывался. Пирс все больше укреплялся в мысли, что сможет найти те ориентиры, которые зашифрованы в свитке. А может, то была просто вера. Или тот факт, что туман начал рассеиваться. Так или иначе, он вытащил из рукава листки с записями, просмотрел несколько первых и двинулся в путь.

Удивительно, как много удалось Чечилии выудить из текста! Вернее — как много сумели зашифровать в молитве манихеи. Половина ее заметок, касавшихся монастыря святого Фотия, подробно описывала вехи, наверняка оставшиеся неподвластными времени. Изгибы внешней стены, фрагменты древней каменной кладки, глубоко вросшие в землю, подъемы и обрывы рельефа, которые никакое строительство и никакие земляные работы не мог-

ли сровнять. Манихеи не зря были уверены, что эти метки пребудут на местности вечно.

И, разумеется, уверены, что сохранятся расстояния между ними.

Следуя вдоль стены налево, Пирс отсчитал предписанные тридцать пять шагов до арочного углубления, находившегося строго напротив небольшой оливковой рощи, как и было обещано в записях. Строго говоря, шагов оказалось не тридцать пять, а тридцать один. Учитывая большую вероятность того, что он значительно выше своего партнера из десятого века, Пирс благоразумно не стал тревожиться из-за этого несоответствия. Он укоротил шаг и к следующему ориентиру прибыл с исключительной точностью. Это было «время, застывшее в камне» — пара солнечных часов, устроенных на противоположных концах поляны в центре рощи. От обоих циферблатов разбегалось множество дорожек, но только одна из них шла вверх по невысокому склону. Как раз по ней надлежало следовать за изгородь, окружавшую рощу, вдоль родника, к краю внешней монастырской стены.

Именно здесь случилась первая задержка. В течение нескольких минут Пирс не мог найти ступенек, описанных как «выемки на внутренней поверхности большой стены». Он ощупывал камни руками, и его все больше охватывала тревога: не пропустил ли чего. Однако, продравшись сквозь густые заросли переплетающихся древесных побегов, он раскопал наконец первую ступеньку, потом вторую. Остальные были так ловко упрятаны в стене, что, не знай он, чего ищет, ни за что не заметил бы. Даже когда он начал взбираться по этим ступенькам, ему приходилось рукой нащупывать каждую следующую, потому что света от фонаря не хватало, чтобы их разглядеть. На половине пути ему стало ясно, что, если бы не эта лесенка, никак не удалось бы обойти группу строений — предположительно тринадцатого-четырнадцатого веков, — примыкавших к стене. Оставалось лишь гадать, откуда манихеи узнали, как миновать то, что будет построено только через триста-четыреста

лет. Ведь в их времена здесь было открытое пространство. Пирс продолжил карабкаться дальше.

Когда он выбрался на гребень стены, его едва не сдуло резким порывом ветра. Пришлось схватиться за камни руками, чтобы удержаться. Несмотря на неустойчивость позиции, Пирс не мог не залюбоваться видом, открывавшимся на горизонте: вспыхнувшая перед его взором фантастическая россыпь звезд ошеломила его. Он даже опустился на колено, дабы не сорваться. В сотне метров внизу Эгейское море катило свои волны; их ритм контрапунктом повторял мерцание трепещущих в небе бесчисленных звезд. Зная, что нужно идти, Пирс долго не мог сдвинуться с места, околдованный идеальной синхронностью пульса света и тьмы. Невзирая на все свои сомнения — и опасения по части манихейского аскетизма, — он начал осознавать справедливость хоть этой их истины, столь очевидно, почти осязаемо явленной ему в данный момент.

«Настолько близко к небесам, насколько они могли к ним подобраться».

Эхо голоса Анджели вывело его из задумчивости. Он заставил себя опустить взгляд и заметил на другой стороне стены еще одну вырубленную в камне лестницу. Низко пригнувшись, перевалил через гребень и стал спускаться.

От подножия этой лесенки начинался внутренний двор. Быстро перебежав через него, Пирс очутился перед мостком метра в три шириной и полтора высотой. Под мостком бежал маленький ручеек, не столько видимый, сколько слышимый, — камней в нем, видимо, было больше, чем воды. Пирс сверился с записями, упоминания о мостике в них отсутствовали. Очевидно, это было недавнее приобретение. Обязанный, согласно указаниям, следовать вдоль ручья, он ухватился за опору моста, спрыгнул вниз и пошел по заросшей дерном жидкой грязи, стараясь держать фонарь повыше. Почва становилась все более коварной. Чтобы не поскользнуться на мокрых камнях, приходилось упираться рукой, окуная ее в воду. Через сорок метров он, следуя предписанию, отклонился от ручья.

241

Смешение деревьев и каменных руин, которое он видел из окна своей кельи, на деле оказалось тем, что некогда было сердцем монастыря, — строения становились все старше и старше. И чем дальше он углублялся в них, тем больше ощущал исходивший от них дух одиночества. Большинство этих заброшенных зданий обветшали и представляли собой лишь останки тех времен, когда монастырь мог похвастать братией, насчитывавшей около полутысячи монахов. Теперь в его стенах проживало едва ли восемьдесят человек, и с каждым годом вероотступничество ощущалось все сильней; «болезнь щегольства», как назвал это Никофей, — соблазн Салоник — приобретала масштаб эпидемии. Старые монахи вымирали, послушники разбегались, оставляя монастырские помещения пустовать.

Пирс мог только посочувствовать по этому поводу. Но чем меньше монахов, тем меньше вероятность наткнуться на одного из них.

Все эти мысли и вовсе вылетели у него из головы, как только, поднявшись на вершину склона, он увидел прямо перед собой двойной ряд колонн, между которыми проглядывал фасад древнего монастыря.

На сей раз не понадобилось никаких кошек, чтобы заставить его сердце бешено забиться.

«Ряды-близнецы по восемь в каждом охраняют Пещеру».

Где-то внутри этих стен покоится пергамент.

Обозрев всю постройку, Пирс быстро сообразил, почему манихеи выбрали ее местом схрона. Она стояла почти точно в центре кольца из трех внешних стен. Более того, местоположение ее было таково, что добраться сюда, очевидно, можно было только тем путем, который он проделал. Задняя и боковые стены, казалось, вырастали непосредственно из горы, словно гигантский барельеф, высеченный в скале. Отдельно стояла лишь фронтальная колоннада; в центре «рядов-близнецов» имелась арка. Достав из рукава несколько последних листков, Пирс направился к ней.

Четыре состыкованные крытые галереи образовывали узкий прямоугольник, замыкавший собой внутренний двор. Пыльная земля заросла сухой дикой травой. В отличие от всего, что он видел до сих пор, эти строения относились к позднеримской эпохе и, вполне вероятно, появились здесь раньше, чем манихеи. Подняв повыше фонарь и полагаясь на вдруг ярко засиявшую луну, Пирс двинулся вдоль левой галереи. За минувшие века камень стесался и осыпался, однако строгие линии колонн по-прежнему хорошо просматривались даже в столь скудном свете. Их основания были соединены невысокой каменной стеной. Сама аркада сохранилась не так хорошо, плитняк под ногами потрескался и раскрошился, сквозь щели проросли пучки травы. Видневшиеся кое-где земляные холмики были разрыты — признаки того, что в поисках пропитания в них копались животные. Время от времени в стене аркады возникали оконные или дверные проемы, через которые можно было разглядеть помещения, имевшие такой же печально заброшенный вид. Хотя в некоторых еще сохранились следы давно выцветших мозаик — фрагмент распятия здесь, рука Непорочной Девы там... Все это мимолетно выхватывал из темноты луч фонаря. Судя по разным размерам и формам комнат, определенно можно было сделать вывод, что некогда это место населяло независимое в пределах монастыря Фотия сообщество, гораздо большее, чем просто братство монахов-затворников, за которое оно себя выдавало.

Еще одно подтверждение тому ждало Пирса в третьем углу прямоугольника: вход в подземелье, совсем не характерный для монашеских поселений тех времен. В глубине миниатюрной ротонды он нашел винтовую лесенку, ведущую вниз. Восмнадцать ступенек. Очередное подтверждение правильности записей.

К сожалению, это был последний из внятно описанных там ориентиров. Последние два «ключа» представляли собой гораздо более загадочные, отвлеченные фразы, которые не указывали никакого направления. Еще тогда, в автобусе, они поразили его какой-то своей чужеродностью. «Вошедшие увидят свет». И дальше

не менее туманное: «Тот, кто недвижен, взлетит». В первой он уловил отдаленный библейский отзвук, что-то из Луки, но привязка
к источнику ничуть не помогала объяснить смысл предложения.
Вторая вообще обескураживала. Пирс надеялся вскоре увидеть
нечто, что прояснит хотя бы одну из этих фраз. Иначе зачем было
разрабатывать столь детальную карту, оставив не поддающимися
расшифровке ее последние, решающие отрезки? Две вероятности:
либо манихеи считали, что для любого из них эти высказывания
очевидны, либо они решили вставить этот последний кусочек
«тайного знания», чтобы не дать ищущему расслабиться напоследок.
док. Эдакий штришок эзотерического знания в его зловредном
проявлении. Будь Пирс человеком азартным, он бы поставил на
последнее предположение, и это означало бы, что, если он желает
найти пергамент, ему следует начать думать, как манихеи.

Дойдя до конца лестницы, он обнаружил, что видимость здесь
не превышает трех метров в обоих направлениях. Свет фонаря по
контрасту делал пространство за этими пределами еще более не-
проглядным. Тем не менее и этого света оказалось достаточно,
чтобы понять, что нижний уровень являл собой воображаемую
кальку верхней постройки, за исключением, разумеется, внутреннего двора, на месте которого здесь находился твердый каменный
монолит. Два коридора, повторявшие две стороны наземного прямоугольника, расходились от угловой лестницы, но уже на расстоянии нескольких шагов терялись в пыльной пустоте. Сопровож-
давшие его доселе звуки ночной природы остались наверху, ком-
панию мертвой тишине составляла лишь безжалостная тьма.

Держа фонарь в вытянутой руке, Пирс двинулся вдоль левого
коридора, вглядываясь в проход, грубо высеченный в скале. Время
от времени он замечал ржавые подставки для факелов, коими явно не пользовались уже много веков, — древние железки опасно
болтались на разъеденных штырях. Что же касается келий, то они
располагались на равных расстояниях в шесть-восемь шагов друг
от друга: крохотные ниши, казалось, начисто лишенные воздуха,
с земляными полами. Удивительно, но некоторые из них — поче-

му, он не мог объяснить — еще хранили слабый запах жженых листьев. Мелькнула мысль о древних ритуальных кострах, но ее тут же вытеснило ощущение нынешней опасной реальности. Предназначение других помещений определить было труднее — кладовые? Молельни? Может быть, даже покойницкие? Здесь тоже повсюду виднелись фрагменты выцветших мозаик. Пирс по нескольку минут задерживался перед каждой в надежде разглядеть что-нибудь, что напоминало бы приглашение «войти» и «увидеть свет», но тщетно. Размеренная последовательность ниш, ведущая его по кругу обратно к лестнице, не продвинула поиск ни на шаг.

Не теряя присутствия духа, Пирс еще раз прошел по собственным следам; второй раз очутившись возле лестницы, он прислонился к каменной стене и закрыл глаза. Требовалась хоть маленькая подсказка. Где они могли спрятать пергамент? Тишина была ему ответом, и он снова обратился к записям. «Для них это своего рода игра, — думал он, уставившись в исписанные листки. — Итак: как именно могли они прятать свое «знание»?» За неимением ничего лучшего он стал считать буквы сирийского алфавита. Тридцать пять. Это ничего не дало: келий было двадцать две. Очевидно, манихеи нумерологией не увлекались. «Обращай внимание на слова. Это должно быть упрятано в словах». Он тупо смотрел на фразу, написанную на листке: «Вошедшие увидят свет». Свет... Он знал, что для них свет был не духовной метафорой, а чем-то реальным, осязаемым. К этому моменту он готов был допустить, что слово «свет» относится к самому пергаменту. Это было реально: нужно войти и найти его. Нет, не то. «Хорошо, где здесь, внизу, имеется свет?» Он даже подумал, что пропустил ненароком поднос с дынями где-нибудь на своем пути.

Его начинало охватывать отчаяние. Откинув назад голову и прислонившись затылком к стене, Пирс уставился в пустоту перед собой и так простоял с минуту. Постепенно от размышлений о том, что содержалось в записях, он начал переключаться на неуверенное пока осмысление окружающего пространства: холодные скользкие стены, необитаемые кельи, древнее подземелье,

предоставленное медленному саморазрушению, полностью обез-
людевшее. То, что всего несколько мгновений назад казалось просто головоломкой, теперь обретало куда более тревожное свой-
ство. Пирс осознал, что отделен сейчас от какой бы то ни было живой души замысловатым лабиринтом дорожек, стен и ручьев. Под-
хлестнутые этим его осознанием собственной изоляции, в голове
закружились картинки, настолько обескураживающие, что он
стал терять надежду найти дорогу обратно. Сердце забилось чаще.
Он инстинктивно повернул голову вправо и поднял фонарь, чтобы
убедиться, что там никого нет. Единственное, что он увидел в свете фонаря, были пыльные завихрения, а за ними — непроницаемая
тьма. Вспомнились детские страхи, легкие распирало от нехватки
воздуха, возникла острая потребность света, реального света, который освободил бы его от нагнанного самим на себя безумия.

Пирс мучительно пытался совладать с собой. И тут на него внезапно снизошло озарение.

«Вошедшие увидят свет». Свет!

Уже в следующий момент он точно знал, что означает эта фраза. Подсказка, которую он искал. Она относится не к пергаменту;
она относится к свету, как таковому. Настоящему свету, который
рассеивает тьму и страхи. Свет в своем самом что ни на есть буквальном, даже для манихеев, значении.

Единственное, что ему оставалось сделать, это найти его источник.

Сердцебиение улеглось, воздух наполнил легкие, проблеск надежды унял панику. Воссоздав в памяти последние пятнадцать
минут, он понял, что ни в одной из келий такого источника не было: он слишком тщательно осмотрел их все, чтобы пропустить такую очевидную вещь.

Или пропустил? И тут его осенило: что, если свет, который он
ищет, требует полной темноты, чтобы обнаружить себя? Любая
тень противоречит манихейскому принципу: свет и тьма есть по-
лярные абсолюты. Фонарь, который он принес с собой, замутил
чистоту.

В порыве манихейского религиозного прозрения Пирс открыл стекло и задул огонь.

Понадобилось несколько минут, чтобы глаза привыкли к мраку. Как ни странно, в его непроглядности он почувствовал себя менее скованно, тело отчасти утратило строго определенные навязчивые границы. Теперь он мыслил себя почти частью скалы, она переставала быть непримиримым препятствием. Не очерченный больше кругом света от фонаря, он почти сливался с тьмой, ощущал безопасность ее объятия и испытывал растущее уважение к манихейскому принципу родства двух лучей.

Когда появился первый слабый намек на свет, Пирс решил, что это обман зрения: дело было не в самом свете, а в его местоположении. Узенькие полоски белого постепенно формировались на потолках обоих коридоров: тонкие нити, расположенные через равные интервалы, — словно сотня пауков решила сплести одну общую шелковую сеть. В ярко-желтых отблесках фонаря их невозможно было разглядеть, теперь они мерцали чистым светом на безупречно темном фоне. Пирс сделал шаг вперед и провел пальцами по потолку, полоски света повторили очертания его руки. Собрав ладонь в пригоршню, он попытался поймать луч. Но тот исчез. Теперь, как заметил Пирс, свет играл на костяшках его пальцев. Он в изумлении повернулся к скальной глыбе, замещавшей наземный двор. Свет исходил из нее.

Пирс тут же скользнул рукой по верхнему краю монолита и нащупал в нем узор из малюсеньких углублений. Каждый раз, когда он закрывал пальцем одно из них, какая-нибудь ниточка световой паутины на потолке гасла, стоило ему отнять палец — зажигалась снова. Гигантская глыба, заполнявшая пространство между четырьмя коридорами и не вызвавшая у Пирса поначалу ни малейшего интереса, теперь полностью завладела его вниманием. Он зажег фонарь и стал осматривать растрескавшуюся поверхность камня. На расстоянии нескольких сантиметров от первого ряда углублений обнаружилось нечто куда более любопытное.

247

Под толстым слоем пыли Пирс нащупал разрозненные греческие буквы, высеченные в камне. Смахнув пыль, он увидел, что буквы складываются в некую надпись. При ближайшем рассмотрении это оказался библейский стих. Из Послания к Ефесянам.
О Всеоружии Божием. Так же, как ступени, которые он обнаружил во внешней монастырской стене, эти буквы были вырезаны
столь хитроумно, что почти терялись среди рельефа камня. Пирс
испытал прилив адреналина. В метре ниже имелся еще один стих.
На сей раз из Ветхого Завета. И так по всем четырем сторонам монолита. Однако в стихах не содержалось и намека на простоту
«приглашения» из Луки.

Осознав, как был глуп, Пирс чуть не стукнул себя по лбу. Разумеется, строка из Луки не могла лежать на поверхности. Она тоже
должна была быть утаена в тексте. Руководствуясь моделью «Абсолютного Света», Пирс начал заново исследовать надписи в поисках акростиха и на дальнем конце второй стены обнаружил строку, зашифрованную внутри пассажа из Откровения Иоанна Бо-
гослова. От него не укрылась ирония такого выбора. Он еще раз
прочел надпись, теперь снизу вверх.

ινα οιεισπορευομενο το φως βλεπωσιν.
«Спасенные народы будут ходить во свете его»

Он отклонился назад и обозрел пространство вокруг строки.
Поверхность камня напоминала крохотную горную цепь, трещины в ней — реки и ручьи, пересекающие местность. Подняв фонарь над головой и поводя им из стороны в сторону, Пирс пытался отыскать среди этих борозд какой-нибудь намек на очертания
двери. Тщетно. «Ни пройти, ни перелезть». Совсем недавно эта
фраза билась у него в мозгу! Ничего не оставалось, как снова прощупать пальцами буквы, понятия не имея, что он надеется найти.
Особо внимательно он отнесся к слову «свет», последовательно нажимая на каждую букву, словно одна из них могла чудесным образом открыть ему доступ внутрь скалы.

И не ошибся: надавив на последнюю в слове «свет», он почувствовал — она подалась, миниатюрная греческая «зита» утонула в камне. А спустя мгновение Пирс услышал звук распрямляющейся пружины, и целая секция скального монолита на невидимых шарнирах ушла на сантиметр в глубину. Отступив назад, он наблюдал, как на первый взгляд ничем не связанные между собой трещины — разрозненные штрихи на поверхности камня — медленно соединялись друг с другом, постепенно образуя абрис дверного проема. Потрясающий инженерный замысел. Навалившись плечом на отъезжающую каменную плиту, он протиснулся внутрь.

Внезапная вспышка света — молочно-белого сияния, гораздо более яркого, чем можно было ожидать, — ослепила Пирса, он заморгал. Казалось, волны света исходят от самих стен — от массы безупречно гладкого камня. Прямо перед собой он увидел шесть ступенек, ведущих под пол; они источали не менее яркое сияние, чем сводчатый потолок. Создавалось впечатление, будто в глубь скалы врезан куб света. Пирс двинулся вниз, упираясь рукой в ближнюю стену — холодную, влажную и липкую на ощупь. Какое-то дыхание первобытности исходило из самого чрева горы. Даже когда он заметил реальный источник — скопление факелов в дальнем конце святилища, — магия свечения камня не исчезла. Пирса не смущало даже то, что зажженные факелы явно предполагали чей-то недавний визит сюда. Сосредоточившись на самих факелах, он отметил, что их огонь слишком тускл для подобного обволакивающего все пространство света. Неким непостижимым образом стены, пол, потолок поглощали свет факелов и отражали его, многократно усиливая.

Отраженное излучение исходило даже из-за шести гобеленов, развешанных по всем четырем стенам.

Отвлекшись на время от этой геологической загадки, Пирс подошел к ближайшему. Сильно выцветший — скорее всего, относящийся к раннему средневековью, — он воспроизводил сюжет Вознесения: мирно спящий ягненок в правом нижнем углу, два ангела по обе стороны от Христа, другие представители небесного воинства — над Его головой. Христос, возносясь, благословлял их всех; облака расступались перед Ним; однако Его лицо и тело были намного более округлыми, чем принято в иконописи. Но что еще удивительней, на Нем были одежды ветхозаветного мистика, а в правой руке зажата книга, испещренная астрологическими символами.

Поначалу Пирс отнес эти особенности на счет византийского стиля, но чем дольше он смотрел на гобелен, тем яснее ему становилось, насколько неканонично изображение. Отсутствовал привычный набор персонажей — нигде не было видно ни Богородицы, ни апостолов. А сияние, излучаемое Христом, казалось асимметричным.

Лишь постепенно Пирс начал понимать — почему. Это было не Вознесение, а Божественное Восхождение. И не Христа, а манихейского пророка. Еноха, припомнил Пирс неканоническое имя. Кто еще мог держать в руке «Книгу небесных тел»? Он оглядел стены. На каждом гобелене был выткан сходный сюжет, их героями были какие-нибудь Сеты или Еноши — фигуры почти не отличались друг от друга. Выделялась лишь одна — та, что была изображена на самом большом гобелене, покрывавшем всю дальнюю стену, и размерами вдвое превосходила остальных пророков. Этот главный пророк держал на открытых ладонях их миниатюрные копии, и исходившее от него сияние поглощало маленькие ореолы, окружавшие каждую из них.

Мани, Параклет, который больше чем жизнь.

Со своей тщеславной высоты Великий Пророк взирал вниз, на святилище; тайное знание сочилось изо всех его пор в виде цепочек букв и символов, вытканных на одежде; его внимание было сосредоточено на возвышении, устроенном в центре пещеры. Пристальность взгляда словно бы указывала на особую важность этого места. Пирс воспользовался подсказкой Мани и подошел вплотную к возвышению.

Вереница деревянных изваяний, каждое в полметра высотой, располагалась по его периметру — остроугольно вырезанные ви-

зантийские скульптуры, на лицах и руках которых проступали остатки красителей: цвета морской волны и красновато-коричневого. Это были традиционные для восточного изобразительного канона фигурки: маленькие человечки, застывшие в классической позе уничижительного смирения, глаза возведены горе — в данном случае на гобелены. Тем не менее существовали едва уловимые различия между ними — в жесте, наклоне головы. Пирс нагнулся, чтобы получше рассмотреть. Переходя от одной фигурки к другой, он заметил, как существенно они отличаются друг от друга на самом деле. Каждая имела свой знак: оливковую ветвь, прижатую к груди, венок на лысой голове, крохотную книжицу в правой руке... Книга? Пирс мгновенно повернулся к гобелену, чувствуя, что здесь определенно есть связь. И впрямь: каждая резная фигурка имела своего двойника на гобелене. Например, святой Иероним со своим львом или святая Екатерина со своей прялкой. Манихейские пророки были опознаваемы по их ремесленному реквизиту.

Но если на гобеленах их было шесть, то на возвышении — семь. Бегло сравнив статуэтки с гобеленами, Пирс нашел лишнюю. Поначалу его смутили короткие волосы и отсутствие бороды, но, всмотревшись внимательней, он заметил маленькие дырочки в центре обеих ладоней. Иисус в качестве пророка. Иисус как одно из звеньев в длинной цепи, ведущей к Мани. Почему Ему отказано в собственном Божественном Восхождении? Быть может, чтобы утвердить верховенство Мани? Пирс не знал ответа на этот вопрос. Зато он заметил нечто гораздо более любопытное.

По сравнению с другими скульптурами Иисус оставался земным, статичным. Неподвижным.

Пирсу надо было лишь помочь ему «взлететь».

Поставив фонарь на возвышение, он опустился на колени. Складки одежды на фигурке Христа ниспадали почти до самого пола, лишь кончик сандалии высовывался из-под подола. Однако этого маленького мыска было достаточно, чтобы увидеть ржавый гвоздь в подъеме стопы. Поначалу Пирс счел его чисто декоративной деталью — символом предсмертных мук Христа, но, накло-

нившись поближе, понял, что фигурка действительно прибита гвоздем к каменному основанию. Он осмотрел другие скульптуры — все они удерживались на возвышении с помощью единственной скобы, крепившейся сзади. Только для Христа потребовалось отдельное средство фиксации.

Пирс лег на живот и заглянул в узкую щель между краем одежды и каменным основанием. Никакого размыкающего механизма там не было. Снова поднявшись на колени, он ощупал руками фигурку вдоль талии и осторожно попытался ее приподнять. От его усилия дерево тихо затрещало, а часть камня под ним едва заметно возвысилась. Это уже был хоть какой-то намек на движение. Более того, в облачке пыли, поднявшейся из зазора, когда он опускал фигурку на место, Пирс заметил слабое свечение. Припав к камню щекой сбоку от статуэтки, он снова попытался приподнять ее, на сей раз сосредоточившись на зазоре.

«Вот оно!»

Окружность щели, за исключением узкой тени в задней ее части, осветилась. Камень приподнялся. Когда Пирс уронил его, снова заклубилась пыль. Эту операцию он проделал несколько раз, но гвоздь отпускал камень лишь на сантиметр, потом снова припечатывал к основанию. Требовалось что-нибудь, что можно было вставить в зазор, чтобы поддеть камень.

Пирс осмотрел пещеру. Ничего, кроме гобеленов и статуэток. Он перевел взгляд на факелы — они были прочно прикреплены к стене, оторвать их массивные железные держатели не представлялось возможным.

А как насчет того, проржавевшего?

Вскочив на ноги, Пирс схватил фонарь и помчался вверх по ступенькам. Две минуты спустя он молотил основанием фонаря по ржавому штырю, торчавшему в стене коридора. Длинный металлический штырь скособочился и с каждым новым ударом болтался все свободней. Раздался резкий скрип, отозвавшийся глухим эхом среди мечущихся по коридору зловещих теней, и с диким лязгом фонарь и штырь упали на пол. Пирс подхватил их и уже че-

рез минуту, воткнув железку в зазор, снова пытался поднять камень.

И снова камень отказывался повиноваться. Пирс всей тяжестью тела, с предельным напряжением мышц рук и груди, навалился на свой импровизированный рычаг и расширил зазор почти на два сантиметра, но от чудовищного усилия его тело начало дрожать. Из последних сил он налег на штырь, надеясь вырвать болт. Но колени стали разъезжаться, и Пирс свалился на бок. Рычаг вместе с ним отъехал в сторону, оттолкнув камень в противоположном направлении. К величайшему изумлению Пирса, это движение продолжилось и после его падения: прежде чем его руки совсем ослабели, каменное основание под статуэткой успело на несколько сантиметров наползти на поверхность возвышения.

Болт, как стало ясно, не крепил статуэтку к камню, а служил осью вращения. Просунув пальцы в образовавшуюся щель, Пирс сдвинул камень дальше; пещеру наполнил раскатистый скрежет, напоминающий скрип мельничных жерновов. Когда зазор достаточно расширился, он подхватил фонарь и заглянул внутрь.

Под основанием статуэтки открывалась выемка глубиной сантиметров в шестьдесят со стенками из того же светящегося камня. В центре ее находился квадратный металлический ящик. Его высота составляла около двадцати пяти сантиметров, длина и ширина — вдвое больше. Пирс опустил руку и потянул его на себя. Ящик оказался легче, чем можно было ожидать. Поставив его на каменное возвышение, Пирс залюбовался его простотой.

Гладкий ящик, коего тысячу лет не касалась рука человека, завораживал тем, что должно было находиться внутри него.

В почти экстатическом предвкушении чуда Пирс не решался открыть ящичек. Он словно играл в игру, придуманную манихеями, и был околдован их дерзкой изобретательностью. Все шифры, все смыслы, спрятанные внутри других смыслов, отодвинулись в тень. Он остался один на один с тайной, лишь маленький железный замочек отделял его от невообразимой реальности. Пирс не думал ни о предостережениях Анджели, ни о собственном стрем-

лении обрести ясность. Он ощущал лишь свою ничтожность перед лицом вновь восставшей горы — божественности, которую уважал, но никогда не мог постичь. Паралич, порожденный верой. У него закружилась голова, он сел, магия колдовского свечения пещеры все больше гипнотизировала его.

Пирс не знал, сколько просидел так, глядя перед собой невидящим взором, пока яркая вспышка факела не вернула его к действительности. Он решительно протянул руку к замку. Запор предназначался скорее для того, чтобы уберечь содержимое ящика от разрушительной внешней среды, чем для охраны тайны: замок открылся от малого усилия. Видимо, считалось, что тому, кто сумел дойти до этого предела, содержимое ящика уже можно доверить. Пирс поднял крышку и почувствовал странный запах — что-то знакомое. Но что именно, он не смог определить.

Однако куда больше смутило его то, что он увидел. Небольшой стеклянный купол покоился на бархатной подушечке, а на ней покоилось нечто, напоминавшее старинную рукопись в кожаном переплете размером с ладонь. Зазор был запечатан чем-то похожим на воск — дополнительная защита от окружающей среды. Рядом лежала горстка золотых монет. Их присутствие вызвало недоумение. Но больше всего Пирса беспокоил купол: сомнительно, чтобы стекло такой прозрачности и чистоты мог изготовить мастер десятого века. В крайнем случае оно могло относиться к пятнадцатому-шестнадцатому. Предвкушение чуда мгновенно развеялось; содрав восковую печать, Пирс поднял стекло и взял в руки манускрипт. Покрутив его так и сяк, понял, что и он принадлежит отнюдь не десятому веку. Строго говоря, это была даже не рукопись, а переплетенная книга. Особенности переплета позволяли отнести ее к среднему периоду Возрождения, структура бумаги — когда он наконец открыл книгу — утвердила его в этой догадке.

И последним ударом оказался язык. Латынь. Анджели предполагала греческий. Где же тот пергамент, который они с такой тщательностью охраняли? Где? И что это, оставленное на его месте? Разочарование и возмущение вскипали в Пирсе.

— Вряд ли вы найдете здесь что-либо, связанное с Амвросием. Внезапность произнесенного прошибла Пирса до пят. Возмущение улетучилось, уступив место шоку. Он резко обернулся ко входу.

На ступеньках стоял брат Никофей с маленьким револьвером в руке и смотрел на него.

Никофей ждал ответа. Оставив фонарь на верхней ступеньке, он медленно подошел к возвышению.

— Оружие в руках монаха, — сказал он наконец, — выглядит не очень уместно. — Пирс стоял как вкопанный. — Впрочем, как и ваше присутствие здесь. Первое я могу объяснить. Второе... — Он не закончил фразу. — Как вы нашли сюда дорогу?

Пирс заметил, что монах, увидев ящик, потом отверстие, из которого тот был извлечен, не смог скрыть изумления и замешательства. Зато само святилище с его гобеленами и статуями ни малейшего удивления у него не вызывало. Никофей вел себя уверенно, и это могло означать лишь одно: он бывал здесь и ранее.

Пирсу снова пришлось настраивать мысли на манихейский лад.

Стараясь унять сердцебиение, он вспоминал «формулу приветствия», повторяющуюся во всех Посланиях пророков. Только в этом было его единственное спасение. Не спуская глаз с монаха, Пирс положил книгу на возвышение и медленно произнес по-гречески: «Славя мир, простираю себя к тебе. В сиянии света нарекаю тебя братом», — и протянул вперед правую руку ладонью вниз.

Казалось, Никофей молчал целую вечность. Чуть прищурившись, он долго смотрел на протянутую руку, потом на самого Пирса. На какой-то миг Пирсу показалось, что он ошибся и стоящий перед ним человек не имеет никакого отношения к манихеям. Он даже почти ожидал, что вот сейчас тот наведет на него пистолет. Вместо этого монах медленно опустил оружие. А секунду спустя простер руку, накрыв своей ладонью ладонь Пирса, и произнес почти шепотом: «Ибо свет в груди твоей, безупречный свет, знак пророков внутри тебя».

Произнесенная вслух, фраза ошеломила Пирса — наследие тысячелетия ожило. Быстро взяв себя в руки, он ответил:

— О, Ессей-Мазарей-Есседекей.

— О, Мани Параклет, пророк всех пророков.

— Пребывающий вечно в сердце истины.

— Эима, Эима, Айо.

Оба молча смотрели друг на друга, Пирс не знал, как следует
действовать дальше, но долго волноваться не пришлось — монах
убрал руку и сделал шаг навстречу. Поцеловав Пирса в обе щеки, Никофей осенил его лоб крестным знамением — тремя
пальцами, собранными в щепотку, в строгом соответствии
с православной традицией, — а на груди над сердцем начертал
что-то вроде треугольника. «Так вот что это было», — подумал
Пирс. Раньше он никак не мог взять в толк, что означал этот
символ в Посланиях. Пирс повторил ритуал вслед за монахом,
потом они обнялись.

— Теперь ты член нашей общины, — сказал Никофей, отстра-
няясь.

Пирс молча кивнул, опасаясь сболтнуть лишнее. Ритуал приветствия — одно, полный канон веры — совсем другое. Похоже,
монах придерживался того же мнения, потому что не казался человеком, получившим достаточно доказательств.

— Давно не доводилось мне произносить эти слова, — начал он,
по-прежнему держа пистолет на виду. — За много лет вы — первый человек не из нашей ячейки, появившийся на Горе.

— Да, — коротко согласился Пирс.

— И первый, появившийся без предупреждения.

Снова кивок. Совершенно очевидно, что нескольких заученных
наизусть строк оказалось недостаточно, чтобы развеять сомнения
монаха. Как бы ни хотелось Пирсу бездействием обезопасить себя от разоблачения, он знал: придется что-то предпринять, нужно
как-то завоевывать доверие Никофея. И он ухватился за предста-
вившуюся возможность. Перед ним стоял современный манихей,
человек, пребывающий внутри мира, который Пирсу довелось по-

ка лишь слегка поскрести по поверхности. А ему нужно узнать больше.

— Но ни одному из пришельцев никогда не было дозволено посетить святилище, — продолжил Никофей со все возрастающей подозрительностью во взгляде. — Ни один из них даже не догадывался о его существовании. Тем не менее вы здесь. Притом, что никто не показывал вам дороги.

Убедительное соображение, отметил про себя Пирс. Здешние манихеи скрывали свою Пещеру даже от собственных единоверцев, несмотря на то, что понятия не имели, что в ней спрятано. Об этом явно свидетельствовала реакция Никофея на тайник.

— Именно для этого я и был сюда послан, — ответил Пирс. — Найти Пещеру Параклета. — Он надеялся, что это дополнение успокоит монаха.

Вопреки ожиданиям, у Никофея еще больше расширились глаза. Лишь через несколько секунд он пришел в себя и снова смог говорить.

— Как вы узнали? — Тон его был теперь куда более резким, чем еще минуту назад.

— Узнал что?

— Название. Откуда вам известно название?

Его реакция озадачила Пирса.

— Не понимаю.

— Пещера Параклета. Только монахи святого Фотия знают его. Мы храним его в тайне вот уже тысячу лет. И вдруг оно откуда-то становится известно вам. — Никофей крепче сжал револьвер. — Вы находите Пещеру. Вы знаете ее священное название. И при этом вы — человек из внешнего мира. Как такое возможно?

Пирс стоял неподвижно. До него начинало доходить, что он разведал: последнюю линию обороны между пергаментом и учеными, которые за ним охотились. Никто, кроме монахов, не знал названия святилища; и никто из монахов не знал, что они охраняют. Система защиты была выстроена идеально: если бы даже кто-

257

нибудь в поисках пергамента и набрел на связь с Афоном или монастырем святого Фотия и добрался бы сюда, единственной наградой ему были бы недоуменные взгляды монахов: «Пергамент? Мы ничего не знаем ни о каком пергаменте». А если бы этот человек упомянул Пещеру, его, без сомнения, ждала бы куда менее безмятежная судьба. Даже сейчас Пирс не мог точно сказать, насколько велика вероятность того, что Никофей не приведет в действие свое оружие. Однако догадывался: единственное, что удерживает монаха, — факт, что пришелец оказался внутри Пещеры без посторонней помощи.

Пирсу пришлось повысить ставки.

— Значит, существует иной источник, — сказал он.

Монах снова сощурил глаза, предположение показалось ему еще более сомнительным.

— Иной? Невозможно. Об этом больше никто не знает. Никто не может знать. Даже *summus princeps*[1].

Не желая углубляться в то, кто такой или что такое этот "summus princeps", Пирс понимал, что должен извлечь максимум пользы из замешательства монаха. Как можно непринужденней он спросил:

— Вам известно, зачем вы постоянно поддерживаете огонь этих факелов?

Вопрос произвел желаемый эффект.

— Ну, мы... О чем вы? Какой такой иной источник?

— Так знаете или нет? — настаивал Пирс.

Монах снова пришел в замешательство.

— Мы просто храним название в тайне, а факелы зажженными.

— И вы никогда не интересовались — зачем?

— Зачем? — Никофей совсем растерялся. — Не было причины интересоваться. Мы поддерживаем вечный огонь для Мани. Но все же: какой иной источник вы имели в виду?

---

[1] Верховный жрец, священник (*лат.*).

258

Пирс нарочито многозначительно обвел взглядом гобелены на стенах, пропустив мимо ушей последний вопрос.

— Именно благодаря этому я смог найти место, — сказал он с почти торжественной интонацией и, повернувшись к Никофею, посмотрел ему прямо в глаза. — Вы поддерживали огонь этих факелов для того, чтобы «Абсолютный Свет» мог привести меня сюда.

— Что?! — едва слышно прошелестел монах. — «Абсолютный Свет»?!

— Иной источник, — подтвердил Пирс и после паузы добавил: — Теперь вы понимаете?

Никофей не сводил с него взгляда, в котором замешательство постепенно уступало место пониманию.

— Свиток? — прошептал он, сам себе не веря. — У вас есть свиток? — Только когда он произнес это вслух, значение сказанного по-настоящему ошеломило его. — И это он привел вас сюда? — Его глаза разве что не вылезали из орбит. — «Агия Одопория»[1] здесь?! — Пирс наблюдал, как взгляд монаха, снова озадаченный, скользил от отверстия в глубине камня к металлическому ящику, потом к стеклянному куполу и к книжице в кожаном переплете. — Но это... невозможно. «Одопория» должна быть...

— Гораздо старше, — перебил его Пирс. — Да. Я знаю.

«Агия Одопория, — повторил он про себя. — Священное путешествие». Сокровище, которое скрыто от людских глаз вот уже почти тысячелетие. Этими двумя словами Никофей подтвердил не только свою хорошую осведомленность в тайном знании «Абсолютного Света» — которое, очевидно, принадлежало не только римским манихеям, — но и свое полное доверие к Пирсу. Кто, кроме человека, принадлежащего к высшим слоям иерархии, мог знать подобные вещи? Первое объясняло все «невозможности», второе давало Пирсу свободу копнуть глубже.

---

[1] «Агия Одопория» — букв. «описание святого путешествия, паломничества» (*греч.*): от hagios — святой и hodoeporicon — описание путешествия, путевые заметки.

— Значит, он у вас есть? — бросил пробный шар монах. — Письменный текст «Абсолютного Света»? — Словно бы начисто забыв о присутствии Пирса, он с детским любопытством оглядел Пещеру. — А «Одопория» все это время покоилась здесь? И мы ничего об этом не знали!

— Да, — подтвердил Пирс.

Взгляд монаха остановился на гобелене с изображением Мани, в его интонации появилась некоторая непосредственность.

— Знаете, вот так с детства слышишь рассказы о том, как свиток был спрятан от наших врагов, спрятан так хорошо, что считался утраченным даже для нас. Или украденным. Или уничтоженным. Миф об «Абсолютном Свете». Завещание Мани, как я думаю. — Он повернулся к Пирсу. — И веришь, что настанет день, появится человек, который найдет его, раскроет его тайну и узнает дорогу к «Агии Одопории». Ну, все эти подростковые фантазии. И вдруг... — Искреннее восхищение озарило его лицо. — Скажите мне, когда вы его нашли? Я имею в виду свиток.

Пирс помедлил.

— Несколько недель тому назад. Потребовалось время, чтобы расшифровать его.

— Естественно. — Монах вдруг сообразил, что все еще держит в руке пистолет, и быстро сунул его в карман. — Вы, конечно, обязаны были действовать осторожно, — он сел на край каменного возвышения, — но если бы нам сообщили, мы бы могли помочь...

— Лучше было сделать все так, как сделали мы.

— Разумеется. — Он закивал. В его голосе и во всем облике появилась глубокая почтительность. Пирс мысленно отметил: чего-чего, а знания своего места в иерархии манихеям не занимать. Никофей искренне верил, что человек, нашедший утерянный свиток и имеющий теперь доступ к «Одопории», явился из самых верхних эшелонов Церкви и, следовательно, требует полного уважения. Пирс не собирался его разубеждать. Где-то на периферии памяти всплыл простой совет Джона Джея только что рукоположенному священнику, молодому человеку, неуютно чувствовавшему себя

260

под бременем новых обязанностей, в частности обязанностей исповедника. «Сей семена, Йен. Предоставь им самим прорасти. И слушай». Странно, насколько уместным совет оказался в столь неподходящей, казалось бы, обстановке.

— Решение принадлежит summus princeps, — сказал Пирс, прощупывая почву.

— Конечно, — с готовностью кивнул монах. — Его всегда волновала «Одопория».

«Его, — отметил про себя Пирс. — Значит, это «кто», а не «что». Попробуем сделать еще шажок».

— Теперь вы понимаете, почему он хотел, чтобы все происходило под покровом тайны. Особенно, — добавил он, сам не зная, что хочет услышать в ответ, — учитывая события последних дней.

— Кардинал всегда был очень предусмотрительным человеком, — ответил монах.

Пирс постарался не выдать своего волнения. Кардинал! Неужели Никофей только что подтвердил его догадку о фон Нойрате? Оставалось лишь еще поднажать.

— Ничто, — продолжил он, — даже «Одопория», не должно помешать выборам.

— Понимаю. — Монах снова кивнул. — Представьте себе: с «Одопорией» он сможет использовать Рим, как никто другой до него. Она все ускорит.

И снова Пирсу пришлось приложить немалое усилие, чтобы скрыть свою реакцию. «Использовать Рим». Что еще мог иметь в виду Никофей, если не фон Нойрата на папском престоле? И что еще можно сейчас «ускорить»? Манихей в Ватикане... катализатор «единственно истинной и святой христианской Церкви»?

«Ячейки... в боевой готовности». Пирс понимал, что действовать надо осторожно, тем не менее скрытый смысл того, о чем толковал Никофей, следовало прояснить.

— «Одопория» и Великое пробуждение шествуют рука об руку, — сказал он. — Ячейки должны быть готовы к действию.

— «И будет едина Церковь, и едино имя Его», — словно хорошо заученную молитву, продекламировал монах и, прежде чем Пирс успел копнуть еще глубже, добавил: — Но это ведь не «Одопория», правда?

Как ни хотелось Пирсу немедленно узнать все, что можно, о ячейках, он понимал: выбора нет, придется следовать за Никофеем. Да монах, вероятней всего, и не знал, что происходит за пределами его собственной ячейки. А горстке святых братьев, живущих на уступе уединенной горы, едва ли предназначалась сколько-нибудь важная роль в «Великом пробуждении». Оставалось лишь пожалеть об упущенной возможности.

— Судя по тому, что я увидел, нет, — ответил он и более уверенно добавил: — Нет.

— Тогда что это?

Ответ на этот вопрос Пирс заготовить не успел.

— Может быть, еще одно звено головоломки, — предположил он.

Никофей уже привычно кивнул.

— Тем не менее уверен, что ему будет очень интересно узнать и об этой находке, — сказал он.

— Да.

Казалось, впервые за время их беседы монах расслабился, волнения этой ночи давали о себе знать. Отойдя от возвышения, он предложил:

— Если хотите, можете позвонить после первой молитвы.

— Позвонить? — На сей раз Пирс не смог скрыть удивления.

— У нас теперь тоже есть не только керосиновые лампы и удобства во дворе, — парировал монах, направляясь к выходу.

Пирс изобразил на лице улыбку.

— Ну конечно! Как я мог об этом не подумать! — К его облегчению, Никофей не понял истинного смысла этого восклицания.

— У нас есть и телефон, и факс. — Монах указал на притолоку: — И даже кое-что вон там над входом. Мы установили это после инцидента в Великой Лавре. — Он задержался и повернул голо-

262

ву. — Вы были первым, кто нарушил охраняемую устройством линию. Поэтому я и узнал, что вы здесь.

Пирс понимающе кивнул. Как бы ни хотелось ему услышать голос на другом конце провода, он понимал, что о связи с Римом не может быть и речи. Правда, это могло бы подтвердить роль фон Нойрата, но это же означало преподнести им себя на блюдечке. Без «Одопории» у него не было пока достаточно эффективной системы рычагов, ничего такого, что заставило бы их открыть карты.

— Мне нужно время, чтобы изучить это, — сказал он, кладя книжицу в карман. — Только потом можно звонить.

— Разумеется, — согласился Никофей, уже добравшийся до верхней ступеньки.

Пирс наклонился и поставил камень на место. Иисус снова занял свою позицию в ряду других пророков. Тем временем монах, с высоты окинув взглядом Пещеру, почтительно произнес:

— «Агия Одопория», кто бы мог подумать!

Пирс убрал в ящик стеклянный купол и бархатную подушку, после чего присоединился к Никофею, напоследок тоже бросив взгляд на святилище.

Неудивительно, что взгляд этот задержался на «большей, чем жизнь» фигуре Мани. Пирсу показалось, что в глазах Великого Пророка промелькнула тревога. Конечно же, этот зрительный обман был следствием усталости.

Однако, быть может, Пирс, сам того не осознавая, уже владел большим количеством рычагов, чем предполагал?

Кардинал Джакомо Перетти листал дневники, стараясь не пропустить ни одной важной мысли — ни частной, ни первосвященнической, — запечатленной на его страницах. Бонифаций вел записи исключительно педантично и держал их под замком в бю-

263

ро, стоявшем рядом с кроватью, о чем было известно лишь нескольким ближайшим сподвижникам. То, что Перетти снял единственный ключ от бюро с шеи покойного и изъял три последние — с июня по август — тетради, осталось не замеченным службой безопасности. Пройдет несколько дней, прежде чем там сообразят поинтересоваться последними размышлениями покойного папы.

И вот, давно пропустив обычное время отхода ко сну, Перетти сидел один в своих апартаментах и скрупулезнейшим образом анализировал малейшие детали этих записей. В первой тетради почти ничто не привлекло его особого внимания: предварительный набросок энциклики по вопросам веры, пространная обличительная речь по поводу продолжающихся в Косове зверств, растущая озабоченность относительно амбиций фон Нойрата. В конце второй, однако, едва ли не каждый день начали появляться строки, касающиеся того, что выходило далеко за рамки ежедневных обязанностей, — отрывочные записи через точку.

Перетти читал:

9 июля: Стамбульская находка. Все еще на уровне догадок. Обоснования недостаточны. Исламский текст? (Руини уверен — ранние гностики.) Языковой источник неясен. Некий диалект коптского, арамейского? Р. озабочен приездом Кляйста. (К. — фон Н.??)

13 июля: Источник — сирийский. Руини языка не знает. Вторая часть греческая (письма??). Ссылки на Ветхий Завет — апокриф? Образный строй необычен. Пророческие странствия (пророк — Сет??). Сирийский текст передан профессору Алиходже (Отдел коптских исследований). Р. работает с письмами.

19 июля: Частичный перевод. Тайная книга Иоанна. (Сет, Енох — не часть гностической традиции. Неправильная атрибуция?) Стр. с 3-й или 4-й по 10-ю Послания (????).

264

22 июля: Гностический текст только в качестве вступления. Руини настаивает на «Абсолютном Свете» (???) (пятнадцать версий, вариаций). Алиходже «АС» неведом (тем лучше). Р. ищет по текстовым указателям — язык все еще под сомнением.

26 июля: Текст у Руини. Алиходжа недоступен (???). Думает, что здесь связь с Афоном (православие??). «Пещера Параклета» (???) Возвращается в Рим завтра.

30 июля: Если Афон, у Руини есть свои соображения. Стр. 1 (временные границы, замысел). — Если так, почему Кляйст — фон Нойрат заинтересованы? У Руини пока нет ответов. Неожиданное сообщение об инфаркте у Алиходжи (нечестная игра???). Руини уверен.

5 августа: Себастиано тоже мертв. Только моя вина. Никаких следов текста. Что же там, на Афоне? Или где??

Последняя запись кончалась молитвой за Руини, упреками в собственный адрес за то, что проглядел очевидную опасность, и еще одним, последним вопросом:

Фон Н. — «Абсолютный Свет» — Афон: неужели то, что их связывает, стоит человеческой жизни?

Перетти закрыл тетрадь. Смерть друга, последовавшая через два дня, была недвусмысленным ответом на этот вопрос.
Манихейская молитва и Афон. Что задумал фон Нойрат?

Пирс выждал в своей келье минут десять, чтобы убедиться, что Никофей больше не шныряет поблизости. Не снимая рясы, он дополнил монашеское облачение скуфейкой, прошел обратно

к главному входу, проследовал вдоль открытого обрыва и по заросшим тропкам добрался до места, где они оставили допотопный «форд». Три часа утра. До заутрени еще час. Достаточно, чтобы убраться с Афона.

Путь, на который у Геннадия ушло пятнадцать минут, у Пирса занял сорок, обратная дорога до Дельф была ничуть не менее коварной. При первых признаках рассвета — мутная серая мгла, как всегда, неохотно сдавала позиции солнцу — из бухты стали отплывать и первые катера. Пирс, в монашеском одеянии направлявшийся в Уранополис, не вызвал подозрений. Все еще полусонный капитан лишь с любопытством взглянул на его рюкзак. Подарок недавнего посетителя, объяснил Пирс. Богу было угодно, чтобы он как раз пригодился. Капитан пожал плечами и вывел судно в открытое море. Его в то утро заботили апельсины, а не Божья воля.

Через десять минут после их отплытия урчание мотора было перекрыто эхом симандрона — в монастырях, сзывая братию к молитве, били в длинные деревянные балки. У каждой был свой тембр, свой неповторимый голос, глухо резонирующие звуки этого великолепного оркестра отражались от утесов. Прошлой ночью эта музыка захватила его, вызвала почтительное восхищение; теперь она лишь напомнила о том, что охота на него вот-вот откроется.

Еще минут через десять симфония начала стихать, первые солнечные лучи сверкнули из-за башни Уранополиса; деревушка уже ожила, от берега отчаливали ранние лодки, до краев заполненные грузами, предназначавшимися для Афона. Одинокий монах, не обратив на себя ничьего внимания, просочился сквозь сутолоку на пристани и добрался до узкой улочки, на которой Андракос оставил машину, еще тонущую в утренней мгле. Пирс быстро снял рясу и скуфейку, швырнул их на заднее сиденье и завел мотор. Через несколько минут он уже ехал по шоссе.

Вопрос состоял в том — куда? Игуменитса, Афины и Салоники исключались; новости с Афона, разумеется, уже достигли Ватика-

на. Тот наверняка отправил своих гонцов во все три города, и доберутся они туда гораздо быстрее Пирса. Более того, он не сомневался, что Никофей не станет терять время, чтобы поставить на ноги греческую полицию, уведомив ее о пропаже одного из наиболее ценных монастырских манускриптов, а также описав угнанный автомобиль Андракоса. Учитывая ограниченность времени и различные условия проходимости границ, Пирс остановился на Болгарии и избрал конечным пунктом путешествия город Кулата, находившийся, если верить найденной в перчаточнике карте, приблизительно в часе и десяти минутах езды. Конечно, если дороги окажутся сносными. Оставалось лишь надеяться, что Никофей не хватился его до окончания заутрени.

По мере удаления от Афона у Пирса росло ощущение, что сама Богородица преданно хранит его, заботясь о том, чтобы шоссе было пустынным. За семьдесят пять минут гонки по греческой глуши ему не повстречался ни один полицейский. Явила она свою милость и на границе: Пирс попал в пересменку. Отстоявшие свою смену пограничники спешили домой, пасторский воротник и ватиканские документы в очередной раз сослужили добрую службу. Отъехав от маленькой заставы, он вздохнул с облегчением, попытался сосредоточиться на том, что делать дальше, и только тут по-настоящему осознал, что понятия не имеет, куда ему следует направиться. С того момента, когда он покинул церковь Святого Климента, события развивались столь стремительно, что у него не было времени подумать. Он просто одну за другой решал последовательно встававшие перед ним задачи. Разница состояла лишь в том, что теперь вместо свитка в его рюкзаке лежала книжица в кожаном переплете. В остальном приходилось признать, что после бегства из Рима он ничуть не продвинулся вперед. Правда, он получил от Никофея косвенное подтверждение роли фон Нойрата во всей этой истории, намек на что-то, что теперь будет «ускорено», и на «ячейки», приведенные в боевую готовность. Но этого было недостаточно, чтобы сложить воедино разрозненные фрагменты мозаики.

267

Проведя ревизию информации, которой теперь располагал, Пирс взял с заднего сиденья рюкзак и достал из него кожаный томик.

На первой странице он увидел уже знакомое манихейское приветствие, на сей раз в латинском исполнении. Несмотря на шесть веков, минувших со времени последнего Послания, — в верхней части страницы стояла дата «28 апреля, 1521» — ритуал ничуть не изменился ни по форме, ни по смыслу. Внятен был ему теперь и маленький треугольник — наполовину заштрихованный, наполовину пустой, — проставленный в верхнем правом углу страницы. Что касается запаха, то Пирс снова моментально учуял его, открыв книгу, но был слишком поглощен самим текстом, чтобы задуматься о нем.

Стилизованным латинским шрифтом здесь был записан рассказ некоего Игнасио де Рибаденейры:

«Тех, в чьих руках эта книга окажется случайно, вследствие грабежа или кражи церковного имущества, заверяю, что для вас написанное на ее страницах не представляет никакого интереса. Возьмите золотые монеты, которые я оставляю вам в качестве отступного. И не причиняйте вреда книге, то будет первым актом вашего покаяния.

Тем же, однако, кто придет к книге через «Абсолютный Свет», говорю: не позволяйте гневу одержать верх над лучшей частью своей души. Вместо этого примите от меня, Игнасио де Рибаденейры, бедного брата монастыря святого Павла, глубочайшие извинения за разочарование, которое ожидает вас. Достаточно вспомнить вам о сокрушительных бедствиях наших дней, о великой схизме, учиненной священником-еретиком, и вы поймете, почему у меня не оставалось иного выбора, кроме как спрятать «Агию Одопорию» подальше от стен монастыря Святого Фотия. Если станут осуждать меня за то, что действовал безрассудно или из страха, знайте: мое решение было продиктовано лишь строгостью веры, и привела меня к нему рука самого Мани.

268

Мой поход за «Одопорией» начался во второй год правления Джулиано делла Ровере, известного христианскому миру под именем Юлия Второго. Мое местопребывание в этом мире находилось тогда к северу от большого города Вальядолид, в монастыре, служившем средоточием монахов-иеронимитов, славившихся своим рвением в служении Спасителю. Для тех, кто отваживался заглянуть в наше аббатство, мы были целителями хворых, людьми, послушными воле Рима и безраздельно преданными нашей католической вере. Между собой же мы были служителями Великого Пророка, жившими в ожидании знаков Великого пробуждения.

Зимой 1504 года мне сравнялось шестнадцать. По истечении девяти лет неутомимого постижения учения Живого Пророка оповестили меня, что должен я совершить долгое путешествие и будущее мое состоит в поиске утерянного свитка. Никому из братьев моего бедного монастыря никогда не выпадало на долю подобное избранничество. Почему такая честь была оказана мне, я не знаю. Не нашел я ответа на этот вопрос и за прошедшие двадцать лет. По моему разумению, основанному на истовой вере, не что иное как воля самого Мани должна была споспешествовать успеху моей миссии.

Исполненный ожиданий, отправился я из Паленсии во дворец кардинала Вобонта, человека, пользовавшегося значительным влиянием при дворе французского короля и являвшегося преданным членом братства, ратовавшего за возрождение свитка. Под его руководством усиленно трудился я много месяцев, изучая историю свитка, и был посвящен в чудо «Одопории». Мой наставник был человеком безграничного сострадания и душевной чистоты, хотя его преданность свитку порой поражала меня своей неистовой страстью. Вскоре, впрочем, и сам я уже разделял его рвение; и — опять-таки единственно волей Мани — удалось мне преуспеть, быстро усвоив знания, в кои меня посвящали. С последним снегом той зимы я покинул Париж.

269

Ах, если бы мне удалось пронести свою преданность за пределы городских ворот! Если бы мне хватило решимости! Насколько иным мог бы стать окружающий мир. Но случилось иначе. Я был шестнадцатилетним мальчишкой, не ведавшим, что не увижу снова ни Франции, ни моей любимой Испании почти двадцать лет. Теперь, когда пишу эти строки, догадываюсь, что не увижу их вообще никогда. И это, знаю, есть кара за ту жизнь, какую я вел.

Такова цена слабости.

Первые годы моих странствий мелькали со скоростью, коей теперь не могу себе даже вообразить, голова моя была в тумане, я предавался греху, и вину эту по сей день мучительно стараюсь искупить. Сначала отправился я в Лион, затем в Милан, потом в Бремен, всячески стараясь убедить себя в том, что ищу давно утраченные следы Посланий из свитка, а на самом деле все больше погрязая в пороках века. Семнадцать лет я поддавался искушению темных сил — не чревоугодию, не плотским наслажденим, а самообольщению иного рода, душевному распутству, пренебрежению своего долга перед Светом. Так же, как до меня Августин, я был слишком юн или слишком исполнен гордыни для подобного рода путешествия; вера моя была крепка, но голова кружилась от вопросов, я не представлял себе с должной определенностью своего места и предназначения в этом мире. Должен ли был свиток, его смысл, стать моим собственным спасением? Сколько же сомнений теснилось в моей голове! Вот такая зыбкая волна вынесла меня в мир, постичь который я по простодушию своему, наверное, был не в силах. Моя любовь к Господу, моя вера в Мани, которые всегда пребывали со мной, не смогли, тем не менее, прочно привязать меня к цели, для достижения коей я был предназначен. Испытание воли? Не могу сказать. Если так, то испытания я не выдержал.

Сколько раз я мечтал о возможности, как в былые времена, переписать несколько строк из Живого Евангелия, из поучений Мани, чтобы укрепить волю свою. Быть может, это помогло бы мне обуздать свое смятение. (Или это во мне снова говорила всего лишь гордыня?) Но носить при себе подобные вещи было опасно, не следовало рисковать, снимая маску правоверного католика. Эту роль я обязан был играть безупречно. Впрочем, мое лицемерие не было исключением в растленном мире папской церкви.

Вот таким-то, лишенным прочных устоев, и застали меня те беды века, о которых я уже обмолвился и которыми даже теперь охвачена большая часть христианского мира. Когда объявился тот священник-еретик, мне следовало бы воспринять это как знак, как событие, которое должно встряхнуть меня, вывести из оцепенения, мне надо было ухватиться за этот шанс и искупить свою вину перед Мани. Но я не ухватился. Вместо этого принял я Лютера за Брата Света, а его противостояние Риму — за доказательство его благочестия. Я убедил себя, что он нашел «Одопорию», ибо что же еще могло так потрясти врата *ecclesia impira*[1]? Его слова, обнародованные в Виттенберге, представились мне прелюдией к Великому пробуждению. Налицо были все свидетельства направляющей Великой Руки Мани. Я снова обманулся. Этот Лютер не был братом, его послание оказалось посланием раздора, а не единства.

Как же готов был тогда мир к великому сдвигу! Каким идеальным было время для того, чтобы «Одопории» оказать волю свою! И каким же ничтожным было собственное мое существо.

Очнувшись наконец от оцепенения, я лишь усугубил свое заблуждение. Подобно Ионе, плывшему в Тарс[2], убежал я еще дальше от цели своей, на сей раз на восток, в турецкий город. Могу ли я утверждать, что надеялся найти свиток в его стенах? Вынужден признаться, что не могу. В Константинополь я бежал, чтобы спрятаться в неизвестном мире. Однако даже в греховном

---

[1] Нечистой церкви (*лат.*).
[2] Библейский Иона плыл в город Таршиш (Тарс), ныне в южной Турции.

271

моем заблуждении Мани направлял стопы мои. Даже в человеческой слабости моей позволил Он отыскать мне семя моего спасения.

Рассказ о моем искуплении — это рассказ о могуществе Мани...»

Пирс пролистнул несколько следующих страниц — собственная версия «Символа веры» Рибаденейры, его спасение души, подобное спасению Августина, озарение, внезапно снизошедшее на него в тридцатитрехлетнем возрасте, когда он сидел в стамбульском парке. Но если Августин поддавался искушениям плоти («даруй мне целомудрие и даруй мне постоянство, но еще не сейчас»), то Рибаденейра сражался с куда менее реальным врагом: с собственными духовными сомнениями.

Интересно, подумал Пирс, всех ли тех, кто ищет свиток, словно единой нитью, связывает подобная неуверенность? С каждой страницей он все сильнее ощущал свою душевную близость с монахом-иеронимитом.

И тем не менее не мог отделаться от вопроса: насколько всерьез следует воспринимать прочитанное? «Возьми и прочти» уступило место равно воодушевляющему, хотя теперь уже знакомому: «Входящие увидят свет». Очевидно, что Рибаденейра вооружился этой фразой после того, как увидел свиток и разгадал содержащееся в нем послание. Так или иначе, от повествования было трудно оторваться. Еще более захватывающим оно стало, когда речь пошла о ночных скитаниях по заброшенным церквам, о тайных посланиях, полученных от православных священников, о явлении самого Мани, повелевшего Рибаденейре «войти» в церковь одиннадцатого века, о свитке, спрятанном в одном из давно забытых склепов. А потом — расшифровка текста, связь с монастырем Святого Фотия, Пещера Параклета. Вознагражденная добродетель. Обретение утраченной уверенности.

На такие результаты Пирс мог только надеяться.

Однако, найдя «Одопорию» и ознакомившись с ее содержанием, Рибаденейра сразу же решил, что братство Мани и мир в целом еще не готовы к встрече с ее могуществом. Вероятно, возвратившаяся к нему уверенность принесла с собой и рудименты былой гордыни.

«Сколько же Истинного Слова в этих страницах. Как просты эти слова, источник коих неоспорим. И все же могущество их слишком многого требует от нас, истина, в них заключенная, являет собой слишком большую угрозу. Не богохульствую ли я? Возможно. Но во времена, подобные нашим, богохульство не редкость. Слишком многое коварно противостоит сейчас «Одопории», чтобы явить миру силу ее. Слишком многое будет погублено в неистовом водовороте ересей, который бушует вокруг. А если и не погублено, то оболгано в угоду этому самому Лютеру, так что заказана будет судьба возвращения Мани. Нет. «Одопория» должна быть явлена тогда, когда мир воцарится на земле, когда папская церковь снова успокоится в самодовольстве своем и не будет во всеоружии против врагов своих. (Как же корю я себя за упущенный шанс. Как долго буду жить с этим чувством вины.) Только тогда да явит «Одопория» могущество свое и расчистит почву для полноты света».

Вот тут-то Рибаденейра и обнаружил правдивейший признак веры. Или, быть может, единственный резон своего бездействия:

«Но одному лишь Мани решать, когда наступит этот час. Он один будет знать, когда явить "Одопорию"».

Теперь, уверенный в том, что действует в интересах всех манихеев, Рибаденейра вернулся в Стамбул, снова схоронил свиток (для грядущего восприемника, «который окажется достойным великой миссии») и сочинил новую эзотерическую загадку, чтобы «спустя много веков» кто-то другой — как выяснилось, Руини — смог разгадать ее и «расчистить дорогу Святой Истине». Мани бу-

дет хранить свиток в надежном тайнике; Рибаденейра позаботится об «Одопории».

Пирс перевернул еще одну страницу и нашел первую подсказку для разгадки «потаенного знания» монаха.

«Стоит город на Дрине...»
Река Дрина. Босния. Пирс быстро перевел взгляд на верхнюю часть страницы. Маленький треугольник.
И вспомнил.

Три часа назад, через тридцать минут после пересечения болгарской границы, он въехал в Македонию, на каждой миле вознося хвалу продолжавшей являть ему свою милость Пресвятой Богородице. Или даже восхваляя давнюю вражду между греками и их северными соседями. Как бы то ни было, он рассчитывал, что затрудненность местной связи отсрочит прохождение сигнала тревоги с Афона. Тем не менее ожидать, что удача будет вечно сопутствовать ему на пограничных постах, не приходилось. И дело тут было вовсе не в дурных предчувствиях. Просто прошло слишком много времени с момента его поспешного бегства с горы. К тому же пасторский воротник скоро должен был неизбежно утратить свое обаяние.

Если, разумеется, контрольный пункт, который он намеревался пересечь, не лежит в развалинах. Одним глазом изучая карту, другим — следя за дорогой, он понимал, что выбор у него один: Косово. Более года тому назад масса беженцев скопилась в лагерях, разбросанных вдоль албанской и македонской границ. Но трагический исход постиг слишком много народа, и тысячи людей отбыли морем в Турцию, Грецию, в любое место, где друзья или родственники готовы были принять их. Теперь те же самые беженцы

хотели вернуться обратно. Беда, однако, состояла в том, что возвращать их было некуда: очень многие деревни лежали в руинах. Более того, сербы не слишком поощряли возвращение соплеменников: вся местность опять была напичкана минами. Но беженцы прибывали. А с ними возрождались и лагеря. Остальному миру, судя по всему, до этого не было никакого дела. Для него новость безнадежно устарела. Ужасы лагерей, тем не менее, оставались прежними.

Хотя это отдавало цинизмом, Пирс понимал, что священнику из гуманитарной миссии легче всего затеряться в одном из таких лагерей. Еще лучше: сочтут чокнутым и пропустят насквозь, не задавая слишком много вопросов. Пирс делал ставку на последнее. Кроме того, в Косове будет легче исчезнуть, когда звонок Никофея достигнет Рима. Упоминание об «Одопории», безусловно, подстегнет австрийца и его приспешников. Но, даже если они найдут машину, которую он собирался бросить за несколько километров до границы, шансы установить его местонахождение в здешней свалке будут, мягко выражаясь, незначительны. Авось как-нибудь удастся добраться до Дрины.

Вот в какое именно место на речном берегу следует пробираться — вопрос иной. Последняя лингвистическая загадка манихеев не имела, насколько он мог понять, никакого отношения к акростихам; на сей раз потаенный смысл был упрятан в то, что Рибаденейра назвал «алхимически преображенным языком». Данное им объяснение ничуть дела не проясняло:

«Любая вещь имеет не одно, а множество достоинств, как цветок имеет не одну, а множество расцветок, и каждый цвет несет в себе самые разнообразные оттенки; тем не менее они составляют единство, один вид».

Продолжая размышлять над наводками шестнадцатого века, Пирс подъехал к «Последней заправочной станции на территории Македонии». Тут, совсем рядом с Косовом, он ожидал увидеть

хоть какие-то признаки жизни. Но дорога была по-прежнему пустынна, последние полчаса он ехал в полном одиночестве.

Впрочем, это не стало таким уж сюрпризом. Сто с лишним километров назад, во время первой остановки — тамошняя заправка представляла собой жалкую кабинку с допотопной колонкой, — ему поведали, что на сей раз ООН старается свести количество беженских лагерей к минимуму. Остались лишь Сенокос и Цегране к югу от столицы и Блаце — к северу. А те, кто к лагерям не причастен, желания подходить к ним слишком близко не выказывают.

Столпотворения следовало ожидать в Блаце, располагавшемся, согласно дорожному указателю у станции, в двенадцати километрах впереди. Пешком туда добираться несколько часов.

Площадка для отдыха, совершенно очевидно, некогда предназначалась для автобусов, возивших туристов в монастырь Святого Никиты. Стеклянный кафетерий минималистской архитектуры угнездился в просвете между деревьями. Здешняя колонка была новенькой по сравнению с той, первой, название нефтяной компании — непроизносимым вследствие обилия согласных звуков и разнообразия значков над и под буквами. Пирс оставил ключ в замке зажигания. Если кому приглянется автомобиль — к вашим услугам. Удачи вам, посланцы Ватикана, в погоне за каким-нибудь беженцем-жуликом.

Внутри кафетерий был так же пуст, как и площадка снаружи. Мужчина и женщина, окутанные сигаретным дымом, сидели за дальним столиком. При появлении Пирса мужчина мгновенно вскочил.

— Добро утро, — сияя, произнес он, направляясь навстречу посетителю. Еще несколько непонятных слов, потом жест в направлении столов.

Пирс с улыбкой покачал головой — международный знак, дающий понять: «Я вас не понимаю».

Не менее радушно мужчина продолжил:

— Чем я служить для вас? — Кивок. — Вы стараться объяснить?

276

Пирс, в свою очередь, кивнул в знак благодарности и сказал:

— Телефон? — На лице мужчины отразилось разочарование. — И поесть, — добавил Пирс.

Мужчина снова взбодрился, а когда Пирс вручил ему несколько американских банкнот, и вовсе просиял.

— Телефон. Еда. Прекрасно.

Две минуты спустя Пирс пытался объясниться с оператором. Еще через восемь его, оторвав от тарелки с чем-то не поддающимся опознанию, однако неожиданно вкусным, позвали к телефону.

Звук голоса профессора Анджели принес долгожданное облегчение. В считанные секунды он поведал ей о Фотии и маленькой книжице в переплете.

— Да, но где вы сейчас? — спросила она.

Пирс колебался.

— Вероятно, вам лучше этого не знать.

На другом конце провода повисла пауза.

— Понимаю, — прервав ее, сказала Чечилия и, не дождавшись ответа, добавила: — Наверное, вы правы. — Он почуял напряжение в ее голосе. Видимо, ей не очень хотелось снова втягиваться в его дела. — Хорошо... Вы говорите, что она написана испанским монахом? На закодированном языке? Как он его называет?

— Алхимически преображенным, — ответил Пирс.

— Нет-нет. Я имею в виду другую фразу. Из Плиния.

— А-а! — Пирс перевернул страницу, быстро пробежал глазами несколько абзацев и прочел: — *Quaestio lusoria*[1].

— Да. *Quaestio lusoria*, — повторила она. Его сообщение явно встревожило ее больше, чем он ожидал; тон оставался сухим. Да и вообще на нее не похоже, чтобы ей требовались любые пояснения, когда речь идет об эзотерике. — У меня, кажется, есть книга об этом. Подождите секундочку. — Пирс услышал ее удаляющиеся шаги, почти минуту царила тишина. Когда Анджели снова взяла трубку, голос ее звучал весьма резко. — Карло Пескато-

---

[1] Занимательное размышление, головоломка (*лат.*).

ре, — сказала она. — «Искусство ренессансной словесной игры». Я знала, что у меня это где-то есть. — Послышалось шуршание перелистываемых страниц, однако привычного бормотанья подозрительно не было. — Да. Вот оно. Согласно сеньору Пескаторе, quaestio lusoria — это своего рода головоломка... — Снова зашуршала бумага. — Первоначально она была забавой поэтов. Замешенной на классических реминисценциях. — Она помолчала, а когда заговорила вновь, он впервые уловил отголосок энтузиазма той, прежней Чечилии. — А вот это уже интересно. Он говорит, что этот код можно назвать прадедушкой современной криптографии. — Еще несколько перевернутых страниц, потом: — Вы всегда были сильны в этом деле. Помните то греческое стихотворение у Амвросия?

— Конечно.

— Ну, так это весьма похоже на него, — пояснила она. — Только это больше связано с анаграммами и изменением формы, чем с перестановкой слов. Что-то в этом роде.

— Звучит увлекательно.

— Отлично. Думаю, что именно это сеньор Рибаденейра каким-то образом вам и предлагает. Идеально соответствует манихейской традиции: скрывать смысл в самом языке. — Новая пауза. — Сколько разделов в этой части?

Пирс быстро пробежал текст глазами.

— Около двадцати пяти.

— Понятно. — Опять молчание. — По-латыни код может оказаться весьма каверзным. Если хотите, можете... прочесть мне их по телефону. Я ведь тоже кое-что в этом смыслю.

Но ее предложения Пирс не слышал, он уже ломал голову над первым абзацем. Чтобы включиться в работу, ему понадобилась всего секунда. Начав читать, он сразу понял, о чем она толковала. Сама по себе фраза казалась лишенной всякого смысла. Но, читая ее как тайнопись — чуть переставляя знаки препинания тут и там, — можно было догадаться, какую цель преследовал Рибаденейра. «Он хочет получить анаграмму слова, означающего

278

"Тот, кто идет на битву"», — размышлял Пирс, продолжая вглядываться в текст. «Тот, кто идет на битву». Что-то очень знакомое, в его голове смутно плавали обрывки упражнений, коим он предавался в долгие часы школьных и семинарских занятий по греческому и латыни. Дар, который за ним часто признавали. Он закрыл глаза. «Тот, кто идет на битву». В следующий момент он уже знал ответ. Gradives — шествующий. Это из «Энеиды» — эпитет Марса. Быстро записав слово на ладони, он прочел вторую половину ключа к разгадке. «Кто превращает семерку в пятерку». Семерка. Он отвел взгляд от текста. Музыкальная септима? Седьмая заповедь? Снова уставился в книгу. А может, все гораздо проще? Седьмая буква? «Превращает в... пятерку». В пятую букву? За неимением лучших предположений он заменил седьмую букву латинского алфавита на пятую. Анаграмма слова Gradives. Потом закольцевал буквы, зная, что это самый испытанный способ получить анаграмму. Через десять секунд он прочел: Visegrad — Вишеград.

«Стоит город на Дрине...»

В тот же миг сквозь эфир прорвался голос Анджели:

— Падре? — Пауза. — Алло! Почему вы не читаете мне первый отрывок?

Пирс собрался ответить, но передумал. До этого момента он объяснял ее сдержанность недовольством из-за его нового вторжения. Теперь нечто в ее голосе заставило его насторожиться.

— Что-то не так, профессор?

— Нет. — Ответ прозвучал совершенно бесстрастно. — Ничего. — Но, прежде чем он успел что-либо сказать, Анджели закричала в трубку: — Уничтожьте книгу! Уничтожьте ее! Они...

Невнятный шум на другом конце провода, потом тишина, потом — другой голос:

— Слушайте внимательно, отец. — Мужской голос со знакомым акцентом. Австриец. — Найдите «Одопорию». И принесите ее нам. Вы поняли?

Связь прервалась.

279

В Блаце Пирс брел как в тумане: пара из придорожного кафетерия настояла, чтобы он выпил «на дорожку» чего-нибудь крепкого. Невзирая на незнание языка, они догадались по выражению его лица, что это необходимо. Ракия, самогон. Не такая убийственная, как тот огненный напиток, которым потчевал его Андракос, она пошла легко, и после второй рюмки на мертвенно-бледном лице Пирса появилось подобие румянца.

Шагая по дороге в полном одиночестве, он представлял себе, что случилось у Чечилии. Ее крик, потом тишина. Значит, люди из Ватикана все время стояли рядом и все слышали. Он не помнил, сказал ли что-нибудь про Дрину, Косово и машину. И упомянул ли Вишеград? Мысли стремительно проносились в голове — из-за шока и самогона он толком ничего не мог вспомнить.

Впрочем, какая разница? Теперь им не нужно выслеживать его, выяснять, куда приведет его Рибаденейра. Он священник и не может позволить ей умереть. Он даст им то, чего они требуют. Независимо от последствий.

Четыре дня тому назад этот аргумент показался бы ему неоспоримым. Теперь он не был так уверен. Передача «Одопории» в их руки означала неминуемую смерть и для него, и для Анджели. Это он знал наверняка. На удивление трезвое для священнослужителя рассуждение. Видимо, он слишком глубоко проникся манихейским духом. Но может ли он оставить ее в опасности да еще убеждать себя в том, что поступает столь бессердечно лишь потому, что иначе с манихеями ничего не поделаешь?

Так и не найдя ответов на эти вопросы, он очутился на вершине холма и увидел внизу первые признаки безумия, расползающегося из Косова. Вдоль границы протянулась цепь огромных палаток, импровизированные баррикады огораживали обширные площади пустого пространства. Непосредственно за временным

лагерем поднимался контур горы, густо поросшей деревьями. Ему говорили, что полиция очистила этот лагерь несколько недель назад, поскольку соглашение с сербами о возвращении беженцев было готово к подписанию. Но договоренности, естественно, сорвались, и беженцы снова наводнили Блаце — деревушку в сотню домов.

Отсюда, с высоты, он видел множество аббревиатур, начертанных крупными буквами на крышах палаток: ООН, НАТО, ММС[1], МККК[2], ВАЦ[3], ЮНЕСКО и еще каких-то, значение коих было ему неведомо. Полный каталог бессилия мирового сообщества, не способного справиться с самым последним балканским конфликтом. Семь столетий правления императоров, султанов, президентов и королей так и не смогли принести мир на эту землю. Что дает основание этим, нынешним, думать, что они преуспеют, Пирс не понимал. Видимо, большинство тех, кто выполнял миссию в Блаце, просто старалось держать под контролем хоть то, что контролю еще поддавалось.

Чем ближе он подходил, тем невыносимей становилась вонь. Ближайшая палатка была еще в километре, а резкий запах мочи уже висел в воздухе. На подступах к первому ряду баррикад вычленить отдельные запахи из общего смрада было почти невозможно: сопревшая одежда, немытая плоть, какой-то звериный дух — словно мокрая шерсть, пропитанная чем-то гнилостно-сладким. Избавиться от удушья не было никакой возможности. Даже закрыв нос рукой, человек ощущал, как густая мерзость будто проникает внутрь сквозь одежду, кожу, волосы. И все же обоняние Пирса страдало меньше, чем его чувства, при виде того, что творилось за оградой. Даже отсюда, с расстояния, он различал лица и грузные фигуры закутанных в платки женщин со слишком большими детьми на усталых руках. Одни бесцельно слонялись вокруг, дру-

---

[1] Международный миссионерский совет.
[2] Международный Комитет Красного Креста.
[3] Всемирный альянс церквей (ACT — Action by Churches Together).

гие собирались небольшими группами, никто не разговаривал, у всех на лицах было написано выражение покорной безнадежности. Всякий проблеск веры давно их покинул. Боснийцы, косовары — какая для него разница. Лишь новое место действия. Кроме временного промежутка в восемь лет, их ничто не отличало друг от друга.

Пирс не ожидал, что вид лагеря так ошеломит его. «Одопория», Анджели, все, что он узнал на Афоне, моментально выветрилось из головы. Даже он, очевидец, позволил себе поверить, что худшее закончилось здесь год тому назад. То, что предстало перед ним теперь, свидетельствовало об обратном. Вероятно, из-за потрясения он не заметил вовремя подъехавшей слева машины. Водитель был одет в полевой камуфляж, на крыше джипа красовалась надпись: «ООН». Солдат затормозил и вышел из машины.

— Опросте те, Татко. Можам ли да го видам идентификация?[1]

Пирс обернулся, но не сразу опомнился. Неуверенный в том, что правильно понял вопрос, он покачал головой.

Медленно, отделяя слова друг от друга, военный повторил по-английски с чисто британским произношением:

— Ваше удостоверение, отец.

— Вы англичанин? — спросил Пирс, вручая ему свой ватиканский паспорт.

— Да, — ответил военный, изучая его документ. — А вы не итальянец. — Он с натянутой улыбкой вернул Пирсу паспорт. — Американец — служитель Ватикана? Весьма интересно. А что вы делаете здесь, отец?

Пирс изобразил ответную улыбку. Нужно было придумать нечто убедительное.

— Я должен был присоединиться к своей группе в Скопье, но мой самолет опоздал. Сказали, что нужно ехать сюда. Мне удалось найти попутку до монастыря Святого Никиты.

---

[1] Извините, батюшка! Можно смотреть ваши документ? (*смесь ломаного сербского с македонским*)

— Гуманитарная миссия? — Улыбка на лице солдата стала шире. — У нас их здесь куча, отец. Боюсь, вам придется уточнить.

Запнувшись лишь на миг, Пирс ответил:

— Группа Международного католического комитета по вопросам миграции — МККМ. — Это было первое, что пришло в голову, — отголосок недавно прочитанной в «Оссерваторе романо» статьи. Там говорилось, что миссия этого комитета помогала беженцам где-то в Македонии. Пирс надеялся, что Дева Мария еще не покинула его.

Военный смерил Пирса взглядом.

— Для члена гуманитарной миссии вы что-то легко снаряжены.

— Мой багаж отправился с группой, — ответил Пирс, слова сами собой слетали с языка. — Там и моя записная книжка с маршрутом и телефонами. Единственное, что осталось при мне, — мой ватиканский паспорт.

— Понятно. — В рации сквозь треск вдруг послышался голос. Солдат быстро отошел в сторону, чтобы не было слышно, о чем он говорит, но взгляда с Пирса не сводил. Через несколько минут он вернулся.

— Могу я посмотреть, что у вас в рюкзаке, святой отец?

Пирс пожал плечами.

— Смена белья. Несколько книжек.

Солдат протянул руку.

— Можно? Безопасность требует. Надеюсь на ваше понимание.

Пирс кивнул, передал рюкзак военному и наблюдал, как тот роется в нем. Когда солдат вынул книжку Рибаденейры, Пирс едва не вздрогнул. Солдат начал ее листать.

— Это… православный молитвенник, — сказал Пирс. — Я подумал, что в здешних краях он может пригодиться…

— Конечно, отец. Я просто обязан проверить, не спрятано ли что внутри.

Пирс снова понимающе кивнул. Солдат перешел к Библии, перелистал ее тоже, потом положил обратно в рюкзак, застегнул молнию и отдал рюкзак Пирсу.

— Мне очень неловко, святой отец, но у нас бывают проблемы с... людьми, которые пытаются проникнуть в лагерь.

— Прекрасно понимаю.

— Ну и отлично. — Солдат улыбнулся. — МККМ. Славные ребята. — Он выдержал паузу и добавил: — Что ж, здесь я вам ничем помочь не смогу. Забирайтесь в машину. Посмотрим, нет ли там, внутри, кого-нибудь, кто сумеет что-то придумать.

«Grazie, Madonna»[1].

Пять минут спустя Пирс сидел в палатке Красного Креста, ожидая, когда освободится затурканная молодая женщина за самодельным столом. Было очевидно, что потерявшийся священник в неиссякаемом потоке ее забот не занимает главного места. Пирс был рад, что его воспринимают как досадную помеху, — тем скорее захотят от него избавиться, не задавая лишних вопросов.

Пока продолжалось ожидание, внимание Пирса привлекла женщина с двумя сыновьями, сидевшая на полу. Одному мальчику было лет десять, другому — двенадцать, младший тесно прижимался к материнской груди, старший, долговязый и тощий, сидел, опершись подбородком на кулачки, на коленях у него лежал потертый кожаный ранец. Матери как-то удалось сохранить впечатляющие габариты, ребятам повезло меньше. Выражение лица старшего было не по годам взрослым. Он находился в том возрасте, когда носы у мальчишек становятся непропорционально длинными, уши — оттопыренными, а на еще детских, в сущности, лицах проступают первые мужские черты. Это всегда выглядит забавно, но в здешней обстановке, как ни печально, умиления не вызывало. Мальчик заметил Пирса, на миг задержался взглядом на его пасторском воротнике, потом перевел глаза на ботинки и наконец посмотрел прямо в глаза.

---

[1] Спасибо, Мадонна (*ит.*)

— *Koje ste religije?*[1] — спросил он.

Пирс удивился, услышав сербохорватский язык.

— Я католик, — приветливо ответил он.

Мальчик кивнул и указал пальцем на ботинки.

— В таких удобно ходить.

Пирс взглянул на свои ботинки, потом на мальчишку.

— Да. Вы ведь не из Косова, правда?

— Нет, из Косова. Из Медведы. Это на севере.

— Ты хорошо говоришь по-сербохорватски.

Мимолетная улыбка.

— Здесь это самый подходящий язык.

Пирс припомнил албанцев, с которыми встречался восемь лет тому назад. Все они владели вторым языком. Многие сербохорватским. Некоторые немецким. Но английским — никогда.

— А ты католик? — спросил он.

— Нет. Мусульманин.

— Тогда почему ты хочешь знать, каково мое вероисповедание?

Мальчик выпрямился.

— Когда протестантские священники приезжали в нашу деревню рассказывать нам об Иисусе, у них всегда была куча денег и хорошие машины. А католики были бедными и объясняли, что такими они и должны быть. — Он снова вперил взгляд в ботинки Пирса.

Пирс понял. Он посмотрел на ноги ребенка, они были приблизительно того же размера, но его туфли дышали на ладан. Он наклонился, развязал шнурки, снял ботинки и бросил их мальчику.

— Как насчет обмена?

Снова мимолетная улыбка на ребячьем лице.

Туфли на удивление пришлись по ноге, а к «вентиляционным» дырам можно привыкнуть.

— Вы знаете, сколько здесь еще останетесь? — спросил Пирс.

---

[1] Какой вы религии? (*срб.*)

Мальчик пожал плечами, затирая царапину на мыске своего нового ботинка.

— Мы не можем вернуться в Медведу — нам так говорят. Но куда бы нас ни отправили, они хотят воссоединить семью. Мои бабушка и сестры где-то в Турции. Были они здесь или нет, неизвестно. А где отец и старший брат, я не знаю. — Он поднял голову. — Ты здесь, чтобы спасать людей?

Вопрос, заданный с простодушием, на какое способен только ребенок, поставил Пирса в тупик. Он долго смотрел на мальчика.

Впервые после бегства из Рима ему пришлось признаться самому себе в лицемерии — священник, использующий духовное облачение для отвода глаз. Мальчик, разумеется, имел в виду совсем другое. Он лишь выразил презрение к словам, коими пытались утешить народ, загнанный в ловушку, где не было места для великодушных жестов. Так или иначе, вопрос задел Пирса, заставил произвести переоценку собственных намерений. Здесь умирали люди, чей мир был разодран надвое. Здесь и надлежало находиться священнику. Однако манихеи вынуждали его пренебречь своим долгом, той единственной стороной его служения, которую он никогда не подвергал сомнению.

— Я не знаю, — ответил он наконец.

Судя по выражению лица мальчика, ответа от священника он и не ожидал.

— Спасибо за ботинки, святой отец, — быстро сказал он и кивком указал на стол. Пирс обернулся и увидел, что женщина зовет его.

Он хотел сказать мальчику «спасибо», но тот был уже снова целиком поглощен обновой. Приводить в порядок ботинки куда полезнее, чем разговаривать с каким-то священником.

Пирс встал и пересек палатку.

Подойдя к столу, он увидел, что женщина по-прежнему занята своими нескончаемыми делами. Она жестом предложила ему сесть, продолжая с кем-то говорить по телефону, и лишь через несколько минут обратила внимание на посетителя.

— Простите, что заставила вас так долго ждать, отец. — В ее английском слышался легкий французский акцент, интонация была искренне извиняющейся. — Мы каким-то образом послали вас не туда, так?

— Вообще-то это я сам себя не туда послал, — ответил Пирс. — Я должен был присоединиться к миссии МККМ.

— А! — Женщина потянулась к стопке бумаг, лежавших на столе, потом открыла на экране ноутбука новое окно. Пока она проводила свои изыскания, Пирс смотрел на мальчика. Тот уселся под боком у матери и закрыл глаза. Пирс вглядывался, надеясь увидеть на его лице хоть намек на невинный сон ребенка. Ничуть не бывало.

— Вы разминулись на три дня, — сказала женщина. Она держала в руках тонкую папку с несколькими скрепленными листками внутри, не сводя глаз с экрана. — Боюсь, не могу вам точно сказать, где они находятся в настоящий момент. — Она подняла голову. — Есть кто-нибудь, с кем мы могли бы связаться, отец?

— Скажите мне лучше, где я могу быть наиболее полезен.

— Простите?

— В Косове? В Албании? Где может понадобиться моя помощь?

По выражению ее лица Пирс понял, что она не готова иметь дело со столь ревностным священником.

— Помощь? Видите ли... вопрос не в том, где...

— Не сомневаюсь, что лишняя пара опытных рук, не говоря уж о присутствии священника, где-нибудь да понадобятся, — возразил он твердо, хотя без вызова. — Я прошел через войну в Боснии, знаю регион, язык, людей. Должно же где-то быть место, где меня можно использовать.

Женщина не сводила с него смущенного взгляда. Неожиданно подошли две ее коллеги, одновременно быстро тараторившие по-французски. Женщина тут же втянулась с ними в разговор, который ее явно все больше огорчал. Когда сотрудницы наконец ушли, она снова повернулась к Пирсу, однако мысли ее витали далеко.

287

— Так вы хотите поехать куда-нибудь, где можете оказаться полезным? — рассеянно спросила она. — Хорошо. — Она положила руки на стол. — Послушайте, отец, обычно не в наших правилах...

— Не думаю, что в нынешней ситуации так уж важны правила, — перебил он. — И не думаю, что я могу для кого-нибудь быть опасным.

— Ну, разумеется, нет, отец. Не в этом дело.

— Все равно ведь предполагалось, что я буду работать с миссией МККМ. — Он сам уже начинал в это верить. — Разве это ничего не значит?

— Просто мы не можем взять на себя ответственность...

— А я вас и не прошу об этом. Сам буду нести за себя ответственность. Я лишь прошу сказать, где я могу быть наиболее полезен. — Пирс видел, что она начинает уступать. — Иначе, — добавил он, — я буду надоедать вам столько дней, недель, а то и месяцев, сколько понадобится, пока вы не сдадитесь и не позволите священнику выполнять свой долг.

— Понятно. — Сдержанная улыбка скользнула по ее губам. — Месяцев, говорите?

— Месяцев.

Женщина прищурилась и начала перебирать папки у себя на столе.

— Но только потому, что я сама католичка, отец. — Несколько секунд спустя она вынула какой-то листок. — Через час в Кукес отправляется транспорт с медицинским оборудованием. У них есть одно свободное место. — Он не был уверен, что ее готовность помочь была продиктована его мольбами, а не страстными речами ее коллег, но ему было все равно. Женщина еще раз проникновенно посмотрела на него. — Вы уверены, что вам это подходит, отец? Кукес — это...

— Гораздо более спокойное место, чем Омарска. — Упоминание бывшего сербского лагеря заставило ее замолчать, во взгляде появилось уважение. — Я был там в 92-м, так что в Кукесе как-нибудь справлюсь.

288

Она достала еще одну папку, попросила его расписаться в нескольких местах, после чего вручила ламинированную карточку.

— Грузовик будет ждать у западных ворот через час. — Не успел он поблагодарить, как у стола снова стояли две ее подруги, еще более возбужденные, чем прежде. Пирс повернулся, собравшись уходить, но она окликнула его:

— Святой отец. — Женщина встала и перегнулась к нему через стол. — Можно вас попросить?.. Я... Я не исповедовалась с тех пор, как приехала сюда...

Пирс улыбнулся, вспомнив, как давно не принимал исповеди.

— Ну конечно. Я буду снаружи.

Он решил, что сделает в Кукесе все, что сможет, проведет там один день, окажет символическую помощь. Голос Анджели, звучавший в ушах, подсказывал, что это самое большее, что он может себе позволить.

Через два часа он сидел в кузове грузовика рядом с молодым врачом-индийцем. Никто не докучал ему разговорами. Бесконечные дорожные ухабы гарантировали молчание.

Каким-то образом они даже заглушили звук взорвавшейся мины.

— Когда?

Блейни сидел за столом, невидящим взором уставившись на картины, развешанные на противоположной стене. Все его внимание сосредоточилось на голосе на другом конце провода.

— Вчера. Около полудня.

— И я узнаю об этом только сейчас?

— Они были уверены, что найдут его снова, прежде чем...

— Прежде чем я обнаружу, что они его упустили?

Молчание в трубке.

— Мы думаем, что он побывал на Афоне и...

— Разумеется, он побывал на Афоне, — сказал Блейни. — Даже кардиналу это известно. Оттуда трезвонят сегодня начиная с пяти утра. А вы уверены, что он не пострадал на вокзале в Каламбаке?

— Да... Мне сообщили, что он сразу же встал на ноги. Никаких телесных повреждений. Но, как я уже сказал...

— Знаю. Никто в тот момент не был рядом с ним достаточно близко, чтобы быть твердо уверенным. — Блейни глубоко вдохнул. Он не хотел позволить гневу вырваться наружу. — Ладно. Надо убедиться, что он направляется на запад. По моим соображениям, он попытается попасть в Боснию, а может, в Албанию. Он хорошо знает этот регион. И знает, что там легко затеряться. Остается лишь надеяться, что он совершит ошибку.

— Да, святой отец.

— И я хочу, чтобы вы сами связались со мной, как только встретитесь с ним. На сей раз — никаких посторонних лиц. И никаких проволочек. Это ясно?

— Да, святой отец.

— Хорошо. — Блейни выдержал паузу. — Идите с миром, сын мой. — Он повесил трубку и повернулся к женщине, стоявшей в дверях. — Так, по-вашему, он говорил нормальным голосом, Джанетта?

— Да, святой отец.

— Но вы его не видели.

— Нет, толком не видела, святой отец. Только из окна, когда он уходил.

— И он не сказал, зачем я ему был нужен? Не упоминал чего-нибудь... чего-нибудь, что он хотел мне показать?

— Нет, святой отец.

— Хорошо. Спасибо, Джанетта. Можете идти.

Женщина поклонилась и вышла из комнаты, закрыв за собой дверь.

Блейни снова вперился в картины. «Никаких телесных повреждений». Хоть одна хорошая новость.

Пирсу повезло — всего несколько ушибленных ребер, рваных ран, вывихнутое плечо. Худшим последствием оказалась контузия. Врачи в Кукесе сказали, что отпустят его не раньше чем через четыре-пять дней.

Представитель Красного Креста и индийский доктор тоже вышли из передряги относительно невредимыми. А вот у водителя дела шли неважно. Он лежал на соседнем матрасе, оплетенный проводами и трубками, и почти не подавал признаков жизни, если не считать того, что грудь его едва заметно поднималась и опускалась при дыхании. Жара, царившая в палатке, лишь усугубляла его состояние.

С момента взрыва прошло полтора дня, и только сейчас к Пирсу стали понемногу возвращаться силы, позволяя сосредоточиться настолько, чтобы хоть по нескольку минут молиться за товарища по несчастью. Тем не менее улучшение было очевидно. Он даже смог подняться с матраса. В голове стучало, но он доплелся до полога палатки и вышел наружу.

По сравнению с тем, что открылось его взору, Блаце можно было считать курортом. При каждом вдохе он почти на вкус ощущал висевший в воздухе смрад. Повсюду — тысячи и тысячи трупов, больше животных, чем людей. Во время боснийской войны он посетил три таких лагеря, но ни один из них не мог сравниться с этим по своей протяженности. Сотни маленьких палаток испещрили раскисшее пастбище, там и сям виднелись засыпанные гравием площадки — входы дренажной системы, которую пытались проложить инженеры из МККК. Уборные тянулись в ряд вдоль склона, от переполнения нечистотами их спасала лишь гравитация. Между палатками была натянута сеть веревок, с которых свисали белье и одежда, на уровне глаз разгораживавшие пространство на каморки под открытым небом. Этот

прием Пирсу был знаком: стирать нечем и негде, кроме как под дождем.

Сам городок, спустя год после официального прекращения огня остававшийся все так же до неузнаваемости разрушенным, тонул в трясине этого брезентового ландшафта. Несколько уцелевших зданий были отданы исключительно под медицинские нужды. Тем не менее, как ему сказали, поток беженцев, особенно с наступлением жары, продолжал захлестывать лагерь, многократно превышая его вместимость. Влажность — это мухи; мухи — угроза эпидемий. Один сектор вот уже несколько недель был изолирован от остальных, но соблюдать правила карантина оказалось невозможно: члены семей ни за что не соглашались разлучаться. И никакая гуманитарная организация на свете не могла их переубедить.

Часовая прогулка. Это все, на что Пирсу хватило сил в тот первый выход.

При ясном осознании того, что нужно действовать (крик Анджели не шел у него из головы), он понимал: врачи правы — чтобы восстановиться, требовалось время. Они, возможно, не знали, насколько больше, чем можно было предположить, дало ему пребывание в лагере.

В течение следующих трех дней, по мере того как голова его постепенно прояснялась, Пирс делал, что мог. «Баба Пирсич»[1], как его здесь прозвали, снова стал священником. Женщин, детей, стариков в знакомых плоских шляпах, шерстяных жакетах и бесчисленных, надетых одна на другую одежках он даже успокаивал. Даже те, кто понимали, что никогда не выйдут из этого лагеря, хотели с ним поговорить. Не о Боге, не о вере — просто поговорить. Для выполнения замысловатых мусульманских обрядов повсюду бродило множество деревенских «ходжей», прекрасно умевших это делать.

По ночам он заставлял себя хоть немного поспать, стараясь не обращать внимания на вечно раздававшиеся душераздирающие

---

[1] Дядя Пирсич (*срб.*) — от турецкого «баба́» — дядя, дед.

крики. Разврат, словно вирус, распространялся даже среди отверженных. Эти крики обостряли его память. Никто, насколько он помнил, и тогда не заявлял об изнасилованиях. Не потому, что это было постыдно или чтобы не причинять лишней боли пострадавшим женщинам, а потому, что мужья и отцы относились к жертвам с омерзением, как к существам, отныне навеки нечистым. Независимо от обстоятельств, при которых совершилось насилие, и личности насильника. Доказательство того, что варварство не знает сострадания.

Неудивительно, что «Одопория» переместилась куда-то на задворки сознания Пирса.

На пятое утро он снова проснулся в медицинской палатке. Шофер все еще лежал, распростертый на голом матрасе. Пирс был рядом с ним во время последней операции и провел у его постели половину ночи. Лишь когда самая последняя доза морфия стала действовать на больного, он встал, чтобы прилечь на свой матрас. В этот момент голос сзади произнес по-английски:

— Я же говорил, что ты можешь отпускать грехи.

Пирс застыл на месте, не веря, что это ему не почудилось. Потом обернулся и едва удержался на ногах при виде знакомого лица.

— Салко?!

Мендравич прокладывал себе путь между матрасами, направляясь к нему, — та же огромная фигура, какую он знал по незапамятным уже временам, и объятие друга такое же удушающее, как то, последнее, перед их расставанием.

— Я тоже рад тебя видеть, Йен, — прошептал ему в ухо Мендравич. Потом отступил на шаг, и знакомая улыбка до ушей рассекла его лицо. — То есть, извините, святой отец.

Пирсу потребовалось несколько секунд, чтобы прийти в себя.

— Салко! Что ты тут...

— А тебе идет духовное облачение.

Все еще ошеломленный, Пирс снова спросил:

— Что ты тут делаешь?

293

— И это все, что ты можешь сказать? — рассмеялся Мендравич.

— Нет, я... — не находя слов, Пирс только качал головой. Потом схватил друга, притянул к себе и снова обнял. — Как же я рад тебя видеть!

— Я тоже, я тоже.

Даже отпустив его, Пирс никак не мог справиться с потрясением.

— Я все же не понимаю...

— Сражаюсь с сербами. Вот уже несколько месяцев тайно вывожу людей из Приштины. В основном через Черногорию.

— Но почему ты здесь? — Единственное, что Пирс мог сказать в тот момент.

— Потому что два дня назад я прослышал о некоем «бабе Пирсиче» из Кукеса — американце, в свое время побывавшем в Боснии. В Слитне, если быть точным. Большинство католических священников находятся либо на севере, либо в Македонии. Вот я и решил сам поехать и проверить. А ты тут как тут. Ну, так как твоя голова?

— Это невероятно.

— Ты ведь оставался на одном месте несколько дней, так что не так уж это невероятно. И все же — как твоя голова?

— Процентов на девяносто.

— Значит, лучше, чем раньше, — рассмеялся Мендравич.

Пирс хотел ответить на шутку, но в этот момент с одного из матрасов послышалось шевеление.

— Ладно, ты делай здесь, что положено, а я подожду снаружи, — сказал Мендравич.

Двадцать минут спустя Пирс присоединился к нему, и они зашагали рядом.

— Ты хороший священник.

— А ты — хороший повстанец.

Мендравич снова расхохотался.

— Ты мне льстишь. Я не вхожу в Освободительную армию Косова, но с пониманием отношусь к тому, что они делают. У нас ведь было то же самое. Дейтонские соглашения лишь усилили позиции Милошевича. До тех пор, пока твои друзья на Западе этого не поймут, другого выбора не остается: только сражаться с этими людьми.

— И ты ни разу за это время не ездил в Загреб?

— Разумеется, ездил. Но, наверное, зря. Это больше не мое.

— А в Слитну? Ты же там многих знаешь.

Мендравич остановился и тронул Пирса за руку.

— Слитна? — Пирс начал перечислять имена, но Мендравич перебил его: — Так ты не знаешь?

— Не знаю — чего?

— Петра тебе не сказала? — И прежде чем Пирс успел спросить, что именно должна была ему сказать Петра, Мендравич сам объяснил: — Вся деревня была разрушена. Стерта с лица земли. Через день после твоего отъезда. Тебе очень повезло.

— Вся деревня... — Новость поразила Пирса так, словно это произошло только вчера. — Но почему?

Видимо, трагедия была не менее свежа и в памяти Салко. Он покачал головой:

— А разве им когда-нибудь требовались основания?

— Но вы с Петрой...

— Нам тоже очень повезло. Нас в тот момент там не было — отлучились за чем-то, уж не помню, за чем. За чем-то, в чем остро нуждались в те дни. Когда мы вернулись, было такое впечатление, будто на том месте никогда ничего и не существовало. Кроме обломков. И тел.

— Я... я не знал.

— Вот как? А я думал... я был уверен, что Петра тебе сообщит... — Он внезапно остановился, словно только сейчас до него что-то дошло. — Когда ты последний раз с ней разговаривал?

— С Петрой? Через месяц, может, через два после отъезда. А что? У нее все в порядке?

— О, у нее все прекрасно. Она теперь живет в пригороде Сараева. Снова преподает. — Он опять зашагал. — У нее сын.

Пирс мысленно улыбнулся.

— Значит, она вышла замуж. Рад за нее.

— Нет. Замуж она не выходила.

Пирс поразился:

— Господи! Так она была...

Мендравич снова перебил его.

— Нет. Ничего подобного. Тебе не о чем беспокоиться. — Пирс кивнул. — Мальчику в мае исполнилось семь лет, — добавил Мендравич, глядя прямо перед собой.

— В самом деле?

— В самом деле.

Пирсу понадобилось еще несколько секунд, чтобы понять, что имел в виду друг. Семь лет.

Пирс остановился. Сын.

Хорват продолжал идти вперед. Пирс словно прирос к месту.

сын

Глава четвертая

Найджел Харрис сидел за завтраком в своем пентхаусе на верхнем этаже лондонского отеля «Кларидж». На маленьком столике перед ним лежало полтора десятка газет. Среди них пристроились чашка слабого чая, тарелка с двумя яйцами вкрутую, без желтков, и пиала с горячей овсянкой — обычный завтрак за последние двенадцать лет, кроме недавнего утра в Испании. Не то чтобы он не позволял себе фруктов, джемов и разных пряных закусок, но желудок терпимо относился только к строгой диете. Глаза оказались не единственной жертвой военной карьеры.

Последствия непродолжительного завтрака с графиней до сих пор давали о себе знать. Ну да ладно. Не то положение, чтобы отказаться: графиня строго поддерживала традиции гостеприимства. Что он ест, для нее не менее важно, чем то, что говорит. Харрис знал это, направляясь на встречу. Более того, он не сомневался, что слабость его желудка графиня истолкует как слабость характера. А этого он допустить не мог. Зато пока результаты встречи с лихвой окупали несколько дней недомогания.

Сделав первый глоток, он, как всегда, ощутил мгновенный приступ боли в животе. Связано с кислотностью, объясняли доктора. Отвратительно горький привкус желчи подступил к горлу, тошнотворный спазм перехватил глотку у основания языка, препятствуя жидкости пройти дальше. Он несколько раз с трудом сглотнул, бурное слюноотделение только усилило выделение желудочного

сока. Немного подождал, потом отправил в рот первый кусочек яйца. Харрис приучил себя мысленно прослеживать его путь по пищеводу, представлять, как эластичный белый комок прижимается к его стенкам, потом продвигается к центру грудной клетки, вбирая своей пористой поверхностью все токсины. Изжога начала утихать. Он съел второе яйцо. Рутина. Харрис уже почти не замечал ее. Почти.

Взяв из стопки последнюю газету, он развернул ее и пролистал до конца раздела «А» — обзорные статьи, комментарии, письма в редакцию. Никакого намека на вчерашние события. «Нью-Йорк таймс» предлагала свое обычное меню: эксперт Гуверовского института о политике США в Косове; Сэфайр о Клинтоне (очередная попытка изобразить Никсона в более благоприятном свете); мэр о реструктуризации налогов. Ничего, подождите до завтра. Пока придется читать это. Он уже ознакомился с редакционными статьями четырнадцати ведущих мировых изданий — повсюду разнообразные отклики на заявление миссии Альянса веры. «Таймс» он оставил напоследок. Лучшее средство для закалки воли.

Заглавие говорило само за себя: «Савонарола в цивильном».

Полковник откинулся на спинку стула и начал читать:

«Вчера Найджел Харрис, бывший исполнительный директор Коллегии Завета, начал новую кампанию, призванную представить его в качестве морального светоча Запада. Она нашла воплощение в организации с расплывчатым названием «Альянс веры», претендующей объединить под своей эгидой столь далеко отстоящие друг от друга сферы, как Голливуд и наука, Уолл-стрит и Церковь. Весьма широкая платформа, ничего не скажешь. Вооружившись списком из Двенадцати основных принципов (знаменательное совпадение чисел, не правда ли?), новоявленные апостолы нравственной непогрешимости решили, что настало время выступить против тех элементов общества, которые угрожают базовым устоям нравственности. Их ответ: межкуль-

301

турные и межрелигиозные инициативы, «лишенные политических претензий».

На абстрактном уровне мы аплодируем мистеру Харрису и его коллегам за их озабоченность, но заявление миссии Альянса порождает немало серьезных вопросов. Так и не определив четко основную цель своей кампании, мистер Харрис дает тем не менее понять, в каких областях деятельность его организации проявится в ближайшее время: музыка в стиле рэп, Интернет, однополые браки, обязательная молитва в школах и тому подобное. Весьма сомнительно, что в подобные, горячо дебатируемые в обществе проблемы можно углубляться, не имея политической программы.

Однако еще больше смущает расплывчатость самого определения «Альянса веры», в котором якобы «религиозные различия стираются, чтобы уступить место более широкому духовному единению». То, что мистер Харрис ратует за терпимость, похвально, особенно учитывая деятельность его бывших соратников по Коллегии Завета, которые от этой проблемы просто увиливали. Но то, что он предпочитает объяснять необходимость подобного перехода как ответ на «угрозу со стороны тех, кто священную войну трактует как одну из форм дипломатии», наводит на мысль о куда менее мирных намерениях. Использовать ислам в качестве жупела — едва ли лучший способ воспитать веротерпимость.

Для пятнадцатого века, для Савонаролы, бичевание...»

Харрис пробежал последний абзац: притянутая за уши, хотя и забавная историческая аналогия, суровое напоминание о возмездии, которое принял флорентийский проповедник от рук своих последователей... Судя по реакции других газет, у Харриса нет особых причин прислушиваться к этому предостережению. В подавляющем большинстве они выражали полное одобрение: пятьдесят тысяч электронных писем за последние два часа.

Для четверти восьмого утра неплохой результат.

302

Пирс сидел на огромном валуне, из тех, что усеяли весь склон горы. В полутора сотнях метров внизу простирался лагерь. К востоку от него, ограниченное цепью гор, виднелось искусственное озеро — любезный дар гидроэлектростанции Фиерза, — распластанное, как огромный блин, безмятежно гладкое. Вода в нем, согласно заключению экспертов Красного Креста, была давно загрязнена и не пригодна ни для питья, ни даже для мытья. Впрочем, никто на это заключение не обращал ни малейшего внимания. Беженцы продолжали пользоваться озером, считая дизентерию, понос и грибок умеренной платой за попытку уйти от мерзости повседневного существования. Пирс видел группу женщин на берегу, однако женщины были слишком далеко, чтобы разобрать, что они делают. На расстоянии картина выглядела мирной. Здесь, на склоне, можно было немного передохнуть, отрешившись от царившего внизу хаоса.

Мендравич терпеливо ждал. Они пришли сюда уже час назад и сидели молча. Наконец Пирс заговорил:

— Она должна была мне сказать. — Мендравич промолчал. — Она знает обо мне?

Мендравич ответил не сразу.

— Час назад я бы сказал: да. Теперь... — Он не закончил фразы. — Я думал, что она тебе сказала. Я уже несколько месяцев с ней не виделся.

Пирс кивнул, продолжая неотрывно смотреть вниз, на выжженную поляну с почерневшими вывороченными корнями и пока еще зеленеющими перышками травы. Откуда взялся ожог на земле? Пирс сидел, невидящим взором уставившись на эту обугленную рану.

В какой-то момент — когда именно, он уже сам не помнил — Пирс сорвал с себя пасторский воротник. Теперь, увидев, что держит его в руке, он повернулся к Мендравичу.

— Ты все еще считаешь, что он мне идет?

Подумав, Мендравич ответил на вопрос вопросом:

— Что ты на самом деле здесь делаешь, Йен?

— Хотел бы я сам это понять.

— Я не то имел в виду.

— Знаю. — Что бы ни имел в виду Мендравич, Пирс мысленно задавал себе этот вопрос на протяжении последнего часа и находил лишь один ответ: этим словом, похоже, можно было определить последние восемь лет его жизни.

Бегство.

Не от Петры и мальчика, о них-то он ничего не знал. Но и того, что, ему казалось, в свое время он обрел в церкви, — а что обрел? — на самом деле тоже не было. Давно. Слава Богу, он никогда не терял веры в Слово, в его могущество — она пребывала с ним всегда, — однако служение Церкви теряло всякий смысл, если сама она становилась источником дурных предчувствий. Оставалось лишь гадать: что, в сущности, отличает его от своего отца, кроме пасторского воротника да ватиканского адреса? Священник не священник, посмотрим со стороны. Бросил Боснию и Петру, чтобы посвятить себя религии. Бросил Бостон, чтобы стать ученым. Бросил Чечилию Анджели... А ее-то ради чего? Кукес был просто еще одним изящным витком в этом слишком предсказуемом узоре. И таким же бесполезным.

Потрясение от известия о том, что у него есть сын, не имело никакого отношения к нарушению обета целомудрия, церковного канона и к смертному греху. Оно касалось лишь ребенка, женщины и мужчины. И осознания собственной жизни как постоянного бегства.

— Ты ведь здесь не для того, чтобы помогать беженцам, — сказал Мендравич, словно прочитав его мысли.

Пирс медленно повернулся к нему.

— Почему ты так говоришь?

— Потому что тебя никто не посылал. В списках МККМ ты не значишься. А в Ватикане считают, что ты в Риме. Такое впечатление, что ты появился здесь из ничего.

304

— Ты связывался с Римом?

— Мне же надо было убедиться, что ты тот самый священник. Я не собирался проехать пол-Косова, чтобы найти не того, кого нужно.

Пирс помолчал. Почему-то упоминание о Риме насторожило его. Он пристально посмотрел на Мендравича.

— Я направляюсь в Вишеград.

Внезапное признание застало Мендравича врасплох.

— Что?

— А потом ты отвезешь меня к Петре.

Прежде чем Мендравич успел ответить, Пирс встал.

— Ты прав. Я здесь не ради беженцев. И, к сожалению, позволил себе об этом забыть.

Не ожидая ответа приятеля, он стал спускаться по склону.

В летний полдень виа Кондотти представляет собой бурную людскую реку, запруживающую улицу от стены до стены. Водопад туристов, низвергающийся с Испанской лестницы, принимает в себя приток покупателей, вливающийся с Корсо, и достигает критической массы часам к четырем. Самое неудачное время, чтобы пробиться к зданию, стоящему в середине улицы. Время сыграло с Артуро Лудовизи дурную шутку: самолет из Франкфурта опоздал ровно настолько, чтобы он получил удовольствие от виа Кондотти в час пик. Но при нем была бухгалтерская книга, которую следовало запереть в сейфе без промедления.

Протиснувшись наконец сквозь толпу, он добрался до дома номер 201 — строения, замечательного разве что своей заурядностью: четыре этажа темно-серого кирпича, зажатые между двумя элегантными бутиками с предметами мужской одежды, напяленны-

ми на безликие манекены, в витринах. Зеркала отражали аскетич-
ный интерьер: голые стены, почти никаких товаров на виду. Лудовизи никогда не мог понять этого замысла.

Нащупывая в кармане ключ, он незаметно огляделся, чтобы
удостовериться, что никто не проявляет к нему особого интереса.
Довольный результатом осмотра, повернул ручку и вошел внутрь.

Закрыв дверь, он ощутил запах волглой шерсти, щелкнул вы-
ключателем, и ветхость помещения, которую скрадывал мрак, ясно проступила в свете зажегшихся ламп. Узкая лесенка в глубине
небольшого вестибюля вела на второй этаж. Прогнувшиеся от старости ступени идеально сочетались с такой же обшарпанной балю-
страдой. Коричневая ковровая дорожка, плешивая и грязная, была
туго натянута поперечными металлическими стержнями на каждой ступеньке. Она смягчала шаги и заглушала скрип упрятанного
под ней дерева. Выцветшие обои с бледно-голубым рисунком —
цветы в вазах, насколько еще можно было различить, — тщетно пытались оживить унылый интерьер. Впрочем, годами накапливав-
шийся табачный дым покрыл обои желтовато-коричневым нале-
том. В целом все это представляло собой грязный колодец высотой
в четыре этажа.

Но на короткий миг этот вид мысленно перенес Лудовизи
в другой убогий маленький вестибюль другого здания, уже давно не
существовавшего, и воздух словно бы наполнился визгом настраи-
ваемых скрипок и кряканьем труб. Маленькая консерватория доктора Мазаччио в Равенне, огромная ступня маэстро, отбивающая
ритм, толстый палец, тыкающий в нотную страницу, злобный
взгляд, устремленный на молодого Лудовизи, снова и снова пытаю-
щегося воспроизвести проклятую триоль, — как всегда, безуспешно. Он всегда увереннее чувствовал себя в ансамбле. Классы были
забиты юными виртуозами, но все они, кроме нескольких избранных талантов, только раздражали великого маэстро.

Вот уже сорок с лишним лет Лудовизи не брал в руки кларнет,
и дом 201 по виа Кондотти не вдохновлял на занятия музыкой.

306

Связано это было с тем, что обычно старое здание вызывало у него куда более сильные воспоминания, чем музыка Моцарта и Вивальди. Ведь именно оно когда-то стало местом действия самого сокрушительного финансового скандала в истории Ватикана. Наиболее горький эпизод той драмы — Роберто Кальви, болтающийся на веревке под лондонским мостом Блэкфайарз в июне 1982 года, — таков был конец бесславной карьеры доверчивого простофили, которого фон Нойрат в той ситуации хитроумно сделал козлом отпущения. А то, что прессе вместе с бесчисленными «теоретиками заговора» удалось спутать все факты, связанные со смертью Кальви, лишь добавило гениальности замыслу кардинала. История получилась столь интригующей, что сам Марио Пьюзо нашел нужным вставить ее в свою трилогию «Крестный отец». Масонство, отмывание денег мафии, смерть Иоанна Павла Первого. Все каким-то чудесным образом сошлось воедино. Вспоминая те события, Лудовизи и теперь не мог удержаться от улыбки.

Надо отдать должное фон Нойрату, он никогда не намеревался подорвать престиж Института по делам религий (IOR), известного в миру как Банк Ватикана. По крайней мере, на первых порах. Его цель была куда скромней — некто Лицио Джелли, бывший соперник за пост *summus princeps* — высший пост в Братстве.

Рожденный в 1919 году, Джелли избрал скорее политическую, нежели религиозную стезю манихейства. В Испании 1930-х внедрился в батальон итальянских чернорубашечников, позднее, во время войны, — в дивизию СС «Герман Геринг». В пятидесятые занял позицию ведущего игрока в итальянской разведке, а также сыграл важную роль в операциях таких зловещих организаций, как «Гладио» и «Стей Бихайнд». Они должны были стать основой антикоммунистического партизанского подполья на случай наступления Советов. Однако, создав, казалось бы, идеальный передовой отряд для «Великого пробуждения», Джелли оказался слишком на виду. В 1960-м его обошел куда более молодой фон Нойрат. Джел-

307

ли решил, что исчерпал для себя выгоды связи с манихейством, и предпочел ему обыкновенный фашизм.

У него был доступ к самым секретным документам европейских разведок — и соответственно возможность пополнять свои закрома с помощью шантажа. Он также располагал сетью из пятнадцати тысяч агентов и основал организацию под названием «Пропаганда Два» («П2») — личную теневую армию, протянувшую свои щупальца во все сферы итальянской жизни. Во время суда над ним в 1983-м один из обвинителей утверждал, будто в конце 1960-х в «П2» входили «три члена кабинета министров, несколько бывших премьер-министров, сорок три депутата парламента, пятьдесят четыре высших должностных лица, сто восемьдесят три представителя верхушки армии, флота и военно-воздушных сил, судьи, крупнейшие банкиры, редактор ведущей государственной газеты («Коррьере делла сера»), университетские профессора и главы трех основных секретных служб». Несмотря на ограниченные возможности непосредственно влиять на политику Италии, «П2» все же могла создать серьезные трудности, особенно учитывая необычайную осведомленность Джелли о структуре манихейских ячеек.

Поначалу фон Нойрат не предпринимал решительных действий. Он намеревался лишь контролировать Джелли, а не уничтожать его. Понимая, что «Пропаганда Два» — идеальный отвлекающий маневр для маскировки организации манихеев (в те дни, после убийства Кеннеди, все были помешаны на заговорах), кардинал создал миф о Ложе. Он сознательно допустил утечку информации, согласно которой «П2» якобы в действительности была последним звеном в длинной цепи тайных обществ, наследников ордена тамплиеров: франкмасоны, Мальтийский орден, карбонарии. Все организации, с которыми не стоит шутить. Забавы ради он намекнул, что Ватикан участвует в ее финансировании во имя священной борьбы против безбожников-левых. (В конце концов Банк Ватикана в течение многих лет поддерживал весьма сомнительные

связи с «Пауком» и «Одессой», разветвленными структурами, помогавшими бывшим нацистам бежать из Европы. Чего же ему не сотрудничать с «П2»?) Нескольких приспешников, сидящих на нужных местах в нужных офисах, было вполне достаточно, чтобы питать слухи. И пока Джелли продолжал вести собственную грязную игру — довольно примитивную, — именно фон Нойрат зорко следил за тем, чтобы «П2» приписывали причастность к любым проявлениям террористической активности в Европе и на Ближнем Востоке: от торговли оружием до продажи сырой нефти. Прекрасный тест на влиятельность организации манихеев. В сущности, в конце 70-х было практически невозможно раскрыть какие бы то ни было грязные операции, чтобы к ним тут же не прилип ярлык «П2». Люди, связанные с секретными службами, не сомневались, что влияние Джелли распространяется до самой Южной (Хуан Перон) и даже Северной Америки (Александр Хейг и администрация Никсона). И хоть на самом деле «П2» имела отношение, дай Бог, к десятой доле подобных дел, это ничего не меняло. Джелли — быстро получивший прозвище «Кукловод» — считался ответственным за все. Любители везде видеть заговоры обрели своего демона.

Фон Нойрат, быть может по наивности (хотя Лудовизи никогда не считал его наивным), верил, что в конце концов какая-нибудь из многочисленных международных организаций по борьбе с преступностью доберется до Джелли и положит конец его деятельности. Однако ничего подобного не происходило. Напротив, влиятельность Джелли начинала действительно соответствовать той репутации, которую сочинил для него фон Нойрат. Ватикан и мафия стали двумя основными финансистами «П2». Теневая игра явно не достигала своей цели.

Продолжая считать, что «П2» прекрасно служит для отвода любопытных глаз, фон Нойрат осознал, что реальную угрозу представляет собой лично Джелли. Поскольку тот развивал все большую активность, фон Нойрат построил свой план, исходя из посылки, что его старому сопернику понадобится укромное место для отмывания денег, которые он получал от своих сомнительных партнеров. Для того, чтобы отвести подозрения от Банка Ватикана. И здесь в действие вступили Роберто Кальви и его Банк Амброзиано, базирующийся в Милане. Кальви был у фон Нойрата в кармане с середины 1960-х, когда банк переживал тяжелые времена. Вливанием частных инвестиций манихеи охотно спасли его, а потом потребовали взаимной услуги. Кальви стал посредником Джелли. Грязные деньги потекли через его банк, Ватикан же оставался чистеньким.

До тех пор, пока фон Нойрат не приказал Кальви внести путаницу в налаженную схему.

Скандал вокруг Кальви, включавший в себя Джелли, недостачу в Банке Амброзиано одного и трех десятых миллиарда долларов и связь с отмыванием денег — кажется, мафии через IOR, — в 1982 году стал новостью номер один во всех газетах и покатился как снежный ком. Самоубийство Кальви вынудило Ватикан создать независимую комиссию. Тогда-то один из ее второстепенных членов — молодой аналитик по вопросам инвестиций Артуро Лудовизи — и получил доступ к секретной информации о финансах Ватикана. Дополнительное преимущество. Окончательный результат: смятение в самом сердце папства, заключение Джелли в тюрьму (в 1986 году, через два дня после сообщения о побеге из швейцарской тюрьмы, его тело было доставлено фон Нойрату) и роспуск «П2». Тем, кто привык повсюду видеть тайные организации, и прочим искателям заговоров, победа казалась окончательной: больше никого искать не нужно.

И тонким режиссером всего этого был фон Нойрат.

Манихеи извлекли из этой истории даже больше выгоды, чем рассчитывали. Они легко включили ячейки «П2» в собственную сеть — притом те считали, что по-прежнему работают на Джелли в лице его преемника, некоего Артуро Лудовизи. Правда, на первых порах вид маленького нервного человека их немного обескураживал. Но финансовый гений Лудовизи легко победил сомнения.

К тому же кто поверит, что такой человечек может возглавлять «П2»? И все ячейки с готовностью передали ему право подписи финансовых документов. В результате первые ростки пятидесятнического, баптистского и методистского манихейства прочно укоренились в Штатах. И, как венец всему, Лудовизи — по личной рекомендации кардинала-камерленго — попросили остаться в Банке Ватикана, предоставив ему пост старшего аналитика с большой свободой действий. Неплохой результат затеи, которая начиналась с небольшого наведения порядка в собственном доме.

Именно связь Лудовизи с ячейками бывшей «П2» облегчила его нынешнюю поездку. Восемнадцать городов за девять дней, 30 миллионов долларов, полученных от шестисот с лишним ячеек. Если «Великое пробуждение» не за горами, как обещал фон Нойрат, такое финансовое вливание более чем своевременно. Оставалось лишь позаботиться о записях в привезенной с собой бухгалтерской книге, привести их в соответствие с цифрами в ватиканской базе данных.

Потому-то и надо было поскорее добраться до дома 201 по виа Кондотти.

Поднявшись на второй этаж, он проследовал в дальний кабинет, маленькую комнатку, в которой умещались лишь кресло да обшарпанный стол, привинченный к полу, — странная особенность для непосвященных. Единственное окно выходило на глухую аллею и толком не давало ни света, ни тем более воздуха. Лудовизи любил посидеть здесь, где никто его не беспокоил, никто не задавал вопросов. Он включил настольную лампу, потом дернул шнур — заработал вентилятор под потолком. Сел в кресло, достал из кармана маленькую пластиковую карточку и начал водить пальцами по нижней поверхности столешницы; нащупал узкую прорезь слева, вставил в нее карточку. Спустя мгновение один из ящиков стола выдвинулся, в нем обнаружилась кнопочная консоль — гораздо более замысловатая, чем можно было ожидать. Лудовизи набрал комбинацию цифр, панель в центре стола отъехала,

открыв экран компьютера. Для бесперебойной работы стол и крепился наглухо к полу.

При всем восхищении техническими возможностями агрегата, Лудовизи ему особо не доверял. Слишком велика опасность, что кто-нибудь посторонний сумеет проникнуть в файлы. Именно поэтому он продолжал пользоваться письменной бухгалтерией для работы с манихейскими счетами. Эту существовавшую в единственном экземпляре книгу он надежно прятал. Но поскольку Ватикан пять лет назад перешел на более модернизированную систему учета, у него не было выбора — время от времени приходилось иметь дело с этой ученой штуковиной.

Открыв нужный файл, он начал печатать.

Двадцать минут спустя база данных IOR отражала последние расходы — учреждение фондов гуманитарных проектов, основание школ по всей Латинской Америке, поддержка демократических движений на Дальнем Востоке. Ничего, что поддавалось бы точной проверке. То, что более половины из тридцати собранных миллионов ушло на финансирование Альянса веры, нигде отражено не было.

Лудовизи достал из кармана другую карточку и несколько секунд шарил, нащупывая другой паз — справа. Найдя, сунул в него карточку. Выдвинулась другая консоль, на которой он набрал другую комбинацию цифр. Она открыла доступ в сейф, расположенный в двух нижних ящиках правой тумбы. Лудовизи положил туда бухгалтерскую книгу и запер сейф. Проверив, не осталось ли следов на столе, он вынул обе карточки из пазов. Компьютер и консоли исчезли, древняя столешница обрела прежний вид. Лудовизи разломал обе карточки пополам и выбросил в окно.

Через минуту он вышел на виа Кондотти, чтобы направиться к Корсо, как вдруг кто-то крепко схватил его за руку. Он обернулся, ощутив острую боль в плече, и увидел справа от себя мужчину.

— Что... что вы делаете?!

Мужчина незаметно крутанул его руку:

— Тихо.

Они пересекли Корсо. При их появлении задняя дверь стоявшего неподалеку лимузина открылась. Мужчина помог Лудовизи
забраться в машину и захлопнул дверцу снаружи. Замки тут же за-
щелкнулись.

Внутри, глядя на него в упор, сидел Стефан Кляйст.

Пирс отодвинул полог палатки и вышел. Он был одет в чистые,
хотя и мятые брюки и рубашку. Его духовное платье было поделе-
но между многочисленными соседями по палатке. Те поначалу ко-
лебались — все-таки церковное одеяние. Не то чтобы они были рев-
ностными католиками, но в их положении никто не хотел иску-
шать судьбу, независимо от того, чей Бог тут распоряжается. С другой стороны, лишняя пара штанов и пиджак, конечно же, приго-
дятся, стоит лишь похолодать. Пирсу не пришлось слишком долго
убеждать, что им одежда куда нужней, чем ему, — и не только по
причинам, что и так ясны, а еще и по тем, которые ему неприятно
было признавать.

Прошло сорок минут с тех пор, как Мендравич отправился раз-
добывать, что удастся: воду, еду и, самое главное, места в транспор-
те, отправляющемся на запад. Желательно — в Подгорицу. Не самый бойкий маршрут, зато самый надежный. Небо предвещало
неминуемый ливень, и оба понимали, что нужно уезжать отсюда
поскорее, пока не сойдет на палатки оползень из нечистот. Мендравич ушел, не допытываясь у Пирса о причинах изменения его
планов. Хорват больше пекся о том, чтобы каждому в палатке досталось по глотку сливовицы, которую он принес с собой. Это напомнило молодому священнику, каким надежным опекуном всегда был для него друг. Вот и лишнее тому доказательство.

Еще один знак свыше.

Но не только благотворное воздействие Мендравича заставило Пирса вспомнить о Божьей воле. И не то, что хорват идеальный проводник для предстоящего путешествия. Эти два обстоятельства были слишком просты для укрепления веры. Скорее, дело в том смятении, которое вселил в его душу друг сообщением о Петре и мальчике. Оно стало суровым вторжением реальности в более или менее налаженную жизнь Пирса. То, что действительно свидетельствовало о Высшей воле здесь, как тогда там, на Афоне, была жестокость: там — природы, здесь — неумолимой правды, явленной не ради испытания веры, а ради познания ее сути. Ошеломляющей, неумолимой, быть может, даже мучительно-гложущей, но в конечном счете человеческой по своей природе. Живая вера в подлинном своем смысле, подобная исступленному восторгу святой Терезы, рожденному истинной борьбой, — само состояние человека, начертанное резкими, рваными линиями. Куда девалась безмятежность, взлелеянная в монастырском уединении! Тлеющая зола самодовольства способна лишь замутить ясность, затянуть ее пеленой блаженства, служащего лишь самому себе. Вера требует противостояния. Ясность нуждается в решительности.

Все это стало доходить до Пирса только теперь.

— Баба Пирсич? — Он опустил взгляд. Мальчик лет десяти смотрел на него снизу вверх; от недоедания и бродячей жизни глаза малыша были слегка навыкате. Но когда он заговорил, в них появился живой блеск. Было видно, что ему очень нужно поговорить со священником, однако смущает цивильная одежда. — Святой отец?

— Да, это я. Что случилось?

— Какие-то люди. Дедушка мне сказал. Люди снаружи. Они вас ищут. — Пирс с трудом разбирал сербскую речь, однако понял более чем достаточно по страху, сквозившему в голосе мальчика.

— Они сказали, что им нужно?

Ребенок молча показал в сторону западных ворот, потом повторил:

— Какие-то люди. Они вас ищут, — и мгновенно скрылся в лабиринте палаток и натянутых между ними веревок.

«Люди снаружи». Странное определение. Пирс знал, что десятилетнему мальчику, живущему в этом лагере, не составляет труда различать по форме представителей разных гуманитарных миссий, а также Освободительной армии Косова, НАТО и албанской полиции. Расплывчатое определение «люди снаружи» говорило о том, что мальчик не зря напуган.

Первой мыслью Пирса было: австриец. Прошло уже пять дней, вполне достаточно, чтобы у того кончилось терпение. Пирсу оставалось лишь надеяться, что они все еще нуждаются в Чечилии, даже если и не установили его местонахождение. Но найти его — полдела: они вполне могли засечь звонок Мендравича в Рим, проследить за его поисками священника в беженском лагере. Им по-прежнему требовалось нечто, что позволяло бы контролировать его на свободе. Пирс молил Бога, чтобы они не узнали о других крючках для него, кроме Чечилии Анджели.

С другой стороны, может, это греческой полиции повезло? Вероятно, они нашли угнанный автомобиль Андракоса и установили связь между Блаце и Кукесом?

Но, кем бы они ни были, Пирс точно знал, что должен увидеть их прежде, чем они увидят его. Оценив свои возможности, он быстрым шагом пересек протоптанную дорожку и нырнул в третью от его собственной палатку. На него тут же уставилось несколько знакомых лиц: четыре женщины в возрасте от одиннадцати до шестидесяти, четырехлетний мальчик и мужчина за семьдесят.

Прежде чем кто-то из них успел открыть рот, Пирс предупреждающе приставил палец к губам: тихо! Этот знак они научились отлично понимать уже давно, когда в разгар войны были вынуждены прятаться по подвалам и чердакам, ожидая, пока сербы, прихватив награбленное, уйдут дальше. Достаточно оказалось его и сейчас. Пирс благодарно кивнул и, повернувшись, стал смотреть в щель между створками полога.

Меньше чем через минуту он их заметил: четверо мужчин вызывали подозрение не только одеждой, но и поведением. Судя по выражению лиц, эти люди недавно попали в военную зону: слишком уж старательно пытались они скрыть свое отвращение к царившим вокруг грязи и разору. Облаченные в полевой камуфляж, ветровки и бледно-желтые, шнурованные до половины голени горные ботинки, они вполне могли сойти за членов альпинистского клуба выходного дня. Если бы, разумеется, не их физические данные: каждый ростом в метр восемьдесят, с военной выправкой, широченными плечами и мощными накачанными бицепсами. Весь их облик вопиял о принадлежности к армии. Но в отличие от своих римских товарищей эти представители Ватикана были лишены той самоуверенности, какую Пирс отметил при первой встрече с их коллегами. Напротив, эти казались более... человечными, что ли. Другого слова он подобрать не смог. Даже когда мужчины разделились, чтобы окружить палатку, в которой прежде жил Пирс, типичными для коммандос знаками они не пользовались. Один занял позицию позади палатки, второй — метрах в трех южнее, третий — в трех метрах севернее. Действия их были точны и слаженны.

Убедившись, что все на своих местах, четвертый кивнул и вошел внутрь.

Минуту спустя он появился снова, таща за собой одного из соседей Пирса: Акифа Дему, брадобрея, устроившего свою парикмахерскую под ближайшим брезентовым тентом. Ему в качестве прощального подарка достался пиджак Пирса. Тем он в первую очередь и привлек внимание. Дема несколько раз отрицательно мотнул головой, показывая в сторону медицинских палаток конвульсивным движением руки. Это вызвало легкую усмешку у ватиканского посланца, прекрасно понявшего, что делает или пытается сделать беженец. Изгнание дикими гусями излишне любопытного чужака. Трюк, может, и удался бы, не появись в этот самый момент Мендравич.

Дема, никудышный актер, не смог сдержать своей реакции; Мендравич тут же стал главным объектом внимания. В своей одежде он не имел ни малейшего шанса сойти за беженца, и этот факт не ускользнул от четверки преследователей. Словно по команде, они начали незаметно, но со слаженностью, выдающей безусловное знакомство с подобными ситуациями, смыкать кольцо. Пирсу оставалось лишь наблюдать за их странным танцем.

К счастью, Мендравич тоже прекрасно знал свое па. Глядя себе под ноги и делая вид, что ничего не замечает, но с той сосредоточенностью, которая говорила, что в его голове уже созрел план действий, старый друг шагал по дорожке. Дойдя до того места, откуда Пирс мог его слышать, он поднес руку к лицу, чтобы почесать щеку, и, не сбавляя шага, тихо прошептал:

— Подожди, пока они не уйдут за мной. Встречаемся у северных ворот.

Пирс понятия не имел, откуда Мендравич узнал, что он внутри этой палатки. Да и времени на размышления не осталось. В это мгновение хорват прыгнул влево, как давешний мальчишка, превратившийся внезапно в дикого медведя, и стремительно исчез среди палаток. Трое ловцов устремились за ним.

Один остался рядом с Демой. Он стоял как вкопанный, только голова его медленно вращалась наподобие радара, тщательно сканируя палаточное пространство.

Его взгляд задержался на палатке, в которой прятался Пирс, и человек направился к ней.

Если вера требует противостояния, то Пирс понял, что находится на пороге обретения ее во всей полноте. Человек ускорил шаг. Пирс почувствовал, как учащенно забилось сердце, подпрыгнув куда-то к горлу. У него оставался лишь один выбор — идти. Распахнув полог, он метнулся наружу и, успев заметить, что преследователь узнал его, нырнул вправо, под свисающую с веревок одежду.

Тут же раздался топот погони. Стараясь ни о чем не думать, Пирс бежал между палатками, петляя и пригнувшись как можно

ниже, чтобы не задевать за веревки головой, а пуще того — чтобы его не было видно; в голове будто бродил хмель. Он внимательно смотрел на дорогу, не дальше метра вперед, чтобы не споткнуться или не угодить в яму. Стоило дороге чуть-чуть расшириться, как на ней тут же объявлялись кучки людей, которые приходилось то огибать, то прорезать насквозь. Вслед ему неслись ругательства, акустические волны этого локатора сопровождали его на всем протяжении бега. По интенсивности второй волны, сопровождавшей появление преследователя, Пирс мог безошибочно вычислять расстояние между ними. Оно становилось все короче и короче.

Пирс изо всех сил выдерживал направление на север в надежде оказаться возле северных ворот. Через несколько минут он отчетливо ощутил перемену в атмосфере: гнилостный запах ослабел, дышать стало легче, как за мгновение перед грозой, когда небо и земля чернеют от туч и все застывает на миг, затаив дыхание в предвкушении грядущей прохлады. Он почти на вкус почувствовал ее приближение; небо начало разверзаться, сначала нерешительно, потом все быстрее, потоки воды обрушились на землю, под ногами захлюпало, и Пирс вмиг промок до нитки. Под барабанный бой дождя по брезентовым крышам он мчался от палатки к палатке. Казалось, все иные звуки исчезли, теперь было бессмысленно прислушиваться к чему-то или кому-то, находившемуся позади, — остался лишь булькающий мирок вокруг него, отгороженный от остального пространства этим неумолкающим заградительным огнем.

С неправдоподобной быстротой почва под ногами становилась все более скользкой, крохотные ручейки не пропускали ни малейшего углубления, заполняя все колеи от тележек и тачек, составлявшие разветвленную ирригационную сеть. Серые тучи огромной пористой массой все ближе прижимались к земле, превращая день в досрочно спустившиеся сумерки. Пирс уже полностью потерял представление о том, как далеко углубился в палаточный лабиринт, но не решался оторвать взгляд от земли и осмотреться. Он продолжал бежать, не смея даже на миг обернуться, чтобы увидеть, на-

318

сколько близко от него находится его преследователь. Веревки, прежде бывшие препятствием, теперь служили путеводными нитями, он скользил по ним рукой для устойчивости, отыскивая дорогу от одной узкой тропинки к другой, справа и слева валялись опрокинутые временные заборы и стулья.

Минута неслась за минутой, но ворот не было видно. Легкие и мышцы начинали сдавать, в голове стучало, горело в горле, и никакое количество адреналина не могло затушить этот пожар. Он заставлял себя двигаться вперед, но грудь сдавило, и судорога сводила бедра. Решившись бросить взгляд через плечо, он ожидал увидеть стремительно приближающуюся массивную фигуру.

Однако дорожка позади оказалась пуста.

Удивленный, Пирс замедлил шаг, потом остановился. Согнувшись, упершись руками в колени, он судорожно глотал воздух; дождевая вода потоками обрушивалась на его волосы, тяжелые капли падали на лицо. Он стер их и снова оглянулся, подозревая, что пелена дождя просто закрывала ему дальний обзор и сейчас он увидит бежавшего за ним человека всего в нескольких метрах от себя. Ничего. Вспышка молнии осветила окрестность и подтвердила, что он здесь один. Все еще не веря этому, Пирс выпрямился. Он все еще тяжело дышал, но боль постепенно отступала, и губы растянулись в невольной улыбке: оторвался! Мгновенно почувствовав уверенность, он осмотрелся, чтобы лучше сообразить, куда его занесло.

У него чуть не подкосились ноги, когда метрах в двадцати пяти от себя он увидел преследователя. Размашисто, высоко поднимая колени, не обращая внимания на летящую во все стороны слякоть, тот странными механическими прыжками двигался вдоль веревочной линии. Каким-то образом он вычислил маршрут Пирса и постарался выйти наперерез. При первом же раскате грома Пирс развернулся. Слишком резко для столь скользкой поверхности — пришлось упереться ладонью в землю, чтобы не упасть, — и буквально пополз вперед. Только бы очутиться подальше. Мальчишки-

ны ботинки не подходили для такой склизкой грязи. Лишь на миг он оглянулся, ему почудилось, как в кошмаре: ноги не слушаются, тело завязло в раскисшей земле, он цепляется руками за что попало, пытаясь встать. Сделав бросок до ближайшей веревки, он ухватился за нее, сумел подняться на ноги и тут же сквозь навязчивую дробь дождя уловил приближающиеся сзади шаги.

Когда дыхание преследователя стало слышно, Пирс обернулся и всего в пяти метрах от себя увидел прозрачные голубые глаза. Они, однако, не выражали той угрозы, которую воображал Пирс. Более того, человек, казалось, стал замедлять шаг и свободно опустил руки — странно расслабленная поза предполагала скорее миролюбие, чем угрозу.

Длилось это не более секунды.

Внезапно откуда-то справа вихрем метнулась смутно различимая фигура, руки уперлись человеку в грудь, повалив его на ближайшую палатку, колышки вырвались из земли, и рухнувший брезент накрыл обоих.

Нападавший снова вскочил и, резким движением подняв противника, нанес ему удар коленом в пах. Пирс узнал Мендравича. Преследователь вмиг сложился пополам, невольно подставив голову под второй удар, который и последовал незамедлительно. Голова безвольно откинулась назад, тело начало медленно оседать на землю.

Вся сцена заняла не более десяти секунд. Пирс наблюдал за ней в изумлении.

Мендравич обшарил карманы своей жертвы в поисках документов. Ничего не обнаружил, подошел к Пирсу и помог ему встать.

— Не беспокойся, — прокричал он ему сквозь шум дождя. — Минут через двадцать очухается. Денек-другой поболит голова. Ты же знаешь, как это бывает.

Пирс так и не смог понять, что тут произошло.

— Откуда ты здесь взялся? — прокричал он в ответ.

Мендравич повел его в то место, откуда только что выпрыгнул, и указал через сплетение веревок: северные ворота. Как оказалось, они находились в каких-то метрах тридцати пяти — два блочных строения с каждой стороны, пропускной пункт для тех, кто хотел войти в лагерь или выйти из него. Странное скопление грузовиков и микроавтобусов теснилось на открытой площадке перед зданиями. Два албанских часовых в плащах наблюдали за площадкой, укрывшись от дождя в кузове самого большого грузовика и положив винтовки рядом с собой. Судя по всему, это был не самый обременительный пост в лагере. Вероятно, внутри железобетонных сараев находилось еще два-три человека. Пирс никак не мог поверить в свою удачу, приведшую прямо к нужным воротам.

— Я явился сюда всего за минуту, может, за две до тебя, — прокричал Мендравич. — И увидел сначала твою голову над палатками, потом еще одну. Его, — он указал на валявшееся без сознания тело. — Точнее, я догадался, что это ты. — Он двинулся к контрольному пункту.

— А остальные трое? — поинтересовался Пирс, следуя за ним.

— Дождь помог. — Мендравич, видимо, счел излишним углубляться в детали, а Пирс не нашел причины настаивать.

Когда они вышли на открытое место, один из албанцев спрыгнул на землю. По его улыбке можно было догадаться, что они с Мендравичем уже обо всем договорились.

— Он требует еще две сотни долларов, — тихо сказал хорват. — Надеюсь, у тебя найдутся.

Пирс снял с плеча рюкзак — очевидно, слишком быстро, потому что оба албанца насторожились. Тот, что оставался в кузове, потянулся за винтовкой, а тот, что направлялся к ним, остановился и посерьезнел. Мендравич поднял руки и широко улыбнулся; Пирс сделал то же самое. Когда до часового осталось несколько метров, хорват миролюбиво заговорил по-албански.

— Мой друг, — сказал он, протягивая руки вперед, — просто хотел достать недостающую сумму. Как мы договаривались? Сотня?

— Две, — ответил часовой.

— Ах да, конечно. Две.

Часовой снова заулыбался.

Пирс вопросительно поднял брови, словно испрашивая разрешения открыть рюкзак. Солдат махнул своему товарищу в грузовике — все, мол, в порядке. Винтовка вернулась на место. Нащупав нужное количество банкнот, Пирс передал их Мендравичу, тот вручил часовому. Быстро пересчитав деньги, солдат кивнул напарнику, после чего жестом пригласил Пирса и Мендравича следовать за ним.

Пройдя несколько сот метров от ворот, они очутились в густом лесу. Часовой достал из кармана фонарик и стал шарить лучом по стволам намокших деревьев. Он нашел то, что искал, метрах в сорока впереди. Тропинка была практически невидима, но человек определенно знал, что она там есть. Им пришлось преодолеть почти полкилометра, пока они оказались на небольшой поляне. Здесь рядком стояли два потрепанных мини-вэна службы доставки — европейские микроавтобусы, в сущности, автомобили-пикапы с двумя тесными передними сиденьями. Пирс догадался, что их умыкнули с улиц Печа или Призрена в последние дня два, — надомный бизнес для часовых и тех беженцев, которые были готовы платить. Четыре сотни долларов показались разумной мздой для американского священника и его хорватского друга. Цена, без сомнения, существенно колебалась в зависимости от клиента. Сегодня часовые неплохо поживились.

— Бензина вам хватит до Шкодера, — сказал албанец, указывая на правую машину. — Внутри есть карта. И несколько полотенец. — Он улыбнулся. — Так что не говорите, что переплатили. — Он двинулся обратно, уже на ходу крикнув через плечо: — И не волнуйтесь. На югославской границе у вас с этой машиной никаких неприятностей не будет.

Мендравич завел мотор и начал маневрировать между корнями, выступавшими из раскисшей почвы; дождь с бравурностью во-

енного барабана молотил по крыше. Втиснув рюкзак между своим и водительским сиденьями, Пирс пытался использовать по назначению «полотенце» — в лучшем случае ветхий носовой платок. Им можно было разве что промокнуть волосы и протереть ветровое стекло, которое тут же снова запотевало. Другой тряпицей Мендравич тоже промокнул волосы, одновременно стараясь с помощью разных уловок усилить сцепление колес с дорогой, чтобы не забуксовать. Лишь через несколько минут под колесами вместо лесных ухабов появилось нечто, отдаленно напоминающее дорогу.

Приспустив боковое стекло, чтобы окна не запотевали, Мендравич крикнул сквозь рев мотора:

— Так от кого именно мы бежим?

Не такой уж сложный вопрос, подумал Пирс, хотя объяснить странно мирное поведение своего преследователя перед появлением Мендравича ему было действительно трудно. Никакого самодовольства. Никакой угрозы. Тем не менее...

— Что, если я скажу, что от службы безопасности Ватикана? — Он начал тыкать во все кнопки на приборном щитке, чтобы включить обдув ветрового стекла.

Мендравич бросил на него быстрый взгляд.

— Что?

— Чтобы получить подтверждение, мне нужен телефон, — ответил Пирс. Успев убедиться, что все кнопки бесполезны, он откинулся на спинку сиденья и уставился в пустой горизонт. — Так что, пока нам на пути не встретится какой-нибудь Макдоналдс, тебе придется довольствоваться этой догадкой.

— Я не большой любитель заведений быстрого питания, — сказал Мендравич и достал из нагрудного кармана крохотный сотовый телефон. — Вероятно, я мог бы выменять его на один из натовских грузовиков, там, в лагере. А может, и на два. — Продолжая следить за дорогой, он раскрыл аппарат и набрал номер. — Но иногда я подключаюсь к натовской спутниковой системе связи. — Он передал аппарат Пирсу. — Теперь просто введи номер.

323

Пирс уже знал, что удивляться не следует, поэтому просто вынул из кармана листок с номером.

— Кстати, — спросил он, нажимая на кнопки, — откуда ты узнал, что я в той палатке?

Мендравич ухмыльнулся.

— В следующий раз, когда будешь раздвигать полог, держи пальцы не снаружи, а внутри.

Автоответчик Чечилии был краток: уехала в Париж. Научная командировка. Буду через неделю.

— Это Йен Пирс...

В трубке тут же послышался голос:

— «Одопория» у вас?

Пирс не ответил.

Через несколько секунд вопрос прозвучал снова:

— Вы нашли то, что им нужно? — Усталый, явно испуганный, на сей раз голос принадлежал Анджели.

— Слава Богу, — с облегчением выдохнул Пирс. — Вы в порядке?

— Бывало и лучше. Они желают знать, нашли ли вы пергамент.

— Найду. Скоро. А они...

— Как скоро, отец? — Снова мужской голос.

— Верните трубку ей. — Теперь отмолчаться предпочли на другом конце провода. — Это займет гораздо больше времени, если вы будете гнаться за мной.

После короткой паузы мужчина произнес:

— Повторите.

— Те четверо, которых вы отправили охотиться за мной в Кукес, — пояснил Пирс. — Они не получили того, за чем были посланы.

Снова пауза, затем приглушенный диалог. Пирсу показалось, что там набирают номер по другому аппарату. Прошло не меньше минуты, прежде чем человек заговорил снова.

— Опишите этих людей.

Тон, каким были произнесены эти слова, говорил о многом. Люди из Рима пребывали в таком же неведении относительно его недавних преследователей, как и он сам. Они никого не посылали.

Никакого самодовольства. Никакой угрозы. Это не Ватикан.

Вопрос оставался открытым: откуда же они появились? И кто их послал?

— Опишите их, — властно повторил голос.

Пирс ждал.

— Не причиняйте вреда профессору, — сказал он наконец и, захлопнув крышку аппарата, вернул его Мендравичу.

— Ну и? — спросил тот.

Пирс откинулся затылком на подголовник, пульсация в висках стала затихать.

— Догадка оказалась неверной.

Было начало восьмого, когда Лудовизи на том же лимузине доставили обратно на виа Кондотти. Он шел, покачиваясь, со стороны его можно было принять за поклонника Бахуса. Со времени его поспешного отъезда улица окрасилась в более спелые тона, разноцветные рождественские гирлянды, протянутые над головами прохожих, придавали ей праздничный вид. Самодовольные ухмылки бутиков сменились ярмарочно-клоунскими улыбками лотков с мороженым и киосков с розами. Как обычно, треньканье плохо настроенных гитар доносилось откуда-то со ступеней Испанской лестницы, хотя ни одного гитариста Лудовизи, пока неловко маневрировал в толпе, не заметил. Внешнее кольцо фонтанного парапета манило долгожданным отдыхом. Лудовизи с трудом доплелся до него и сел. Глядя на бурлящую воду, он попытался прогнать из головы туман, чтобы восстановить события последних трех часов.

Насколько он помнил, встреча началась с затянувшегося молчания, которым Кляйст с каменным лицом отвечал на все его вопросы. Лудовизи не знал, куда его везли, поскольку тонированные стекла машины были темны до непроницаемости. Лишь по скорости — слишком высокой для передвижения по городу — можно было предположить, что ехали они по предместью. Вероятно, на какую-то виллу. В конце концов Кляйст предложил ему выпить — еще в машине или уже в доме, Лудовизи не помнил. Кажется, бренди или скотча — какая теперь разница. Кружилась голова. В памяти всплывали какие-то обрывки: что-то похожее на подземный гараж, лестница, весьма обширная библиотека...

Как только они очутились внутри, ему подсунули кипу бумаг; одни следовало подписать, другие просто прочесть, после чего их моментально возвращали Кляйсту. И еще компьютерные диски, бесконечные вопросы о номерах счетов, депозитных суммах... Все это проплывало перед его мысленным взором в сгущающемся с каждой минутой тумане.

К тому времени, когда его вели обратно в гараж, он уже не мог спуститься по лестнице без помощи двух поддерживавших его под руки людей. Обратный путь в город слился в поток мелькавших в голове и никак между собой не связанных слов и лиц.

Внезапно приступ тошноты подступил к горлу, Лудовизи уронил голову между колен. Его вырвало. От этого голова заболела еще сильней. Тут же накатил новый приступ тошноты. Большинство прохожих старались поскорее пройти мимо, один или два предложили помощь; перед глазами Лудовизи, как в замедленной съемке, плавали чьи-то сплетающиеся руки, в ушах звучали неразборчивые голоса. Не обращая на них внимания, он сунул руку в карман, чтобы достать носовой платок и вытереть губы; вместо платка в руке оказались две пластиковые карточки, идентичные тем, которые он выбросил из окна дома 201 несколько часов назад. Лудовизи смотрел на них в изумлении, но изображение расплывалось. «Я... я ведь их сломал». А они вот, опять целые. «Что, черт возьми, происходит?» Тошнота сменилась страхом.

И вдруг у него резко свело левую сторону шеи, руку пронзила острая боль. В тот же миг голова начала дергаться, из горла пошла пена, и тело рухнуло на холодный камень. Сквозь боль он словно издали услышал бессвязные крики, полицейский свисток. Тело больше не подчинялось ему.

К моменту прибытия «скорой» Артуро Лудовизи был мертв уже минут шесть; его рука по-прежнему крепко сжимала пластиковые карточки.

Шкодер быстро промелькнул за окном, они сделали лишь короткую остановку, чтобы заправиться. Дождь не прекращался ни на минуту, но им удалось добраться до границы, как и обещал часовой. Документы, которые предъявил Мендравич, тоже не могли испортить дело — на албанских удостоверениях личности для рабочих-мигрантов фотографии не требовались.

— Так все же, та рукопись, которая в Вишеграде, зачем она им нужна? — спросил Мендравич, все еще пытаясь сложить сведения воедино.

— Точно не знаю, — ответил Пирс, не отрываясь от последней пятерки пассажей Рибаденейры. Он бился над ними уже час. — Но зачем бы она им ни требовалась, они страстно жаждут завладеть ею.

— А над чем ты там корпишь? — Мендравич кивнул на маленькую черную книжку. — Это должно сказать нам, куда ехать?

Пирс лишь нечленораздельно буркнул в ответ. В сущности, он даже не расслышал вопроса, продолжая всматриваться во фразы, в значки, нацарапанные им повсюду на странице, в бесчисленные колечки, составленные из вычеркнутых букв, в слова, написанные поверх других слов и рядом друг с другом в причудливых конфигурациях.

Ему не понадобилось много времени, чтобы понять, что «quaesto lusoria» Рибаденейры был куда более сложным кодом, чем просто цикл скрытых анаграмм. Это стало ясно после первой же попытки разгадать отрывок номер два во вторую ночь пребывания в Кукесе. В нем не было ничего, что хотя бы отдаленно напоминало анаграмму. Равно как и в пассажах с третьего по пятый; они были либо слишком длинными, либо слишком короткими, чтобы любая перестановка внутри текста могла подсказать ответ. Только дойдя до номера шестого, он увидел «рисунок». Здесь имелась хоть и замысловатая, но поддающаяся расшифровке анаграмма. Записи с седьмой по десятую снова оказались не по зубам. Одиннадцатую решить удалось. То есть — каждую пятую. Внезапно его осенило, он понял схему. Так же, как в случае с Посланиями из «Абсолютного Света», тут давала о себе знать страсть манихеев к многоступенчатому делению, причем всегда — по пятеричной системе. В свитке она нашла воплощение в восхождениях пророков; здесь Рибаденейре удалось достичь требуемого эффекта посредством использования определенных типов тайнописи. Пять категорий, по пять штук в каждой. Но оставался вопрос: помимо анаграмм, какого рода еще словесные игры требуется вспомнить для расшифровки четырех других категорий?

Ему подумалось, что, вероятно, существует какой-то простой способ понять это. Тайно урвав время, когда один из лагерных компьютеров оказался без присмотра, он изучил в Интернете все, что касалось криптограмм. Источник не слишком надежный и подробный, однако — хоть что-то, чтобы сообразить, в каком направлении двигаться. Результат: пространные схематичные списки разнообразных приемов современной криптографии, подразделяющихся куда более чем на те пять, которые его интересовали. Превалировали такие, как «вымарка», «перестановка», «шарада» и «матрешка». Каждая была снабжена кратким объяснением и простейшим примером. Пособие для фанатов-кроссвордистов. За последние четыре века код «quaesto lusoria» явно проделал долгий путь.

Интересно, много ли найдется среди современных энтузиастов тех, кто сведущ в темной стороне истории тайнописи?

Вернувшись тогда в палатку, Пирс обнаружил, что двустрочные записи (из категории, соответствовавшей пассажу номер два) напоминают шараду, хотя и в менее прямолинейной форме. Если верить Интернету, современные правила требовали разбить ответ на несколько значимых слов, составлявших слоги зашифрованного слова. Например, в английской фразе «sharpen the pen for truth»[1] было зашифровано слово «honesty» в значении «правдивость»:

hone (то же, что sharpen, точить) + sty (то же, что pen, перо) = honesty (правдивость).

Соотношение: один к одному. Рибаденейра основывался на менее точных соответствиях, порой использовал лишь часть слова и выстраивал более длинные последовательности между ключевыми словами и их комбинациями, особенно если ответ представлял собой фразу, а не отдельное слово. Так или иначе, чтобы проникнуть в его тайнопись, требовался гораздо более творческий подход.

Чтобы еще больше затруднить задачу, Рибаденейра почти никогда не делал сам ответ частью ключа; у него нельзя было найти намеки на смысл разгадки — вроде слов for truth («ради правды») в приведенном примере. Одна из его самых заумных шарад была заключена в латинской фразе:

Ab initio, surgunt muti herbam.

Вольно ее можно было перевести так:

«Из истока молча восстают они травой».

На первый взгляд весьма странная, она обретала четкий смысл, будучи соотнесенной с манихейскими догмами. Истинным свидетельством недюжинного таланта Рибаденейры служила его способность составлять свои записи так, что они в любом случае вертелись вокруг тех вещей и понятий, которые, согласно манихейским

---

[1] Заточить перо для правды (*англ.*).

представлениям, имели отношение к освобождению света: восставать, исток, трава.

Ответ, как догадался Пирс, заключался в слове «deversoriolum», означающем по-латыни гостиницу. Цепочка выстраивалась так:

De = из;

Ver = весна, начало всего, то есть исток;

Olum = винительный падеж от слова olus, то есть зелень, трава, овощи.

Но к чему это «sori», торчащее в середине слова? А это оказался как раз тот случай, когда Рибаденейра продемонстрировал свой особый дар — Пирс с трудом нашел столь деликатный способ выразить раздражение. После того как несколько часов так и сяк прикидывал это «sori» в голове, он наконец догадался, что глагол surgunt (surgere) можно заменить латинским же глаголом sororio («набухать» в смысле набухания женской груди молоком — еще одна метафора начала, рождения), из которого затем следовало удалить часть «ого» («говорить»), самим этим действием проиллюстрировав идею «безгласности». После изъятия «ого» из «sororio» и получалось (с небольшой перестановкой) «sori», а в целом —

De-ver-sori-olum

Столько работы — и всего лишь простое слово «гостиница».

Те же операции он проделал с трех- и четырехстрочными записями, каждая из которых представляла собой более запутанный вариант современной криптограммы, еще более осложненный, разумеется, взаимодействием латинского и греческого языков. Трехстрочные загадки поддавались расшифровке с помощью приема «вымарки» — вычеркиваешь букву или две из одного слова и получаешь другое. В Интернете этот прием объяснялся на примере английской фразы «headless trident bears fruit» — безголовый трезубец несет в себе плод. Ответ «pear» — груша — получался так: spear (копье, то есть трезубец «без головы») минус «s» (начальная буква слова, то есть его «голова», которую следует удалить) равняется pear (груша, плод).

Это была самая простая из всех категорий.

А вот четырехстрочные записи оказались самыми трудными, потому что представляли собой длинные фразы, сочетающие в себе элементы всех других приемов тайнописи. Например, чтобы разгадать простое слово «pons» (мост) в одном из отрывков, предписывалось взять латинское слово «pomus» (фруктовое дерево), изъять из него «греческую Медузу» и заменить ее «римским Нептуном». «Греческая Медуза» означала букву «М», которая по-гречески называется «mu» (первая буква слова «Медуза»); в слове «pomus» ее следовало заменить на «римского Нептуна», то есть на букву «n» — и получалось «pons», то есть мост.

Слава Богу, здесь тайное знание не было спрятано так замысловато, как в «Абсолютном Свете», — никаких Посланий и перекрестных ссылок. Правда, справедливости ради следовало помнить, что ранние манихеи имели в своем распоряжении пять веков, чтобы придумывать изощренные головоломки, Рибаденейра же — всего несколько месяцев. Однако результат оказался достоин того искусства, коему он наследовал.

Пирс сразу оценил красоту и точность игры. Все было заключено внутри с самого начала, не надо было искать какие-нибудь вешки, развинчивать какие-нибудь механизмы. Гениальная алхимия: золото, растворенное в языковой многосмысленности и ждущее высвобождения. Странный привкус Sola Scriptura. Открытие в чистейшей форме.

Пирс знал, что Анджели на все это понадобилось бы от силы несколько часов; он бился над загадкой уже четыре дня. Даже помогая беженцам, он мысленно продолжал играть с ключиками-подсказками, и счастливые озарения вспыхивали в его подсознании в самые непредвиденные моменты. Иногда одного-двух случайных слов, упомянутых в разговоре, бывало достаточно, чтобы пробудить догадку. Порой ввергая в отчаяние, в конце этот процесс доставлял ему истинное удовлетворение; каждый разгаданный пассаж приносил ощущение триумфа. Учитывая пертурбации последней неде-

ли, даже маленький шажок на пути к решению головоломки казался драгоценной наградой.

Тем не менее ему было необходимо проникнуть в тайну хотя бы одного из пятистрочных пассажей, ни один из которых не обнаруживал ни малейшего сходства с чем бы то ни было, перечисленным в компьютере. При этом Пирс понял, что именно в этой последней категории содержится ключ к загадке в целом. Так же как фразы, в которых были зашифрованы акростихи, эти отрывки на первый взгляд представлялись совершенно бессмысленными — мешанина абстрактных слов и предложений, казалось, ничем не связанных между собой. В «Абсолютном Свете» связующей нитью были Послания. Здесь — пятистрочные пассажи. В них-то и была заключена карта, которую ему требовалось разгадать.

В памяти всплыл образ Анджели, ее маленькая пухлая ручка, порхающая над листами пожелтевшей бумаги, устремленный на него взгляд, словно бы призывавший поскорее увидеть то, что сама она уже узрела. Взгляд выражал восторг озарения и нетерпение, вызванное пирсовым тугодумием.

Он не имел права заставлять ее ждать дольше.

Однако пока ему нечем было оправдать ее доверие. У него не было никакой идеи относительно того, как взломать этот последний вид криптограммы. Требовалось проветрить мозги. Да и глазам дать отдых. Тряска по ухабистой дороге сильно затрудняла процесс чтения, да и контузия давала еще о себе знать.

Пирс выключил фонарик, опустил рукопись на колени и откинулся на спинку сиденья. Несколько минут он всматривался в бегущий за окном сумеречный пейзаж, потом произнес:

— Знаешь, а ведь ты не прав.

Не совсем понимая, что имеет в виду Пирс, Мендравич промолчал.

— Насчет твоих друзей из Армии освобождения Косова, — пояснил Пирс.

— Ах, вот ты о чем, — сказал Мендравич, не сводя глаз с дороги. Это было возвращение к разговору, прерванному двумя часами раньше.

— Они несут такую же ответственность за нынешний поток беженцев, как сербы — за случившийся год тому назад. — Пирс продолжал неотрывно смотреть в окно.

— Ты провел здесь всего пять дней, а уже стал экспертом.

— Все они — шайка убийц, косовский вариант ирландских революционеров. Разве что еще более жестоких.

— Ага, — понимающе кивнул Мендравич. — Мне всегда было трудно отличить Милошевича от Тони Блэра, — и, не дав Пирсу вставить слово, добавил: — После мирного соглашения прошел год, а сербы все еще «воодушевляют» людей не возвращаться домой. Не хочу сказать, что согласен со всем, что делает АОК, но она, по крайней мере, делает хоть что-то.

— Например, убивает сербов.

— Да. Например, убивает сербов. — Он подождал, потом бросил взгляд на Пирса. — Знаю, все это не слишком цивилизованно, но так уж оно есть. — Он снова сосредоточился на дороге, на его лице появилась легкая усмешка. — Мы из тех народов, что руководствуются принципом «зуб за зуб». В этой части света никогда не было охотников подставлять другую щеку.

Пирс мысленно улыбнулся.

— Вот уж не знал, что АОК строит свою политику на несогласии с библейскими заповедями.

— Только общую стратегию, — уточнил Мендравич. — Слишком много разных Писаний имеет хождение в этих краях, чтобы вычерчивать по ним тактические карты повседневных сражений.

Забавно, насколько легко они снова втянулись в знакомые дебаты после восьми лет разлуки. Пирс уже был готов нанести ответный удар, как вдруг осекся и вместо этого снова зажег фонарик и уставился в лежавшие у него на коленях странички. Что-то в последних словах Мендравича зацепило его. Библейские карты.

— Ты что-то хотел сказать? — напомнил ему хорват.

Углубившись в страницы рукописи, Пирс начинал сознавать, что во всех пятистрочных пассажах было нечто общее, то, чего он никогда бы не увидел, если бы продолжал рассматривать каждый из них как самостоятельную криптограмму. Прочтя их подряд, он заметил, что все они представляют собой ритмические каденции со своими мелодическими рисунками — словно предназначены для декламации.

> И протяну я к Тебе обе руки свои, взывая,
> Да свершится все в орбите света.
> Когда буду послан я на битву с тьмою,
> Ты, заступник мой, будешь всегда рядом.
> Благоухание жизни вечно пребывает во мне.

Похоже на отрывок из Писания. Что-то вроде молитвы.

Пирс ощутил прилив удовлетворения, который тут же и испарился, — ведь он понятия не имел, что все это значит. Такой стих был ему неведом. Писание или не Писание, но пятистрочные пассажи оставались загадкой.

Он хотел было уже поведать об этом Мендравичу, но заметил знак, предуведомлявший, что впереди — развилка дорог: одна вела на восток, к Вишеграду, другая — на запад, к Рогатице и Сараеву. Стало быть, от «города на Дрине» их отделяли какие-то двадцать минут езды.

Когда Мендравич повернул на Рогатицу, Пирс прямо-таки подпрыгнул от удивления и стал энергично указывать другое направление.

— Что ты делаешь? — воскликнул он.

— Уже одиннадцатый час, — ответил Мендравич. — После войны Вишеград — город отнюдь не для туристов. Лучше поискать гостиницу подальше.

Глядя, как исчезает из вида дорога на Вишеград, Пирс понял, что приятель прав. В конце концов, что бы они могли предпри-

нять сегодня вечером? Пирс слишком устал, чтобы осмыслить свое последнее открытие. Ему нужно поспать и привести мозги в порядок.

Они ехали еще с полчаса: Мендравич — сосредоточившись на дороге, Пирс — углубившись в книгу. К его удивлению, оказалось, что хорват неплохо знает Рогатицу и ее окрестности. Бормоча вслух названия улиц, он, казалось, искал какую-то определенную гостиницу. Несколько раз повернув не там, где нужно, они остановились наконец возле шестиэтажного здания из уныло-серых кирпичей, судя по всему, многоквартирного жилого дома.

— На гостиницу не похоже, — заметил Пирс.

То ли из-за того, что голова его была занята этими злополучными пассажами, то ли из-за событий последней недели в целом, но Пирс догадался, куда его привезли, только увидев, что Мендравич многозначительно улыбается ему в ответ.

— Не очень-то ты догадлив, — сказал приятель. Наклонившись вперед, хорват сквозь лобовое стекло посмотрел вверх, на окна, и добавил: — Пятый этаж. Второе справа.

Пирс никак не мог заставить себя тоже наклониться вперед.

— Это был твой второй вопрос, если не ошибаюсь? — Мендравич снова откинулся на спинку сиденья и довольно ухмыльнулся. — Пойдем посмотрим, смогут ли они приютить нас на сегодняшнюю ночь.

Донья Марселья сняла узкие очки для чтения и положила газеты на кофейный столик. Подождала, когда Блейни закончит читать.

Уже много лет она не бывала в его жилище за пределами Квиринальских садов; в чикагской епархии о священнике, судя по всему, неплохо заботились. Тяжелые бархатные шторы закрывали четырехметровые окна, мебель — определенно эдвардианская, крас-

ного дерева, ее громоздкость вполне соответствовала облику человека, сидящего напротив. Коричневое на коричневом фоне с небольшими темно-бордовыми вкраплениями там и сям. Единственными яркими цветовыми пятнами, которые позволил священник, были две вазы, стоявшие по краям весьма мрачного серванта.

— И вы действительно полагаете, что я должна в это поверить? — спросила графиня, когда он поднял наконец голову.

— Не думаю, что они пытаются убедить именно вас, — ответил Блейни.

— Это же дешевая сенсация. — Она протянула руку к газете, которая лежала ближе других, и прочла: — «Призрак Джелли возвращается». — Швырнула газету обратно на стол. — Утренние газеты не посмеют раздуть это. Кто поверит, что Артуро на такое способен?

— Когда его нашли, при нем были бумаги и диски.

Она помедлила с ответом.

— Если то, что здесь написано, правда, то дело Кальви по сравнению с этим — просто мелкая неприятность. Это обещает стать не просто заурядной «чисткой рядов». Мне потребуется время, а я не уверена, что оно у меня есть.

— Меня не это тревожит, — сказал Блейни. — Ослабление позиций Банка повышает уязвимость Церкви, увеличивает масштаб коррупции, что в целом облегчает задачу «Одопории». Вопрос состоит в том, осталось ли на этих дисках что-нибудь, что позволяет проследить нашу связь с Банком?

— И я о том же. Дело не в Церкви. — В волнении она встала с кресла. — Неужели вы думаете, что он мог оказаться таким глупым? — Блейни хотел ответить, но она опередила его. — Что говорит Эрих?

Блейни покачал головой.

— Понятия не имею. До него невозможно добраться. Поминальная служба девятого дня назначена на завтрашнее утро. Они уже начали собирать конклав.

— Не лучшее время.

336

Блейни согласно кивнул.

— Если только это не то, что он планировал с самого начала.

Замечание на миг озадачило ее.

— И что же это может быть? — Не дождавшись ответа, она произнесла настойчивей: — Вы, должно быть, шутите. Какое отношение к этому может иметь Эрих?

— Ну, скажем так: я не вполне уверен, что его вера в «Одопорию» так же сильна, как прежде. — Блейни сделал паузу, чтобы дать графине время осознать сказанное. — Он обожает напоминать мне, что «наш мир слишком сложен», а сложный мир требует сложных решений. — Блейни снова покачал головой. — Я бы не стал биться об заклад, что Эрих тут ни при чем. Несмотря на всю свою суетливость, Артуро был исключительно порядочным человеком. И дорожил своей репутацией. К тому же он был в некотором смысле ипохондриком. А такие люди не падают вдруг замертво на площади Испании без какой-либо видимой причины.

— Значит, вы думаете, что Эрих... — Она не смогла заставить себя закончить фразу. — Но зачем?

Блейни прислонился к спинке кресла, взгляд его блуждал. Почему-то он остановился на маленьком хрустальном ягненке, стоявшем на столе среди фотографий в рамках, — подарке самых первых своих прихожан. Давно забытые времена. Несколько секунд он смотрел на фигурку, потом повернулся к графине.

— Потому что мысль о том, что к этому может иметь отношение кто-то другой, пугает еще больше.

Ее голос в домофоне прозвучал тревожно, хотя Мендравич назвал только себя. Настоящий сюрприз он отложил до личной встречи. Пирсу понадобилось не менее десяти минут, чтобы заста-

вить себя выйти из машины, перспектива знакомства с сыном почему-то смущала его меньше, чем новая встреча с ней. Он понятия не имел, чего ожидать от мальчика. Что же касается Петры, то он отлично знал, что хочет услышать, эта мысль бродила у него в голове весь день. Не утешение. Не заверение в том, что она отпускает его, что все сложилось к лучшему. Он давно перерос подобного рода чудачества.

Внутри здания Пирс сразу же отстал — к тому времени, когда Мендравич добрался до пятого этажа, их разделял целый лестничный пролет. Медленно переставляя ноги, он услышал сверху отрывистое «Салко!» взволнованной Петры, потом звук объятий, короткий смех. Остановился, прислушался, потом зашагал дальше. Миновав последний поворот лестницы, он увидел ее руки, сомкнутые вокруг мощного торса Мендравича, и лицо, покоящееся на его плече. Глаза были закрыты, и ему представился момент увидеть ее такой, какая она есть, какой он ожидал ее увидеть.

А потом она открыла глаза. Выражение лица не изменилось. Она не шелохнулась. Только взгляд был устремлен теперь вниз, на него.

Мендравич, видимо, почувствовал это. Не говоря ни слова, он отстранился от Петры и, войдя в квартиру, двинулся по коридору. Несколько мгновений спустя в глубине послышался скрип дверных петель.

Пирс и Петра молча смотрели друг на друга.

Образ, который Пирс восемь последних лет лелеял в сердце, ожил в этой глядевшей на него сверху женщине. Если на ее лице и можно было заметить признаки старения, то это были лишь две-три морщинки вокруг глаз. Сражение с непокорными волосами, видимо, продолжалось: буйные завитки привычно падали ей на щеки. На ней были простая блузка и юбка до щиколоток, подол которой развевался над босыми ногами, — он никогда не видел и не мог представить себе ее в таком наряде.

Она долго молчала, опершись о перила.

— Привет, — сказал он и, еще не закончив произносить слово, понял, что выбрал его неверно.

— Привет, — ответила она.

— Ты выглядишь...

Она кивком оборвала его.

— Выгляжу потрясающе, не так ли?

И он, снова почувствовав, как глупо прозвучала его реплика, попытался улыбнуться.

— Правильно.

Она тряхнула головой.

— А ты по-прежнему не похож на священника.

— Наверное, есть вещи, которые не меняются.

— Да, наверное, есть. — Она помолчала. — Забавно, что это так долго длится. И, видимо, не облегчает жизни? — Снова пауза. — Зачем ты здесь, Йен?

Ему хотелось подойти поближе, но он не мог.

— Это долгая история.

— Никогда не думала, что снова увижу тебя, — сказала она, не сводя с него взгляда.

— Знаю. — Еще одна попытка улыбнуться. — Я не был уверен, что тебе этого захочется.

— Я тоже. До какого-то времени. — Она собралась было что-то добавить, но оселкась.

Снова наступило неловкое молчание. Наконец, собравшись с духом, он опять заговорил:

— Почему ты мне не сказала?

— Ах, вот оно что. Салко тебе сообщил? — Смешок, словно бы прощающий. — Ну конечно, он. И поэтому ты здесь?

— Это не единственная причина.

Она сделала вид, что заинтересовалась чем-то лежащим на ступеньке, пнула воображаемый предмет ногой.

— Я еще не знала, когда мы последний раз с тобой разговаривали.

— А почему не связалась со мной после того, как узнала?

Снова молчание. Когда она подняла голову, выражение ее лица было совсем не таким, какого он ожидал. Теперь она пыталась улыбнуться. Не слишком убедительно.

— Ну, ты прямо с места в карьер. Не очень-то это честно, ты не находишь? — Пирс хотел возразить, она его остановила. — Послушай, Салко, наверное, опустошил уже полхолодильника. Не зашел бы ты внутрь? — И, не дожидаясь, она развернулась и пошла по коридору.

Квартира оказалась именно такой, как он предполагал: холл-гостиная, крохотная кухонька, узкий коридор, в глубине — двери, ведущие в комнаты. Низкая, слишком туго набитая тахта занимала большую часть дальней стены, а большую часть ее самое занимал теперь Мендравич, уже державший на коленях тарелку с какой-то едой. Под ближним окном пристроился маленький столик, наполовину занятый допотопным телевизором, к которому сзади прилепился еще более древний видеоплеер. У свободного края два стула — для матери и сына. Книжный стеллаж из шести полок, чуть покосившийся, — у выхода в коридор; сверху на нем стояли безделушки, книги и фотографии. Несколько лиц Пирс узнал. На самом крупном снимке был запечатлен хохочущий Мендравич с мальчиком на руках, снимок был сделан зимой на улице — оба в теплых шапках.

— Здесь ему четыре, — сказала Петра, проследив за взглядом Пирса. — Это в Сараеве, в Великом парке. Кажется, ты был там разок. В нем, как ни удивительно, все еще сохранилось несколько деревьев. Мы жили неподалеку.

— Душанов, — прочавкал Мендравич набитым половиной апельсина ртом. — Это был парк Душанов, на другом берегу реки. Помнишь, парень тогда еще упал и порезался?

Петра покачала головой и подошла к стеллажу.

— Нет, это случилось в Великом. — Она взяла пластмассовую рамку, вытащила из нее фотографию и прочла надпись на обороте. Улыбка, появившаяся на ее лице, оповестила о капитуляции. —

«Пятое ноября 1997-го. Душанов парк, с Салко». — Она посмотрела на Мендравича. — И как это ты все всегда помнишь?

Он пожал плечами и нанес последний удар:

— Должно быть, я люблю его больше, чем ты. — Лукавая улыбка сверкнула из-за апельсиновой кожуры.

— Не иначе, — усмехнулась Петра. Она хотела было засунуть фотографию обратно в рамку, но вместо этого протянула ее Пирсу.

Тот всмотрелся в лицо мальчика и увидел глаза Петры, детские, разумеется, но такие же угольно-черные, обрамленные такими же длинными темными ресницами, с такими же складками в уголках, какие бывали у нее, когда она смеялась. Скулы тоже были ее, резко очерченные, раскосо разлетающиеся в стороны от крупного носа. И губы, обещавшие со временем стать такими же полными, как у матери. Но, хотя отдельные черты лица и напоминали материнские, его овал был другим, особенно подбородок, выдающийся вперед и квадратный, — детская версия того, который слишком хорошо был знаком Пирсу.

Пять крохотных пальчиков зажимали огромный нос Мендравича, Пирсу показалось, что он въяве слышит веселый смех ребенка и мужчины.

— Чудесный мальчик, — произнес он наконец.

— Да, это правда. — Петра взяла у него фотографию, на несколько секунд задержала на ней взгляд, потом вложила в рамку и поставила на стеллаж. — Он спит, — сказала она, и в брошенном ею на Пирса взгляде впервые промелькнула нежность. — Тебе придется вести себя тихо. — Не дожидаясь ответа, она направилась в коридор, Пирс, не мешкая, последовал за ней.

Прижав палец к губам, Петра осторожно открыла дверь, и он сразу ощутил запах спящего ребенка. Подождав, пока глаза привыкнут к темноте, она повела его через комнату, под ногами в беспорядке валялись детские вещички и игрушки. Сквозь щель между створками занавески проникал узкий луч света. Дойдя до кроватки, Петра застыла в неподвижности, Пирс — рядом.

Мальчик лежал на боку, свернувшись клубочком, подложив под щеку сложенные ладошки, из-под тонкого одеяла, подоткнутого под спинку, торчали лишь ступни. Маленькое плечико равномерно поднималось и опускалось в такт дыханию, тихое сопение вырывалось из носика, уткнувшегося в подушку. Единственный звук, нарушавший тишину. Еще несколько лет — подбородок больше выдастся вперед, губы станут полнее, — и он будет очень похож лицом на мать. Пирс невольно любовался, любовался этим мирным чудом — своим сыном. Ему вдруг нестерпимо захотелось протянуть руки, обнять его, но так же отчаянно он боялся спугнуть этот момент идеальной безмятежности. Разрываясь между двумя чувствами, он низко склонился над кроваткой, лишь на волосок не касаясь лицом щеки ребенка. Эта близость оказалась почти невыносимой. Закрыв глаза, Пирс вдыхал тепло маленького тельца, и чувство невосполнимой утраты терзало его.

Но даже в этот момент, как бы ему этого ни хотелось, он не посмел коснуться сына. Опершись на спинку кровати, уже с открытыми глазами, он дышал все чаще. Когда боль стала невыносимой, Пирс выпрямился и повернулся к Петре. Она, все это время неотрывно наблюдавшая за ним, не отвела взгляда и теперь, слезы невольно покатились по ее щекам.

Потом, не говоря ни слова, она шагнула к кроватке, наклонилась и поцеловала сына. Ребенок заерзал, глубоко вздохнул, будто хотел что-то сказать, но тут же снова затих. Немного подождав, Петра кивнула Пирсу и направилась к выходу.

Когда дверь в детскую закрылась, она повернулась к нему и после секунды нерешительности сказала:

— Ты мог его обнять, он бы не проснулся.

Пирс не знал, что ответить. Несколько мгновений они молча стояли друг против друга. Тишину нарушил звук упавшей тарелки. Петра инстинктивно взглянула в сторону кухни, потом снова на Пирса.

— Это Салко, — сказала она и шагнула к гостиной. Пирс поймал ее руку. Он почувствовал, как напряглось, но сразу же и рас-

слабилось ее тело. Петра снова повернулась к нему и мягко сказала:

— Еще рано.

Осторожно высвободив руку, она на мгновение задержала ее на его груди, потом уже решительно зашагала в гостиную. Пирс чуть постоял, глядя вслед, затем поспешил за ней.

Мендравич стоял, засунув голову в холодильник.

— Я не наелся, — донеслось изнутри. — У тебя почти ничего нет.

— Я же вас не ждала, — ответила Петра и, боком протиснувшись мимо него, начала открывать дверцы кухонного шкафа, стоявшего у плиты. Из верхнего отделения она достала крекеры, еще какие-то коробки с неизвестными Пирсу названиями и макароны.

Отойдя от холодильника, Мендравич бросил взгляд на эту скудную провизию и, скривившись, покачал головой.

— Ты собираешься кормить Салко крекерами?! — Но, поскольку она невозмутимо смотрела на него безо всякого сострадания, смилостивился и нарочито скромно добавил: — Но апельсин, надо признать, был хорош.

Салко понадобилось минут десять, чтобы убедить ее, что они должны пойти куда-нибудь поужинать. Половина одиннадцатого. Совсем не поздно для здешних мест, везде еще полно народу. С мальчиком ничего не случится. Да, он знает отличное местечко. Да, совсем близко. Их не будет всего-то полчаса. Самое большее — минут сорок пять. С крайней неохотой, под неустанные уговоры Салко, Петра постучала в соседскую дверь, объяснила, что нагрянули друзья из другого города, а ей нечем их накормить. Соседка согласилась без разговоров.

— Я знаю, где вы будете, если что, — сказала она. — Идите. Тебе полезно развеяться. Я за ним присмотрю, не волнуйся.

Мендравич озорно подмигнул ей, чем явно доставил удовольствие.

Как он и обещал, кафе находилось в пяти минутах езды от дома Петры, и тамошнее меню отнюдь не ограничивалось крекерами и макаронами. Салко и здесь оказался своим человеком. Обещан-

ной толпы народа, правда, не наблюдалось — только официант да кассирша, которым не терпелось поскорее закрыть заведение. Судя по всему, воспоминания Мендравича о здешних ночных бражничаньях безнадежно устарели. Неважно. Двое служителей с радостью согласились немного задержаться. Ради старого друга.

— Я бы не отказался от бурека, — начал Мендравич. Официант с готовностью кивнул. — И от чарки лимонно-имбирной ракии.

— От бурека? — переспросил Пирс.

— Это нечто вроде греческой спанокопиты. — Поскольку и это название ничего не сказало Пирсу, Мендравич пояснил: — Запеканка. Шпинат, сыр, легкое тесто. Очень вкусно.

На лице Пирса отразилось разочарование.

— А посерьезней ничего нет?

— Один бурек и одну масленичку, — сказала официанту Петра. — И еще бутылку прокупача.

— Масличку? — удивился Пирс.

— Доверься мне, — улыбнулась она. — Это серьезней. Намного серьезней.

Спустя полчаса на тарелке оставалось еще полно тушеного мяса, даже Мендравич насытился так, что не мог больше впихнуть в себя ни кусочка. Вина и ракии это, впрочем, не касалось.

— Вы хотите меня убедить, что один человек способен все это съесть? — удивился Пирс, выпивший чуть больше обычного. Боснийские аппетиты были для него непостижимы.

— Разумеется, — рассмеялась Петра. — Иво съедает по меньшей мере две такие порции каждый вечер.

Мендравич тоже расхохотался и с довольным урчанием стал выуживать кусочки брынзы из подливы, в которой покоилась груда мяса.

— Иво? — Пирс не помнил никакого Иво.

Опередив Петру, Мендравич объяснил:

— Ее сын. Твой сын. Иво. По-хорватски это почти то же, что Йен. — Он выловил в подливе один из последних грибов и, тыча

344

вилкой в мясо, добавил: — Точно, две порции, с легкостью. — Отодвинув тарелку, он лениво рассмеялся.

Иво. Только сейчас Пирс сообразил, что ему не пришло в голову спросить об имени. Непонятно почему, но он тоже отрывисто хохотнул.

— Ты находишь это смешным? — поинтересовалась Петра.

Он затряс головой, на смену веселью пришла нервозность, подогретая алкогольными парами.

— Не более, чем все остальное, — заметил Мендравич, вставая. — Я в туалет, — объявил он, скорее чтобы напомнить себе, зачем встал, чем поставить в известность сотрапезников. Подцепив вилкой последний гриб и проглотив его, он направился в глубину зала.

Повернувшись к Пирсу, Петра увидела, что тот напряженно смотрит на нее.

— В чем дело? — спросила она.

— Я рассмеялся потому, что... услышал его имя.

— Имя как имя, — сказала она. — Над своим же ты не смеешься.

— Я не то имел в виду.

— Знаю.

— Да, я знаю, что ты знаешь.

Петра наполнила бокалы, отпила из своего и поставила его на стол.

После неловкого молчания Пирс снова заговорил:

— Только когда я впервые увидел его, мне... Я не могу это объяснить. Видеть его и знать, как много времени упущено, как долго он не знал даже, что... — Он не закончил свою мысль. — А потом услышать его имя. Не знаю. Это просто... получилось само собой. — Он взял вилку и стал машинально водить сю по тарелке. — Ты можешь это понять?

Петра смотрела на него в упор.

— Он твой сын. Да. Я понимаю, каждый на твоем месте почувствовал бы себя счастливым.

345

Пирс кивнул, уставившись в тарелку. Еще через несколько секунд спросил:

— А ты?

— Что — я?

— Ты счастлива?

Она помедлила с ответом.

— Глупый вопрос.

— Почему? — Он поднял на нее глаза.

— Почему? — Она снова помедлила. — Ты же видел его. Вот почему вопрос — глупый.

На Пирса опять накатило тоскливое чувство утраты.

— Но тогда почему ты мне не сообщила?

— Патер — и сын? — Улыбка, легкое качание головы. — Мы же оба понимаем, что ты все равно должен был бы все это бросить, чтобы поступить так, как надо. А я не хотела, чтобы нам обоим пришлось через это пройти. Ты просил меня понять тебя. — Они смотрели друг другу прямо в глаза. — Вот видишь, в конце концов я поняла.

— Может быть, лучше, чем я сам себя понимаю.

Она молчала. Ей никогда даже в голову не могло прийти, что он такое скажет.

— Что ты имеешь в виду?

— Я имею в виду, что все оказалось совсем не так ясно, как я ожидал. В сущности, в этом никогда не было такого смысла, как...

— Как в чем? — Он не ответил, лишь продолжал молча смотреть ей в глаза. — Не надо... не надо так говорить. Каждый день твоего отсутствия убеждал меня в том, что ты оказался прав в своем выборе. Что ты принадлежишь совсем другой жизни. И с каждым таким днем я укреплялась в мысли, что поступаю правильно. Что решение, которое приняла я, — верное.

Он размышлял несколько минут, прежде чем заговорить снова.

— Он обо мне знает?

— Разумеется.

— Знает, что я священник?

346

Теперь уже она непроизвольно рассмеялась. Ее реакция удивила его.

— Разве можно объяснить семилетнему ребенку, что его отец священник, Йен? — Она подняла бокал. — Не волнуйся. Здесь для мальчика не такая уж редкость не иметь отца. У половины его друзей их нет. Просто у них они погибли. А Иво, по крайней мере, знает, что ты жив.

— Наверное, это уже кое-что.

— Поверь мне, да. — Она отпила глоток. — Он знает, что ты американец. Он знает, что ты сражался вместе с Салко и со мной во время войны. — Она поставила бокал и снова посмотрела ему в глаза. — И он знает, что ты хороший человек.

После долгого молчания Пирс сказал:

— Спасибо тебе.

— Я не собираюсь лгать своему сыну.

— Разве что самую малость — насчет священника.

— Ну да. Разве что это.

Они снова помолчали.

— Послушай, ты прости меня...

— Не надо, ладно?

Опять пауза.

— Ладно. — Пирс тоже отпил глоток вина. — Наверное, он удивлялся, почему я к нему не приезжаю?

— Ты же американец. Для здешнего мальчишки это много значит. Вы принесли нам мир, шоколадки, видеоигры.

— Я не это хотел сказать.

Она собралась было возразить, но передумала. Обхватив ладонями бокал и уставившись в него, она несколько минут рассеянно водила им по столу. Потом заговорила снова:

— У него был Салко, и Салко был великолепен. А кроме того, у него было представление о родном отце, которое делало его не таким, как другие дети. Чего еще желать мальчишке?

— Стало быть, я теперь для него некий средний американец, облитый шоколадом и произведенный в Японии?

347

— Ты для него все, что только возможно. Все, что за пределами этой реальности. — Не отрывая глаз от бокала, она сделала еще глоток. — Большинство отцов мечтают, чтобы у их сыновей было о них именно такое представление.

Впервые за все это время Пирс осознал, что есть тема, которая полностью выпала из поля его зрения. С самых первых минут их встречи он сосредоточился на Иво. Все, о чем они говорили, касалось только его. Странно, ведь еще недавно, в машине, он думал именно о Петре, старался представить себе, что почувствует, увидев ее. Однако, как только он ее действительно увидел, все это вылетело у него из головы.

И вот вернулось.

— Ну, а ты-то как? — спросил он.

Нервный смешок застрял у нее в горле. И снова ее реакция его удивила.

— В этом ты никогда не был силен, не так ли?

Непонятно почему, но он тоже рассмеялся.

— Да уж.

— Говорю вам, — произнес у них над головами Мендравич, выбравший именно этот момент для возвращения, — здесь нет ничего такого уж смешного. Иво, Йен. Это просто имена. — По выражению его лица можно было безошибочно догадаться, что он точно знал, о чем они говорили. Пирс не мог бы с уверенностью сказать, кого из них спасал Мендравич, вернее, кто из них, по его мнению, нуждался в спасении, но, как бы то ни было, Мендравич определенно хотел поскорее уйти.

Опершись на спинку стула, он внимательно поглядывал в сторону входной двери. Он поел. Теперь ему нужно поспать. Старина Салко был верен себе. Пирс взглянул на Петру. Она, подняв голову, смотрела на Мендравича.

— Ну что ж, мы не можем заставлять тебя ждать, — сказала она и, отодвинув стул, собиралась уже встать, когда Мендравич вдруг остановил ее.

— Ждите здесь. — Тон его был непререкаем, от недавней шутливости не осталось и следа. Не успела Петра и рта раскрыть, как он уже зашагал к выходу. Петра вопросительно посмотрела на Пирса и все поняла по выражению его лица.

— Вы приехали не просто повидаться с нами, ведь так?

У нее было достаточно военного опыта, чтобы не распознать приказ, и она была слишком умна, чтобы не понять подоплеку.

Пирс тупо смотрел на нее, потом, повернув голову, проводил взглядом Мендравича.

Тот вернулся через двадцать секунд вместе с соседкой Петры. На руках он держал мальчика. Иво, с еще припухшими и раскрасневшимися со сна щеками, смотрел на них с высоты его роста. Даже полусонные, его глаза засветились при виде матери. Не дав Мендравичу сказать ни слова, она перехватила сына.

— Нам придется выйти через черный ход, — объявил хорват, отдавая ей мальчика. На руках у Салко Иво выглядел малышом, на фоне хрупкой фигуры Петры казался гораздо крупнее. Она крепко прижимала его к себе. Ребенок уткнулся лицом ей в шею, ножки неуклюже болтались почти у ее колен. Однако по выражению ее лица ни за что нельзя было сказать, что ей тяжело. Прильнув щекой к его щеке, она что-то шептала ему на ухо. Обе женщины немедленно направились в глубину зала, лицо мальчика, обращенное к мужчинам, снова стало сонным, руки обвивали материнскую шею под копной густых волос, веки медленно смежались. Не теряя времени, Мендравич подошел к официанту, они обменялись несколькими словами, официант кивнул и, пока Мендравич шел обратно, направился к двери и запер ее.

— Как ты...

— Я увидел их через окно на противоположной стороне улицы, — объяснил Мендравич.

Привстав, Пирс увидел, что лампа, висевшая в углу, отбрасывает свет наружу, так что заметить две фигуры на пустой улице было не так уж трудно.

Как только они оказались в закрытой кабинке — Иво уже дремал на коленях у Петры, — Мендравич сказал:

— Она говорит, что к твоей квартире подходил какой-то человек.

— Как он вошел в дом, ума не приложу, — вставила соседка, — но это случилось минут через пять-десять после того, как вы ушли.

— В одиннадцать часов вечера? — удивилась Петра и, поочередно посмотрев на Пирса, потом на Мендравича, добавила: — Что вы от меня скрыли?

Мендравич мотнул головой — не сейчас, мол, — и, обращаясь к соседке, спросил:

— Он сказал, что ему нужно?

— Она, — ответила та, кивком указав на Петру.

Поколебавшись, Мендравич сказал:

— Естественно. Это же ее квартира. А он не объяснил, зачем она ему нужна?

— Нет. — Соседка смотрела только на Мендравича. — На нем был полицейский значок или что-то вроде этого. Мы ведь приучены смотреть в глаза, а не на значки. Во время войны я не раз видела такие взгляды. Взгляды людей, являвшихся среди ночи. Поэтому, пока разговаривала с ним, держала дверь на цепочке. — Она повернулась к Петре. — Я сказала ему, что ты здесь больше не живешь и это теперь моя квартира. А когда он спросил, куда ты переехала, пожала плечами, — она показала, как именно, — и сказала, что это не мое дело. Потом подошла к окну, чтобы убедиться, что он уехал. Он сел в машину, там сидел кто-то еще. Я выждала минут десять и принесла Иво сюда.

— Вы шли пешком? — первый раз за все это время заговорил Пирс.

— Не волнуйтесь, — сказала женщина, снова поворачиваясь к Мендравичу. — Здесь все дома соединены подвалами. Мы спустились вниз и вышли на поверхность только на улице позади ресторана. Они не могли нас видеть. — Она протянула Петре небольшую

сумку, которую до тех пор держала на коленях. — Тут кое-какая одежда для тебя и Иво. Я подумала, что она может вам понадобить-ся, — и, опять обращаясь к Мендравичу, с почти кокетливой улыб-кой добавила: — Я ведь тоже участвовала в войне.

Мендравич кивнул:

— Это я вижу. Отличная работа.

Женщина, почувствовав себя польщенной, довольно откинулась на спинку стула.

— Как был одет этот человек? — спросил Пирс.

По выражению лица женщины можно было понять, что, с ее точки зрения, она рассказала все, что требовалось.

— Одет? — Она пожала плечами. — Ну, не знаю. Куртка. Какие-то брюки. Ах, да... высокие ботинки, зашнурованные поверх брюк. Ну, такие, как носят в горах. — Она взглядом поискала одобрения у Мендравича, и тот улыбкой подбодрил ее.

— Высокие ботинки, — многозначительно повторил Пирс, то-же глядя на Мендравича, и по глазам друга понял, как напряженно заработала у того мысль.

— Ладно, — сказал Салко. — Вам лучше несколько дней пожить где-нибудь у друзей. — Женщина дала понять, что уже приняла ме-ры предосторожности. — А нам нужно убираться отсюда немед-ленно.

— Нам всем нужно убираться отсюда немедленно. — Петра ре-шительно смотрела прямо в глаза Мендравичу.

В его голове опять энергично завертелись шестеренки, и он ска-зал:

— Правильно.

— Но мы не можем взять их с собой...

Женщина властно перебила Пирса:

— Я не хочу знать, куда вы не можете взять их с собой. Я не же-лаю знать, куда вы можете взять их с собой. — Она просто наслаж-далась возвращением в мир Мендравича. Ее тон был гораздо более вызывающ и непререкаем, чем того требовала любая опасность.

Она даже встала для убедительности. — Меня не будет дома три дня. После этого вы можете со мной связываться. — Она улыбнулась Петре, расцеловала Мендравича в обе щеки и решительно направилась к выходу.

— Vive la résistance! — шутливо прошептал Мендравич, провожая ее взглядом.

— Веди себя прилично, — с укоризной сказала Петра. — Она повидала за время этой войны столько, сколько ни тебе, ни мне и не снилось. И она хорошо знает, что делает. Просто сейчас ей немного одиноко. Если бы не она, твои друзья в высоких ботинках сейчас стояли бы здесь, перед нами.

— Мы не можем везти их с собой в Вишеград, — продолжил Пирс с того места, на котором его прервали.

— Но и здесь оставить не можем, — возразил Мендравич.

— Прежде чем принять то или иное решение, — сказала Петра, — мы все должны точно знать, от кого и от чего бежим.

— Нет, не должны. — Такого тона ни Петра, ни Пирс уже много лет не слышали от Мендравича. Он встал, обошел стол и, не спрашивая, взял Иво на руки. Мальчик, к тому времени снова спавший глубоким сном, пошевелился и лениво приоткрыл один глаз. Мендравич быстро шепнул ему что-то, нежно погладив по спинке своей огромной лапой, и, понизив голос, продолжил: — Сейчас мы сядем в машину и поедем. А пробелы будем заполнять потом.

Не дожидаясь ответа, он повернулся и зашагал на кухню. Пирсу и Петре не оставалось ничего иного, как последовать за ним.

Его удивило, каким холодным оказался воздух снаружи, — осень была не за горами. Он порадовался, что прихватил с собой свитер. До церкви на краю города, куда он направлялся, было око-

ло двух километров. Двух дней с момента его приземления в аэропорту Хитроу было достаточно для акклиматизации, а также для того, чтобы изучить распорядок жизни обитателей Байбери, типичной котсуолдской деревушки, изобилующей чайными, старинными ремесленными мастерскими эпохи Тюдоров, длинными уличными променадами и по обыкновению заполоненной отдыхающими, прибывшими из города. Он выбрал одну из самых крупных деревень, поскольку в ней было легче затеряться, — еще один турист, наслаждающийся приятным английским летом. Тем не менее, несмотря на раннее, по его представлениям, время — всего-то четверть двенадцатого, — только центральные улицы подавали признаки жизни, да и то минимальные. Пабы и рестораны закрылись час тому назад (для него, прибывшего с юга Испании, было непостижимо, как англичане терпят, что общественные места закрываются так рано), и публике оставалось лишь разойтись по домам, к своим унылым одеялам и набитым гусиным пухом подушкам.

Чем дальше он шел, тем, видимо, более желанной оказывалась такая перспектива для местных и приезжих.

То, что улицы почти не освещались, нисколько его не огорчало. Фонари — это для городов; здесь они выглядели бы чужеродно.

За минувший день он проделал этот путь раз пятнадцать, запоминая количество шагов в каждой аллее, расположение поворотов, подъемов и спусков. Никаких визуальных ориентиров. В ночи они не помогут — полагаться можно только на точные измерения. Деревенская местность обманчива в темноте, она может поставить в тупик неожиданно появившимся забором, абрисом какого-нибудь дома. Ориентируясь на дневные окрестности, он мог легко заблудиться.

Сосредоточенность на счете позволяла ему концентрировать внимание и на звуке собственных шагов, едва различимом даже в мертвой тишине бодрящего вечернего воздуха. Последний дом он миновал минут десять назад и теперь руководствовался только

неровностями дороги, последний километр пути изобиловал резкими подъемами и спусками.

Закончив отсчет, он поднял голову и увидел вверху на холме маленькую церквушку; ее нормандские очертания смутно вырисовывались на фоне неба, теряясь в темноте. Он осмотрел пространство справа от себя: дом пастора, днем — небольшой коттедж, сейчас казался аморфным бугорком, поднимающимся над линией горизонта. Он направился к окну в удаленной от дома стене церкви, которое оставил незапертым во время дневного посещения. Нельзя было полагаться на случай.

Взобравшись на подоконник, он поднял раму; металл скрипнул о дерево, но этот мимолетный звук вряд ли мог кого-то встревожить. Потом протиснулся сквозь образовавшуюся щель, соскочил на каменный пол и снял со спины небольшой рюкзак. Достал из внешнего кармана фонарик и, включив его поворотом головки, направил лазерно-тонкий луч света на пол.

Ему понадобилось около часа, чтобы установить заряды, большая часть времени ушла на их размещение нужным образом: чтобы после взрыва осталось достаточно фрагментов, которые можно найти и идентифицировать. Это требовало определенного умения, потому и выбрали именно его.

Поэтому же выбрали и остальных.

Вена. Анкара. Бильбао. Монтана. Около тысячи мест. Около тысячи церквей.

И общий результат.

«Эима, Эима, Айо».

Влажность воздуха опять заметно повысилась даже за то короткое время, что они провели в ресторане. В дополнение к этому переулок вонял, как не убиравшаяся три дня помойка, — тротуары,

заваленные вдоль стен консервными банками и мусорными паке-
тами, превратились в охотничьи угодья местных котов. Парочка
хищников, все еще потрошившая их в поисках добычи, не обратила ни малейшего внимания на странный квартет, вступивший на
их территорию. Коты лишь мельком взглянули на незнакомцев
и тут же вернулись к охоте.

Дойдя до конца переулка, Мендравич, шедший впереди, оглянулся, сказал Пирсу:

— Ждите здесь. Я приведу машину, — и, передав ему мальчика,
вышел на улицу.

На какой-то миг Иво поднял голову и сонными глазами посмотрел на Пирса, потом снова заснул, уткнувшись носом в его мягкую
шею.

Все произошло так быстро, что Пирс не успел отреагировать.
Мальчик у него на руках. То, на что он так и не решился там, в квартире, теперь произошло само собой. Мендравич сделал это, не раздумывая, у него сейчас были другие заботы.

Как ни странно, Пирс никак не мог вспомнить — какие. Во всяком случае, не теперь, когда впервые держал на руках сына. Несколько минут он стоял с закрытыми глазами, обнимая спящего
мальчика и опасаясь, как бы от избытка чувств не прижать его
слишком сильно. В голове не было никаких мыслей. Только сонный
аромат детских волос и посапывание уткнувшегося ему в шею носика. Вот он, исступленный восторг святой Терезы, — не умом осоз-
наваемый, а переживаемый всем существом.

В какой-то момент Пирс почувствовал прикосновение ладони
на своем плече и, обернувшись, увидел Петру.

— Можешь отдать его мне, — сказала она, подставив руки.

Он хотел сказать, что ему будет легче нести мальчика, но увидел
выражение ее лица. Казалось, ее разрывали противоречивые чувства: с одной стороны, желание отдаться тому, чего ждала так долго, с другой — забрать то, что принадлежало ей, если, конечно, можно сказать, что Иво принадлежит только ей и никому больше.

Внезапно Пирс понял, что́ так страшило его там, в ее квартире, — вот этот самый момент, когда, подержав, придется отдать ребенка. И снова испытать чувство горькой утраты.

Коротко кивнув, он осторожно отстранил мальчика от себя и передал Петре. Детское тельце привычно прильнуло к матери, неуклюже обвило ее, однако она, в отличие от Пирса, восприняла это как совершенно естественное.

Стараясь отвлечься от переживаний последних минут, Пирс вдруг подумал, что Мендравич отсутствует слишком долго, — ведь они оставили машину совсем рядом, перед входом в ресторан. Жестом велев Петре отойти подальше в тень, он медленно высунул голову из-за угла на освещенную улицу, потом оглянулся и тихо сказал:

— Жди здесь.

На улице стояла тишина, казавшаяся еще более зловещей из-за мертвенного света дальних фонарей. Низко опустив голову и сторожко ступая по тротуару, Пирс не замечал никаких признаков жизни. Его собственная тень кралась на полфута впереди него. С каждым шагом воздух становился каким-то все более стерильным, в горле пересохло. Дойдя до следующего угла, он словно бы услышал собственный голос, подсказывающий, что нужно вернуться, но продолжал двигаться вперед.

Когда визг покрышек внезапно разорвал тишину, его первым побуждением было вжаться в стену. Машина, ослепившая его на миг дальним светом фар, накренившись на повороте, выскочила на улицу у него за спиной и остановилась неподалеку, громко кашлянув мотором. Пирс оторвался от стены и побежал назад. Только маячивший перед ним образ Петры с мальчиком на руках заставил побороть страх. Ладонью защищая глаза от яркого света, он увидел, что дверца со стороны водительского места открыта и через нее из машины вылезает человек. Пирс побежал быстрее, приготовившись на ходу нанести удар.

Мендравич перехватил его руку, одновременно, словно тисками, сжав ему горло.

Они тут же узнали друг друга. Мендравич отпустил горло Пирса, и тот, опершись на машину, стал судорожно глотать воздух.

— Какого черта ты тут... — Впрочем, времени задавать вопросы не было. Мендравич быстро метнулся к задней дверце микроавтобуса, открыл ее и махнул Петре, чтобы она несла Иво. Мать с сыном вмиг появились из темноты переулка. Мендравич схватил мальчика и посадил его в кузов. Петра влезла следом, и Мендравич захлопнул дверь.

Только теперь Пирс заметил у него на руке кровь.

— Салко, что...

— Быстро в машину! — рявкнул тот, уже садясь на водительское место. Пирс запрыгнул на пассажирское сиденье и едва успел закрыть дверцу, как машина рванула вперед.

Протянув руку назад, Мендравич сдвинул окошко в перегородке, отделявшей кузов от передней части машины.

— Эй, там, сзади, как вы? — крикнул он.

— Мы в порядке, — ответила Петра. — Только он проснулся.

В окошке тут же возникло детское личико с возбужденно сверкающими глазами и такой же возбужденной улыбкой.

— Салко, привет!

— Вы только посмотрите, кто проснулся. — Мендравич неотрывно смотрел в зеркало бокового обзора, гораздо более озабоченный тем, что сзади, чем тем, что впереди. — Привет, мужичок, — сказал он. Из окошка протянулась и схватила Мендравича за ухо маленькая ручка — судя по всему, это была их обычная игра. Разжимая крохотные пальчики, Мендравич попросил: — Иво, можешь сделать мне одолжение? Пожалуйста, сиди там, рядом с мамой, и не шуми. Можешь сделать это для меня?

— А можно мне перелезть к тебе вперед?

— Я прошу тебя сидеть рядом с мамой!

Только теперь Иво заметил Пирса.

— Привет, — сказал он не менее панибратски.

— Привет, — улыбнулся Пирс.

— Мне действительно нужно, чтобы ты сидел сейчас там, с мамой, — повторил Мендравич, продолжая внимательно наблюдать за дорогой в боковое зеркало. — Хорошо?

Мальчик еще секунду смотрел на незнакомца, потом перевел взгляд обратно на Мендравича, снова дернул его за ухо, после чего рожица исчезла.

Мендравич задвинул окошко.

— Похоже, он относится ко всему этому легко, — сказал Пирс.

— Что? — внимание Мендравича было полностью сосредоточено на дороге.

— Ничего, — ответил Пирс, но, снова заметив кровь на руке Салко, спросил: — Что случилось?

— Видимо, наша подруга из Сопротивления сработала не так хорошо, как думала.

— Они тебя засекли?

— Нет, это я их засек. В машине. Хорошая новость состояла в том, что теперь их было только двое. Плохая — в том, что действовал я на сей раз не столь успешно.

— То есть?

— То есть у нас могут быть попутчики. — Он резко свернул за угол, Пирса прижало к дверце.

— А что с рукой?

— Болит.

Пирс молча наблюдал, как Мендравич выруливает на дорогу, ведущую в горы. Видимо, Вишеграду предстояло их еще подождать.

После минут двадцати езды в полном молчании Мендравич, казалось, немного расслабился.

— Мы едем не в Вишеград, — заметил Пирс.

— Не сегодня, — Мендравич прибавил скорость до ста десяти километров в час — А Иво туда вообще и близко везти нельзя.

Пирс согласно кивнул, вдруг рассердившись на себя: должен был бы и сам сообразить.

— Почему ты оставил их одних в переулке? — спросил Мендравич.

358

Вопрос прозвучал как пощечина.

— Я... подумал... — промямлил Пирс.

— В следующий раз не думай. Если я сказал тебе оставаться в каком-то месте, там и оставайся. Ясно?

Отвечать не требовалось.

— У меня здесь есть друзья, — продолжил Мендравич. — Мы перекантуемся у них денек, пока парни в ботинках не уйдут подальше.

Пирс снова кивнул.

— Прямо как в старые времена, — сказал Мендравич, пытаясь разрядить обстановку, однако его усилие пропало втуне.

Пирс повернулся и заглянул в окошко. Иво снова спал у Петры на коленях. Ее глаза тоже были закрыты.

«Прямо как в старые времена». Без такого рода ностальгии он мог бы прекрасно обойтись.

Глава пятая

«...Hа время выборов понтифика или на период после них, пока четкие полномочия не будут даны самим этим понтификом; и никогда не оказывать поддержки и благосклонности никакому вмешательству извне, никакой оппозиции или какой бы то ни было другой насильственной деятельности, посредством которой светские власти любого рода и уровня или иные группы людей могли бы пожелать оказать влияние на выборы Римского папы».

Кардинал-старейшина закончил читать и начал обход Сикстинской капеллы. Один за другим члены конклава вставали и произносили клятву.

Фон Нойрат сидел, спокойно сложив руки на коленях. Жесткая прямая спинка скамьи идеально соответствовала его осанке — в отличие от бархатной подушки на сиденье. Справа от него сидел англичанин; слева — латиноамериканец. За последние двадцать минут никто из них не произнес ни слова — тем лучше, потому что фон Нойрат не помнил, откуда его латиноамериканский коллега: из Бразилии или Аргентины. Эскобар де Что-то-там, если память не изменяет. А вот кардинал Дали — совсем другое дело. Среди членов конклава он считался «papabile» — «вероятным папой» — «перспективным кандидатом», если верить слухам, циркулировавшим в последние несколько дней. Странно, что двух наиболее вероятных кандидатов посадили рядом. А может, дело просто в геогра-

фии: итальянцы — в одной части капеллы, остальной католический мир — в другой?

Обычно днем солнце проникало сюда через створчатые окна, расположенные над фресками Перуджино, сейчас они были задернуты тяжелыми плотными шторами, и капелла освещалась стоячими светильниками — в знак как торжественности, так и секретности работы конклава. Но даже в этом сумраке капелла не утратила своего величия: воплощенная скорбь взирала с высоты, еще более глубокая благодаря контрасту теней и сочных, мощных тонов, снова ставших свежими и живыми после реставрации пигмента.

Фон Нойрат вгляделся в одно-два лица наверху. Он никогда не был поклонником этой росписи, чрезмерно витиеватой на его вкус. Гораздо больше ему нравились художники вроде Ван Эйка, Бреястаршего, Лохнера или даже Фра Анджелико, если уж непременно надо упомянуть итальянца. У тех видна крепость веры. У Микеланджело все значительное кажется смазанным — неуклюжие, сибаритствующие тела, изогнувшиеся так и сяк, никакой четкости, никакого смысла. Идеально подходит итальянцам, подумал он, наблюдая, как все они неотрывно смотрят вверх, благостно улыбаясь, будто читают там послание, адресованное персонально каждому из них. Да, эти фигуры имели смысл только для них. Фон Нойрат скрестил руки на груди и стал ждать.

Его внимание привлекло движение у алтаря. Кардинал-камерленго — его старый друг Фабрицци — выставлял потир и дискос, что означало приближение первого тура голосования. Фон Нойрат перевел взгляд на бумагу, которую держал в руке, — напечатанное по-латыни напоминание о том, зачем они собрались здесь все вместе.

"Eligo in summum pontificem..."

«Я выбираю верховным понтификом...»

Далее его собственной рукой было приписано: «Кардинала Эриха фон Нойрата».

Волнующее чувство — видеть вот так перед собой собственное имя. Итальянцы могут оставить себе свое искусство, он же будет

владеть их престолом. Едва сдерживая улыбку, он отвел глаза от бумаги.

Старейшина приблизился к нему. Фон Нойрат встал.

— «И я, кардинал Эрих фон Нойрат, обещаю, заверяю и клянусь. — Он возложил руку на протянутое ему Евангелие. — Да помогут мне Бог и это Священное Писание, коего касаюсь я рукой своей».

Двадцать минут спустя все 109 кардиналов дали клятву служить истине, и голосование началось.

Пока члены конклава по одному подходили к алтарю, фон Нойрат вглядывался в лица напротив. Интересно, сколько из этих людей думает сейчас о своих внучатых племянниках и племянницах? Кляйст заготовил более шестидесяти пленок. Разослал менее двадцати, но этого более чем достаточно, чтобы обеспечить ему, фон Нойрату, решающие две трети голосов.

Наконец настал его черед. Сделав глубокий вдох, он сложил бумагу, встал и медленно пошел к алтарю. Дойдя до стола, повернулся лицом к конклаву, высоко поднял свой бюллетень, чтобы все могли видеть, положил его на дискос и стал смотреть, как камерленго берет золотое блюдо и стряхивает бюллетень в потир. Вот так просто.

Сбор бюллетеней продолжался не менее сорока минут. Все это время проходило в тишине. Кто-то молился, кто-то с восторгом разглядывал фрески. В конце концов, не люди, а Святой Дух выбирает папу, так что они могут позволить себе отвлечься на созерцание — Божья воля, не их, вершит это важнейшее дело.

Фон Нойрат думал об «Одопории». Вот уже пять дней, как Кляйст не давал о себе знать, последнее сообщение пришло с Афона — подтверждение, что священник еще не завладел подлинным пергаментом — только какой-то книжкой, но эта находка подвела его на шаг ближе. Уверение, что все под контролем.

Однако фон Нойрат понимал, что без «Одопории» папство для него не будет значить ровным счетом ничего, несмотря на всю пап-

362

скую непогрешимость. Двести пятьдесят миллионов католиков в его распоряжении — но никакой возможности убедить их следовать по новому пути. Никакого шанса оправдать грядущие сдвиги божественным авторитетом.

У него не было иного выбора, кроме как довериться Кляйсту, надеясь, что он добудет то, что обещал.

— Перетти.

Звук голоса снова привлек его внимание к алтарю. Один из трех помощников Фабрицци — счетчиков — оглашал первый бюллетень. Потом он передал его другому кардиналу, который также зачитал его вслух. Потом второй — третьему, тот, огласив, проткнул его иглой и нанизал на нитку.

— Дали.

Пока имя повторялось еще дважды, фон Нойрат и англичанин обменялись едва заметными улыбками. Никаких причин для беспокойства. Всего два голоса. Впереди сто семь.

Восемнадцать минут спустя фон Нойрат сидел ошеломленный. По его собственным подсчетам, ему уже не хватало до нужного большинства шести голосов. Перетти получил сорок из остававшихся сорока двух.

Очевидно, несколько колеблющихся выборщиков решили не колебаться.

Кардиналы молча наблюдали, как один из помощников Фабрицци взял сшитые вместе бюллетени и направился к небольшой печи, чья труба уже давно стала знаменитой на весь мир.

Черный дым.

Значит, два тура голосования завтра утром, еще один — после обеда, если понадобится. И так, пока папа не будет избран.

Кардиналы встали. Выходя, фон Нойрат заметил, что Перетти смотрит на него, как бы улыбаясь. Он изо всех сил постарался улыбнуться в ответ.

Кляйсту придется хорошо потрудиться, чтобы в следующий раз не поставить фон Нойрата в такое затруднительное положение.

Пирс, то открывая глаза, то снова проваливаясь в забытье, проспал больше двенадцати часов кряду — после более чем недели пренебрежения его нуждами тело взяло наконец свое. Они прибыли в деревню вскоре после двух. Деревня располагалась в тридцати километрах к западу от Нови-Пазара, меньше часа езды от косовской границы, где-то в горах. То, что они снова переехали в Югославию, стало ясно только тогда, когда он увидел пригород Белграда. Никакого пограничного столба, никакой охраны. Когда хотел, Мендравич, судя по всему, прекрасно умел объезжать подобные препятствия.

Поднявшись по очередной проселочной дороге — на окрестных холмах там и сям виднелись разрозненные скопления домов, — они затормозили у стоявшей на отшибе лачуги, по некоторым признакам еще не спящей. Иво был сразу же уложен в постель, после чего Мендравич представил своих спутников.

Как и ожидал Пирс, люди из ОАК действительно оказались «близкими родственниками» ирландских экстремистов, они были озабочены не столько практическими целями, сколько великим предназначением. Он проговорил с ними больше часа — рассказы о недавних эскападах, полное их оправдание с точки зрения рационализма фанатиков. Как выяснилось, эти были новичками в ОАК и в своей борьбе, как они сами выразились, «не признавали никаких границ». Они заставят то, что осталось от Сербии/Югославии, отступиться от Косова.

К трем часам он почувствовал, что с него довольно, выпитая ракия тоже давала о себе знать. С трудом поднявшись из-за стола, Пирс нашел в соседней комнате кровать и рухнул на нее.

Он не видел снов. Ни разу не пошелохнулся. Просто спал.

Теперь, почти в три часа пополудни, выйдя наконец из комнаты, он увидел Петру, в одиночестве сидевшую за кухонным столом с чашкой кофе в руках.

Найдя чашку для себя, Пирс присоединился к ней.

— Итак, мы наконец пробудились, — сказала она. — В котором часу ты лег?

Ничего не значащий треп. Его он мог поддерживать без труда.

— Вскоре после тебя. Мы немного поболтали. Где все?

— Когда я встала, уже никого не было. — Она отпила кофе и обвела глазами кухню. — Все так знакомо, будто и не было этих восьми лет.

Он кивнул, сходство со Слитной игнорировать было трудно, особенно слушая вчерашние пламенные речи. Интересно, они с Петрой были такими же оголтелыми в свое время? Вполне вероятно, хотя ему хотелось надеяться, что это не так. Во всяком случае, у них тогда не было таких булочек, как те, что смотрели теперь на него из блюда, стоявшего в центре стола. Хлеб лучше — одержимость сильней, подумал он. Связь представлялась весьма логичной.

Он взял булочку, отщипнул от нее кусок, макнул в кофе и быстро проглотил.

— Это — тоже, — заметила она.

— Экономит время на пищеварение. Ты же знаешь. — Второй кусок получил смазку в виде солидного куска масла. — Салко встал?

— Иво захотел исследовать окрестности. Мама отказалась его сопровождать, так что он вытащил Салко из постели около часа тому назад.

Пирс кивнул и отпил кофе.

— Все это ему, кажется, совсем не в тягость.

— Иво? Нет. Уверена, что он воспринимает это как игру.

— В некотором роде это и есть игра.

— Только если ты не играл в нее раньше.

Пирс не понял.

— Ты имеешь в виду Иво?

— В 97-м мы около трех месяцев прожили в такой же деревне. — Видя его продолжающееся недоумение, она пояснила: — Когда НАТО вывело свои войска. Ну, беспорядки в Мостаре. — Он по-прежнему не понимал. — Слушай, у вас в Штатах газеты есть?

Пирс усмехнулся.

— Думаю, парочка имеется. Только надо не забывать их прочесть.

— Ты наверняка забываешь. Хотя, — добавила она резче, — уверена, что мы перестали быть первостраничной новостью, с тех пор как мистер Клинтон переизбрался на второй срок.

В том, что она говорила, не было горечи — всего лишь констатация фактов. Точно так же она рассказала о семилетнем ребенке, выскакивающем из своей кроватки посреди ночи, — в порядке той же знакомой «игры».

— Он действительно привязан к Салко, правда?

— А ты разве нет?

Пирс кивнул и, скатав из намасленного хлеба шарик, отправил его в рот.

— Они часто видятся?

— Примерно раз в месяц. Иногда чаще, если что-нибудь предстоит.

— Что-нибудь? Например — что?

— Ну, не знаю. Какие-нибудь ребячьи дела, в которых отец... — она осеклась. — Но вообще не так часто.

Она старалась быть деликатной. Даже если бы Пирс знал, что сказать, он не смог бы найти слова, лишь насмешил бы ее или вынудил просить замолчать, как прошлой ночью. Почему-то он подумал о пассажах Рибаденейры. Их алхимия была управляема. Эта — нет. Ну, так тому и быть — то, что не может быть облечено в слова, пусть остается невысказанным.

— Хорошо, что у Иво есть он, — произнес наконец Пирс.

— Хорошо, что они есть друг у друга, — откликнулась Петра. — Салко, быть может, нуждается в привязанности больше, чем Иво.

Пирс скатал еще один хлебный шарик. Петра, не поднимая головы, смотрела в чашку.

Спустя некоторое время она продолжила:

— Знаешь, бывают дни, когда они исчезают на несколько часов. Только вдвоем. Пускаются в свои маленькие приключения. —

Пусть лишь на миг, она впускала его в свою жизнь. — Забавно. Иво всегда возвращается с глазами, полными восторга, как будто у них есть какой-то огромный общий секрет. Нечто, что знают только они двое. Мужчины. — Она улыбнулась своим мыслям. — Помню, как Салко научил его свистеть. Это было грандиозное событие. Иво вбежал тогда в дом, и, пока Салко рассказывал мне, где они были, они все время перемигивались и кивали друг другу. Иво никак не мог дождаться окончания рассказа, а я делала вид, что ничего не замечаю. А потом вдруг он начал свистеть. Тоненько так, весело, и все время смеялся, так что в конце концов мы все начали хохотать. Он так гордился собой, — говорила она, не глядя на Пирса, но ему казалось, что она смотрит ему прямо в глаза. — Видел бы ты его лицо, когда я свистнула в ответ! Он не мог поверить своим ушам, долго не был в состоянии вымолвить ни слова: как это я могла знать их волшебный секрет?! — Она рассмеялась. — Вот тогда-то он и сказал мне, что у меня свист — девчачий. Не такой, как у него или у Салко. — Она замолчала, ее взгляд витал где-то далеко. — В тот момент я была для него не мамой, а просто девчонкой.

Пирс отпил кофе, помолчал, потом спросил:

— Салко рассказал тебе, зачем я здесь?

Она вынырнула из своих воспоминаний и снова уставилась в чашку.

— Кое-что рассказал. — Чтобы чем-то занять руки, взяла кусочек хлеба. — Похоже, он и сам не слишком хорошо это себе представляет.

— Обо мне можно сказать то же самое.

— Кто бы они ни были, они весьма осведомлены. Даже знали, где меня искать.

— Мне очень жаль, что так получилось.

Она бросила на него короткий взгляд, не лишенный насмешливости.

— Они бы пришли независимо от того, появились вы с Салко или нет. Может, так даже лучше.

— Ты сегодня очень добра.

367

— Не привыкай к этому.

Пирс машинально сунул в кофе кусок булки с маслом, черная жидкость на глазах приобрела бледно-коричневый цвет.

— Неплохая находка, — пошутил он.

— Если ты хотел молока, нужно было сказать.

— Да, большое спасибо. — Он встал, подошел к раковине и выплеснул туда остатки жижи. — В любом случае кофе был отвратительным. — Вопреки всякой логике он налил себе другую чашку.

— Я понимаю, что... это для тебя в некотором роде шок, — сказала Петра.

— Плохой кофе? — притворно удивился он. Она пропустила иронию мимо ушей. — Да, не могу сказать, что ожидал этого, когда покидал Рим.

— Конечно. — Она колебалась. — Что ты имел в виду вчера? Ну, когда говорил, что не нашел особого смысла.

Он уже поднес чашку к губам, но остановился.

— Я думал... что ты не хочешь об этом говорить.

— Как видишь, хочу. — Он откинулся назад и прислонился спиной к кухонной стойке. — Или... — Запнувшись, она неожиданно встала и перешла к этой самой стойке, на которой булькал кофейник. — Вероятно, действительно не хочу. Возможно, сейчас не самое подходящее время. — Все так же, не глядя на него, Петра налила себе кофе.

Пирс мучительно искал ответ, но единственное, что пришло ему в голову, было простое:

— Хорошо.

Поставив кофейник на место, она не двигалась, уронив руки на стойку.

— Я даже не знаю, зачем спросила.

Он обернулся и увидел ее лицо в профиль. Протянув руку, еще раз попытался взять ее за запястье. На этот раз она не сопротивлялась.

— Может... нам стоит оставить этот разговор до возвращения из Вишеграда? — предложил он.

Уставившись в столешницу, она медленно кивнула.

— Может быть.

Несколько секунд они оставались неподвижны, потом Петра, не отнимая руки, подняла голову и посмотрела на Пирса. Но ничего не сказала. А еще через секунду взяла чашку и вернулась к столу.

— Итак, — сказала она, снова усаживаясь, — что конкретно ты ищешь в Вишеграде?

Ему понадобилось несколько мгновений, чтобы переключиться.

— Помнишь тот пергамент, который мы нашли в старой церкви?

— Конечно, помню.

— Думаю, ниточка тянется оттуда.

Она удивленно подняла брови.

— Это... странно.

Впервые с тех пор, как мысль об этой связи пришла Пирсу в голову, он задумался о том, насколько это действительно странно. В течение следующих двадцати пяти минут он, как мог, пытался объяснить ей то, чего сам толком понять не мог.

— И ты думаешь, что они убили того твоего друга? — спросила она.

Пирс покачал головой.

— Я не знаю.

Он собирался продолжить свой рассказ, когда снаружи донесся шум приближающихся машин. Они оба ринулись к окну. Первой мыслью Пирса было: это парни из Кукеса, но, узнав в одном из прибывших своего вчерашнего собеседника, он расслабился. То есть расслабился, пока не увидел самодельные носилки с привязанным к ним телом, которые извлекли из микроавтобуса. Все вокруг ожило, забегали какие-то люди. Рядом с носилками, зажимая что-то под рубашкой раненого, шла женщина.

К тому времени, когда Пирс осознал происходящее, Петра уже выбежала из дома. Он последовал за ней. Мимо промчались двое мужчин, не обращая никакого внимания на своего давешнего гостя.

— Неудачный рейд, — сказала Петра, подойдя. — Двое раненых. Я сказала им, что ты священник.

— Но они же не католики.

— Им, похоже, все равно. Раненых отнесли туда. — Она повела его к домику, который служил деревенской больницей.

Не стерильно, но, безусловно, это было самое чистое помещение в радиусе пятнадцати километров. У стола, на котором лежал раненый, виденный Пирсом из окна, уже хлопотали люди, женщина-врач по-прежнему была рядом. Второй раненый лежал на другом столе и изо всех сил сдерживался, чтобы не кричать. Из его ноздрей судорожно вырывался воздух. Мужчина выглядел лет на сорок с лишним, хотя на самом деле ему могло быть не больше двадцати пяти. Через каждые несколько секунд его спина круто выгибалась и лицо непроизвольно искажала гримаса боли. Требовалось не меньше двух человек, чтобы снова уложить его. Вся нога мужчины была в алых подтеках, повязка, наложенная на то, что осталось от правой ступни, набухла от крови.

Первому было от силы девятнадцать. Он не кричал, не двигался, его не нужно было держать. Глаза у него оставались широко открытыми. Этот немигающий взгляд был слишком хорошо знаком Пирсу по той, прежней жизни. Мальчику оставалось жить считанные минуты. Несмотря на это, женщина-врач делала все, что могла. На его рубашке спереди виднелось лишь небольшое красное пятно — такая кровопотеря не могла вызвать этот потусторонний взгляд. Только подойдя ближе, Пирс понял, что основная рана была не в груди. Лужа крови натекла снизу. Парень лежал неподвижно, потому что шевельнись он хоть чуть-чуть — и часть туловища отделилась бы от него. Женщина-врач подозвала Пирса — нужно было помочь снять с раненого рубашку. Пирс делал все, что ему говорили, словно опять оказался в Кукесе.

Внезапно юноша схватил его за руку и что-то зашептал с пулеметной скоростью. Пирс оглянулся на врача, ожидая, что она рявкнет на него, чтобы не мешал, но та была слишком занята, чтобы замечать что-либо вокруг. Тогда Пирс склонился к умирающему, стараясь разобрать хоть несколько слов из того, что он строчил. Парень говорил так настойчиво, что Пирс невольно стал кивать, делая вид, будто понимает то, что он хотел до него донести. Шепот перешел в странное подобие смеха, рука, державшая Пирса, ослабела, юноша снова затих.

Пирс вглядывался в его лицо.

Момент предельной ясности. Ее чистый язык, пусть и неслышный, продолжал звучать даже после того, как взгляд парня остекленел.

Пирс опять повернулся к врачу. Оказалось, она тоже видела финал. Протянув руку, она закрыла мальчику глаза и, ни слова не сказав Пирсу, перешла ко второму столу. Все были слишком заняты, чтобы обращать внимание на какого-то священника, и Пирс, стоя над покойным, мысленно отпел его, не задумываясь о том, какому богу он молился при жизни.

Три четверти часа спустя Пирс стоял с Петрой во дворе, медленно отходя от шока.

Словно посланные самими небесами, в этот момент появились Иво с Мендравичем. Они шли вверх по дороге, ведущей к деревне, маленькая фигурка подпрыгивала на каждом шагу, руки мальчика были полны камешков, палочек и бог знает каких еще сокровищ, которые могут быть дороги лишь семилетнему ребенку.

– К вопросу об исследовании, – вздохнул Пирс, вместе с Петрой направляясь им навстречу. Едва завидев мать, Иво бросился к ней.

– Мы вернулись уже минут двадцать назад, – сказал Мендравич, подходя к Пирсу.

– Он видел?

– Нет, – на ходу ответил Мендравич; Иво с матерью шел впереди. – Я быстро придумал для него новое приключение.

– Говорят, во время рейда что-то пошло неудачно.

– Они неудачно выбрали день, – ответил Мендравич.

Прежде чем он успел пояснить свою мысль, один из бойцов ОАК подошел к ним и зашагал рядом. Лет тридцати пяти, но моло-

жавый, прошлым вечером за столом он был одним из самых громогласных ораторов. Пирс никак не мог вспомнить его имя.

— Салко, они как будто ждали нас, — начал мужчина, полностью игнорируя присутствие Пирса. — Ты не поверишь: бронированные машины, засады, полный комплект дорожных заграждений. Нам оставалось лишь бежать. Я так и не понял, откуда они узнали о нашем рейде.

— Они о нем и не знали, — ответил Мендравич.

— Да говорю же тебе...

— Вы оказались дополнительной наградой, — объяснил Салко и, не дав собеседнику вставить слово, продолжил: — Ждали не вас. Они были там из-за того, что случилось за два часа до вашего появления. — Мендравич остановился. — Около пяти утра кто-то взорвал католическую церковь. Я видел это в программе новостей в той гостинице, что неподалеку от Джанки. Мы с мальчиком зашли туда пообедать. Все показывали по телевидению.

— Сербы? — спросил мужчина.

— Никто понятия не имеет, — ответил Мендравич. — Убитых нет. Только здание разрушено.

— А зачем тогда блокпосты на дорогах? — спросил мужчина. В его голосе звучало полное недоумение. — Можно было подумать, что они радовались тому, как досталось католикам. Даже больше, чем если бы это была мечеть.

— Не знаю, что тебе и сказать, — ответил Мендравич. — Но были они там именно поэтому. Вам повезло, что удалось сбежать.

— Значит, из-за какой-то паники вокруг взорванной церкви я потерял человека?! — Пирс заметил ярость в глазах собеседника, тот не верил своим ушам. — Они же повесят это на нас! Католическая церковь — и мусульмане из ОАК. Может, они сами и устроили это в порядке провокации? — Человек гневно тряс головой, уставившись на Мендравича и по-прежнему не замечая Пирса. Но, поскольку Салко так ничего и не ответил, он перевел недобрый взгляд на священника, казалось, хотел что-то сказать,

но вместо этого лишь решительно повернулся и зашагал к больнице.

— Чего ты ему не договорил? — спросил Пирс, когда мужчина отошел достаточно далеко.

— Теперь из-за своей глупости он будет жаждать убивать их еще больше, чем прежде, — произнес Мендравич, провожая взглядом удаляющуюся фигуру. — Что?

— Есть что-то еще, чего ты ему не сказал, разве не так?

Мендравич повременил с ответом.

— И когда это ты успел стать таким сообразительным?

— Так чего же ты все-таки ему не сказал?

Мендравич прищурился.

— Это была не одна церковь. Взорвано еще три. Две в Германии и одна в Испании. Все — сегодня утром.

— И они думают, что все взрывы связаны между собой?

— Они? Телевизионщики, да, думают, что здесь есть связь.

— Почему?

— Понятия не имею.

— А о выборах что-нибудь говорили?

— О выборах?

— Ну, папы.

— Ах, это. Черный дым. Завтра продолжат. А какое это имеет отношение к...

— Вот ты сам и ответил, — перебил его Пирс и добавил: — Можно ли найти более подходящий момент для нанесения удара? Церковь целиком поглощена выборами. Власть отсутствует. Самое время застать их со спущенными штанами.

— Для чего?

— Это может оказаться более очевидным, чем ты думаешь.

Мендравич снова помолчал.

— Ты полагаешь, что это как-то связано с твоей книжицей?

— Ты ведь тоже так думаешь. И именно поэтому ничего не сказал своему другу из ОАК.

Опять пауза.

— Ну, ладно, — сдался наконец Мендравич. — Тогда скажи, что такого написано в этой книжке, что могло бы все это объяснить?

Теперь настала очередь Пирса задуматься.

— Хотел бы я сам это знать, Салко. Хотел бы знать.

Кляйст еще один, последний раз оглянулся. Маловероятно, что кто-то его выследил, но убедиться не мешает. Вдоль низкого потолка тянулись разнообразные трубы в пластиковой оболочке; откуда-то издали доносился гул движка и гудение печи. Никаких других звуков в подвале обители Святой Марфы слышно не было.

Где-то там, над головой Кляйста, отдыхала в своих комнатах сотня кардиналов, кто-то молился, кто-то был занят иными делами — чем там положено заниматься членам конклава в промежутке между голосованием и ужином. Сегодня вечером он не собирался их тревожить.

Кроме одного.

Сверившись раз в пятидесятый за последние минуты с планом здания, он подошел к маленькой — полметра на полметра — дверце. В левом нижнем углу имелся простой, судя по яркому блеску, новенький замок. Кляйст достал из кармана связку ключей, вставил один в скважину и потянул дверь на себя. Опустился на колени, под углом направил внутрь луч фонаря и заглянул.

Колодец чуть больше метра в поперечнике уходил вверх, теряясь во мраке. Словно столб был вырезан из середины здания, оставив пустоту. В трех с половиной метрах наверху луч фонаря высветил новую связку труб, над которыми виднелось пустое пространство, потом, на таком же расстоянии, — опять трубы, опять

пустота и так на каждом этаже здания. Кляйст пролез внутрь, встал и закрыл за собой дверцу. Прижавшись к цементной стене, он снова сверился с планом. То, что искал, он увидел в свете фонаря слева — железные скобы, вбитые прямо в стену в виде лестницы. Нелегкий подъем, но, безусловно, ему под силу.

Добравшись до четвертого этажа, Кляйст сошел с лестницы, ступил на трубы и, упираясь рукой в стену, пошел вдоль по ним. Держа фонарь в зубах, он отсчитал четыре алюминиевых вентиляционных клапана и достал из кармана острый, как бритва, нож. В пятом он вырезал отверстие, засунул в него нож, фонарь и протиснулся сам.

Пятнадцать минут спустя он вырезал такое же отверстие на выходе из вентиляционного короба, который вывел его в другой узкий проход; здесь стены были сложены уже не из цементных блоков, а из камня. Он посветил налево и медленно пошел вдоль стены. Когда позади осталась примерно треть пути, что-то сверкнуло в луче фонаря. Кляйст быстро пошел на вспышку. Дверная петля, полуметром ниже — вторая. Он уперся ладонью посередине и толкнул.

Кусок стены поддался неожиданно легко. Снова встав на колени, он просунул внутрь голову, потом прополз и очутился на ковре, закрывавшем весь пол от стены до стены. Слева стояла кровать. Кляйст встал и закрыл дверцу.

— Вы опоздали.

Кляйст обернулся на голос и увидел кардинала фон Нойрата. Тот сидел в кресле в противоположном конце комнаты. Именно кардинал обнаружил по плану здания, как можно тайно проникнуть в его опочивальню. Очень просто: нужно было лишь встроить дверцу и замаскировать ее.

— Да, Ваше Высокопреосвященство.

— Говорите тише. Здесь стены тонкие, как бумага.

Кляйст кивнул, приблизился к кардиналу и сел на заранее приготовленный для него стул.

375

— Я хочу, чтобы одного из этих детей взяли. И чтобы это немедленно появилось в новостях. — Фон Нойрат заметил тень замешательства на лице Кляйста. — Какого именно — неважно. Достаточно одного, чтобы остальные все поняли. Мне нужны эти шесть голосов, причем завтра же.

— В новостях? Но как вы...

— Мы изолированы, Стефан, но пребываем не в вакууме. Услышали же мы каким-то образом о том, что случилось утром в Бильбао, Геттингене и в этом местечке вблизи югославской границы, как его там. Если вы возьмете ребенка, мы как-нибудь узнаем и об этом. — Он многозначительно помолчал. — Это ведь не должно было произойти так скоро, а?

— Не должно.

— Так что случилось?

— Ошибка связи.

Фон Нойрат выдержал паузу:

— Поговорите с Харрисом. У него есть склонность слишком остро реагировать. Скажите ему, что ничего не меняется.

Кляйст кивнул.

— Если по какой-либо причине выборы и завтра не состоятся, я хочу, чтобы вы организовали утечку информации о сирийских связях банка. И позаботьтесь, чтобы имя Артуро было во всех заголовках. — Потом еще жестче добавил: — Запомните: ни слова ни графине, ни Блейни. Вас не касается, почему.

Кляйст снова молча кивнул.

— А теперь, где наш священник?

— Последние новости о нем поступили вчера вечером. Он позвонил.

— Вот и молодец. — От раздражения фон Нойрата не осталось и следа. — Он нашел «Одопорию»?

— Найдет в течение ближайших дней.

— Понятно. — Фон Нойрат заметил неуверенность во взгляде Кляйста. — Что случилось?

376

T h e   B o o k   o f   Q

— В беженском лагере... он сказал, что там за ним охотились четверо мужчин.

— Какие еще четверо мужчин?

— Мы не знаем.

— Вы ему верите?

— Да.

— И нам неизвестно, кто это?

— Нет.

— Прекрасно, — саркастически произнес фон Нойрат и немного помолчал. — Я хочу, чтобы это было выяснено к завтрашнему дню. Если к тому времени «Одопории» у него не будет, найдите его, отберите книгу и отыщите пергамент сами. И больше никакой путаницы. Вы поняли?

— Да, Ваше Высокопреосвященство.

— Хорошо. — Фон Нойрат встал. — Тогда, если у вас больше ничего нет... — Кляйст покачал головой. — Скоро придут звать на ужин. Они очень строго следят за тем, чтобы мы ели все вместе и в полном молчании. Учитывая качество еды, могу их понять.

Кляйст не знал, следует ему улыбнуться или нет. Поэтому в очередной раз кивнул и встал.

— Да, кстати, — спохватился фон Нойрат. — Передайте мистеру Харрису мои поздравления по поводу последнего положительного рейтинга. Преподнесите это ему как бомбу. Большую бомбу. Он поймет. — С этими словами фон Нойрат кивком указал Кляйсту на крохотную дверцу.

Двумя минутами позже Кляйст уже пробирался обратно через вентиляционный короб. Пот градом катил с его лица на алюминий.

«Как бомбу». Неужели он чего-то не уловил? Или кардинал таким способом просто хотел поставить его на место; такое случалось впервые. Что бы тот, однако, ни подразумевал, одно было очевидно.

Священник до следующего дня не доживет.

По крайней мере, на этом фронте неясности больше не было.

— Найдж... вы уверены, что не хотите больше десерта?

Найджел Харрис улыбнулся человеку, сидевшему напротив.

— Уверен, спасибо. — Наискосок сидели еще трое. Обед, с учетом статуса Харриса как человека, недавно совершившего «прорыв», был задуман офисом Стива Гримальди как «эволюционный процесс» в стиле «мы никуда не торопимся». Полковник уже начинал понимать жаргон рекламного бизнеса, хотя точно не знал, в бизнесе тут дело или лично в Гримальди. Тот, казалось, невинно подбрасывал в разговор все, что случайно приходило ему в голову. Но его сотрудники, кажется, понимали каждое его слово — все «держали книгу открытой на одной и той же странице», — особенно когда делали небольшие отступления, чтобы «обезвредить» те или иные детали.

Обед начался в одиннадцать. Теперь время приближалось к часу. Он никогда не мог понять лос-анджелесской топографии и не был уверен, находится ли в той части города, которую они считали центром. С тридцать восьмого этажа место, безусловно, казалось центром, хотя на улицах почему-то было подозрительно мало людей. Наверно, самые модные рестораны в другом районе, подумал он. А хорошее обслуживание в заграничной командировке, по-видимому, считают излишним. По вкусу того, что пришлось только что отведать, оба предположения верны.

— Надеюсь, вам понравится то, что нам удалось слепить, Найдж. Для начала...

— «Эволюционный процесс»? — вставил Харрис.

— Вот именно. Поэтому мы пока еще не знаем, каков будет итог. Но намерены скоро это выяснить.

Гримальди сделал знак своей помощнице, та нажала кнопку в центре стола, и в дальнем конце зала с потолка спустился огромный телеэкран. Вторая кнопка — и шторы на окнах начали затяги-

ваться. Повернувшись к Гримальди, Харрис многозначительно поднял бровь, чтобы дать понять, что он впечатлен. Рекламщик был заметно польщен. Медленно погас свет.

— Работа вашей группы сейчас широко освещается в печати, Найдж, и нам показалось интересным использовать эту информационную волну. Похоже на избирательную кампанию. Чтобы привлечь людей в ваш лагерь. Вот первый вариант. И, пожалуйста, говорите без стеснения, какое впечатление он на вас произведет.

Гримальди нажал еще одну кнопку, экран ожил: внизу побежали белые на черном фоне цифры, над ними — строка: «Найджел Харрис. Рекламный ролик № 1». Когда счет достиг 10 секунд, в центре появилась цитата из недавней статьи об Альянсе. Голос, хорошо знакомый по рекламным роликам всех фильмов, снятых за последние пять лет, начал медленно и проникновенно читать текст.

«Его взгляд нацелен на наше будущее... Его послание очевидно... Для нас настало время вернуть веру к тому, во что мы действительно верим...»

На экране возник школьный класс: одиннадцати-двенадцатилетние дети, вселенское смешение этносов и рас, все лица улыбаются, слово «терпимость» большими буквами написано на доске, разгар дискуссии. Экран гаснет — новая цитата, тот же голос:

«Наши дети должны понимать, что́ их между собой связывает, а не разъединяет. Ответ — вера».

Далее — не менее воодушевляющая сцена: люди на типичной Главной улице типичного провинциального города, снова этническое разнообразие, идеальные семьи, гуляющие вдоль тротуаров, останавливаются по-соседски поболтать друг с другом; на заднем плане смутно — очертания трех церквей, одна, впрочем, кажется, синагога, хотя точно разобрать трудно. Благодаря какому-то компьютерному спецэффекту все три здания начинают совмещаться на глазах у счастливой маленькой общины. На сей раз — никаких цитат. Просто голос за кадром:

«Пора создавать альянс веры, в котором религиозные различия будут стираться, уступая место более широкому духовному единству».

В разных частях экрана появляются портреты Харриса и других выдающихся членов Альянса, американский флаг; заключительный кадр — мирный сельский пейзаж где-то на Среднем Западе.

«Альянс веры. Это наш мост в следующее тысячелетие».

Экран погас, зажегся свет. Харрис повернулся к Гримальди, тот стоял у дальнего окна и смотрел на него с улыбкой ребенка, проснувшегося в день своего рождения.

— Видите ли, — начал Харрис, подбирая слова. — Это не совсем то, о чем мы договаривались. Это немного... чересчур.

Улыбка мгновенно исчезла.

— Разумеется. Но бывает хорошее чересчур и плохое чересчур. Какое вы имеете в виду, Найдж?

— То, которое не увидит никто за пределами этого офиса. — Харрис почувствовал нарастающую напряженность. — Вы ведь сами призывали меня говорить без стеснения о моих впечатлениях, мистер Гримальди. То, что я только что увидел, безвкусно, слащаво и не дает никакого представления об Альянсе.

— Не нужно недооценивать безвкусицу и слащавость, — заметил Гримальди. Из-под оболочки модного рекламиста впервые проглянул трезвый и острый ум. — Это отличный товар, он хорошо продается.

— Не сомневаюсь, но я не считаю, что мы что-то продаем. Мы хотим воодушевить. Большая разница. Можно узнать, что случилось с фрагментами, которые снял я сам? Мне казалось, что в них совершенно ясно представлена моя позиция.

— Ну что ж, по крайней мере честно, — Гримальди сделал знак одному из помощников. — Будем считать это первой попыткой.

Свет снова погас. Пошел второй ролик.

На сей раз визуальный ряд был куда менее глянцевым, камера фиксировала происходящее чуть под углом. Молодой мужчина, между тридцатью и сорока, сидит на парковой скамейке. Он упер-

ся локтями в колени и положил подбородок на сомкнутые руки. Камера несколько раз объезжает его кругом, крупный план, снова дальний, еще несколько необычных ракурсов, наконец остановка на среднем плане. Человек вглядывается куда-то вдаль, но объектив по-прежнему нацелен только на него. Голос за кадром, на сей раз без приторной высокопарности, произносит:

«Было время, когда я не знал, чего жду для него в будущем».

Короткий врез: стайка мальчишек, играющих на лужайке, снова необычные ракурсы, быстрая смена крупных и общих планов.

«Думал об обычных вещах: школа, высшее образование... Хорошая работа. И что настанет день, когда он будет вот так же сидеть на моем месте и наблюдать за своим сыном, думая о том же. Бесконечный замкнутый круг. Но однажды я спросил себя: неужели это все, что я могу ему дать?»

Человек встает и направляется к мальчикам. Останавливается за деревом, наблюдая, как сын убегает с мячом от своих товарищей. Нежная улыбка.

«Отнюдь».

Человек выходит из-за дерева, сын замечает его, бросает мяч своим преследователям и подбегает к отцу. Мужчина приседает, чтобы застегнуть пуговицу на курточке ребенка, а закадровый голос тем временем продолжает:

«Если вы задаетесь теми же вопросами, подумайте об Альянсе веры. Как сделал я. Вот где мы можем вместе позаботиться о его будущем».

Камера плавно берет небо, потом возвращается на землю. На сей раз в кадре широкий пляж, на дальнем плане вдоль кромки воды идет Харрис, брюки закатаны до колен, двое его сыновей, дурачась, бегут впереди в полосе прибоя. Камера приближается.

«Я — Найджел Харрис, руководитель Альянса веры. Если вы нуждаетесь в чем-то, что придаст вашей жизни и жизни ваших близких истинный смысл, подумайте о том, чтобы присоединиться к нам».

Камера прослеживает взгляд Харриса, устремленный на мальчиков.

381

«Это их будущее. Так не лишайте их возможности самим установить подлинные и личные отношения с верой».

Камера отъезжает назад, в кадре Харрис, подбегающий к сыновьям; все трое начинают весело плескать друг на друга водой.

Экран постепенно гаснет, голос за кадром:

«Альянс веры. Наш мост в будущее тысячелетие».

В зале зажегся свет.

Гримальди стоял все там же, у окна.

— Я сказал, что безвкусица и слащавость хорошо продаются, — напомнил он, возвращаясь к столу. — А вот так их упаковывают.

Только теперь Харрис понял, насколько умен в действительности Гримальди. Все утро было лишь прелюдией — бессмысленный жаргон, на котором они болтали во время обеда, первый ролик. Все было устроено для того, чтобы эффектней подать нынешний момент. Харрису стало ясно, почему Гримальди имеет столь высокую репутацию.

— Да, вижу, — сказал он.

— Значит, этот ролик больше отвечает вашим запросам, полковник Харрис?

— Зовите меня Найдж, — улыбнулся Харрис. — Да. Больше.

— Отлично. Тогда следующий понравится вам еще больше.

Ко времени ужина все улеглось. Тело покойного отнесли в маленький домик на краю деревни, дом местного ходжи. Там его омоют и приготовят к погребению согласно мусульманскому обряду. Последнее причастие, данное ему Пирсом, будет смыто с его души вместе с остальными земными грехами. Иво удалось чем-то отвлечь на время, пока скорбная процессия двигалась по деревне; другим детям повезло меньше: они играли существенную роль

в древнем ритуале. Пирс ничего не спросил, да Мендравич все равно едва ли смог бы объяснить.

Во время трапезы предводитель неудавшегося рейда продолжал игнорировать Пирса: безусловно, он молчаливо винил его в утренней катастрофе. Католический священник. Католическая церковь. Для него то и другое было едино. Однако, вопреки логике, он демонстрировал исключительную доброжелательность по отношению к Иво и Петре, старался поддерживать за столом оживленный разговор, отложив тему нынешней трагедии на потом. Пирс в беседу не вступал, но с интересом наблюдал за происходящим.

Зато вскоре стало совершенно очевидно, насколько сообразительный парнишка Иво. Держал он себя вполне благовоспитанно, но не стеснялся отстаивать свои взгляды, не скрывая, что ему не нравится, когда с ним обращаются как с малышом. Петре заметно нравилось умение сына отстаивать свою точку зрения, хотя чаще всего спорил он именно с ней.

— Это неправда, мамочка, — говорил мальчик. — Почему мы должны думать о сербах, если они не думают о нас? — Конечно же, он чуточку «попугайничал», безусловно по-своему повторял то, что слышал от Салко и матери, однако же ко времени и к месту. Не столько смысл сказанного, сколько то, как он говорил, свидетельствовало об уме. Даже когда Петра оборонялась, Пирс замечал, как тешат ее материнское тщеславие выпады Иво.

— Так, может, именно поэтому мы должны еще больше о них думать? — возразила она.

Все это время Иво отщипывал от булки кусочки мякиша и катал из них шарики, однако это не мешало ему внимательно следить за разговором.

— Нет, Салко говорит, что им только того и надо. Так мы будем делать то, что они хотят, а мы не должны.

— Что, например? — не отступала Петра. Все остальные с интересом прислушивались к их перепалке, глядя, как мальчик время от времени закидывал в рот одну из своих хлебных поделок.

383

— Например, нельзя, чтобы они думали, что мы боимся. А мы и не боимся. — Еще один круглый мякиш исчез у него во рту.

— Правильно: никогда не показывай своего страха, — с улыбкой подхватил предводитель рейда. — Даже если на самом деле ты немного и боишься.

Иво поднял глаза на мужчину, подумал немного, потом с убежденностью, необычной для маленького ребенка, кивнул и продолжил катать шарики.

— Он всегда такой? — еще шире улыбнувшись, спросил мужчина.

— Нет, — ответила Петра. — Иногда он бывает вполне серьезен.

Все сидевшие за столом взорвались дружным смехом, но Иво даже тогда не отвлекся от своего замысловатого хлебного ваяния. Лишь почувствовав, что все смотрят именно на него, он застеснялся. Поняв, что пора знать меру, Петра привлекла его к себе и поцеловала в макушку, а он смущенно юркнул ей под мышку.

— Просто все они, как и я, тобой восхищаются, Иви. Должно быть, человеку страшно тяжело, когда им все восхищаются, — попыталась она успокоить сына.

От этого он смутился еще сильней, однако всеобщее внимание явно льстило ему больше, чем он хотел показать. Пирсу все это было не менее приятно, чем Петре. Маленький шоумен, подумал он. Не удивительно. В конце концов, он ведь Петрин сын.

Поэтому Пирс почти не удивился, когда час спустя Иво возник на пороге его комнаты, такой же храбрый, как и за столом.

— Привет.

Пирс поднял голову. С самого ужина он сидел на кровати со своим Рибаденейрой, так нисколько и не продвинувшись в разгадке пятистрочных пассажей. Ему, правда, удалось нащупать некую связь между остальными отрывками, даже не имея в руках основного ключа, и в общих чертах схема начала вырисовываться у него в голове. Тут-то и прозвучал детский голосок.

— Привет, — ответил он, откладывая книгу на подушку. Иво продолжал стоять в дверях, его смелости хватило лишь на это. — Если хочешь, заходи. Я не кусаюсь.

Коротко кивнув, мальчик открыл дверь пошире, измерил взглядом комнату и сделал шажок внутрь. Из-за малого роста он не видел от двери того, что находится за высоким комодом. Теперь, убедившись, что там нет ничего страшного, подошел к Пирсу, легко провел рукой по краю кровати и спросил:

— Ты приехал из Америки?

Пирс улыбнулся. Он ожидал какого угодно вопроса, только не этого. А вот для семилетнего мальчика это было самым интересным.

— Ага.

— А я это знаю, — сказал Иво, словно делясь с Пирсом страшной тайной. — Я спросил у мамы, но она сказала, чтобы я спросил у тебя.

Петра снова приоткрывала ему дверь в свою жизнь. Он даже не знал, чем заслужил такую милость.

— Тогда как же ты узнал?

— По тому, как ты говоришь. — Он снова стал оглаживать край кровати, как бы невзначай притронувшись пальцами к рюкзаку. — А что у тебя там?

— Ничего особенного.

— Можно заглянуть?

— Конечно.

Он наблюдал, как Иво сражается с молнией в радостном предвкушении скрытых внутри сокровищ. Или, по крайней мере, чего-то сугубо американского. Разочарование при виде смены белья да еще каких-то малоинтересных вещичек он и не пытался скрыть.

— Прости, — сказал Пирс. — Шоколада нет. — Иво вздернул голову, теперь его взгляд выражал крайнее удивление. — Разве ты не его искал? — уточнил Пирс.

Застенчивая улыбка вспыхнула на мальчишечьей рожице.

— А откуда ты знаешь?

— Это мой секрет, — улыбнулся Пирс.

На какой-то миг показалось, что Иво хочет еще что-то сказать по этому поводу, но внезапно он сменил тему.

385

— Ты приехал из Америки вчера вечером?

— Вообще-то я не был в Америке уже года два. — Новый прилив разочарования. — А ты когда-нибудь бывал в Америке?

На сей раз на ребячьем личике отразилось крайнее изумление, вызванное не столько невероятностью предположения, сколько самим фактом, что Пирсу пришло в голову это спросить.

— Нет! Я знаю только одного человека, который был в Америке. Кроме тебя.

— В самом деле? — Пирс прекрасно понимал, к чему это приведет, но не мог удержаться: — И кто же это?

— Мой отец.

Мальчик произнес это с такой доверительностью и такой естественностью, словно только что, перед тем как войти в комнату, разговаривал с отцом. Осознание им своего родства было очевидным. И снова Пирс мысленно поблагодарил Петру.

— А где он живет?

Гримаска смущения.

— В Америке. Как и ты.

Пирс понимающе кивнул. Знания Иво в американской географии имели свои границы. Опасаясь утратить контакт с ребенком, Пирс протянул руку и вытащил из-под бумаг бейсбольный мяч.

— Лови, — сказал он, без предупреждения делая бросок.

Иво с ходу поймал мяч.

— Отличный прием, — похвалил Пирс.

— Я это неплохо делаю, — похвастался Иво и внимательно осмотрел мяч. — А это какой мяч?

— Бейсбольный.

У Иво загорелись глаза.

— Бейсбольный?! Из Америки?

Положим, из Рима, но не так-то это и далеко.

— Я понимаю, что ты рассчитывал на шоколад, но...

— Нет-нет! Мяч — это здорово. Можно мне с ним поиграть?

— Если хочешь, оставь его себе.

«Если хочешь»?! У Иво еще больше расширились глаза.

386

— Ты имеешь в виду... что он мой?

— Ну, иногда, если не возражаешь, я буду просить тебя мне его покидать.

— Когда захочешь.

— Спасибо. А может быть, когда-нибудь поедешь со мной в Америку, и я свожу тебя на матч.

Это уж было для мальчика слишком.

— В Америку? — Тень сомнения послышалась в его голосе. — А мама тоже с нами поедет?

— Разумеется. И про Салко не забудь.

Пирс еще не закончил фразу, как Иво уже мчался обратно к двери и звал мать. Через минуту он вернулся, таща за собой Петру. И снова, в который раз, выражение ее лица удивило Пирса: не совсем сердитое, но близкое к тому — настолько, насколько она могла позволить себе под взглядом Иво.

— И Салко тоже, — восторженно лепетал ребенок.

— Да, я уже слышала, милый, — ответила Петра, глядя при этом на Пирса. — Это очень любезно с его стороны.

Пирс улыбался.

— Я только сказал ему...

— Да, я знаю, что ты сказал.

Не очень уверенный, Пирс тем не менее подозревал, что участвует в семейной сцене, какая может происходить только между родителями. Это было для него совершенно новым опытом. Даже при негативном оттенке это было приятно; к тому же и Петра, как можно было догадаться, испытывала то же самое.

Не зная, что предусматривает в таких случаях протокол, он на всякий случай ограничился невразумительным пожатием плеча.

— Тебе пора спать, — строго сказала Петра, чтобы пресечь дальнейшую дискуссию. Иво тут же приступил к хорошо известному ритуалу торга, однако успеха не добился. Уныло бредя к выходу, он обернулся и вместо «Спокойной ночи» выставил вперед указательный палец и подмигнул Пирсу. Это развеселило его самого, и, прежде чем выскочить за дверь, он звонко рассмеялся.

Так же весело хохоча, Пирс спросил:

— Что это было?

— Мел Гибсон так делал в каком-то фильме. Он думает, что именно так американцы желают друг другу доброй ночи. — Петра все стояла у двери.

— А разве Мел Гибсон не австралиец?

Наконец-то улыбнулась и она.

— Только ему этого не говори.

В комнате повисла тягостная тишина. Пирсу показалось, что Петра вот-вот повернется и уйдет, но вместо этого она двинулась к нему.

— Ну что, ты разгадал, где там, в Вишеграде, находится эта твоя книга? — спросила она, указывая на рукопись.

— Не могу найти ключ.

— Значит, ты не представляешь себе, где она, не знаешь толком, что в ней, и не догадываешься, кто за тобой охотится?

— Именно. Но, если все это отбросить, я уже близок к разгадке.

Рассмеявшись, она села на кровать рядом с ним.

— Может, лишняя пара глаз не помешает?

— Безусловно. Как у тебя с латынью?

— О! — воскликнула она и шутливо добавила: — Не слишком.

— Тогда, боюсь, мне придется довольствоваться одной парой.

— Это всегда была очень милая пара.

Несколько секунд оба молчали.

— Что это, я, кажется, флиртую со священником? — сказала наконец Петра.

— Этого я не знаю, но вопрос в другом: не флиртует ли священник с тобой?

Она собиралась продолжить, когда в дверях показался Мендравич.

— Йен, ты... Ой, простите.

— Чего ты извиняешься! — в один голос воскликнули они.

Слегка смущенно Мендравич сказал:

— Ладно... Не буду. Но если вы оба...

— Вовсе нет, — снова хором перебили они.

— Ну, хорошо, — повторил он, судя по всему, забыв, зачем пришел, но с удовольствием меняя тему. — Ты ему сказала? — обратился он к Петре.

— Ой, нет, — смутилась она. — Я как раз собиралась...

— Йен, ты уже успел что-нибудь прочесть? — спросил Мендравич.

— Конечно. Вот оно здесь, — ответил Пирс, указывая на книгу. — А в чем дело?

— Нет, я имею в виду газеты, те, что привезли из Нови-Пазара.

— Я и не знал, что их привезли. А что?

— И последний раз ты видел газету...

— Не знаю, пять-шесть дней тому назад. А что?

— Петра обратила на это мое внимание. Может, и тебе стоит взглянуть.

Двумя минутами позже все трое стояли у кухонного стола, на котором лежала стопка основных европейских газет. АОК могла быть провинциальной по своему мировоззрению, но, читая новости, ее члены проявляли удивительную предусмотрительность. Вот и сейчас они, совершенно очевидно, желали понять, что за события происходят за пределами их маленькой вселенной.

— Я тоже почти неделю ничего не читал, пока Петра не показала мне вот это, — Мендравич начал листать газеты. — Поэтому не могу тебе сказать, как давно это появилось, — он ткнул в правый нижний угол открытой страницы «Франкфуртер альгемайне». Небольшой текст был графически выделен среди обычных газетных колонок наподобие рекламного объявления, только почему-то напечатан по-английски. Не успела Петра зачитать его вслух, как Мендравич раскрыл еще несколько газет — французских, итальянских, греческих, — указывая в каждой идентичные объявления, причем везде на английском языке. Пирс прочел:

389

«Что бы ни произошло на Афоне, святой отец,
помните: у вас есть друзья. В Риме.
В любое время дня и ночи: 39 69884728».

Во всех газетах одно и то же. Пирс взглянул на Мендравича. Тот уже протягивал телефон; Пирс набрал номер. Оба приставили уши к аппарату.

Трубку сняли после второго гудка.

— Pronto!

Пирс не знал, что говорить, а на другом конце линии царила тишина. Переглянувшись с Мендравичем, Пирс заговорил сам:

— Я видел ваше объявление.

— Да. — Акцент был итальянским.

— Ну, вот я и звоню.

— Нам многие звонят. Назовите имя.

Ну, конечно. Номер напечатан в газетах, мало ли бездельников, которым не лень его накручивать. Это Пирс понял. Но стоит ли из-за этого называть свое имя?

— Не уверен, что мне следует это делать.

— Тогда мы не сможем вам помочь. Мы знаем то имя, которое нам нужно.

Так-то оно так, подумал Пирс, и тем не менее...

— Все же я не уверен...

— Я уже сказал, что в противном случае мы не сможем вам помочь.

Пирс поразмыслил и снова переглянулся с Мендравичем. Хорват пожал плечами.

— Фотий, — бросил пробный шар Пирс.

На том конце повисла пауза.

— Монастырь на Афоне.

— Пещера Параклета.

Снова пауза, на сей раз гораздо более долгая. Видимо, там принимали решение.

— Отец Пирс?

Не зная, облегчение ему чувствовать или тревогу, Пирс хотел было ответить, но Мендравич вдруг выхватил у него аппарат и отключил его.

— Что ты делаешь? — воскликнул ошарашенный Пирс.

— Ты понимаешь, какую глупость мы оба сморозили? Не могу поверить, как это могло прийти мне в голову.

— Что — это?

— Подумай, Йен. Какой самый надежный способ определить наше местонахождение? — Пирс потряс головой. — Засечь звонок. Они нарочно держали нас на линии — выясняли, где ты находишься. Это очень легко сделать, несмотря на всю защиту спутниковой связи. Какой же я дурак.

— Но они, кажется, хотели помочь.

— Не сомневаюсь.

Пирс не знал, что и думать. Разумеется, Салко был прав, но тогда кто эти люди?

Призрак четверки из Кукеса моментально замаячил в голове. Особенно того парня, который к нему приближался, и его взгляд за секунду до того, как Салко на него набросился. Не было никакой угрозы. Ничего зловещего.

Но если они знают об Афоне, зачем им гоняться за ним? Почему напрямую не выйти на манихеев? Все эти звонки не имеют никакого смысла.

— Что же — нам отсюда убираться? — с неохотой спросил он, оттягивая необходимость серьезно задуматься о близкой угрозе.

— Надеюсь, мы вовремя прервали связь, — ответил Мендравич. — Хотя не уверен. Если хочешь, можем немедленно отправиться в Вишеград.

— И что, просто сидеть там? — окончательно скисая, сказал Пирс. — Я ведь по-прежнему не имею понятия, где находится «Одопория».

— Одо… что? — переспросила Петра.

— То, что мы ищем. Пергамент. — Телефонный звонок произвел на него гораздо большее впечатление, чем ему хотелось при-

знать. — Я еще не... разгадал. Не взломал код. И не знаю, сумею ли. Послушай, в Риме есть женщина...

— Ладно, — прервал его Мендравич, не желая допустить, чтобы Пирс окончательно впал в отчаяние. — Переночуем сегодня здесь. Поедем завтра. Может быть... Не знаю. Можно мне взглянуть?..

— Вот-вот, давай, — иронически подхватила Петра, тоже стараясь поднять Пирсу настроение. — Уверена, что уж ты-то можешь оказаться куда как полезен.

— Просто я предполагаю...

— Салко, он же старается двигаться вперед, а не назад.

— Твоя вера в меня просто ошеломляет. Уверен, что ты...

— Меня уже отставили, — перебила она. — Я не прошла тест на знание латыни.

— Так здесь еще и тесты нужно проходить?

Шутливой перепалки между ними оказалось достаточно, чтобы вывести Пирса из уныния.

— Я все понял. Вы своего добились.

— Слава Богу, — обрадовался Мендравич.

— Послушай, я... разгадаю. Обязан разгадать.

— Кто бы сомневался, — вставила Петра.

Мендравич взял Пирса за горло и слегка придавил.

— Думаю, когда ты попадешь в Вишеград, все встанет на свои места. Поверь мне. С твоей приятельницей все будет в порядке.

Пирс согласно кивнул. Почему бы и нет? О другом исходе страшно было даже думать.

Графиня была права. Его речь воспламенила собрание. Вот уже более получаса Харрис внимал одной из тех пятидесятнических проповедей, что многие здесь, на Юге, считают несравненными по своей духовной мощи. Арчи Конрой и его пастыри мира. В самом

большом из когда-либо виденных Харрисом крытых амфитеатров собралось пять тысяч человек. Еще сто двадцать тысяч прильнули к радиоприемникам, настроенным на эту утреннюю службу. Его потрясло то, как быстро графиня сумела все организовать. Тридцать миллионов на счету — это одно. Иметь же в безоговорочном своем подчинении одну из самых влиятельных в Штатах команд духовенства — другое. Конрой не стал увиливать. Действуя по поручению графини, Харрис имел карт-бланш. Он по-настоящему начинал понимать, что нельзя недооценивать эту женщину.

— А теперь, прежде чем передать слово полковнику, который любезно согласился присоединиться к нам в это утро, — интонации Конроя и его манеры источали аромат южного гостеприимства с легким лекарственным душком, подпущенным забавы ради, — я хочу представить ему тех, кто, собравшись здесь сегодня, молятся в едином духовном порыве. — Конрой сделал паузу. — Думаю, не ошибусь, если скажу, что это община истинно верующих. — Из толпы послышалось многоголосое: «Аминь». — Община, которая принимает в лоно свое всех, кто верует. — Он улыбнулся и послал лукавый взгляд Харрису: — Даже англиканцев, полковник. Даже англиканцев. — Волна смеха прокатилась по аудитории. Харрис видел, что Конрой вовсе не собирается пока уступать ему сцену. — Ибо мы есть именно община, несмотря на то, что рядом с вами может сидеть совершенно не знакомый вам человек, исповедующий неизвестную вам религию. Оглянитесь вокруг. Вон тот человек называет себя баптистом? А вон та женщина — методисткой? А кто-то еще — пятидесятником? — Он опять обернулся к Харрису. — Уверен, что вы, даже будь вы единственным среди нас англиканцем, могли бы чувствовать себя здесь в полной безопасности, полковник. — Благосклонную улыбку Харриса присутствующие встретили добродушным смехом. Конрой вернулся к аудитории: — Какое значение могут иметь подобные различия, если все мы — община истинной веры? Как сказано в «Послании к Римлянам» святого апостола Павла: «Не станем же более судить друг друга, а лучше судите о том, как бы не подавать брату случая к преткновению или соблазну». А в другом послании он говорит: «...дабы вы единодушно, едиными устами славили Бога и Отца Господа нашего». Едиными устами! Ибо: «Если начаток свят, то и целое; и если корень свят, то и ветви». Оглянитесь вокруг: вот они, эти ветви. Все мы славим Бога едиными устами. Можете повторить это за мной?

— Едиными устами, — эхом пронеслось по залу.

— Еще!

— Едиными устами, — прозвучало на этот раз гораздо громче.

— Вы слышите, какая в этом сила? Чувствуете мощь этого неукротимого духа, который не сломить бременем земных желаний, чей блеск не тускнеет от человеческой похоти и притворства. «Едиными устами», — наставляет нас святой Павел в «Послании к Филиппийцам». Он говорит нам, что есть те, кто проповедуют Христа «по зависти и любопрению». По зависти и любопрению, — повторил он с нажимом. — Почему? Почему молятся они таким неподобающим образом? Потому что делают это из тщеславия. Тще-сла-ви-я, — по слогам произнес он. — Они воздвигли вокруг себя высокие стены, будто так можно удержать Бога только для самих себя, заточить Его в пределах их собственных церквей. Неужели они думают, что им дано связать Господа путами? Разве может Бог принадлежать только одной группе людей, кем бы они себя ни называли? Нет! Дух свободно реет, где хочет, снисходя к каждому, кто готов принять Его. Но для тех, кто желает «обладать» Им, у Него есть только один ответ: «Их конец — погибель... и слава их — в сраме». Если станем возводить стены сии и подавать братиям своим случаи к преткновению и соблазну, никогда не узнаем спасения в Нем.

Казалось бы, все так просто: один Бог, одно спасение, одна вера, единые уста. Как иначе сможет Он услышать нас? Когда разрушил Он башню Вавилонскую — рассеяв языки, разделив нас, выхолостив, — послание Его было ясно: различия не имеют значения. Язык, культура, богатство, — он сделал паузу, чтобы подчеркнуть последнее слово, — вероисповедание... Ищите Его вне всего этого — и будете говорить на одном языке. На языке Бога. На языке Христа.

Я знаю, что существует множество проповедников, которые считают, что мои объединительные воззрения только осложняют дело. — Он начал расхаживать по сцене взад-вперед, устремив взор прямо перед собой и решительными жестами подчеркивая мысль. — Оставь все как есть, говорят они мне. Пусть баптисты будут с баптистами, методисты — с методистами. У всех разные нужды, говорят они. И, возможно, они правы. Кто я такой, чтобы нарушать status quo? Кто я такой, чтобы утверждать, что мы сильнее различий и единственное, что имеет значение, — это вера в Христа? — Он остановился и снова обратился напрямую к залу. — Но скажите же мне: какие такие «другие нужды» могут у нас быть? Я не знаю. Когда фарисеи говорили Христу, что деяния его опасны, что Его послание о любви и единстве слишком смело, это не остановило Его. Не знаю, достанет ли мне силы. Но обрести ее я могу только в Нем. Он никогда не говорил ни о разных нуждах, ни о status quo. Он проповедовал спасение и любовь. Он говорил о «единых устах».

Арчи снова повернулся к Харрису.

— Ведь это и есть в некотором роде спасение, не так ли, полковник?

При всей доморощенности своей риторики Конрой отлично умел повести за собой толпу, внушить ей то, что ему нужно. Сейчас он ловко «встраивал» Харриса в свое послание о стирании конфессиональных различий, делая его существенной частью оного, намекая, что на сцене — персонифицированное воплощение этого послания: англичанин-англиканец — и южанин-пятидесятник. Что может быть наглядней? Харрис начинал понимать, почему графиня настаивала на этом сборище.

— В некотором роде — защита, — продолжал Конрой, снова обращаясь к аудитории. — Но защита от чего? Трудно говорить о единстве, когда есть те, само существование которых привносит идею разрушения, чья единственная цель — быть, как говорит апостол Павел в «Первом Послании к Коринфянам» (глава тринадцатая, стих первый), «медью звенящей или кимвалом звучащим»,

а не постигать безраздельную Истину, которая в Нем самом. — Он
помолчал. — Я не говорю о моих коллегах-проповедниках, которые увещевают меня: Арчи, передохни немного. — Несколько
смешков из зала. — Веками мы делали это, разве не так: позволяли
личным соображениям — политическим, коммерческим — дикто-
вать нам деяния, разрушающие единство. Единство внутри собственного сообщества верующих. — Пауза. — И за его пределами. — Дождавшись, когда в зале снова воцарилась полная тишина,
он спросил: — Многие ли из вас полагают, что я говорю о наших
друзьях в Риме?

Присутствующие реагировали робко, за последние несколько
недель посещения подобных служб они привыкли к тому, что
предсказать ход мысли проповедника невозможно.

— Уверен, что там найдется немало таких, кто не без вины, —
продолжил Конрой. — Гораздо больше, чем среди моих коллег-про-
поведников. Я могу напомнить вам причины, породившие пять веков вражды, могу привести экспертов, которые объяснят, почему
не затухают конфликты, и обоснуют продолжающееся разделение.
Полагаю, полковник мог бы рассказать вам об этом куда больше,
чем я. Но я не стану его просить об этом, потому что верю в «единые уста». Потому что верю, что, может быть — всего лишь «может
быть», — мы начнем, наконец, распознавать то, что нас связывает,
а не то, что разъединяет. Быть может, сейчас у нас появился шанс
посмотреть на свое будущее не зашоренными историей глазами.
Быть может, в воздухе уже витает нечто, что подает надежду, некое
новое начало, — он еще раз взглянул на Харриса, — прекрасной новой зари. Надеюсь, вы простите меня, полковник, за высокопар-
ность, но это такое чудесное выражение.

Харрис рассмеялся, за ним — все присутствующие.

— Эту надежду позволяют нам питать некоторые происходя-
щие сейчас события, а также организации, подобные той, что воз-
главляет полковник, которые говорят нам: не дошли ли мы до
крайней точки, не оказались ли сыты по горло тем, как веру ис-
пользуют не столько для того, чтобы собирать людей, сколько для

того, чтобы их разделять? Тем, как сеют скорее дисгармонию, чем гармонию? Скорее раскалывают и ожесточают, чем врачуют, собрав воедино? Мы должны помнить: если двое заключат мир в доме, то скажи они «горе сей: "перейди отсюда туда", и она перейдет; и ничего не будет невозможного для вас». Никогда еще не было более подходящего времени, чтобы заключить мир в нашем доме. — Еще одна многозначительная пауза. — Потому что за пределами его существует нечто гораздо более опасное, чем наши внутренние разногласия, нечто, требующее нашего общего пристального внимания. Те, кто без конца обсуждают догмы, ритуалы и пятивековую историю раздоров, должно быть, слишком замкнуты в своих маленьких мирках, чтобы заметить, когда на горизонте появляется нечто куда более важное и существенное. Если мы ищем спасения, то должны помнить, что «день тот не придет, доколе не придет прежде отступление и не откроется человек греха, сын погибели» («Второе Послание Фессалоникийцам», глава вторая, стих третий). Тот, кто бряцает «медью звенящей» и «кимвалом звучащим», обнаружил себя. Тот, кому на руку наши раздоры. Тот, кому так отчаянно нужно, чтобы дом наш оставался разделенным. Ибо, если мы объединимся, он окончательно утратит надежду победить нас. Это старый враг под новой личиной, по-прежнему настроенный на свою священную войну. О ком я говорю?

Тихий гул прошел по залу, присутствующие, опять-таки исходя из опыта, не решались высказывать догадки.

— И у него хватает наглости называть нас безбожниками! — Еще одна драматическая пауза. — Впрочем, я забегаю вперед. Думаю, пора дать возможность полковнику рассказать вам все об этом и о той выдающейся деятельности, которую планируют он и его Альянс веры.   Конрой развернулся вполоборота к Харрису. — Мне доставляет огромное удовольствие представить вам полковника Найджела Харриса.

Когда Харрис выступил на авансцену и обменялся рукопожатием с Конроем, зал взорвался аплодисментами. Конрой, надо отдать

ему должное, мастерски подал его выход. Аудитория была нужным образом наэлектризована. Харрису оставалось надеяться, что остальные назначенные графиней проповедники выполнят свою работу так же хорошо, облегчив ему задачу.

«Эима, Эима, Айо».

Черный дым.

Со своего места на балконе над аркой делла Кампане Кляйст наблюдал, как масса людей исторгла из себя коллективный вздох разочарования. Второй утренний тур выборов. Он старался не думать о том, в каком бешенстве пребывает сейчас кардинал.

Девочку они захватили вчера вечером в Берлине, в одном из центральных районов, так что утром новость обошла почти все европейские газеты и телеканалы. Но, вероятно, недостаточно рано утром. Кляйсту оставалось надеяться, что она достигнет нужных ушей к послеобеденному голосованию, — если не ради фон Нойрата, то хотя бы ради него самого.

Те не менее они уже наметили второго ребенка — в Сан-Паулу — и позаботились о том, чтобы оставить побольше следов, недвусмысленно указывающих на еще одну организацию с Ближнего Востока, которой предстояло в ближайшее время получить печальную известность. Этого будет достаточно, чтобы безоговорочно четко донести предупреждение до всех, кому следует.

Наблюдая за скоплением людей на площади Святого Петра, Кляйст достал из кармана нечто, напоминающее калькулятор, — устройство величиной с ладонь. Открыл крышку, на внутренней ее стороне оказался маленький монитор с тремя-четырьмя кнопками внизу. Кляйст принялся кончиком авторучки нажимать на них. На экране один за другим появлялись и исчезали разные файлы, пока, наконец, он не освоил систему достаточно хорошо, чтобы вы-

звать то, что ему было нужно. Еще одно нажатие — и послышался гул телефонной связи. А еще через несколько секунд — зуммер набора номера, затем — факс-тон. Легким прикосновением к другой кнопке Кляйст отправил светившуюся на экране информацию в путешествие по киберпространству, конечным пунктом которого была миланская газета «Коррьере делла сера». Выбор фон Нойрата. Он толковал что-то о замыкании круга, но Кляйсту это было безразлично, он не дал себе труда переспросить.

Когда передача послания завершилась, Кляйст вывел на экран следующий текст — пропуски, имевшиеся в первом файле, в этом были заполнены дополнительной информацией о сирийских связях Банка Ватикана, а некоторые пассажи отредактированы более обтекаемо. Пунктом назначения второго файла стала римская «Ла Република», третьего — туринская «Ла Стампа». Венецианская «Иль Гадзетино» получила анонимное письмо последней. Вместе эти четыре газеты смогут составить полную картину, которая, несомненно, окажется достойной их первых полос. И на всех в самом центре будет красоваться имя Артуро Лудовизи.

Принесение в жертву одного из своих за грехи многих — по крайней мере, фон Нойрат выразился именно так.

Выбор слов, подумал Кляйст, свидетельствует, что тридцатилетнее пребывание в лоне Церкви повлияло на него сильнее, чем он сам сознает.

Неважно. К вечеру весь мир станет участником способной вызвать психическое расстройство катастрофы, которая разразится в Институте по делам религий и станет лишь первым ручейком того потопа, которому предстоит обрушиться на человечество в ближайшее время. Однако жаждущим крови придется подождать еще несколько дней — столько, сколько нужно, чтобы посадить фон Нойрата на папский престол.

А к тому времени их внимание будет поглощено событиями куда более грандиозными.

Занеся ручку над клавиатурой, Кляйст наблюдал, как мигает на мониторе опция «delete». Почему-то он никак не мог заставить се-

бя исполнить приказ фон Нойрата уничтожить файлы. На балконе, кроме него, никого, но на всякий случай он оглянулся. Так и есть — никого. Он снова взглянул на маленький экран.

Потом, легко прикоснувшись кончиком авторучки к нужной кнопке, заново подключился к телефонной линии и набрал номер. Еще одна команда — и все четыре файла улетели в Барселону.

Фон Нойрат дал ему на сей счет четкое указание.

Однако графиня всегда давала гораздо больше.

И она оценит.

— Нет-нет. Этого более чем достаточно. — Мендравич уложил в кузов микроавтобуса сумку с провизией, которую назначил последней, несмотря на уговоры стоявшей рядом женщины взять еще. — По пути всегда можно докупить что нужно, — пытался он умерить ее пыл.

— Только не тогда, когда вас ищут, — возразила она и сунула ему в руки еще один баул.

Ей было под пятьдесят. Она стояла, упершись руками в крутые бедра, над широкими плечами возвышалась почти квадратная голова, однако лицо словно бы принадлежало женщине гораздо более молодой: на фоне чудесной белой кожи ярко синели большие глаза, восторженно глядевшие на Мендравича. Пирс догадался, что их отношения имеют свою историю. Странно, что ему никогда не приходило в голову поинтересоваться этой стороной жизни Салко. Равно как и никакой другой, если честно признаться. Их взаимная симпатия основывалась лишь на обстоятельствах, в которых они оказывались вместе.

— Ладно, — улыбнулся Мендравич, — но если я возьму это, мне придется прихватить и тебя. — Он нырнул головой в кузов и пристроил сумку рядом с другими, уже стоявшими там.

400

— Такое счастье еще заслужить надо. Вам бы самим там уместиться, — ответила женщина и, воспользовавшись тем, что он не видит, ущипнула его за живот. — Тебе пришлось бы запихнуть меня в кузов вместе со всеми этими продуктами.

— Хочешь — попробую? — ответил Мендравич, продолжая переставлять сумки поудобней. — Машину поведет Йен. А я покажу тебе, на что действительно годен кузов этого фургона.

Мощный шлепок обрушился на его согнутую спину, женщина смущенно взглянула на Пирса, на бледном лице проступил румянец.

— Он шутит, отец, — сказала она. Румянец разгорался все сильней.

— Вовсе нет, — прогудел изнутри кузова Мендравич и получил еще один шлепок по спине.

Женщина улыбнулась:

— Ну, может, и нет, — озорно сказала она, отвесила Мендравичу прощальный шлепок и направилась к дому, бросив на ходу: — Только вряд ли это получится.

Когда Мендравич вылез из кузова, она уже подходила к крыльцу.

— Бедная женщина не понимает, чего лишает себя, Йен, — сказал он громко, чтобы она услышала.

— Она понимает, — не оглядываясь, крикнула та, прежде чем исчезнуть в доме.

Мендравич рассмеялся и, повернувшись к Пирсу, передал ему ключи.

— Поедет с нами дама или нет, все равно поведешь ты, — сказал он. — Я устал.

— Я хотел бы попрощаться с Иво и Петрой.

— Конечно. Я тоже. Тебе для этого кузов не понадобится? Или понадобится?

— Я ведь могу ударить посильней, чем твоя подруга.

— А Петре это известно?

Пирс не нашелся что ответить и лишь спросил:

— Где же она?

— Я сказал, что мы отъезжаем через четверть часа. Дай ей еще пять минут.

401

Словно услышав его последние слова, из дома появилась Петра с сумкой через плечо.

— Он впереди? — спросила она, закидывая сумку в кузов.

— Что ты делаешь? — возмутился Мендравич, доставая сумку и всовывая ее обратно в руки Петры.

— Собираюсь ехать.

— Но мы ведь, кажется, обо всем уже договорились.

— Нет, это ты сказал мне, как я, с твоей точки зрения, должна поступить. А я подумала и решила, что мы поедем с вами.

— Ты делаешь ошибку, — настаивал Мендравич.

— Я знаю, что ты так думаешь. А я считаю, что было бы гораздо хуже сидеть здесь и ждать, пока они придут по следам. — Она снова попыталась закинуть сумку в кузов, он снова остановил ее.

— Я же сказал тебе сегодня утром, — гораздо резче произнес Мендравич, — если бы они напали на наш след, они уже были бы здесь.

— Может, да, а может, нет. Но в любом случае для нас безопасней убраться отсюда.

— В ее словах есть здравый смысл, — вступил было Пирс, но Мендравич бросил на него такой взгляд, что он счел за благо воздержаться от дальнейших комментариев.

— Если бы речь шла только о тебе, я бы еще понял, — продолжил Мендравич. — С тобой нам, может, было бы даже лучше. Но я не собираюсь втягивать Иво бог знает во что. Появятся они здесь или нет — еще вопрос. А вот в Вишеграде они будут наверняка. Выбор не так уж сложен.

— Вот ты и оставайся здесь.

— Ты хочешь, чтобы я... — Его раздражение заметно возросло. — Прекрасно, тогда мы с Иво остаемся здесь.

— Иво поедет со мной.

Пирс уже успел забыть, какими бурными бывают их споры.

— Петра, в данном случае ты поступаешь неблагоразумно.

— А вот и нет. Просто ты не понимаешь того, что я говорю.

— Зато я прекрасно понимаю, что...

— Нет, не понимаешь!

— Послушай, если ты боишься опять потерять Йена... — Мендравич запнулся, сообразив, что преступил грань. Ледяная холод-
ность во взгляде Петры была тому подтверждением. — Попытайся
понять, — сказал он более мягко. — Я забочусь только об Иво.

Не сводя с него по-прежнему холодно-враждебного взгляда,
Петра зашвырнула сумку в кузов и направилась к кабине.

— Пусть он пока едет у меня на коленях. — Она открыла дверцу. Холод во взгляде сменился тревогой. Она повернулась к Мендравичу. — А где он?

Тому понадобилось несколько секунд, чтобы понять, о чем речь.

— Что?

— Иво. Где Иво?

— Я думал, он с тобой в доме.

Тревога на лице Петры почти переросла в панику.

— Я же разрешила ему выйти с вами — помочь укладывать вещи.

Мендравич непонимающе смотрел на нее, видимо, продолжая
прокручивать в голове их недавнюю перепалку.

— Я думал...

— Так он не выходил? — перебила она, глядя уже на Пирса.
Тот мотнул головой:

— Наверное, он все еще в доме.

Ответ, казалось, был очевиден, но почему-то застал Петру врасплох. Без лишних слов она бросилась к крыльцу, на ходу зовя Иво.
Явно огорченный Мендравич обернулся к Пирсу.

— Могу поклясться, она сказала, что...

— Не сомневаюсь, что он ждет ее в доме.

Мендравич неуверенно кивнул.

— Его там нет, — объявила Петра, выбегая на порог. — Я же сказала, что он идет с вами...

— Конечно, сказала, — попытался успокоить ее Пирс. Странно,
как поменялись наши роли, подумал он: обычно Петра и Салко не
теряли присутствия духа. Не то чтобы он не понимал, что с ними
происходит, но почему-то полностью доверял малышу Иво, чувствовал, что с ним ничего не случилось и нет причин для паники. — На-

верняка он просто придумал себе какую-то новую игру, — сказал он, желая привлечь внимание Петры. И когда она повернулась и посмотрела на него, добавил: — Я беру на себя дома вниз по улице, Салко — вверх, а ты оставайся на месте на тот случай, если он объявится здесь.

Петра кивнула.

Мендравич тем временем уже приближался к первому дому, на каждом шагу громко выкрикивая: «Иво!» Пирс, развернувшись в противоположную сторону, стал делать то же самое.

Улицы были почти пустынны, все либо вкушали ранний обед, либо уже дремали. Те несколько человек, которых он повстречал, мальчика не видели. Когда Пирс подбегал к краю деревни, его уверенность пошатнулась, но тут он услышал голос откуда-то сверху:

— Маленький мальчик? — Пирс поднял голову и увидел мужчину, сидевшего на крыше дома, вокруг были разбросаны инструменты. — Со светло-каштановыми волосами и тысячей вопросов?

— Да, это на него похоже, — ответил Пирс.

— Ему непременно хотелось узнать, для чего предназначен каждый из этих инструментов, — сказал мужчина, прилаживая жестяной лист. — И почему я с первого раза правильно не покрыл крышу. И почему мне никто не помогает. Но оказалось, что больше всего его интересует Павле. — Пирс взглядом показал, что не понимает. — Тот мальчик, что вчера умер, — объяснил мужчина.

Пирс кивнул. Видимо, их попытки отвлечь Иво оказались не так успешны, как они думали.

— По мне, так он проявлял чуточку чрезмерное любопытство, если хотите знать. Такие вещи не должны... Впрочем, ладно. В конце концов я сказал ему, что, коль уж его это так интересует, пусть идет в дом ходжи. Он и пошел, минут, наверное, пятнадцать тому назад. — Мужчина жестом указал на отдаленный дом.

Поблагодарив, Пирс кинулся туда.

Ясно, почему эта лачуга стояла на отшибе. Более маленькая, чем остальные, она казалась согбенной под бременем собственной ветхости; щелястая кладка из рябых камней громоздилась впритык к склону холма, заметно перекошенная на правый бок. Два окош-

ка по обе стороны двери, такие же покосившиеся, подслеповато глядели сквозь пелену грязных разводов от дождя, трудно было представить себе, что их когда-то мыли. Но больше всего Пирса поразила крыша, выглядевшая совершенно неуместно, таких он больше нигде в деревне не видел: деформированный купол, покоящийся на четырех нелепых стенах. Как ни странно, это отдаленно напомнило ему церковь Святого Бернарда: неэлегантное благочестие в неуклюжем деревенском обличье.

И тем не менее этой жалкой хибаре нельзя было отказать в своеобразной одухотворенности: незыблемый покой посреди мира, стремящегося ее растоптать.

Пирс ступил на низкое крыльцо.

Дверь была приоткрыта, изнутри сочился слабый свет, навстречу пахнуло благовониями. Он протиснулся внутрь и нерешительно произнес: «Здравствуйте». Поскольку грязные окна совсем не пропускали дневной свет, помещение оживлялось лишь расставленными там и сям свечами: стол, стулья, дубовый комод тонули в тени. В остальном комната словно бы пребывала в состоянии анабиоза, даже фитили свечей не трепетали.

Никакого ответа.

Пирс углубился дальше и заметил узкую, рассчитанную на одного человека лесенку в левой стене: неровные голые ступеньки были вырублены в камне, никаких перил. Сверху тоже шел тусклый свет. Пирс пересек комнату и стал подниматься.

Дойдя до второго этажа, он увидел ходжу, который мирно ел, сидя вполоборота к нему за шатким деревянным столом. Такой же допотопный стул поддерживал то, что Пирс мог описать лишь как самое тощее из когда-либо виденных им тел. Голову человека прикрывала сдвинутая на затылок шляпа без полей; некогда яркая вышивка ее потускнела, сделавшись уныло-коричневой, лишь на самом верху осталось несколько синих и красных нитей. На костлявых плечах мужчины висела такая же древняя куртка, под ней — полосатая рубашка с длинными рукавами, без воротника. Аккуратно поджатые ноги покоились под столом, поникшая голова нависала над миской,

рука со скрюченными шишковатыми пальцами сжимала лежавший на столе кусок хлеба. Казалось, что в данный момент он служит человеку не столько едой, сколько подпоркой. Старик словно бы опирался на него каждый раз, когда подносил к губам ложку, не забывая подобрать капли с подбородка, прежде чем набрать новую. Когда миска опустела, он промокнул хлебом последние капли и принялся медленно жевать клеклую мякоть.

Лишь когда Пирс остановился в нескольких шагах от него, мужчина поднял голову.

— Вы потеряли своего мальчика? — спросил он.

— Да, — ответил Пирс, не зная, как именно следует вести себя в соответствии с местным протоколом.

— Очень славный парнишка, — сказал ходжа. — Умный. А вы, похоже, не слишком встревожены?

Пирс поймал себя на том, что действительно спокоен, но по-прежнему не может объяснить своего спокойствия.

— Нет, не слишком.

— И правильно. Хотите супу? У меня его полно.

— Вообще-то...

— Вы хотите видеть мальчика.

Пирс кивнул. Было что-то странно безмятежное в этом маленьком человеке, его неспешной трапезе, во всем его жилище, видимо, не поддающемся уже ремонту, — покой медленного увядания.

Не без труда мужчина встал из-за стола — спина его при этом распрямилась лишь самую малость — и, сдвинув вперед шапку, шаркающими шагами направился в дальний конец комнаты.

— Вы ведь священник?

— Да. Я священник.

— Странно, как все в этом мире сходится, не правда ли? — Пирс понятия не имел, что хотел этим сказать мужчина, но на всякий случай согласно кивнул. — Детям важно это видеть. Это чему-то их учит. — Он медленно отдернул край занавески, за которой обнаружился небольшой альков; запах ладана и камфорного масла стал гуще. — Не надо их от этого оберегать.

Тело Павле лежало на погребальных носилках, завернутое в три большие белые льняные простыни. У ближнего края, спиной к занавеске, держа на коленях бейсбольный мяч, сидел Иво.

— Он хотел узнать, — прошептал старик. — А когда они хотят что-то узнать, надо им это рассказывать. — Пирс сделал шаг вперед, но старик удержал его за руку. — Сначала мы сидели с ним вместе. Потом он захотел остаться один. Я сказал, чтобы он пришел поесть, когда будет готов.

Ходжа отпустил руку Пирса. Тот дальше отдернул занавеску и вошел внутрь, старик вернулся к столу. Как можно осторожней приблизившись к Иво, Пирс присел рядом.

С полминуты он ничего не говорил, Иво, казалось, тоже хотелось посидеть молча.

— Очень смело было с твоей стороны прийти сюда одному, — сказал наконец Пирс.

Иво кивнул, не сводя глаз с завернутого в саван тела.

Пирс не знал, что именно так завораживало мальчика, и решил не тревожить его. Еще через несколько секунд тот сам повернулся к нему.

— В прошлый раз было не так. — Пирс молча покивал головой. — Когда не знаешь человека, — продолжил Иво, снова переводя взгляд на тело, — это выглядит по-другому.

Видимо, Петра не все рассказала об их жизни в деревне во время бомбардировок Мостара. Пирс по-прежнему терпеливо ждал.

— Сейчас мне не так грустно, как тогда. Это плохо?

— Не думаю, — ответил Пирс. — Мне тоже не так грустно.

— Так ты ведь не знал Радислава, — сказал Иво, обернувшись.

— Нет, не знал. Но я знал других. Когда мы с твоей мамой и Салко воевали на той войне.

Иво немного подумал.

— Да, это я понимаю. Но Радислава ты не знал.

Пирс покачал головой.

— Нет, его я не знал.

— Мне бывает грустно, когда я о нем вспоминаю.

Пирс нерешительно обнял Иво за плечи. Так они просидели несколько минут. Наконец мальчик встал.

— Просто здесь все по-другому, — повторил он, левой рукой сжимая мяч, а правую протянув вперед и положив ее на спеленатое тело. Ребенку, чтобы понять, всегда нужно прикоснуться.

Повинуясь инстинкту, Пирс перекрестился и стал молиться про себя, хотя, быть может, и не стоило читать «Отче наш», находясь рядом с мусульманским ходжой, особенно учитывая обстоятельства смерти молодого человека. Непонятно почему при виде протянутой руки Иво Пирс вспомнил о пятистрочных пассажах Рибаденейры. Впрочем, он никогда о них, в сущности, и не забывал, даже в такие моменты, как этот. Как ни странно, эта молитва показалась ему более уместной.

Глядя на Иво, Пирс, сам не зная почему, вдруг произнес по-латыни:

— «И протяну я к Тебе обе руки свои, взывая, да свершится все в орбите света».

Иво оглянулся, с улыбкой взял Пирса за руку и, снова повернувшись к покойному, продолжил:

— «Когда буду послан я на битву с тьмою, ты, заступник мой, будешь всегда рядом».

Пирс остолбенел. Иво замолчал и с той же безмятежной улыбкой снова посмотрел на него.

— Я знаю эту песню, — сказал он. — Мы с Салко всегда ее поем. — «Благоухание жизни вечно пребывает во мне. О, живая вода, о, дитя Света...»

Пирс смотрел на детское личико, и тело у него делалось ватным. А мозг словно бы постепенно застывал.

«Эима, Эима, Айо».

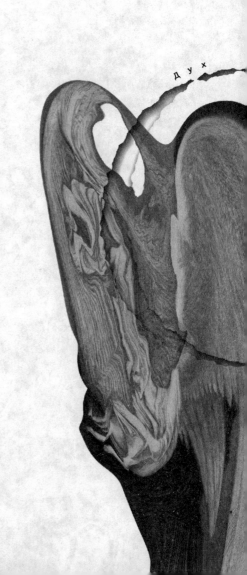

Д у х

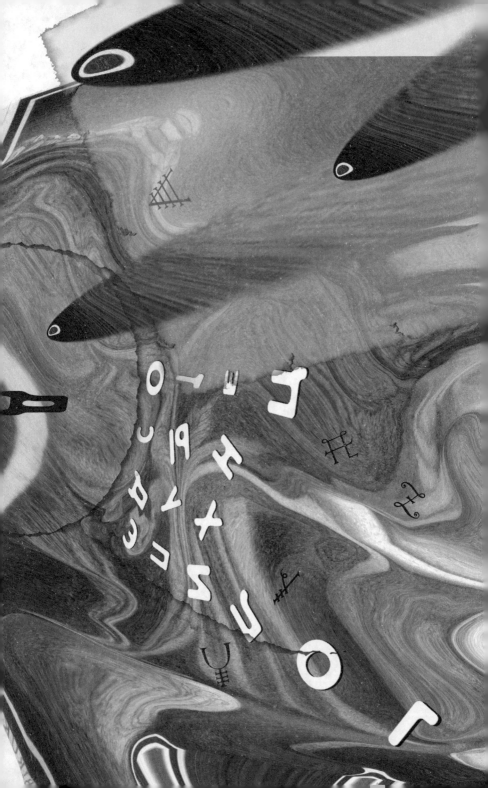

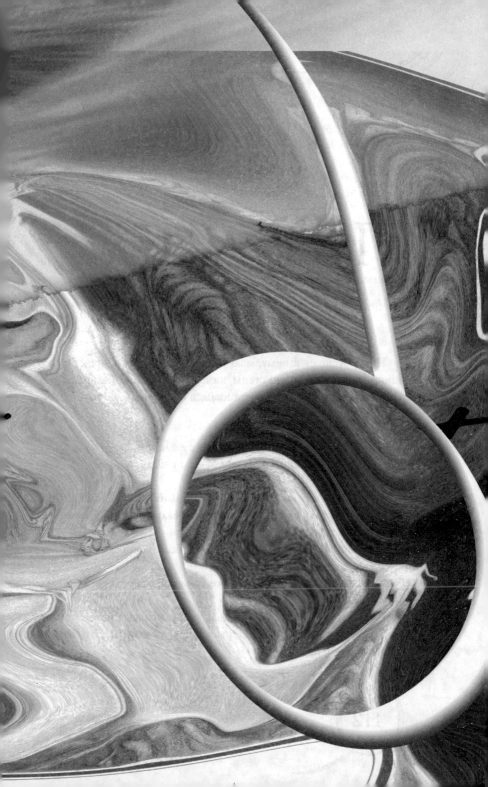

Глава шестая

Пирс едва стоял на ногах, глядя на поющего Иво, но не слышал ничего, кроме монотонного гула в ушах.

> *«И протяну я к Тебе обе руки свои, взывая,*
> *Да свершится все в орбите света...»*

Повернувшись к нему, мальчик что-то говорил. Пирс старался вникнуть в его слова, но стены, казалось, придвинулись вплотную, а воздух с каждым вдохом становился более густым. Иво продолжал смотреть на него.

> *«Когда буду послан я на битву с тьмою,*
> *Ты, заступник мой, будешь всегда рядом...»*

Пирс оперся рукой о стену, холод камня неожиданно принес облегчение. Сквозь гул в ушах пробился мальчишеский голос:

— ...если ты ее тоже знаешь?

Пирс впился в стену ногтями, воздух болезненно ворвался в легкие. Стены начали отступать.

— Почему ты не поешь вместе со мной, если ты ее тоже знаешь? — повторил Иво.

Пирс словно со стороны увидел, как, улыбаясь, кивает мальчику. Пятистрочные строфы. Первая детская молитва. Это же так очевидно.

Откуда-то из тумана всплыли слова: «Благоухание жизни вечно пребывает во мне».

Иво довольно улыбнулся и запел:

— «О, живая вода,
О, дитя Света,
О, имя красоты,
В истине обрету я Тебя.
В поиске истины.
Се знак Твоего могущества!»

— Эима, Эима, Айо, — вторил мальчику Пирс.

«Мы с Салко всегда ее поем». Стараясь сосредоточиться, Пирс присел перед ребенком на корточки.

— Это Салко научил тебя этой песне?

Иво кивнул.

Подтверждение повергло Пирса в еще большее потрясение.

— Я знаю еще одну, — улыбнулся Иво. — Только не так хорошо. Мы ее пели для Радислава. Салко говорит, что я должен выучить ее наизусть, не по книге. Хочешь послушать?

Пирсу не оставалось ничего, кроме как согласиться, и детское сопрано зазвенело:

— «Вы, кто ищете меня, только в Абсолютном свете, в Истинном восхождении обрящете...» — Мальчик запнулся. — Обрящете...

— Познав меня, приидете к себе в ореоле беспорочного света, — подхватил Пирс. Всплывшие в памяти слова молитвы помогли ему ненадолго справиться с потрясением.

— «...в ореоле беспорочного света...», — повторил за ним Иво. — Правильно. Ты тоже ее знаешь? «...чтобы взойти к сионам».

— К эонам, — поправил его Пирс. В голове начинало проясняться.

— К эонам, — повторил Иво. — Это пока все, что я выучил. А что такое «эоны»?

— Это эманация непознаваемого, — услышал собственный механический голос Пирс, все еще не желая смириться с тем, что видел воочию, и, заметив замешательство на лице мальчика, добавил, попытавшись выдавить улыбку: — Я сам этого толком не понимаю. Значит, этим песням научили тебя мама и Салко?

Мальчик смутился.

— Мама? — Широко открытые в притворном испуге глаза, мимолетная улыбка. — Нет, это только для нас с Салко. Он говорит, что это наш секрет. Он и тебя им научил?

Пирс не знал, что ответить. Слишком много мыслей теснилось у него в голове, чтобы можно было привести их хоть в какой-нибудь порядок. Салко появляется из ниоткуда, легко справляется с теми парнями в Кукесе, которые ничем не угрожали и, видимо, были не из Ватикана... взорванная церковь... телефонный разговор... засеченный?..

Пирс старался не ругать себя за то, что теперь казалось столь очевидной глупостью.

Но Салко! Значит, он участвует во всем этом... интересно, как давно? В памяти возникла Слитна. Как он мог согласиться на это? Как он мог согласиться, чтобы Иво...

Если бы не Иво, который с беззаботной улыбкой ждал ответа, от того, что произошло в последние несколько минут, Пирс мог бы, наверное, лишиться сознания. Какая жестокость — использовать невинное существо. Песенки, а не молитвы. Слова, а не идеология.

— Да, — сказал наконец Пирс. — Меня тоже научил Салко.

Ему нестерпимо захотелось обнять Иво, прижать к груди, защитить от опасности, которой тот, наверное, и не осознавал, бродя по деревне в поисках умершего парнишки.

«Салко!»

Как бы ни был он парализован этими мыслями, Пирс понимал, что нужно двигаться. Поскорее увозить их отсюда.

Он сжал ладошку Иво, поднял его и повел к лестнице.

Лишь дойдя до ее середины, он осознал, что старика за столом не было. Его вообще нигде не было. Ни наверху, ни внизу. Пирс быстро пересек нижнее помещение и, велев Иво тихо стоять в тени, выглянул за дверь. Дорога, ведущая к деревне, была пуста. Вернувшись к мальчику, он опустился перед ним на колено.

— Значит, ты никогда не рассказывал маме об этих песнях? — спросил он, пристально глядя ему в глаза.

Иво перестал улыбаться и, приняв чрезвычайно серьезный вид, ответил:

— Нет. Салко не велел.

По лицу Иво было видно, что он говорит правду. Пирс подмигнул ему.

— Я тебе верю. — Иво снова повеселел. — Значит, теперь это наш общий секрет, секрет для троих. — Пирс встал, взял Иво за руку и, подойдя к двери, осторожно открыл ее.

Он уже собирался выйти на улицу, когда Иво, погладив его по щеке, сказал:

— Я рад, что ты тоже знаешь эти песни.

Пирс замер. На миг все, кроме них двоих, для него исчезло.

— Я тоже, — сказал он, и они вышли.

Не пройдя, однако, и трех метров по главной улице, Пирс вдруг понял, что не должен встретиться с Мендравичем, ведя за руку Иво. В этом случае не будет иного выхода, кроме как сесть вместе с ним в машину. Нужно найти способ освободиться от Салко. Какие бы еще мысли ни бродили в голове, Пирс четко знал одно: отныне следует принимать Салко как непосредственную угрозу. Потом будет достаточно времени, чтобы подумать о подоплеке.

Убедившись, что улица по-прежнему пуста, он зашел за ближайший дом и усадил Иво на землю.

— Как насчет небольшого приключения? — спросил он. У Иво загорелись глаза. — Пусть это будет игрой.

— Какой игрой? — с не меньшим энтузиазмом спросил Иво.

— Мы сыграем шутку с Салко.

— С Салко?! — малыш не мог сдержать восторга и закрыл рот ладошками, чтобы не рассмеяться вслух. — Вот здорово!

Пирс опять ему подмигнул.

— Тогда вот что мы сделаем.

Он понимал, что «игрой» это будет скорее для него, чем для мальчика. Одно дело обмануть ооновского охранника, человека из автобуса или даже австрийца. Другое — Салко, этого на мякине не проведешь. Зная постоянную готовность своего старого друга

415

к подвоху, Пирс готов был допустить, что хорват уже что-то заподозрил. Единственной надеждой оставалось все время держать Иво в поле зрения.

Взяв мальчика за руку, он повел его по склону холма позади домов. Иво подпрыгивал на ходу, хватаясь за Пирса каждый раз, когда терял равновесие. Они прошли через маленькие палисадники с натянутыми поперек них бельевыми веревками, мимо нескольких низких каменных заборов, пока не оказались позади дома, который, по расчетам Пирса, находился на расстоянии короткой перебежки от микроавтобуса. Пирс выглянул из-за угла. Да, достаточно близко. Не более чем в двадцати метрах от них у машины с закрытой теперь задней дверцей рядом с Салко стояла Петра. Выражение лица у нее было совершенно паническое.

Отступив за дом, Пирс присел перед Иво. Волнение его сразу же улеглось, как только он увидел смеющиеся глаза мальчика.

— Итак, вот что мы сделаем, — шепотом повторил он. Иво опять зажал ладошками рот — предвкушение веселой игры переполняло его. — Я подойду к машине и заговорю с Салко и мамой. Ты должен все время внимательно за мной наблюдать. Если ляжешь на живот и подползешь к углу дома, то сможешь хорошо нас видеть. — Иво тут же плюхнулся на землю и пополз к указанному месту. — Ну что, видно тебе машину?

Мальчик оглянулся и с широкой улыбкой утвердительно кивнул.

— Отлично. — Пирс поднял его и посмотрел прямо в глаза. — Но ты должен оставаться на месте, пока я не подам тебе знак. — Он продемонстрировал отмашку, которой должен был ждать Иво. — Только тогда, когда я вот так махну рукой, ты должен будешь выйти из-за угла. — Пирс подождал, пока мальчик сделает знак, что понял. — И тогда я хочу, чтобы ты побежал к машине так быстро и так тихо, как только можешь.

Иво снова показал, что понял.

— Вот Салко удивится!

— Но только — ни единого звука, иначе он тебя заметит.

416

— Ни звука, — согласился Иво.

Пирс привычно подмигнул, подождал, пока Иво займет исходную позицию, и вернулся на два дома назад — чтобы они не смогли хотя бы в первый момент догадаться, где прячется Иво. Прежде чем выйти на дорогу, он оглянулся: Иво замер в ожидании, распластавшись на земле, раскинув тонкие, как прутики, ноги и руки. Завернув за дальний угол, Пирс вышел на главную улицу. Когда он проходил мимо дома, за которым оставил Иво, его так и подмывало проверить, на месте ли мальчик, но он понимал, что делать этого нельзя. Голос Петры принес долгожданное облегчение.

— Салко тоже его не нашел, — сказала она, направляясь навстречу. — Он...

— Я нашел его, — перебил ее Пирс, приближаясь к микроавтобусу, и, прежде чем его успели о чем-либо спросить, добавил: — Он в доме деревенского ходжи. Зачем-то ему понадобилось увидеть парня, который вчера погиб.

По реакции Петры он понял, что мальчик не впервой проявляет столь нездоровый интерес.

— Проблема в том, — продолжал Пирс, — что парень, с которым мы вчера разговаривали за ужином, не пожелал впустить меня. Толковал что-то насчет католических священников и мусульманских покойников, а мне не хотелось вступать с ним в пререкания. Он сказал, чтобы ты за ним пришел, — он кивнул в сторону Салко.

Петра, не мешкая, двинулась к дому старика, но Пирс быстро схватил ее за руку.

— Он сказал — только Салко. И весьма бурно на этом настаивал.

— Да, Янош такой, — подтвердил Мендравич. — Извини, если он...

— Ерунда, — сказал Пирс, чувствуя, что не может посмотреть другу в глаза, поэтому уставился себе под ноги.

Салко по обыкновению шутливо схватил его за шею.

— Я вернусь через пять минут, — и зашагал по дороге.

417

— Отпусти мою руку, — сказала Петра.

Но Пирс сделал это только тогда, когда удостоверился, что Мендравич их больше не слышит, однако взгляд от удаляющейся фигуры так и не отвел.

— Садись в машину, — тихо велел он.

— Что?

Он повернулся к ней и тоном, не допускающим возражений, повторил:

— Садись в машину.

— Йен, что ты...

— Через тридцать секунд Иво выскочит из-за того дома. Садись в машину.

Петра попыталась из-за его плеча разглядеть дом, но Пирс снова решительно взял ее за руку.

— Ты слышала, что я сказал? — и посмотрел на нее так, что она не решилась перечить. — Садись же в машину!

— А как же Салко?

— Салко мы с собой не берем. Если ты хочешь, чтобы с Иво все было в порядке, садись в машину. — Он сделал паузу и добавил: — Тебе придется довериться мне.

Того, что она увидела в его взгляде, оказалось достаточно: она метнулась к передней дверце, распахнула ее и запрыгнула внутрь.

Пирс последний раз оглянулся, чтобы убедиться, что Мендравич скрылся за дальним поворотом. Выждав еще пять секунд, он высоко поднял руку и резко махнул ею. В тот же миг маленькая фигурка выскочила из-за дома и побежала к ним, молотя по воздуху руками. Еще несколько секунд — и Пирс, подхватив Иво, посадил его матери на колени. Времени для объяснений не было. Пирс захлопнул дверцу и, обогнув машину, подбежал к водительскому месту.

Не успел он открыть дверь, как из-за поворота появился Мендравич. Для человека его комплекции он бежал удивительно быстро. Ярдах в двадцати за его спиной Пирс увидел скрюченную фигуру старика.

418

Видимо, тот перехватил Салко на полпути и передал предупреждение от братии, теперь их уже не остановить.

Выхватив из кармана ключи, Пирс запрыгнул на сиденье. В следующий миг мотор взревел, и крики, доносившиеся сзади, потонули в его грохоте. Запыхавшийся Мендравич маячил в зеркале заднего вида, его фигура становилась все меньше и меньше, по мере того как машина стремительно удалялась, однако крохотный телефон, поднесенный им к уху, разглядеть не составляло труда.

«Вишеград... В Вишеграде они будут наверняка».

Теперь в предсказании Салко сомневаться не приходилось.

Белый дым.

Толпа на площади Святого Петра взорвалась ликованием. Кляйст снова наблюдал за происходящим со своего персонального насеста наверху. Волна прокатилась по виа делла Консилиацоне почти до самой реки. Более ста тысяч тел плотно сомкнулись в ожидании одной-единственной фразы: "Habemus Papam!" Пройдет несколько минут, прежде чем старейшина Коллегии кардиналов выйдет на балкон, — достаточно, чтобы толпа успела наэлектризоваться. Кляйсту оставалось лишь надеяться, что за кулисами своего выхода ждет именно фон Нойрат.

Он опять достал из кармана свое маленькое электронное устройство и открыл крышку. Нажал на кнопку. Послышался набор номера. На первом же гудке трубку сняли.

— Собак спустили? — спросил Кляйст.

— Восемь минут.

— Я хочу, чтобы все шахматные фигуры оставались на доске, пока мы не получим подтверждения.

— Ясно.

— Держите их, пока король не выйдет на поле. Они должны двигаться общим строем. Король остается на доске, пока все не окажутся снова в коробке. — Кляйст помолчал. — Удвойте охрану арки делла Кампане. Не пропускать никого, в том числе имеющих пропуска.

— Ясно.

Он отключился. Именно ему было поручено задержать исход «шахматных фигур»: епископов, кардиналов — без разницы. Сегодня все они — пешки. Удерживать их во дворце до окончания выступления папы было простейшим способом выиграть дополнительное время. Усиленная охрана под аркой — лишняя возможность еще больше ослабить команду в обители Святой Марфы.

На главном балконе появился старейшина. Почти жуткая тишина воцарилась над стотысячным столпотворением.

— У нас есть папа! — Разразился громоподобный рев. Старейшина высоко поднял руки, пытаясь утихомирить толпу, но, даже усиленный микрофоном, его голос тонул в несмолкаемом шуме. — Его Святейшество папа Луций Четвертый.

По правде сказать, фон Нойрат уже несколько недель размышлял над гораздо более многозначительным именем Зефирин. Не столько из-за деяний этого самого Зефирина, сколько из-за привязки к его времени. Он был папой в 216 году, том самом, когда неподалеку от города Селевкия-Ктесифон, что на реке Тигр, тогдашней столицы Персии, родился младенец. Имя ему — Мани. Параклет. Надежда единственно истинной и святой Церкви.

Но в конце концов он предпочел имя Луций — Светоносный. Оно будет гораздо уместней.

Кляйст наблюдал в бинокль, как бывший кардинал Эрих фон Нойрат — облаченный в белую сутану и скуфью с папской символикой — вышел на балкон, подняв руки в классическом жесте властвующего благочестия, и несколько раз нешироким кругами зачерпнул воздух, словно впитывал дух святости. Гул на площади, умноженный эхом, отражавшимся от колоннад, достиг неслыханных децибел. Фон Нойрат уже прекрасно освоился с позой самодовольного смирения.

Кляйст переключил внимание на арку. Еще два охранника уже заняли там свои позиции. Как все добропорядочные католики, они крестились в ожидании, пока новый папа не начнет произносить свое апостольское благословение.

Тогда пойдет отсчет времени — четырнадцать минут. Так обещал фон Нойрат. Потом еще восемь минут на то, чтобы кардиналы успели дойти до обители Святой Марфы.

Кляйст подхватил сумку и направился к двери. Теперь он следовал своему собственному расписанию. Четыре минуты — до обители, двенадцать — чтобы установить взрывчатку, четыре — чтобы вернуться. На все возможные нестыковки остаются всего две лишние минуты.

Светоносный всегда требовал, чтобы все делалось с предельной четкостью.

— А где Салко? — спросил Иво.

Семилетний ребенок опять задал самый что ни на есть естественный вопрос. И опять Пирс оказался совершенно к нему не готовым. Неотрывно глядя на дорогу, он промямлил:

— Салко... он...

— Остался в деревне, — пришла ему на помощь Петра, крепче прижимая Иво к груди.

— А как же сюрприз? — удивился мальчик.

— Какой сюрприз? — удивилась Петра.

— Ну, мы же хотели над ним подшутить.

В голосе мальчика явно слышалось разочарование.

— Видишь ли, он...

Пирс не успел закончить, как глаза у Иво загорелись.

— А! — прошептал он и, повернувшись, мигом сдвинул стекло на перегородке. — Привет, Салко! — крикнул он, перегибаясь через

материнское плечо, чтобы заглянуть в кузов. — Я знаю, что ты там. — Он подождал. — Ты решил меня перехитрить, потому что догадался, что я хочу над тобой подшутить? — Расплывшись до ушей, он по-заговорщицки взглянул на Пирса. — Тебе удалось. — Пирс с Петрой и глазом моргнуть не успели, как он уже, засунув голову в окошко, кричал невидимому Салко: — У-у-у! Я тебя нашел. Вылезай!

Петра стащила его обратно к себе на колени.

— Милый, Салко там нет. Я же сказала: он остался в деревне.

Иво снова вырвался и просунул голову в окошко.

— Ну, выходи. Я же знаю, что ты там. — Поскольку никто ему так и не ответил, Иво притих. — Но почему? Почему он не с нами? — Усевшись обратно к Петре на колени, он искоса взглянул на Пирса. — Ты же сказал, что это игра. Что он будет здесь. — Пирс услышал первые признаки плача в тоненьком голосе. — Почему его здесь нет?

— Ему пришлось задержаться в деревне, чтобы помочь своим друзьям, — объяснила Петра, обнимая сына.

— Тогда почему он не попрощался? — Ребенок уже откровенно всхлипывал.

— Все произошло слишком быстро, дорогой, — сказала Петра. — Он даже со мной не успел попрощаться. Наверное, помощь понадобилась его друзьям немедленно.

— Почему?

Петра укоризненно посмотрела на Пирса.

— Не знаю. Салко часто помогает друзьям, и иногда ему приходится уходить без предупреждения.

— Но он никуда не уходил. — Мальчик поднес руку к глазам, чтобы вытереть первую выкатившуюся слезу. — Это мы уехали.

— Я знаю, моя бусинка. Знаю. — Она прижала головку сына к щеке. — Мы скоро снова увидимся.

— Я даже не попрощался с ним, — глухо пожаловался ребенок, уткнувшись губами в шею матери. — Даже не попрощался.

Петра начала его утешать.

422

Пирс заговорил минут через десять.

— У меня не было выбора.

— Он спит? — прежде чем продолжить разговор, шепотом спросила Петра.

Пирс откинулся назад и заглянул в покоившееся на ее плече детское личико.

— Почти, — так же шепотом ответил он.

— Никогда больше не смей использовать моего сына, чтобы напугать меня, — отчеканила Петра.

Свирепость ее тона ошарашила его настолько, что на миг он лишился дара речи.

— Что?

— Ты сказал: если я хочу, чтобы с ним все было в порядке, я должна сесть в машину. Никогда больше так не делай!

Ему понадобилось еще несколько секунд, чтобы прийти в себя.

— Хорошо. Я не хотел...

— Нет, хотел, — твердо возразила она и помолчала, чтобы до него лучше дошло. — А теперь говори, что происходит? Почему нужно было избавляться от Салко?

— Это... трудно объяснить.

— Ты уж постарайся.

Пирс молчал, он понятия не имел, как разумно объяснить то, что случилось в последние двадцать минут. Как бы ни доверял он Иво, следовало принять меры предосторожности.

— Sic tibi manus meae intendeo? — произнес он.

— Что?

— Omnes fingi in gyro lucis.

— Что ты несешь? Я же говорила тебе, что не сильна в латыни. Прекрати, — потребовала она со все возрастающим гневом.

— Ты совсем не понимаешь, о чем я?

— Нет, и меня все это начинает пугать. Почему мы бросили Салко в деревне?

Пирс смотрел на дорогу. Ему самому было трудно поверить в то, что он собирался сказать.

423

— Потому что он в этом замешан.

— Так же, как и ты, — ничуть не смягчаясь, напомнила она.

— Это не одно и то же. Салко охотится за пергаментом. Поэтому и появился в Кукесе.

— Замешан — в чем? — От полного недоумения она стала говорить менее резко. — Ты хочешь сказать, что он... — Она не могла вспомнить слово.

— Манихей, — подсказал Пирс. — Да.

— Какая-то бессмыслица.

— Равно как и то, что Иво может читать молитву полуторатысячелетней давности, о которой мало кто вообще слышал. Тем не менее может.

— Иво?! — Это было уже не замешательство, а настоящий шок.

— «И протяну я к Тебе обе руки свои, взывая, да свершится все в орбите света...». По-латыни — "Sic tibi manus...". Он сказал, что этому его научил Салко и что это один из их секретов. Судя по всему, он прекрасно умеет их хранить.

Пирс отлично понимал, что испытывает в этот момент Петра — невозможность поверить, горечь предательства, чувство полного бессилия. Понимал, потому что сам все еще ощущал то же самое.

— Я не могу... — Она смотрела на него завороженным взглядом. — Иво не... Он и положенных-то молитв почти не знает.

Пирс жестом указал на лежавший у его ног рюкзак.

— Открой его.

— Что?

— Просто открой.

Поколебавшись, она перегнулась через спящего сына и подняла рюкзак.

— Маленькая книжка с веревочной завязкой, — сказал Пирс. — В ней всего страниц пятнадцать.

Петра сделала, как он велел, раскрыла книжку и, пробежав глазами рассказ Рибаденейры, добралась до пассажей-загадок.

— Вон там, — взглядом указал Пирс. — Прочти пятую строку, потом одиннадцатую.

Она прочла.

— Представить себе не могу, что Иво знает это наизусть.

— Тогда сама у него спроси. Разбуди его.

К тому времени, попетляв по проселкам, они выехали на пустынный перекресток с неким подобием асфальтового покрытия. За купой деревьев показался указатель главной дороги. Пирс повернул на запад.

Петра долго сидела, вперившись в текст, потом подняла голову и все так же ошеломленно посмотрела на Пирса.

— Спроси его, — повторил тот.

Поняв, что он не собирается отступать, она ласково прикоснулась к щеке Иво и, склонившись, прошептала ему на ухо:

— Иви, солнышко, если ты выспишься сейчас, не будешь спать ночью.

Мальчик тяжело вздохнул и приподнял голову.

— Ну же, малыш. Просыпайся.

Еще один тяжелый вздох — и два сонных глаза уставились на Пирса. Мальчик потер их кулачками и выпрямился.

— Мы едем домой? — Настроение его во сне не улучшилось.

Петра вопросительно взглянула на Пирса.

— Я не знаю, милый.

У Пирса тоже не было ответа на этот вопрос. Придерживая книгу на сиденье рядом, Петра постаралась, как могла, прочесть по-латыни: "Sic tibi manus meae intendeo..."

Иво мгновенно встрепенулся и посмотрел на мать. Его безграничное удивление выглядело почти комичным. Потом он быстро повернулся к Пирсу и сказал с разочарованием, граничившим с яростью:

— Ты проговорился!

— Нет, она просто читает.

Иво крутанулся назад и только теперь увидел книгу.

— Дай посмотреть.

— Только осторожно, сынок. Это очень старая книга.

— Я знаю, знаю. Салко мне рассказывал. — Он подождал, пока Петра поднесет книгу ему поближе, потом опять повернулся к Пирсу.

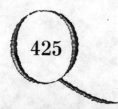

— Это не та книга.

— Дай ему прочесть слова, — предложил Пирс.

Петра указала на нужные строчки.

— А что значат остальные слова? — спросил мальчик.

— Это... другие песни, — ответил Пирс. — Они... — вдруг осекшись, он бросил взгляд на Иво. — А про какую старую книгу рассказывал тебе Салко?

— Книгу с песнями, — ответил Иво.

— Я думал, их не разрешается записывать.

— Только «Абсолютный Свет». А других у меня — целая книга.

Первая молитва ребенка. Часть молитвенника. «Ну, конечно». Снова устремив взгляд на дорогу, Пирс спросил:

— А у Салко есть такая книга?

Иво качнул головой.

— Нет. Он подарил ее мне. Когда мне исполнилось шесть лет. Ее дарят всем, кому исполняется шесть лет. Ты же знаешь.

— Правильно. — Манихейский учебник для подготовки к посвящению. Что может быть более очевидным? — И она у тебя еще есть? — спросил Пирс.

Иво кивнул утвердительно.

— О чем вы говорите? — не удержалась Петра.

— И где она сейчас? — продолжал Пирс, не обращая внимания на ее вопрос.

— Дома, — сказал Иво.

Пирс начал понимающе кивать.

— Что, что все это значит? — снова спросила Петра.

— Так вот как он обезопасил себя, — словно бы разговаривая сам с собой, произнес Пирс.

— О чем ты толкуешь? — не унималась Петра.

— Рибаденейра взял за основу эту молитву для того, чтобы быть уверенным: человек, который разгадает его загадку, будет одним из них. Манихеем. Кто еще может знать детскую молитву? Кто еще... — он вдруг резко ударил по тормозам. Всех троих бросило вперед.

— Что ты делаешь?! — закричала Петра, одной рукой обхватив Иво, другой упершись в полку над бардачком.

— В этой книге много молитв, так ведь, Иво?

Мальчик, похоже, ничуть не испугался внезапной остановки.

— И молитв, и картинок, и загадок. — Он повернулся к Петре. — Салко говорит, когда я выучу их много, сам смогу составлять загадки.

Теперь настал ее черед молча кивать.

— Надо что-то искать в этой книге, — размышлял вслух Пирс. — Иначе зачем было использовать молитву? Что-то, что известно только манихеям. Что-то, что объяснит все эти загадки Рибаденейры.

На время забыв о Салко — а также вообще обо всем, что случилось за последние полчаса, — Пирс снова рванул машину с места.

Они ждут их в Вишеграде. Никак не в Рогатице.

Он посмотрел на часы. Если повезет, будем там еще до наступления темноты.

Перетти сначала услышал взрыв, потом ощутил сотрясение. Он инстинктивно схватился за стену. Две рамы, висевшие над бюро, стукнулись друг о друга, одна картина сорвалась с гвоздя. Второй взрыв. Третий.

Заставив себя подойти к окну, он выглянул наружу. Эпицентр взрыва, окутанный языками пламени, находился метрах в ста от него.

Купол обители Святой Марфы.

«Святая Матерь Божия!»

Сквозь дым и пламя он попытался рассмотреть верхние этажи, являвшие собой провалы, обрамленные острыми обломками стекла и камня. «Внутри Ватикана! Невероятно!» Он осенил себя крестным знамением и стал молиться о тех, кто там, внутри, но едва ли не на первом же слове вдруг осознал, как близок был он сам к то-

427

му, чтобы оказаться вместе с ними. Вернуться в свои апартаменты он решил в последнюю минуту; ему понадобилось незаурядное красноречие, чтобы убедить стражников пропустить его. Приказ касался всех кардиналов — всех!

Он протянул руку к телефону, но в этот момент из обрушенного здания стали выбираться первые выжившие — в разорванной одежде, с руками и лицами, темными не то от сажи, не то от крови, — на расстоянии он разобрать не мог. Их было пять или шесть человек. Выходя, все падали на землю, кроме последнего — этот продолжал бессмысленно брести вперед с отсутствующим взглядом, его движения выглядели странно грациозно посреди всеобщего хаоса. Взгляд Перетти сфокусировался на этом человеке, которого невидимые преграды бросали то в одну, то в другую сторону, все остальное расплылось в общий смутный фон. Это продолжалось всего четыре-пять секунд, потом контуженного догнал стражник; ноги человека продолжали дергаться даже после того, как его усадили на землю.

Какие-то случайные, непроизвольные движения, подумал Перетти, по крайней мере, с точки зрения самодовольного здравого смысла. Для самого же контуженного его действия имели свой смысл, свою цель, понятную лишь пребывающему в шоке разуму.

Так же, как свой смысл имеет и сам этот кошмар. Вопрос лишь в том, чей ум замыслил его.

Он снял трубку.

За его спиной внезапно распахнулась дверь, и в комнату ворвались два человека с пистолетами в руках.

— Все в порядке, — сказал Перетти, узнав их. — Со мной все хорошо.

Охранники спрятали пистолеты в кобуры.

— Мы должны отвести вас в Габбиа, Ваше Высокопреосвященство, на всякий случай.

Габбиа, сокращенное от «Габбиа пер уччелли»[1], — бомбоубежище, построенное во время войны и уходящее на шесть этажей вниз

---

[1] Gabbia per uccelli (*ит.*) — клетка для птиц.

428

под библиотеку, — теперь было превращено в изолированное помещение, исключающее наблюдение и электронное прослушивание и предназначенное как раз для подобных случаев.

Перетти согласно кивнул.

— Но сначала мне нужно сделать несколько звонков.

Человек, стоявший ближе, отнял у него трубку.

— Там, внизу, больше ста линий, Ваше Высокопреосвященство. Нужно идти немедленно.

Перетти последовал за ними.

— Вам повезло, Ваше Высокопреосвященство, — заметил тот, который шел последним. — Говорят, когда бомбы взорвались, внутри было больше ста кардиналов. Кто бы это ни сделал, он хорошо знал, когда нажать на кнопку.

Перетти молча кивнул.

Действительно — кто?

Пирс сидел на водительском месте, положив руки на колени. Иво — точно так же на пассажирском. За последние десять минут ни один не произнес ни слова.

Следуя указанию Петры, Пирс поставил машину в переулке почти в четверти мили от дома. Примечательно, как быстро включилась Петра, — борец за свободу снова в действии. А может, дело просто в материнском инстинкте? Неважно. Так же быстро она решила, кто отправится за книгой.

— Оставайтесь здесь. — Она поцеловала Иво и открыла дверцу.

Пирс хотел было пойти с ней, но она его остановила.

— Я ведь ужс говорила тебе: ты не знаешь местности и не ориентируешься в квартире. А если они здесь, то точно знают, чего ты ищешь. — Выйдя из машины, она наклонилась и с повелительностью, какой он еще никогда не слышал в ее голосе, до-

бавила: — И смотри, чтобы Иво все время был у тебя на глазах! Ты понял?

Было совершенно очевидно, что мальчику этот ее тон хорошо знаком и он знает: перечить бессмысленно.

Только получив четкое подтверждение от Пирса, Петра зашагала к дому.

Это было более четверти часа тому назад.

Глядя на своего подопечного, Пирс не мог с уверенностью сказать, отчего тот молчит, какие тревожные мысли бродят в его головке: о побеге от Салко, о долгом отсутствии Петры? Вероятно, больше всего его беспокоило то, что рассекречен тайник, в котором хранится книга. Властного тона Петры оказалось достаточно, чтобы разомкнуть его уста: книга спрятана в его шкафу за отставшей задней планкой. Видимо, Салко помог отодрать ее.

— Как ты думаешь, ты сможешь когда-нибудь перестать на меня сердиться? — спросил наконец Пирс. — Иво демонстративно скрестил руки на груди. — Следует ли это понимать как «может быть»? — Мальчик еще крепче сжал руки и засопел. — Ну, хорошо, а как «может быть» с крепко сжатыми руками и тихим сопеньем? Так пойдет?

Молчание.

— Не старайся задобрить меня, — выдавил в конце концов Иво.

— Ладно. — Они снова помолчали. — А как насчет того, чтобы сделать тебя оранжевым?

Иво метнул на него взгляд, выражавший нечто среднее между гневом и любопытством.

— Оранжевым?

— Ну, раз ты не принимаешь моих извинений и не «задобрить тебя», может, мне удастся сделать тебя оранжевым?

Руки Иво расслабились.

— Как можно сделать кого-то оранжевым?

— Не знаю, но, если «добрым» нельзя, должен же я попробовать что-нибудь другое.

Иво несколько секунд сверлил его взглядом, потом снова отвернулся.

430

— Глупости. Ты говоришь ерунду.

— А как насчет того, чтобы позволить мне извиниться?

— Ты не должен был заставлять меня все рассказывать, — буркнул мальчик, не глядя на Пирса. — Это был наш с Салко секрет. И не должен был заставлять нас бросить Салко. Салко никогда не заставил бы меня все рассказать маме.

— Я знаю, — ответил Пирс, наблюдая, как Иво ковыряет оторванный кусочек виниловой обивки.

— Если это так важно, — сказал мальчик, — почему ты не отдал маме свою книжку?

Даже в гневе Иво оставался весьма сообразительным ребенком.

— Ну... потому что твоя книга — особенная. Она поможет нам найти другую особенную книгу. И я знаю, что Салко хочет, чтобы мы ее нашли.

— Тогда почему он сам не сказал тебе, где моя книжка?

Тоже разумно.

— Потому что, — объяснил Пирс, беря томик Рибаденейры с приборной доски, — он не знал, что у меня есть эта.

Иво медленно к нему повернулся и лишь чуточку менее враждебно спросил:

— Та, которую читала мама?

— Правильно. Хочешь на нее взглянуть?

— Я уже видел. В руках у мамы.

Пирс пожал плечами.

— Ладно. Просто я подумал, что тебе захочется подержать ее в руках. Но раз нет...

Иво уставился на книжку, потом исподтишка взглянул на Пирса.

— Ну, вообще-то можно. — Он взял книгу. — Только не думай, что это сделает меня мягким. Ты все равно не должен был заставлять меня рассказывать.

— Да, наверное, ты прав.

Для семилетнего мальчика Иво обращался с книгой на редкость бережно, страницы переворачивал медленно и очень внимательно вглядывался в текст. Что бы там ни было, а уважать прошлое

431

Салко его научил. Латынь Иво знал на детском уровне: умел правильно произносить слова, но по большей части не понимал того, что говорил. На одном слове он задержался и, широко открыв глаза, ткнул в него пальцем.

— Manichaeus, — сказал он.

Пирса поразила почтительность, с какой мальчик это произнес.

— Да, Мани. Ты ведь много знаешь о Мани, не так ли?

— Да. Разные истории из моей книжки.

— Истории о Мани? — Иво утвердительно кивнул. — Ты их все прочел?

Иво снова кивнул и, положив томик Рибаденейры на полку над приборной доской, стал считать на пальцах:

— «Апостол Света», «Шапур-король», «Сев зерна», «Картир во тьме» «Обретенный Свет».

Своего рода «Библейские истории» для братии, отметил про себя Пирс.

— И какая из них твоя любимая? — спросил он.

— «Картир во тьме».

— А почему?

Иво пожал плечами.

— Не знаю. Потому что в конце его проглатывает тьма.

— Картира?

Иво кивнул.

Насколько помнил Пирс, Картир был вавилонской непрямой аналогией Пилата. Интересно, подумал он, сколько еще тысяч мальчишек находят кончину Картира такой уж захватывающей?

Его тревожные размышления прервала Петра. Она открыла дверцу и скользнула на сиденье рядом с Иво. Не успела она захлопнуть дверцу, как мальчик забрался к ней на колени и прижался спиной к ее груди. Быстренько чмокнув мать в щеку, он вернулся к оторванному винилу.

— Что-то не так? — спросил Пирс.

— Их машина дежурит перед домом. Я прошла через подвал. Не волнуйся, они меня не заметили. — Она вручила ему книгу. —

Там не просто была спрятана книга. Там что-то вроде небольшого алтаря. — В ее голосе слышался нескрываемый гнев. — Статуэтки, картинки... Понятия не имею, что они означают. — Глядя в окно, она устало откинулась головой на перегородку и, не отдавая себе отчета в том, какое впечатление ее тон производит на Иво, воскликнула: — Как он мог это сделать!

Иво повернул к ней лицо и со слезами в голосе занял:

— Мамочка, прости. Салко говорил, что в этом нет ничего плохого.

Она прижала сына к себе.

— Да нет же, милый, это я не о тебе. На тебя я совсем не сержусь. — Она поцеловала его в темечко.

Готовые было уже излиться слезы мигом высохли.

— Ты сердишься на Салко?

— О Салко не волнуйся, мой сладкий. Это не твоя забота.

— Мамочка, не сердись на Салко.

— Хорошо. — Она снова поцеловала его. — Не буду. — И, обращаясь к Пирсу, спросила: — Ну, как? Это то, что ты предполагал?

Пирс, как завороженный, продолжал молча смотреть на них.

— Йен, что там в книге? — громче повторила Петра.

Он еще на миг задержал ее взгляд, потом обратился к книге.

— Ах, да, в книге...

Размером она была с небольшой ноутбук, но гораздо тоньше. На обложке вверху по-сербохорватски название: «Стихи для детей», никакого намека на манихейские тексты внутри. Открыв книгу, Пирс увидел, что она недавно заново переплетена: внутренние страницы были гораздо более старыми, чем обложка. На титульном листе название повторялось более крупным шрифтом; по виду — издание девятнадцатого века. Это подтверждалось жирно напечатанными внизу страницы цифрами — «1866». Между заголовком и датой — в одну колонку — написанный от руки разными чернилами перечень — около восьми имен. Внимание Пирса привлекли несколько последних: Алибег Мендравич, Владо Мендравич, Салко Мендравич, Иво Коркан.

Манихейская родословная, запечатленная в нацарапанных руками шестилетних мальчишек подписях.

Пирс не знал, чему огорчаться больше — уходящей корнями в глубокое прошлое наследственной преданности или высокому профессиональному качеству книги. Она вовсе не походила на самоделку, изготовленную кучкой фанатиков в тайной комнате, в количестве не более сотни экземпляров, для передачи из рук в руки. Это было нечто куда более серьезное, изданное гораздо большим тиражом. И если таковым было сербохорватское издание, то кто мог сказать, сколько таких «букварей» произведено на немецком или английском? Страшно подумать.

Совершенно очевидно, что манихеи последние тысячу семьсот лет не сидели сложа руки в ожидании возвращения своего Параклета.

— Я тоже написал тут свое имя, — сказал Иво, пальчиком водя по буквам. — А вот это Салко, а это дедушка Салко. Она очень старая. — Он посмотрел на Пирса. — На твоей книге тоже есть подпись твоего дедушки, да?

Пирс испытал уже знакомую боль — чувство вины за то, что Иво оказался втянутым во все это. Или это всего лишь ревность? Насколько тесной была связь между мальчиком и Салко, можно было понять по тому, как трогательно-ласково гладил малыш эти имена.

— Да, — небрежно ответил Пирс и поскорее перевернул страницу.

На следующей имелось оглавление — перечень рассказов и молитв, обозначенный как названиями, так и первыми строками текстов. Пирс не удивился, что единственной знакомой ему оказалась молитва Рибаденейры, названная соответственно: «Пробуждение». Рядом в скобках стояло: «Сокровище жизни». Он пробежал глазами всю страницу. Такими заключенными в скобки ссылками сопровождались все тексты; некоторые названия повторялись многократно: «Прагматейя», «Шапуракан», «Книга о гигантах», «Живое Евангелие», а чаще всего — «Кефалайя», то есть «Главы». Как не-

434

трудно догадаться, это были источники, из которых взяты стихи. Тексты, уже много веков считавшиеся безвозвратно утраченными, оживали на страницах детского молитвенника.

Он открыл страницу с «Пробуждением».

Так же, как в свитке с «Абсолютным Светом», по всему тексту были разбросаны крохотные изображения человечков с кинжалами и охотящихся за добычей львов. Он хотел было спросить у Иво, что они означают, но тут его взгляд упал на рисунок в середине страницы. Поначалу Пирс подумал, что это всего лишь очередной наполовину заштрихованный треугольник — неизменный манихейский символ. Но, вглядевшись повнимательней, обнаружил, что это нечто гораздо большее. Обе половины треугольника были исписаны словами.

Те, что располагались на стороне «света», означали добро — пророков, плоды, мудрость, знание. Те, что во «тьме», — зло: враждующих братьев, мясо, грех, небытие. Детский путеводитель по двум лучам универсума.

Однако было в них кое-что еще, что ошарашило Пирса: минимум половина слов, начертанных в треугольнике, точно совпадала со словами из пассажей Рибаденейры. Озадачивало лишь их расположение.

— Дай-ка мне рюкзак, — попросил он Петру, не отрывая взгляда от страницы.

Иво быстро наклонился, чтобы поднять рюкзак, но ему не хватило силенок, Петра помогла ему, и они вместе положили рюкзак Пирсу на колени. Еще несколько секунд поизучав треугольник, Пирс, не закрывая, отложил книгу на полку над приборной доской и достал из рюкзака свои записи.

Ему понадобилось менее пяти минут, чтобы выписать расшифрованные ранее ответы на загадки Рибаденейры, содержавшие от одной до четырех строк, и не решенные пока пятистрочные головоломки, составив из них пять разделов. Разделы он пометил буквами от «А» до «Е», а строки внутри каждого из них пронумеровал соответственно пассажам, ответами на которые те являлись.

435

1. *Вишеград A-1*
2. *Возле пробуждения A-2*
3. *Встает A-3*
4. *Когда встречаются свет и тьма A-4*
5. *И протяну я обе руки свои к Тебе A-5*

6. *Исав B-1*
7. *Возле греха Иакова B-2*
8. *Становится B-3*
9. *Величественный мост B-4*
10. *Да свершится все в орбите Света B-5*

11. *Мудрость и благочестие C-1*
12. *Над травами C-2*
13. *Открывает C-3*
14. *Гостиница C-4*
15. *Когда буду послан я на борьбу с Тьмою C-5*

16. *Знание напротив вина D-1*
17. *Плавает сверху D-2*
18. *Енох D-3*
19. *Холмы поднимаются D-4*
20. *Зная, что Ты всегда будешь рядом D-5*

21. *Сокровище E-1*
22. *Открылось E-2*
23. *Просветитель говорит E-3*
24. *Своему ученику E-4*
25. *Благоухание жизни всегда со мною E-5*

Первый раздел был более-менее ясен. «Вишеград, возле пробуждения, встает, когда свет встречается с тьмой». «Свет» и «тьма» — это черно-белый треугольник; в молитвеннике треугольник располагался «возле "Пробуждения"»; значит: Вишеград «встает» из него. Треугольник, стало быть, изображает собой Вишеград.

Теперь — к географии города. Пирс заметил, что первые две или три строки каждого раздела указывали на разные секторы треугольника.

«Исав возле греха Иакова»: слова «Исав», «грех» и «Иаков» располагались в его нижней правой части.

«Мудрость и благочестие» «над травами»: слова «мудрость», «благочестие» и «травы» — в центре и в нижнем левом углу.

И, наконец, «Знание напротив вина» и «плавает сверху», «над Енохом»: «знание», «вино», «Енох» — справа и слева от разделяющей вершину треугольника линии.

Три стороны треугольника.

Последняя строка каждого раздела наверняка содержала главный ключ. «Исав» внизу справа дает «величественный мост». «Мудрость» в середине левой стороны — «гостиницу». А «знание» в верхнем углу — «холмы». Три ориентира в Вишеграде. Три угла треугольника.

Еще не прочтя последнего раздела, Пирс уже точно знал, где именно в соответствии с этой картой находилась спрятанная «Одопория». Где же еще, если не в центре, там, где Мани? Слово «сокровище» указывало на «просветителя».

Говорит своему ученику? То есть тому, кто должен открыть тайну.

Как всякий добропорядочный манихей, Рибаденейра отлично выбрал ориентиры. Знаменитый мост через Дрину, хоть и разрушенный во время недавней войны, до сих пор оставался проходимым. Холмы — они и есть холмы. Единственный вопрос состоял в том, где находится гостиница. А без этого третьего угла треугольника невозможно определить его центр.

— Где можно найти старую карту Вишеграда? — спросил Пирс, перерисовывая треугольник из книги Иво на отдельный листок.

— Насколько старую? — уточнила Петра.

— Шестнадцатого-семнадцатого веков.

— Куда же это я задевала свою карту Вишеграда шестнадцато-го-семнадцатого веков? — иронически пробормотала Петра, наблюдая за тем, как Пирс рисует свой чертеж.

Не дав себе труда даже взглянуть на нее, он сказал:

— Я говорю серьезно.

— Где найти карту четырехсотлетней давности? Понятия не имею. Может, в муниципалитете? А зачем?

— Затем, что мне надо знать, где в 1521 году находилось нечто, что называлось «гостиницей».

— При входе на старую рыночную площадь, — невозмутимо ответила Петра. — Там, где дорога на Мейдан начинает подниматься в гору.

— Я же сказал: я не шучу.

— Я тоже.

Теперь он поднял наконец голову.

— Честно, — подтвердила Петра.

— Откуда ты знаешь, что...

— Потому что любой, кто вырос в этих краях, знает историю старой гостиницы. Это едва ли не первое, чему учат в школе.

— В школе?

Повернувшись к Иво, Петра запела:

— «Мальчишка с горы, став взрослым мужчиной...»

— «...стал миру известен как Мехмет-паша Великий, — подхватил Иво, широко улыбаясь. — Они с Раде — Каменщиком Великой Османской империи мост нам построили возле могущественного Каменного Хана».

Пирс недоуменно взирал на них.

— О чем это вы?

Иво хихикнул, Петра улыбнулась и продолжила:

— «Не стало леса, загона и конюшни, гостиницу рассеял в прах Великий Мехмет-паша».

— «Прощайте, леса, загон и конюшни, — снова подхватил Иво, — уступите дорогу могущественному караван-сараю Великого Мехмет-паши».

438

— Великого кого? — переспросил Пирс.

— Мехмет-паши Соколовича, — объяснила Петра тоном воспитательницы детского сада. — Он был одним из визирей Сулеймана. — Не заметив и проблеска понимания во взгляде Пирса, она продолжила: — Это мальчик из здешних мест, сделавший много добрых дел. Около 1570 года он решил, что должен приобщить Боснию к цивилизации, поэтому построил мост, а также Каменный Хан — «большой караван-сарай». Об этом и песенка.

— А к гостинице это какое имеет отношение?

— Гостиница стояла на том самом месте, где он возвел свой караван-сарай, — терпеливо объяснила Петра.

Пирс постепенно начинал понимать:

— Но сначала он ликвидировал леса, загон...

— Рассеял в прах, — поправил его Иво.

— Да, рассеял в прах, прости, Иво. — Дождавшись, пока Иво кивком даст знать, что милостиво прощает его, Пирс снова повернулся к Петре. — А старая гостиница стояла там за пятьдесят лет до того, как этот паша решил явить свое беспримерное благородство?

— Ну, вообще-то никто в действительности не знает, когда была построена старая гостиница, — ответила она, — но легенда о ней восходит как минимум к началу 1400-х. Вот почему ее «рассеяние в прах» и стало таким заметным событием.

— Значит, любой, кто проезжал через Вишеград, скажем, в 1521 году, должен был знать о старой гостинице?

— Несомненно.

Пирс с минуту подумал.

— Ты сможешь найти на современной карте Вишеграда место, где она стояла?

— Конечно.

Он передал ей исписанные листки, книгу и рюкзак.

Полминуты спустя они уже ехали по дороге, ведущей к Вишеграду.

439

Было нечто совершенно неватиканское в помещениях, выкопанных под библиотекой, — холод серой стали гасил даже духовный огонь. Перетти никогда прежде не бывал в Габбиа. Это место показалось ему смесью помыслов одержимых угрозой атомной войны 1950-х и помешанных на высоких технологиях 1990-х. Комнаты разделялись дверьми толщиной чуть ли не в метр. Каждая была снабжена устройством для герметизации, представлявшим собой стальное колесо с рычагом в центре. На фоне разнообразной электронной аппаратуры, которой все стены были заставлены настолько, что некогда просторное помещение превратилось в очень тесный бункер, оно производило просто допотопное впечатление. Бывшие жилые комнаты были теперь соединены в обширные атриумы и отведены под центры компьютерной связи.

Эдакая база для защиты веры от полного уничтожения в ходе холодной войны.

Единственным пространством, хоть как-то связанным с городом наверху, оставалась часовня — двухэтажная, задвинутая куда-то на самые задворки комплекса. Здесь стальные стены и полы были покрыты мраморными панелями, свет жужжащих флуоресцентных ламп заменяло мерцание свечей в канделябрах, над алтарем висели картины (Перетти узнал одну, принадлежащую кисти Филипо Липпи) — видимо, они были призваны деликатно напоминать духовенству, для чего оно здесь собралось и что защищает, — а вдоль нефа, до самой задней стены, в два ряда стояли богато инкрустированные скамьи.

Все они были сейчас пусты, если не считать девяти потрясенных кардиналов, которые сидели, склонившись в молчаливой молитве.

Перетти взглянул на согбенные фигуры. Большей частью это были i vecchii — «старцы», кардиналы, перешагнувшие порог восьмидесятилетия. Они уже не участвовали в выборах, но их духовное

присутствие в конклаве считалось важным. Эти почтенные мужи спаслись благодаря своему преклонному возрасту — просто не успели добрести до обители Святой Марфы к моменту взрыва. Слабое утешение. Самым старым был кардинал Виргилио Децца, некогда бывший архиепископом Феррары, — худой, как щепка, крохотный старичок с пышной седой шевелюрой. Перетти разговаривал с ним сегодня утром — ни слова о выборах (разумеется), только о красоте Сикстинской росписи. Децца признался, что всегда испытывал легкое смущение при виде языческих сивилл на потолке, у него было ощущение, будто их Микеланджело выписал чуть более любовно — просто чтобы подначить старика Юлия Второго. Эта мысль рассмешила тогда его самого; Перетти тоже засмеялся.

Сейчас Децца выглядел совершенно сломленным.

Перетти обмакнул пальцы в святую воду, перекрестился и преклонил колени в боковом приделе. Потом прошел вперед и сел рядом с Деццой. Веки старика были сомкнуты. Перетти тоже закрыл глаза и начал молиться.

Когда он снова их открыл, Децца смотрел на него с болезненной улыбкой.

— Перетти, — он положил руку ему на колено, — вы не... — У него не хватало духа закончить фразу. — Слава Богу. Какой ужас. Ужас! — Перетти кивнул. — И все остальное, — продолжил старик. — Это знамение? Град и огонь, смешанные с кровью, обрушились на землю. Неужто Он грядет?

Децца достиг того возраста, когда любая трагедия воспринимается исключительно как предзнаменование. Не такая уж редкость среди людей, очень долго служивших церкви.

— Террористы, Ваше Высокопреосвященство, — сказал Перетти. Он слишком давно знал Децца, причем уже в начале знакомства — как епископа, а потом и как кардинала, поэтому титуловал его только в соответствии с саном. — Рано или поздно они должны были добраться и до Ватикана.

Старик взглянул на него.

— Но ведь не только сюда, Джакомо. Не только в Ватикан.

441

Перетти не мог бы точно сказать, что означал этот устремленный на него взгляд — истинный ужас или предчувствие старческого угасания.

— Церковь крепка, — сказал он. — Их места займут другие.

Крайнее волнение отразилось на лице старца.

— Займут их места? — повторил он. — Даже если здания отстроят, кому достанет мужества войти в них?

Перетти несколько минут смотрел на него в недоумении.

— О чем вы толкуете, Ваше Высокопреосвященство?

— О церквах, Джакомо. О церквах.

— О каких церквах?

— О тех, что взорваны. Их сотни.

Перетти снова уставился на него в изумлении.

— О чем вы? Не понимаю.

— Там, в комнате с экранами, — объяснил Децца. — Это все показывали по телевидению. Церкви в огне. Огонь и град, смешанные с кровью. Огонь и град. — Его лицо было снова обращено к алтарю, руки молитвенно сложены. Закрыв глаза, он словно забыл об их разговоре.

Перетти встал, произнес краткую молитву и пошел обратно по лабиринту коридоров, сетью покрывавших Габбиа. Минуты через три он нашел «комнату с экранами». Около тридцати телевизоров, закрепленных на дальней стене, были настроены на разные каналы, но все картинки походили одна на другую. Широкомасштабные разрушения. Войдя в комнату, он заметил фон Нойрата, сидевшего на диване, вокруг него в креслах — группа молодых священников, все они либо энергично давили на кнопки, либо уже разговаривали по телефонам. Кто определял каждое их действие, было очевидно. Время от времени фон Нойрат поднимал голову, чтобы послушать репортаж по одной из программ. Все остальное время его деятельность была сосредоточена на ближнем окружении. В очередной раз коротко взглянув на экран, он боковым зрением заметил Перетти.

И сразу же повернулся к нему.

— Кардинал Перетти, — сказал он, — мне уже доложили, что вы не пострадали. Слава Богу, что вы живы.

Оставаясь у двери, Перетти ответил:

— Да, Ваше Святейшество.

— Страшная трагедия, Джакомо. Нам с вами невероятно повезло.

Речь Перетти, когда он заговорил, казалась лишенной каких бы то ни было эмоций.

— Значит, должна быть причина, по которой Он пощадил нас, Ваше Святейшество.

Они неотрывно смотрели друг на друга.

— Да, — сказал наконец фон Нойрат. — Должна быть. — Он обвел взглядом экраны. — И все же это... В это невозможно поверить.

— Да, Ваше Святейшество.

— Мне казалось, что с нас довольно и неприятностей с Банком, — добавил фон Нойрат, передавая какие-то записки одному из своих клевретов, — но оказалось, я ошибался.

— Неприятностей с Банком? — в вопросе Перетти прозвучало не удивление, но утверждение.

-- Разве вы не слышали? — фон Нойрат взглянул на него, ожидая ответа, но, не дождавшись, продолжил: — Не удивительно. Я сам узнал об этом всего час тому назад. — Он снова вернулся к своим запискам. — Похоже, один из наших аналитиков поставил банк в весьма затруднительное положение, связавшись с группой сирийских инвесторов. То же, что было с Амброзиано, только на сей раз ходят слухи о финансировании террористов. Подробностей я не знаю.

— Время выбрано исключительно удачно, Ваше Святейшество, — заметил Перетти.

— Да. Да, именно. И они говорят, что все это, быть может, только начало.

— Они, Ваше Святейшество?

Фон Нойрат прервал свои занятия, всем корпусом повернулся к Перетти и, указывая на экраны, сказал:

443

— Они, сын мой. На всех континентах взорваны тысячи церквей, принадлежащих разным конфессиям.

Последнее слово особенно поразило Перетти.

— Конфессиям? — переспросил он.

— Да, Джакомо, пострадали и протестантские, и греческие, и русские храмы. — Он снова принялся что-то писать в блокноте. — Это похоже на тотальную войну против христианства.

Перетти обдумал услышанное.

— Они говорят, кто ее развязал, Ваше Святейшество?

— Старый враг, — ответил фон Нойрат, вручая записку человеку, сидевшему напротив него. — С Востока. На фоне новой волны фундаментализма, полагаю, рано или поздно это должно было случиться.

— Понятно. — Перетти обвел взглядом экраны. То, что он видел, было не только разрушением. Люди уже начинали сплачиваться в группы, разъяренные люди готовы были в любой момент выплеснуть свою злобу, а рядом не было ни единого пастыря, чтобы их умиротворить. Никто не пытался сдержать эту дикую жажду крови. Перетти повернулся к фон Нойрату.

— Тогда мы обязаны сделать все, что можем, чтобы убедить их, что наша Церковь остается крепкой, Ваше Святейшество.

— Да. Обязаны.

В этот момент всеобщее внимание привлек новый взрыв, отразившийся на одном из экранов. Перетти счел, что пора уходить.

Он постоял немного в коридоре; чудовищность того, что он только что увидел и услышал, быстро отошла куда-то на периферию сознания. «Тотальная война против христианства». Срежиссированная изнутри Ватикана? Если так, то последнее место, где ему следует сейчас находиться, здесь, внутри ватиканских стен. Перетти зашагал к выходу.

По обе стороны двери молча застыли двое караульных, третий сидел за столом, все трое — с оружием наготове. Перетти подошел к тому, что сидел, видимо, главному. Стражник сразу же узнал его и встал.

— Что-то случилось, Ваше Высокопреосвященство?

Перетти быстро покачал головой.

— Нет, но мне нужно на несколько минут покинуть Габбиа.

— Это невозможно, Ваше Высокопреосвященство. Там еще небезопасно.

— А когда будет безопасно?

Вопрос, похоже, смутил молодого человека.

— Я... надеюсь, что через какое-то время Город будет надежно защищен, Ваше Высокопреосвященство.

— И сколько, по-вашему, на это понадобится времени?

Начальник караула опять не смог ответить. Воспользовавшись его замешательством, Перетти сказал:

— Потому что, если это случится позже сегодняшней вечерней мессы, могут возникнуть проблемы. Его Святейшество попросил меня принести одну книгу из библиотеки. Для церемонии инаугурации. — Перетти придумывал на ходу. На самом деле фон Нойрат стал папой в тот момент, когда на вопрос старейшины "Volo aut nolo?" ответил решительным «да». То, что шерстяной плащ должен быть возложен на него только через несколько дней, ничего не меняло. Однако, скорее всего, молодой ватиканский страж об этом не знал. — Учитывая сложившуюся ситуацию, Его Святейшество должен быть посвящен в понтифики как можно скорее. Дело несложное, но книга необходима.

— Да, конечно. Я могу послать за ней одного из своих людей...

— А он знает, где искать *"Ritus Inaugurationis Feudalis Praedicationis"*? — Едва ли «Положение об инаугурации» действительно лежало где-нибудь в библиотеке — оно вообще вряд ли существовало, — но прозвучало внушительно.

— Ну... если ему скажут, где оно находится...

— Это не поможет. Книгу не выдадут никому, кроме кардинала. Теперь вам все ясно?

— Нет. То есть, да, конечно, Ваше Высокопреосвященство. — Молодой человек беспомощно оглянулся на своих подчиненных. Те смотрели прямо перед собой. Никакой поддержки. Он снова повернулся к Перетти.

445

— Вы хотите сказать, что он еще не папа?

Сделав паузу, Перетти уклончиво сказал:

— Я могу стоять здесь и беседовать с вами столько, сколько вы пожелаете. Но все равно наступит момент, когда вам придется открыть эту дверь и позволить мне принести *"Ritus"*.

— Но Его Святейшество... Я имею в виду Его Высокопреосвященство... — Стражник перегнулся через стол и прошептал: — Кардинал фон Нойрат не велел никого выпускать. Он дал строгий приказ.

Перетти в свою очередь перегнулся через стол и так же шепотом ответил:

— Пока он еще не папа, его приказ имеет такой же вес, как мой, понимаете?

Караульному понадобилось несколько секунд, чтобы переварить услышанное, после чего он со вновь обретенной решимостью направился к двери и набрал шифр на кодовом замке. Герметическое устройство начало медленно размыкаться.

— Ты, — сказал он тому стражу, который стоял ближе, — пойдешь с Его Высокопреосвященством. Оружие постоянно держать наготове. Ясно?

— Так точно.

Начальник караула повернулся к Перетти и попросил:

— Если можно, Ваше Высокопреосвященство, возвращайтесь, пожалуйста, поскорей.

— Разумеется, — ответил тот. — Я и сам не хочу подвергать себя опасности.

Книжный магазин изобиловал приманками для туристов — красочными буклетами, рассказывающими историю знаменитого моста, открытками, даже кофейными чашками с видами города.

Иво особенно заинтересовал макет моста: густой слой пыли на коробке, в которой находился макет, говорил о недавней истории здешних мест больше, чем все программы новостей вместе взятые. При виде их троицы, входящей в магазин, человек за кассовым аппаратом оживился и стал настойчиво предлагать свой залежавшийся товар, однако энтузиазм его быстро угас, когда Петра сняла с полки карту и все трое отошли в глубь торгового зала. Незачем было им торчать перед окнами. Не то чтобы Петра предполагала, будто друзья Салко уже прочесывают пригороды, — еще менее вероятно было, что они заглянут в книжный магазин, — но она сделала слишком много для того, чтобы их с Пирсом прибытие выглядело как можно неприметней, и не хотела свести теперь на нет затраченные усилия.

Они остановились в Устипраце — городке на полпути между Рогатицей и Вишеградом. Петра была хорошо знакома с тамошними торговцами и смогла, не привлекая внимания, порыться у них на прилавках в поисках чего-нибудь «деревенского»: длинной юбки и головного платка для себя, пиджака, круглой шапки без полей и пары новых ботинок для Пирса, а также кучи всякого тряпья и старых газет, чтобы свернуть все это в «куклу» и обернуть одеяльцем наподобие грудного ребенка. Так их трио превратилось в квартет. Самым трудным было сделать из Иво девочку, надев и на него длинную юбку и головной платок, на чем настаивала Петра. Мальчик без конца хихикал и кривлялся. Пирсу даже показалось, что это лишнее, пока он не увидел их всех вместе в зеркале. К тому времени Петра успела чуть подгримировать его с помощью детских красок, а пятидневная щетина на подбородке придала ему еще большее сходство с отцом заурядного боснийского семейства. Пирс сам с трудом узнавал их теперь.

Сейчас, разглядывая карту города и спиной ощущая присутствие в магазине еще нескольких покупателей, он был благодарен ей за этот камуфляж.

— Вот здесь, — шепотом сказала Петра, ткнув пальцем в карту. — Старая гостиница стояла здесь.

Пирс достал из пиджака лист бумаги и положил его сверху. Соединив прямыми линиями воображаемую гостиницу, мост и холмы, он отметил крестиком местоположение Мани — в центре треугольника. Потом отодвинул листок и, внимательно изучив карту, сказал:

— Что-то не так.

— Но гостиница была именно...

— Получается, что он находится посредине реки. — Пирс еще раз внимательно сверился со своим листком, чтобы убедиться, что не ошибся.

— Дай мне посмотреть, — попросила Петра, придвигаясь поближе.

Пирс показал ей три основные точки.

— Здесь, здесь и здесь. И, следовательно, Мани должен находиться вот здесь, — добавил он, указывая пальцем на середину реки.

— Тут что-то не так.

— Ну, а я что говорю?

Не отрывая взгляда от карты, Петра спросила:

— А что это за три ориентира?

Стараясь не выдать своего раздражения, Пирс повторил:

— Мост, холмы и твоя гостиница, которая, очевидно, находилась не там, где ты думаешь.

Петра подняла голову. Выражение ее лица расстроило его еще больше.

— В чем дело? — спросил он.

— Я указала тебе, где находились гостиница и холмы, но мост ты выбрал сам и ошибся.

— Что?

— Тысяча пятьсот двадцать первый год, Йен. Знаменитый мост был построен только пятьдесят лет спустя. Помнишь песенку? — Пирс молчал. — Тебе нужен мост через Рзав, а не через Дрину. Именно его имели в виду твои манихеи. — Она кончиком пальца указала другую точку на карте. — Рзав — это вторая река, протекающая через город, вот здесь.

448

Пирс снова поднес свой чертеж к карте. Соединив две правильные точки с новым указанным Петрой ориентиром, он получил другой треугольник и увидел, где теперь должен находиться крестик, означающий Мани. Отнюдь не рядом с Дриной. На счастье, в этом ареале имелась только одна достопримечательность, название которой, как понял Пирс, немного подумав, было как нельзя более подходящим.

— *Izvor za Spanski*, — прочел он. — Рибаденейра, надо думать, скучал по дому гораздо больше, чем можно было предположить. А откуда в Вишеграде Испанский фонтан? — спросил он, оборачиваясь к Петре.

Она внимательней вгляделась в карту.

— Он находится в *Cetvrt za Jevrejin* — в Еврейском квартале.

Пирс начинал понимать.

— Да, логично. После изгнания из Испании многие евреи осели на Востоке. Это было как раз приблизительно в то самое время. Должно быть, они построили его в память о родине.

Предвосхищая его следующий вопрос, Петра поспешила сказать:

— Это в пятнадцати минутах ходьбы отсюда.

Пирс нес на руках Иво, Петра — «младенца». В этот послеполуденный час улицы были относительно пусты. Однако, чем ближе к центру города, тем многолюдней они становились; магазины открывались после продолжительной дневной сиесты, и прибывающая толпа вселяла в Пирса все больше тревоги.

Первого чужака он заприметил, когда они добрались до старой Рыночной площади. Эти люди открыто пренебрегали требованиями конспирации — наушники в ушах, портативные рации, не говоря уж о пресловутых черных костюмах, униформе ватиканской службы безопасности. На любопытные взгляды местных жителей они внимания не обращали.

Чтобы избежать встречи, Пирс хотел было свернуть в переулок, но почувствовал, что Петра, просунув руку ему под локоть, повела его прямо на одного из ватиканских соглядатаев.

449

Пирс инстинктивно потянул ее назад, но тут же сообразил, что это привлечет к ним больше внимания.

По мере приближения к человеку в черном ноги и все тело Пирса стали неметь, а в голову закралась мысль о предательстве: «Я не сильна в латыни... Это начинает меня пугать...» Он показал ей, где находится «Одопория», и ей больше нет нужды притворяться и водить его за нос. Разумеется, она знала, чему учил ее сына Салко. И, разумеется, сама во всем этом замешана. «Как я мог быть настолько глуп?!»

Они находились в нескольких шагах от ватиканского агента, и Пирс уже приготовился принять последний поцелуй Иуды, но Петра, походя взглянув на незнакомца, невозмутимо прошла мимо, все так же держа Пирса под руку. Сердце у него бешено колотилось.

— Если ты будешь вести себя так настороженно, они скорее обратят на тебя внимание, — сказала она, когда они отошли достаточно далеко. — Им ведь, если ты помнишь, велено искать вовсе не семью из четырех человек с семилетней девочкой. Войди мы в переулок, сейчас бежали бы со всех ног, спасая свои жизни.

Единственное, что смог сделать Пирс, это молча кивнуть.

Он все еще продолжал тяжело дышать, когда они дошли до того района, где дома стояли плотнее, а улицы были настолько узкими, что солнце сюда почти не заглядывало.

— Минуту назад мне показалось...

— Я знаю, — ответила она, не глядя на него. — Запомни: теперь тебе придется довериться мне.

Что ж, поделом ему — справедливое возмездие за тот эпизод в деревне.

Несколько минут они шли вдоль затененной булыжной мостовой, потом Петра свернула в короткий переулок. Никаких признаков ватиканских ищеек на этой разбитой дорожке не замечалось. Следуя изгибам переулка, они вышли в маленький немощеный дворик, заросший травой.

— Izvor za Spanski, — объявила Петра.

Пирс стоял, глядя на скромный фонтан в центре. Все было прощено.

Пространство двора не превышало метров двадцати пяти в любом направлении. Здания, расположенные по периметру — ни одного выше четырех этажей, — осели под тяжестью старинного камня и дерева. Казалось, они припадали друг к другу, ища хоть такой шаткой опоры и грустно глядя на дворик покосившимися окнами. По краям росли два больших дерева, чья густая листва еще больше затеняла его. Стайка ребятишек играла в футбол напротив одного из самых древних домов, молотя мячом по стене и тем ускоряя процесс его неумолимого разрушения. Никто из ребят, похоже, не обратил ни малейшего внимания на семью, направлявшуюся к фонтану.

Подойдя к нему на расстояние десяти футов, Пирс остановился. Он надеялся, что, находясь так близко от «Одопории», снова испытает то ощущение чуда, которое посетило его в монастыре Святого Фотия; но вместо этого у него возникло двойственное чувство. Не то чтобы теперь предвкушение близкой разгадки не волновало его, но почему-то казалось, что в полной мере такое волнение можно испытать, только находясь в одиночестве.

Он опустил Иво на землю, взял его за руку, и они вдвоем начали обходить фонтан по кругу. В памяти возникла еще одна картинка: Геннадий зачерпывает воду пригоршнями и поливает вспотевшую шею. Пирс подумал, что, быть может, Рибаденейра выбрал это место вовсе не от тоски по родине, а из-за его поразительного сходства с афонским фонтаном. Единственным существенным различием было то, что этот, судя по всему, давным-давно не видел воды: внутренняя поверхность бассейна растрескалась; некогда зеленый налет водорослей стал чернильно-черным; а на месте молящегося монаха, который струил слезы в фонтане монастыря Святого Фотия, здесь возвышалась фигура мужчины, глядящего назад через плечо. Пирс заметил, что раньше и у него из глаз изливалась вода: вдоль щеки тянулся потемневший след — быть может, последних слез тоски по родине, которую его вынудили покинуть.

Пирс не мог отделаться от мысли, что видит перед собой самого Рибаденейру в старости.

Как ни захватывало такое предположение, ничто не указывало, где среди этих камней мог устроить свой тайник манихей. Учитывая его содержимое, Пирс не мог себе представить, чтобы испанец выбрал место где-нибудь вблизи воды. Согнувшись, он начал изучать внешнюю кладку бассейна. Иво тут же присоединился к нему.

— Что мы ищем? — спросил он, поддернув юбочку, чтобы не запутаться в ней.

— Я и сам толком не знаю, — ответил Пирс.

Иво понимающе кивнул и продолжил осмотр камней.

— Это может быть кое-что, что ты видел в своей книге, — предположил Пирс, также продолжая свое исследование.

Иво опять с серьезным видом кивнул, опустился на четвереньки и пополз вокруг фонтана в противоположном от Пирса направлении.

— Он же испачкается, — тихо воскликнула Петра.

Иво и Пирс, как по команде, подняли головы и посмотрели на нее с совершенно одинаковым выражением недовольства.

— Прекрасно, — сказала она, усаживаясь на бортик фонтана. — Значит, теперь я буду иметь удовольствие лицезреть стереоизображение.

За несколько метров до того места, где она сидела, Пирс увидел высеченную на камне дату строительства фонтана: 1521 год. Вероятно, Рибаденейра был здесь в период его сооружения — еще одно подтверждение, что они находятся в нужном месте. Когда он проползал мимо Петры, Иво высунул голову над бортиком с противоположной стороны.

— Я нашел! Нашел! — Его крик моментально привлек внимание футболистов, они прервали игру.

Пирс вскочил и обогнул фонтан.

— Отлично, отлично... но помни: мы должны вести себя тихо.

— Но я же нашел, — чуть спокойнее повторил Иво.

Пирс присел, заглянул вниз и тут же понял, почему Иво позвал его. Все камни в основании фонтана были прямоугольными, а этот, обнаруженный Иво, состоял из двух плотно пригнанных треугольников. Более того, у каждого треугольника имелись более светлая и более темная половинки. Издали это было почти незаметно, а вблизи очевидно.

Рибаденейра не только был здесь, но и, не исключено, участвовал в укладке камней. Пирс еще раз взглянул на каменное изваяние. Да уж, в чем, в чем, а в уме этой компании не откажешь.

— Превосходно, — сказал он, ткнув в Иво указательным пальцем и подмигнув ему. У Иво загорелись глаза; он ответил таким же жестом и, победно взглянув на мать, хихикнул:

— Я же говорил, что так делают все американцы.

— Да, конечно, — ответила она и с шутливой признательностью взглянула на Пирса.

Но он этого не увидел, потому что уже возился с камнем: пытался сдвинуть его с места. Безо всякого успеха. Он покачал головой, отклонился назад и еще раз оглядел его. Иво тут же положил руку на камень и изо всех сил нажал, потом точно так же покачал головой и тоже откинулся назад.

— Ну, что думаешь? — спросил Пирс, ища глазами на поверхности камня какую-нибудь зацепку, которая помогла бы проникнуть внутрь. Ни акростихов, ни рычагов.

Иво пожал плечами и еще раз надавил на камень.

— Он очень твердый.

— Ага, — произнес Пирс, прослеживая взглядом заполненные раствором стыки между камнями. Ни единой щелки. Мáстерская кладка, подумал он, и в тот же миг заметил, что отсюда, с нижней точки обзора, фонтан кажется чуточку, всего на несколько сантиметров, перекосившимся на сторону. Или если не перекосившимся, то стоящим на неровном фундаменте. Чем дальше он всматривался, тем яснее ему становилось, что камни просто осели со временем. А это означало: то, что Рибаденейра спрятал для будуще-

го ученика, могло просто врасти в землю вместе с нижним рядом кладки.

Воодушевившись, Пирс начал ощупывать то место, где камень соприкасался с землей, потом понемногу, с трудом, отгребать почву. Через минуту образовался небольшой зазор, вполне достаточный для того, чтобы раскапывать его дальше с помощью острого камешка. Иво, разумеется, тоже нашел себе камешек и стал помогать. Между тем Петра внимательно наблюдала за входом во дворик, а также за футболистами, которых группа у фонтана начинала интересовать все больше.

— У вас появились зрители, — тихо предупредила она.

Пирс оглянулся на детей и, возвращаясь к работе, ответил:

— Будем надеяться, что представление продлится недолго.

Еще несколько сантиметров в глубину — и он ощутил под пальцами крохотные насечки. Смахнув с них остатки земли, но не имея пока возможности увидеть, он начал ощупывать значки. Ему потребовалось не меньше минуты, чтобы понять, что они собой представляют. Буквы. Четыре буквы. Греческие — χϖμα, то есть «земля».

Пока не слишком понятно, но, по крайней мере, уже кое-что. Еще несколько дюймов — и второе слово, на сей раз из трех букв — φϖς — «свет».

Пирс догадался, что для последней подсказки Рибаденейра снова прибег к свитку с оригиналом «Абсолютного Света». И, конечно же, опять поставил все с ног на голову: «земля» над «светом», земное над священным. Причем, как всегда, когда приходилось иметь дело с манихеями, все следовало понимать буквально: земля покрывала свет.

Он продолжил копать.

К этому времени футбольная команда подошла поближе, хотя и сохраняла дистанцию. Один из игроков все еще держал мяч под мышкой, но было ясно, что интерес у ребят уже переключился. Самая старшая из них, девочка лет двенадцати, решилась встать за спиной Пирса, чтобы посмотреть, что он делает.

— Вы что-то потеряли? — спросила она.

Пирс через плечо взглянул на нее, потом на Петру, Петра поспешила прийти на помощь:

— Мой муж — каменщик. Он хочет узнать, из каких камней сложен этот фонтан.

Девочка ответом удовлетворилась, но продолжала наблюдать. Еще через несколько минут спросила:

— А что, в этом фонтане есть что-то особенное?

— Он очень старый, — сказал Пирс, меняя позу, чтобы шире замахиваться и глубже копать. — Крепкий камень.

Девочка кивнула, утолив, судя по всему, свое любопытство. Дети вернулись к игре, и раскопки теперь снова сопровождались буханьем мяча о стену.

— Иво, ты слышал? Оказывается, я — Раде, Каменщик Великой Османской империи, — сказал Пирс, извлекая из щели очередную пригоршню земли.

Иво засмеялся, ему-то доставляло гораздо больше удовольствия просто месить грязь, чем планомерно углублять канавку.

— «Не стало леса, загона и конюшни, — запел он. — ...гостиницу рассеял в прах Великий Мехмет-паша».

— «Прощайте, лес, загон и конюшни, — подхватил Пирс, — когда гостиница рассеяла в прах...»

— Не-е-ет! — захохотал Иво. — Неправильно! — И тоном, который он мог позаимствовать только у матери, снисходительно добавил:

— Эх вы, американцы!

Пирс прекратил копать и, глядя на Петру, залился смехом.

— Интересно, где он это слышал?

Не удержавшись, она тоже улыбнулась.

— Действительно, где? — Дотянувшись до Иво, она запечатлела поцелуй на его макушке, но тут же была осажена грязной ручкой.

— Мама, ну мы же копаем! Не мешай. Мы с Йеном. Это же очень важно.

— Я знаю. Это очень важно, — согласилась Петра и снова поцеловала сына.

455

— Ну, мама!

— Ладно-ладно. Работайте, не буду вам мешать. — Еще раз взглянув на Пирса, она вернулась к наблюдению за входом во двор.

Насколько сейчас все по-другому, чем в прошлый раз, подумал Пирс. Тогда не было никаких детских песенок, никакого футбольного мяча. И Петры в Пещере Параклета тоже не было. Перемена места и образа действия его радовала, чего нельзя было сказать о Мани и — еще меньше — о каменщике. Или плотнике. Могло быть и так — и так.

Глубина щели достигла сантиметров тридцати, когда Пирс нащупал нечто напоминавшее железный стержень, горизонтально торчащий из-под основания фонтана. Он пробежался по нему рукой до самой стены. В ней имелось продолговатое углубление, простиравшееся сантиметров на восемь вверх и имевшее почти такую же ширину, как и сам стержень. Оно было забито грязью. Пирс выцарапал ее ногтями и обнаружил, что щель глубокая, пальцы вошли в нее на всю длину. Более того, он понял, что стержень, протыкая стену насквозь, тянется дальше, куда-то к центру фонтана.

Он отчистил этот паз настолько, чтобы стержень можно было двигать.

Первым его побуждением было потянуть его вверх. В конце концов, зачем еще нужен рычаг? Но, опять же, следовало помнить, что имеешь дело с манихеями, а значит, «вверх» наверняка означало — «вниз». Тем не менее он все равно попытался дернуть стержень вверх. Тот даже не дрогнул. После третьей попытки Пирс решил копать в глубину и обнаружил, что другим концом паз действительно уходит в землю. Просунув руку под рычаг, он, насколько мог, очистил его от грязи. Когда свободное пространство сантиметров в пятнадцать шириной образовалось вокруг железного штыря, ухватился за него и повернул голову к Иво.

— Осторожно, отойди подальше, — сказал он и принял позу, которая позволяла приложить к рычагу максимальное усилие. Иво встал сбоку.

Повинуясь интуиции, Пирс всей своей тяжестью налег на железку и начал жать вниз. Первый минимальный сдвиг произошел
только через несколько секунд непрерывного давления, но одновременно Пирс сообразил, зачем паз был прорыт в обоих направлениях: в то время как конец, за который держался Пирс, сместил-
ся под едва заметным углом к стене, противоположный, тот, что
уходил в пустоту под основанием фонтана, начал, как противовес,
двигаться вверх, заполняя собой верхнюю часть паза. Пирс понятия не имел, как работает этот механизм, да ему это было и неин-
тересно, потому что он увидел, что нижний из двух треугольников
начал медленно отъезжать от своей половинки. В основании фонтана образовалась щель.

— Смотри! Смотри! — закричал Иво.

Пирс сделал знак, что видит, продолжая изо всех сил давить
вниз. Рычаг подался еще на полсантиметра.

Иво от изумления разинул рот и прикрыл его ладошками. Петре удалось лишь вовремя предотвратить проникновение грязных
пальцев внутрь. Иво моментально прижался к ней, не сводя глаз
с камня и подпрыгивая каждый раз, когда замечал хоть какой-то
намек на движение.

— Смотри, мамочка, смотри!

После четвертой попытки камень наконец поддался, и стержень встал вертикально вдоль паза. Вытащив руки из-под фонтана,
Пирс сел, тяжело дыша от усталости, и, взглянув в глаза Иво, ощутил легкую дрожь предвкушения — отдаленное эхо чувства, пережитого в Фотиевом монастыре.

«Одопория» была здесь.

Засунув руки в зазор между разъехавшимися половинками
камня, он стал на ощупь углубляться внутрь, и в какой-то момент
на него пахнуло странным воздухом — чуть более плотным, чем
снаружи, но совсем не таким влажным, как он ожидал. Несколько
раз его пальцы натыкались на камни, те тоже имели необычную
поверхность — сухую, холодную, идеально гладкую, без малейших
признаков разрушения. Он отнес это за счет механизма, который,

судя по всему, обеспечил внутреннему пространству полную герметичность. Наполовину уйдя в створ, рука вдруг натолкнулась на что-то металлическое, с острыми краями, пальцы нащупали ряд маленьких заклепок. Значит, еще один ящичек.

Двойственное или не двойственное было у него чувство, но сердце заработало на полных оборотах.

Ухватившись за край ящика, Пирс потянул его на себя. Он ожидал, что тот будет прикреплен к основанию, на котором стоял, и приготовился придумывать новую уловку, чтобы извлечь его на свет. Но ящик поддался неожиданно легко. Наклонно протащив через узкую горловину, Пирс поставил его на землю рядом с собой.

Ящик был точной копией того, который Рибаденейра оставил на Афоне: такого же размера, с такой же защелкой. Пирс поднял голову и, глядя на Иво с Петрой, сказал:

— Ну, вот и он. — Не зная, куда девать оставшуюся энергию, он засунул руку в раскоп и дернул рычаг вверх. Два треугольных камня снова сомкнулись. Пирс принялся забрасывать канавку землей.

Иво моментально упал на колени и начал помогать с тем же выражением на мордашке, как когда искал в рюкзаке шоколад.

— Эта штука ведь старая, правда? — спросил он.

— Очень старая, — подтвердил Пирс, окончательно утрамбовывая землю. Потом, как мог, очистил ладони, взял в руки ящичек и сел на бортик бассейна. Иво держался вплотную к нему, не отрывая глаз от железной шкатулки, которая покоилась теперь у Пирса на коленях.

Ногтями, черными от грязи, тот пытался открыть замок, и это вскоре удалось. Тот же бархат, те же золотые монеты ожидали внутри. Но стеклянный купол на сей раз был гораздо больше размером. Неудивительно: под ним лежал свиток, а не книжка. Так же, как его двойник с «Абсолютным Светом», этот свиток был обернут кожей и обвязан шнурками. Пирс вознамерился уже было снять купол, но заметил, как грязны его руки, и повернулся к Петре.

— Наверное, мне не стоит к нему прикасаться, — сказал он. — Придется тебе.

458

Она колебалась.

— Я могу это сделать, — с готовностью предложил Иво, уже протягивая руки к куполу.

Петра быстро подошла к нему.

— Подожди, милый, — сказала она и, приняв ящичек от Пирса, поставила его себе на колени. Пирс подбодрил ее взглядом, она осторожно освободила купол от печати, отставила его в сторону и снова посмотрела на Пирса.

— Давай, — произнес он с неожиданной дрожью в голосе.

Петра притронулась к свитку и тут же отдернула руку.

— Он... жирный.

«Смазка для кожи...» Пирсу оставалось лишь восхищаться изобретательностью Рибаденейры. Он создал почти полный вакуум в пространствах как под фонтаном, так и под куполом, чтобы сохранить свиток в относительно неплохом состоянии.

— Это очень хорошо, — успокоил он Петру. — Попробуй развязать шнурки. Только аккуратно.

Она взялась за кончики завязок и спросила:

— Ты уверен, что не хочешь сделать это сам?

Пирс улыбнулся.

— Где же это я оставил свой рукомойник? Уж не там ли, где лежит твоя карта шестнадцатого века? — Как бы отчаянно ни хотелось ему взять свиток в руки, он понимал, что рисковать нельзя. — Ну, давай же посмотрим, что там внутри.

Петра, еще немного поколебавшись, решилась наконец и, сказав «Ладно», осторожно потянула за кончики шнура. Узел развязался.

— Теперь снимай обертку. Если почувствуешь, что что-то не так, остановись.

Она слегка отогнула кожаную оболочку. Открылась полоска тонкого пергамента соломенного цвета, зернистая даже на вид. Петра обернулась, Пирс дал ей знак продолжать, и она еще немного отогнула оболочку.

Между кожей и свитком обнаружился отдельный пергаментный лист.

— Что мне с ним делать? — спросила Петра.

На миг Пирса обуял страх: что, если и теперь они нашли всего-навсего еще один ключ к разгадке, новую химеру. Боясь поверить в это, он велел разворачивать дальше.

Еще несколько движений — и кожаный футляр отошел настолько, что отдельный лист можно было легко вынуть. Подбадриваемая Пирсом, она так и сделала: отделила лист от свитка и поднесла его Пирсу к глазам, чтобы он мог читать.

— Это от Рибаденейры, — сказал он, пробегая латинский текст. — Апрель 1521 года. «Возьмите золото... оставьте свиток... да будет это первым актом вашего покаяния...». Это то же самое, что и в монастыре Святого Фотия, — объяснил он. — Только здесь — окончание рассказа. — Читая, Пирс переводил на ходу: — Он прибыл сюда в 1520-м... Уже знал, что смертельно болен... Мани назначил этот город местом его последнего упокоения... Молитва, обращенная к Мани... — Он сделал ей знак перевернуть лист. — А вот это уже интересно.

— Что?

— Он говорит, что помогал строить фонтан. Участвовал в укладке камней... — Пирс прочел еще несколько строк и удивленно поднял брови. — Вот это да! Так вот в чем дело, — сказал он наконец.

— И в чем же? — нетерпеливо спросила Петра.

— А ты был очень умен, — игнорируя ее вопрос, заметил Пирс, обращаясь к листу пергамента. — Манихей до мозга костей.

— Так что же там? — снова спросила Петра.

— Он объясняет, почему восемь лет назад мы нашли пакет с теми пергаментными листами в Слитне. — Она не успела задать очередной вопрос, он продолжил сам: — Согласно тому, что здесь написано, незадолго до смерти он разослал своих людей с такими же посланиями, написанными не на латыни, а на восточно-сирийском языке. Что-то толкует о чистоте языка оригинала.

— На восточно... каком? — не поняла Петра.

460

— Это неважно. Важно то, что им было велено спрятать эти послания в церквах по всей Европе. Одно из них мы с тобой и нашли. В каждом содержался ключ к разгадке места, где был спрятан свиток с «Абсолютным Светом». Иными словами, он разложил по разным корзинкам те «ключики», которые нашел сам за двадцать лет поисков. А свиток с «Абсолютным Светом», прежде чем отправиться на Запад, перепрятал в Стамбуле. Он рассчитывал, что кто-нибудь когда-нибудь — по воле Мани — разгадает его послание и найдет дорогу к «Абсолютному Свету».

— К тому свитку, который дал тебе в Риме твой друг-монах?

— Чезаре. Точно. Его друг, человек по имени Руини, в конце концов отыскал «Абсолютный Свет» в Стамбуле и передал его Чезаре, который, в свою очередь, передал его мне. «Абсолютный Свет» привел меня в монастырь Святого Фотия, где я вместо желанного приза нашел книжечку самого Рибаденейры — ту, с криптограммами, — которой предназначалось стать лишь еще одним шагом вперед на пути к вечно ускользающей «Агии Одопории».

— Вот этой, — завершила цепь его рассуждений Петра, приподняв только что извлеченный из-под земли свиток.

— Правильно. Незадолго до своей кончины Рибаденейра спрятал «Одопорию» под этим фонтаном, после чего послал последнего своего помощника обратно в монастырь Святого Фотия, чтобы он поместил там в тайник Пещеры Параклета его книжку загадок. Здесь и сказке конец.

— Предусмотрительный человек, — оценила Петра.

— Или фанатично преданный. Впрочем, похоже, у этих людей два эти качества неразрывны. По крайней мере, когда речь идет об их «Одопории».

Немного подумав, Петра сказала:

— Тебе не кажется немного странным, что ты оказался неподалеку от Слитны в тот момент, когда там был найден один из тех пакетов, а теперь снова — здесь?

Пирс оторвался от текста, задумался и, в свою очередь, спросил:

— Мы ведь отдали те странички Салко, не так ли?

461

Она кивнула.

Он снова помолчал, потом сказал:

— Сейчас мне некогда об этом думать. Я должен выяснить, что это такое. От этого зависит судьба одной женщины в Риме.

Петра положила листок в коробку и посмотрела на Пирса.

— Дело, кажется, осложняется. — Переведя взгляд на Иво, чья голова выглядывала из-за плеча Пирса, она добавила: — Ты как, милый? Все хорошо?

Мальчик с готовностью кивнул и, заглянув в лицо Пирсу, спросил:

— А ты как, Йен?

— Прекрасно, Иви. Прекрасно.

Иво придвинулся еще ближе к нему и зашептал:

— Можно мне взять одну золотую монетку?

Пирс улыбнулся:

— Конечно. Бери сколько хочешь.

Петра зачерпнула из ящичка несколько монет и отдала Иво.

— Почему бы тебе не поиграть с ребятами, дорогой? Нам нужно еще кое-что здесь почитать.

Иво, зажав в ладошках свое сокровище, отбежал в сторону и уселся на землю.

Не отрывая от него взгляда, Петра повторила:

— Сильно осложняется.

Пирс, тоже наблюдая за мальчиком, согласно кивнул.

Совершенно внезапно весь двор содрогнулся от мощного взрыва. Иво мгновенно вскочил, а ребята, только что игравшие в футбол, ни секунды не раздумывая, метнулись в середину двора и бросились на землю. Через несколько секунд из домов стали выбегать люди — старики и дети. Они тоже устремлялись в центр двора. Сунув ящик Пирсу в руки, Петра устремилась к Иво, который уже распластался лицом вниз на открытом месте. Когда послышался вой сирен, все трое лежали на земле рядом.

— Это не похоже на артиллерийский обстрел, — сказал Пирс.

— Нет, — согласилась Петра.

— Тогда почему мы тут лежим?

Она приподняла голову:

— Потому что от застарелой привычки очень трудно избавиться, Йен.

Он припомнил свое пребывание в Слитне. Первое правило выживания: покинуть крытые помещения. Он искоса взглянул на старух и детей, уткнувшихся лицами в траву. Медленно, один за другим, люди начинали поднимать головы, напряженно прислушиваясь, не последует ли новый взрыв. Но проходили минуты, вой сирен становился громче, а взрыва не было; люди стали подниматься и гурьбой потянулись к выходу со двора.

Пирс, Петра и Иво держались позади, но достаточно близко, чтобы слышать обрывки разговоров. Наиболее часто повторялось слово crkva — церковь.

Пирс на ходу наклонился к Петре:

— О какой церкви они толкуют?

— Я могу лишь догадываться, так же, как и ты.

Лабиринт переулков вывел их обратно на Рыночную площадь, которая стремительно заполнялась людьми. Жар и запах, идущие от места взрыва, Пирс почувствовал раньше, чем увидел само место, — знакомая по старым временам смесь бензина и серы. Они остановились довольно далеко, на краю площади, однако и отсюда было хорошо видно охваченное языками пламени здание храма метрах в восьмидесяти впереди.

На площади царил полный хаос: на земле лежали убитые, горели две перевернутые машины. Повсюду валялись осколки разбитых витрин; несколько особенно крупных врезались в землю и напоминали огромные прозрачные зубы, торчащие из асфальта. Но самое жуткое впечатление производили окровавленные люди, которые с душераздирающими криками разбегались по улицам врассыпную. Одна женщина держала на руках мертвого ребенка. Другие люди спешили им навстречу; некоторые — из оставленных, видимо, поодаль машин «скорой помощи», еще больше — добро-

вольные помощники из растущей толпы. Все поле зрения было покрыто густой сетью мечущихся зигзагами фигур.

Пирс пробивался через толпу, не отдавая себе отчета в том, что по-прежнему держит в руках металлическую шкатулку. Он даже не почувствовал, что Петра потянула его за руку, когда рванулся к первой же пострадавшей.

Это была женщина лет двадцати с небольшим, она почти безмятежно сидела на кромке тротуара, пустым взглядом уставившись на собственную ногу. Какой-то искореженный кусок металла вонзился ей в голень. Пирс сорвал с себя пиджак и накинул ей на плечи; она этого даже не заметила. Он оглянулся, нет ли поблизости кого-нибудь, имеющего хоть отдаленное отношение к медицине, но вокруг царила такая паника и неразбериха, что понять что-либо было невозможно.

— И рыбу... — вдруг произнесла женщина. Теперь она точно так же уставилась на Пирса. — ...перед тем как он выбежал.

Пирс посмотрел ей в глаза, их взгляд был совершенно лишен смысла.

— С вами все будет в порядке, — сказал он, заметив неподалеку место, куда начинали сносить раненых. — Я возьму вас на руки. Ладно?

Женщина ничего не ответила.

Очень осторожно он просунул одну руку ей под колено, другой обхватил ее за спину и стал поднимать. Женщина закричала. Стараясь двигаться как можно быстрей, Пирс с женщиной на руках пересек улицу и, добравшись до импровизированного пункта сортировки раненых, услышал откуда-то спереди мужской голос, скомандовавший, куда ее положить.

— Отлично. Спасибо. А теперь поскорее уходите отсюда, — сказал человек. — На сегодня геройства достаточно.

Пирс хотел ему ответить, но человек уже исчез.

Только в этот момент Пирс осознал, что оставил металлический ящик прямо посреди улицы. Он кинулся обратно и увидел Петру с Иво, Петра держала ящик в руках. Никакого «младенца»

больше не было, Иво тоже потерял свой головной платок, более того, юбка у него задралась и из-под нее торчали грязные мальчиковые шорты. Пирс рванулся прямо туда и почти уже дошел до Петры с Иво, когда заметил двигавшегося к ним человека в черном костюме.

Пирс побежал. Лавируя в людской сутолоке, он заметил, что Петра, не выпуская коробку из рук, обходит площадь по краю, смешавшись с толпой. По ее поведению было ясно, что она тоже видит преследующего мужчину. Взяв за руку Иво, она нырнула в гущу людей на ближней улице, человек, что-то говоря в рацию, — за ними. Их разделяло не более пяти метров. Несколько секунд спустя Пирс уже шел чуть позади всех троих.

Он сразу же понял, что Петра пытается, затерявшись в толпе, отойти подальше от площади, но с Иво, едва волочившим ноги, у нее не было шанса оторваться от человека в черном; расстояние между ними начало неумолимо сокращаться. Пирс тоже подтянулся поближе. Внимание мужчины было настолько сосредоточено на добыче, что мысль о погоне за ним самим ему и в голову не приходила. Петра оглянулась лишь раз, но Пирс не сомневался, что она его увидела. Он не был уверен, что это поможет, но, по крайней мере, теперь Петра знала, что он рядом. Как долго Иво сможет поспевать за ней, это был другой вопрос.

Когда Петра свернула в переулок, Пирс догадался, что она рассчитывает на его помощь.

Здесь, в пустом переулке, расстояние, разделявшее их, увеличилось: мужчина почему-то не приближался к своей добыче. Вероятно, это было связано с рацией. Пирс заметил, что он не столько говорит, сколько трясет ее. Видимо, после взрыва все линии связи оказались перегруженными. Может, и на частоте Ватикана образовались помехи. Так или иначе, поскольку переулок был пуст, мужчина не считал нужным слишком приближаться и, сунув рацию в карман, шагал на расстоянии.

Пирс тоже старательно соблюдал дистанцию и прижимался к стенам, раз или два он даже потерял из вида Петру, которая, дер-

жа Иво за руку, продолжала петлять по узким улочкам и переулкам. Все они были пустынны: те, кто решился выйти из дома, собрались на площади, шум которой, оставаясь за спиной, постепенно отдалялся. Пирс не слышал теперь ничего, кроме едва различимых шагов впереди. Все свое внимание он сосредоточил на мужчине, не зная, что придется делать в следующий момент — бежать за ним или, наоборот, отступить немного назад. Неудачное нападение могло бы сделать Петру с Иво лишь еще более уязвимыми. Ему оставалось надеяться, что Петра знает что делает.

Они вошли в квартал, показавшийся Пирсу знакомым. Петра снова оглянулась, явно желая, чтобы мужчина понял, что она его видит. И Пирс тоже. После этого, волоча за собой Иво, она стремительно завернула в очередной переулок. Мужчина выхватил пистолет и бросился за ними.

Теперь или никогда. Прижавшись к стене, Пирс выждал, пока мужчина скроется за углом, и, едва не упав на повороте, метнулся следом. Спустя мгновение он догадался, что задумала Петра. Спрятав Иво за спину, она стояла метрах в пяти от мужчины, протягивая ему ящик. Мужчина целился в нее из пистолета.

Всего миг — и, прежде чем он успел что-либо сообразить, Пирс прыгнул ему на спину. Оба упали. Оседлав противника, Пирс обрушил кулак ему на шею, это получилось механически — импульс всплыл из дальнего уголка памяти, куда он не заглядывал много лет. Другой рукой он схватил человека за волосы и впечатал его голову в брусчатку. Двух ударов хватило, чтобы тело безжизненно обмякло.

Судорожно хватая ртом воздух, Пирс скатился на землю и уставился в небо. И только тогда услышал, что Иво истошно кричит. Он быстро перевернулся на бок и увидел Петру. Она сидела, привалившись к стене. Иво, с перекошенным лицом, вцепившись в нее, истерически рыдал.

Пирс с трудом встал на ноги, подбежал к ним и бухнулся на колени. Петра зажимала нижнюю часть живота слева, ее руки были в крови.

— Все хорошо, Иви. Все хорошо. Ничего страшного, — сквозь боль повторяла она. Потом, посмотрев на Пирса, объяснила: — Он спустил курок, когда ты на него набросился.

А Пирс даже не услышал выстрела. Сейчас все другие мысли вылетели у него из головы. Он сорвал с себя рубашку и зажал рану.

— Тебя надо отвезти в...

— Да, знаю.

— Я поищу машину.

Петра головой показала на соседнюю улицу.

— Она там.

Пирс поднял голову. Так вот почему квартал показался ему знакомым. И вот почему она привела их именно сюда. Быстро вскочив, он побежал, бросив на ходу:

— Оставайся с мамой, Иво. Я сейчас вернусь.

Вырвавшись на улицу, он увидел микроавтобус в двух десятках метров впереди. А еще через две минуты уже поднимал Петру с тротуара и осторожно клал в кузов. Иво забрался сам и сел рядом с матерью.

— Так вот, значит, как ты вырубаешь кетчера, — сказала она все с той же гримасой боли.

— Вроде того. — Он нашел одеяло и, свернув, подложил ей под голову.

— Он потерял мяч?

Пирс заглянул ей в глаза и, убирая упавшие на лицо волосы, ответил:

— Да. Он потерял его.

Петра попыталась улыбнуться.

— Езжай по главной дороге. Поверни направо. Больница в километре отсюда.

Пирс захлопнул заднюю дверцу, подобрал ящик и сел за руль. Но прежде чем тронуться, открыл окошко в перегородке и сказал:

— Все будет хорошо. Через пять минут мы приедем в больницу.

Разворачивая машину, он услышал доносившийся сзади тоненький голосок — это Иво пел маме песенку.

Никому и в голову не пришло спросить, откуда у женщины огнестрельная рана. В переполненной больнице царила такая суматоха, что врачам было не до подробностей. Спасибо и за то, что нашли для нее рубашку.

Прошло уже два часа с тех пор, как Петру забрали в операционную; Пирса и Иво оставили ждать в окружении толпы травмированных последними событиями людей. Иво то дремал, свернувшись у Пирса на коленях, то снова просыпался в слезах. В первые полчаса, после того как Петру увезли, он бился в истерике, молотил Пирса кулачками и винил его за все, пока детский организм не выбился из сил. Ненадолго провалившись в сон, он очнулся, не понимая, где он и что происходит, истерика возобновилась, потом наступил второй перерыв, потом все повторилось по кругу в третий раз. Теперь он просто сидел, глядя перед собой незрячими глазами. Пирс попытался было заговорить с ним, но мальчик не отвечал.

Одно оставалось неизменно: мяч он не выпустил из рук ни разу.

Из разговоров, которые велись вокруг, Пирс узнал, что взрыв разрушил не церковь, а Вельку Джамию — Большую мечеть. «Незаслуженная кара», — сказал кто-то. Что имелось в виду, он понял только тогда, когда подошел к телевизору, работавшему в углу комнаты для посетителей. Оказалось, что три взорванные накануне церкви были лишь началом. В новостях сообщалось о враждебном противостоянии, растущем по всей Европе и за ее пределами. И, разумеется, в Ватикане. Мечеть была лишь одним эпизодом христианского ответного удара — по крайней мере, так трактовало ее подрыв боснийское телевидение. Оно предсказывало, что последует много других. Средний Восток уже готовился встретить их во всеоружии. Ватикан призывал всех христиан — всех! — объединиться и заключить мир. Намечались линии фронтов.

И все это ради того, чтобы установить господство «единственно истинной и святой Церкви». От этой мысли Пирсу сделалось тошно.

Подошел врач.

— Это вы привезли женщину с проникающим ранением в живот? — спросил он. Пирс окаменел, страшась услышать худшее. — С ней все в порядке, — продолжал врач. — Пуля прошла навылет, жизненно важные органы не задеты, но ей, разумеется, придется полежать у нас денек-другой. Вы можете с ней повидаться.

Пирс взял Иво на руки и последовал за доктором. Они миновали несколько коридоров, прежде чем попали в палату, где стояло восемь кроватей. Петра лежала у окна. Врач кивком указал на нее и быстро удалился. Не успел Пирс сделать и шага, как Иво спрыгнул на пол, подбежал к кровати и положил голову на подушку рядом с головой Петры.

При том, что ей пришлось в тот день пережить, Петра выглядела на удивление спокойной. Видимо, все еще находилась под действием транквилизаторов.

— Привет, Иви, — сказала она и погладила его по голове. — С мамой все будет хорошо.

Пирс пододвинул к кровати стул и сел. Он не знал, что говорить.

— Со мной случались вещи и похуже, — со слабой улыбкой сказала Петра. Иво ни на миг не выпускал ее руку из своей.

— Я не думал, что пистолет...

— Я тоже, — перебила Петра. — Просто не повезло. Думаю, ты мог бы сказать, что тебе меня жалко. — Снова слабая улыбка.

— Да, мог бы.

Иво заплакал.

— Мама в порядке, солнышко. Просто нам придется побыть здесь несколько дней. Доктор сказал, что ты можешь спать здесь, со мной. Тебе принесут раскладушечку и одеяло. Ну как, ты согласен?

Иво поцеловал ее в щеку.

— Согласен.

Петра снова посмотрела на Пирса и взяла его за руку. Только теперь, глядя на нее, он испугался по-настоящему. Ведь он мог снова потерять ее.

— Для тебя раскладушки не будет, — сказала Петра.

— Но я должен остаться.

— Нет, ты должен ехать. — Она подождала. — Я хочу вернуть себе сына, Йен. Чтобы больше — никаких тайных алтарей. И если то, что находится в шкатулке, может этому помочь, ты должен ехать и сделать все, что необходимо. Хорошо?

Пирс заглянул ей в глаза.

— Я хочу, чтобы ты знала...

— Я знаю. Знаю, — снова перебила она. Несколько минут все молчали. — Мы с Иви будем здесь в безопасности, не сомневайся.

Иво еще теснее прижался к ней щекой.

Пирс ничего не сказал. Только наклонился, поцеловал ее и нежно провел пальцами по бледной щеке, после чего встал и перевел взгляд на Иво, счастливо уткнувшегося в шею матери.

— Скоро увидимся, мужичок. — Не шелохнувшись, Иво лишь поднял на него глаза. — Присматривай здесь за мамой, ладно?

Иво улыбнулся.

Чего еще оставалось желать?

Глава седьмая

Эти полтора дня казались чуть ли не чудом; первые взрывы — в том числе катастрофа в Ватикане — стали лишь прелюдией к безумию последних девяти часов. Волна огня в сочетании с повсеместными вспышками людской ярости породила поддержку, какой Харрису не доводилось встречать за все те годы, что он имел дело с массовыми движениями. В нее включились даже чокнутые предсказатели конца света на рубеже тысячелетий. Религиозное рвение — о кончине которого годами толковали ученые мужи — явно возрождалось на глазах. Повсюду возникали спонтанные сборища, необходимость защиты веры вдохновляла на активные действия. То, что начиналось с сотен возмущенных людей, стекавшихся на городские площади и к зданиям государственных законодательных собраний с требованием защитить их веру, всего за несколько часов переросло в многотысячные митинги.

И повсюду, где нравственное негодование подпитывалось слепой ненавистью, Альянс был тут как тут.

Вера, подкрепленная огневой мощью.

Те, кому не посчастливилось принадлежать к правильному религиозному учению, уже начинали ощущать на себе последствия. Вспышки насилия против арабских, индийских и даже китайских общин прокатились по всем главным городам Европы и Соединенных Штатов. Крейтцберг, район Берлина, где сосредоточивалась крупнейшая турецкая община, стал объектом непрекращающихся

471

бесчинств. В Америке лишь иные из наиболее свободомыслящих радиоведущих отваживались напоминать своим слушателям, кто извлекает наибольшую выгоду из столкновения между христианами и мусульманами. Остальные спешили отметить нового фаворита старым клеймом антисемитизма.

Тем временем Харрис был призван на Даунинг-стрит, 10, для выработки плана подавления растущей истерии. Премьер-министру было заявлено, однако, что придется немного подождать. Харрису требовалось окончательно отшлифовать свою речь на митинге, который должен состояться в субботу днем на стадионе Уэмбли. Митинг был запланирован несколько месяцев тому назад — тогда всего лишь как рядовое выступление в связи с созданием Альянса. Надо заметить, что дату предложил Стефан Кляйст. За последние двенадцать часов изначально проданное количество билетов — тридцать тысяч — умножились до семидесяти. Английским телевизионным съемочным группам было велено потесниться, чтобы дать место международным каналам. Коллективный нью-йоркский монстр массовых коммуникаций — Таймс-сквер — даже пообещал транслировать фрагменты этого собрания в прямом эфире.

День Савонаролы наконец наступил.

Дорога в пятьсот километров из Вишеграда в Загреб оказались на удивление спокойной; как отметил Пирс, она была практически безлюдной. Создавалось впечатление, будто вся Босния и вся Хорватия впали в спячку. Почему бы и нет? Кому лучше знать, как подготовиться к такого рода конфликту, какой закипал сейчас, если не тем, кто веками жил друг против друга по разные стороны фронта?

472

С дороги он дважды звонил в больницу. Оба раза Петра спала. Иво тоже. Будить их не было необходимости. Он позвонит позже.

Съехав с шоссе, ведущего в Загреб, Пирс направился к вокзалу. Час назад он понял, что ему нужно время, чтобы поразмыслить над свитком, выяснить, что он в себе несет, а делать это в машине не хотелось. Вот почему он собирался сесть в поезд. Кроме того, пограничный контроль на железной дороге будет, несомненно, гораздо менее строгим, чем на шоссе. Зачем же рисковать? Без пяти двенадцать он сел в последний ночной состав до Италии; свиток, завернутый в бархатную подкладку, покоился на дне рюкзака. Металлический ящик со всем остальным, что вложил в него Рибаденейра, остался в микроавтобусе на вокзальной стоянке.

Кроме монет. Их Пирс прихватил для Иво.

Найдя в конце вагона пустое четырехместное купе со столиком, Пирс устроился в нем и, дождавшись, когда кондуктор закончит свой обход, достал свиток.

Если он ожидал, что, развязав шнурки, испытает благоговейный трепет или предчувствие чуда, то ошибся. Свиток больше не был для него только самодостаточным священным текстом. Независимо от возможного духовного послания он имел вполне практическое назначение. Для манихеев это был просто еще один «рабочий инструмент». И в этом смысле сейчас Пирс ничем от них не отличался. Их задачей было создать свою Церковь; его — спасти Чечилию и вернуться к Петре и Иво. Кто вправе судить, какая из этих целей более благородна?

Не имея под рукой вакуумного купола, он, как мог, разгладил свиток на столе и начал читать.

Чтобы дойти до конца, ему понадобилось около четырех с половиной часов. Прервался он всего лишь раз, минут через двадцать после отправления поезда, когда пересекали границу Словении. Пограничник проверил его документы, не обратив никакого внимания на «папирус», аккуратно разложенный на столе. В свете событий минувшего дня погранслужбы интересовал уже не американский священник, пусть даже и без черной сутаны.

После этого Пирса уже никто не отвлекал. Его изумление росло с каждым прочитанным стихом. Инструмент или не инструмент, но «Одопория» представляла собой нечто гораздо большее, чем он ожидал. Особенно поразили его несколько последних стихов: поняв, что они ему хорошо известны, он даже занервничал. Пришел в замешательство. «Зачем они здесь?» Но потом сообразил. В последнее время он был так сосредоточен на манихеях, что упустил из вида эту совершенно очевидную возможность.

Q!

«Боже мой!»

Восемьсот сорок пять стихотворных строк. Но, только дойдя до последних шести-семи, Пирс догадался: «Агия Одопория» была «Книгой Q» — от немецкого слова Quelle, означающего «источник». Die Quelle. Мечта ученого.

Q.

Глядя на старинный манускрипт, Пирс не мог поверить, что это и есть именно то, за чем он так долго гонялся. Невероятно.

До настоящего момента "Q" была всего лишь гипотезой, которую ученые выдвигали в попытке докопаться до смысла главной дилеммы христианской теологии — до синоптической проблемы. Суть ее заключается в следующем: если Матфей и Лука использовали в качестве общего источника Марка (а они, разумеется, его использовали), откуда в их Евангелиях два параллельных фрагмента, которых нет у Марка? Иными словами, как оба автора — никогда не видевшие писаний друг друга — могли почти одинаково изложить в деталях один и тот же сюжет? Как? Ответ мог быть один: существовал еще источник, помимо Марка. И этот источник, по определению, предшествовал Евангелиям.

Источник, современный Христу и не совпадающий ни с одним из четырех Евангелий.

Q.

Все дальше углубляясь в текст, Пирс понимал, что видит перед собой нечто гораздо большее, чем просто еще одно толкование.

Этот текст претендовал на то, чтобы стать последней великой тайной, превосходящей даже Свитки Мертвого моря.

Звено, непосредственно связующее с Богоданным. Высказывания самого Иисуса, неискаженные, подлинные, записанные при Его жизни.

Сама истина была сейчас в распоряжении Пирса.

Не являясь экспертом, он тем не менее был достаточно образован, чтобы узнать «Книгу Q» по нескольким последним главам: «Пришествие Иоанна Крестителя», «Проповедь Иоанна о покаянии», «Проповедь Иоанна о Том, Кто грядет» и «Крещение Иисуса». Матфей 3:1-17, Лука 3:1-22 — первая из немаркианских историй. И далее — «Проповедь при вступлении», «Иисус о блаженных и скорбящих», «Возмездие», «Суд». И еще — «Искушение Иисуса», «Исцеление слуги римского центуриона», «Изгнание демона из немого». Ну и, разумеется, самый важный для любого ученого пассаж — Лука 10:4-6 и Матфей 10:10-13.

«Не берите ни мешка, ни сумы, ни обуви, и никого на дороге не приветствуйте. В какой дом войдете, сперва говорите: мир дому сему; и если будет там сын мира, то почиет на нем мир ваш, а если нет, то к вам возвратится».

Поразительно было видеть эти строки вырванными из привычного контекста и четко выписанными на пергаменте двухтысячелетней давности. Истинное же чудо содержалось в более ранних пассажах, разбросанных по обширному свитку, в тех, коих нет нигде в канонических Евангелиях и которые придавали словам значение, какого Пирс никогда прежде не подозревал, — значение, выходящее далеко за пределы узкого кругозора теологов.

Не только само по себе существование нового, доселе никем не виденного собрания высказываний Иисуса (что само по себе делало их беспрецедентно значительными), но и их структура, форма изложения — вот что придавало свитку смысл, в который Пирс никак не мог поверить. Или, быть может, принять?

«Книга Q» была наполовину благовествованием, наполовину дневником, запечатлевшим двадцать лет жизни учителя-киника по имени Менипп. Так же, как Диоген — отец-основатель философской школы киников, который ходил при ясном свете с фонарем в поисках честного человека, — Менипп был странником «без мешка, без сумы, без обуви». Его миссия состояла в том, чтобы разъяснять идеалы киников: высмеивать общественные условности, издеваться над авторитетами, сеять неверие в саму цивилизацию и проповедовать нищету, которая одна лишь гарантирует свободу и, следовательно, в некотором роде величие быть царем в царстве, недоступном для тех, кто погряз в излишествах материального мира.

Такой вот киник до мозга костей.

Как же похожи друг на друга все философские школы.

Движимый неведомой силой, Менипп отправился в свою персональную «агию одопорию» из родной Гадары — греческого города, расположенного к востоку от реки Иордан, на противоположном берегу Галилейского моря, — и дошел на западе до таких отдаленных мест, как Салоники, а на востоке — до индийского Джайпура. По пути он останавливался в Сефории, неподалеку от Назарета, несколько лет провел в кумранской общине ессеев — тех самых, что написали свитки Мертвого моря, хранителей Завета. Но путешествовал он не один. Никогда не один:

«Я нашел Его, когда Он был еще мальчиком, но уже обладал невероятной силой, невероятной мощью мысли. Я знаю, почему оказался рядом с Ним».

Менипп странствовал со спутником — поначалу как учитель мальчика, потом как его ученик и, наконец, как его Любимый ученик. Менипп, не упоминаемый нигде в Евангелиях, разматывал теперь перед Пирсом свиток своей «Одопории».

«Книга Q» была не чем иным, как историей «темного» двадцатилетия жизни Иисуса — с его двенадцати до тридцати лет, — историей его становления, записанной пером учителя-киника.

Пирс сидел потрясенный.

Когда он читал Его изречения в таком контексте, перед ним представал образ Иисуса, каким он никогда прежде его себе не мыслил.

«Блаженны те, кто возросли, веруя, и обрели веру для самих себя!»

«Не заботьтесь с утра до вечера и с вечера до утра о том, что будете носить. Считайте рваное рубище львиной шкурой».

«Когда познаете себя, узнают вас и другие и поймут, что вы есть дети Бога Живого. Смысл заключен в вас самих, и странствие есть только ваше. Не смотрите на другого, не ищите в нем поводыря себе. Его не будет».

«Когда сделаются мужчина и женщина едины, так что мужчина не будет больше мужчиной, а женщина женщиной, тогда войдете в царство».

«И так со всеми наставлениями и поучениями мужчины и женщины обретут равное совершенство. Ибо нет во Мне ни мужчины, ни женщины».

Значит, в действительности Иисус был молодым еврейским радикалом, глубоко укорененным в доктринах все еще процветавшей тогда греческой философии. Его миссия состояла в том, чтобы развязать социальный эксперимент, основанный на отрицании традиционных общественных ограничений и условностей в пользу индивидуума как члена всеохватной человеческой семьи. Ритуалы, связанные с едой и питьем, требование добровольной бедности, любовь к врагам своим, даже выбор одежды, какую, согласно Иисусу, должны носить все без исключения, — все это идет непосредственно от влияния киников.

477

«И как возможно, чтобы человек, у которого ничего нет, который наг, бездомен, нищ, не имеет родины, мог вести жизнь мирную? Зрите: Бог послал к вам человека, чтобы показать, что такое возможно. Смотрите на меня. Чего я хочу? Разве не беспечален я? Разве не бесстрашен? Разве не свободен?»

Самому Диогену вполне пристали бы такие слова.

Но как странно исказилось Его послание под перьями авторов Евангелий и их толкователей, становилось особенно ясно из «Книги Q». Они не только произвольно привнесли в его жизнь некоторые события — о Тайной вечере (а следовательно, и о Святом причастии) в «Книге Q» не было сказано ни слова, — они изъяли из Его поучений ключевые мнения, которые — хотя об этом Пирс мог лишь догадываться — противоречили задачам церкви на ранних этапах ее становления. Роль женщин как проповедниц (в соответствии с традицией киников), постоянный упор на личную ответственность за крепость собственных убеждений — все это исчезло бесследно.

Откуда такое предубеждение против женщин? И зачем придавать такое значение Тайной вечере и Евхаристии? Безусловно, для того, чтобы утвердить верховенствующую роль апостолов-мужчин после смерти Иисуса.

Ведь в «Книге Q» отсутствует идея высшей власти Его ближайших учеников и не разработана никакая ее структура. Более того, Менипп подробно пересказывает некоторые проповеди Иисуса — не достигшего тогда еще тридцатилетнего возраста, — в которых он энергично отрицает подобную иерархию. Движение, Им представляемое, было явно популистским, обращенным ко всем без исключения людям. Из «Книги» вырисовывается образ Иисуса — отнюдь не предтечи мощной церковной структуры, а страстного противника подобных иерархических монолитов вообще.

«И сказал Он им: Ибо что найдете вы в других, чего не можете найти во Мне одном? Разве существуют стены, способные умес-

478

тить могущество Мое? А если попытается кто воздвигнуть их, разрушу здание то, и никто не сможет отстроить его заново».

«Ибо нет дома у Бога; не тот храм, что сложен из камня, немой и беззубый, яд, несущий горе людям, но тот, коего нельзя ни увидеть с земли, ни охватить глазами смертными, поелику не смертного руками построен».

Было очевидно, что Иисус, осознавая свою силу, делал все, что мог, дабы предупредить незаконный захват власти и злоупотребления. Его ученики составляли братство верующих, а не церковную структуру. Истинная же власть, по Его мысли, исходила единственно от Бога. А катализатором этой власти был творчески претворенный личный религиозный опыт индивидуума, а не диктат какой бы то ни было институции.

«Ибо те, кто называют себя епископами, а еще диаконами, как если бы получили власть свою от Бога, в сущности есть каналы обезводевшие».

Вот она, задумался Пирс, — вера в высшей ее субъективности и, следовательно, высшей силе убежденности. Откровенное осуждение того, что он долго полагал своим призванием: «каналы обезводевшие». В то же время в «Книге Q» содержалось идеальное обоснование Его собственной организации верующих, организации, свободной от любых структур, возводимых вокруг обособленной иерархии.

Бесхитростность изречений Иисуса, пройдя через горнило толкований Марка, Матфея, Луки, Иоанна, Петра и Павла, была утрачена, извращена ради утверждения связи с мессианским прошлым — пророчества Исайи — и создания фундамента непогрешимой Церкви. В этом ли заключался смысл подлинного Его послания?

Только не согласно «Книге Q». Иисус как мудрый учитель — да. Иисус как библейский Спаситель — нет.

479

Ничто не свидетельствовало об этом с такой ясностью, как рассказ Любимого ученика о его посещении могилы Иисуса через три дня после Его смерти:

«И пошел по Иерусалиму в те дни великий шум, рыдание о смерти этого Сына Человеческого. И вместе с рыданием прошла молва о воскрешении, о том, что могила Его опустела, что вознесся Он и сошел на землю снова. «"Но не будет так, — толковал Он мне, — хоть и будут иные говорить обратное. То есть лишь прихоть людская жаждать знамений, лишь глупость — заключать веру свою в тело, а не в дух".»

Одна эта фраза Мениппа перечеркивала два тысячелетия церковной власти: «Но не будет так, — толковал Он мне, — хоть и будут иные говорить иначе». Это свидетельство шло не с временной дистанции канонических или гностических Евангелий, но непосредственно от человека, который провел с Иисусом большую часть жизни и оставался с Ним при горестном Его конце и после него. Не было нужды в толковании. Не было нужды в дополнительных объяснениях. А Лютеру не было нужды выводить свое священство над всеми верующими из некоего неясного текста. Послание, содержавшееся в «Книге», было ясно как божий день. И если девяноста пяти тезисов Лютера оказалось более чем достаточно, чтобы потрясти самую сердцевину христианского мира, то можно было себе представить, какое потрясение способно вызвать подлинное Слово Самого Христа, лежавшее сейчас перед Пирсом. Слово, не допускавшее двойственных толкований. Неопровержимое.

Ему припомнились слова, сказанные когда-то Анджели: «Без Петра, свидетельствующего: «Я был первым, я могу свидетельствовать о Его возвращении...», без доктрины телесного воскрешения невозможно обосновать преемственность апостольской власти епископов. Невозможно оправдать претензии на папство».

Вытащи этот штырь — и вся структура развалится.

Поначалу Пирсу казалось странным, что для столь фундаментального сдвига достаточно такой малой толики чернил. И еще более странным, что Матфей и Лука с такой легкостью превратно истолковали изначальный текст. Но чем дальше он читал, тем яснее вырисовывался истинный смысл. "Q" не была историей Иисуса Предназначенного. Таким он стал впоследствии, в Евангелиях. Это же была история жизни, зиждившейся на вере и поиске, на мечте о революции, жизнь, вдохновленная такими идеями, как любовь, терпимость и духовное равенство. Более того, эта книга вовсе не рисовала некий лик Христа, какого никто прежде не видывал, — отмеченный печатью неистовства или своекорыстия или несущий иные изъяны, которые способны были бы за прошедшие века развенчать легенду и покрыть трещинами иконостас. Это был просто Иисус в исконной своей сущности. Да, Мессия, но Его мессианское послание вытекало из философии киников, индуистского мистицизма и ессейской мудрости. Воскрешение и тому подобные мифы только отвлекали от сути, которая у Него сосредоточена на жизни, а не на смерти.

И для Пирса это делало Иисуса еще более сильным, еще более праведным. Божественность в незамутненной своей ипостаси.

Становилось совершенно ясно из «Книги Q», что революция — духа, разумеется, а не материального мира — и была верой, по Его мысли, все же остальное — лишь внешние атрибуты, предназначенные скорее для использования людей в своих целях, чем для их спасения. Пирс и сам это всегда смутно подозревал. Переход от «Книги Q» к Евангелиям означал переход от личного, индивидуального к всеохватной и отчуждающей системе.

И вследствие этого перехода уже к пятому веку Церковь сделалась синонимом веры. Так воспринимал ее и Рибаденейра в шестнадцатом веке. Поколебать одно значило теперь поколебать другое. А «Книга Q» всю эту тысячу лет реально таила в себе такую угрозу.

Для Пирса вопрос состоял в том, сохранялась ли эта угроза и поныне? Если исключить пассажи о воскрешении, «Книга» давала представление об Иисусе и вере, которое современная Церковь

была бы только рада воспринять. Приверженность правам и ответственности личности, новый взгляд на женщину и ее роль в церковной деятельности... Эти идеи, предававшиеся анафеме как в пятом, так и в шестнадцатом веках, идеально подходили для разрешения многочисленных острых разногласий, раздиравших католицизм теперь. И не только католицизм, но и вообще христианский мир. Так где же обещанный манихеями сверхаскетизм? Где то тайное знание, которое они якобы призваны открыть? В «Книге» все было ясно как божий день. Ирония, как понял Пирс, состояла в том, что вожделенный для манихеев трактат, свиток, коему предназначено было сокрушить существующую Церковь, скорее мог стать инструментом спасения ее от себя самой.

Разумеется, в том случае, если бы было возможно изъять из него фрагменты о воскрешении. Ибо и они, со своей стороны, были равно недвусмысленны. И Пирс отнюдь не был уверен, что в сложившихся за последние дни обстоятельствах Церковь сможет пережить подобный удар, независимо от того, насколько реальна угроза извне.

Более того, он понял, почему манихеи предприняли столько усилий, чтобы завладеть «Книгой» именно теперь. Какое бы безумие ни планировали они развязать, оно не имело бы для них никакой пользы без возможности оправдать создание их объединенной Церкви, без чего-то такого, что продемонстрирует всему миру, что старая Церковь с самого начала строилась на лжи. Только тогда их «подлинно святая» Церковь стала бы единственно возможным ответом миру, сошедшему с ума. Только тогда обрело бы смысл их стремление переделать нынешнюю Церковь, объединить всех людей новым понятием веры. Без сомнения, большая часть текста при этом осталась бы «утраченной» или «утаенной». Огласке было бы предано лишь то, что им на руку. Воспользоваться Иисусом, чтобы обезопасить Мани, — для этого главы о воскрешении вполне достаточно.

И это было бы очень по-манихейски: исказить послание во имя торжества своего тайного знания.

482

Звук внезапно открывшейся двери купе впервые за несколько последних часов заставил Пирса поднять голову. Оглянувшись, он увидел на пороге еще одного представителя службы паспортного контроля. Итальянская граница. Он выглянул в окно. Вдали, из-за горной гряды, уже медленно выползало солнце. Пирс посмотрел на часы: четверть седьмого. Безраздельно захваченный «Книгой», он пропустил рассвет. Ему вдруг страшно захотелось пить.

— Сколько отсюда до Триеста? — спросил он пограничника, проверявшего его документы.

— Минут сорок. — Пограничник вынул из футлярчика на поясе нечто похожее на маленький компостер и уже было проштемпелевал паспорт Пирса, как вдруг что-то остановило его.

— Ватикан? — Пирс не знал, как лучше ответить. — Только что сообщили количество жертв, падре. Выжило всего восемь кардиналов. — Он перекрестился. — Эти люди — просто звери. — Он поставил штамп в паспорте.

Пирс тоже перекрестился.

— Надо уметь прощать, — сказал он.

— Наверное, отец. — Пограничник вернул Пирсу паспорт и, уходя, повторил: — Наверное.

В Триест, как и обещал пограничник, поезд прибыл через сорок минут; на вокзале даже в этот ранний час царило оживление. Оказавшись на месте, в Италии, Пирс понял, что лететь на самолете можно: компьютерный контроль не работал, служба безопасности не действовала в чрезвычайном режиме. Даже если манихеям удастся добраться до сведений о регистрации пассажиров, он будет в Риме через час после взлета, а это слишком короткий срок, чтобы они успели что-то предпринять.

483

Тем не менее он решил на всякий случай ввести в действие тяжелую артиллерию. Загадку он решил, пусть теперь кто-нибудь другой ищет ей применение и кончает с этим делом.

Остановившись у ближайшего газетного киоска, он взял газету и открыл ее в поисках телефонного номера своих римских «друзей, ждущих его звонка в любое время дня и ночи». То, что Салко прервал его разговор с ними, было достаточно, чтобы позвонить снова.

Он пробежал глазами страницу. Она была заполнена информацией о беспорядках, словно пожар в степи, распространяющихся по всей Европе, здесь же была напечатана статья о сирийском «внедрении» в Банк Ватикана. Весьма уместное для манихеев слово, отметил про себя Пирс.

А вот нужного ему объявления не было.

Он пролистал еще несколько газет; продавец начинал раздражаться:

— Или покупайте — или отойдите, — буркнул он наконец.

— А вчерашних у вас нет? — спросил Пирс.

— Вчерашних? Кому могут понадобиться...

— Так у вас есть какие-нибудь вчерашние газеты? — настойчиво повторил Пирс.

Раздражение продавца достигло предела.

— Я торгую свежими газетами. Если вам нужно старье, поищите за пределами вокзала. Может, у Бучи что-нибудь найдется. Это в двух кварталах отсюда.

Пять минут спустя Пирс стоял в табачном магазинчике, где на полках вдоль стен лежали издания со всего света. Его взгляд упал на последний выпуск финской «Хельсингин саномат» двухдневной давности. Он выдернул его из стопки и сразу же заметил рамку в нижнем правом углу страницы:

«Что бы ни случилось на Афоне, знайте,
что в Риме у вас есть друзья, святой отец.
39 69884728 — в любое время дня и ночи».

Пирс нацарапал номер на ладони, купил телефонную карту и вышел на улицу. Через полминуты он уже нажимал на кнопки в будке телефона-автомата.

Послышался механический голос автоответчика: «Приносим свои извинения: номер, который вы набрали, недействителен. Пожалуйста, проверьте правильность номера и попытайтесь еще раз... Приносим свои извинения...»

Пирс медленно повесил трубку.

Почему они прервали связь? Ответ пришел сам собой, пока он тупо смотрел на телефонный аппарат. Коридор возможностей Пирса становился совсем узким, чтобы не сказать больше. Скорее всего, манихеи засекли тот его разговор, нашли тех, кому принадлежал номер, и уничтожили их. Как только Салко разъединил линию, это окошко захлопнулось.

Лететь обратно было бы сейчас неразумно. А что он мог предпринять здесь, в Риме, без своих «римских друзей»? Отправиться в Ватикан и заявить, что их нынешний папа манихей, но пусть, мол, они не беспокоятся — свиток все исправит? Или того лучше — отдать «Одопорию» фон Нойрату и объяснить ему, что она — не совсем то, чего он ожидал? И попросить его довести до всеобщего сведения, что ислам — не наш враг, а посему все могут расходиться по домам? Было бы занятно, но лучше как-нибудь в другой раз.

Почему-то эта мысль страшно развеселила Пирса, он расхохотался. Вот так итог. Сбылась мечта манихеев. Все перевернулось с ног на голову. «Одопория» у него в руках, а он бессилен ее использовать. И это делало его еще более уязвимым. Даже без списков регистрации пассажиров эта братия скоро его найдет — что здесь, что в Риме. А если свиток будет при нем, всему и всем настанет конец. Поэтому выбор оставался один: встретиться с ними лицом к лицу. Пирс снял трубку и набрал номер Анджели.

— Это Йен Пирс. «Одопория» у меня. — Он подождал ответа. — Алло... Алло...

Секунд через пятнадцать полной тишины он положил трубку на рычаг и снова уставился на аппарат, прислонив голову к стеклянной стенке.

«Они бы не...»

Он быстро выпрямился. «Ну конечно!» Как бы ни претило ему втягивать в это дело кого-то еще, у него действительно не было иного выбора. Он снова снял трубку и начал набирать номер.

Оставалось лишь надеяться, что Блейни уже вернулся в Рим.

— Осталось восемь минут, мистер Харрис.

Поднеся ко рту стакан воды со льдом, он коротко кивнул. Из окна шикарной ложи был виден набитый под завязку стадион Уэмбли. Дождавшись, когда служащий уйдет, Харрис повернулся и уставился на толпу. Сидевшая неподалеку графиня зорко наблюдала за ним.

— Ваша новая армия, — наконец сказала она.

Он изобразил подобие улыбки.

— Не думаю, что полностью моя.

— Ну, не знаю. Однако не это вас, кажется, беспокоит. Я не права?

Он повернулся к ней, на миг растерявшись.

— Боюсь, я не совсем вас понимаю.

— В самом деле? — Она подождала ответа. — Церкви... Ватикан... Вы быстро нашли применение нашим деньгам, не так ли, полковник? Я-то думала, что речь у нас шла об искусстве убеждать массы, а не о массовой истерии. А мне, судя по всему, следовало понимать ваше выражение «священная война» буквально.

Полковник отвел взгляд.

— Это не мой принцип работы, графиня. — Поскольку она ничего не ответила, Харрис добавил: — Я не утверждаю, что это не об-

486

легчило дело, напротив. Истерия действительно в некотором роде способствует приведению войск в боевой порядок. Но я не привык присваивать себе заслуги в том, чего не совершал, и думал, что это дело рук ваших людей.

Это графиню не убедило. Она спросила:

— А кто именно, по-вашему, мои люди? Может быть, мистеру Кляйсту просто не удалось вас притормозить?

Он снова помедлил, прежде чем ответить.

— Не следует ли мне задать вам тот же вопрос насчет «священной войны»? — Она промолчала. — У меня есть связи, графиня, но даже с ними я не смог бы за несколько дней организовать то, что происходит в последние двенадцать часов. Чтобы подготовить такое, нужны недели, если не месяцы. Признаюсь, что у меня вызывает доверие ваше заявление, будто вы не знаете, кто устроил все эти атаки. — Опять пауза. — Или, если и знаете, то не желаете пока в это поверить. — Харрис поставил стакан на стойку. — Так или иначе, я должен туда идти. — Он направился к выходу, но по дороге обернулся. — Предлагаю вам сделать несколько звонков, пока все окончательно не вышло из-под контроля. Да, и передайте мои лучшие пожелания кардиналу. И мои поздравления. Скажите ему, что я оценил все, что он сотворил. — Коротко кивнув, Харрис вышел.

Графиня оторопело смотрела ему вслед. Она приехала сюда, чтобы обуздать полковника, поставить на место, заставить правильно понимать свою роль. Ибо чем же иным являлись взрывы в Риме, если не предупреждением: таким способом полковник напомнил им, что знает точно, кто они и где находятся. Остальные церкви — это она почти могла понять — были первыми семенами его священной войны, пусть и неправильно понятой. Но теперь стало совершенно очевидно, что все совсем не так и он зашел слишком далеко.

Особенно неприятной была его почти не прикрытая ссылка на Эриха. Скорее всего, Харрис возник на их горизонте не только по предложению Кляйста, кто бы что ни говорил.

487

Толпа взревела. Графиня встала и подошла к окну. Харрис, открыто сопровождаемый телохранителями, появился в одном из проходов. Она наблюдала, как он направляется к гигантскому сооружению, поднимавшемуся над землей на двенадцать метров в дальнем конце поля. По обе стороны этого овального возвышения были установлены огромные экраны, демонстрировавшие его проход в многократно увеличенном виде. Телеоператор пятился впереди, держа в объективе крупный план Харриса. Гремела бравурная музыка, делавшая представление еще более вдохновляющим. Харрис приветственно помахал рукой. Видимо, он многому научился за время пребывания в Америке. Все это весьма напоминало предвыборный партийный съезд. Когда Харрис наконец добрался до подиума, сопровождающие отступили назад, только оператор, припав на одно колено, продолжал снимать. Графине этот человек показался странно знакомым даже со спины — знакомым было то, как он двигался, как держал на плече камеру. Она взяла бинокль и навела его на оператора.

Прошло не менее полминуты, прежде чем восторг толпы на трибунах начал стихать и Харрис получил возможность говорить. Все это время графиня вглядывалась в оператора.

Харрис поднял руку.

— Друзья мои...

Закончить фразу ему не довелось. Восторг сменился паникой, когда в динамиках раздались четыре резких хлопка и все увидели на экранах оператора, бегущего к Харрису с винтовкой в руках. Брызнула кровь. И только в этот момент графиня узнала его: волосы и кожа были темнее, форма бороды делала овал лица более резким, но это был он — с широко открытым в крике ртом, с обезумевшим взглядом.

Стефан.

Еще миг — и телохранители открыли огонь, отбросивший Кляйста к краю подиума. Ей показалось, что он падает как в замедленной съемке, потом тело его грациозно выгнулось и рухнуло вниз, на газон.

Графиня не верила своим глазам. В ее голове звучала его фраза: «Я теперь могу ожидать от Эриха всего что угодно».

Быть может, и ей настало время подумать об этом.

— А здесь держитесь левее. — Пирс наклонился вперед и указал таксисту на противоположную сторону площади.

— Нет-нет, сеньор, — возразил таксист. — Авигонези справа.

— Я знаю. Но вы езжайте левей.

Пожав плечами, водитель сделал что велели.

Пирс взял такси в аэропорту; его полет и прибытие не были отмечены никакими событиями, если иметь в виду манихеев. А вот неожиданная перемена его планов была напрямую связана со свитком. Он не собирался рисковать, держа его при себе и дальше. Ведь случись что, свиток был бы его единственным козырем. Так что лучше спрятать его понадежней. К тому же и Блейни не следовало подвергать лишней опасности.

— Здесь, — сказал Пирс.

Шофер затормозил на краю мощеной площади, и Пирс вышел. Три минуты спустя он уже поднимался по короткому лестничному маршу в кабинет настоятеля церкви Святого Бернарда.

Прошло не менее полминуты, прежде чем в ответ на свой стук он услышал шарканье шагов. Дверь открылась, на пороге предстал тощий сморщенный священник с опухшими после сна, но все такими же огромными за толстыми стеклами очков глазами.

— Да? Здравствуйте. Чем могу служить?

— Я был здесь на прошлой неделе. — Ни малейшего признака узнавания. — Священник... который заснул на...

— Ах, да, — хозяин медленно закивал. — Из Альбукерка. — Пирс не успел поправить его, священник сам понял, что ошибся. — Нет-

нет, из... — Он задумался на мгновенье. — Без пасторского воротника. Ну конечно. Входите, входите.

Пирс переступил через порог. Он подождал, пока настоятель усядется за стол, потом придвинул стул и тоже сел.

— Святой отец, мне нужна ваша помощь...

Двадцать минут спустя Пирс стоял перед входом в дом тридцать один по улице Авигонези. Джанетта, с волосами, как всегда туго стянутыми в узел на затылке, открыла дверь и жестом пригласила его войти. Маленькая — ростом в полтора метра и плоская, как бумажный лист, с фигурой, смутно угадываемой под суровым черным свитером и такой же строгой юбкой, она с большим трудом закрыла за ним тяжелую дубовую дверь. Проведя его через вестибюль, она остановилась перед другой дверью, которая, по воспоминаниям Пирса, вела в библиотеку. Такая же массивная, она располагалась у подножия узкой лесенки на второй этаж. Джанетта один раз стукнула в дверь костяшками пальцев.

Через секунду Пирс услышал знакомый голос:

— Si?

— Падре Пирс, падре, — представила гостя Джанетта и, не дожидаясь ответа, с улыбкой отправилась назад, в кухню.

— Йен! Входи! Входи! — загудел из-за двери Блейни.

Пирс толкнул дверь и вошел. Блейни сидел у незажженного камина, он выглядел гораздо старее, чем тогда, когда они виделись в последний раз, — уже почти год тому назад, припомнил Пирс.

— Привет, Йен. Привет тебе. Заходи, пожалуйста.

Огромный кабинет выглядел по-прежнему: нечто вроде университетского читального зала, набитого коричневыми кожаными креслами, между которыми едва уместился такой же коричневый

кожаный диван, и книжными полками по всем стенам. Блейни поднялся навстречу Пирсу. Они обнялись.

— Рад видеть вас, Джон Джей.

Они сели.

— У тебя усталый вид, Йен.

Пирс улыбнулся:

— Я в полном порядке, мамуля.

— Просто ты мне небезразличен, — добродушно хмыкнул Блейни. — Но раз уж ты сам произнес это слово, скажи, как они — твои родители?

— Все так же. Думаю, сейчас они на Мысу: конец лета. Вы ведь однажды были там у нас.

— Был. И припоминаю полуночное купание в очень холодной воде. Не столько освежающее, сколько ритуальное.

— Семейная традиция.

— Да. Итак... ты знаешь, что я всегда рад тебя видеть, но твое сообщение... похоже, это не просто визит вежливости. Что случилось?

— Вообще-то я бы не отказался от стакана воды.

— Ох, прости. Разумеется. — Блейни нажал кнопку стоявшего на столе переговорного устройства. — *Gianetta, puoi portarmi dell'acqua e forse un po' di frutta. Grazia.*[1] — Он отключился, не дожидаясь ответа. — Мне навязали эту штуковину несколько месяцев назад. Они очень заботятся о том, чтобы я чувствовал себя дряхлым старцем.

— Вы прекрасно выглядите, — возразил Пирс.

— Нет, я выгляжу вовсе не прекрасно, и ты тоже. — Притворно-сокрушенное выражение мелькнуло в его взгляде. — Тебя ведь на сей раз привел ко мне не Амвросий, я угадал? Уж не один ли у тебя из твоих бессонных книжных «запоев»? Это очень вредит здоровью, Йен. — Отец есть отец. Пирс давно привык к тому, что Блейни проявлял о нем отеческую заботу. — Тебе нужно хоть

---

[1] Джанетта, принесите мне воды и немного фруктов. Спасибо (*ит.*).

изредка отдыхать. Поваляться на пляже или что-нибудь вроде того.

— Например, совершить несколько полуночных заплывов? — Пирс хотел сказать что-то еще, но в дверях появилась Джанетта.

— *Eccellente. Va bene di la. Grazie*[1], — сказал Блейни, указывая на свободный пятачок стола между ним и Пирсом.

— Si, padre. — Она пересекла комнату, поставила поднос и быстро разлила воду по стаканам, после чего невозмутимо удалилась.

Подождав, пока они останутся одни, Пирс сдвинулся на край стула, взял стакан и, прежде чем отпить из него, сказал:

— Я нашел "Q".

Блейни тоже взял свой стакан, поглубже откинулся в кресле и, сделав глоток, переспросил:

— "Q"?

— "Quelle". Синоптическая проблема. Я нашел свиток, — растолковал Пирс.

Блейни понадобилось некоторое время, чтобы осмыслить услышанное.

— Это... очень интересно. Где?

— Лучше спросите — как. Или — почему.

— Ты уверен, что это "Q"?

Пирс, не отнимая стакана от губ, кивнул.

— И это действительно собрание подлинных изречений Иисуса?

Пирсу показалось, что в интонации Блейни послышалось легкое разочарование.

— Да. Но в таком контексте, что вы не поверите. Это Его «темные годы», Джон. Иисус между двенадцатью и тридцатью годами.

— Иисус между... Очень интересно, — повторил Блейни.

— И это только вершина айсберга. Оказывается, Его Любимым учеником был на самом деле учитель-киник, который странствовал вместе с Ним. Там приводятся его беседы с Иисусом, не притчи, а откровенные беседы, а также записи Его ранних проповедей

---

[1] Великолепно. Прекрасно. Спасибо (*ит.*).

и еще подробный рассказ о двух годах, которые Он провел в Джайпуре с группой буддийских монахов. Влияние на Него восточной философии и философии киников неоспоримо.

— Киников? Ты имеешь в виду, что поучения... — Блейни задумался. — Не хочешь ли ты сказать, что над нами нависла опасная необходимость переосмысливать всю традицию?

— Нет. Вот что самое необычное. "Q" в целом рисует нам того же Иисуса и ту же веру, какой мы их всегда знали, быть может, лишь несколько расширяет наши представления. Но она действительно способна изменить наш взгляд на Церковь.

— На Церковь? — К Блейни, похоже, вернулось прежнее воодушевление. — Ты считаешь, что это может создать проблемы?

Пирс снова сел глубже и прислонился к спинке стула.

— Не знаю. Тут-то и заключена хитрость. В «Книге» есть вещи, которые могут потрясти основы.

— Значит, она все же представляет собой угрозу.

— Да, но истинная опасность не в этом. И не поэтому я к вам пришел. — Пирс опять сдвинулся на кончик стула и перегнулся через стол. — Ваши связи в Ватикане все еще...

— Я могу на нее взглянуть? — перебил его Блейни, медленно ставя стакан на стол.

— Дело не в «Книге», Джон. Уверяю вас. Вам, вероятно, трудно в это поверить, но существует группа...

— Тем не менее я хотел бы ее увидеть.

Пирс колебался, настойчивость Блейни его насторожила.

— У меня ее нет с собой, — ответил он.

Теперь смешался Блейни.

— А почему?

— Это было бы небезопасно. И именно это я пытаюсь вам втолковать.

— Где она, Йсн?

— Джон, вам незачем беспокоиться о свитке.

— «Агия Одопория». — Блейни сделал многозначительную паузу. — Где она, Йен?

493

Они долго, не менее полминуты, смотрели друг на друга. Потом Пирс так же молча откинулся на спинку стула.

— Я надеялся, что ты просто принесешь ее мне, — сказал Блейни.

Пирс продолжал смотреть на него, ничего не отвечая.

— Полагаю, выбор у тебя невелик. — Блейни подождал, но, так и не получив ответа, потянулся к стакану и продолжил. — "Q". Это весьма удивительно. Хотя, наверное, свой смысл в этом есть. — Он отпил воды.

Снова воцарилось долгое молчание, которое в конце концов прервал Пирс.

— С каких пор? — В его вопросе не было ни гнева, ни осуждения. — Со времен Слитны? Или Чикаго?

Блейни вертел в руках стакан.

— Все чуточку сложнее, — сказал он.

— С каких пор? — настойчиво повторил Пирс. — Я хочу знать, с каких пор я перестал принимать решения самостоятельно?

— Не драматизируй, Йен. Ты всегда принимал свои решения сам.

— Все эти разговоры о «чистоте Слова», о «вере, не связанной путами»... Только говорили-то вы, оказывается, не о моей вере, не так ли?

— Вера в Слово есть вера в Слово. В конечном итоге это всегда одно и то же. Так где она?

— С каких пор? — снова совершенно бесстрастно спросил Пирс.

— Да какое это, в сущности, имеет значение?

Пирс молча ждал ответа.

— Ладно, — сдался наконец Блейни. — Около... полутора лет тому назад. Когда мы нашли последний пергамент с «Абсолютным Светом». Когда я понял, что мы близки к цели.

— Полтора года? Но я познакомился с Салко восемь лет тому назад.

— Да, — кивнул Блейни. — И ваша встреча не имела ко всему этому никакого отношения. Просто я хотел, чтобы ты вышел жи-

вым из той войны, и попросил Мендравича по-дружески присмотреть за тобой. Ничего более. То, что один из пакетов мы нашли, когда ты был там... На то была воля Мани, полагаю. Тебе придется мне поверить.

Теперь Пирсу понадобилось время, чтобы обдумать услышанное.

— Значит, вы и фон Нойрат...

— Эрих? Нет. Он понятия не имеет о том, кто ты. В этом-то и заключался весь смысл.

— Весь смысл?

— Здесь происходит нечто, чего ты не понимаешь.

Далеко не сразу Пирс произнес:

— Значит, это вы были тем, кто послал австрийца в Ватикан?

— Австрийца? — Блейни поначалу не понял, о ком толкует собеседник. — Ах, этот, — догадался он наконец. — Герр Кляйст. — Он отрицательно качнул головой. — Нет. Вовсе нет. Наоборот, именно мои люди позаботились о том, чтобы ты смог убежать от них в ту ночь. А зачем, как ты думаешь, я послал Мендравича в Кукес? Я все время старался тебя защитить.

— Защитить меня? — В голосе Пирса послышались первые признаки гнева. — И поэтому сочли возможным подвергать опасности женщину и ребенка?

— Люди фон Нойрата все равно до них добрались бы, — ответил Блейни, — и использовали бы в лучшем случае как наживку. Сделали ведь они это с твоей подругой Анджели. Поэтому Мендравич их и забрал. Да. Чтобы защитить и их.

— Стало быть, вы знали об Анджели и спокойно сидели сложа руки?

— Любым вмешательством я бы себя обнаружил. У меня не было выбора.

— А меня вы от чего защищали? — снова спросил Пирс. До него медленно начинало кое-что доходить. — Фон Нойрат? — Он запнулся, уставившись на Блейни.

— Где она, Йен? — повторил тот.

— Зачем она вам?

Блейни выдержал долгую паузу, потом твердо сказал:

— Мне нужен свиток.

— А откуда вы знали, что «Абсолютный Свет» попадет в мои руки? — На этот раз Блейни ничего не ответил. — Откуда?

— Не ставь меня в трудное положение, Йен. Мне нужна «Одопория».

— И вы полагаете, что я в конце концов вам ее отдам?

— Да. Думаю, отдашь. — Не успел Пирс произнести и слова, как Блейни нажал кнопку на переговорном устройстве. — *Puoi portarli dentro adesso, Gianetta*[1]. — Он отпустил кнопку и посмотрел на Пирса. — Разве это я советовал тебе идти в семинарию, несмотря на сомнения, которые тебя одолевали? Нет. Разве я советовал тебе продолжать заниматься классической литературой и этими античными ребусами после окончания семинарии? Нет. Ты сам сделал свой выбор. И на то была воля Мани. Думаю, ты это понимаешь.

Раздался стук в дверь, Джанетта вошла и остановилась на пороге. Блейни сделал ей знак, она отступила в сторону, и в дверном проеме показалась голова Иво.

Во второй раз за последние пять минут Пирс испытал потрясение. Мендравич, стоявший позади Иво, легонько подтолкнул мальчика в спину, и тот вошел в комнату. У двери остались два стража.

— Женщина наверху, — сказал Блейни.

Пирс неотрывно смотрел в детское личико. Иво, казалось, был немного смущен, однако, как всегда, держался независимо.

— Привет, Йен, — тихо произнес он.

— Привет, Иви, — ответил Пирс, стараясь сосредоточиться.

— А я летел на самолете, — похвастался мальчик, держась за руку Мендравича.

Пирс изобразил восхищение.

— Должно быть, это было потрясающе. — Он подождал, пока Иво кивнет в знак согласия, потом повернулся к Блейни. Слова за-

---

[1] Можете привести его, Джанетта (*ит.*).

стревали у него в горле. — Так вы все время это знали? Даже еще до того, как я вернулся в семинарию? — Блейни не ответил. — Знали и ничего не сказали. — Пирс никогда еще не испытывал такого прилива бешенства. — Полтора года, говорите? Да нет, выходит, гораздо больше.

— Здесь происходят вещи, которых...

— Которых я не понимаю. Вы это уже говорили.

— Ты хочешь, чтобы я позволил людям фон Нойрата их захватить?

— Вы превратили моего сына в одного из вас. — Пирс с трудом сдерживал гнев. — Что, не смогли найти кого-нибудь другого, кто мог бы расшифровывать для вас эти свитки? Кто умеет разгадывать древние криптограммы? Или все дело в том, что вы могли использовать их, — он махнул рукой в сторону Иво, — чтобы держать меня на крючке? Так, на всякий случай.

— Йен...

— Я хочу ее увидеть, — твердо перебил его Пирс. Блейни молчал. — Я должен убедиться, что с ней все в порядке.

— Только когда «Одопория» будет здесь.

— По-прежнему оберегаете меня? Или их? — Не сводя взгляда с Блейни, он встал. Стражи сделали шаг вперед. Пирс проигнорировал их. — Вам нужен свиток? Ладно. Мне понадобится полчаса.

— Мы можем послать за ним кого-нибудь из моих людей.

Пирс решительно качнул головой.

— Я не желаю, чтобы вы «защищали» человека, которому я его доверил. Если хотите получить «Одопорию», вам придется меня отпустить. — Он бросил взгляд на Иво, потом снова вперил его в Блейни. — Вы ведь отлично позаботились о том, чтобы я вернулся.

Блейни немного подумал.

— Ладно. Но ты возьмешь с собой моих людей. Просто чтобы мы были уверены, что ты вернешься один.

Вместо того чтобы ответить ему, Пирс подошел к Иво, присел перед ним на корточки и постарался улыбнуться.

— Тебе понравилось летать на самолете?

497

— Уши немного болели.

— Со мной это тоже случается. Обычно жвачка помогает.

— Мама не позволяет мне жевать жвачку.

— Придется поговорить об этом с твоей мамой.

Иво улыбнулся.

— Мама сказала... она сказала... я не виноват в том, что вчера случилось.

— И она совершенно права, Иви. Все это не имеет и не будет иметь к тебе никакого отношения. Обещаю тебе.

Мальчик радостно кивнул и шепотом добавил:

— Она сказала, что ты тоже ни в чем не виноват.

Пирс протянул руки и нежно прижал к себе Иво. И в тот же миг маленькие ручки сомкнулись вокруг его плеч, а щечка ткнулась Пирсу в шею. Мальчик доверчиво обмяк у него в руках. Пирс с трудом заставил себя оторваться от сына.

— Я принесу вам то, что вам нужно, — сказал он, обернувшись к Блейни, — но после этого женщина с ребенком уйдут отсюда со мной. И вы оставите нас в покое. А что вы будете делать со свитком, мне все равно.

— Ты же знаешь меня, Йен.

— Нет, оказалось, что не знаю, — глядя ему прямо в глаза, презрительно бросил Пирс и, обернувшись к Иво, совсем другим тоном сказал: — Мне нужно ненадолго отлучиться, Иви, но я скоро вернусь. Позаботься о маме, ладно? — Мальчик с готовностью кивнул. Пирс подмигнул ему и встал. Проходя мимо Мендравича, он не смог заставить себя посмотреть на него.

Не удостоив стражей ни малейшим вниманием, он вышел; две минуты спустя все трое уже направлялись к «ягуару», припаркованному у бровки тротуара. Один из сопровождающих открыл дверцу, Пирс наклонил голову и стал забираться в машину, но, когда корпус его был уже наполовину внутри, кто-то резко толкнул его сзади, и он упал на пол. Попытка подняться не увенчалась успехом: секунд пятнадцать, пока машина не тронулась, чьи-то стальные руки прижимали его, не давая пошевелиться, потом резко дер-

498

нули вверх и посадили на заднее сиденье. Взглянув в окно, он успел заметить, что оба стража неподвижно распластались на тротуаре. Двое мужчин в желтых альпинистских ботинках нависали над ними. Визг колес привлек его внимание к дороге: сзади к «ягуару» на полной скорости подлетел седан. Не успел Пирс что-либо сообразить, как очутился внутри него. Все окна в машине было плотно зашторены. Хлопнула дверца, и машина помчалась вперед.

Пирс сидел один на заднем сиденье, словно громом пораженный.

— И все же это не объясняет вашего присутствия, — сказал фон Нойрат. — Вы выбрали не лучшее время, графиня.

Графиня, сидя напротив, хранила молчание. Ее удивило, что, зажатый между стеной и письменным столом в своем бункере, фон Нойрат выглядел куда менее импозантно, чем всегда. Казался каким-то маленьким, нуждающимся в защите. Словом, мало напоминал манихейского папу, почти держащего уже в своих руках «Одопорию». Но, быть может, до сих пор она видела лишь то, что хотела видеть?

Аскетический интерьер его личной комнаты в Габбиа — несколько стульев, диван и кровать у дальней стены — зеркально отражал то, что она только что наблюдала по дороге из аэропорта. Разгар туристского сезона, а возле Колизея — ни души, нет обычных толп ни на площади Венеции, ни на Корсо. Рим казался вымершим. Тем более неуместно выглядели баррикады, со всех сторон закрывавшие входы на площадь Святого Петра, — сюрреалистическая декорация для подразделения регулярной армии, расположившегося на ватиканских стенах. По контрасту с солдатами швейцарские гвардейцы у ворот смотрелись несколько театрально.

Католическая церковь на пределе отчаяния, подумала графиня. Но где же то приятное возбуждение, которого она так ждала?

— Вы полагаете, что стать свидетельницей того, как Стефан спускает курок и Харрис умирает у меня на глазах, — недостаточная причина, чтобы нанести вам визит? — съязвила она.

— Я не знал, что вы там окажетесь, — после заминки ответил фон Нойрат.

— Что ж, тогда, похоже, каждый из нас получил свой сюрприз, не так ли?

Он налил себе стакан воды.

— Вам будет интересно узнать, что реакция оказалась даже более бурной, чем предполагалось. Особенно в последний час. Удивительно, как пять веков разногласий вмиг забылись, стоило дьяволу явить себя.

— Не знала, что ваши устремления столь высоки.

Он рассмеялся.

— Теперь знайте, хотя бы задним числом, графиня. Я буду их спасителем. Отцом новой Церкви, осознающей необходимость единого фронта перед лицом общего врага. Пока мы говорим с вами, мое послание уже распространяется.

— Все-то у вас по плану.

— Не будьте столь ироничны. Вы тоже не без греха.

— Речь не обо мне.

Фон Нойрат несколько секунд молчал.

— Зачем вы на самом деле приехали? Не могу себе представить, чтобы потеря любовника могла столь много значить для женщины таких... достоинств. Или дело в том, что вы за один день потеряли сразу двоих? Примите мои соболезнования.

— Вы, как всегда, джентльмен, Эрих. Нет, для меня это вообще ничего не значит.

— Тогда зачем вы приехали? Это лишь привлекает нежелательное внимание. Как я уже сказал, время вами выбрано не лучшее.

— Возможно, это не лучшее время и для многих других вещей.

Молчание.

— Харрис с самого начала был предназначен в жертву, — продолжил фон Нойрат. — Мертвый, он гораздо полезней, чем живой. Шум уже пошел невероятный. Вы сделали там очень правильный выбор.

— Я сделала? — Она подчеркнула вопрос выразительной паузой. — Полагаю, вам не хуже, чем мне, известно, что я к этому не имела никакого отношения. По крайней мере, покойный полковник считал именно так. Он просил меня передать вам свои поздравления и поблагодарить за все, что вы сделали. — Графиня помолчала. — Его убийство должно было стать вроде отвлекающего маневра, да? Чтобы занять мое внимание, пока вы будете восходить на престол?

— У вас такое буйное воображение. Мне это всегда чрезвычайно в вас импонировало.

— Не сомневаюсь. — Она наблюдала, как он, поставив стакан, возит его по образовавшейся на столе лужице. — А то, что вы приказали убить Артуро, тоже лишь мое воображение? — Фон Нойрат поднял голову. — Отвлекающий маневр сработал. Блейни догадался об этом гораздо раньше меня.

Он оставил наконец стакан в покое.

— Вы проводите с ним слишком много времени вместе. Джон Джозеф всегда был силен в молитвах. Что касается остального, то я бы его не переоценивал.

— Но почему Стефан?

— Не люблю предательства.

— По отношению к кому?

Фон Нойрат собрался было ответить, но передумал.

— Хотите, я еще раз перешлю вам те файлы? — предложил он. Графиня молчала. — Просто я дал ему возможность исправить свою ошибку. И он согласился. — Она снова промолчала. — «Одопория» у Блейни. Все дело в этом, да? Оказалось, что этот священник — его старый друг. Мы немного поздно это выяснили. — Он сделал паузу. — Кругом сюрпризы.

Его сообщение застало графиню врасплох. Не слишком приятное ощущение для женщины, которая привыкла всегда знать на-

501

верняка, что происходит вокруг. До нее постепенно дошло, о чем
он говорил.

— Значит, все это было лишь маневрами — чтобы занять долж-
ность? — Она не дала фон Нойрату возможности возразить. — Простите. Обычно я бываю гораздо сообразительней. Вам обоим на самом деле совершенно безразлично, что там, в «Одопории», не так ли?

— Вообще-то не так. Надо отдать должное святому отцу, он, полагаю, искренне верит, что печется о «чистоте Слова». — Фон Нойрат покачал головой. — Сколько же раз я слышал от него эту фразу.
Звучит очень подкупающе, вы не находите? Если забыть о том, что
мы пытаемся осуществить.

Графиня встала и взяла стакан.

— А что именно мы пытаемся осуществить, Эрих?

Нойрат снова рассмеялся.

— Вот вы уже и говорите так же, как он.

— Я могу смириться даже со взрывами. Я не такая идеалистка,
как Джон Джей, — призналась графиня, наливая себе воды. — Но
Артуро, Харрис, Стефан... мне трудно поверить, что они были при-
несены в жертву только ради того, чтобы посеять еще большую панику. Вы представляете себе, как их смерть может выглядеть в глазах такого человека, как я?

— Представляю — немного пугающе.

— Интересный выбор слов.

— Да.

— Сказал паук, обращаясь к мухе. — Она отпила воды и окинула взглядом комнату. — Мне нравится, как вы здесь обустроились.
Есть в этом что-то уютное, обособленное. Можно даже сказать... отдельное.

— Это не мы, вы же знаете.

— Вы так и не ответили на мой вопрос. — Она посмотрела ему
прямо в глаза. — Так что же это такое, что мы пытаемся здесь осуществить?

— Ну, как же: мы воссоздаем нашу единственно истинную
и святую Церковь. Разве не так, графиня?

502

— Почему, когда вы произносите эту фразу, она отдает пустотой, Эрих?

Фон Нойрат улыбнулся.

— С каждой минутой вы все больше напоминаете мне Джона Джея.

— Он прав. «Одопория» ничего для вас не значит.

— Это свидетельствует лишь о том, как мало вы понимаете.

— Не думаю.

Впервые за все время разговора фон Нойрат заметно начал терять терпение.

— Чего вы добиваетесь?

— Очевидно, того, от чего вы давно отреклись, только до настоящего момента я этого не замечала. — Отвернувшись от него, графиня что-то достала из-под юбки. Когда она снова повернулась к фон Нойрату, в руке у нее был небольшой, размером с ладонь, пистолет.

Фон Нойрат не шелохнулся.

— Я не буду спрашивать, где вы прятали эту игрушку.

— Да, папу ведь нынче весьма плотно охраняют. — Она помолчала. — Манихейского папу, не так ли, Эрих?

— Не делайте этой ошибки. — Он нажал кнопку на боковой поверхности стола.

— Слишком много их уже сделано. Я пришла, чтобы хоть что-то исправить.

— Вы же понимаете, что такого шанса, как теперь, нам уже никогда не представится.

— Нет, это вам никогда больше не представится такого шанса. Мы же, остальные, всегда умели сколь угодно долго ждать подходящего момента. Чтобы быть уверенными, что на пути нас не подстерегают никакие сюрпризы, потеря цели, — она сделала паузу, — и жертвы.

Дверь в комнату распахнулась, вбежал охранник с винтовкой наперевес.

Графиня прицелилась и выстрелила.

503

— Выходите, отец. — Человек замер у открытой дверцы автомобиля в ожидании. Пирсу пришлось выйти. Сорок пять минут езды в зашторенной машине, в полном молчании — и вот он в каком-то гараже, где в ряд выстроилось пять одинаковых автомобилей, пахло бензином и машинным маслом. Пока его в сопровождении уже других охранников вели к двери в дальней стене, он успел рассмотреть панораму, открывавшуюся за небольшими окнами: деревья и подъездная аллея, теряющаяся где-то в горах. По дороге не было сказано ни слова.

Когда дошли до двери, один из следовавших сзади охранников стал охлопывать Пирса по рукам, спине, груди и ногам, потом достал из кармана какой-то маленький приборчик, включил его и провел им вдоль всего тела сверху донизу. Приборчик не реагировал. Только после этого охранник повернулся и открыл дверь. За ней оказалась лестница, по которой они и поднялись.

Две минуты спустя Пирс сидел в какой-то весьма официального вида библиотеке, из эркерных окон которой открывался более обширный вид на окружающий пейзаж. Все остальное двухэтажное пространство стен до самого потолка было застроено книжными стеллажами и завешано картинами. Три из четырех стен, те, что без окон, огибала сплошная узкая балюстрада, дающая доступ к верхним рядам книг. Если бы не вполне современный письменный стол в простенке между окнами, комната вполне могла бы сойти за одну из ватиканских галерей. Охранники застыли на часах у двери. По-прежнему никаких объяснений. И никакого проблеска догадки у самого Пирса.

Он терпеливо ждал. Не то чтобы он полностью отрешился от происходящего, но за последний час ощущение шока притупилось и сменилось состоянием усталости и безразличия, словно на него навалилась страшная тяжесть, которую он никак не мог с себя сбросить. Пирс не спал уже больше тридцати часов, но дело было не в этом. Сидя глубоко в кресле и опершись затылком на мягкий подголовник, он бездумно смотрел на деревья. И ждал.

Когда дверь у него за спиной наконец открылась, он даже не потрудился оглянуться и сместил фокус зрения лишь тогда, когда кардинал Перетти уселся за стол.

В жизни Перетти выглядел гораздо старше, чем на телеэкране, и старше, чем Пирс запечатлел его по одной-двум встречам за последние несколько лет. Его самого, скромного молодого священника, такой важный человек, разумеется, не запомнил вовсе. Кардинал был в повседневном платье, лишь алый нагрудник свидетельствовал о его сане. Пирс видел перед собой доброе лицо с мягкими чертами, чуть тронутое оливковым загаром. И только глаза выдавали внутреннее напряжение.

— Прошу извинить за все эти меры предосторожности, — начал Перетти, — но мы должны были убедиться, что на вас нет записывающих устройств. Надеюсь, вы поймете. Слишком много событий происходит вокруг.

Пирс молча слушал его.

— Хотите выпить чего-нибудь, падре? Или поесть?

Пирс медленно покачал головой.

Перетти глубоко вздохнул.

— Вы, конечно, желаете знать, что происходит. — Он подождал подтверждения, но, не дождавшись, продолжил: — Наверное, я не самый подходящий человек, чтобы ввести вас в курс дела... — Он сделал знак одному из охранников. Пирс услышал, как открылась, потом закрылась дверь. Перетти улыбнулся, извиняясь. — За минувшую неделю вам пришлось многое пережить. Я это прекрасно понимаю и от души желал бы... — он казался искренне огорченным, — подключиться раньше. Но до тех пор, пока вы не завладели свитком...

— Я отдам его Блейни, — бесстрастно перебил его Пирс. — Думаю, вы это уже и сами поняли. И мне совершенно безразлично, как он им распорядится.

505

— Нет, вам это не безразлично, — раздался голос у него за спиной.

Пирс оглянулся. Посереди комнаты стояла Чечилия Анджели.

— Вы отлично знаете, что вам это не безразлично, Йен, — повторила она.

Пирс инстинктивно встал и сделал шаг ей навстречу, они обнялись, и ее крепкого объятия оказалось достаточно, чтобы снова вдохнуть в него капельку жизни.

— Я так рада видеть вас, Йен, — сказала она.

— Я не был уверен, что вы...

— Какое-то время я сама не была в этом уверена, — перебила она. Они оторвались друг от друга, и Пирс вернулся в кресло, а Чечилия села на край стола, скрестив руки на груди, и сразу стала той, прежней Анджели. — Кардинал оказал мне услугу, вызволив меня. — Она не дала ему возможности задать вопрос, тут же продолжив: — Вообще-то те люди у меня в квартире были вполне милы. Сначала немного попугали, а потом — во всяком случае, после вашего звонка — позволили мне вернуться к работе и почти не мешали. В сущности, благодаря их присутствию я смогла закончить ту самую статью для английского журнала. Мне следовало бы поблагодарить их за это. Разумеется, мне не разрешали выходить из дома, но я и сама иногда сижу взаперти по нескольку дней кряду. Мне даже доставляло удовольствие для кого-то готовить. — Она лукаво взглянула на Перетти: — Конечно, остается открытым вопрос о разбитых окнах. А также о новой входной двери.

— Да-да, знаю, профессор. Как уже говорил, я обо всем этом позабочусь, — поспешил заверить ее Перетти и, наклонившись к Пирсу, уточнил: — Значит, это надо понимать так, что пока у Блейни ее нет?

— Конечно, нет, — ответила Анджели, жестом успокаивая Перетти, но не сводя взгляда с Пирса. — Йен для этого слишком умен. — Блеск в ее глазах разгорался все ярче. — Ну, так... что в ней?

Пирс, однако, продолжал смотреть мимо нее, на Перетти.

— Откуда вы узнали, что я пошел к Блейни? — спросил он.

506

— Триест, — коротко ответил тот. — Именно там мы вас засекли.

— Вы были в аэропорту? — В голове Пирса начинало проясняться. — Тогда почему вы не сцапали меня там? Вы же могли заполучить свиток прямо на месте.

— Да, но мы хотели проследить, куда вы направитесь, узнать, с кем вы в контакте. Нам нужно было выяснить, кто замешан в этом деле.

— Так ведь, если бы я сам был замешан, то уж наверняка отдал бы свиток своим.

— К тому моменту мы точно знали, что вы не замешаны.

— К тому моменту? — переспросил Пирс.

— Дня три тому назад мы впервые установили вашу связь с происходящим: священник, исчезнувший из Ватикана, его имя появляется в списке пассажиров греческого парома за день до афонской пропажи, потом он оказывается в косовском лагере беженцев. День спустя мы выследили вашего приятеля Андракоса. Кстати, он был очень удивлен, узнав, что вы священник.

— Не сомневаюсь.

— Он-то и рассказал нам о профессоре Анджели, которую мы разыскали два дня тому назад и привезли сюда. И только тогда нам стала понятна степень вашей причастности. Но даже тогда...

— ...вы думали, что я — один из них, — закончил за него Пирс. Перетти неохотно кивнул.

— Вы ведь так и не откликнулись на объявления, которые мы помещали в газетах. А учитывая то, как вы обошлись с нашими людьми в Кукесе — людьми, которые были посланы, чтобы помочь вам, — да, думали.

Пирс вспомнил:

— Парни в желтых альпинистских ботинках?

Перетти утвердительно кивнул.

— Должно быть, Салко знал, — пробормотал себе под нос Пирс.

— Что?

Пирс поднял голову и снова посмотрел на Перетти.

— Ничего.

— Не говоря уж о том, — добавил кардинал, — что мы задним числом восстановили вашу связь с Блейни еще по Соединенным Штатам.

— Значит, то, что он имеет к этому отношение, вы знали?

— И да, и нет. Мы подозревали. Нам было известно, что фон Нойрат и Лудовизи весьма часто встречаются.

— Кто? — переспросил Пирс.

— Неважно, это ниточка, ведущая в Банк Ватикана. Имя Блейни тоже порой возникало в этой связи, но на него у нас не было ничего определенного.

— Тогда вы должны были знать и об их связи с манихеями?

— Честно признаться, нет. Единственное, нам было известно, что всплыл текст молитвы «Абсолютный Свет», но мы понятия не имели, что сие значит. Увы, эта информация умерла вместе с Бонифацием. Поначалу мы решили, что это имеет отношение к Банку. Думали, что, вероятно, фон Нойрат использует фантом манихеев для отвода глаз, чтобы тем временем уводить деньги в свои фонды для обеспечения собственного избрания. Мы даже представить себе не могли, что это нечто гораздо более... Я даже не могу найти подходящее слово.

— Психоделическое? — подсказала Анджели. — Надо будет добавить это в мой словарь новых выражений вместе с «младшей лигой».

Перетти рассеянно улыбнулся ей и снова обратился к Пирсу:

— Ваш визит к Блейни дал нам необходимое подтверждение.

— Но до этого визита я не знал, что Блейни с ними связан, — возразил Пирс. — Я пришел к нему за помощью и не взял с собой свиток, чтобы не подвергать опасности его.

— Мы учли вероятность того, что ваше положение по возвращении в Рим будет уязвимым и вы постараетесь себя обезопасить.

— Вероятность оказалась вполне реальной.

Перетти мельком взглянул на Анджели.

— Профессор Анджели умеет быть весьма убедительной.

508

Пирс готов был подтвердить его оценку, но другая мысль отвлекла его и, покачав головой, он сказал:

— И все же это не объясняет, откуда Блейни узнал, что он свалился мне в руки.

— Что свалилось вам в руки? — не поняла Анджели.

— «Абсолютный Свет». Ведь ничего вообще не случилось бы, не попади ко мне случайно тот первый свиток.

Анджели медленно повернулась к Перетти, они обменялись понимающими взглядами, и она сказала:

— Может, он хоть Йену скажет что-нибудь, что поможет нам понять масштаб происходящего?

Перетти не ответил.

— Кто и что мне должен сказать? — в недоумении переспросил Пирс.

Перетти продолжал молча смотреть на Анджели и только через несколько секунд, повернувшись к Пирсу, произнес:

— Была... одна неувязка во всем том, что рассказала нам профессор Анджели.

— Не понимаю, — продолжал недоумевать Пирс.

И снова Перетти и Анджели понимающе переглянулись.

— Думаю, действительно стоит попытаться. — Перетти встал. — Не пройдете со мной? — предложил он Пирсу и, не дожидаясь его согласия, вышел из-за стола и направился к двери. Пирсу не оставалось ничего иного, как последовать за ним. Анджели, не раздумывая, присоединилась.

Они миновали коридор и в конце его поднялись по короткой лесенке, на верхней площадке которой имелась единственная дверь. Перетти достал ключ, отпер ее, распахнул и повел их внутрь.

Там, у стены, сидел Данте Чезаре. Не повернув головы, он продолжал смотреть в окно.

— Вот она, та самая неувязка, — сказал Перетти.

Пирс стоял ошарашенный.

— Я... ничего не понимаю. Вы и его спасли?

509

— Едва ли, — ответил Перетти. — Мы, так же как и вы, были удивлены, что «Абсолютный Свет» столь удачно «свалился» вам в руки, и решили это проверить. Профессор, с ваших слов, рассказала нам, что люди из службы безопасности Ватикана приходили к Чезаре и что якобы они получили разрешение на обыск в его келье у настоятеля. Представьте себе наше изумление, когда выяснилось, что последовательность событий была не совсем такова, какой вы ее описали. Настоятель подтвердил, что люди из Ватикана навестили Чезаре, но только после, а не до похорон Руини.

Пирс ошеломленно смотрел на Чезаре.

— После?

— Из чего следует, — подхватила рассказ кардинала Анджели, — что все то, о чем он вам рассказал, было намеренной попыткой ввести вас в заблуждение.

Пирсу понадобилось время, чтобы прийти в себя.

— Так ему ничто не угрожало? — спросил он, подходя ближе к монаху.

— Абсолютно, — подтвердил Перетти. — Мы нашли его, когда он спокойно вел раскопки под церковью Святого Климента. Однако он отказывается что-либо объяснить.

Пирс повернулся к кардиналу.

— Но я полагал, что люди фон Нойрата...

Чезаре, все так же глядя в окно, тихо рассмеялся.

Пирс в замешательстве переводил взгляд с одного на другого, потом, остановив его на Перетти, сказал:

— Я хочу поговорить с ним. Наедине.

Перетти не спешил уходить.

— Ладно, только я не уверен, что вы получите от него ответ. Мои люди будут за дверью. — Он в последний раз бросил взгляд на Чезаре, после чего они с Анджели вышли в коридор.

Пирс подождал, когда дверь за ними закроется, подошел к кровати, сел и только тогда заметил, что монах прикован к трубе наручниками.

— Не волнуйся, — сказал Чезаре и погремел своими оковами. — Они приняли все меры предосторожности.

— А мне сказали, что ты ни с кем не разговариваешь.

— Никто из них не читал «Одопорию». А ты, как я догадываюсь — и завидую тебе, — читал. И это означает, что в отличие от них ты должен понимать, что мы пытаемся сделать.

Пирс смотрел на него как зачарованный.

— Ты с самого начала был заодно с Блейни?

— Молодец.

— И наша встреча в парке не была случайной?

— Точно.

Пирс медленно кивнул.

— Выдающийся спектакль.

— Ты пропустил еще более замечательное представление в тот последний для людей фон Нойрата вечер.

— Удивлен, что они тебя не убили.

Чезаре улыбнулся.

— Святой отец об этом позаботился. Для кардинала ты очень быстро стал куда более интересной фигурой, чем я. Блейни и это предусмотрел.

— Он сказал, что старался защитить меня.

— О, разумеется. Но он также понимал, что, если разжечь небольшой костерок у тебя под ногами, ты скорее найдешь «Одопорию». Пока люди фон Нойрата продолжали на шаг отставать от тебя, волноваться было не о чем.

— Если Блейни знал, как найти свиток с «Абсолютным Светом», — по кратком размышлении спросил Пирс, — зачем я ему вообще понадобился? Почему он не послал тебя?

— Знать, как его найти, не совсем то же самое, что найти.

Пирс опять немного подумал.

— Руини, — догадался он.

— Смешной коротышка. — Впервые, всего на миг, Чезаре отвел взгляд от окна. — Бонифаций послал его туда совсем за другим, а он наткнулся на «Абсолютный Свет». — Данте снова усмехнулся ка-

ким-то своим мыслям. — Вот и не верь после этого в невезение. Причем всеобщее. — Он помолчал. — Как только свиток оказался у Руини, мы поняли, что фон Нойрат сделает все, чтобы отнять его. Знали мы также и то, что кардинал твердо намерен стать следующим папой. — Наконец Чезаре посмотрел на Пирса, однако взгляд его был лишен каких-либо эмоций. — Понимаешь? — Пирс не ответил, и Чезаре, тяжело вздохнув, снова отвернулся к окну. — Позволить фон Нойрату завладеть «Одопорией» означало сделать его неуправляемым. Кто знает, как бы он ею воспользовался? Он никогда не доверял Слову. Не осознавал его могущества. Поэтому Блейни понадобился кто-то, кто не имел ко всему этому никакого отношения, не был известен фон Нойрату и смог бы добыть «Одопорию» первым, для него, для Блейни. Чтобы сохранить равновесие сил. Вот что предназначил тебе Мани. — Он еще раз обернулся. — Теперь понятней?

— Значит, Руини нашел свиток, и ты его убил?

— Это сделали люди фон Нойрата. Но мы догадывались, что так случится. Поэтому-то меня и послали привлечь тебя. — Он снова тяжко вздохнул. — Думаю, какое-то время Блейни считал, что я могу справиться сам. Но у меня не было такого опыта работы с древними свитками, как у тебя. А кроме того, всегда существовала опасность, что фон Нойрат откроет побочную связь между мной и Блейни. Ваша же с ним связь была гораздо менее очевидна, и мы понимали, что им понадобится не менее недели, чтобы установить ее. А к тому времени ты должен был уже вернуться. Или умереть. — Он опять отвернулся к окну. — По крайней мере, отныне мне больше никогда не придется слушать про бейсбол.

— Всем приходится идти на жертвы, — саркастически заметил Пирс.

— Да.

Не в силах больше смотреть на его самодовольную ухмылку, Пирс встал.

— Значит, Блейни придумал все это только для того, чтобы держать в узде фон Нойрата?

512

— Он сделал это для того, чтобы сохранить в чистоте Слово Мани.

— Чистота в безукоризненном своем совершенстве?

Чезаре помолчал.

— Удивительно. Я думал, что чтение «Одопории» умерит твою враждебность. Неужели ты действительно думаешь, что мы — кучка фанатиков? Мне это кажется очень... странным.

— Ну, почему же я должен так думать? — Голос Пирса звучал теперь так же бесцветно, как и голос монаха. — Взрывы в церквах, в Ватикане, провокация с Банком, разжигание истерии страха перед исламским фундаментализмом... Я ничего не пропустил? Ах, да, конечно, еще истинная и святая Церковь для посвященных. Что ж, нам всем теперь предстоит стать манихеями, предводительствуемыми теми из вас, кто посвящен в тайное знание? Что уж тут общего с фанатизмом, а, Данте?

— Десяти миллионов манихеев более чем достаточно.

— Впечатляет.

— Мы не собирались обращать в свою веру массы.

— Да, вы просто собирались водить их за нос.

Что-то изменилось в настроении Чезаре. Он повернулся к Пирсу, и тот заметил откровенную ненависть в его глазах.

— В отличие от католической Церкви, хотите вы сказать, святой отец? — Ответа не требовалось. — А что, если я скажу тебе, что в нашей программе такие инициативы, как пособия для детей, борьба с наркоманией, создание центров по регулированию рождаемости, причем в массовом порядке, как в Европе, так и в Штатах? Стал бы ты против этого возражать? Мы просто вытесняем тьму, чтобы освободить свет. Если смотреть отвлеченно, наверное, это действительно смахивает на фанатизм. Но только не тогда, когда наша программа обретает реальное наполнение. Мы вбухали миллионы долларов в разные регионы, чтобы создать необходимую базу для соответствующего использования наших ячеек. Католическая церковь в настоящее время ни на что не годна. Вы — одряхлевший и бессильный монстр. Из-за своей устаревшей доктрины вы

513

не посмеете даже сунуться в половину этих регионов. Полторы тысячи лет тому назад мы хотели сокрушить вас, потому что вы извратили многие теологические истины. Сейчас мы хотим просто вывести вас из ничтожества, вернуть Церкви реальную силу и снова сделать мир единым.

— Это две разные задачи.

— Только не в том случае, если понимаешь, что мы пытаемся сделать.

— Например, посеять всеобщую панику? Ничего более практичного, видимо, быть не может. Не уверен, что цель, обозначенная в «Одопории», состоит именно в этом.

— Согласен. Но это и не наша цель.

— По тому, что я видел, не скажешь.

Сначала Пирсу показалось, что Чезаре намерен и дальше отстаивать свою точку зрения с прежним пылом, но тот вдруг словно бы передумал и как-то сник. На его лице снова появилась ленивая ухмылка, и взгляд обратился к окну.

— Это все будет исправлено.

— А-а, — Пирс кивнул, — понимаю: Блейни — добрый манихей с кучей полезных программ, это фон Нойрат злодей. — Чезаре молчал. — Неужели ты думаешь, что я в самом деле поверю, будто Блейни понятия не имел о том, что делает фон Нойрат? Ты сам-то в это веришь? Если я все правильно понял, вам нужно устранить все остальные конфессии, прежде чем воссияет ваша истинная и святая Церковь. А это значит, что фон Нойрат такой же правоверный манихей, как и Блейни, и такой же необходимый для дела. Может быть, даже более необходимый. Но Блейни вся эта истерия и насилие нужны не меньше, чем фон Нойрату.

Чезаре нехотя заставил себя посмотреть на Пирса.

— Ему «Одопория» нужна для того, о чем ты сам только что сказал. Ты что, настолько туп, что думаешь, будто до сих пор на папском престоле не было манихеев? Бенедикт Девятый, Селестин Пятый. Они так же хранили верность «Одопории», как и мы. Но не ее разрушительной силе, как фон Нойрат. И они отказывались что-либо

делать — надо признать, понимали, что и не могут ничего сделать, —
потому что главный завет «Одопории» отнюдь не в разрушении. Он
в возрождении. Тебе лучше, чем кому бы то ни было, известно, что
она объясняет, каким должен стать единый мир после падения рас-
тленной Церкви. А такие люди, как фон Нойрат, этого не понимают.

— В самом деле? А может, эти папы просто осознавали еще
больший парадокс: чтобы достичь триумфа здесь, на земле, — триумфа вашей единственно чистой Церкви, — им придется выпустить на волю такую тьму, которая заслонит любой последующий
свет, каким бы чистым он ни был? Блейни просто убедил себя
в том, что «Одопория» способна воспарить над этим парадоксом.
Это ведь так удобно.

Улыбка сошла с лица Чезаре.

— Ты в самом деле совсем ничего в ней не понял?

— Наверное, нет.

Воцарилось молчание. Чезаре снова уставился в окно.

— Значит, ты упустил свой шанс, потому что теперь «Одопория» у Блейни.

— Она вовсе не у него.

Пирсу показалось, что Чезаре вздрогнул, но тут же взял себя
в руки и, медленно повернувшись к Пирсу, произнес:

— Ну, если еще не у него, так скоро будет. — И, выдержав паузу, многозначительно поинтересовался: — Как поживает мальчик?
Давно хотел спросить. Он так хорошо запоминает молитвы. —
Мужчины напряженно смотрели друг другу прямо в глаза. Чезаре
отвернулся первым и, уже не глядя на Пирса, добавил: — И у него
такое нежное сопрано.

Пирс сверлил взглядом затылок монаха. Второй раз за этот день
на него нахлынула волна почти неукротимого бешенства. Сдержи-
ваясь из последних сил, он медленно развернулся и направился
к двери.

— До свидания, Йен, — бросил ему вслед Чезаре.

Анджели шагнула ему навстречу, но он, ничего не замечая вокруг, пошел прямо в библиотеку.

515

— Ну что? — спросила она, догоняя его. Пирс не ответил, и она заподозрила неладное. — Что случилось, Йен?

— Он вам что-нибудь сказал? — поинтересовался Перетти, снова усаживаясь за стол.

Пирс придвинулся вплотную и, глядя ему в глаза, наконец произнес:

— Я не могу отдать вам свиток.

Кардинал тоже наклонился к нему.

— Вы должны мне поверить, мы не имеем никакого отношения к...

— Не в этом дело.

— Значит, дело в самом манускрипте, да? — вставила Анджели. Пирс даже не успел качнуть головой. — Я так и знала. Что в нем, Йен? — У нее снова засверкали глаза. — Из-за чего весь сыр-бор? — И, снова не дав ему ничего объяснить, поспешила задать следующий вопрос: — Что они так тщательно скрывали все эти годы?

Пирс видел, какой восторг предвкушения горит в ее глазах, и знал, что она так просто не отстанет, поэтому очень спокойно ответил:

— Это «Книга Q».

— “Q”?! — У нее подкосились ноги. — Вы хотите сказать, что это... Ну, конечно же!

Десять минут спустя Чечилия мерила шагами комнату — сигарета в одной руке, другой она энергично жестикулировала.

— Потрясающе! Невероятно! Одни только пассажи о воскрешении... — Она остановилась и посмотрела на мужчин. — Неудивительно, что манихеи так жаждали ее заполучить. Долой старую Церковь, да здравствует новая. Идеально. Вся эта затея с исламом наконец-то обретает смысл.

На Перетти энтузиазм Анджели произвел неожиданный эффект. Даже морщины на его лице, казалось, обозначились резче.

— Подобный текст в любых руках может оказаться опасным, — сказал он, обращаясь к Пирсу. — Я понимаю ваши сомнения.

516

— Нет, не понимаете, — возразил тот, сидя на краю стола, и по-прежнему бесстрастным голосом добавил: — Я отдам его Блейни.

— Что? — вскинулась Анджели. — Отдадите его... Но если в нем содержатся эти пассажи...

— Я все понимаю, — перебил ее Пирс. — Но у меня нет выбора.

— Боюсь, что выбор не за вами, — заметил Перетти.

— А я думаю — за мной. — Пирс выдержал паузу. — Потому что от этого зависит жизнь моего сына.

Настала гробовая тишина. Лишь через несколько минут Анджели смущенно произнесла:

— Я... понятия не имела...

— Я тоже, — признался Пирс все тем же ровным голосом.

— Но как...

— В Боснии, во время войны. До того, как я принял сан.

— Значит, вы до последнего времени ничего не знали о мальчике? — после долгого молчания спросил Перетти. Пирс покачал головой. — Но почему он оказался у Блейни?

— Потому что Блейни-то как раз знал о нем с самого начала. И позаботился, чтобы его воспитали манихеем. И чтобы я этого никогда не узнал. Вероятно, у него уже тогда было что-то на уме. Он захватил и мать ребенка, — прибавил Пирс после паузы и заметил вопросительный взгляд в глазах кардинала. — Нет, она не из них. Она пребывала в таком же неведении, как и я.

— Вы в этом уверены? — уточнил Перетти. Пирс ответил ему только взглядом. Перетти кивнул. — И тем не менее не думаю, что это что-либо меняет.

— Полагаю, меняет, — возразил Пирс. — Свиток ведь у меня.

— Не может быть, чтобы вы говорили это серьезно.

Пирс снова ответил ему взглядом, исключающим какие бы то ни было сомнения.

— Вообще-то... может, — задумчиво произнесла Анджели. Было видно, как лихорадочно работает ее мысль. — Вы говорите, что вопрос о воскрешении представлен в тексте совершенно недвусмысленно? — Пирс кивнул. — Но так же определенно там говорится

517

о личной ответственности, независимости и роли женщины? — Он снова кивнул. Тогда она перевела взгляд на Перетти. — Это было бы сейчас весьма полезно для Церкви, Ваше Высокопреосвященство.

— Куда вы клоните, профессор?

— Полагаю, вам это ясно без моих объяснений, не правда ли? Перетти тряхнул головой.

— Нет. Одно без другого невозможно.

— Почему?

— Нельзя просто вычеркнуть из текста то, что вам не нравится.

— Почему? — спросил на сей раз Пирс.

— Почему? — Перетти, кажется, удивило то, что именно Пирс задал такой вопрос. — Потому, падре, что мы говорим о Священном Слове Христа. Мы не можем распоряжаться им по своему усмотрению.

— Однако авторы Евангелий позволяли себе это, — напомнил Пирс. — У них была «Книга Q», но они выбрали из нее лишь то, что было нужно им. — Он сделал паузу. — Может быть, и сейчас именно это необходимо Церкви, чтобы выжить в следующем тысячелетии, — новая доза выборочной редактуры?

Перетти долго смотрел на него.

— Судя по тому, что рассказывала мне о вас профессор Анджели, святой отец, вы — последний человек, от которого я мог этого ожидать.

— Многое меняется. Послушайте, причина, по которой я считаю, что вы могли бы сделать эти купюры, состоит в том, что, исключив из текста сорок строк о воскрешении, вы получили бы очень влиятельный документ. То, что помогло бы нам пробить стену, в которую мы упираемся со времен Второго Ватиканскго Собора, модернизировать Церковь, не утратив привычного представления о Христе. "Q" могла бы стать необходимым ответом на многие вопросы.

— Это Слово Христа, — с нажимом произнес Перетти и помолчал, чтобы сказанное дошло до Пирса. — Я не могу это допустить. И вы не можете. И прекрасно это понимаете.

518

Анджели вскочила.

— Ваше Высокопреосвященство, мне доводилось работать с сотнями древних текстов. Ни один из них и близко не подходит к тому, что описывает падре. Мы почитаем за счастье, если удается где-нибудь время от времени разыскать хоть какой-то кусочек древнего манускрипта. То, что этот сохранился в полном виде, кажется почти... неправдоподобным. Вы вполне могли бы опустить крохотные фрагменты, не опасаясь, что от этого пергамент утратит свою аутентичность. — Предвидя его возражения, она подняла руку. — Ладно, пусть моя шутка неуместна, но смысл вы поняли. Вероятно, это и для вас уникальный шанс получить свой литургический пирог и съесть его.

Перетти в раздумье покачал головой.

— Даже из того немногого, что вы сказали, ясно, сколько канонических установлений это поколебало бы. Евхаристия является основой церковной службы. А подобный документ мог бы поставить под сомнение ее основополагающую роль.

— Только не в том случае, если бы соответствующий его фрагмент был утерян, — возразила Анджели. — У меня весьма высокая репутация по части восстановления пробелов в подобных древних текстах. Если сделать купюры достаточно аккуратно, не думаю, что было бы так уж трудно оставить «правильные» пробелы, которые будут ясно указывать на предполагаемое существование тех церковных обрядов, какие кажутся вам существенными.

Перетти подумал и снова покачал головой.

— То, что вы предлагаете...

— А у вас есть другие предложения? — перебил его Пирс. — Сохранить находку в тайне? Кто в таком случае будет нести ответственность за утаенное Слово Христово?

По выражению лица Перетти Пирс понял, что нащупал слабое место.

— Вы оба упускаете главное, — сказала Анджели. — Без фрагмента о воскрешении «Книга Q» станет тем самым документом, который позволит выбить почву из-под ног манихеев. — Она сдела-

519

ла подряд две глубокие затяжки, прежде чем раздавить сигарету в пепельнице. — "Q" — их Грааль, так? Она — самая сердцевина всего, во что они веруют. Полагаю, Блейни и этот монах тоже искренне в это верят.

Пирс, подумав, согласился.

— Так вот, вы получаете возможность, чуточку пригасив блеск Грааля, вложить его им в руки. Продемонстрировать, что он не несет никакой угрозы Церкви, а, напротив, в сущности, укрепляет ее. Тысяча лет поисков — и их великая надежда окажется пустышкой. Чьи же основы будут поколеблены?

— Я не очень-то верю, что фон Нойрату нужен какой-то там Грааль, чтобы осуществить свой чванливый замысел, — усомнился Перетти.

— Прекрасно, — ультимативным тоном заявил Пирс, — тогда «Книгу» получит Блейни, причем в нетронутом виде.

Перетти снова не спешил отвечать.

— Вы же знаете, что я не могу вам это позволить.

Пирс посмотрел ему прямо в глаза.

— В таком случае у вас будет проблема, потому что, если я до вечера не заберу ее, она так или иначе попадет к Блейни. Сверток снабжен соответствующей инструкцией. Когда я оставлял его на хранение, это казалось мне естественной мерой предосторожности.

— И вы действительно верите, что Блейни пойдет на такой обмен: возьмет «Книгу» и отпустит вас? — так же прямо глядя в глаза Пирсу, спросил кардинал.

— Да, — без малейших колебаний ответил тот. — Он слишком многим мне обязан. И знает это.

Перетти хотел было что-то сказать, но в этот момент зазвонил телефон. Он снял трубку.

— Да? — Несколько секунд он внимательно слушал, не в силах скрыть удивление. — Вы в этом уверены? — Он несколько раз кивнул. — А известно, кто она?... Ладно, отлично... Хорошо. — Продолжая слушать, он взглянул на Пирса и произнес в трубку. — Нет, ду-

маю, у нас есть выбор получше. Ждите моего звонка. — Повесив
трубку, он выразительно помолчал и наконец сообщил: — Фон
Нойрат мертв. — Потом, медленно переведя взгляд на Анджели,
спросил: — Сколько времени вам понадобится, чтобы... ревизовать
свиток?

Она на минуту задумалась и ответила:

— Не знаю. Два-три часа. Это зависит от...

— Тогда давайте. — И, снова обращаясь к Пирсу, добавил: —
Когда все будет готово, позвоните Блейни. К тому времени я опре-
делю, где вы должны будете совершить обмен. Так годится, святой
отец?

Пирс молча кивнул.

В сумерках вилла Боргезе кажется почти воздушной, особенно
из расположенных сразу за пьяцца дель Пополо садов Пинчио, где
длинные прогулочные аллеи — большинство из которых названы
в честь святых и пап, — на всем своем протяжении укрыты смыка-
ющимися кронами сосен и дубов и, словно пунктиром, размечены
скамейками и фонарными столбами. Шум города сюда почти не
доносится, разве что изредка прошуршат по гравию чьи-то шаги,
но после захода солнца, когда зажигаются фонари, и они стихают.

Направляясь по одной из самых широких дорожек к аллее Льва
Двенадцатого, Пирс слышал только собственную поступь. Анджели, как обычно, не ошиблась: ей понадобилось два с половиной часа на то, чтобы виртуозно убрать из текста нежелательные пассажи. Только когда дело дошло до их уничтожения, рука ее дрогнула.
Они оба долго смотрели на изъятые куски, лежавшие в маленьком
подносе на столе. Спичку в конце концов поднес Пирс.

Разговор с Перетти оказался коротким: только место и время.
Звонок Блейни стоил Пирсу больших усилий, хотя было ясно, что

521

Блейни ждет этого звонка. Придет ли Пирс один? Да. Кто ему помог? Этот вопрос Пирс проигнорировал: единственное, что ему нужно, — женщина и ребенок. Блейни пришлось смириться. Хорошо, через час.

Потом Пирсу дали поговорить с Петрой и Иво. Она пообещала, что будет на высоте. Иво выразил восторг по поводу предстоящего нового приключения.

Свернув на аллею Льва Двенадцатого, Пирс издали увидел Блейни, сидевшего на скамейке в середине аллеи. Метрах в десяти поодаль стоял Мендравич, держа за руку Иво, Петра сидела в инвалидной коляске. Больше никого. Пирс медленно приблизился и в трех метрах от Блейни остановился.

— Она может идти? — спросил он.

— Да, — ответил Блейни.

— Тогда скажите, чтобы она подошла ко мне.

— Покажи «Одопорию».

Пирс открыл коробку, которую держал в руках, и наклонил ее в сторону Блейни, чтобы тот мог увидеть свиток.

— Откуда я знаю, что это действительно «Одопория»?

— Пришлите их сюда.

Блейни подумал.

— Сначала отдай мне коробку.

Пирс не двинулся с места.

— Вы знаете, что фон Нойрат мертв?

Блейни внешне никак не прореагировал.

— Да. Но его смерть не моих рук дело, если ты это хочешь узнать.

— Пошлите их ко мне, — повторил Пирс.

После долгой паузы Блейни посмотрел на Мендравича. Тот кивнул и подошел к Петре, чтобы помочь ей выбраться из коляски. Она отвергла его помощь и очень медленно, с трудом, встала сама. Взяла Иво за руку.

— Ну вот, — сказал Блейни. — Теперь давай коробку.

— Только после того, как они пройдут мимо меня.

Блейни, собрался возразить, но, глубоко вздохнув, снова сделал знак Мендравичу. Петра и Иво не спеша двинулись в сторону Пирса. Мужчины наблюдали за ними.

— Это Дали помог тебе, я правильно догадался? — спросил Блейни.

— Перетти, — ответил Пирс. — Чезаре шлет вам привет.

И снова никакой внешней реакции со стороны Блейни.

— Понятно, в любом случае это должен был быть либо тот, либо другой. Безусловно, один из них станет следующим папой. — Пирс впервые видел Блейни таким самодовольным. — Не сомневаюсь, что по всему парку рассеяны его люди.

— Я ведь пообещал, что приду один.

— Почему-то я в этом сомневаюсь.

Пирс не ответил.

Петра и Иво миновали скамейку, на которой сидел Блейни. Когда они поравнялись с Пирсом, Петра ухватилась за его локоть, и он немедленно притянул ее к себе. Иво помахал ему рукой.

— Привет, Йен.

— Здравствуй, Иви.

Почти не шевеля губами, Пирс, обращаясь к Петре, произнес:

— Мне нужно, чтобы вы прошли дальше, к скамейке, что позади нас. Ты в состоянии до нее дойти?

Она молча кивнула и снова взяла Иво за руку.

Когда они отошли достаточно далеко, Пирс повернулся к Блейни, не торопясь, приблизился и сел на скамейку рядом с ним.

— Здесь больше никого нет, Джон. Я поверил вам на слово.

— Тогда ты еще наивней, чем я думал.

— Возможно, — сказал Пирс. — А может быть, и нет. — Он передал Блейни коробку.

— Тебе нужно идти, — поторопил его Блейни, уже развязывая шнурки на свитке. — Теперь женщина и ребенок у тебя.

— По-прежнему оберегаете меня?

— Больше, чем ты думаешь.

— Что это значит, Джон?

523

Непослушные пальцы старика никак не могли справиться с узлом.

— Здесь люди фон Нойрата, — сказал он. — Я тут ни при чем, но несколько последних часов они чувствуют себя совершенно растерянными. Однако им хватило проницательности предвидеть этот обмен.

Стараясь сохранять невозмутимый вид, Пирс незаметно обвел взглядом ближайшие деревья.

— Тогда к чему эти игры? — спросил он. — Почему они не отобрали у меня свиток, пока я сюда шел?

— Потому, что люди Перетти, не сомневаюсь, тоже здесь. Никто из них не хочет наделать глупостей. Однако не знаю, сколько еще они смогут сдерживаться. Я не имею над ними той власти, какую имел Эрих. Тебе надо уходить. Немедленно.

— Нет, — сказал Пирс, продолжая оглядывать деревья. — Я хочу увидеть, как вы начнете это читать.

— Зачем?

— Это может оказаться не совсем тем, чего вы ожидали.

— Ясно. — Блейни кивнул. Ему наконец удалось распутать узел. — Тогда ты, очевидно, просто не знаешь, как это следует читать.

На какую-то долю секунды Пирс испугался: а вдруг он позволил себе забыть о фундаментальном правиле манихеев — скрытом знании? Неужели он что-то упустил в этих стихах? Что-то еще более глубокое, чем пассажи о воскрешении? Может быть, в тексте заключена еще какая-то, последняя словесная игра, которую он проглядел? Но он тут же сообразил, что этого не может быть. "Q" написана Мениппом, греческим киником первого века, за двести лет до рождения Мани. Даже манихеи не способны распространять свое влияние так далеко в прошлое.

— В тексте есть пропуски, — сообщил Пирс. — Я скажу вам то, чего в нем больше нет.

Блейни, начавший было сворачивать свиток, при этих словах остановился и воззрился на Пирса.

524

— Что?

— Недостающие фрагменты. Куски, которые представляют угрозу для Церкви. Их здесь больше нет.

Блейни открыл рот, но так ничего и не сказал. Потом снова уставился в свиток.

— Ты не мог этого сделать, Йен, я же тебя знаю. — Он нашел первый пробел в тексте.

— Не очень похоже на естественное разложение, правда, Джон?

Блейни пристально всматривался в лист пергамента, и выражение его лица становилось все более растерянным.

— Не волнуйтесь, — добавил Пирс. — Анджели пообещала мне, что к тому времени, когда Перетти представит манускрипт на рассмотрение Библейской комиссии, все будет выглядеть натурально.

Блейни развернул свиток дальше, нашел следующий пропуск и стал так же пристально всматриваться в него. Через некоторое время, почти шепотом, произнес:

— Зачем? — На его лице было написано крайнее замешательство. — Зачем вы это сделали? — Он медленно поднял голову. — Ты ведь всегда верил в святость Слова. Я сам учил тебя верить в его святость. Как ты мог это сделать?

Пирс по-прежнему исподволь ощупывал взглядом окрестности.

— Если вы успеете прочесть свиток до конца, то увидите, что он не представляет никакой опасности. В сущности это — как там Данте это назвал? — возрождение. И все, что нужно, здесь сохранено. Просто теперь воспользуется этим католическая Церковь. Перетти просил меня передать вам его благодарность.

Блейни еще несколько секунд молча смотрел на Пирса, потом снова опустил взгляд в свиток и стал пальцами ощупывать стыки, словно гладил глубокую рану.

— Это Слово Христа. Кто ты такой, чтобы решать, что из него можно изъять? Я выбрал именно тебя, потому что не сомневался в твоей вере в Слово. В Слово!

525

— Отрицание телесного воскрешения, — небрежно заметил Пирс. — Вот чего тут не хватает. — Он бросил взгляд на Блейни. — Опасная штука. — Блейни сидел, уставившись в текст, и лишь едва заметно покачивал головой. В остальном он казался оцепеневшим. — Похоже, ваш выбор ограничен, Джон: либо отдать свиток Перетти и позволить ему вдохнуть новую жизнь в Церковь, либо уничтожить манускрипт и жить надеждой, что рано или поздно Церковь рухнет сама собой. Проблема лишь вот в чем: если вы уничтожите его сейчас, вы лишитесь «Одопории», которая вдохновляла бы вас в ожидании этого момента. У вас не будет Писания, которое каждый добрый манихей считает своим главным руководством. — Он сделал паузу. — Не слишком богатый выбор, не так ли?

Блейни начал снова разворачивать свиток, шаря по тексту глазами в поисках чего-нибудь, что могло бы опровергнуть слова Пирса.

— Вы там ничего не найдете, — заверил его собеседник. — Мы об этом позаботились, можете не сомневаться.

У Блейни задрожали руки, свиток стал выскальзывать из них. От неожиданного спазма голова его задергалась. Пирс быстро подхватил пергамент.

— Джон? — Теперь Блейни трясся уже всем телом, судорожно хватая ртом воздух. — Джон!..

Пирс хотел увидеть его реакцию, ему это было необходимо, но не такую же.

Салко мгновенно подскочил к ним. Пирс бросил свиток и поддержал Блейни. В тот же миг из-за деревьев метрах в пятнадцати от них появились шестеро мужчин, одного из них Пирс узнал — это был громила, памятный ему по бегству из Ватикана. Они окружили скамейку, держа оружие наготове. Прогремел первый выстрел.

Но выстрелил отнюдь не гнавшийся за ним тогда гигант.

Совершенно сбитый с толку, Пирс оглянулся и увидел людей Перетти, которые, стреляя на ходу короткими очередями, выбежали из-за деревьев с другой стороны. Пирс упал на землю, увлекая за собой Блейни. Старик перестал дрожать, он вообще перестал шевелиться. Приподняв ему голову, Пирс заглянул в глаза. Блейни был мертв.

И только тут Пирс услышал, как кричит Петра:

— Иво! Нет!!!

Он резко обернулся. Петра, с огромным трудом отрываясь от скамейки, старалась удержать Иво. Но мальчик был слишком хорошо натренирован; он знал: при первых же выстрелах нужно выбежать на открытое место и лечь лицом вниз. Пирс видел, как маленькие кулачки молотят воздух.

Дальше все происходило словно в замедленной съемке: Пирс роняет Блейни на землю, отталкивается от гравия руками, Иво слишком далеко, пальба не смолкает. Вокруг падают люди, а Иво продолжает бежать. Боковым зрением Пирс замечает, как, целясь в мальчика и отчаянно паля, к нему приближается последний из оставшихся в живых людей фон Нойрата. Пирс вскакивает, но тут же падает снова от невыносимой боли в левой ноге. На миг от этой чудовищной боли у него темнеет в глазах, и лишь перед мысленным взором стоит картина: Иво, его сын, лежит на земле, а он снова не может его защитить. Неужели он опять его потеряет?! Неужели?!

Последний выстрел. Крик Иво.

Пирс поднял голову.

Перед распростертым на земле мальчиком лежал Мендравич, вся его грудь была в крови. Иво тянул его за руку и отчаянно вопил:

— Вставай, Салко! Вставай!

Сам Иво был невредим. Совершенно невредим. Пирс сделал глубокий вдох и увидел, как малыш встает и склоняется над распластанным Мендравичем.

Даже в свой последний миг хорват делал все, чтобы успокоить мальчика. Пирс с трудом поднялся и заковылял к ним. Петра, продолжая кричать, уже прижимала Иво к груди. Пирс обнял их обоих, и так, обнявшись, они простояли несколько секунд. Потом он опустился на колени возле Мендравича.

Когда он поднял голову друга, Иво перестал плакать. Мендравич с трудом нашел Пирса уже отрешенным взглядом и, прерывисто дыша, произнес:

527

— Это я научил его так делать. — Он закашлялся. — На открытое место, Иви. На открытое место. — Шея у него напряглась. — Он в порядке, да?

Пирс кивнул.

— Да.

— Хорошо... это хорошо. — Салко попытался сглотнуть. — Я никогда не хотел... — Он сжал руку Пирса. Несмотря ни на что, она все еще была крепка. — Ты должен это знать, Йен.

Пирс молча кивнул, по его щекам текли слезы. Последний акт искупления.

— Я знаю, — сказал он.

Мендравич тоже хотел кивнуть, но спина его внезапно выгнулась, взгляд на миг прояснился, потом рука стала слабеть, и еще через мгновенье он застыл.

Пирс нежно прижал его голову к своей, не желая расставаться с другом. Все его тело затряслось, и слезы хлынули градом. Он оплакивал того человека, которого знал прежде. И которого будет помнить всегда.

Осторожно опустив голову Мендравича на гравий и закрыв ему глаза, он вытер слезы и перекрестился. Свиток лежал там, где он его уронил, рука Блейни, странно вывернутая, — на нем.

Но все это утратило всякий смысл, как только он притянул Петру и Иво к себе. Слезы снова навернулись ему на глаза. Женщина и ребенок прижались к нему, и все трое словно бы спрятались в своем коконе от всего мира.

Двумя часами позже Пирс все так же, будто боясь снова потерять, держал Петру за руку, а Иво — на коленях. Все трое сидели напротив Перетти в его библиотеке. Иво не мог отвести взгляд от эркерного окна, в котором мерцали уже усеявшие ночное небо

звезды. Впервые после того, как они покинули сады Пинчио, он перестал дрожать. Анджели тоже была здесь, коробка со свитком стояла у ее ног.

Врач ушел двадцать минут назад, легко справившись с раной Пирса: пуля задела лишь мягкие ткани. Гораздо больше внимания он уделил Петре, хотя и она, по его словам, быстро шла на поправку. Просто ей нужен покой. От предложения дать успокаивающее Иво Петра отказалась.

— Значит, я никак не смогу вас убедить? — с сожалением произнес Перетти.

— Не думаю, Ваше Высокопреосвященство, — ответил Пирс.

— Это уникальная возможность, Йен, — без малейшей надежды в голосе попыталась поддержать кардинала Анджели. — И мне бы это было большой подмогой.

Пирс решительно тряхнул головой.

— Это ведь не из-за того, что вас беспокоит перспектива катаклизмов, которые могут в ближайшем будущем потрясти Церковь, верно? — не столько спросил, сколько констатировал Перетти. — Потому что, если это так, то вам, вероятно, будет интересно узнать, что мы решили представить фон Нойрата жертвой. — Он заметил реакцию Пирса и добавил: — Да-да. У женщины, убившей его, весьма интересная биография; они с Блейни являют собой идеальных кандидатов на роль представителей экстремистского крыла Церкви.

— В это трудно поверить, — подыграла ему Анджели, — но они собирались уничтожить недавно найденный пергамент, священный свиток, который, по утверждению многих, может пролить свет на факты, способные укрепить новую, более либеральную модель Церкви. Вы можете себе это представить? — Она улыбнулась. — Слава Богу, мы вовремя их остановили.

— Звучит вполне здраво, правда? — подтвердил Перетти.

— Значит, никаких манихеев? — уточнил Пирс.

— Никаких, — ответил Перетти. — Столь хорошо укрепленную позицию с ходу не поколеблешь. А тем временем мы сумеем радикально обезвредить мину.

— А потом? — спросил Пирс.

— Потом... — Перетти задумчиво покачал головой. — Потом мы опубликуем "Q" и поведаем всему миру, что это некая рукопись под названием «Агия Одопория». Это взрывной волной прокатится по всем манихейским ячейкам. Осознание собственного бессилия способно подорвать жизнеспособность и самой могущественной ереси. Думаю, даже вашего друга Чезаре это может сделать более разговорчивым. — Дождавшись, пока Пирс согласно кивнет, Перетти добавил: — Но потрясением это не грозит, верно?

Пирс подумал.

— Нет, Ваше Высокопреосвященство, не грозит.

— Тогда почему? — Пирс не ответил. — Думаю, дело в том, что вы вообще не хотите больше оставаться священником, — он бегло взглянул на Петру и Иво, — и я бы мог это понять, но ведь сейчас у вас появился шанс повести Церковь по совершенно новому пути.

— Однако чем вымощен этот путь, Ваше Высокопреосвященство? — Пирс пристально посмотрел Перетти в глаза. — Несколько часов тому назад у нас в руках было истинное Слово Иисуса, а мы исказили его во имя сохранения незыблемости Церкви.

— Это правда, — согласился Перетти, — но, помнится, именно вы указали на то, что у нас нет иного выхода.

— Справедливое замечание. Однако это извечный довод, не так ли: любой ценой защитить Церковь и сохранить ее крепкой, как бы ни пришлось при этом редактировать священное послание.

— Послание и в таком виде — мощная сила.

— До определенного момента, Ваше Высокопреосвященство. Полагаю, я особенно хорошо это понял, когда подносил спичку к пергаменту.

Тон Перетти сделался чуть менее дружелюбным:

— Как это понимать?

Пирс ответил не сразу.

— Я всегда думал: стоит мне найти нечто подлинное — и все встанет на свои места, независимо от того, какие ожидания были связаны с находкой ранее. Оказалось, все не так. Ничто не может со-

530

хранить идеальную чистоту при столкновении с рукотворной реальностью. И Христос это знал. Вот почему Он построил свое послание, мысленно обращаясь к каждому в отдельности. В этом Его мудрость и Его сила. Знать, что каждый будет читать и воспринимать его, исходя из собственного понимания веры, сугубо индивидуально, обособленно от других, и в то же время сделать так, чтобы послание сохранило свой глубинный смысл и свою цельность. И это подводит к мысли о взаимосвязи, основанной на суровой истине: за то, чтобы найти свое место в окружающем мире, каждый ответствен сам. И никто другой эту ответственность взять на себя не может. В том числе никакая Церковь. Как ни странно, манихеи помогли мне это понять. — Пирс машинально притянул руку Петры ближе. — В сердце истинной чистоты лежит именно эта прямая и индивидуальная связь, и только она позволяет человеку блюсти свою веру в чистоте.

Перетти сверлил его взглядом.

— Но вы ведь, разумеется, понимаете, что единственная цель Церкви — способствовать осуществлению этой взаимосвязи.

— Не уверен, что я по-прежнему так считаю.

Перетти вскинулся было, но тут же осекся.

— Что ж, — сказал он, — нам будет жаль, что вы больше не с нами.

— Итак, — воскликнула Анджели, вставая и хлопая в ладоши, чтобы переменить тему, — вы оставляете меня наедине с Его Высокопреосвященством. — Она хмыкнула и повернулась к Перетти: — Должна вас предупредить, что работать со мной непросто.

Перетти ответил ей улыбкой.

— Я буду это помнить.

— Пепельницы, — посоветовал Пирс. — Очень рекомендую их в качестве паллиатива оливковой ветви мира.

— Очень смешно, — фыркнула Анджели. — А вы, стало быть, возвращаетесь в Штаты?

Пирс переглянулся с Петрой.

— Посмотрим.

— В Бостоне, в Институте библейских исследований, у меня есть добрые друзья. Они будут счастливы заполучить вас.

Пирс улыбкой поблагодарил Чечилию и, обернувшись к Петре, сказал:

— Думаю, первое, что сейчас нужно сделать, это уложить в постель вот этого кроху.

— Конечно! — Перетти, не мешкая, встал. — Наверху для вас уже приготовлены опочивальни. И пожалуйста, знайте, что вся вилла в вашем распоряжении на любой срок.

Пирс тоже встал, за ним поднялась Петра. Иво спрыгнул на пол. Пирс выдержал долгий взгляд Перетти и сказал:

— Благодарю вас, Ваше Высокопреосвященство.

— Нет, — ответил кардинал, — это я благодарю вас... святой отец.

Пирс повернулся, взял на руки Иво и обнял за плечи Петру. Но не успели они сделать и шага, как Анджели крикнула:

— Постойте, постойте! — и, стремительно подбежав к Пирсу, поцеловала его в щеку. — Мне всегда хотелось это сделать. Думаю, я буду скучать. — Она улыбнулась Иво и Петре, не дожидаясь ответа от Пирса, переключилась на Перетти. — Итак, с моей точки зрения, Ваше Высокопреосвященство, у нас только две возможности. Первая, если вы понимаете, состоит в том, чтобы...

Окончания фразы они не услышали, поскольку уже удалялись по коридору.

— Она очень быстро тараторит, — заметил Иво.

Пирс с Петрой добродушно рассмеялись.

— Да, милый, — согласилась Петра. — Да, очень быстро.

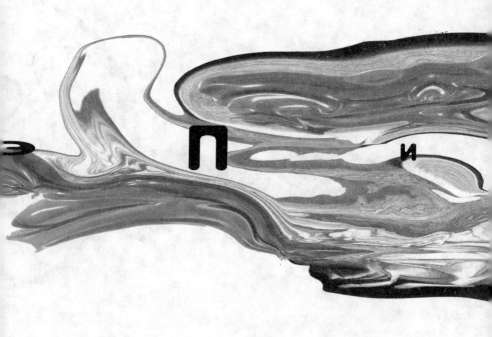

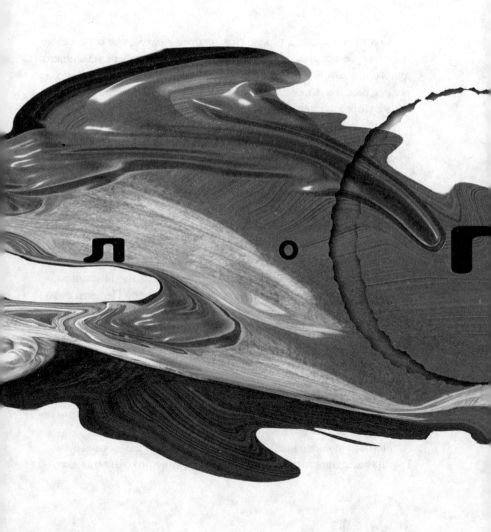

Солнце висело над горизонтом, скорее желтое, чем оранжевое, все быстрее погружаясь в идеальную гладь залива. Ни малейшего дуновения ветерка, жара стала более милосердной, чем час назад, воздух был насыщен привкусом соли. Конец сентября на Мысу, день судорожно цеплялся за то, что ему уже не принадлежало.

Пирс смотрел на море; волны прибоя ритмично плескались у его ног. Только теперь, проведя дома три недели, он начал по-настоящему осознавать происшедшее.

Блейни был прав. Папство перешло к Перетти через неделю после первой обнародованной новости: ввиду особых обстоятельств novemdieles сокращались до шести дней; восемь оставшихся в живых кардиналов и добрая куча епископов были призваны, чтобы образовать конклав. Они избрали Перетти с первой попытки.

Гораздо интереснее обстояло дело с найденным Писанием — «Книгой Q» согласно ученой экспертизе, — которое Перетти столь ловко вырвал из когтей так называемых заговорщиков. Охраняемая еще строже, чем свитки Мертвого моря, она помогала людям вновь обретать устои, несмотря на все еще не преодоленные последствия хаоса, посеянного взрывами. Анджели не сходила с телеэкрана, ее всегда было приятно видеть. Важные персоны начинали вести бесконечные обсуждения за круглыми столами. Первый шаг. Тем не менее понадобится время, прежде чем все снова придет в норму, — что бы это ни значило.

Первые позитивные признаки, впрочем, уже обозначились. Группа методистских священников в Соединенных Штатах заяви-

ла, что Ватикан прячет «Книгу Q», чтобы использовать ее в собственных интересах. Ходили слухи, будто католические теологи вовсю над этим трудятся. Начинались внутренние распри.

В конце концов, появлялась надежда.

И, разумеется, ни единого упоминания о манихеях.

Кто-то сзади брызнул на него водой. Пирс повернулся и увидел Иво, который хохотал, прикрывая рот ладошками, в его глазах явно читалось радостное предвкушение возмездия. Только несколько дней назад он стал походить на себя прежнего: смерть Салко все еще оставалась слишком свежа в памяти.

— Ай-ай, Иви, — притворно воскликнул Пирс. — Кажется, начинается дождь.

Новый взрыв смеха, короткая перебежка к кромке воды и обратно.

— Это не дождь! Это не дождь!

— Гм, — нарочито серьезно задумался Пирс. — Тогда что же это...

Не успел он закончить фразу, как полное ведро воды вылилось ему на голову. От холода Пирс вскочил, но Петра успела отбежать, чтобы он ее не достал.

Иво, изнемогая от смеха, хитро выглядывал из-за спины матери.

— Мы тебя поймали! Мы тебя поймали! — верещал он.

Согнувшись и упершись руками в колени, Пирс делал вид, что высматривает добычу. Зловещая улыбка играла на его лице.

— Иви, по-моему, он разозлился, — сказала Петра.

Широко раскрыв глаза в притворном испуге, Иво спрятался за ее спину.

— Это мама, мама, — смеялся он, — это она тебя облила. Не я. Мама.

Пирс начал грозно надвигаться на них, они, пятясь, весело хохотали. Когда он подобрался к ним совсем близко, Иво отбежал в сторону. Пирс, продолжая смотреть на Петру с плотоядной улыбкой, внезапно метнулся за ним, несмотря на его визги и корчи, схватил и, широко шагая, понес в море.

— Нет! — сквозь смех кричал Иво, отбиваясь.

Зайдя достаточно глубоко, Пирс отпустил его и стал ждать, когда детская мордашка снова появится над водой.

— Еще, еще! — отфыркиваясь и протирая глаза, кричал вынырнувший Иво.

— Нет, теперь мамина очередь, — ответил Пирс и, повернувшись, размашисто зашагал к берегу. Выражение лица Петры было именно таким, какое он желал увидеть: момент паники — и полная капитуляция. Иво подначивал сзади.

Вытянув вперед руки, Пирс подходил к ней, готовый, казалось, подхватить и швырнуть в море, но вместо этого обнял, прижал к себе и грудью ощутил жар ее тела.

Она нежно посмотрела ему в глаза и поцеловала.

— И все-таки ты совсем не похож на священника.

— Не думаю, что теперь это так уж важно.

Петра улыбнулась.

— Я шага не успела сделать из самолета, а они уже все знали. — Он взял ее на руки и понес к воде.

— Нет, Йен, нет! Не надо. Врач сказал, что мне нельзя купаться...

— ...до сегодняшнего дня, — закончил Пирс. — Вот что сказал доктор.

Он стоял уже по колени в воде, Иво — рядом.

— А-а, мамочка, сейчас тебе тоже достанется, — хохотал он.

Пирс шепнул ей на ухо:

— Или, может, подождем с купанием до полуночи?

— Можно, — шепнула она в ответ.

Он ласково поцеловал ее и поставил на дно. А спустя мгновение уже снова гнался за Иво.

— Значит, ты говоришь, что достанется маме? Да? Посмотрим! Воя от восторга, Иво пытался увернуться. Тщетно.

Они упали в воду вдвоем. Пирс то хватал мальчика, то шутливо отталкивал. Так они и бултыхались вместе.

Весьма значимая картина на фоне кажущейся пустоты моря.

От автора

Я бы никогда не отважился написать эту книгу, если бы в наше время не существовало столько истинно выдающихся ученых, занимающихся ранним христианством. Моя глубокая признательность за их работы о гностицизме Элейн Пейджелс, Курту Рудольфу, Хансу Джонасу, Роберту М. Гранту, Чарлзу У. Хедрику и Роберту Ходжсону-младшему, Гео Виденгрену, Дэвиду М. Шолеру и Бентли Лейтону. Бесценными были для меня исследования, касающиеся "Книги Q", Джона С. Клоппенборга, Кристофера М. Таккетта и Бертона Л. Мэка. А равно и книги по более общим проблемам Джона Доминика Кроссана (чья работа «Иисус: биография революционера» просто восхитительна), Лейфа Е. Вааге, Ярослава Пеликана, Роберта У. Фанка, Роя У. Хувера, материалы Семинара по изучению жизни Иисуса, а также, разумеется, исследования Питера Брауна, коему я обязан основанием, на котором построена моя собственная «Книга Q».

В мир манихейства проникнуть было немного сложней, однако, как оказалось, и в этой области имеются не менее богатые изыскания. Йен Гарднер, Луиджи Чирилло, Джон С. Ривз, Пол Мирецки и Джейсон БиДан сообща создали невероятно интересное собрание текстов и комментариев по манихейской литературе. А глава о манихеях Питера Брауна в его книге «Августин из Гиппона» остается для меня незабываемым чтением.

Мне было бы крайне затруднительно представить себе Грецию и Балканы, как во время, так и после войны, без выдающихся книг

539

Уильяма Далримпла, Майкла С. Селлса, Сабрины Петры Рамет, Миши Гленни, Лоры Силбер, Аллана Литтла, Ноэла Малколма и Питера Маасса.

Все вместе они превратили мое собственное исследование в истинное удовольствие.

Содержание

УОЛТЕР САТТЕРТУЭЙТ

ЛИТЕРАТУРНЫЙ ДЕТЕКТИВ

Гарри Гудини мог выбраться из любой западни. Артур Конан Дойл мог раскрыть любое преступление. На страницах романа «Эскапада» эти великие люди встречаются с очень коварным противником.

Но загадочное убийство в старом английском замке летом 1921 года раскрывают все же не они, а блестящий оперативник агентства Пинкертона Фил Бомон и очаровательная гувернантка Джейн Тернер.

В романе «Клоунада» Джейн Тернер — теперь тоже пинкертоновский агент — помогает Филу Бомону раскрыть таинственное преступление в Париже 1922 года.

А в «Кавалькаде» оба оперативника перемещаются в Германию (и это уже 1923 год), где им предстоит выполнить щекотливое поручение нацистской партии: выяснить, кто совершил покушение на Адольфа Гитлера.

В каждом романе — блестящая интрига, загадочные преступления и совершенно неожиданный финал.

Во всех романах — абсолютно достоверный исторический пейзаж и столь же достоверные участники событий: Гарри Гудини и Артур Конан Дойл, Эрнест Хемингуэй и Гертруда Стайн, Адольф Гитлер и Эрнст Рем.

ШАРАН НЬЮМАН

«Подлинная история «Кода Да Винчи»

*Кем была Мария Магдалина —
блудницей, апостолом или женой Христа?
Что такое Святой Грааль и был ли он на самом деле?
Кто такие рыцари Храма и где они сейчас?*

Роман Дэна Брауна «Код да Винчи» породил много книг-спутников.
Спутники бывают разные. Одни обслуживают свою «планету»,
другие — диагностируют ее.
«Подлинная история «Кода да Винчи» — книга-диагноз.
В ней *не* рассказывается, о чем Дэн Браун написал в своем романе.
В ней рассказывается о том, о чем Дэн Браун *не написал.*
Или не сумел написать. Или не захотел.
В книге Шаран Ньюман — *реальные* факты, *подлинные* события, настоящие
исторические персонажи, *точные* места действия, *правдивые* источники,
на которых строится роман Дэна Брауна.

ЭЛИС КЛЕР

«Лунный лик Фортуны»
«Пепел стихий»
«Утро в таверне»

СРЕДНЕВЕКОВЫЙ ДЕТЕКТИВ

Англия XII века. Времена короля Ричарда Львиное Сердце (только без Айвенго
и Робина Гуда). Аббатство Хокенли, расположенное близ городка Тонбридж на
окраине великого Уилденского леса. И странный, но весьма успешный союз двух
следователей-любителей - доблестного рыцаря сэра Жосса Аквинского и мудрой
аббатисы Элевайз. Но прежде чем применять следственные методы, их надо еще
изобрести, потому что Шерлок Холмс родится только через восемьсот лет...

Джонатан Рабб

КНИГА Q

Общая издательская идея	В.Т. Бабенко
Распорядительный редактор	О.И. Лютова
Бильд-редактор	Г.Л. Бирюков
Исправные корректоры	Т.В. Малышева,
	Т.Г. Крастошевская
Системный координатор	А.В. Скорондаев
Редактор	Л.М. Минц
Директор издательства	М.К. Харитонов

Подписано в печать 22.06.2006.
Формат 60×94^1/₁₆.
Печать офсетная. Бумага писчая.
Гарнитура Лазурский.
Усл. печ. л. 34,0. Тираж 5000 экз.
Заказ № 494.

Книжный Клуб 36.6
107078, Москва, Рязанский пер., д. 3

e-mail: club366@aha.ru

Информация в Интернете: www.club366.ru

Отпечатано в полном соответствии
с качеством предоставленных диапозитивов
в ОАО «ИПП «Уральский рабочий»
620219, Екатеринбург, ул. Тургенева, 13
http://www.uralprint.ru
e-mail: book@uralprint.ru